世界文学评论

THE WORLD LITERATURE CRITICISM

第 21 辑

《世界文学评论》编辑部　编

天津出版传媒集团

天津人民出版社

世界文学评论

主　　编　雷雪峰

副 主 编　黄　琼

编　　委（笔画顺序）

丁世忠　王　晖　王升远　王祖友　邓正兵　毛凌莹　刘　文
刘立辉　汤天勇　毕光明　吴海超　李志艳　肖徐彧　陈仲义
赵小琪　胡　静　降红燕　海　阔　涂慧琴　黄　琼　董春华
喻学才　程国君　雷雪峰　熊国华

编 辑 成 员　刘婕妤　施慧娟　程　鑫
编辑部邮箱　sjwxpl@126.com

电子阅读　扫一扫

（点开中国知网学术辑刊可下载）

目　录

中外作家学者访谈

诺贝尔文学奖作家作品研究

文学理论研究

欧洲文学研究

Contents

Interview with Chinese and Foreign Writers and Scholars

Studies on Nobel Prize Winners for Literature

Literary Theory Studies

European Literature Studies

Studies and Essays on Li Qiang's Poetry

Comparative Literature Studies

Language and Literature Teaching Studies

Book Review and Academic Trends

文学地理学视野下的《苏轼行踪考》
——李常生先生访谈录

李常生　彭姗姗

内容提要：本文是《世界文学评论》对《苏轼行踪考》的作者李常生先生的专访。李常生先生坚持实地考察，通过亲身体验深入理解苏轼的心境与创作背景，同时强调多学科融合的重要性，将城市规划、历史学、文学地理等知识融入研究，构建了全面的苏轼研究框架。李常生先生的《苏轼行踪考》在学术界引起广泛关注，通过详细记录苏轼的行踪，并结合历史、地理、文化的考察，为苏轼研究增添了新视角。这篇访谈录旨在让我们全面深入了解李先生的研究心得与跨学科研究方法。

关键词：《苏轼行踪考》；跨学科研究；文学地理学

作者简介：李常生，《苏轼行踪考》作者，自由作家、南京东南大学建筑学博士、南京师范大学历史学博士、武汉大学古代文学博士。彭姗姗，武昌首义学院讲师，比较文学与世界文学硕士研究生。

Title: *A Study of Su Shi's Travels* from the Perspective of Literary Geography: An Interview with Mr. Eddie Lee

Abstract: This paper shows an exclusive interview held by *The World Literature Criticism* with Mr. Eddie Lee, the author of the book *A Study of Su Shi's Travels*. Mr. Eddie Lee insists on conducting on-site investigations and gaining a deep understanding of Su Shi's state of mind and creative background through one's personal experience. Meanwhile he emphasizes the importance of multi-disciplinary integration. For example, he promotes in research the integration of Urban Planning, History, Literary Geography, and other fields; Mr. Eddie Lee also encourages a comprehensive framework for Su Shi's research. Mr. Eddie Lee's work has gained widespread attention in academic circles for its detailed documentation of Su Shi's itineraries,. Mr Eddie Lee's work is characterized by Mr. Eddie Lee's historical, geographical, and cultural investigations, thereby offering a new vision of Su Shi's studies. This interview aims to come close to Mr. Lee's research, thus to get knowing of Mr. Eddie Lee's feelings and the insight of his thoughts and meanwhile, to help us come to be more familier with Mr. Eddie Lee's interdisciplinary methodologies in his research.

Key Words: *A Study of Su Shi's Travels*; interdisciplinary research; Literary Geography

About the Authors: Mr. Eddie Lee, the author of *A Study of Su Shi's Travels*, is a freelance writer; he holds doctoral degrees in Architecture from Southeast University, in History from Nanjing Normal University, and in Ancient Chinese Literature from Wuhan University. **Peng Shanshan** is a lecturer from Wuchang Shouyi University, with a master degree in Comparative Literature and World Literature.

　　李先生，在临近中秋佳节之际，很荣幸能有机会对您进行专访。您出版的《苏轼行踪考》为苏轼的传记研究增添了新的补充，这一创举在学术界引起了广泛的关注。在阅读这本书的过程中，我深深被您的辛勤付出和深入研究所打动。整本书不仅详细记录了苏轼的行踪，更融入了您对历史、地理、文化的深刻考察。

　　此次访谈，我们期待能更深入地了解他在研究过程中的感受和心得，以及他是如何将历史、地理、文化的考察与文学研究相结合的。我们相信，这样的跨学科研究能为我们带来更全面的视角，从而更深入地理解苏轼及其作品。感谢李先生能接受我们的邀请，期待今天的访谈能为我们带来更多的启示和收获。

彭姗姗（以下简称"彭"）：在了解到您对苏轼的兴趣起源于阅读林语堂先生的《苏东坡传》后，我深感好奇。众多资料显示，您在多次采访中表达了对这部作品的感慨。因此，在林语堂先生的这部传记中，苏轼的哪些特质或经历最初触动了您，使您在年轻时便对他产生了浓厚兴趣？这种兴趣竟如此持久，以至于您在功成名就之后，仍愿意投入巨大精力，甚至几乎动用了所有的钱财，去深入研究苏轼。这背后，是否有什么特别的故事或感悟，让您觉得苏轼值得您用几十年的时间去探索和追寻？最初那份打动您的力量，是如何在您的研究道路上持续发挥作用，推动您不断前行的？希望您能分享这些宝贵的经历和感受。

李常生（以下简称"李"）：首先，林语堂的《苏东坡传》是我接触苏东坡的起点，也是激发我研究兴趣的关键。这本书以简洁而富有文学气质的笔触，描绘了苏东坡的生平和他对中国文化的巨大贡献。林语堂笔下的苏东坡，是一个活到老、学到老、走到老的人。他的这种精神深深地打动了我，让我意识到人生的意义在于不断的学习、探索和体验。受到林语堂的影响，我开始深入研究苏东坡。从大学时期开始，我就没有中断过对苏东坡的研究。即使后来进入东南大学建筑学院学习建筑和城市规划，我也始终将苏东坡与宋代城市的研究相结合。我试图通过苏东坡的足迹，去探寻宋代城市的规划和布局，去感受那个时代的文化和气息。

其次，苏东坡这位近千年来影响非凡的文人，他的影响力跨越时空，他不仅在中国，甚至在国外也享有极高的声誉。他的贡献不仅仅局限于文学，更在于他对社会人类文明的深远影响。以蓬莱为例，他虽只在那里为官五日，但蓬莱人民却为他建立了唯一的太守祠堂，这足以证明他在人民心中的地位。在杭州，苏东坡的影响力更是深入人心。据说，过去杭州人在吃饭时，都会多放一双筷子、一个碗，那是为苏东坡准备的，仿佛他就在人们身边，与他们共享生活的点滴。

此外，我的研究之路并非一帆风顺，而是充满了曲折和艰辛的。为了更深入地了解苏东坡，我不断地走访他曾经去过的地方，去体验他写诗时的情境和心情。从2006年开始，我就踏上了追寻苏东坡足迹的旅程。我去过杭州、惠州、密州等地，每一次的走访都让我对苏东坡有了更深入的理解。在研究过程中，我发现仅仅依靠书本是不够的。只有亲身体验苏东坡曾经去过的地方，才能真正感受到他的心境和思想。因此，我注重实地考察和体验。我前后去了18次惠州，才走完了苏东坡在那里走过的所有地方。每一次的走访都让我对苏东坡有了更深刻的认识和理解。

通过实地考察和深入研究，我逐渐体会到了苏东坡的哲学观念、宗教观念、思想和人文观念。我发现他是一个具有深厚文化底蕴和广阔胸怀的人。他的诗词不仅表达了他对自然和人生的感悟，更蕴含了他对社会的深刻思考和关怀。

彭：在您的苏轼研究中，您认为自己在哪些方面最具优势和创新性？

李：首先，实地考察是我研究苏轼的第一步，也是我认为最具优势的地方。苏轼的一生充满了游历和迁徙，他的足迹遍布大江南北。为了更深入地理解他的生活和创作，我决定亲自走一遍他走过的路。从杭州到镇江，从长江三峡到凤翔，我几乎踏遍了苏轼曾经游历过的每一个地方。在杭州，我沿着他当年的足迹，走访了西湖、灵隐寺等名胜古迹，感受了他对杭州的深厚感情。在长江三峡，我乘坐船只穿越险峻的峡谷，体会了他当年面对自然美景时的震撼与敬畏。而对于凤翔，我更是多次前往，深入了解了他在那里的通判生涯以及他对凤翔的深厚情感。通过实地考察，我不仅直观地了解了苏轼的生活环境和创作背景，还深刻感受到了他当时的心境和情感。这种身临其境的感觉让我更加贴近苏轼，也更加深入地理解了他的作品。其次，多学科融合构建全面的苏轼研究框架。在研究苏轼的过程中，我逐渐意识到，单一学科的知识往往难以全面揭示他的生活和创作。因此，我开始尝试将多学科的知识融合到研究中来，包括城市规划、历史学、文学和文学地理等。城市规划的知识让我能够更好地理解苏轼所生活的城市环境，以及这些环境如何影响他的创作。通过了解宋代城市规划的特点和风格，我能够更加准确地描绘出苏轼当年的生活环境，从而更好地理解他的作品。历史学的知识则让我能够更加深入地了解苏轼所处的时代背景和社会环境。我通过阅读大量的历史文献和资料，了解宋代政治、经济、文化等方面的情况，以及这些因素如何对苏轼的生活和创作产生影响。这种对时代背景的了解让我能够准确地把握苏轼的思想和情感，从而更好地解读他的作品。文学和文学地理的知识则是我研究苏轼的基础。我通过阅读苏轼的诗词、散文等作品，深入了解他的文学风格和创作特点。同时，我还结合文学地理的知识，分析苏轼作品中的地理元素和地域特色，从而更加全面地理解他的作品。通过多学科融合的研究方法，我构建了一个全面的苏轼研究框架。这个框架不仅涵盖了苏轼的生活和创作背景，还深入分析了他的作品和思想。这种全面的研究方法让我能够更加深入地理解苏轼，也更加准确地揭示了他的文学价值和历史地位。

彭：您所进行的实地研究，对于文学研究有哪些可以借鉴的方法和经验？

李：许多诗词的真正含义，尤其是那些蕴含深厚人生哲理的作品，往往需要读者达到一定的年龄或经历相似的人生阶段才能深刻体会。苏轼晚年的作品，其深度和韵味可能只有年近半百的人才能完全理解。文学与地理的紧密联系，苏轼作品中的地理描述，地点的变化展示了地理环境随着时间的流逝发生巨大变迁。这些变化不仅影响了当时的交通、城市规划，也深刻影响了文学作品中的空间感知和情感表达。历史地理的复杂性，黄河的频繁改道、海岸线的变迁，如长江口因泥沙淤积而向外推移，这些自然现象对古代城市的布局、交通线路乃至文化交流产生了深远影响，也是解读古代文学作品不可忽视的背景信息。我分析苏轼行程的合理性，如从一点到另一点的旅行时间和距离，来判断他是否可能访问了某些地点。这种方法不仅基于历史文献，还结合了地理学和逻辑推理，展现了文学研究的严谨性。文学不仅仅是文字的堆砌，它是时代精神的镜像，是地理环境的反映，也是作者个人情感与经历的抒发。要深入理解一部作品，尤其是古典文学，我们不仅需要细读文本，更要将其置于广阔的历史地理背景中考察，同时结合自身的生活经验和情感体验。年龄的增长、阅历的丰富，往往能让我们在重读旧作时，发现新的意义和美感。此外，对地理环境的变迁、人文历史的了解，也是解锁文学作品深层含义的关键。

彭：在您的研究经历中，您是从实地走访苏轼的人生经历入手，而非首先研究其诗文。请问您认为文学与地理之间存在怎样的关系？实地走访对理解苏轼的文学作品及其创作背景有何重要意义？这种研究方法对文学研究有何独特价值？

李：在研读苏轼的诗词时，我深刻感受到文学与地理之间的紧密联系。诗词中的每一句都仿佛是一幅幅生动的画卷，将苏轼当时所处的地理环境与心情展现得淋漓尽致。苏轼描写了密州很多次，但每次的密州都不一样，这种不同，往往源于地理环境的变迁。因此，我认为，要深入理解苏轼的诗词，就必须将其与地理环境相结合，去探寻那些隐藏在字里行间的情感与故事。这也让我更加认识到，文学与地理是相互依存、相互影响的。

再跟你讲一个苏轼的趣事。苏东坡在他的杭州岁月里，与安国寺结下了不解之缘。初到杭州，他面临着一个看似琐碎却实则影响生活质量的难题——洗澡不便。在那个时代，洗澡需要自家煮水提桶，过程烦琐。加之他太太未随行，而那里并无洗澡设施，这无疑给他的生活带来了不便。然而，苏东坡很快找到了一个理想的解决之道——前往安国寺洗澡。安国寺，这座规模宏大的寺庙，不仅设有洗澡堂，还提供客房供旅人租住。在那个客栈稀少的时代，大寺庙往往成为旅人的庇护所。苏东坡对安国寺情有独钟，每周都会抽出几天时间前往那里洗澡，享受那份难得的清静与舒适。在安国寺，苏东坡不仅得到了身体上的洗礼，更得到了心灵上的净化。他结识了纪连和尚，并与之结下了深厚的友谊。在与纪连和尚的交流中，他开始反思自己过去的所作所为，认为身上的"污垢"并非仅仅是肉体上的脏污，更是心灵上的罪孽和过错。他开始打坐修行，希望通过这种方式改过自新，不再惹皇帝生气。苏东坡在安国寺度过了许多难忘的时光，他用自己的笔触记录下了这里的点点滴滴。他写下了《安国寺记》和《安国寺诗》，表达了对这座寺庙的深厚感情和对佛教的敬畏之心。这些作品不仅展示了苏东坡的文学才华，也让我们更加深入地了解了他与安国寺之间的情缘。

彭：李老师，您对文学地理学这一研究领域有何看法？考虑到您在苏轼研究中的深入探索，文学地理学强调文学与地理之间的关系，是否为您的研究提供了新视角或启示？

李：地理环境对文学风格的影响是显而易见的。苏东坡的一生遍历多地，从四川到杭州，再到密州等地，不同的地理环境对他的文学创作产生了深远的影响。在四川，苏东坡的成长环境塑造了他独特的文学风格，而到了杭州，小桥流水的江南风光又激发了他对词这一文学形式的探索与练习。在密州，广袤的平原和丘陵地带以及相对荒凉的人烟，使得他的词作充满了苍茫与豪放。这种地理环境的变迁，不仅影响了苏东坡的文学风格，也深刻反映在他的作品中，使得每一时期的作品都带有鲜明的地域特色。文学地理学还关注文学家与地理环境的互动关系。苏东坡在各地的游历和任职经历，使他得以深入了解不同地域的文化、风俗和人情。这些经历不仅丰富了他的生活体验，也为他的文学创作提供了丰富的素材。例如，在汤阴品尝到的豌豆大麦粥，不仅成为他作品中的美食描写，也体现了他对地方文化的关注和热爱。这种对地方文化的深入挖掘和表现，使得苏东坡的作品更加生动、真实，也更具地域特色。

彭：从事如此细致严谨的苏轼研究，研究过程中遇到瓶颈与困难时，李老师是如何应对的呢？

李：我认为首要的是明确研究的目的和方向，避免盲目跟风或选择偏僻、似是而非的题目。例如苏东坡研究领域存在一些问题，如过度解读、夸大其词等，导致真假难辨。有人将苏轼的家风、与茶叶的关系、食谱等琐碎细节大肆渲染，甚至编造出六十几个食谱，这显然是对苏轼作品的误解和歪曲。实际上，研究苏东坡应该着重探讨他的思想、文学成就以及对我们现代人的启示。苏东坡"活到老学到老走到老"的精神，才是我们应该深入学习和领悟的。他的一生充满了对知识的渴望和对生活的热爱，这种精神对于我们每个人来说都具有重要的指导意义。研究过程中，我们应该以严谨的态度对待史料和文献，避免过度解读和主观臆断。同时，我们也应该注重实地考察和亲身体验，通过走进苏轼曾经生活过的环境，感受他的心境和情感，从而更加深入地理解他的作品和思想。总之，研究苏东坡不仅是对他个人的致敬，更是对我们自己的一种提升。我们应该以开放、包容、严谨的态度去研究他，从中汲取智慧和力量，为我们的生活和创作提供源源不断的灵感和动力。同时，我们也应该警惕那些走火入魔的研究倾向，保持清醒的头脑和独立的思考能力。

彭：未来您还会从哪些更新的领域继续研究苏轼或者"三苏"？

李：在我探索知识的广阔天地时，我发现几乎每一个领域都已有人涉足，并留下了他们思考的足迹。就拿我自己来说，我曾对佛教佛学抱有浓厚的兴趣，想要深入研究。然而，当我翻阅一些关于苏东坡与佛教的著作时，却感到有些失望。在这些作品中虽然他们努力挖掘苏东坡与佛教的联系，但在我看来，由于他们对佛教的理解不够深入，导致他们的研究显得过于清淡，缺乏深度。在深入研究苏东坡的诗词后，我发现他与佛教的渊源颇深。他在广州的安国寺修行过，又在庐山的西林寺和东林寺留下了与佛教相关的诗词。这些诗词中蕴含着深厚的佛教思想，但一般人往往难以察觉。只有像我一样深入了解佛教的人，才能体会到其中的禅意。例如，他在黄州时写的一首诗，描述他为了欣赏海棠花而举烛高照，不让花儿凋谢。这首诗中便蕴含着深刻的禅意，它表达了诗人对美好事物的珍惜和对生命的敬畏。

我对苏东坡的研究并不仅仅停留在诗词层面，我还尝试从哲学和宗教学的角度去探索他的思想。我发现，苏东坡的诗词中蕴含着丰富的哲学思想，他对人生、自然和社会的思考都达到了很高的境界。同时，他的宗教观念也十分独特，他既信仰佛教又信仰道教，这种双重信仰使得他的思想更加深邃和复杂。我计划加入更多的哲学和宗教学内容，对已有的著作补充。同时，我也去掉了一些不必要的证据和琐事，使得整个著作更加紧凑和精炼。

彭：李老师对从事文学研究的年轻人与学生们有什么寄语吗？

李：基于我的研究经历，我建议保持对文学的热爱与敬畏，广泛阅读，积累知识，注重实践并勇于创新，同时深入挖掘作品内涵，关注跨学科研究。在文学研究的广阔天地里，我深感自己既是一个探索者，也是一个实践者。对于文学研究，我一直保持着极高的热情和执着，试图通过深入剖析和理解文学作品，来探寻人类精神的奥秘和文化的精髓。文学研究对我来说，不仅仅是一种学术追求，更是一种生活态度和人生选择。我深知，在学术圈内，文学研究往往被划分为两种不同的路径：一种是成为大学教授，按照学校的规定和研究方向进行学术研究；另一种则是像我一样，将文学研究融入生活的每一个角落，成为自己生命的一部分。对于那些选择成为大学教授的年轻人，我理解他们可能在研究时间和精力上面临限制。在学校的框架内，他们可能只有部分时间能够用于自己真正热爱的文学研究，而其余时间则需要用于教学、会议和其他学术活动。然而，即使在这样的环境下，我仍然鼓励他们保持对文学的热爱和追求，尽可能地利用有限的时间进行深入研究，并尝试将研究成果与教学实践相结合，让更多的人感受到文学的魅力。而对于那些像我一样，选择将文学研究作为生活一部分的年轻人，我希望你们能够坚持自己的热爱和追求，不断深入挖掘文学作品的内涵和价值。文学研究不仅仅是对文字的解读和分析，更是对人性、社会、历史等多个方面的深入探索。通过文学研究，我们可以更好地理解人类的精神世界和文化传承，也可以更好地认识自己和周围的世界。在文学研究的过程中，我深刻体会到实践的重要性。只有真正深入到文学作品中，去感受作者的情感和思想，才能更准确地理解作品的内涵和价值。因此，

我建议年轻人们要多读书、多思考、多实践，通过不断的积累和实践来提升自己的文学素养和研究能力。同时，我也认为文学研究需要具有跨学科的视野和思维。文学并不是孤立存在的，它与历史、哲学、社会学等多个学科都有着密切的联系。因此，在进行文学研究时，我们应该尝试从多个角度和学科背景出发，去深入挖掘文学作品的内涵和价值，从而得出更全面、更深入的结论。在我的文学研究道路上，我一直试图将文学与我的生活、工作和其他方面相结合。我常常将文学元素融入我的日常生活中，比如寄给朋友们的文学作品、图案和翻译等。我认为这样做不仅可以让我更好地理解和感受文学的魅力，也可以让更多的人了解和喜欢文学。最后，我想说文学研究是一条既充满挑战又极具魅力的道路。它需要我们保持对文学的热爱和追求，需要我们有扎实的学术功底和敏锐的洞察力，更需要我们有跨学科的视野和思维。我希望年轻人能够坚持自己的热爱和追求，在文学研究的道路上不断前行，为人类的精神世界和文化传承贡献自己的力量。同时，我也希望年轻人能够保持一颗谦逊和开放的心态，不断学习和进步，成为真正的文学研究者和传承者。

通过对李常生先生的访谈，我们深刻感受到了他作为一位学者对苏轼及其作品深沉的热爱与不懈的探索。李先生的研究不仅丰富了我们对苏轼的认识，更让我们看到了文学研究的多样性和跨学科的魅力。他强调实地考察与多学科融合的重要性，为我们提供了一种全新的研究视角和方法。在谈到未来的研究方向时，李先生计划进一步深化对苏轼哲学和宗教学的研究，这无疑将为我们带来更为丰富的学术成果。此外，他对文学研究的年轻人与学生们的寄语充满了鼓励与期待，希望我们能够保持对文学的热爱与敬畏，广泛阅读、注重实践、勇于创新，并关注跨学科研究，这些建议不仅是对年轻研究者的指导，更是对所有热爱文学之人的深切期望。

"大翻译"视角下的国际儒学与中华文化讲习班：对话田辰山教授

马祖琼　田辰山

内容提要： 本文运用美国翻译理论家玛丽亚·铁木志科（Maria Tymoczko）提出的"大翻译"视角，深入探讨国际儒学与中华文化讲习班在传播中国哲学与文化方面的实践与影响。文章通过对国际儒学联合会荣誉顾问田辰山教授的访谈，分析讲习班如何通过研讨安乐哲教授的比较哲学阐释学方法，促进东西方学者对中国哲学的深入理解。讲习班不仅纠正了西方对中国哲学的误读，还帮助当代的中国人意识到中华传统思想的特质和现代汉语的文化杂糅，减少了对自身及西方的误读。

关键词： "大翻译"；国际儒学与中华文化讲习班；安乐哲；比较哲学阐释学方法；文化传播

作者简介： 马祖琼，比较文学博士，北京外国语大学英语学院讲师，主要研究方向为翻译理论与实践、中国文学英译、典籍英译。田辰山，国际儒学联合会荣誉顾问，山东省"安乐哲儒学大家项目"核心团队成员。

Title: Translation Enlarged: A Dialogue with Professor Tian Chenshan on the International Confucian Studies Summer Institute

Abstract: This article employs the idea of "enlarging translation" as proposed by the American translation theorist Maria Tymoczko, to explore the practice and influence of the International Confucian Studies Summer Institute. Through an interview with Professor Tian Chenshan, Honorary Advisor of the International Confucian Association, the article analyzes how the institute employs Professor Roger T. Ames's comparative philosophic hermeneutics to deepen the understanding of Chinese philosophy among Eastern and Western scholars. The institute not only corrects the Western misconception about Chinese philosophy, but also helps Chinese scholars to recognize the unique characteristics of traditional Chinese thought, and the hybridity of modern Chinese language, thereby reducing misunderstandings about the East and the West.

Key Words: enlarging translation; International Confucian Studies Summer Institute; Roger T. Ames; comparative philosophic hermeneutics; cultural transmission

About the Authors: Ma Zuqiong, Ph.D. in Comparative Literature, is a lecturer at the School of English and International Studies, Beijing Foreign Studies University. Her research focuses on the English translation of Chinese literature and classical texts. **Tian Chenshan** is Honorary Advisor of the International Confucian Association, and a core team member of the "Roger T. Ames Confucian Master Project" in Shandong Province.

由国际儒学联合会和北京外国语大学共同主办的国际儒学与中华文化讲习班，从2011年7月的第一期至今已走过十五个年头。授课团队是以安乐哲为核心的一批著名的中西哲学比较研究学者，授课对象主要包括国内外知名高校和研究机构的师生和研究人员。本访谈拟使用玛丽亚·铁木志科（Maria Tymoczko）所倡导的"大翻译"的概念与国际儒学联合会荣誉顾问田辰山教授进行对话，共同讨论讲习班在讲授和传播中国哲学方面的具体实践及其产生的影响。

所谓的"大翻译"，就是要打破人们对窄义翻译的惯有认识，不再把翻译等同于字面翻译、机械语言转换，而是把它看成为不同文化间交流沟通、融合变化的全过程。根据玛丽亚·铁木志科（Maria Tymoczko）的论述，"大翻译"可以涉及重述（representation）、传播（transmission）、文化汇流和（trans-culturation）三种相互交叉的环节/现象。①受玛丽亚·铁木志科（Maria Tymoczko）的启发，本访谈在将讲习班作为"大翻译"的案例考察时，会聚焦讨论讲习班对中国哲学的再讲述、讲习班的课业传授方式和讲习班在中外学员中产生的影响。

马祖琼（以下简称"马"）：我注意到虽然讲习班的具体名称时有变动，但都脱不了"国际儒学""中华文化"等字眼，我想知道，讲习班这十五年坚持的背后，初心为何？有没有一个"一以贯之"的办班目的或理念？

田辰山（以下简称"田"）："一以贯之"的办班目的就是宣传安乐哲对中国哲学的再阐释、传授安乐哲比较哲学阐释学方法。要说"初心"，就要提到安乐哲老师在夏威夷大学任教期间，和罗思文一起办过一个叫"中国域境哲学与宗教文本：回归中国语境的阐释"（Chinese Philosophical and Religious Texts in Context）的讲习班，授课对象主要是在欧美高校和研究院所对中国文化感兴趣的师生，产生了不小的影响。我那时也在夏威夷大学，当时我就想，要什么时候回到中国我也要办这样一个班，让中国学者也能直接跟着安老师的团队学习，掌握这种比较中西哲学阐释研究的方法，在此基础上厘清近现代中西方之间存在的误读。

马：西方学者阐释中国典籍，讲述中国哲学的不少，为什么讲习班对安老师的学术情有独钟呢？

田：我在夏威夷大学学习多年，最开始学习政治学，目的是想充分认识西方的政治哲学体系和制度，但同时，这样的学习经历督促我能反观中国先哲们的相关论述。很快我就发现，西方对中国典籍的翻译和讨论林林总总，但鲜有说到点子上的，安老师的论著却是个例外。我读到的安老师的第一本书是《通过孔子而思》②，从那里开始，我就发现这个学者了不起，他对中国哲学的描述非常恰当，与我所经历的中国社会、文化相契合，让

我有理由相信他讲述的中国哲学是"原汁原味"的中国哲学。另外，安老师青年时代师从多位中国哲学著名学者，如陈荣捷、刘殿爵、唐君毅、葛瑞汉（Angus Graham），学术生涯中又与多位西方哲学科班出身的学者密切合作，尤其是郝大维（David Hall）、罗思文（Henry Rosemont Jr.）。他熟谙中西两种语言和文化，能站在超越这两种语言文化的位置上，对中西哲学有整体性的比较观察，也就是能带我们"走出庐山"。

安老师主要讲西方人要走出西方文化的"庐山"，我认为中国人同样要走出自己的"庐山"。安老师对中国哲学的重述能够纠正西方对中国哲学、中华文化的误读，这是他自己经常强调的。另一方面，在我看来，他中西比较哲学的方法也能够帮助在现代（西式）教育中成长起来的、说着文化杂糅的现代汉语的中国人，认识到当今中国在语言、思想、文化上的模糊性、复杂性，减少对自己、对西方的误读。

马：您刚才讲到在中西方之间存在双向的多种误读，可不可以具体讲讲都是些怎样的误读？安老师的比较哲学又如何帮我们纠正？

田：从利玛窦开始，欧洲的传教士对中国思想典籍的翻译有意无意地基督教化；后来搞哲学研究的中西方学者又用西方哲学的架构和术语来附会中国思想典籍。这两种讲述实质都是在西方的固有框架下讨论中国典籍、中华文化。应该说这种讨论有其历史价值，让西方看到中华文化作为一种思想传统的存在。但由于这两种讲述大方向都是在构建"同"，而且是单向的中国与西方的"同"，这是以西方为所谓的"正宗"，所以中国思想处于这种比较的劣势，常被质疑为非正宗的，似乎是"伪劣产品"。安老师所做的正是纠正这种比较的不对称，而纠正的关键就在于要说清楚中西哲学在结构上的"差异"，也就是中西各自不同于对方的特质。

从中国人的角度来讲，也很有些误读需纠正，比如有些年轻人崇尚西方政治思想和体制，动辄讲"民主"、讲"自由"、讲"人权"，可是很少有人意识到这些个现代词汇虽然从西方语汇翻译而来，可一旦变成中文，汇入中国的语境，意

义和内涵既已发生巨大变化。西方的"人"往往被视为"一己性"的单子个体的"人",讲"自由"(freedom)、"人权"(human rights),讲的实际上就是"我"一己的个人的权利(individual rights),而不会考虑他人的权利,而中国人的"人"往往表示是关系中的人,由内在关系构成的人(relationally-constituted person),没有决然孤立的、严格界限的"他"与"我"个体的对立。以中文意义的关系性的"人权"来理解西方单子个体的"人权",实际是理解错了,因为看不到西方"人权"背后绝对个人主义的抽象哲学根据。另外,中文的"人权"等词汇源自西方,在当代的使用也脱离不开西方本来含义的影响,其意义和内涵杂糅、混淆在汉字字面的理解之中。我们所使用的现代词汇,及至白话文本身,其实都是有很大程度的文化含混杂糅的产物,这方面哥伦比亚大学的刘禾教授有深入的研究,而安老师可以说是给这种研究提供了基本的阐释方法论,也就是分析的角度。厘清现代汉语的文化杂糅是项长期的、颠覆性的工作,安老师的学术给我们开了个头,指出了可行的道路。

马:所以说,安老师这套比较哲学阐释学的方法是围绕中西方文化的不同特质展开的,对吧?您能具体说说在比较哲学视角下,这两种文化的特质到底是什么吗?

田:在我的理解里,讲某种文化的特质,就是用恰当的语言来概括描述这种文化传统不同于其他文明的整体性的趋势、主流的方向,这往往表现在一种文化在哲学层次上有自己特色的宇宙观、思维方式、社会观、人生观及其对它们表述的语言结构。比如,具体到中西比较的说法,我们可以说西方主流传统的"一多二元",中华传统主流的"一多不分"。这是两种不同的对天地宇宙万物的理解和叙述。中国是讲"一多不分"的故事,西方是讲一个"一多二元"故事。

中国的先贤认识世界是出于经验,靠的是实践,《易经》"系辞"里说得很明白:"仰则观象于天,俯则观法于地,观鸟兽之文……"。对世界、对生活的"观"是关键,所使用的语汇如"道""阴阳""四方"等全都来自经验现实的生活,没有虚构或假设。而且这叙述中的世界是一个"浑然一体"的,不是可个体而分的,讲到宇宙万物中的任何"一"都离不开它与世界"多"的共生关系,也就是说在中国人的传统宇宙观里,是生生关系为本,共生关系总是第一性的(primacy of vital relationality)。

西方对世界的古典叙述从源头上的苏格拉底、柏拉图、亚里士多德等来说,依靠的是假设,面对天地万物,疏散无联系个体,假设这背后有个超绝的"一"(Being),而经验中的"多"(beings),也就是单子个体,都派生于这个假设的"一","一"与"多"是对立的二元,而各单子个体之间也是对立的二元。当然,西方的后现代哲学对传统哲学持批判和颠覆的态度,像杜威强调"人的关系性",可以说是突破了"一多二元",也因此多了可以和中国哲学相通的对话。但应该看到,这种"一多二元"的思想是基督教和西方哲学传统的根基,而且仍主导着现世的西方社会和文化,所以西方的各种社会文化政治现象也大都可以以此得以解释。

刚才说到的西方"自由"(liberty)、"民主"(democracy)、"人权"(human rights)就是在一多二元语境下的三个假设抽象概念,与中文字的"自由""民主""人权"在中国的"一多不分"的语境下意义大相径庭。如果以西方为标杆,中国当然非属同类、处于劣势,不论如何在"人权"上有作为,有发展,也都被认为不是"正宗"而免不了受人奚落,遭人攻击。这是必然,因为学着用别人的话,说自己的事,自己永远不"正宗"。所以我们必须明白中西整体性结构的差异,以中华文化的特质为基础,参与国际话语的良性构建,这样才能在当今许多问题的讨论中得到平等话语权。

马:您刚才强调中西哲学传统整体性结构的差异,这让我想到您和安老师在翻译中国哲学典籍时"阐释为主、翻译为辅"的做法。我想,您这里"翻译为辅"里的翻译是狭义的翻译,主要指对文本的表面语言转换。这种狭义翻译的最基本的操作就是没有二者之间哲学文化结构差异的意识,茫然假设并建立对等关系。如果说(狭义)翻译实现了一种附会的

"同"或"打通"，阐释的关键功用就在于辨析其实其中是"异"或"不通"，说清楚两种传统的整体性结构的差异，这样即可意识到先前那种"同"或"打通"其实是误判，其实是没有"同"或"通"，而是误会。因为安老师对中国典籍的重述以整体性结构的"异"为出发点，在这大域境中去寻求真正的"打通"或相互理解，所以重述的方法才是以"阐释为主，翻译为辅"。不知道我这样的理解是否恰当？

田：是这个道理，还需细说一下。在我看来，"翻译为辅"是因为中国哲学典籍对于西方语言，具有高度的不可译性，几乎不可能译成英文，字对字的翻译功用十分有限，是不可译又不能不译情况下的无可奈何之举。为什么这么说？因为中西两种哲学源起是对天地万物两种不同的叙事方式，使用两套不同的语汇和概念、不同的逻辑、不同的叙事方法，完全是两个故事，两个范畴。因此，字对字的翻译往往是难以对上的。举个例子，《论语》的英语译本多把"天"译作"Heaven"。但是"Heaven"是一多二元中的那个"一"，指代基督教的上帝，与西方传统哲学中的大写"Truth""Being"一样都是超绝的概念。可是《论语》里的"天"如果是"一"，它也是一多不分的那个"一"，是"道"，是一切之"内在联系"。"天"不是独立于我们世界的存在，而是"天地"一体、不超验于"万物"的。所以"天"和"Heaven"在哲学上不是完全一个概念，不完全在一个范畴里。在这种情况下，用英文语汇来替代中国观念，相当于把中国故事生拉硬拽"翻译"成了西方故事。几百年来，西方不仅拿自己那套叙事来理解中国，也同样拿那套叙事来理解亚洲、非洲等等，这其实也是爱德华·W·萨义德（Edward W. Said）在《东方主义》（*Orientalism*）那本书里所批判的。

安老师可以说与通常西方做法相反，他提出让中国哲学讲自己的话，所以西方人不可以依赖自己固有的语汇来理解中国，必须学习中国的一套特有词汇。③而学习这套中国特有的哲学术语不可以依靠字对字的翻译，就像刚才讲到的，一翻就不对了啊。由于术语差异的背后经常是整体叙事框架的差异，所以安乐哲对中国典籍的重述考虑到从阐释中西两种叙事的整体结构差异作为一个基础的因素，

并常常以此为重心。这件事做完了、做好了以后，才审慎地给出一个英文译法。但要强调的是，对任何中文观念的英译都是面对不懂中文的英语读者的无奈之举，有个普遍承认的理想的状态是读者们学中文，直接使用中文观念来理解中国哲学，用不着做翻译。但这种状态目前来看还不现实，所以"阐释为主、翻译为辅"是可行而且往往效果好得多的。

从这里说开去，"中华文化外译"是当下的热门话题，要让中国文化走出去确实需要翻译，但是只是翻译是不够的。单纯把"走出去"所遭遇的困难归咎于需要加大力度搞翻译，以为翻译质量提高了就解决问题了，是没有搞清楚问题的症结在哪里，所以还是不会有太大效果。这里面涉及许多大域境的因素，除了人们意识到的有强弱文化间交流的不对称、意识形态手段性的差异问题，还有这种更深层次上的中西两种哲学叙事不相匹配的不同范畴问题。

马：安老师使用"阐释为主、翻译为辅"的方法，首先揭示了中西文化的特质，纠正了西方读者对中国传统思想的误读，同时，像您所说的，也纠正了中国人对西方的误读。但这似乎不是它的最终效果。最终效果其实是在认清中西文化的特质的基础上，超越中西文化的特质，找到某种非此非彼但可以实现沟通的哲学角度和语言，在那个高度上对话，实现"美美与共"或"中西互鉴"，不知道这样讲对不对呢？

田：安老师带我们进入这种比照文化的域境，在比较这两种文化特质过程中向西方描述中国，向中国描述西方，让中西方对对方都有恰如其分的理解，这本身已然是超越。超越了什么？超越了西方从自己的角度看中国，超越了中国从自己的角度看西方，也就是带着中西方的读者走出了各自的"庐山"。

"美美与共"本身没有问题，这同儒家讲的"人同此心，心同此理"一样，它恰是反映了中华文化一多不分、生生关系为本的文化倾向和胸怀。但要小心的是，我们不能因为这笼统的态度性的说法，而轻视很重要的文化间的特质差异性。中国人一方面要讲"美美与共"，另一方面则先要搞清楚你面对的那个具体文化对象是不是有"同心"、有"同理"，是否可以或愿意与我们"美美与共"。

注重"不同"的初心，并不是要制造对立或矛盾，恰恰相反，是为了在比较视域下看清楚不同文化的特质，认清双方的秉性，才有可能处理不同文化间的差异可能引起的矛盾和分歧；注重"差异"更不是否定"美美与共"，或否认"同"，中西文化在整体上、在大框架上相异，但能看到仍有某种"异中有同"，中西哲学古代、现代，特别是后现代，是大有可通之处的，所以我们不是不能"美美与共"，而是要问清楚我们具体与谁、与什么思想"美美与共"？这样的问题解决了，才可能开展真正意义上的双向的"对话"，实现中西互鉴。

马：您的解答让我对"美美与共"有了新的认识，而且我也非常认同您刚才说的：安老师的比较哲学本身就是超越，超越了中西两者各自的视域禁锢。有趣的是，我们一说到"超越"就会想到"上"的方向，继而与"形而上"（metaphysics）的"上"（meta-）挂钩，但安老师提供的哲学角度绝不是形而上或超绝的，所以我们应该怎样去描述这种比较哲学的观察角度呢？可以说它是一种在中西两种文化间不停的穿梭吗？

田：这个问题问得好，好在揭示了当下我们在哲学层面上交流的语言困难，也就是刚才提及的现代汉语的文化杂糅。两个使用同一词语的人，有可能赋予这个词截然不同的哲学含义。我和安老师参加过上海师大的一个会议，讨论的就是以他为代表的比较哲学方法，会议名称叫"Beyond Comparison"，中文就叫作"超越比较"，什么意思呢？就是说安老师做的比较哲学阐释学和传统意义上的比较哲学不一样了，超越了以往拿西方语汇套中国的所谓比较哲学模式。安老师曾称其为"鞋拔子"（shoehorning）方法，把中国哲学的脚用鞋拔子硬塞入西方概念哲学框架的鞋子。安老师在讨论中对transcendent（"超越"或"超验"）这个词做了厘清解释，他说，从有的方面看，中国没有transcendent这个概念。西方的学术语汇transcendent，是超越这个世界，独立、外在于这个世界的意思，这个意义上的"超越"就是指超绝的上帝，或超绝的"Being""Truth"之类的超验概念。这样就得注意了，同样是"超越"，安老师

的比较哲学讲的西语"超越"（transcendent）是什么意思？会议名称里的"超越"（beyond）是什么意思？"Beyond"和"transcendent"不是一个意思啊。还有，安老师讲的西语"超越"（transcendent）与有些中国学者平素喜欢用的"超越"也不一样。中国这里讲的"超越"，是内在超越，也就是讲超越自我，是一种从小我到大我，与天地相参、天人合一的内在超越，这和西方哲学超绝意义上的"超越"是两码事。可是讨论时大家讲不同的意思却用了同一个词，这就带来了很大的困难。

与此相关，我们拿《易经·系辞》里"形而上者谓之道，形而下者谓之器"的"形而上"来翻译西方哲学里的"metaphysics"也是很成问题的。西哲的"形而上"（metaphysical）就是超绝（transcendent），是超越现实世界，又决定着现实世界的上帝般的存在。可是《易经》用"形而上"来描述从现实生活中概括总结出的观念，与现实世界不可分割，是"一多不分"的"一"，比如"道"。我在这里讲的不是一两个词语上的困难，其实涉及当代中国学者所使用的一整套哲学词汇，包括"超越""形而上""普世""抽象"等等，这些语汇一方面被赋予了一多二元的西方意义（"超越"对应transcendent，"形而上"对应metaphysical，"普世"对应universal，"抽象"对应abstract），另一方面在中文表述中又常常表达着"一多不分"框架下的意义。

马：所以咱们的讲习班传授安老师的这种比较哲学阐释学的角度和方法，不仅能让西方真正了解中国，让中国了解西方，还能让当代的中国人更加了解自己，意识到中华传统思想的特质和现代汉语的文化杂糅。那么课上的内容又是怎样和课下的相结合，给学员丰富的文化体验的呢？我想，从学术论著到课程教学的转换，其实也涉及一种"翻译"：把抽象的哲学表述和分析"翻译"成生动形象的教学语言和鲜活的现实体验。

田：暑期班最开始的时候有一个月长，后来因为各种现实原因压缩到两周左右，课上分别由三四位老师从不同角度系统性地讲授比较哲学的方法，除理论课还在晚上和周末穿插文化体验活动，如爬

泰山、游孔庙、学太极等等，力求在文化体验活动中领会中华文化"一多不分"的特质。例如"茶道"演示，在饮茶中体会"茶禅一味"；在练习太极拳的过程中去感受天、地、人浑然一体，阴阳消长，与西方"一多二元"宇宙论迥然不同的"天人合一"的境界。还有，在演示围棋文化活动中，逐渐意识到围棋不同于国际象棋的那种"一多不分"的宇宙视野。你知道吗？围棋的棋子之间的相系不分性起到了战略决胜作用，下围棋的目标是以气势压倒对手而不是要消灭对方，就好像是将棋盘视为一个大宇宙的布局，彰显一种和谐共生共存的意义。课上的理性认识与课下体验活动的感性认识有机融合，大家在一起朝夕相处好几个星期，最后还会形成"一多不分"的命运共同体。

马：我自己认识您和安老师是从咱们的国际儒学和中华文化讲习班开始，在讲习班中有了豁然的经历，可以说讲习班颠覆了我对中华文化的认知。我想有如此经历的肯定不止我一个，所以还想请您再谈谈讲习班学习对国内外学员产生了怎样的影响？

田：我想，讲习班对国内外学员的影响主要体现在两个方面，一是帮助中华文化"走出去"，二是帮助中华文化"走进来"。帮助中华文化"走出去"这一层比较好理解，参与讲习班的西方学员开始体会到中华文化的特质，认识到中华文化也是重要的世界人类文化资源。之前提到咱们的讲习班是一种对安老师在夏威夷东西方中心开的讲习班的效仿，其实从那个时候开始就有些人把这种认识转化成了行动，尽己所能地著书立说，推动在比较中西的格局上，看待中国文化的研究与教学。参加了我们的讲习班后，也有不少西方学者、教授很受启发，他们认同这样的讲述。比如，从我们2011年讲习班结业返回美国的学员，在美国亚洲研究的年会上就专门开了一个分会场，介绍我们的讲习班和安老师的比较哲学，这也是一个推动西方对中华文化的再认识的举动。

什么叫帮助中华文化"走进来"呢？这听起来有点自相矛盾，但其实就发生在你这样的中国学员身上。现当代中国的教育从体系到内容，有的方面是向西方学习的结果，受西方影响很深，甚至我们

所使用的语言也经常杂糅着中西两者的哲学概念。当代中国人包括中国学者，与真正意义上的中华传统文化是有隔阂的，需要重新认识，重新认同。咱们的讲习班也就是在这个意义上让中华文化"走进来"，在现代文化中确认传统文化的内在精神。你的"豁然"经历很有代表性，从讲习班的结业论文上可见一斑，比如你在英院的同事邱瑾从"一多不分"的角度重新解读了传统文学《梁祝》，对如何讲好中国故事有了更深层次的思考。④另外，不少人和你一样，在讲习班收获了对中华文化的感性体验与理性认知的统一，又继而萌发出对中华文化更强烈的探知欲望。可以说，讲习班在促进国人对传统文化认知与认同上也很有效果。

马：确实如此，咱们的讲习班在帮助中华文化"走出去"的同时，也促进或重塑了我们中国人对中华文化的认知，使中华文化得以又"走进来"，走进西式教育中成长起来的当代中国人的心里。最后，我想听听您对讲习班的展望。或者，在帮助中国哲学"走出去""走进来"方面，您还有什么样的计划？

田：讲习班很好，但是只有两周时间，还是短了点，不够解渴。我希望能设置和实行更长期的学习机制，比如办个"五年班"，从苗苗开始培养，让熟读中国典籍的年轻人成为比较哲学家。说得再长远些，安老师的比较中西哲学阐释应该成为中国人处理跨文化问题的一个具有普遍性的角度和方法，这有助于我们认清自己、看清别人，也才更好地在此基础上恰当地对接、沟通、周旋，处理好相关分歧和矛盾，但这恐怕需要上百年的时间。但大家知道，"千里之行，始于足下"。

注释【Notes】

① M. Tymoczko. *Enlarging Translation, Empowering Translators*. London: Routledge Press, 2014.
② D. L. Hall & R. T. Ames. *Thinking through Confucius*. New Yock: State University of New York Press, 1987.
③ R. T. Ames. *Confucian Role Ethics: A Vocabulary*. Hong Kong: The Chinese University of Hong Kong Press, 2011.
④邱瑾：《化蝶之境——在比较文化视域下重读〈梁祝〉以及思考如何讲好中国故事》，https://www.yiduobufen.com/index.php/index/forumart/id/37.html。

从行吟诗人到时代之音

——鲍勃·迪伦诗歌中的民间叙事策略与现代性转化①

屈伶萤

内容提要： 作为20世纪美国民谣复兴运动的核心人物鲍勃·迪伦的诗歌创作在文学与音乐的跨界维度中，展现出独特的诗学价值。这种转化遵循三重路径：碎片化拼贴技术解构线性史诗结构、方言与黑话系统重塑大众话语空间和流浪者视角确立反精英叙述立场，最终使民歌从地方性文化标本升华为参与公共议题的"社会诗学"。本文以迪伦的诗歌文本为研究对象，聚焦迪伦如何通过上述三重路径，对民间叙事策略进行创造性转化，从而在传统与现代性的张力中建构出独特的艺术表达体系。

关键词： 鲍勃·迪伦民间叙事策略；现代性转化；社会诗学

作者简介： 屈伶萤，四川美术学院通识学院讲师，文学博士，主要从事比较文学与文化研究。

Title: From a Wandering Lyricist to a Singer of the Times: Strategy of Folklore Statement, and Modern Transformation in Bob Dylan's Poetry

Abstract: Bob Dylan is a central figure in the American folk music revival movement in the 20th century. His poetry creations are of unique poetic value in the cross-boundary dimension of literature and music. This transformation follows three paths: ① the fragmented collage technique deconstructing the linear epic structure; ② the dialect and jargon system reshaping the public discourse space; ③ holding a wanderer's stance from his anti-elite perspective. Through the transformation mentioned above, Dylan's folk songs have been elevated ultimately from "locally cultural specimen" to "socially poetic participates" in public issues. Focusing on Dylan's poetry texts, this paper demonstrates how Bob Dylan has made creative transformation on his "folk narrative strategies". This transformation constructs a unique artistic expression system within the tension between tradition and modernity.

Key Words: Bob Dylan; folk narrative strategies; modern transformation; social poetics

About the Author: Qu Lingying, holding a Ph.D in Literature, is a lecturer at General Education College, Sichuan Fine Arts Institute; she specializes in Comparative Literature and Cultural Research.

鲍勃·迪伦的诗歌，是一把在民谣废墟中锻造的声学手术刀，剖开现代性的肌理，暴露其深层的自由与反叛。在二十世纪的民谣复兴运动中，他从尘暴迁徙的公路伤痕里拾起伍迪·格思里（Woody Guthrie）的工会琴颈，又在冷战的蘑菇云下熔炼皮特·西格（Pete Seeger）的环形叙事铁砧，最后将民谣锻造成一场语言起义般的军械库。蒙大拿州的尘暴、俄克拉何马州迁徙者的车辙泥浆，都成了琴弦上凝结的血痂；老矿工在慢性矽肺病里咳嗽的节拍，火车货运厢里黑人工人用布鲁斯填满的饥饿空隙……，这些声音的残片被迪伦用冷战时期的钢丝绞合成弦；当歌曲《荒芜街》（*Desolation Row*）的语义爆炸撕碎线性历史的裹尸布，当《时代在改变》（*The Times They Are A-Changin'*）的漂浮能指毒害进步主义的乌托邦幻觉，迪伦抽走抗议歌谣直白的口号式弹药，将《答案在风中飘》（*Blowing in the Wind*）成隐喻的霰弹枪——每一个意象都是多棱镜：在电台电波里折射出矿工家属眼里的黑肺阴影，还有越战直升机旋翼割裂的天空……当白宫新闻官还在用冷战词典编织谎言茧房时，迪伦的诗歌已经用布鲁斯切分音撞碎了语法高墙。

迪伦的创作已超越音乐的维度，成为资本主义叙事逻辑的暴力解构者。碎片拼贴技术切割史诗的纪念碑，方言与黑话重构被规训的声带，还有流浪者的视角化作狙击精英叙事的瞄准镜——所有这些，形成了一场民间诗学的现代性暴动，于是，民谣不再缝合记忆的裂痕，而是将历史的创口转化为刺入公共议程的符号弹片。

一、民间叙事策略的现代化转化路径：叙事重构与抵抗诗学的声学考古

美国20世纪民谣复兴运动不仅是音乐形式的复苏，更是一场用叙事来重构社会意识的语言革命。伍迪·格思里与皮特·西格通过重新激活民谣的叙事功能，将街头、农田与生产线的现实经验转化为集体抗争的声学档案，为迪伦的诗歌实验奠定了基石。在民谣复兴运动中，迪伦和一些人的民谣挣脱了档案馆中化石般的静态存在，成为缝合历史断裂的声学手术刀。

当1938年的尘暴将俄克拉荷马的麦田掀向空中时，伍迪·格思里的吉他琴箱里正在孕育一种新的声学语法。在他标志性的《我没有家》（*I Ain't Got No Home*），流浪者的咳嗽声被编织进旋律的褶皱："无家可归、无工可做、无宁无息，警察如旷野困兔般追捕我"（"No home, no job, no peace, no rest. The police they chase me like a hare in the wilderness"）。这种将环境音纳入歌词肌理的手法，比如有沙粒摩擦琴弦的噪声、火车汽笛的长鸣……使得民谣不再是单纯的音乐表演，而成为嵌入地理创伤的震动档案。格思里有意识地在专辑《沙尘暴纪事》（*Dust Bowl Ballads*）保存迁徙群体的肉身经验：在《谈谈沙尘暴蓝调音乐》（*Talking Dust Bowl Blues*）里，他模拟卡车爆胎的节奏型（bom-ba-bom），用拟声词在听觉记忆中刻写奥基移民的公路伤痕。这种"身体纪实主义"源于他对传统民谣程式（ballad formula）的颠覆性改造。《汤姆·乔德》（*Tom Joad*）中格思里将苏格兰边境民谣《琼·哈迪》（*John Hardy*）的杀人犯复仇叙事故事改写为阶级控诉。原歌谣的重复诅咒"但我知道他杀了那人"（"But I knowed he'd done murdered that man"）被转化为十四次循环的"我会在场"（"I'll be there"），让失业工人汤姆·乔德成为资本罪恶的全知见证者[2]。这程式化重复的变体，如同在榆木吉他上刻划罢工的年轮，使民谣获得了介入现实的修辞暴力。当沙尘暴的声景（soundscape）被录制成唱片沟槽，民谣的媒介属性发生了本质转变。本雅明所言的在机械复制时代的艺术"灵韵"正在消散，在此呈现出另类面向：格思里刻意保留录音环境中的咳嗽声与琴弦走音，使专辑《沙尘暴纪事》（*Dust Bowl Ballads*）成为一种"未完成的档案"[3]这种粗糙的在场证明，让听众的耳膜成为尘暴受害者的肺部延展——正如《治安维持者》（*Vigilante Man*）中描述的："他的呼气化作白雾，在寒夜凝结"（"His breath is a white cloud, freezing'in the night"），歌词的冷冽意象通过录音媒介的物理震颤获得了触觉温度。格思里用民谣实现了具身铸造，让民谣成为游牧的叙事机器。

1955年，皮特·西格在田纳西州蒙哥马利的教堂地下室改写《我们必将胜利》（*We Shall Overcome*）时，他在第9小节插入了非洲裔工人的转调颤音。这首源自19世纪卫理公会赞美诗的歌曲，通过副歌"我心底坚信"（"Deep in my heart, I do believe"）的螺旋上升音阶，构筑了一个声学民主空间。每一个参与者都在重复中获得了叙事篡改权：1960年北卡罗来纳州的格林斯波罗城为了黑人平权而静坐示威时，学生们将"我们将会胜利"（"We will overcome"）改为"我们必将胜利"（We shall overcome），用未来时态的确定性置换意愿的飘忽[4]。如同"歌谣的蜂巢法则"——每一只工蜂都在集体嗡鸣中分泌着自己的政治蜡质。这种参与式美学在《深陷淤泥》（*Waist Deep in the Big Muddy*）中达到技术巅峰。西格将班卓琴降调至C#，制造出淤泥般的音色黏滞感，模拟越南战场士兵跋涉的物理阻力："每当阅读报纸，那熟悉的

感觉便至，我们已深陷淤泥，愚人犹喊：前进！"（"Every time I read the papers, That old feeling comes on, We were waist deep in the Big Muddy, And the damn fool kept yelling 'Push on'!"）音乐评论家格列尔·马库斯指出，这段演奏中班卓琴的击勾弦技巧（hammer-on）实际上模仿了泥浆吞没靴子的黏稠声效，使器乐成为批判性叙事的共谋者⑤。更具颠覆性的是，西格在第二段主歌嵌入军鼓滚奏（snare roll），让听众难以分辨乐器的政治归属——究竟是行军进行曲的伴奏，还是反战抗议的噪声？西格的环形叙事策略开创了民谣的时间辩证法。《花儿都到哪里去了？》（Where Have All the Flowers Gone?）的五个诗节构成一个莫比乌斯环：少女采花→士兵赴死→坟墓花开→少女采花，往复循环。这种回旋结构原本指向战争的宿命论循环，但西格通过时态转换撕开历史裂隙。第二段"士兵们何往？皆赴坟场"（"Where have all the soldiers gone? Gone to graveyards, every one"）使用现在完成时暗示事件的即时性，而末段"他们何时才懂？"（"When will they ever learn?"）则突兀切换至未来时态，将叙事主体从歌者偷渡给听众。这种时态越轨，让民谣超越了封闭的寓言系统，完成了复调的集体创作，成为触发行动的反记忆装置。当迪伦在1964年的《昨日书》（My Back Pages）中写下"昔日我何等苍老，今朝重获青春"（"Ah, but I was so much older then, I'm younger than that now"）时，他实际上引爆了民谣的人称代词体系。格思里铸就的"我们"（"We"）共同体，如《这片土地是你的土地》（This Land Is Your Land）中的"这片土地为你我创造"（"This land was made for you and me"）与西格锻造的"你"（"You"）质询结构"你今天在学校学到了什么？"（"What Did You Learn in School Today?"）中的连续性问询，在迪伦的诗歌中裂变为《我很好（我只是在流血）》（It's Alright Ma (I'm Only Bleeding)）的无人称漩涡："金钱不语却咒骂，污秽又何妨"（"While money doesn't talk it swears, Obscenity, who really cares"）。主语的缺席让压迫结构获得匿名性，却赋予了诗句

更强的分析穿透力——正如英国诗人克里斯托弗里克斯所指出的，迪伦用不定代词构筑了"现代性罪恶的X光底片"⑥。隐喻的集群在话语场域内发生范式转换，不仅解构了压迫性指称的匿名特权，更用游牧式符号对抗固态权力架构。

格思里笔下的"铁路"是具象的阶级载体，《艰难旅程》（Hard Travelin'）中的"我曾被铁路上的暴徒锤打，他们给我套上枷锁驱赶前行"（"I've been hammered by the railroad gangs, That shackled me and drove me down"），铁轨的线性延伸在此转化为工业化剥削的制度性轨迹。锤击铁钉的节奏与工人的劳损身体形成同构，而"shackled"（枷锁）一词将劳动工具异化为暴力装置。这种"铁路肉身化"的书写在《铁路蓝调》（Railroad Blues）达到巅峰："我的骨骼由铁制铰链构成，血液掺入了煤渣"（"My bones are made of iron joints, My blood is mixed with cinders"），工人身体与铁路机械合为一体，劳动者既是铁路生产的主体，也成为运输系统吞噬的客体。而西格的"河流"则象征着一种流动的集体力量，在皮特·西格的音乐中，河流绝非自然地理的简单映射，而是承载着20世纪美国人民流动的抗争史。在西格重编的《我怎能停止歌唱》（How Can I Keep from Singing?）中，河流的声学特质被赋予了特殊意义。"穿过喧嚣与倾轧，乐音始终鸣响，它在灵魂中共振——我怎能停止歌唱？"（"Through all the tumult and the strife, I hear the music ringing. It finds an echo in my soul-How can I keep from singing?"）这里的"鸣响"（echo）来自密西西比河上纤夫的号子、大萧条时期流动工人的船歌，和民权运动游行圣歌的声波叠加。《深陷淤泥》（Waist Deep in the Big Muddy）中，河流的形态成为政治伦理的试验场。"每当阅读报纸，那熟悉的感觉便至，我们已深陷淤泥，愚人犹喊'前进'！"：用淤泥和污水讽刺了美国政客们在越南战争中丑恶的嘴脸，在此构成对单向进步史观的质疑。"深陷"所暗示的绝非被动受困——东南亚农民抗争时发现的"沼泽逃生术"，与歌词中的集体困境形成互文：当

权者的蛮横指令（"前进"）被液态媒介消解，陷入泥泞的士兵们用身体丈量着暴力机器的失效半径。

但当迪伦在《手鼓先生》（*Mr. Tambourine Man*）中写下"带我穿越心神的烟圈遁形"（"Take me disappearing' through the smoke rings of my mind"），传统意象被一种如烟般轻盈的虚空所溶解。在《荒芜街》中他以超现实笔触解构铁轨意象："午夜列车载着补鞋匠与灰姑娘的姐姐，碾过爱丽丝打牌的疯人院"（"The Titanic sails at dawn, And Ezra Pound and T.S. Eliot, Fighting in the captain's tower"）。他将铁轨上的工业劳工置换为文学亡灵与神话角色的荒诞拼贴，轨道成为吞噬历史的深渊通道。而在《时代在改变》中，西格式的抗争洪流被改写为存在主义式的暗涌："看那潮水漫过你们足踝，你们筑的藩篱终成纸墙"（"Come gather' round people, Wherever you roam, And admit that the waters, Around you have grown'"），河流的变革力量在此被稀释为不可抗的宿命——潮水既冲刷旧秩序，也抹去反抗者存在的痕迹，如同贝克特剧中无止境的等待，所有的呐喊最后消融于涨落的虚无。作者性概念的暴力革命更彻底暴露了民谣运动的原初悖论。当迪伦于1962年与马尔库斯·维特马克父子发行商（M.Witmark & Son）签约时，他将《答案在风中飘》的版权登记为"Bob Dylan ©1962"，这种法律行为无异于用钢笔刺穿民歌的匿名性传统[7]。在《暴雨将至》（*A Hard Rain's A- Gonna Fall*）中，迪伦甚至将著作权意识嵌入诗歌："启唇前我已深谙此歌"（"I'll know my song well before I start singin'"）——这种元叙事（meta-narration）宣告了艺术家对于语言的主权。格拉斯哥大学的批评家迈克·马林森指出，迪伦通过"自指性悖论"（"self-referential paradox"）解构民谣集体记忆的正当性："当他声称'我将知道我的歌'"，实际上暗示过去的民谣创作者从未真正'知道'他们的歌"[8]。1965年纽波特民谣节的电流爆破声中，迪伦用电吉他的失真效果完成了最终的叙事政变，原声民谣

线性叙事被撕裂为拼贴的语义碎片，瓦解了西格式的理性批评传统。这种"词语蒙太奇"实际上预演了后现代主义诗学：当迪伦咆哮"再不为玛姬农场卖命"（"I ain't gonna work on Maggie's farm no more"），玛姬（Maggie）作为能指，既是资本主义农场主，也是背叛他的缪斯女神，更指代着创作的初始动因。至此，迪伦完成了一种现代性的突围，民谣不再缝合历史，而是将历史本身碎裂为重组的抵抗元件。

二、时空折叠中的叙事革命：非线性史诗与社会认知重构

鲍勃·迪伦1965年的《荒芜街》构成对传统民谣叙事的暴力颠覆。创作主体运用杰姆逊定义的"晚期资本主义文化逻辑"，文本的原创性被复制与拼贴取代，时间碎片化导致主体丧失连续认知能力，符号沦为"能指的狂欢"。这首长达11分钟的巴洛克式歌曲，本质上是对西方文明剧场的沉浸式考古——通过让圣经隐喻、文学中的怪诞人物与犯罪黑话在语言的塌缩时空中碰撞，系统性地呈现现代性意识形态的断裂场域。

开篇"绞刑犯的明信片"（*Postcards of the hanging*）这个意象直接指涉1920年明尼苏达州三起黑人马戏团工人私刑事件。这个具有历史重量的现实符号旋即被超现实拼贴解构：灰姑娘（童话社会流动的经典符码）在刑场"清扫残余"（sweeping up），而与此同时《哈姆雷特》中溺亡的天真的22岁少女奥菲莉亚成了（old maid）暗示着"美国婴儿潮"一代致幻剂带来的精神阉割。迪伦的奥菲莉亚远比瘾君子更具有形而上学的痛感：她在荒芜街的橱窗反光中，同时窥见自己作为古典符号、现代弃民以及摇滚商品的三重异化躯体。成瘾剂量代替童话故事，荒芜从街巷蔓延至美国整个社会。这类失重式并置战术，瓦解了隐喻链的连续性，迫使他者在接受过程中进行布莱希特式的"间离效果"下的意义再生产。进入中段，奥菲莉亚溺亡的古典悲剧被砸碎成后现代的万花筒——爱因斯坦披上侠盗绿衫、伪善的慈善家头戴骰子冠

冤，理性与道德在词语中崩解。他用水银般流动的意象拼贴出二十世纪六十年代的精神地震：当宏大叙事失效，人类的荒诞与救赎，只在街头破碎的霓虹和堕落少女的瞳孔的裂痕里战栗发光。当"保险公司的人"（资本理性化的代理人）向罗密欧索要浮士德契约时，莎翁悲剧被修辞暴力改写成对官僚机器掠夺性的解剖。这种符号游击战，呼应着情境主义者的"异轨"（détournement）实践，劫持主流文化符码，以揭露其暴力装置。正如流行音乐研究者弗里斯指出的，迪伦在此阶段的创作呈现出"民俗惊骇效果"，即通过对习见意象的诡异拼接，激活认识论的焦虑⑩。迪伦的碎片化写作实则是邀请听众参与的开放工程：当歌曲结尾唱道"别给我写信了……除非从荒芜街寄来"（"Don't send me no more letters no, Not unless you mail them from Desolation Row"），这种矛盾的指令彻底关闭了传统歌词的封闭性解读空间，就像递出一把钥匙却隐去锁孔，迫使每个听者必须用自身的经历与想象去重新焊接那些看似支离的意象。于是，解读者不再是被动接收信息的容器，而是在词语废墟间逡巡的拓荒者——荒芜街本身成为考验与创造并存的炼金场域，唯有通过参与拼合那些闪烁的语义碎片，现代人破碎的主体性才能在荒芜中重生。格罗斯伯格关于"意义是通过权力与差异的动态斗争被不断再组装（rearticulation）的，而非固定于某种稳定的意识形态结构。后现代文化要求读者像游牧者一样，在符号废墟中重新挖掘可能的解放性意义。"⑪的论断在此得到完美诠释。鲍勃·迪伦以断裂的歌词瓦解了传统叙事的"治愈幻觉"。如果说古典民谣是用完整的故事情节编织逻辑闭环（如伍迪·格思里对工人阶级苦难的线性控诉），迪伦的创作则更像一场蓄意的体系崩坏：当《荒芜街》结尾拒绝接收"非来自荒芜街"的信件，其本质是切断读者对文本权威的单向依赖。这种拒绝闭合的姿态，呼应了福柯对"话语即权力"的批判——语言不再是安抚认知的工具，而被改造成解构认知的铁锤。迪伦的歌词从不提供现成答案，却要求听者在矛盾的隐喻中自我迭代（例如《荒芜街》既是精

神困境的迷幻写照，也成为重构意义的前提）。这种策略与福柯笔下"知识考古学"的实践逻辑殊途同归：当既有符号系统被爆破后，语言的碎片往往会由接收者在批判性重组中转化为新认知模式。至此，一首歌曲不再是审美产品，而演变为群体意识的"开源代码"——每个参与解码的个体都在无意间完成了一次对霸权话语的微型叛离。因此，迪伦的艺术从不解救迷茫者，却持续生产着能够识别、拆解并重写压迫性话语的战术型主体。

迪伦在1964年创作的《时代在改变》以其叙事结构的颠覆性实验，成为一场隐秘的"时空折叠革命"。歌曲通过非线性时间编码与空间抽象化，将传统民谣的单向抗议史诗拆解为多声部的认知迷宫，迫使听众在意义悬置里，重构对社会现实的感知。开篇的召唤"来吧，四方的人们"（"Come gather 'round people"）以伪史诗的宏大姿态展开，表面上呼应《荷马史诗》式的线性动员传统，却在后续文本中暴露出断裂的时空逻辑：副歌"时代在改变"（"times they are a-changin'"）的5次重复并非推进叙事的阶梯，而是生成闭合环路的涡轮机——每一次"变革"宣告都吞没前一段的具体历史指涉，如"现在走在前头的，将来会落在最后"（"And the first one now, Will later be last For the times"）。而"现在步履维艰的稍后会健步如飞，因那正在发生的很快会成为过去"（"The slow one now. Will later be fast. As the present now. Will later be past."）这种将"过去——现在——未来"含糊的"非线性史诗"的书写策略，暴露出歌曲本质上是对冷战时期美国社会二元对立认知模式的解构。当时间链条被折叠时，听众被影响放弃对历史连续性的依赖，转而直面离散的、未解决的社会熵增。歌词的空间处理进一步强化了时空折叠的认知"暴力"。"外面激战正酣"（"There's a battle outside"）中的"外面"既不明确指向越战前线也未锚定民权街头，而"你们的旧路急速衰朽"（"Your old road is rapidly agin'"）将"道路"从地理坐标抽离为纯粹隐喻。音乐通过"噪音的模拟"提前组织社会关系的重组。迪伦歌词中，将社会暴

力"激战"抽象为无空间锚定的"噪音",正对应阿塔利所言的音乐对社会暴力的虚拟化预演⑪、迪伦借此打破传统抗议歌曲的"空间现实主义",转而以抽象动能,如"水已漫至咽喉"("the waters Around you have grown")或"你会如石头般沉没"("Or you'll sink like a stone")建构流体式的叙事场域,听众不得不在缺失空间坐标的迷宫中重绘认知地图。在此,迪伦的非线性史诗不再是社会运动的传声筒,而是认知重构的爆破装置——它通过时空折叠制造出革命叙事的黑洞,将听众吸入意义真空的同时,也启蒙了一场沉默的范式叛乱:当线性史观崩解为碎片化的"此刻永恒",对"进步"的信仰便被迫接受对其语言根基的审讯。这首歌由此表示了所有单向度的社会认知,通过摧毁旧有话语根基,逼迫受众在虚无中重新建立价值判断。该曲接受史的范式转换佐证其解构实效:20世纪六十年代中期的激进战歌,到1968年后蜕变为理想主义墓碑。迪伦2023年在白宫的现场版将其改为温柔演绎,使得曾经那个喉音沙哑扭曲演唱的"时代"犹如存在主义的临终嚎叫。这种自反性符合德里达的"药"(pharmakon)的两面性——预言作为"解药",最后显影为剧毒,成功地将现代性时间困境具象化为永恒的应激危机。

通过破毁蒙太奇建制、异化预言机制和空间游击策略,迪伦将民谣改造成对抗霸权时空秩序的符号武器,完成了一场民谣的叙事革命。他的创作超越了六十年代危机的简单反射,而是培植出崭新的政治主体范式。正如同阿塔利的判断:"音乐使即将显现的新世界先被听见"。⑫迪伦的叙事革命不仅粉碎了民谣复兴运动的乡愁想象,更要求我们将抵抗重定义为永续的认知失衡——即作为未完成状态的革命诗学。

三、诗学的社会剧场:从集体记忆到公共议程

鲍勃·迪伦的《海蒂·卡罗尔的孤独之死》(*The Lonesome Death of Hattie Carroll*)以诗学的锋刃刺穿了美国司法系统的虚伪面纱。通过重构

1963年白人贵族威廉·赞辛(William Zanzinger)对黑人女佣海蒂·卡罗尔(Hattie Carroll)的谋杀案,迪伦揭示了种族主义如何与法律程序共谋生产"权威真相"。歌词中的极简叙事不是单纯的新闻复述,而是一场精心设计的符号谋杀:司法档案的"客观性"在诗行中被暴力拆解。迪伦用数字将谋杀者与被谋杀者放置在同样的诗文空间进行对比:坐拥六百英亩庄园的24岁的凶手赞辛谋杀了生育了10个孩子的50岁的黑人帮佣卡罗尔,几分钟后他被保释,犯下一级谋杀罪的凶手仅被判处六个月监禁,迪伦的创作以此解构司法程序的理性神话。数字在此成为权力镇压的工具,将卡罗尔的死亡压缩为档案中的一个标点,而赞辛的凶器手杖则被转化为殖民暴力的象征物。"凶器是用戴钻戒的指头挥舞的手杖"("With a cane that he twirled around his diamond ring finger"),与受害者"清理桌上的残羹剩饭"("cleaned up all the food from the table")形成残酷对比,暴露出种族资本主义对黑人身体的物质剥削与符号抹杀13。迪伦的歌词拒绝让卡罗尔沦为统计数字,他以"育有十子"的母性叙事和"死于一记重击"的感官细节重构暴力现场,实际是对斯皮瓦克"属下女性无法言说"("The Subaltern Cannot Speak")命题的反写——当司法系统用程序正义掩饰实质不公时,民谣成为唯一诚实的证词。"法律不容任何操纵和说动"("And that the strings in the books ain't pulled and persuaded")更是对所谓法律正义的辛辣讽刺。媒体将种族谋杀包装为"个体悲剧",而迪伦以念白与圣咏并置的声学结构,模拟了公共领域的结构性排除真相被温和的司法措辞和伪善的同情共同消音的情况。而《沿着瞭望塔》(*All Along the Watchtower*)则是迪伦又一次寓言复调的体现,是对冷战焦虑的一次寓言式大爆炸,其后经由无数次返场重演,蜕变为跨时代的政治符号炼金术。从《圣经》的巴别塔到瞭望塔,迪伦在神圣与荒诞的边界架设语言陷阱,将黑帮电影的枪火("小丑与骑士对峙")与古巴导弹危机的蘑菇云缝合为启示录寓言。这种符号的"异轨"(détournement),当失真的吉他音效模

拟核辐射的神经刺痛时，音乐本身成为攻击听众感官的声波武器。歌曲的开放性能指链催生出多义抵抗：越战士兵将其作为直升机扫射时的狂暴伴奏，反战公民在白宫前的集会，三K党与警察暴力对非裔移民的双重威胁……接受的多重性暴露了冷战意识形态的内在裂隙：迪伦的寓言既不提供救赎方案，也不拥抱虚无主义，而是"迫使"听众在符号废墟中自省。寓言的生命力在于其未完成性，历史的灾难现场恰是解放能量的储存器，每一个世代都能从寓言的碎片中拼凑出自己的反抗语法。

1975年，鲍勃·迪伦发行歌曲《飓风》（Hurricane），被白人诬陷而被判有谋杀罪的黑人拳击手鲁宾·卡特（Rubin Carter）为叙事核心，是迪伦对艺术介入社会命题的又一实践。这一事件不仅是音乐史上的转折点，更是文化行动主义的革命性实验。通过将拳击手鲁宾·卡特的冤案转化为跨国媒体事件，他发明了一种新型的文化行动主义：迪伦将民谣从"抗议圣歌"的神坛拉下，将其重塑为一种跨媒介的公共事件引擎：法庭辩词成为广播电台的病毒式叙事，唱片销售收入直接成为司法抗争的资本，演唱会现场播放的牢房铁链声则将福柯的"异托邦"植入都市娱乐空间。这种策略既是对阿多诺文化工业批判的嘲弄（迪伦证明商业化未必稀释政治能量，反而可能淬炼出更锐利的传播毒剂），也是对民谣纯粹主义的致命一击：当抗议歌曲登上公告牌（Billboard）排行榜，格林威治村的道德优越感在迪伦手中砰然碎裂。但胜利的背面是新的困境：卡特的无罪释放被包装成"正义的媒体奇迹"，却遮蔽了司法系统的结构性腐败；演唱会的声光奇观吞噬了持续的政治反思，验证了德波的预言："革命的表象一旦被景观吸收，便沦为可贩卖的符号……所有被描绘的激进性最终都是对现存秩序的广告。"⑬当正义成为媒体奇观，当反抗被编码为消费符号，迪伦的幽灵在数字时代继续游荡，与工业的情感剥削缠斗不休。2020年由被白人警官暴力执法而死亡的黑人弗洛伊德引起的"黑人的命也是命"（Black Lives Matter）运动中再次证明，预言的生命力在于其未完成性。至此，民谣不再是被供奉的圣杯，而是一把沾满泥泞的铁锹：它

无法掘出乌托邦，却永远在挖开新的战场。

当卡特终于在十年后走出监狱时，迪伦的胜利却散发出硫磺般的刺鼻气息。媒体将这场平反包装成"艺术战胜不公"的励志故事，却无人质问为何一个国家的司法正义需要依赖白人摇滚明星的跨界施救。这种救世主叙事像一层糖衣，包裹着制度性溃烂的苦药，让美国社会得以回避对种族主义癌细胞的直视。《飓风》激起的声浪越浩大，其造成的结构性失语便越刺眼——如同用探照灯聚焦一粒沙尘暴中的沙子，却放任整个风暴系统继续肆虐。而在数字时代的回声室里，迪伦的幽灵仍在游荡：TikTok上的社运视频沿用着《飓风》的碎片化叙事法则，却陷入算法流量的泥潭；弗洛伊德案的标签战争创造了史上最大规模的在线抗议，却也在信息洪流中碎裂成无法拼合的正义诉求。这些矛盾恰恰印证了迪伦诗学的终极启示：艺术从不是射向权力的银弹，而是不断在现实之墙上凿孔的光锥——每个孔洞都是希望的漏洞，也是新斗争的入口。当民谣褪去圣歌的光环、成为插在牛仔裤后袋的铁锹时，它的使命不再是挖掘至善的乌托邦，而是永远搅动脚下这片滋生不公的土壤。每一次翻起的土块都在证明：在诗学与权力的角力场上，重要的不是胜利的勋章，而是拒绝让语言沦为静默化石的倔强耕作。迪伦的民谣揭示了一个残酷的真理：艺术从不能直接改变世界，却可以不断重绘斗争的坐标。当民谣放弃对纯洁性的迷恋，转而拥抱商品、技术与权力的肮脏博弈时，它便从圣杯降格为铁锹——一把无法挖掘出乌托邦、却永远在搅动现实土壤的工具。在数字资本主义的今天，这场社会剧场仍未落幕：每一次算法推送的抗议视频，每一次资本化用的正义标签，都是迪伦诗学的变形续写；或许真正的救赎不在胜利本身，而在永不终止的挖掘过程。他的社会剧场展现了诗学介入政治的复杂地形——司法档案的解剖刀、冷战寓言的爆破筒、媒体事件的注射器——每一种策略都在撕裂旧秩序的同时制造新伤痕。当民谣从咖啡馆的低吟变为街垒的号角，艺术与革命的辩证法不再提供清晰的答案，而是永恒的诘问：我们如何在语言的废墟上重

建伦理？又该如何避免反抗成为景观社会的下一季流行款？答案或许深埋于迪伦最危险的洞见：诗歌不是答案的容器，而是问题的发生器。

四、总结

迪伦的诗歌"暴动"终究是一柄双刃剑，以同样的锋锐割开权力幕布与自身的救赎神话。当民谣从尘封的档案挣脱为燃烧的街垒火把，诗行间的黑话与拼贴术便注定同时扮演着解放者与囚徒的双重角色：撕裂司法伪善的语法刀，总在镁光灯下镀上景观的金漆；爆破冷战铁幕的寓言弹片，终将被博物馆的玻璃匣驯化为无害的展品。每个被掀翻的语词权杖下，都滋长着新的管控菌丝；每场认知地震的余波里，都堆积着待价而沽的语义瓦砾。但这场永不终止的语言起义早已破解虚妄的胜负逻辑——当和弦在撕裂中崩坏，废墟便成为新声的苗床；当诗句在坍缩中失重，沉默即更暴烈的宣言。迪伦的遗产是永动的诘问风暴：诗歌从不供奉真理，它只将世界浸泡在问题的酸液里，直到所有坚固的谎言开始剥落。

注释【Notes】

①本文系国家社科基金一般项目"中国接受视域下的北欧文学区域性建构研究（1907—1949）"（项目编号：22CZW044）的阶段性研究成果；四川美术学院教育教学改革研究项目"重庆市非遗手工艺译介与海外传播线上课程建设研究"（2024jg08）阶段性研究成果；四川美术学院博士启动项目"好莱坞类型片中女性形象的嬗变"（项目编号：22BSD014）。

②Cray E.. *Ramblin' man: The Life and Times of Woody Guthrie*. London: W.W. Norton, 2006, p.134.

③Filene Benjamin. *Romancing the Folk: Public Memory & American Roots Music*. Chapel Hill: University of North Carolina Press, 2000, p.127.

④ Dunaway D., Beer M. *Singing Out: an Oral History of American's Folk Music Revivals*. Oxford: Oxford University Press, 2010, p.187.

⑤Greil Marcus. *Invisible Republic: Bob Dylan's Basement Tapes*. New Yock: Henry Holt and Company, 1997, p.113.

⑥Christopher Ricks. *Dylan's Visions of Sin*. New Yock: Ecco Press, 2004, p.189.

⑦Howard Sounes. *Down the Highway: The Life of Bob Dylan*. New Yock: Grove Press, 2001, p.97.

⑧Mike Marqusee. *Wicked Messenger: Bob Dylan and the 1960s*. New Yock: Seven Stories Press, 2005, p.63.

⑨S. Frith. *Performing Rites: On the Value of Popular Music*. *Cambridge*: Harvard University Press, 1996. p.122.

⑩Lawrence Grossberg. *We Gotta Get Out of This Place: Popular Conservatism and Postmodern Culture*. London: Routledge Press,1992, p.88.

⑪Jacques Attali. *Noise: The Political Economy of Music*, anslated by Brian Massumi Minneapolis. Twin Cities: University of Minnesota Press, 1985, p.19.

⑫Cedric J.Robinson. *Black Marxism: The Making of the Black Radical Tradition*. London: Zed Press, 1983, p.26.

⑬Donald Nicholson-Smith. *The Society of the Spectacle*, trans. New Yock: Zone Books, 1994, p.12.

从人类的身份和关系角度看韩江作品中人类的困境

王会霞

内容提要： 在小说《素食者》和《植物妻子》（小说集）等作品里，作者韩江通过对主人公身份异化、抛弃自我身份的过程化描述，和对主人公最后变为植物的结果化展示，以及对主人公在其身份转变过程中与周边间的关系断裂的表现，与丈夫、姐妹、父母、姐夫、医生等间极度扭曲的关系的呈现，凸显了当代韩国女性的生存困顿。本文试图从人类的身份伦理、关系伦理和性别伦理的角度，浅要分析韩江作品中人物身份和关系的异化，和通过这种异化呈现出的女性困境、抗争和人类孤独化困境，以及应对困境的解决途径。

关键词： 韩江；《素食者》；《植物妻子》（小说集）；伦理学；人类；困境

作者简介： 王会霞，文学硕士，散文家，主要研究方向为比较文学和世界文学。

Title: Humans' Predicament: Seen from Human Identity and Relationship in Han Kang's Literary Works

Abstract: In the two books *The Vegetarian* and *The Plant Wife (A collection of novels)*, the author Han Kang highlighting the predicament of the Korean women's existence, portrays the protagonists' identity alienation, the protagonists' abandonment of their self-identity, and their final transformation into plants; Han Kang also depicts the rupture of the protagonists' relationships with the people around them, and the extreme distortion and twist between the protagonist and their husbands, sisters, parents, brothers-in-law, and doctors. This paper, from the perspectives of identity ethics, relationship ethics, and gender ethics, attempts to provide a preliminary analysis of alienation in human identity and relationship in Han Kang's works. Meanwhile, this paper, through its exemplification of human alienation in *The Vegeterian* and *The Plant Wife* by Han Kang, uncovers women's dilemmas, humans' resistance to the dilemmas and humans' predicament of loneliness, as well as reveals the ways to solve the dilemmas.

Key Words: Han Kang; *The Vegetarian*; *The Plant Wife*; Ethics; Human; Dilemma

About the Author: Wang Huixia, a master's degree in Literature, is a prose writer; her main research is on Comparative Literature and World Literature.

获得诺贝尔文学奖的韩国作家韩江，曾谈起自己从事写作的心路历程："我还记得我暗下决心要成为作家的那一天，那时我十四岁，我想书写下我的疑问，对那个年纪的我来说，作家是一个圈子，他们围绕着我，他们的作品都在探索，有时候你能感到他们的无助和无能为力，我就想加入他们，因为我也有无助无力的感觉，那时我只是写几段几段的话，可能和诗歌有点像。"①无助和无能为力感是她创作的起源，也是她一直探索的动力，本文试图从伦理学视角，探寻韩江作品里的自我身份问题、个体与他者关系间的纠葛问题，分析她对人类孤独化困境的关注以及对困境进行救赎的路径探索，以兹借鉴。

一、从身份伦理的视角认识有关动物与植物去身份化的描述

阿兰·德波顿的《身份的焦虑》一书，揭示了每个人都潜藏着对自身身份的焦虑。他认为："身份焦虑的本质是一种担忧。担忧我们处在无法与社会设定的成功典范保持一致的危险中，从而被夺去

尊严和尊重，这种担忧的破坏力足以摧毁我们生活的松紧度，以及担忧我们当下所处的社会等级过于平庸，或者会堕至更低的等级。"②

身份伦理，注重个体如何在多元文化和社会环境中确认自己的身份，并在伦理关系中找到归属感和安全感。

该以什么样的身份存在？该如何告别身份的焦虑？如何摆脱人性的恶？选择成为动物或是植物？"我"是自我还是妻子女儿？"我"是自由个体还是社会人？告别动物性的凶猛，回归植物性的平静，"以光合作用的沉默战胜了兽的恶"③，韩江在《素食者》《植物妻子》（小说集）中对上述这些问题作了思考和回答。

《素食者》里的英惠看似疯癫，内心却坚定平静，"姐，我现在不是动物了。""我不要再吃饭了，只要有阳光，我就能活下去。"

"你胡说什么呢？你真以为自己变成树了吗？那植物怎么能开口说话，怎么会有思考？"面对姐姐仁惠的反驳，英惠说道："姐姐说得没错……很快我就不用讲话和思考了。"④英惠把自己变成了一棵树，一棵不用讲话和思考的树，一棵不再与世俗有任何关联的树。

《植物妻子》里的妻子，慢慢身份异化为一株植物："她的大腿上长出了茂盛的白色根须，胸脯上开出了暗红色的花，浅黄、厚实的花蕊穿出……"⑤这无疑也是另一种卡夫卡的《变形记》。

身份如何转化？由人而为植物，梦境就是桥梁和媒介之一，在《素食者》和《植物妻子》（小说集）两部作品中，人物总是游走在梦与现实的两端；梦像一条线牵着她们走向不可知的深渊。《素食者》里，妻子英惠开始吃素就源自她奇异的梦，《植物妻子》里的《在某一天》记述到敏华做了奇怪的梦后，性格也变化了；在《植物妻子》的另一个故事《童佛》里，有记述："二月的某一天，我在梦中见到了童佛。在梦中，我好像置身于某个遥远的东南亚国家……"⑤p64他们无法解释的便是梦，梦是现实还是现实是梦？《失语者》中，博尔赫斯的那句"那个梦为什么会如此生动？为何会涌

出鲜血和热泪"⑥或许是答案。

作为普通的个体，我们能如何摆脱这种身份的焦虑？阿兰·德波顿在《身份的焦虑》中给出了几个解决方法：哲学、艺术、政治、基督教、波希米亚。②

韩江则试图以去身份化的方式，解决主人公身份的焦虑问题。在梦境与现实交织中，主人公们都实现了去身份化的过程，不作妻子、女儿或母亲，不作为世俗眼光下活着的成功的人，甚至不再作为动物的人，抛弃身份实现了彻底地反抗，这种抛弃甚至比《月亮与六便士》里的主人公斯特里克兰来得更为彻底。

二、个体与他者：关系伦理视角下扭曲的关系

关系伦理学探讨个体与他者关系中呈现的伦理问题、他者对个体的认同或否定，理解与关怀，和谐与冲突，这如果从女性角度看，同时也是一种关怀伦理。卡罗尔·吉利根在《不同的声音》里，探讨了关系伦理中的关怀问题，以女性主义的视角，肯定了女性独特的道德体验，强调了人与人之间的情感、关系以及相互关怀。

韩江善于从不同的视角来描写个体与他者的关系。在他的作品里，在他人的视角里，自我常常是扭曲变形的。《植物妻子》里，从丈夫的视角看："妻子到底是怎么了？我无法理解什么样的苦痛能引发心理障碍。这女人怎能这样令我孤单？她有什么权利令我孤单呢？每当我想到这些问题时，茫然的厌恶感像多年的灰尘一样层层堆积。"⑤p240丈夫对妻子的不理解甚至是厌恶。《素食者》里，英惠丈夫的视角，英惠的视角，仁惠的视角，医生们的视角都表达了各自不同的情绪情感。

胡塞尔提出的"交互主体性"概念也描述自我与他者之间的关系。他认为，主体只有在经验到一个他者时，才能构造起客观的和超越性的实在。胡塞尔用"他我"来代替"他者"，强调他者是自我"映现"出来的另一个自我。自我与他者可以随意转换，但这种"交互主体"依然只是同一个自我的

变形而已。

在韩江的作品中，人眼中的自然是扭曲变形的，人是物化的人，人与人关系多是以扭曲的形态出现的。比如：

植物是弯曲倾斜的。韩江的另一部小说《不做告别》里，开头就说到长得倾斜或弯曲的树木就像一个个墓碑——树木本是自然的精灵却在这成了墓碑。还有《童佛》中的松树："我怒视着每根树叶都向外剑拔弩张的那些松树，在无风的沉寂中，它们默默俯视着铁丝网另一边冰块覆盖的溪谷。"⑤p71

色彩是灰白色的。"那些凹凸不平的粒子呈现的朦胧阴影渲染出一种凄凉的美感。"⑦还有看不见青灰色的雪花飘落，雪花也是青灰色的，一切纯洁的不带情感的色彩在她的笔下全是凄凉的色彩。唯有"如果哪天你化为爱走来，我满心都会是水蓝色的"。⑧

人与人的关系是扭曲变形的。西蒙娜·德·波伏娃《第二性》中提及："从传统来说，社会赋予女人的命运是婚姻。大部分女人今日仍然是已婚的、结过婚的、准备结婚或者因没有结婚而苦恼。独身女人的定义由婚姻而来，不论她是受挫折的、反抗过的，甚或对这种制度毫不在乎。"⑨对很多人而言，婚姻是女性诸多关系中最为重要的一个关系，始终绕不开。

扭曲的婚姻关系是韩江作品中常出现的，《素食者》里，平庸的丈夫因为妻子没有特别的魅力而娶了她，只为了她轻松地胜任了平凡妻子的角色，每天早上六点起床为他准备一桌有汤有饭有鱼的早餐，而且她婚前一直做的副业也或多或少地补贴了家用。平庸无爱的婚姻和窒息的家庭氛围，让妻子走向了沉默的反抗。而姐姐仁惠和丈夫的关系看似稳定，却其实也扭曲，一个任劳任怨的家庭女子与一个所谓追求艺术背弃道德的丈夫。《植物妻子》（小说集）的《在某一天》里，敏华的丈夫捅向她的是十七处刀子。

扭曲的家庭关系，令人窒息的父母与子女间的关系，《素食者》中的父亲强行给英惠塞糖醋肉，

被拒绝后又狠扇她巴掌。母亲呵斥："瞧瞧你这副德行，你现在不吃肉，全世界的人就会把你吃掉！照镜子看看你这张脸都变成什么样。"④p48；《童佛》里，"母亲甚至不会掉眼泪。偶尔看到我流泪，她厚粗的巴掌就会飞过来。我没见过比她下手更狠的人了，被揍后如果疼得哭起来，她便会变本加厉地用手掌抽打我的肩膀、后背和腰"⑤p79。

三、性别伦理下女性与男性间无法和解的冲突

性别伦理学是从两性之间的关系探讨伦理问题、在性别的冲突和斗争中呈现出的不平等问题，以及应对不平等体现的伦理道德倾向。苏珊·弗兰克·帕森斯在《性别伦理学》里探讨了性别与伦理之间的关系，批判了传统伦理学中性别不平等的现象。她认为，性别伦理学的重要性不仅在于对性别的定义，更在于对"他者"的接纳与理解。这与关系伦理间有着密切的联系，可又侧重不同。

韩江的作品，呈现了一个女性图谱，这些女性里有被压抑者，有抗争者，有默许者，有失语者，有记录者……她的女性主人公们往往受到来自父权的压制和束缚，英惠的父亲是那个在《素食者》里出现不多，但一出现就让人窒息的角色，他通过暴力来维护家庭中的权威。他脾气火暴，当着九岁女儿的面虐杀一只狗，并强迫家人吃掉狗肉。家庭聚餐时，他强迫英惠吃肉，这一切都是造成她心灵创伤和走向素食者的缘由。《童佛》里的父亲是个缺失的角色，以冷漠的第三方的角色永久地站在了黑暗里。《失语者》里，那个知道自己眼睛终有一天要失明的男性主人公，也是有一位冷漠的父亲。

韩江的女性角色不少还受着来自夫权的漠视和欺凌。《素食者》里，英惠的丈夫冷漠自私；《童佛》里的丈夫是一个看似成功却身体有疤痕、心灵更残缺的男人；《在某一天》里，从妻子敏华那里获得爱和人生方向的他疑心背叛，狠心地刺伤了她。

在《植物妻子》里，丈夫和妻子，常常成了彼此陌生的面孔。最致命的是，女性有时还受着来自

女性代表的母权的助虐和帮凶。《童佛》里，母亲情感极度冷漠，《素食者》里的母亲粗暴冷漠，还有姐姐这个母权的另一个代表者，也成了造成英惠悲剧人生的帮凶。

两性之间的不可和解的冲突，是韩江作品暴露出的社会之殇。这唤起了我们对于韩国女性面临社会不平等地位问题的思考。我们在韩江的作品中，很少能找到一个正面的男性形象。两性间的尖锐对立和剑拔弩张，让故事时而显出平静的愤怒、时而歇斯底里般地让人感到呕吐窒息。这种两性间冲突性的描述也常见诸女性作家笔端，与其他女性主义作品的作家相比，韩江更注重于性别不平等下女性抗争的诗意化和彻底性，不留余地变成植物，不留余地地消解自我。

这可能与韩国社会的女性主义运动息息相关，2017年被称为韩国"女权主义复兴"的起点，电影《82年生的金智英》让大众点燃了女权复苏的热情，女作家们更大胆地暴露两性间的冲突与抗争。

这种性别的悲剧还在于同性之间的排斥和互害：母亲与女儿，姐姐与妹妹，妻子与第三者。这归根结底源于性别伦理学指向的对"他者"的接纳与理解。而对"他者"的接纳和理解是一个漫长而难解的课题。

四、命运与无助：人类的孤独化困境及解决途径

异化和扭曲是人类困境的烛照，每个人似乎都跟随着命运牵引着，而与自己的理想背道而驰，在孤独的路上越走越远。就像《自画像》里的那个楚人，"在干涸的喉咙里 / 只存留无尽的尘土 / 回返的足迹 / 早已被路上的风抚平 / 执着、傲气、斗志 / 任何热情和凄惨 / 以及忍耐 / 都不能把男人带到西安去 / 楚国的男人眼盲 / 病重，永远 / 去不了西安"。⑧p80-81我们一直在南辕北辙的路上。

《序诗》中的命运："某一天命运降临 / 和我说话 / 说我就是你的命运。如果问我 / 你过去那段时间喜欢我吗？ / 我会静静地拥抱你 / 长久地 / 会流泪吗？还是心灵 / 变得无限宁静，现在 / 会觉得

什么都不需要？ / 我不太清楚……"⑧p138人类的命运已经无可挽回的南辕北辙了吗？是变形？是失语吗？是归于平静吗？

《素食者》中英惠的内心独白："没有人可以帮我。没有人可以救我。没有人可以让我呼吸。"④p49

谁来救赎？如何救赎？

不是像博尔赫斯那样"我们中间横亘着刀"，⑥p1而是"我与世界之间还没有刀，在那一刻这样就已经足够了。"⑥p2而是像《不做告别》中庆荷那样"我来救你了""你动一下，我来救你了。"⑩我选择原谅，和解，自我救赎。

韩江的作品中呈现的自我救赎的方式之一：沉默与抗争。《失语者》中那个沉默了的女人："她开始不再用语言思考，不用语言行动，不用语言理解。"⑥p12沉默的"我"在希腊语的学习中找回了内心的"语言"，并与那个失明的男人进行着黑暗中温暖的"对话"。《不做告别》中，仁善的母亲在大屠杀中失去了她的母亲和妹妹，哥哥生死未卜。母亲一直在寻找她哥哥的踪迹，数十年来默默地平静地奋斗抗争，沉默与抗争是仁善母亲最坚强勇敢的选择，也是在那场不该被遗忘的历史中受害者及其家属共同的沉默和抗争的缩影。

作品里呈现救赎方式之二：宗教与信仰。"韩国社会的宗教呈现为多元化。在基督教取得相对优势地位的同时，传统的佛教、儒教在人口中仍然保持着相当比例，新兴宗教也大量涌来。没有任何一种宗教能在韩国取得压倒性的地位，各宗教彼此竞争信众和社会资源，呈现出多元化的特色。""另有学者利用2009年韩国综合社会调查的数据研究了宗教参与、压力和幸福感之间的关系，发现女性和基督（新）教信徒在宗教参与和幸福感之间的正向关系更明显。"⑪

韩江虽然曾表示自己没有宗教信仰，但她受父亲韩胜源对佛教的理解以及他佛教题材小说的影响，在20岁以后的10多年时间里曾深深地沉浸在佛教之中。她的《童佛》《红花丛中》都是有关佛教的故事，也是有关宗教救赎的思考。

可能的救赎方式之三：活着与记忆。《素食者》中，姐夫被妻子撞见出轨，如果奔向栏杆可以从三楼掉下去，所有问题都干净地解决了，但他像被钉在那里一样站在原地。《在某一天》的丈夫知道只要自己一下狠心就可以从窗户跳下去，没有什么可犹豫的，也没什么可留恋的了。《童佛》里的"我"感到脚下的地面正在渐渐倾斜，好像什么东西在峭壁下面强烈吸引着"我"的身体……"我"感到了想同时终结我们两个人的命运的可怕欲望。可是他们都没有跳下去。

"活下去，一定要活下去。我张开双唇，喃喃自语着你睁着圆溜溜的眼睛却听不懂的那句话。我用力把它写在白纸上，只因相信这是最好的告别。不要死。活下去。"（《告别》）[7]p185

可能的救赎方式之四：爱与温暖。《不做告别》有叙述，经历了家族屠杀之痛的仁善，对小鸟的爱和温暖，庆荷对仁善的爱和温暖，"我想着，如果火被点燃，我会抓住你的手。我会拨开雪，爬过去，擦去你脸上的积雪。我会用牙齿咬破手指，让你吸吮我的鲜血。"[10]p279

韩江有勇气一刀一刀地剖下去，剖到人性和历史的最深层，《不做告别》中"我再次清楚地看到看护毫不犹豫地将针扎进仁善的伤口的动作"[10]p36，也是对光州屠杀那段残暴地不忍回头再看的历史的直面和记忆。

这种犀利的文笔和诗意的抵达，是我们女性作家要思考和借鉴的。我们有着广袤的历史苍凉，却不曾对它下过深刻的狠手。

五、结语

自我的内化变形，自我与他者，身份、关系和性别伦理中人类的困顿是韩江作品对人类命运的探索和思索。诺贝尔文学奖给韩江的颁奖词是："她用强烈的诗意散文直面历史创伤，揭露人类生命的

脆弱。"

面对人类的脆弱和无力，起始于无助无力感写作的韩江并未给出逃脱人类困境的满意的解决方式，她的作品在记录讲述呈现这种无奈无助感。现实中的我们无法变成植物，现实中的我们无法轻易地抛弃自己的身份，这也是她痛快淋漓的文字书写后留给我们的更深沉的思考。

"我们都是逐渐失去世界的人们"，但韩江，一直在探索的道路上勇敢前行。

注释【Notes】

①人民文学出版社视频号《韩江：我是如何走上文学之路的》。视频来源：Louisiana Channel。

②[英]阿兰·德波顿：《身份的焦虑》，陈广兴、南治国译，上海：译文出版社2020版，第6页。

③何思锦：《诺奖得主韩江：以光合作用的沉默，战胜兽的恶》，载《经济观察报》。

④[韩]韩江：《素食者》，胡椒筒译，四川文艺出版社2024年版，第155页。以下只在文中注明页码，不再一一做注。

⑤[韩]韩江：《植物妻子》，崔有学译，四川文艺出版社2024版，第250页。以下只在文中注明页码，不再一一做注。

⑥[韩]韩江：《失语者》，田禾子译，九州出版社2024版，第23页。以下只在文中注明页码，不再一一做注。

⑦[韩]韩江：《白》，胡椒筒译，四川文艺出版社2024版，第81页。以下只在文中注明页码，不再一一做注。

⑧[韩]韩江：《把晚餐放进抽屉里》，卢鸿金译，北京：九州出版社2024版，第143页。以下只在文中注明页码，不再一一做注。

⑨[法]西蒙娜·德·波伏娃：《第二性》，郑克鲁译，上海：译文出版社2021版，第199页。

⑩[韩]韩江：《不做告别》，卢鸿金译，北京：九州出版社2024版，第122—123页。以下只在文中注明页码，不再一一做注。

⑪王卫东、金知范、高明畅：《当代韩国社会的宗教特征及其影响：基于韩国综合社会调查 2003—2018》。专家论坛：东亚宗教研究。

《素食者》中的女性身份探析

陈泉冰

内容提要：韩国在高强度接受西方的同时，并未革除本土传统的社会结构和文明秩序，致使韩国社会呈现出独特的复合意识形态。《素食者》通过对英惠由极端反抗最终走向毁灭的描写，真实再现了韩国女性的身份困境。她们既忍受着传统身份的禁锢，又面临着现代身份重构悖论下的普遍身份认同焦虑。韩江通过哥特式的写作，不仅意在唤起社会对女性普遍身份困境的关注，更是在否定传统中的糟粕的基础上，重塑女性自我。同时大胆向现代社会的合理性提出质疑，从而为女性的自我解放提出一种"非人的可能性"。

关键词：《素食者》；女性身份；传统身份；现代身份；身份认同

作者简介：陈泉冰，天津师范大学文学院比较文学与世界文学专业在读硕士研究生，主要研究方向：世界文学，东方文学，韩国文学。

Title: Female Identity in *The Vegetarian*

Abstract: While Korea has been intensively absorbing the Western influences, she has not eradicated her native traditional social structure and civil order, resulting in a unique compound ideology in the Korean society. Through the depiction of Yeong-Hye's extreme resistance and eventual destruction in *The Vegetarian*, Han Kang truthfully reproduces the "identity predicament" of Korean women. They are not only confined by traditional identities but also face the anxiety of universal recognition of identity under the paradox of modern identity reconstruction. Han Kang, through her Gothic writing, not only aims to draw the society's attention to the universal "identity predicament" confronted by women, but also on the basis of negating the dross in tradition, reshapes the female self. At the same time, Han Kang boldly questions the rationality of modern society, thereby proposing a "non-human possibility" for women's self-liberation.

Key Words: *The Vegetarian*; female identity; traditional identity; modern identity; recognition of identity

About the Author: Chen Quanbing is from Tianjin Normal University, College of Literature; she is a current postgraduate student majoring in Comparative Literature and World Literature; her main research is on World Literature, Oriental Literature and Korean Literature.

韩江是2024年诺贝尔文学奖的获奖者，也是第一位获此殊荣的韩国女性作家。她在《卫报》的采访中表示，自己愿意如实地描写身为人类的女性，以女性的身份发声、写作和生活是一件很重要的事。《素食者》是她女性写作的代表性作品之一，发表于2007年，并于2016年获得布克国际文学奖，这也是韩江走向世界的第一步。这部作品由《素食者》《胎记》和《树火》三个短篇故事组成，讲述

普通韩国家庭主妇英惠，因一场噩梦选择不再吃肉而不断遭受来自家人和社会的逼迫，最终精神崩溃的故事。

"女性身份"构成了小说最重要的议题，也是理解小说的根本出发点。身份（identity）原意是社会成员在社会中的位置，其核心内容包括特定的权力、义务、认同，以及权力、责任的合法性理由。① "身份"既然是按照成员在社会中的"位

置"确定的，必然与社会、政治、文化、民族等多种因素密切相关，也必然会带来诸如不平等的、天赋的、具有鲜明阶级性的修饰词。而作为"第二性"的女性，其身份问题更为复杂。英惠等女性的悲剧究其本质就是身份的混乱。传统儒家思想将女性视为"他者"，对女性进行生存上的剥夺，而韩国现代化进程的悖论，又施加给女性更沉重的负担，从而造成了现代女性的身份焦虑。

一、传统身份的禁锢

早在16世纪，朝鲜就已全面推广儒家思想，建立起"长幼有序、尊卑有别、男尊女卑"的社会等级秩序。这种秩序一方面赋予男性暴力行为以合理性，另一方面使女性在社会中处于边缘地位。女性被视作"更接近家庭的存在"，她们远离社会生产，经济依附进一步造成了生存的剥夺。

（一）儒家思想传统的传承与变异

朝鲜半岛的儒家思想传统可追溯到殷末周初，据《汉书·地理志下》记载："殷道衰，箕子去之朝鲜，教其民以礼义，田蚕织作。"②进入三国时期，朝鲜就已经全面兴起了慕华之风③。到了14世纪，李祹改组"集贤殿"，从中原大陆和朝鲜半岛的古今故事中挑选了值得表彰的忠臣、孝子、烈女各一百一十人的事迹，将其化成图画，并配以文字解说，编成《三纲实行图》以教化民众。"三纲"即"君为臣纲、父为子纲、夫为妻纲"的儒教伦理。一直到16世纪，朝鲜朝成为名副其实的儒教国家。④

朝鲜朝对女性的身份定义，是在不断借鉴、模仿、消化《列女传》《女诫》等儒家女训的过程中逐渐成形的。除单独成册的"女训"书籍外，家训篇目中也常设"训妇"的篇章。它们大多以"天地阴阳、男尊女卑"之说为基础，阐发男子生来尊贵、女子天生卑下的观点，教化女性做到"三从四德"，严守妇道。朝鲜朝还进一步生发，以更加极端和露骨的语言来评价妇女，对女性表露出远超儒家的污蔑和轻贱之情。"长幼有序、男尊女卑"的基本家庭伦理制度一直延续到现代韩国社会，以男性为经济支撑的家庭中，男尊女卑的观念仍在延续。

（二）暴力的合理性赋予

在"父为子纲、夫为妻纲"的家庭伦理制度下，女性始终是男权下的弱者。这首先体现在她们无法反抗男性的身体及精神上的暴力。英惠父亲是参加过越战的老兵，他教养孩子最基本的方式就是暴力。英惠自小就"被性情暴躁的父亲扇耳光"，这造成英惠极端反抗的性格。英惠九岁时目睹了父亲虐杀小白狗的全过程，父亲扬言"要治愈狗咬伤，就必须吃狗肉"。英惠的命运与被虐杀的狗是相通的，在英惠拒绝吃肉后，父亲竟直接动手打她耳光。英惠在婚后也遭受丈夫的强暴行为。他通过对妻子施暴来满足自尊心，获得高高在上的支配快感。不仅如此，他还常常用语言辱骂英惠，对其施加语言暴力。面对丈夫的暴力行为，她只是默默顺从忍受，但换来的却是变本加厉。她鲜血淋漓的梦，反映出男性长期的暴力行径给她带来的难以抹去的伤痕。

除了传统观念作祟之外，小说也揭示出这种行为背后的自卑，而对女性施加暴力成为消解自卑的合理手段。朝鲜朝时期的《松岩先生家箴·内外有别》将男性置于"天——君——阳"的位置⑤，要求男性具有"阳刚"气质，而小说中的男性角色显然与此种气质相悖："我那二十五岁之后隆起的小腹，和再怎么努力也长不出肌肉的纤瘦四肢。"英惠丈夫靠不断贬低英惠身体来消解这种自卑心理。而姐夫尤为不堪，他甚至没有按照传统家庭里的丈夫那样，承担起全家经济责任，通过在身上画满花的方式，使自己能在植物层面与英惠找到认同，从而找到对她侵犯的理由。

（三）从经济依附到生存剥夺

"男主外，女主内"观念的延续，使女性在社会中同样被置于边缘地位。现代韩国社会中，仍有相当一部分的女性担任全职家庭主妇，远离社会生产。在工业革命后，韩国政府鼓励女性走向劳动市场，但正如博塞拉普所说："社会对女性劳动的习惯性剥削，不仅是父权制的家庭权力关系或合法的传统文化所导致的，更本质的原因在于资本主义的内在逻辑。"⑥政府只需要"顺从"的韩国女性提供临时劳动力，并未真正保护其职场权益，使得很多女性不得不选择在生育之前离职做全职主妇，部分只能从事临时工、兼职工作和自主劳动补贴家用。如仁惠作为被人人赞扬的女性，只能自己经营化妆品小店，无法在社会生活中占据重要地位。这也展现出传统观念对女性自身的强烈影响，部分女性仍认同这种带有等级性质的社会分工符合生理差异，对自身职业缺乏执着的意识，缺乏通过职业塑造自我、实现自我的社会价值的主体意识。⑦

经济上的依附，进一步发展为精神上的生存剥夺，女性的自我价值通过满足男性需求体现。英惠丈夫这样评价英惠："她不过是在这世上挑了又挑、再平凡不过的女子。"英惠平凡又顺从，她在家中是洗衣做饭、打扫房间的姐姐，一个勤劳肯干的保姆，唯独不是一个理应拥有主体地位的妻子。到了家庭聚会上，丈夫马上就被仁惠丰腴的身材、双眼皮的大眼睛及和蔼可亲的口吻所吸引，开始不满于英惠扁平的身材和无趣的性格。除此之外，英惠还要在公司聚会上充当丈夫的"脸面"，女性的美丽与知性反而是男性成功的体现。丈夫要求英惠从内而外都要符合传统观念对于"理想女性"的幻想。女性价值依靠男性实现，实际上是对自我的湮灭，对生存权利的剥夺。

二、现代身份重构的悖论

自韩国进入现代社会后，随着女性受教育水平的提升及西方女性主义思想的传入，女性开始对如上传统女性规范的合理性提出质疑，并尝试重构女性身份。而时空坍缩下物质与思想的飞速发展，造成了女性身份的超载，带来了身份认同的焦虑。这是韩国女性主义发展的困境，更是韩国现代化进程的悖论。

（一）复合的社会意识形态

韩国社会学家张庆燮用"压缩现代性"（Compressed Modernity）来解释东亚地区复杂性、多元化、急速性的现代化进程。它指的是政治、经济、文化等各个方面的因素在时间与空间维度被高度压缩，处于不同阶段的历史文化因素在同一个社会中共存的状态。韩国通过几十年爆发性的工业化和经济增长，日本和美国的殖民统治，以及

自身积极引进和接受西方文明，使现代和后现代元素飞速进入社会。在高强度接受西方的同时，韩国并没有革除本土的社会结构和文明秩序，这就导致在同一时间和空间之下，传统、现代和后现代文化并存，全球元素与本土元素之间激烈碰撞、衔接和复合。⑧

不同时期出生的人接触到了不同的社会关系与文化环境，形成了截然不同的意识形态。社会的急速转型使这些本具有时代性、与社会发展进程密切相关的意识形态，偶然地出现了同一时间内。几乎每个人都必须面对这些相互矛盾的意识形态之间的冲突与失调所造成的不可避免的紧张局势与冲突。时空坍缩下，现代韩国女性陷入了一种难以调节的身份超载的困境中。⑨

（二）女性身份的超载

韩国现代社会对于女性身份的重构并非颠覆，而是一种叠加。随着西方"自由、平等"思想的传入以及女性力量逐渐成为社会生产中不可取代的一部分，现代社会对于"理想女性"的要求被提高为"完美的管理者"。在家庭中，女性必须具备良好的生活技能，加之韩国由于历史上反复的政治和军事冲突，家庭被迫承担部分本应由社会承担的政治、福利、教育等责任，⑨p120她们又要有足够的知识来维持现代家庭的运作。在职场中，女性也必须具有足够的工作能力来满足社会对于"独立女性"的标准。

英惠的丈夫事业有成，常常以上位者自居，而作为家庭主妇的英惠显然不符合他对理想女性的期待，虽然她将家庭管理得井井有条，但远离职场仍让她被视作一事无成。"身为女儿、姐姐、妻子、母亲和经营店铺的生意人，甚至作为在地铁里与陌生人擦肩而过的行人，她都会竭尽所能地努力扮演好自己的角色。"仁惠能合理安排一家人的生活起居，在家庭聚会中能做一大桌的好菜。丈夫作为艺术家没有稳定的收入，仁惠在管理家庭的同时还经营化妆品店补贴家用。甚至在丈夫因强暴精神出现问题的英惠被捕时，她承担起了家庭全部的经济负担。在英惠患上精神病，父母与姐妹俩断绝来往后，仁惠更是直接成为英惠的监护人。

韩国现代社会对于女性身份的重构，并非是对女性的解放，反而带来了更为沉重的负担。其所强调的"自由"与"独立"并非真正建立在现有社会情况之上，并未有完善的政策来保障女性权益。这种重构逐渐变为迫使女性迎合他人目光的一种工具，而非真正出自女性自我意愿的解放，这是韩国女性主义的困境，更是韩国现代化进程的悖论。

（三）身份认同焦虑

认同一词来源于拉丁文idem，意为相同的、同一的，后来发展为英语中的identity一词，个人与他人或群体的相异、相似的比较构成了个人在社会关系网中的位置，从而确认了身份，认同也就融合了身份认同的含义。⑩韩国现代女性身份重构的悖论造成了女性身份认同的焦虑，这既独立于自我与他人期待之间，也存在于自由意志与社会规训之间。

自我身份认同（self-identity），强调的是自我的心理和身体体验，以自我为核心，是启蒙哲学、现象学和存在主义哲学关注的对象。⑪"周围的一切如同退潮般离我而去，餐桌、你、厨房里所有的家具。只有我和我坐的椅子留在了无限的空间里"，英惠从六年的禁锢中幡然醒悟，开始思考自己的身份。英惠的自我一直通过外界事物与他人塑造，而这些都与她的内心相悖。她的需求在现实社会中不能得到满足，故而在自我意识觉醒的时候，反而陷入了自我身份认同的焦虑。仁惠按部就班地成为一个好妻子、好母亲，但她所实现的价值并非她自愿选择的价值。她为维系社会所认可的"理想女性"形象耗费了全部精力，不得不抛弃主体意识。仁惠渴望浪漫的爱情，但她与丈夫之间始终存在着无法打破的隔阂。英惠一切极端的反抗行为，实际上是仁惠内心反叛情绪的外化。

社会身份认同（social identity），强调人的社会属性。⑪p38英惠在决定不吃肉以后，遭受着家人乃至社会的"非议"，被视作社会中的异类。这也展现出了韩国社会中普遍的"趋同心理"⑫，韩国社会十分注重秩序和纪律，教育也不断强调服从和尊重权威，人们往往被培养成遵守规则、服从集体的个体。在丈夫的公司聚餐上，社长夫人说："吃肉是人类的本性，吃素等于是违背本能，显然是有违常理的。"专务夫人也像观赏有趣的动物一样把矛头对准了英惠。英惠"不吃肉"的个人选择被上升至社会层面，自由意志与社会规训之间产生冲突，她被视为社会中的异类，站在了所有人的对立面，造成了其身份认知的迷茫。

三、解构与突围

无论是传统儒家思想要求的"贤妻良母"，还是现代社会强调的"独立女性"，都是将女性圣母化的表现。韩江敏锐地发现了传统身份对女性的禁锢，以及现代身份重构悖论下的身份认同焦虑，在对"圣母化"神话进行解构的同时，试图寻找突围的可能性。

（一）对"女性圣母化"的反叛

在历史的长河中，女性往往与"纯洁""无私""牺牲"等道德标签绑定。社会通过一种理想化、浪漫化甚至神化的方式，将女性框定在特定的道德规范之内。她们的付出与奉献被作为一种美德歌颂，进而剥离人性，构建出近乎完美的女性形象。在韩国传统文化中，对"性"的要求到了近乎苛刻的地步。女性的身体被视作男人的财产，而贞洁更被视作女性生命价值的源泉。20世纪90年代后，韩国女性文学在女性困境的表达上更加尖锐和大胆，韩江更是通过露骨、大胆的描写来强调女性在性方面的主体性。《胎记》用大量艺术的笔墨描写英惠与姐夫的乱伦，二人身上画满鲜花与枝叶，仿佛纠缠的植物。英惠已然认为自己是一棵植物，故这种交合达到了一种植物层面的自洽，让她短暂地"活了过来"。失去贞洁的女人就是"不纯粹"的，而韩江正是通过描写不纯粹的女人，否定从古至今以"性"为由对女性的约束与污名，强调建立在身体之上的应该是女性的自由。

而进入婚姻的女性，更多受到"妻子"及"母亲"身份的裹挟。"母职"（motherhood）一词是女性主义从日常用语中发掘出来并重新阐发的概念，用来指代一种古老的意识形态，它赞美母亲和孩子之间的天然联结，并将抚育和忘我的品性定义为母性的和女人的特质。⑬母职本身并非贬义，而过度强调母职以至于超越女性自身所形成的一种

"母职神话"，则成为桎梏女性的枷锁。韩江的很多作品中甚至没有提及女性角色的名字，她们的一生被简化为"母亲""妻子"与"女儿"，理所当然为家庭做出无限度的自我牺牲，在从古至今为"母职"所创造的神话下形成了女性的自我湮灭。韩国深受传统儒家思想影响，"贤妻良母"是对一位女性的最高赞美，而隐忍不发更被视作一种"妇德"，用来赞美女性的坚韧品性。在现代社会中，母职被赋予更高的要求，女性在维系"无私的奉献者"身份的同时，更要成为一个"完美的管理者"以平衡家庭角色与社会角色。

而韩江作品中的主要女性角色往往是"母职神话"的反叛者：拒绝生育的妻子、不完美的母亲及无法规训的女儿。"我的子宫是一间空屋，却装满了他人的期待。"由于生理特征，生育常常被视为女性的使命甚至于本能。当无法完成生育使命时，女性的身体就好比一个空洞的容器，遭受着社会与自我的双重否定。韩江却将流产的胎儿比作一团光，切断其与母职之间的必然联系，而乳汁更被重构为"生命的可能性"，而非母亲拥有哺乳的义务。《素食者》中，仁惠望着熊熊燃烧的烈火，逃逸的想法在心中疯长，"她无法解释自己怎么会轻易放弃孩子，因为这是连自己都无法理解的残忍、不负责任的罪过"。韩江反对传统赋予女性的"天然使命"，她们可以放弃婚姻、家庭，违背现存社会制度对"完美女性"的期待。在《白》中，女儿把母亲留给她的，具有传承意义的盐倒进雪地里，象征着对"母职神话"的消解，作为艺术家的女儿不必成为"下一个母亲"。韩江的写作正是对"母职神话"的颠覆，归还女性对自我价值定义的自由。

（二）非人的可能性

韩江的写作是女性的悲剧群像，但她并未止步于对"圣母化"神话的解构，而是试图寻找突围的可能性，这首先建立在对韩国女性主义发展现状的反思上。小说中的女性困境映照着现代韩国女性的普遍困境，更是韩国女性主义发展的迷茫。韩国建国后，女性也并非没有进行过寻求过生产及社会解构调整的抗争，但性别分层仍然是韩国社会的显著

特征之一。东西文化间的巨大差异，加之韩国全盘接纳的西方思想，如此传统、现代与后现代并存的条件下，西方女性主义是否依然适用，仍是一个需要解答的问题。《素食者》及其他作品中反映出的女性身体、身份，乃至具有社会共性的精神困境，并非仅靠个体甚至女性群体的觉醒及反抗扭转。韩江对女性困境的思考超越了抵抗父权文化本身，她站在全人类的角度去反思现代社会的病态，以及在"人类中心主义"之下人的异化，为解决女性困境探讨一种"非人的可能性"。

韩江的作品呈现出明显地对现代性的反思。"我变得如此锋利，是为了刺穿什么吗"，英惠在不吃肉以后，身体与身体一同衰落，传统观念、社会规范与人性的丑恶面犹如紧绷的皮肤，而自我就是渴望刺穿皮肤的骨骼，不吃肉不仅是自我的选择，更是一种对现代性的反抗。高速发展的现代社会在人与人之间造成无法抹去的裂痕，暴力、压迫与焦虑不可避免地造成人的异化，故韩江主张抛弃现代性，回归自然，也是回归生命的本真。如《白》中女儿把母亲的盐撒进雪地，让所有苦痛回到自然的虚无中，这都是对现代社会合理性的质疑和对现代性思维的反抗。

在对现代性进行反思的基础上，《素食者》展现出的英惠身体的异化，英惠幻想自己成为一棵树，这一定程度上也是后人类思想的投射。《植物妻子》也表达了和《素食者》相似的主题，妻子因在婚姻生活中逐渐失去自我，身上莫名出现无法消退的淤青，最终只能变成一盆植物，结出酸涩的果实。在韩江的作品中，女性在"人"的层面进行反抗势必遭受毁灭的结局，故其在解构婚姻、解构家庭的基础上，更强调"人性的退行"。人与动物乃至植物并不存在着本质区别，人也只有抛弃"人类中心主义"的思想，将自己归还到生物世界的一部分，才能真正消解矛盾。韩江面对韩国现代社会尖锐的社会矛盾，为女性解放提出了一种"非人"的可能性，更通过对人性的解构，呼吁寻找生命的本真。

四、结语

《素食者》通过描写英惠极端反抗最终走向

自我毁灭的悲剧，真实再现了现代韩国女性所面临的身份困境。传统思想赋予暴力合理的可能，女性经济上的依附进一步变为对生存的剥夺。现代社会对身份的重构反而造成了女性更为沉重的负担，这不仅是韩国女性主义发展的困境，更是韩国现代化进程的悖论。韩江小说的合译者佩奇·阿尼娅·莫里斯说："韩江的作品激励了一代韩国作家在他们的主题上更加真实和大胆。"韩江采用一种近似哥特式的方法书写普通的女性，不仅是提醒社会对女性普遍身份困境的关注，更是对韩国女性文学的进一步发展，她对长久以来对女性施加的"圣母化"神话进行强烈反叛，以自由重新定义女性。同时，她大胆质疑现代社会的合理性，通过解构人性的方式，为女性解放提供一种"非人"的可能。正如《白》中写道："我要在雪的空白里，写下所有未被命名的疼痛。"韩江的作品不仅是如英惠一般被社会异化的女性沉默的抗争史，更是对人类中心主义的反思，对生命本真的呼吁。

注释【Notes】

①张静：《身份：公民权利的社会配置与认同》，载张静主编：《身份认同研究》，上海人民出版社2006年版，第4+4—9页。

②见《史记》卷三八《宋微子世家》，中华书局1975年版，第1620页。

③周海宁：《儒家文化对朝鲜时代家训的影响》，上海师范大学2010年硕士学位论文，第7页。

④丁晨楠：《海东五百年》，漓江出版社2021年版，第156页。

⑤权好文：《松岩先生家箴·内外有别》，第348页。

⑥Boserup E, et al. *Woman's Role in Economic Development*, Routledge, 2013, p. 65-175.

⑦吴金金：《韩国女性学的发展及其对女性教育的推进》，载《中华女子学院学报》2007年第5期，第39—41页。

⑧Kyung-Sup C. "Individualization without individualism: Compressed modernity and obfuscated family crisis in East Asia". In *Transformation of the Intimate and the Public in Asian Modernity*. Brill, 2014, p. 37-62.

⑨张庆燮：《压缩现代性下的韩国》，江苏人民出版社2024年版，第99—101页。以下只在文中注明页码，不再一一做注。

⑩张淑华、李海莹、刘芳：《身份认同研究综述》，载《心理研究》2012年第1期，第22页。

⑪陶家俊：《身份认同导论》，载《外国文学》2004年第2期，第38页。

⑫也叫作遵从性，指的是个人希望与群体中多数意见保持一致，避免因孤立而遭受群体制裁的心理。

⑬吴小英：《女性主义视角下的家庭：变革、争议与启示》，载《山东女子学院学报》2022年第1期，第27页。

视觉文化在文学理论中的阐发

鄢靖雯

内容提要： 自20世纪人文社科领域发生"视觉转向"以来，学界对以视觉为媒介的文学批评给予了前所未有的重视。这一转向催生了大量关于文化地理、空间叙事及凝视现象等问题的研究。这些研究聚焦于图像、影像、视觉符号等视觉构成要素，探讨它们如何在文化语境的变迁、社会结构的重塑及历史发展的脉络中发挥独特作用，因而具有丰富的意义与价值。文化研究中对"视觉"问题的关注，实质上反映了人类对后现代社会生存境遇的深刻反思，同时也对文学批评提出了新的挑战，促使其重新寻找新的理论坐标。

关键词： 视觉文化；文学理论；空间；感官

作者简介： 鄢靖雯，中国海洋大学文学与新闻传播学院比较文学与世界文学专业在读硕士，研究方向：文学理论、比较文学与世界文学。

Title: Interpretation of Visual Culture in Literary Theory

Abstract: Since the popularity of the "Visual Turn" in the field of Humanities and Social Sciences in the 20th century, the academia has attached unprecedented importance to the literary criticism of visual media. This shift has given rise to a large amount of research on cultural geography, spatial narrative, and phenomena of gaze, etc., all of which focus on visual elements such as images, videos, and visual symbols; the research mainly explores how the media elements play their unique roles in the changes of cultural contexts, in the reshaping of social structure, and in the developing line of history; thereby, much of the research is of rich significance and value. The attention to the issue of "vision" in cultural studies, demonstrates in essence human beings' profound reflection on their existence and living conditions in the postmodern society, and also brings new challenges to literary criticism, prompting literary criticism to seek new theoretical coordinates.

Key Words: visual culture; literary theory; space; sensory organs

About the Author: Yan Jingwen is currently pursuing a master's degree in Comparative Literature and World Literature at the College of Liberal Arts, Journalism and Communication, Ocean University of China; her main research includes Literary Theory, Comparative Literature and World Literature.

视觉文化日益成为一股不可忽视的学术潮流，不仅是对传统文字文本分析的补充或替代，也是一个全新理解和解释人类行为与文明发展的新视角。视觉文化研究深刻链接到后现代社会中信息爆炸、图像泛滥的生存现实，是人类对自身所处环境及生存境遇的一种深刻反思与积极回应。它揭示了视觉图像如何成为塑造个体认知、影响群体行为乃至重构社会文化的重要力量。

在此背景下，文学批评领域面临着前所未有的挑战与机遇，这迫使其不得不重新审视并调整自身的理论框架与实践路径。为了在图像与文字、视觉与语言的交织中捕捉更为丰富、复杂的文本意义，批评家积极探索将视觉理论融入文学分析的方法。在这一探索过程，需要文学批评在方法论上进行创新，以重新定位文学与视觉艺术、文学与社会现实之间的关联，进而从正向与逆向构建新的文学理论方向。

一、视觉中心主义的缘起

视觉中心主义是一种哲学观念，它主张视觉是认知外界事物的核心标准，强调眼睛在所有感官中的首要地位。在这一观念中，视觉被视为获取信息的主要渠道，是理解和诠释世界的关键所在，"视觉中心主义意指由古希腊哲学所开启的重视视觉观看在人类获取知识、通达真理之途中的中介作用"①。由此可见，在传统哲学观里，视觉占主要地位，并以此为核心构建起一套基于视觉中心主义的理论体系。

回溯至古希腊时期，柏拉图的洞穴隐喻标志着视觉中心主义认识论的滥觞。在这个寓言中，真理被具象化为洞外的光明世界，视觉则成为认知该理念的核心途径。人们被困在洞穴中，只能看到洞穴内的影像，而无法直接看到真实的世界。这些影像只是真实世界的影子，而非真实本身。当人们走出洞穴，看到真实的世界时，他们会意识到之前所看到的只是幻象，而真正的真理则存在于真实的世界中。尤为关键的是，这一真理的洞察与辨识高度依赖于"看"这一行为，"看"俨然成为认知世界的基石，"直至它的'眼睛'得以正面观看实在，观看所有实在中最明亮者，即我们所说的善者"②。柏拉图借助苏格拉底之口，区分了肉体之眼和心灵之眼、构建理性和感性的二元对立格局，并在此过程中将"眼睛"这一感官提升至更为崇高的地位。进入中世纪，认识论深受宗教影响，政权与教权的界限模糊，宗教文化成为理解和认知世界的主导方式。《圣经·旧约》中对于光的阐发，"上帝的第一句话创造了光的本性。""有了光，以太变得更加宜人，诸水变得更加清澈。"③强化了视觉在认知中的优先地位，赋予"看"以至高无上的权威，使得视觉先于其他感官成为人类感知世界的首要方式。这种认知范式在笛卡尔的透视法中得到进一步的强化，笛卡尔认为，通过理性思考和推理，人们可以获得关于世界的真实知识，透视法作为一种数学工具，可以帮助人们更好地理解和描述世界，而获得理性的方法则是对视觉经验的精确描述。这类思想传统在西方哲学延续，不仅奠定了理性主义的

基调，也影响了后续视觉哲学的发展方向，使得视觉文化成为支撑西方哲学思想的重要支柱。

二、对视觉中心的正向应用

（一）空间理论

视觉文化在文学批评中影响最大的是空间理论的提出，它将视觉性转化为可言说性。空间转向是指文学研究中开始关注空间元素和空间性视角，探讨文学作品中的空间结构、空间关系及空间对文学创作和接受的影响，这种转向使文学研究从传统的文本解读转向了空间解读，为重新解读文学作品提供了新的途径和方法。诚如所言，"空间建构已变成20世纪中期文化的基本美学问题。"④随着科技和社会的发展，人类社会的日常生活受到来自各方面的威胁。空间的提出是一种具有开放性和创造性的跨学科批评方法，它通过对空间的重新认识和呈现，为人们提供了一种新的思考方式和视角，同时也为文学创作和批评提供了新的思路和方向。

在文学理论场域中，文学地理学批评与空间叙事学占主导地位，使得文本叙事从传统的历时性观念中解脱出来，并强化空间维度，重视空间问题在文学领域的阐发。列斐伏尔作为空间理论的领军人物，在《空间的生产》一书中认为空间是在历史发展中生成的，詹姆逊和哈维等人将地理学方法引入文学批评领域中，这些理论有力地促进了文学和空间理论的有机融合。早在20世纪之前，中国学者已经敏锐洞察到地理与文学的动态关系："由是观之，大而经济、心性、伦理之精，小而金石、刻画、游戏之末，几无一不与地理有密切之关系。……盖'文学地理'常随'政治地理'为转移，自纵流之运河既通，两流域之形势，日相接近，天下益日趋于统一。"⑤梁启超注意到了地理与政治、经济、伦理等概念关联，也以金石、游戏等小事强调地理之重要性，同一片土地生长出的群体必定带有相同观念。五四之后，大量的西方思想涌入，中国进行理论的本土化建设，地理批评亦逐渐成为一种新的批评范式，文学地理学将文学作为核心研究对象，结合地理因素进行深入的探讨，关注文学作品与地理环境之间的关系，以及地理环境

如何在文学作品的创作过程中发挥作用，如何在文学作品所反映的社会背景中得以呈现。研究内容涉及不同的文学体裁和主题，如地方小说、乡土文学和旅行文学等，这些文学作品都是地理环境与文化、经济、政治因素等多元因素相互交织、共同作用的产物。

空间叙事学聚焦于空间元素在叙事层面所发挥的作用，以及叙事文本所呈现的空间形式。佐伦将叙事空间分为地质空间、时空体空间以及文本的空间，将文本视为一个空间整体。当今学者不仅关注空间维度，也将空间与时间、情节、视角、读者感知等结合起来探讨其叙事功能。

空间叙事理论是一种以空间为媒介形式的叙事理论，它用来诠释社会空间中潜在的文化内涵。这一理论以多元文化学和文化地理学理论为基础，结合建筑学、旅行观光学、城市规划学等学科，强调叙事者如何使用空间来表达意义、维护权力关系和构造文化认同。空间叙事理论的核心要义在于将"叙事"和"空间"联系起来，从而把它们作为一种社会学的概念来研究人们对空间的使用和认知及它们如何影响社会关系，强调以空间概念及其组成部分如环境、地域、现有空间、日常空间和公共空间来理解社会文化和历史文化。

在文学研究中，空间叙事可以被用来探讨小说、诗歌和其他文本中地理、场所、建筑物、自然环境及人类栖息和活动于其中的空间的意义，关注空间如何被描述，关注空间如何影响和塑造叙事。例如，小说中的场景描绘、人物活动的场所和人物的空间位移等，都与人物的心理和叙事走向紧密相关。

（二）凝视理论

凝视理论是在视觉和权力分配问题上所延伸出的理论，是一种研究视觉文化中的意义如何通过观众的凝视建立起来的方法。"凝视是携带着权力运作或者欲望纠结的观看方法。它通常是视觉中心主义的产物。"⑥该理论最初由英国文化研究学者约翰·伯格（John Berger）在1972年的著作《看见的方式》中提出，此后众多学者对凝视理论进行了深入研究和拓展，形成了包括镜头、视角、视觉习惯等方面的凝视理论体系。凝视理论的核心要素涵盖

了权力动态、欲望的交织及身份认知的层面。在这一框架中，"观看"与"被观看"的行为界定了主体与客体的界限。具体至观察行为发生时，观察者通常扮演的是主动"观看"的角色，而被观察者则多处于"被观看"的地位，他们不仅是权力的承受者，同时也成为欲望所向的对象，即欲望的指向与追求的目标。

凝视理论既是对视觉中心主义的演进，也是对二元对立的格局的反叛，后续衍生出的后殖民理论、"男凝""女凝"等议题，扩大了凝视理论的不同侧面。在后殖民主义文学中，东方经常被西方凝视和再现，这种凝视与再现的过程绝非单纯的观察与呈现，其背后不仅隐匿着复杂权力关系的动态运作，而且是文化霸权主义的缩影，深刻影响着文学意义的生成与传播。具体而言，西方倾向于利用其审视东方的视角，对东方形象进行再塑造，这一审视行为深深植根于西方的道德评判体系与文化传统之中。这一审视机制往往促使东方形象遭受扭曲、误解乃至重塑，导致东方的本真面貌与自主性在西方的叙事框架下遭到遮蔽与削弱。后殖民文学中的东方再现，不仅是视觉上的凝视，更是权力与文化霸权交织下的复杂产物。西方通过其特定的文化透镜观察东方，不仅重构了东方的面貌，更在这一过程中融入了西方的价值判断与文化偏见。因此，凝视理论在后殖民主义文学中成为一个重要的批评工具，能够有效揭示西方对东方存在的认知偏见及潜藏其后的文化霸权行径，为深入剖析后殖民文学中的权力关系与文化冲突提供了有力的学术支撑。

三、对视觉中心的逆向解构

在以视觉体验为主导的"图像时代"，视觉凭借其在信息传播中的直观性、高效性及强大的吸引力，于大众文化体系中确立了绝对优势地位，而对其他感官体验形成了显著的排挤效应。然而，随着时代与科技的进步，技术发展倾向于挖掘人类除了视觉以外其他感官的感知体验，这一过程正逐步解构以视觉中心主义为核心的大众文化体系。在此背景下，对触觉、嗅觉及身体感受等非视觉元素的探讨与阐释逐渐崛起，成为一股主导反视觉中心主义潮流。

（一）身体批评

身体作为社会存在的载体，同时具有社会属性，在《身体活：现代叙述中的欲望对象》一书中，作者从"身体"的视角讨论英美小说的发展过程，他认为"身体的标记不仅有助于辨认和识别身份，它也指示着身体进入文字领域、进入文学的途径：身体的标记在某种意义上可以说是一个'字符'，一个象形文字，一个最终会在叙述中的恰当时机被阅读的符号。"⑦在其叙事学理论中，身体被赋予了一个全新的维度，成为驱动文本叙事进程的核心动力。布鲁克斯深入探讨了身体叙述中的欲望元素，将其视为连接故事内容与讲述方式的"双向驱动机制"。身体书写通常涉及对身体经验、感觉和生理需求的描绘，以及对身体与文化、社会、政治等关系的探讨，这种书写方式往往能够揭示出作品中隐藏的深层含义和象征意义，以及作者对身体的认知和态度。20世纪末，西方女性身体理论传播到国内，强调颠覆男性权威并构建女性写作格局，被国内女性主义学者应用到性别文学研究中。进入21世纪，"美女作家"现象悄然兴起，以卫慧等为代表的一批作家，在其作品中大量运用女性身体描写，将"身体"元素作为反抗性别不平等的工具。尽管这种书写方式侧重于性别视角讨论的深化，但它同时也是感官文化边界拓展的一个体现。身体书写不仅是对个体体验的艺术再现，更是社会、文化与性别议题交织的复杂映射。

（二）听觉叙事

听觉叙事是一种以听觉元素为主导的叙事方式，通过声音来传达故事情节、人物情感和主题思想。与传统的视觉叙事相比，听觉叙事更加注重声音的节奏、音调、音质和音色等因素，通过声音的书写和表现来引起读者的共鸣和情感反应。在文学作品中，听觉叙事可以通过描绘声音、模拟声音、暗示声音等方式来实现，如音景书写、听觉空间塑造、聆察等议题。听觉叙事研究是一种跨学科的研究领域，旨在探索听觉元素在叙事中的作用和效果。"二十一世纪以来，对于恢复视听平衡的诉求愈发强烈，促进了人文科学领域内对'听觉'维度的重视，逐渐演变人文学科的新兴潮流。"⑧它涉及语言学、心理学、人类学、文学、艺术等领域，主要关注声音的感知、表达和意义，以及声音在叙事中的运用和效果。听觉叙事研究的研究对象包括口头故事、民间传说、文学作品内部、电影、广播、电视节目等，重点研究声音在叙事中的功能和作用。它旨在揭示听觉叙事的特点和规律，探究其背后的认知机制和社会文化因素，以及其在现代媒体中的应用和影响。

从正向及逆向两个维度对视觉文化进行剖析，均验证了视觉转向这一显著趋势极大地拓宽了文学批评的边界与范式。在当前视觉文化愈发凸显的时代语境下，视觉元素与文本本体之间的界限日趋模糊，二者相互渗透、彼此交织，展现出一种深度交融且难以截然区分的态势。此交融现象不仅局限于视觉层面，还更深层次地促使文学批评在探讨其他感官体验时，能够充分吸纳视觉元素所带来的丰富意蕴与多元视角，从而极大地拓展了文学批评的多元化维度与阐释空间。视觉转向不仅为文学批评在视觉艺术的领域中开辟了新的阐释路径，还促使批评家们在解读文本时，能够更加敏锐地洞察并捕捉那些跨越感官界限的微妙关联，进而推动文学批评朝向更加全面而精细的方向发展。

注释【Notes】

①王继：《胡塞尔的感知和想象：从视觉中心主义的视角看》，载《清远职业技术学院学报》2012年第5期，第100页。

②[古希腊]柏拉图：《理想国》，郭斌和、张竹明译，商务印书馆2020年版，第279页。

③[古罗马]巴西尔：《创世六日》，石敏敏译，生活·读书·新知三联书店2010年版，第23—24页。

④[美]丹尼尔·贝尔：《资本主义文化矛盾》，严蓓雯译，人民出版社2010年版，第113页。

⑤梁启超：《中国地理大势论》（饮冰室文集第10卷），中华书局1989年版，第86—87页。

⑥洪雪花、马全振：《凝视与反凝视——安妮·塞克斯顿诗歌的女性主义解读》，载《延边大学学报（社会科学版）》2015年第48卷第6期，第103页。

⑦[美]彼得·布鲁克斯：《身体活：现代叙述中的欲望对象》，朱生坚译，新星出版社2005年版，第28页。

⑧傅修延：《听觉叙事初探》，载《江西社会科学》2013年第33卷第2期，第220页。

"新时代诗歌"的五个关键词

邹建军　祝丰慧

内容提要："新时代诗歌"是中国诗歌进入新世纪以来一个引人关注的概念，人们围绕着这个概念提出了许多丰富的内容，以期对"新时代诗歌"如何实现自己的战略目标有所推进。本文在前人的基础上提出"当代性""世界性""主体性""人民性"和"创造性"五个关键词，阐释每一个关键词所具有内涵与意义，认为五个关键词在理论与实践上的统一与融合，经过半个世纪以上的共同努力，才有可能实现当代中国诗人的重要使命。

关键词："新时代诗歌"；新的美学原则；当代性；世界性；主体性；人民性；创造性

作者简介：邹建军，华中师范大学文学院教授、博导，主要研究中国现当代文学、比较文学与外国文学。祝丰慧，华中师范大学文学院博士研究生，主要研究中国民间文学与现当代文学。

Title: Five Key Words of "Chinese Poetry for the New Era"

Abstract: "Chinese Poetry for the New Era" has been a concept that has attracted attention since Chinese poetry entered the new century; and people have put forward a lot of opinions around this concept, in order to promote "Chinese poetry for the New Era" to achieve its strategic goals. On the basis of the predecessors' views and results, this paper puts forward five key words, which are ① "contemporaneity", ②"cosmopolitanism", ③"subjectivity", ④"(people's) nature" and ⑤"creativity"; this paper also explains the connotation and significance of each keyword, and believes that, the important mission of contemporary Chinese poets can only be realized for the unity and integration of the five keywords in theory and practice, by our joint effort of more than half a century.

Key Words: "Poetry for the New Era"; new aesthetic principles; contemporaneity; cosmopolitan; subjectivity; people's nature; creativity

About the Authors: Zou Jianjun, professor and doctoral supervisor at the School of Chinese Language and Literature, Central China Normal University. He specializes in Modern and Contemporary Chinese Literature, Comparative Literature and Foreign Literature. **Zhu Fenghui**, is a PhD student in the School of Chinese Language and Literature, Central China Normal University; she specializes in Chinese Folk Literature, Modern and Contemporary Literature.

"新时代诗歌"是著名诗人、《诗刊》主编李少君先生，根据中国特色社会主义新时代的任务，于前几年提出的一个文学理论与文学批评概念，体现了诗人对中国当代诗歌前途与命运的最新思考。他曾经如此描述他心目中的所谓"新时代诗歌"："21世纪诗歌开始进入一个新的历史时期，这个历史时期的出现，由诗歌内在艺术规律决定的，百年新诗寻求突破，也有外在历史契机推动的，那就是新时代的到来。"①他在这里所讲的"新时代"，正是"新时代诗歌"的同义语，因为他本来就是在讲这个时代的诗歌创作而讲到了"新时代"。他认为"新时代诗歌"发展目标是明确的："在这个阶段，有可能确立新的美学原则，创造新的美学形象，建立现代意义世界。"②近几年来，关于"新时代诗歌"的讨论，虽然也有所展开，然而还是没有取得大的突破。什么是"新时代诗歌"？"新时代诗歌"是如何产生的？建立"新时代诗歌"的意义是什么？为什么要提出与发展"新时代诗歌"？

所有的这些问题都需要进行重新探讨，以求做出符合实际的、全面的和科学的回答。

在《21世纪与新时代诗歌》一文中，李少君已经提出与讨论过四个"关键词"——"时代性""人民性""主体性"和"境界"。虽然我们基本上也是认同这些见解的，并且认为这些关键词的提出与讨论，对于"新时代诗歌"具有重要意义，但是如果只是停留于此，还是存在一些问题的，无论是从文学理论体系建构来说，还是从诗歌创作实践来说，都是如此。因此，在李少君的基础上，我们再提出以下五个关键词，与学界和诗坛展开进一步的讨论，以期得出一些新结论。

一是"当代性"。李少君所说的"时代性"，我们认为可以替换为"当代性"。对于文学理论而言，任何国家的文学都具有时代性的特征，因为诗人和作家不可能生活于真空之中，一定要与这个时代产生联系和发生关系，带有这个时代所独有的特点，包括政治、经济、社会、民俗、文化等，只不过有的时候多一些而有的时候少一些，有的时候强一些而有的时候弱一些而已。就中国当代的诗歌创作而言，与其说"时代性"不如说"当代性"，因为后者更加明确、更加前沿、更加科学，同时也具有可操作性。我们所谓的"当代性"，就是指当前这个时代所具有的特性，而不是从前的某一个时代所具有的特性。每一个人都要生活在当下，不可能总是生活在过去，也不可能提前生活在未来。我们可以回望过去，也可以展望未来，但首先是要关注"当下"、关照"当下"与探索"当下"。"当代性"也就是"当下性"的另一种说法，或者说"当代性"比"当下性"的表述更加理论化一些。"传统不再是固化的正体，而是流动的变体。传统的变体与正体之间并非简单的二元对立断裂关系，而是既对立又互补，既断裂又融合，隐含着共通的时间链和文化链。"③当代中国和当今世界是不断变动、高度复合、特别生动与精彩的，与历史上任何一个时代相比毫不逊色，因此当今世界的时代生活为诗歌创作提供了前所未有的题材和内容、视域和视野、思路与思维、感知和感受等，可以成为"新时代诗歌"的重要特质，并代替旧时代所遗留下来的某些文化特质。所以，在理论上提倡"当代性"，在实践上拥有"当代性"，就成为新时代诗人的重要目标。生活在当下的诗人们，如果他们创作出来的作品与中国古代的作品没有很大区别，或者与中国现代诗人所创作的作品区别不大，那么当代诗歌的价值就会受到质疑。一个时代有一个时代的诗人，一个时代有一个时代的诗歌，无论是新体诗还是旧体诗，而"当代性"正是"新时代诗歌"最重要的标志之一。如果诗人不关注这个时代的变动，不关心这个时代所发生的重大事件，不关注这个时代人们的心声与痛苦，不关心这个时代所产生的矛盾与冲突，当代中国诗歌就不会产生当代性。外在的历史事件，内在的心理事件，国际国内的新生事物层出不穷，今天与明天的太阳是不一样的，人们每一天都会面对许多严重的问题，为诗歌创作提供了许多新的题材与内容，诗人就必定要有所了解、有了认识、有所理解、有所表现、有所探索，也只有如此才会让自己的作品拥有源源不断的当代性，每一天、每一月、每一季、每一年的"当代性"都是不同的，并且也理所当然是有所不同的。

二是"世界性"。在网络时代，每一个人的生活都具有世界性，总是处于一个封闭小圈子中的诗人也许还有，但是其诗歌会具有很大的局限性，因为他不可能与世界文坛产生共鸣性，其诗学思维与美学思想具有独创性的可能性很小。中国文学与世界对话，不止步于表现中国经验的独特性，"而是在世界视野中，主动以一种反思和批判的精神将特殊经验转化为具有普遍意义的书写，将中国经验转化为全人类的经验"④。我们在新的时代所创作出来的诗歌作品，当尽可能地与这个时代的世界性文化与文学现象相连通，与这个时代世界各国的人民生活相关系。我们所谓的"世界"，是指包括中国在内的地球上所有的国家和民族所构成的自然与人文体系。虽然我们每一个人都生活在这个体系中，但是并不是每一个人都会具有"世界主义"的意识，都会主动地把自我融入广阔的世界之中，又从世界之中广泛地吸取资源与营养，以审美的方式将对象纳入自己的创作过程。诗人们要加强对于世界的了解与认识，包括对世界范围内的自然、社会、人类生活、文化传统的认识和了解，让自我的创作具有一种广阔的世界视野与博大的人类情怀。我们所说的"世界"，就是人类所面对的所有外在与内在的一切，包括我们所生活的地球，包括我们所面对的太空以至于宇宙，包括自然世界与人类社会，同时也包括了诗人的自我本身。而我们所说的"世界性"则是人类所共有的东西、自然所共有的东西、宇宙所共有的东西，如"人类命运共同体""自然命运共同体""人类文学命运共同体"等所体现出来的观念与思想。"民族主义"是与"世界主义"相对而存在的一个概念，我们所提倡的不是"民族主义"，更不是"原教旨主义"，而是"世界主义"与"文化多元主义"，因为"民族主义"是不具有世界性的，一个国家的文化与文学传统，往往也不具有"世界性"。诗人如果自我封闭、自我膨胀，只看见自己身边的一点点东西，只关注自我的一点点利益，那么肯定不会具有世界眼光、人类情怀，就不会创作出具有世界性的诗歌作品。作为关键词的"世界性"，也是一种文学理论，我们不能以"民族主义"与自我的"传统文化"来否定"世界主义"的意识和思想，因为当今中国所面对的所有问题，都只有在世界的大背景下，才有可能得到根本解决。诗人既要关注自己国家与民族的事情，也要关注整个人类和世界所面对的事情，这样才会让诗歌具有世界性的题材与内容，具有世界性的眼光与胸怀，也才会具有真正的世界性。鲁迅先生在几十年以前提出的"越是民族的，越是世界的"这一观点，在新时代的文学理论中，也许已经过时了，或者需要重新讨论和认识。

三是"主体性"。关于"主体性"的讨论，自改革开放初期就已经开始了，但一直也没有在艺术实践上得到根本解决。李少君对于作家的"主体性"有自己的认识，他说："根据主体性观点，人应该按自己的意愿设计自己的独特生活，规划自己的人生，决定自己的未来，自我发现、自我寻找、自我实现，这才是人生的意义。广而推之，民族的自由独立、国家的自由独立也成为一种现代价值。"①p134他在这里关于"主体性"的理解当然不

错，对于当代中国的诗歌创作者来说，则是需要突出诗人自我的存在，并以审美的方式将所有的对象物进行观照，使它们在作品中得到全部的保存与展示。任何作品都是诗人自己所写的，然而并不是每一个作品中都存在"自我"，特别是存在着具有完整和充分主体性的"自我"。"诗的创作主体不是一般人，而是具有系统的审美观点的诗人"。⑤自我的存在、自我的成长、自我的发展、自我的完善、自我的完成等，都可以成为主体性的内容之一，关键是自我的强大与自我的圆满，才可以成为主体性的存在，不然有可能只是一个影子，或者一个弱小的"自我"。在文学作品的创作过程中，"主体性"有以下几个基本的要求：自我的心理要更加独立，自我的性格要更加鲜明，自我的气质要更加彰显，自我的精神要更加强大，自我的形象要更加清晰，自我与世界的关系要更有结构性等。李少君曾经尖锐地指出，当代中国诗人的人格建构并没有完成，因为在当代中国还没有特别清晰的诗人形象出现。当代中国诗歌的主体性缺失，的确是一个理论问题，也是一个实践问题，还是没有引起我们的高度重视。一是要在理论上高度认可"主体性"，如果没有"主体性"的存在，就不是一个完整意义上的诗人与作家；二是"主体性"要体现在具体的诗歌作品中，并且要体现在诗歌作品的所有方面，让每一个诗歌作品都成为高度自我、充分自我、完整自我的存在，自始至终都是诗人自己的，从内到外都是诗人自己的，让自我的形象在诗坛上清晰起来。大唐时代的李、杜、白的作品，大宋时代的苏、黄、陆的作品，就是因为"主体性"而流传于世的。有的诗人还是"概念"先行，有的诗人还是"理论"先行，有的诗人还是"政治"先行，有的诗人还是套话先行，没有自己的思考、没有自己的感知、没有自己的发现、没有自己的呈现。可以说他们的作品中"主体性"已为零，这样的作品是不能成立的，自然也是不会被认可的，也是不会流行下去的。这个节日来了写上三首，那个节日来了写上五首，一个重大事件发生了表一个态，一个老人过世了表一下意，不是说这样的诗完全不能写，只是说不能因为外在的东西而写，一定要有自

己的感知与发现，并且要体现出自我的存在与自我的意义，这就是对"主体性"的基本追求。

四是"人民性"。李少君从中国当代诗歌与延安文学的历史性联系来讨论"人民性"的来源问题，以艾青与贺敬之的诗歌创作为对象来探索"人民性"的构成形态，自然是没有问题的。然而，"人民性"最主要的来源，还是这个时代人民大众的生活和情感，特别是底层人民的生活与情感，诗人与这个时代底层人民之间所发生的直接的、密切的联系。"人民生活中本来存在着文学艺术原料的矿藏，这是自然形态的东西，是粗糙的东西，但也是最生动、最丰富、最基本的东西"。①诗人如果想人民之所想、念他们之所念，就会让自己的作品与人民之间的联系更加紧密，让自己的作品产生充分的"人民性"。"人民性"还体现在人们的民俗生活底层，即他们对所生活的环境之种种反映上，包括自然地理环境和人文地理环境。人不可能是一种抽象的存在，所有的人都只能生活在特定的地方和特定的传统之中，人们的信仰与理想往往也与此直接相关。最前沿的内容就是民心之所向，如果把民心放在首要位置，以尽量做到代人民发言，自然而然地就具有了"人民性"。当然，诗歌不可能只是这个时代的传声筒，也不可能只是民众的代言人。诗人要以自我的审美方式进行着自我的艺术创造，以艺术的体式与姿态表现与人民之间最新、最深的结构关系。在当代中国的文学理论体系中，"人民性"不能只是一个政治概念，而是一个文化概念，也就是说"人民"并不是政治家口中的说法，而是一个在大地上生存并发展的群体，一个是生活的土地，一个是开创的文化，一个是发展中的民俗，一个是每一个族群固有的信仰。而"人民性"正是由这样的族群生存与生活所带来的性质，可能是与时下的流行语、流行病不一样的东西。最重要的是人民的心理与关切，这就是毛泽东在"延座讲话"中所要求的与人民打成一片的原因，如果停留于书本上与政策上，与人民的生存与生活本来没有什么联系，那么你的文学创作要有"人民性"是不可能的。需要注意的一个问题是，"主体性"和"人民性"会不会产生冲突？如果作家和诗人自己成为人民中的一分子，让自我与人民心灵相通，并且让自己的创作对象变成人民的生活与生存，就不会产生任何问题。如果让自我与人民的生活格格不入，将自我囿于一个小小的圈子里，自我也就失去了源头与活力，"人民性"也就缺失了，"主体性"也就被消解了。我们认为首先还是要有"主体性"，其次才是具有"人民性"，最后是具有"人民性"与"主体性"的合一形态。关于一个诗人和作家身上是不是要具有"人民性"，是存在争论的，因为每一个诗人与作家本身就生活于人民之中，并且本身也是人民中的一员，所以"人民性"是内在的而并非外在的。然而许多人在理解的时候，总是把自我独立于"人民"之外，将"人民"看成社会底层的"沉默的一群"，成为让作家与诗人同情与可怜的对象。如果这样的话，那"人民性"的拥有也许就无从谈起，在作品里的呈现与表现也就少有可能。

五是"创造性"。在李少君看来，"新时代诗歌"的"新的美学原则"，包括"创造新的美学形象""建立现代意义世界"，就是我们所说的"创造性"的具体体现。"创造性"主要体现在：第一是新意象。诗人往往是以意象方式进行表达，所以新意象的发现与呈现，特别能体现艺术审美上的创造性。第二是新形象。首先是诗人的自我形象，也可以包括在诗中出现的其他人物形象和自然物象。第三是新情感。要有新的个人情感和时代情感，与时代相生的、与地方相联的情感，对于古人在作品中已经表现过的情感，要具有相当的超越性。第四是新思想。新的思想虽然不易出现，新的思路与新的思维还是需要的。诗人作为人类的敏感之群，建立在新感知与新视域基础上的新思想，经过诗人努力还是有可能出现的。第五是新的体式与新的形式（包括语言）。不能老是"五四"语言，也不能老是"五十年代"和"八十年代"的语言，更不能老是"九十年代"的语言，诗人可以以自己的方言土语作为表现手段，以自我的独立话语进行艺术传达，才有可能与创造"新的美学形象"与建立"现代意义世界"相配套，从而实现所谓的"新时代之新"。而"其命维新"，正是体现在"新时代之新"上。"创造性"的要求，说起来容易而做起来难，并且是难上加难，因为正是"创造性"是"新时代之新"最基本的要求。"当代性"也好，"主体性"也好，"人民性"也好，"世界性"也好，最后都要体现在"创造性"上。没有具有"创造性"的内容、题材、形象、意象、语言、体式、形式、技巧等新东西，不能体现"新时代之新"，那么所谓的"新时代诗歌"就是一句空话。

李少君在新时代伊始就开始有了新的诗学发现，提出了"新时代诗歌"及其"新的美学原则"，而要实现这个历史性的任务，需要我们从理论上进行新探索。本文所分析的五个关键词，就是在他原来的基础上，重新审视与探索"新时代诗歌"的结果。至于说他所说的另一个关键词"境界"，如果是指"新的境界"，当然是具有合理性的和美学意义的。"当代性""世界性""主体性""人民性"和"创造性"，五个关键词及其统一，正是新时代中国诗人在诗歌创作上共同的审美目标，并且缺一不可。在新时代里，再像从前农业社会中国古人那样写诗是不可能了，而现在我们有许多旧体诗人仍然在大量创作没有新意象与新形象的诗歌；再像20世纪50年代到70年代的诗人那样写诗已经不可能了，而现在许多写新诗的人依然在自说自话，与前时代的诗歌没有很大的区别；再像20世纪中期那样在诗歌创作中，只是歌颂与礼赞偶像已经是不可能了，然而许多诗人还是脱离不了"节日诗"和"事件诗"的陈旧思维；再像从前那样以什么政策导向而进行任务式的写作已经不可能了，然而还是有不少所谓的什么"农业诗人"与"工业诗人"在不断地出现。一切都要起源于创造，一切都要来自创造，一切都要服务于创造，一切都是为了审美的创造，这就是"新时代之新"的理论与实践意义。

"其命维新"，正是出自李少君内在心灵的一种强烈召唤。然而，如何才可以写出新的诗歌作品呢？要回答这个问题也是不容易的，因为一个诗人的创作牵涉许多方面，但本文所提出的这五个关键词，却是当代诗歌理论批评与诗歌创作中的重中之

重、关键的关键、核心的核心，因为新时代需要这样的思考，新时代的诗人也需要这样的实践。一个或一批伟大诗人的出现，离开了这五个方面的思考与追求，几乎是不可能的，过去的历史可以证明这样一点，未来的历史更可以证明这样一点。"我们需要的是一种从我们的全部生活和历史境遇中生长起来的诗学。"[7]"当代性"可以带来诗歌作品的现代性意义，"世界性"可以带来诗歌的人类性意义，"主体性"可以带来诗歌的自我性意义，"人民性"可以带来诗歌的社会性意义，而"创造性"则可以带来诗歌的审美性意义，五者的统一与融合可以实现新时代诗人对"新的美学原则"的建构与实现。在当代中国，诗人与诗歌理论家、诗人与诗歌批评家基本上是一体化的，独立的诗歌理论家与诗歌批评家已经越来越少了，因此对于"新时代诗歌"的实践没有了中间环节，可以由诗人们直接进行，并且也可以获得最大程度的成功。本文对李少君所提出的几个关键词的分析，在此基础上提出的五个关键词及其意义阐释，并没有否定他从前的相关论述，而是有所发挥与有所发展而已，相信对于当代中国的诗歌理论与诗歌创作会产生正面的意义与重要的价值。

注释【Notes】

①李少君：《21世纪与新时代诗歌》，载《诗歌维新：新时代之新》，中国文联出版社2021年版，第122页。以下只在文中注明页码，不再一一做注。

②李少君：《百年新诗的历史意义》，载《诗歌维新：新时代之新》，中国文联出版社2021年版，第14页。

③李遇春：《中国文学传统的创造性转化——重建现代中国文学研究的古今维度》，载《天津社会科学》2016年第1期，第107页。

④曹莉：《重提"中国经验"——中国当代诗歌海外发展的理论思考》，载《中国文艺评论》2022年第11，第27页。

⑤吴思敬：《中国新诗理论的现代品格》，载《中国文艺评论》2017年第4期，第19页。

⑥毛泽东：《在延安文艺座谈会上的讲话》，载《毛泽东论文艺》，人民文学出版社1958年版，第48页。

⑦王家新：《当代诗歌：在"自由"与"关怀"之间》，载《文艺研究》2007年第9期，第17页。

荒诞世界中的时代英雄

——存在主义视域下的《巴黎的雨》

阿卜迪热合曼·艾买提　杨　婷

内容提要：《巴黎的雨》是俄罗斯作家罗曼·先钦继成名作《叶尔特舍夫一家》之后的又一重要现实主义作品。作家聚焦苏联解体后俄罗斯社会转型时期图瓦的省城中一个普通人的存在危机。本文以存在主义理论为依据，对小说主人公的生存困境进行剖析，旨在揭示现代人遭遇的生存困境、面临的精神危机及无法逃避的悲剧宿命，从而剖析先钦的生存哲学。

关键词：罗曼·先钦；《巴黎的雨》；存在主义

作者简介：阿卜迪热合曼·艾买提，喀什大学外国语学院教师，喀什大学"一带一路"外语翻译中心助理研究员，研究方向：俄罗斯文学。杨婷，喀什大学外国语学院教师，研究方向：翻译。

Title: A Hero of the Times in an Absurd World: About *Rain in Paris* in Existential Perspective

Abstract: *Rain in Paris* is another important work of realism by the Russian writer Roman Senchin after his famous work *The Yeltyshevs*. In *Rain in Paris*, the writer focuses on an ordinary person's existential crisis in the provincial city of Tuva, during the period of social transformation in Russia after the collapse of the Soviet Union. Based on the theory of existentialism, this paper analyzes the protagonist's existential dilemma, aiming to reveal existential dilemma encountered by modern people, the spiritual crisis they face, and the inescapable tragedy of their destiny, so as to analyze Senchin's surviving philosophy.

Key Words: Roman Senchin; *Rain in Paris*; existentialism

About the Authors: Abdurakhman Emat is a teacher at School of Foreign Languages, Kashmir University, and meanwhile, she is an assistant researcher at "One Belt and One Road" Foreign Language Translation Center, Kashi University; she is mainly engaged in research on Russian Literature. **Yang Ting** is a teacher at School of Foreign Languages, Kashi University; she is mainly engaged in research on Translation.

一、引言

《巴黎的雨》是俄罗斯"新现实主义"作家罗曼·先钦于2018年发表的长篇小说，作者秉持"写作贴近生活"的创作原则，以回忆视角描绘了主人公托普金（Топкин）40年的前半生。小说具有浓厚的自传色彩，描述了图瓦共和国克孜勒市（Кызыл）普通中年男子托普金在其40岁时来到巴黎，在巴黎短暂逗留五日的故事。作家将其前半生碎片式的回忆与其在巴黎的五日情景交错呈现在读者面前。面对暗淡无光的过去与渺茫未知的未来，主人公最终决定留守故乡，做出了忠于自我的人生抉择。作家在小说中书写的孤独、恐惧、焦虑、死亡、自由与存在等主题思想与"存在主义"哲学思想十分契合。更为重要的是，作家通过描绘个体的存在危机，揭示出当代俄罗斯社会的精神危机，使得作品的现实主义主题具有了更为鲜明的时代特征。作家笔下动荡的时代，颓废的故乡，为生机离开的亲人、朋友和家人，与坚守在家乡的托普金形成鲜明对比。托普金面对荒诞世界的生存态度，即在虚无中寻找生命的意义，使他成了新的"时代英雄"。对普通人生存命运的关注是罗曼·先钦写作的焦点，无论是《叶尔特舍夫一家》（Елтышевы）、《零下》（Минус）、《脚下之冰》（Лед под ногами）还是《巴黎的雨》（Дождь в Париже），其笔下众多主人公的精神内核与存在主义理论中的"孤独的个体""自由与选择""荒诞与虚无""异化"等概念契合。由此可以看出，在叙事表征之下罗曼·先钦对人的生存困境和生命价值有着独特的思考。

存在主义产生于第一次世界大战后，由丹麦神学家、哲学家克尔凯郭尔提出。这一思想经由德国传到法国，并在第二次世界大战后在西方世界流行。存在主义理论涵盖了许多深刻的概念，存在主义哲学的美学思想就是对人生存的强烈关怀，存在主义就是人道主义，"是一种使人生成为可能的学说"①。本文将从"异化的孤独个体""自由的捍卫者"和"荒诞世界的反抗者"这三个层面，深入剖析托普金的生存困境。

二、异化的孤独个体

存在主义哲学关注人的存在本身及其个体的自由与孤独。孤独是存在主义哲学思想的核心概念。在存在主义哲学中，孤独并不是指一种消极的情绪状态，而是指人类的普遍存在状态。这种孤独是由于个体的存在本身就是独立的、自由的，而不是被他人或其他外部力量所决定的。因此，孤独成为人类存在的本质特征之一。先钦笔下的托普金正是一个"自我反省、精神内核焦虑，以自己的内在为中心、完全封闭"②的孤独的个体。以自己的内在为中心，托普金常常把"本我"放在首位，精神上与周遭不能与其同频共振，异化的托普金与身边的世界显得格格不入，成为萨特口中"孤独的个体"。这种孤独源自他对自由的渴望和选择自由地活着。他备受孤独的煎熬，害怕孤独又不得不独处。第一任和第二任妻子相继离开后，"因为害怕孤独，他第三次结婚"③。但即使婚姻他的精神内核也没有改变，他仍然是超脱生活的孤独的异化者。在他的回忆碎片中，与他人的接触使他倍感难受，回忆中与第一任妻子的点滴于他而言是一种羞辱，因为奥利亚鄙视他；与第二任妻子的相处让他时常处于神经紧绷的状态，因为热内娅总想带他社交，让他参加各种活动，而他只想在家看电视、躺着；第三任妻子因过于顺从和听话，反而让他感到无趣。阿列娜一家因没有打点关系而遭受地方官员的不公对待，他们一家辛苦积累的家业被毁，不得不举家离开。在托普金的回忆中只有儿子会让他想起这个给过他完整家庭的女人的存在，妻子离开后他便开始与数不清的女性保持肉体关系。爱情于他而言更多的是一种通过满足肉体欲望来缓解精神痛苦的工具。托普金的悖论恰恰在于，他既害怕孤独，又害怕接近他人。他自己与世界之间存在一种隔阂或疏远，正是他异化的有力证明，其异化主要表现为与他人及与社会的疏离。

与他人的疏离。家人不理解托普金，不断尝试说服他改变，这造成他和家人情感上的疏远。失败的婚姻、没有前途的工作、没有未来的生活让他挫败和迷茫，因此他自我封闭，只愿意面对沙发和电视机。面对第三任妻子给出的选择，他沉默不言，选择逃避。他渴望别人的爱与陪伴，同时又畏惧因爱而衍生的关系会让他迎合对方，一旦对方试图让他做出改变，他就会百般难受并立刻疏远对方。无论是亲人，还是爱人，最后都因他的异化离他而去。他们的离开并没有使托普金难过，甚至让他感受到了从未有过的平静。他生命里最亲的人都尝试改变他，他在两难中无法做出抉择，这些无一例外成了他"自我的地狱"。面对他者的"注视"，托普金唯有逃离才能保全"本我"。

与社会的疏离。在社会上，托普金努力工作，与他人保持着"安全"的距离。他通过观看新闻关注世界发生的一切，目睹了苏联解体后的动荡局面，车臣战争，图瓦人对俄罗斯人生存空间的挤压。他也亲眼看到民族矛盾激化导致无数俄罗斯人离开。他还曾加入救援团队帮助因冲突失去家园的可怜人们。然而，托普金几次目睹他们逐渐失去人性、逐渐兽化的样子，对帮助他们逐渐失去了兴趣。他在影楼上班期间，与一个宗教社区的关系比较密切，可他一意识到社区里充满了虚伪狡诈，就辞职离开了，连"上帝"的警告也没能改变他的决定。他没有能力改变现实，亦无法掌控自己的命运，便与社会疏离。面对社会不公，他无力改变，又不愿效仿他人离开这片他生活了近40年的地方。托普金坚守这片故土，以此反抗命运的不公，在反抗中寻求生命的价值。

三、自由的捍卫者

自由是存在主义哲学的另一个核心概念。面对生存困境，存在主义认为要充分发挥人的自由选择，并承担因选择产生的后果。自由彰显出"本我"的存在和自由意志，同时对抗他人施加给"本我"的束缚和压力，是存在主义思想在自由问题上的基本主张。自由作为萨特存在主义哲学体系的内核，包含了行动选择的自由、行动的自由和深入现实中的存在意义上的自由，因为"人是自由的，自己决定自己，自己创造自己，自己对自己负责"④。小说中先钦面对托普金孤独的生存困境，使他充分发挥个人选择的绝对自由，并使他勇敢面对行为的后果、成为自由的捍卫者。

存在主义强调个体的自由和自主性，认为人类有权利自由地选择自己的生活方式和价值观。在个人自由与他人自由的冲突中，个人自由是托普金选择的依据和导向，托普金每次做出的决定都是为了保证自己绝对的自由，他拒绝成为他者的客体。最初，托普金在照相馆工作时工作体面且收入可观。该照相馆的馆长是浸礼派教会的会长，托普金积极出席教会的祷告仪式，参加教会组织的慈善活动，但随着对教会的深入了解，他对教会以建教堂的名义敛财感到厌恶，他在做慈善时因流浪汉的模样感到恐惧和恶心，选择放弃体面的工作离开教会去做装修工。他意识到自己存在的虚无性，这种内在虚无的恐惧和对外在世界的痛恨使他明白生命的脆弱性、个人存在的荒诞性，他不再逃避存在的痛苦和偶然性，追求个人的绝对自由。

自由选择的过程伴随着焦虑，托普金在苦闷中开启五天的心灵之旅。巧合的是和萨特《恶心》中的主人公洛根丁一样，托普金也前往巴黎。托普金前半生无处不在的自在存在被虚无化了，其内心的焦灼也被巴黎的雨浇灭。他确定了内心的答案，选择了自由，对未来的生活充满了希望。他作为自为

存在超越了自在存在，在自由创造中用行动实现自己的价值。

四、荒诞世界的反抗者

存在主义认为存在先于本质，人就要对自己是怎么样的人负责。萨特提出，世界的荒诞性实质上是为了强调人的自由选择，人生在世要勇敢面对荒诞冰冷的世界；人的存在具有偶然性，是无意义的；人要通过自由选择完成对自我的定义，追寻生命的价值。《巴黎的雨》处处体现着生存的荒诞性，人只是被现实所宰制的客体。而先钦的主人公犹如他的名字安德烈（源自古希腊，意为勇敢者、男人、猛士等），并没有消极地屈服于宿命，而是勇敢地面对荒诞世界。他没有逃避，也没有用极端的方式结束自己的生命。通过巴黎五天的心灵之旅，他完成了意识的觉醒，真正实现了从自在存在到自为存在的转变，完成了蜕变，变成了"他自己"，因为按萨特的观点："一个人不多不少就是他的一系列行径；他是构成这些行径的总和，组织和一套关系。"①p21

先钦以冷峻的笔锋揭露了社会紊乱甚至失序，民族矛盾激化，民粹主义高涨，普通人生存空间被反噬。先钦笔下的人们面对荒诞世界的选择不同，许多人和托普金的父母和爱人一样，面对荒诞的世界选择逃避，沉浸于虚假的幻想：换个地方，生活一定会好起来，于是他们纷纷把自己的房子卖掉，仓皇逃离，典型的例子是他父母和姐姐。托普金父母带着姐姐踏上了去往爱沙尼亚的"寻根"之旅；第三任妻子一家在遭受图瓦人压迫后选择离开，然而等待他们的仍然是未知的荒诞世界。斯维塔·古比纳（Света Губина）刚开始和托普金一样在浸礼派教会中寻求帮助，但她在意识到面对荒诞的世界自己是孤立无援的时，便以自杀的方式结束自己为不存在而存在的一生。

托普金在巴黎明白，无论他去哪里，等待他的依然是毫无意义的荒诞的世界。在巴黎旅游时他的意识回到了克孜勒，他40年人生如时空交替般映入眼帘。托普金明白他想要什么，他要忠于自我，

"在自由状态下，仅凭自己的所知去生活，不允许任何不真实的事情发生"⑤。他返回家乡，默默地扛起落在肩上的巨石。尽管他选择的道路充满荆棘，随时可能失去生命，但他仍不畏艰险，勇敢地走下去，对他来说，"他存在的意义在于成为一个锚、一个地标，成为俄罗斯最边缘的一撮土地，而这撮土地在过去几十年中正在加速流失。近几十年来，这个国家正在快速丧失这种极具凝聚力的俄罗斯身份认同感"⑥。小说结尾，托普金回到克孜勒是"对消极存在的终极肯定，是拯救自己免于融入世界集体幻觉的激进方式"⑦。

五、结语

根据存在主义核心概念，我们清晰地感受到小说主人公经历的生存困境：身陷他人"地狱"之中的托普金心理发生异化，与社会、他人及自我发生了疏离，陷入孤独之中，自由地选择并反抗荒诞世界，以自身界限的内反抗获取生命的意义，这使他成为堂吉诃德式的"时代英雄"。作为新现实主义代表，存在的荒谬性，人在命运前的孤独和无力感，自由与孤独等主题，在先钦的创作中屡见不鲜，作家对生与死有着独特的见解。先钦在《巴黎的雨》中通过安德烈·托普金的命运反映苏联解体前后至今普通人面对的荒诞世界与生存抉择、对生命价值的追求。这也从侧面反映出先钦的生存哲学：身处乱世，自保和生存是最重要的；人要在乱世中收起锋芒才能活着；只有活着才有希望；只有活着才能实现人生价值；只有收起锋芒、敛起张扬，人生才能达到新高度。先钦对社会的高度责任表明其文学的介入："他把严肃的现实题材当成文学创作者实现社会担当的利器，遵循现实主义的叙事，吸收后现代主义的表现方略，以艺术之美强化现实之恶与精神之痛"⑧。

注释【Notes】

①[法]萨特：《存在主义是一种人道主义》，周煦良、汤永宽译，上海译文出版社1988年版，第2页。以下只在文中注明页码，不再一一做注。

②Лященко М. Н, *Проблема одиночества в экзистенциальной модели бытия,* Манускрипт, 2017(3), p.88.

③Сенчин Р. В, *Дождь в Париже*, Москва: Издательство АСТ, 2018, p.276.

④伏爱华：《萨特存在主义美学思想研究》，安徽大学出版社2009年版，第5页。

⑤Бурханов, А. Р, *Экзистенциал свободы в философии абсурда и бунта Альбера Камю.* Молодой ученый. 2011. № 4 (27). Т. 1, p. 195.

⑥Рудалев Андрей, *Возможность чуда*, Литературная газета, 2018(10).

⑦Пустовая В. Е, *Матрица бунта*, Журнал «Континент», 2009, № 140. p.457.

⑧张俊翔：《无以抵抗的现实之恶与精神之痛——论罗曼·先钦的〈叶尔特舍夫一家〉》，载《当代外国文学》2015年第4期，第84页。

普希金早期旅行书写中的"诗与真"

陈蔚青

内容提要： 一直以来，普希金的旅行书写处于作家研究的边缘。人们往往将其早期的旅行书写《给Д的信的片段》当作普希金写给德尔维格的非虚构信件，并将其晚期的旅行书写《1829年出征时的阿尔兹鲁姆之旅》看成普希金旅行日记的变体，视它为单纯的非虚构文本。本文从《给Д的信的片段》的创作过程入手，分析普希金将非虚构文本组织为文学作品的方法，揭示普希金对旅行书写这一文学体裁的突破。

关键词： 普希金；旅行书写；"诗与真"

作者简介： 陈蔚青，清华大学语言教学中心俄语教师，清华大学人文学院博士后，文学博士，研究方向：普希金学与俄语文学。

Title: "Dichtung und Wahrheit" in Pushkin's Early Travel Writing

Abstract: Pushkin's travel writing has long been on the periphery in the circle of the literary scholars. It is commonly accepted that Pushkin's early travel writing "An Excerpt from the Letter to D" was his nonfictional note to Delvig, and that his "A Journey to Arzrum" was not more than a variant of Pushkin's travel diary, which has been often regarded as nonfictional text. This paper analyzes the process of Pushkin's "An Excerpt from the Letter to D", examing how Pushkin organized his non-fictional text into literary work, and revealing his breakthrough in the genre of travel writing.

Key Words: Pushkin; travel writing; "Dichtung und Wahrheit"

About the Author: Chen Weiqing is a Russian language instructor in Language Center, Tsinghua University; he is a postdoctoral researcher of the School of Humanities, Tsinghua University; he specializes in Pushkin and Russian Literature.

除了俄国诗歌的太阳，普希金的另一重身份是旅行者。根据俄国地理学会的统计，普希金一生中沿着俄国的泥泞道路行进了近36000千米，约等于赤道的长度。[①]令人惋惜的是，尽管有大量的学术工作致力于研究普希金作为俄国文学的奠基人的作用，但很少有人关注到其创作的一条重要脉络——旅行。

普希金在一生中创作了两个旅行书写的文本。第一个文本是写于1824—1825年的《给Д的信的片段》（*Отрывок из письма к Д.*）。第二个文本则是创作于1835年的《1829年出征时的阿尔兹鲁姆之旅》（*Путешествие в Арзрум во время похода 1829 года*）（后文简称《阿尔兹鲁姆之旅》）。在这两个文本中，普希金均以第一人称描写了自己真实发生过的旅行。前者回顾了作家1820年的南俄旅行经历，后者则描写了作家1829年的阿尔兹鲁姆之行。

在过去，真实都被视为传记的最高标准，而歌德却反其道而行之，公开把自传《我的一生：诗与真》（*Aus meinem Leben: Dichtung und Wahrheit*）的体裁称为"半诗半史"，首次提出在自传作品中的虚构因素——"诗"（Dichtung）与真实因素——"真"（Wahrheit）存在着不可分割的辩证联系。歌德没有把自传的真降低为心理学或历史学上的真，对他来说正是自传自然的主观性构成了自传这一体裁的"真"。②那么，如何区分"诗"与"真"也是读者在阅读具有强烈自传色彩的旅行书写时面临的一大挑战。正如批评家彼得·休姆（Peter Hulme）所言，旅行书写尽管不该被"编造"，但至少是被"制作"的。③学者丹尼尔·凯瑞（Daniel Carey）认为"作者必须挑选出旅行中的重要事件，并将这些事件以及他或她对这些事件的反思组织成某种叙事，无论多么简短。旅行经历就这样被制作成了旅行文本，而这个制作过程必然会在或多或少的程度上为文本引入一个虚构的维度。至少对原始旅行经历的不可避免地篡改给了作家相当大的空间，即使不完全是欺骗，也肯定是对事实的节约"④。因此，尽管《给Д的信的片段》和《阿尔兹鲁姆之旅》这两个文本从表面上看是非虚构的，但其实都包含了一定的虚构性，是作家有意对其真实的旅行进行改写的文学创作。本文从普希金早期的旅行书写《给Д的信的片段》的创作过程入手，分析普希金将非虚构文本组织为文学作品的方法，挖掘普希金对旅行书写这一文学体裁的突破。

1826年发表于文学年鉴《北方之花》的《给Д的信的片段》是普希金根据自己1820年漫游克里米亚的旅行经历而创作的旅行书写。第一眼看去，《给Д的信的片段》遵循了卡拉姆津式旅行书写的传统。首先，这个文本包含了作者对不在身边的友人——恰达耶夫的思念。⑤风景与友谊的结合也符合感伤主义的范式："我喜欢在晚上醒来，听海的声音——我听了好几个小时。在离我家一步之遥的地方有一棵年轻的柏树；每天早上我都会去看它，并对它有一种友谊的感觉。"⑥其次，正如文本的标题所示，《给Д的信的片段》也采取了信件的形式。文本的最后一段直接发出了对收件人的呼唤。过去，普希金的同时代人曾简单地认为《给Д的信的片段》是普希金写给德尔维格的信件。然而随着时间的推移，批评家们逐渐意识到这封信的真实收件人或许并不重要。批评家布拉戈伊（Д. Д. Благой）指出："这不是一封亲密的信，而是一个纯粹的文学作品，写它的目的很明确，就是出版印刷。"⑦1987年，批评家佩特鲁妮娜（Н. Н. Петрунина）首次将《给Д的信的片段》的体裁判定为由卡拉姆津奠定的"旅行信"。⑧在卡拉姆津式的书信体旅行书写中，收信人的形象与作者（叙述者）更为次要。收件人往往只是一个公开的虚构。因此，普希金为这封信设置一个收件人"Д"或许只是为了遵循卡拉姆津式旅行书写的流派惯例，而非意有所指。最后，《给Д的信的片段》与穆拉维约夫-阿波斯托尔（С. И. Муравьев-Апостол）模仿卡拉姆津的《一个俄罗斯旅行者的信》而作的书信体旅行书写《1820年的塔夫里达之旅》（Путешествие по Тавриде в 1820 годе）有着直接的对话关系。《给Д的信的片段》的草稿和第一版清稿均以《1820年的塔夫里达之旅》开头，普希金丝毫不介意读者将自己的文本与穆拉维约夫-阿波斯托尔的作品并置："我怀着极其愉悦的心情阅读了《塔夫里达之旅》。当年我和穆-阿几乎同时在克里米亚半岛上，很遗憾我们没有见面。"⑨不过在出版的《北方之花》的文本里，普希金删去了这段文字，但仍在全文两次提到了穆拉维约夫-阿波斯托尔的名字。

然而，《给Д的信的片段》并非对卡拉姆津式旅行书写的简单模仿。事实上，草稿和第一版清稿里删去的内容还包括普希金对《1820年的塔夫里达之旅》的直接评价："你知道（《塔夫里达之旅》）这本书最令我惊讶的是什么吗？是我们印象的差异。请你自己判断吧。"⑩C.997-998作家在文本一开头就难掩讽意地写道："我即刻去了所谓的米特里达斯的坟墓（某座塔的废墟）；在那里我摘了一朵花作为纪念品，第二天就把它弄丢了。我没有感到一丝遗憾。潘提卡彭遗址也没有给我留下强烈的印象。"⑥C.437普希金之所以提到这些古迹是因为穆拉维约夫-阿波斯托尔作为一名古典学学者和古典主义遗迹爱好者，极为关注旅行地的历史和考古信息并由此大肆抒情。在《1820年的塔夫里达之旅》中，穆拉维约夫-阿波斯托尔用了整整三章去描绘米特里达斯的坟墓。他在详细地列举了自己掌握的所有关于坟墓的历史和考古事实后，便慷慨激昂地就历史上的天才和人类荣耀的短暂性等话题抒发了一系列的见解。由此，普希金对米特里达斯的坟墓和潘提卡彭遗址的兴趣寥寥与穆拉维约夫-阿波斯托尔对历史回忆和考古观察的激情形成了鲜明的对比。此外，珍藏旅行所到之地的花朵作为纪念是感伤主义旅行的惯例，然而普希金却强调自己对花朵的遗失"没有感到一丝遗憾"。

不过普希金并非真的对米特里达斯的坟墓和潘提卡彭遗址毫无印象。事实上，作家在1820年旅行途中写给弟弟的非虚构信件里提到了这两处景点。那时的普希金游览这两处景点后感慨："毫无疑问，许多珍贵的宝物都藏在这里的地下，经过了几个世纪的浇灌"。⑦C.18这种感慨体现出普希金对这些历史遗迹的敬畏之情。在1820年的信件里，普希金也并未提到自己第二天"没有感到一丝遗憾"地遗失了感伤的纪念品——废墟上的花朵。由此可见，普希金在旅行发生的五年后所创作的《给Д的信的片段》里刻意强调了自己对米特里达斯的坟墓和潘提卡彭遗址这些历史古迹的漠视，并增设了遗失花的情节，是以讽刺传统卡拉姆津式旅行书写的陈词滥调。

此外，《给Д的信的片段》的所有版本都突出了作家夜间从费奥多西亚乘船到古尔祖夫时对恰特尔山这座克里米亚名山的无感。此前，无论是卡拉姆津还是西欧浪漫主义旅行者都在创作中对高山寄托了丰富的感情。卡拉姆津的继承者穆拉维约夫-阿波斯托尔也在《1820年的塔夫里达之旅》里延续了这一传统。他用天真烂漫的口吻写道："南方的天际对我来说似乎是充满着愉悦希望的目的地……但我看到天边有一朵蓝色的云；它脱离了条状的土地，一动不动，其外观是等边的——难道那是一座山吗？——我问马车夫，他证实了我的猜测：那是真正的恰特尔山，从一百五十公里外看到的。我有一种感觉，这座山就是斯特拉邦所说的特拉布宗。"⑨接着穆拉维约夫-阿波斯托尔进一步验证了斯特拉邦这位古希腊历史和地理学家对恰特尔山的学术猜想。然而，普希金在《给Д的信的片段》里这样描写自己看到恰特尔山的情形："南方的山脉在雾中延伸到我面前……'这就是恰特尔山，'船长对我说，我没有看出来，也懒得看。"⑥C.437普希金对恰特尔山的冷淡与穆拉维约夫-阿波斯托尔的激动又一次形成了鲜明的对比。

紧接着普希金用怀旧的口吻描绘了一段南方的景色，并试图将自己的印象与穆拉维约夫-阿波斯托尔的描写相比较："我绕过正午的海岸，穆的旅程在我心中唤起了许多回忆；但我一点也不记得他是如何穿越可怕的基克涅伊斯的岩石的了。"⑥C.437从前文暗地的讽刺到如今公然的遗忘，表明普希金对传统旅行书写写作范式的否定。作家的反叛也在后文进一步加强。

在蜻蜓点水般地写了两句风景之后，普希金用一大段话描写了自己看到的神话中的戴安娜神庙的遗址。虽然穆拉维约夫-阿波斯托尔的名字并未出现，但普希金笔下的每一个字都与之相关。在《1820年的塔夫里达之旅》里，穆拉维约夫-阿波斯托尔用了整整一章来驳斥克里米亚异教神庙的传说。他在仔细研究了资料来源之后认为："最新的塔夫里达的伊菲吉尼亚神庙的搜索者所遵循的资料来源都是来自神话学家，诗人，虽然很多，但，唉！非常薄弱，因为它们没有被批评之光照亮。批评之光能够将虚构与历史真相区分开来。"⑩C.87针对穆拉维约夫-阿波斯托尔对历史的痴迷，普希金在《给Д的信的片段》中直接做出反驳：

我还看到了神话中的戴安娜神庙的遗址。显然，神话故事对我来说比历史回忆更快乐；至少此时，韵律向我走来，我萌发了写诗的冲动。下面就是这首诗：

为何会有冷酷的怀疑？

我相信：这里曾有过一座令人敬畏的神殿，

在嗜血的神灵面前

祭品冒着热气。

残暴的复仇女神的仇恨

在这里得到平息：

塔夫里达的预言家

在这里把手伸给他的兄弟

在这神殿的废墟上

友谊的圣典已经举行，

诸神的伟大心灵

为自己的作品而自豪。

……

恰（达耶夫），你可记得往事？

很久了吗？怀着青春的狂喜，

我曾想把这个不祥的名字，

刻在别处的废墟上。

不过，我那被风暴平息的内心

现在只有倦怠和恬静。

如今，怀着激动的诗情

在友谊的石碑上

我写下我们的名字。⑥C.438

诗歌第一句"冷酷的怀疑"指的就是穆拉维约夫-阿波斯托尔有关神庙的推理。普希金再一次以对神话的赞美批驳了《1820年的塔夫里达之旅》的"唯历史主义"。此外，普希金写下的这首诗是他于1824年在米哈伊洛夫斯克创作的《致恰达耶夫》（Чаадаеву）。那时，恰达耶夫正在欧洲旅行，而普希金此前曾打算同他一起。因此，"别处的废墟"可能指的是他们本要一同访问的欧洲的历史遗迹。普希金对俄瑞斯忒斯和皮拉得斯间友情的提及也别有深意。俄瑞斯忒斯和皮拉得斯一起流浪，普希金和恰达耶夫虽都渴望逃离，却被阻止一起旅行。鉴于二人的友谊被不断扩大的时间和空间隔开，普希金将他们的名字刻在一起的做法有着象征性意义。

接着普希金表示自己抱病前往巴赫奇萨拉伊的喷泉参观却大失所望："我此前就听说过热恋中的汗的奇怪的纪念物。K曾诗意地向我描述过这座喷泉，称它为'泪泉'。可进入宫殿后，我只看到一个废旧的喷泉；水从一个生锈的铁管中一滴滴地落下。我绕着宫殿走了一圈，对它的荒废和一些房间的半欧洲式的改建感到非常恼火。"⑥C.438然而遥想当年，普希金正是在《给Д的信的片段》里这个破败的地方创作了自己最为浪漫的南方叙事诗之一——《巴赫奇萨拉伊的喷泉》：

在空寂的寝宫和花园中，

安乐的景象至今犹存；

喷泉逆涌，玫瑰鲜红，

架上爬满葡萄的藤蔓，

墙壁闪耀着黄金的光辉。⑪

由此可见，普希金在《给Д的信的片段》里还加入了对自己早年模仿的西欧浪漫主义东方之旅的嘲讽。在否定了浪漫主义者的东方旅行范式后，普希金再次将矛头对准穆拉维约夫-阿波斯托尔："至于穆提到的可汗情妇的纪念碑，我在写诗时并没有想到，否则我肯定会用上他的描述。"⑥C.439通过不断否定前人的旅行书写，普希金暗示了文学前辈的旅行在自己的创作中所扮演的消极作用。

在《给Д的信的片段》的最后一段，普希金像是想起了旅行书写范式的惯例似的，终于发出了对收件人的呼唤："现在请你好好讲讲，为什么正午的海岸和巴赫奇萨拉伊对我还是有着莫名的吸引力呢？为什么我心中有如此强烈的愿望，还想重访我曾如此冷漠地离开的地方？还是说记忆是我们心灵中最强大的能力。被记忆支配的那些事物会迷住我们。"⑥C.439这里普希金通过对收件人的发问，对"心灵"的提及和升起的激动情感再次回归了传统的卡拉姆津式旅行书写的"标准"范式。

一直以来，批评家们在研究普希金与卡拉姆津的关系时或是从历史书写或是从哀诗入手，而在追溯西欧浪漫主义作家对普希金的影响时则对普希金早年创作的南方长诗尤为关注，其实普希金的旅行书写也是透视这两大问题的一面窗口。在普希金时代，人们普遍把旅行书写这种体裁视为轻松想法的载体。例如，作家别斯图舍夫（А. А. Бестужев）在《雷维尔之行》（Поездка в Ревель）中写道："亲爱的朋友们，我现在写的不是一本书，也不是从书中抄来的。"（Друзья мои, я пишу не книги, и не из книг.）这意味着别斯图舍夫并不认为他的旅行书写是严肃的文学作品，而仅仅是一种轻松的休闲读物。⑫追溯《给Д的信的片段》的创作过程，我们可以看出普希金从一开始就意识到了旅行书写这一文学体裁的诗学潜力，并借助这一体裁的"轻松"假面逐步克服了卡拉姆津和西欧浪漫主义作家带来的"影响的焦虑"。普希金早期的旅行书写完全是在与卡拉姆津式的感伤旅行的论战中构建的。

普希金对自己早年创作的浪漫主义"东方"长诗的反讽也初见端倪。这次尝试也为10年后普希金在生命末期创作《阿尔兹鲁姆之旅》时对文学前辈进行的极致反叛埋下了种子。

注释【Notes】

①А. Соколова. Пушкин—путешественник: Линии жизни, линии на карте, https://rgo.ru/activity/redaction/news/pushkin-puteshestvennik-linii-zhizni-linii-na-karte/ [2024 - 06 - 06]

②Bertaux, Daniel. *Biography and Society: the Life History Approach in the Social Sciences*. Beverly Hills, CA: Sage Publications, 1981, p.70.

③Hulme, Peter and Tim Youngs. *Talking about Travel Writing*. Leicester: The English Association, 2007, p.3.

④Carey, Daniel. "Truth, Lies and Travel Writing". *The Routledge Companion to Travel Writing*. Carl Thompson eds. New York: Routledge, 2011, pp.27-28.

⑤值得注意的是，所有将《给Д的信的片段》当作《巴赫奇萨拉伊的喷泉》后记的版本都不含普希金写给恰达耶夫的诗句，也不包括最后一段对收件人的呼唤。

⑥Пушкин А. С. Полное собрание сочинений: В 16 т. Т. 8. Кн. 1. Ред. Горький М. и др.. М.; Л.: Изд-во АН СССР, 1948. С.251.本文使用的普希金作品的文本均引自1937—1959年苏联科学院出版的16卷《普希金全集》。以下只在文中注明页码，不再一一做注。

⑦Пушкин А. С. Полное собрание сочинений: В 16 т. Т. 13. Ред. Горький М. и др.. М.; Л.: Изд-во АН СССР, 1937. С.487. 以下只在文中注明页码，不再一一做注。

⑧Петрунина Н. Н. Проза Пушкина. Л.: Наука, 1987. С.39.

⑨Пушкин А. С. Полное собрание сочинений: В 16 т. Т. 8. Кн. 2. Ред. Горький М. и др.. М.; Л.: Изд-во АН СССР, 1940. С.997-998.以下只在文中注明页码，不再一一做注。

⑩Муравьев-Апостол И. М. Путешествие по Тавриде в 1820 году. Санкт-Петербург: Печатано в типографии состоящей при Особенной канцелярии Министерства внутренних дел, 1823. С.49.以下只在文中注明页码，不再一一做注。

⑪Пушкин А. С. Полное собрание сочинений: В 16 т. Т. 4. Ред. Горький М. и др.. М.; Л.: Изд-во АН СССР, 1937. С.169.

⑫Бестужев А. А. Поездка в Ревель, Санкт-петербург: В типографии Александра Плюшара,1821. С.20.

个人与社会间的张力

——论伊格尔顿视域下的《哈姆雷特》

曾　茜

内容提要：在对《哈姆雷特》的解读中，伊格尔顿意在表明个人与社会的辩证统一关系，试图找寻人作为主体与作为客体如何在社会中实现真正的统一，即何为真正的人的定义。但最终，伊格尔顿论证出这一定义的不可能性，人的真实性无法在社会中完全自主，人对自己真实在一定程度上意味着对他人不真实。

关键词：《哈姆雷特》；主客体；个人；社会；伊格尔顿

作者简介：曾茜，复旦大学中国语言文学系比较文学与世界文学专业博士研究生，主要研究方向为中外文学关系。

Title: Tension Force Between Individual and Society: On *Hamlet* in Eagleton's Perspective

Abstract: In his Interpretation of *Hamlet*, Eagleton intended to show the dialectical and unifying relationship between the individual and the society, trying to find how an individual, as a subject or an object, achieves the true unity between oneself and the society; that's to say, Eagleton tried to get the definition of "a real man". In the end, Eagleton puts forward the impossibility of this definition, arguing that the authenticity of a human being cannot be fully performed in freedom in the society, and that if one is true to oneself, it often implies that oneself must be untrue to other ones to some extent.

Key Words: *Hamlet*; subject and object; individual; society; Eagleton

About the Author: Zeng Xi is a doctoral student who majors in Comparative Literature and World Literature from Department of Chinese Language and Literature, Fudan University; she is mainly engaged in Relationship between Chinese and Foreign Literature.

特里·伊格尔顿在著作《莎士比亚与社会》提出："不是简单地关注我们的时代，而是描绘形成我们看待莎士比亚的思维体验。……我们对莎士比亚的判断由我们在我们的社会中所有的观念所决定。"[①]正如我们站在我们所处的社会中思考莎士比亚一样，莎士比亚戏剧中的人物也是在其所属的社会中进行着个人的行动，创造自己的生活方式，思考自我与他者的关系。同时，他将个人分为"主体——客体"这一二元结构，在这一结构下探讨人物的真实性问题及"利用——被利用"关系。"莎士比亚在资本主义发展初期就揭露了整个社会矛盾过程——从巨大成就到卑微的衰落，这就使他的成就达到了前所未有的高度……《哈姆雷特》揭示了

个人意志冲突的壮丽场面。"[②]实际上，伊格尔顿在"个人——社会"这一二元框架下对莎士比亚戏剧建构起自己独特的解读范式，他对《哈姆雷特》的解读亦明显地体现了他的这一思想。

一、代理关系与主客体关系

伊格尔顿用两组关系明晰了主体与客体的概念，首先是"指派任务——被指派任务"。指派任务的一方是主体，而被指派任务的那一方为客体，毋宁说这是一种"命令——服从"关系。其次是代理关系，即一个人经由第三方，不断地向另一个人传递消息和报告。这两组关系可以凸显作为主体的自我与作为客体的自我在社会关系网中如何表现。

通过这两组关系，伊格尔顿可以清晰地将《哈姆雷特》里主体与客体的关系分为四类：一是并非绝对但具有极大主体性的人——克劳狄斯，作为王权的最高拥有者，容易获得相当大的主体性；二是绝对的客体——一众朝臣，罗森克兰兹、吉尔登斯吞、考尼律斯、伏底曼德和奥斯里克，他们作为朝臣，在政治问题上与宫廷生活中必须听命于克劳狄斯；三是处于主客体的紧张关系中的人物，波洛涅斯、雷欧提斯和奥菲利娅，其中波洛涅斯被伊格尔顿称为"中间人"；四是模糊的个人——难以捉摸的鬼魂与哈姆雷特，二者均对言说十分警惕，有意识地隐藏真实的自我，主动地采取方法拒绝被客体化，因此人们从其公之于众的外表无法认知其真实，令人难以捉摸。

首先是在相当多的方面充当主体的人——克劳狄斯。克劳狄斯指派罗森克兰兹和吉尔登斯吞去窥探哈姆雷特的真相与秘密，任命考尼律斯和伏底曼德为挪威国王的大使传递两国元首之间的指令，派遣奥斯里克传递消息给哈姆雷特，并且利用雷欧提斯杀死哈姆雷特。伊格尔顿也在此提醒，克劳狄斯有两次被客体化了，一是在戏中戏中，哈姆雷特叮嘱霍拉旭严密监视克劳狄斯的神态与举动；二是在最终一场，克劳狄斯被哈姆雷特杀死，此刻他成为一个绝对的客体，即一具尸体。

其次是绝对的客体。考尼律斯和伏底曼德，均听命于克劳狄斯。罗森克兰兹、吉尔登斯吞，被乔特鲁德利用给哈姆雷特传递信息。而奥斯里克则是一个愚蠢到无法做出一定程度的个人选择的人物，虽然受克劳狄斯的派遣给哈姆雷特传递消息，但是在与哈姆雷特的谈话中见风使舵。他可以被任何人利用。而与奥斯里克形成鲜明对比的是小丑甲，其在谈话过程中答非所问，自顾自地讲述其个人经历。他作为代理人角色，即客体，其职责仅仅是传递消息，并且在此过程中需要消解自我身份认知，毋宁说此类人物充当的是一个没有任何个人色彩的传声机器。

再者是处于一种紧张关系中的个人，即在社会关系网中作为主体的自我与作为客体的自我在一定条件下发生转换。这种转换明显地体现在第一幕第

三场和第二幕第三场，即波洛涅斯的家庭关系中。在第一幕第三场，雷欧提斯提醒奥菲利娅不要放纵，戒惧才是最能保证自我安全的方法。同时反过来，奥菲利娅也提醒雷欧提斯保持警戒，而不是提醒自己，自己却忘记了箴言。波洛涅斯则在人际交往方面提醒雷欧提斯。

波洛涅斯　……倾听每一个人的意见，可是只对极少数人发表你的意见；接受每一个人的批评，可是保留你自己的判断。……尤其要紧的，你必须对你自己忠实；正像有了白昼才有了黑夜一样，对自己忠实，才不会对别人欺诈。③

（第一幕第三场）

虽然雷欧提斯对奥菲利娅的箴言与波洛涅斯对雷欧提斯的叮嘱都意在强调主体性，即在社会关系网中必须充分保有自己，不被他人利用为客体，但两对谈话关系以"言说——倾听——顺从"这一过程进行，这实际上已经让倾听者成为客体，如同奥菲利娅所言：

奥菲利娅　你的话已经锁在我的记忆里，那钥匙你替我保管着吧。③p281

（第一幕第三场）

奥菲利娅听从了雷欧提斯的箴言，但这箴言依然属于雷欧提斯，而非她本人。奥菲利娅还转头就向波洛涅斯传递了雷欧提斯与之关于哈姆雷特的谈话，波洛涅斯给予了奥菲利娅比起雷欧提斯更加严厉的警告，实则可以称之为命令。奥菲利娅没有一点儿反抗，而是马上听从了不接近哈姆雷特这一命令。她在被提醒保持主体性的同时，难逃被客体化的角色，因其始终站在社会中言说，她并未如哈姆雷特一样以"噤住嘴"的方式去拒绝社会化生活。而波洛涅斯其父亲的身份合情合理地有告诫雷欧提斯和奥菲利娅的权力，同时这不能不说也是一种义务。但他因朝臣的身份也必须合理合法地听命于克劳狄斯，他的"中间人"角色是由其在社会中所处的位置即所拥有的身份决定的。同时，在第二幕第三场中波洛涅斯让雷奈尔多将钱和信传递给雷欧提斯，并且嘱咐雷奈尔多用说谎和旁敲侧击的方式来引诱出关于雷欧提斯在法国的真实生活，最后提醒

雷奈尔多自己要观察雷欧提斯的行为，如此雷欧提斯被二者客体化。

在这一紧张关系中，我们可以看到主客体在言说与被观察中发生转化。"眼睛"或"声音"和"耳朵"是这种紧张的转换与对抗关系的来源。如霍拉旭只相信他所见到的，而对听到的半信半疑，谨慎地对待"眼睛"与"耳朵"。关于"眼睛"，即"看——被看"模式，因为奥菲利娅被波洛涅斯和克劳狄斯所利用，使得哈姆雷特在与奥菲利娅的会面中被监视。克劳狄斯因在戏中被监视而被客体化。关于"耳朵"，即"说——听"模式，其最终环节是服从。我们可以看到，朝臣与仆人的服从，即被客体化均来源于言说的主体，而哈姆雷特正是注意到这一点，即言说的作用。因此，他告诫霍拉旭不要把自己降格为客体，这也是霍拉旭成为本剧中仅有的极少不陷入被客体化的境地的原因之一。霍拉旭企图承担如罗森克兰兹和吉尔登斯吞、马西勒斯和勃那多的简单且无知的代理人角色，但哈姆雷特拒绝其成为空洞的人，而是希望与其站在平等的人格和统一的身份认知上进行交流。霍拉旭与其他人不同的一点在于，他告诉哈姆雷特自己离开威登堡回到丹麦，并非来参加其母亲的婚礼，而是来参加其父亲的葬礼。实际上，在本剧中，唯有霍拉旭走进了哈姆雷特的内心，即对死去的父亲念念不忘，对母亲的乱伦难以释怀。而霍拉旭也真诚地告知哈姆雷特他看到了国王鬼魂。二者在相互信任中建立一种平等、坦诚的良性关系。

霍拉旭　我也是这样，殿下，我永远是您的卑微的仆人

哈姆雷特　不，你是我的好朋友；我愿意和你朋友相称呼。你怎么不在威登堡，霍拉旭？马西勒斯！[3]p276

（第一幕第二场）

另外，波洛涅斯告诫奥菲利娅不要对哈姆雷特言说。爱的本质是两个纯粹的主体的结合，但奥菲利娅与哈姆雷特彼此之间的不透明，导致这份爱情的瓦解，而非如哈姆雷特与霍拉旭的友情那般。拒绝言说就是拒绝表露自我，既然自我不公之于众，

那么于众人看来，其仅仅是一个绝对的客体而已。

而凭借伊格尔顿对"眼睛"或"声音"和"耳朵"的符号学定义，我们可以清楚地把握为何伊格尔顿将鬼魂的主客体的二元关系与哈姆雷特的主客体的二元关系视为一种难以捉摸的关系。

作为难以捉摸的鬼魂与哈姆雷特，他们二者之间有相似性，即拒绝言说。伊格尔顿强调一个事实，即鬼魂只对哈姆雷特言说。第一幕第一场就是描述马西勒斯和勃那多第三次发现鬼魂，并将这个情况报告给霍拉旭，这是霍拉旭第一次见到鬼魂。勃那多认出鬼魂像已故的国王。鬼魂的模样依然是国王生前的模样，穿着凛凛的战铠，迈着军人的步伐。霍拉旭由此想到全国上下因即将迎来的战争而采取森严的戒备，并且凯撒遇害前死人均从坟墓中出来，日月失去灿烂的光辉，也立刻意识到问题的严重性，即鬼魂身上可能有惊人的秘密和作用。此刻当鬼魂再一次出现时，霍拉旭激烈地向鬼魂表达倾听的欲望，希望鬼魂将自己的冤屈或对国家的预示又或它念念不忘的生前藏金之地告诉自己。在鬼魂听到鸡鸣而立刻离去后，霍拉旭又对鬼魂的身份做出判断。

霍拉旭　于是它就像一个罪犯听到了可怕的召唤似的惊跳起来。我听人家说，报晓的雄鸡用它高锐的啼声，唤醒了白昼之神，一听到它的警告，那些在海里、火里、地下、空中到处浪游的有罪的灵魂，就一个个钻回自己的巢穴里去；这句话现在已经证实了。[3]p271

（第一幕第一场）

显然，此时在霍拉旭这里被客体化的鬼魂并未获得与其自身认知相统一的评价，更甚的是，霍拉旭将无罪且含冤的鬼魂定义为一个"到处浪游的有罪的灵魂"，对于霍拉旭、马西勒斯和勃那多来说，鬼魂的身份具有模糊性，难以确认，并且他们在试图确认的过程中，并未获得合理且有效的认知。鬼魂出现的目的与哈姆雷特有关，所以它不对这三个人言说，而只对哈姆雷特言说。但作为消息传递者或者说代理人的霍拉旭尽责地履行了自己的代理义务，认定鬼魂是一定有话同哈姆雷特言说。

由此，鬼魂与哈姆雷特之间的联系得以建立，第一幕第五场的情节得以发生，整部剧在此之后发生转折。而哈姆雷特本人更是将保持沉默这一方法用到极致。在第一幕第五场，鬼魂告诉哈姆雷特其父亲被毒药杀害的事情真相后，劝诫其不要胡乱猜疑，也不可伤害其母亲，可是针对仇人克劳狄斯，他并未告诉哈姆雷特采用什么样的态度，鬼魂对于哈姆雷特来说，是一个消息来源者，但哈姆雷特在实际操作过程中，并未服从或听命于谁。哈姆雷特还在知道真相后，并未立刻告诉跟上来的霍拉旭和马西勒斯，而且说了一句无关紧要且毫无意义的话，采用两个方法防止真相公之于众，防止被客体化。一是要求二人一再宣誓，保守这一秘密；二是自己装疯卖傻，拒绝展露自己的内心。在第二幕第二场中，波洛涅斯拿出哈姆雷特给奥菲利娅的信件，以及奥菲利娅对哈姆雷特的态度，证明了哈姆雷特疯癫的事实，但这在外人看来是事实的证据，其实只是哈姆雷特故意为之的表象。波洛涅斯认识到事物是其所是，疯狂就是疯狂，白昼就是白昼，黑夜就是黑夜，时间就是时间，无需深究。并以此为出发点找寻证据证明哈姆雷特确实是疯了。他将哈姆雷特表面上的疯癫视为其真实的自我。但很显然，事实并非如此。

主客体之间不仅仅只有相互转换，亦有对抗与冲突。首先，在第三幕第四场中，哈姆雷特与乔特鲁德在王后的寝宫会面。当二者相持不下时，乔特鲁德企图加入他者的判断与评价使得哈姆雷特客体化，但哈姆雷特拿出镜子，让乔特鲁德认识自己的本来面目，控制了局面。但加入鬼魂后，主客体关系发生了变化。哈姆雷特被鬼魂和乔特鲁德二者客体化，同时鬼魂也客体化了哈姆雷特和乔特鲁德，哈姆雷特失去了对局面的主导，冲突再起。后来乔特鲁德相信哈姆雷特关于鬼魂的言论，哈姆雷特再次掌控局面。而哈姆雷特认为结束冲突的唯一方法，就是把乔特鲁德视为一个主客体的统一体，他既请求她的原谅，也规劝她，因此他既使自己成为她原谅的客体，也使她成为他说教的客体。哈姆雷特并且再次警惕言说的作用，要求乔特鲁德不要将这件事告诉克劳狄斯，乔特鲁德给出了保持沉默

的承诺。伊格尔顿认为，这一承诺不同于被客体化的服从，而是乔特鲁德真实生活的一部分。二者目前的关系似乎与霍拉旭和哈姆雷特的关系的性质相同，即披露真实的自我，而彼此的透明化是成为两个独立且平等的纯粹个体的本质所在。其次，雷欧提斯积极要求成为国王的代理人和工具，因为他认为在这个角色中他可以遵循自己的主观意志去杀死哈姆雷特。但是在克劳狄斯看来，雷欧提斯作为主体和客体是完全不同的。作为克劳狄斯的工具，他将杀死哈姆雷特，但其中的原因完全不同于他个人的愤怒。雷欧提斯的主客体关系在自我与克劳狄斯眼中是完全不同的，二者并未获得同样的认知。

伊格尔顿用"吃——被吃"这一关系模式很好地解释了主客体之间对立关系的问题。"吃"表明一种主体性，而"被吃"和"喂养"，则意味着一种生物用另一种生物作为客体来强化白己作为主体。生物界中"吃——被吃"的关系是一种循环且相互作用的关系，这正如人类社会中人的主客体之间置换、对立与冲突。

二、个人与社会的辩证

在伊格尔顿的视域中，《哈姆雷特》中的社会与《特洛伊罗斯与克瑞西达》中的希腊城邦相似，都是有限且循环的社会，但其甚至更加封闭，因为在这个社会中，人人都用压抑自我的方式来保守自己的秘密，然而实际上人人都对其他人的真相与秘密穷追不舍，这也说明个人与他者面对自我问题的时候，几乎很难形成统一的认知，即真实的自我与自己在社会中所需要扮演的公共角色之间存在着一种紧张关系，而消解这一紧张的方法是，将自己完全融入他人所需要自己扮演的公共角色中，自觉地成为一个客体，如罗森克兰兹和吉尔登斯吞忠诚于克劳狄斯，波洛涅斯自觉地充当克劳狄斯的工具，自命为国王的代理人。克劳狄斯评价波洛涅斯是一位忠心正直的人，波洛涅斯愿意按照这个评价证明自己，他将自己置于客体的位置。伊格尔顿实际上是要探讨个人如何在社会中保持主体性的问题，其认为真实的个人与社会有三种关系：一是在社会边缘活动重新建构一个真实的自己；二是在社会中活

动出卖自己；三是冒着被毁灭的危险继续做原本真实的自己。从这三种关系中我们可以发现，伊格尔顿实际上认为真实的自我无论在社会之内还是在社会边缘都很难实现，将自己置于完全客体的位置就是出卖自己的主体性，而做真实的自己就意味着自己必然会面临如哈姆雷特的追问：生存与毁灭的问题。在《哈姆雷特》中实际上存在两类人，一种是认清自己在社会中所处位置的人，自觉地扮演社会角色；另一种是生活于社会对立面的人，拒绝被客体化。

前者，正如朝臣。克劳狄斯利用考尼律斯和伏底曼德将消息传递给挪威国王，并且命令他们二人除了训令规定的权力之外不得擅自僭用自己的权力，权力的使用范围要在合法的范围内，而合理合法性正是社会秩序的本质属性，不得逾越是维持稳定秩序的基础。雷欧提斯也认识到自己的社会角色。国王询问雷欧提斯的请求四次，雷欧提斯几次三番请求其父亲波洛涅斯让他回到法国学习，他的行动不是自主的，他在社会中争取自主愿望的实现，但他的主体性需要靠他人的允许才能实现。同时，波洛涅斯的家庭如同一个小型社会，在第一幕第三场中，波洛涅斯、雷欧提斯和奥菲利娅三者间的对话就已经表明了三人对所处的社会及自己在社会中的位置的看法。

后者，则是哈姆雷特。哈姆雷特拒绝与他人的相似性，首先表现在其对自杀行为的态度上。"欧洲中世纪之后，权威崩落解散，而个体意识贲张奋扬。我身既属我有，则其取舍在我；于是自杀之禁稍去，而'吾丧志'之风渐渐播长矣。"④实际上是将灵与肉分离，意图形成对自己真实的判断与评价。

哈姆雷特　　啊，但愿这一个太坚实的肉体会融解、消散，化成一堆露水！或者那永生的真神未曾制定禁止自杀的律法！③p275

（第一幕第二场）

波洛涅斯　……——殿下，我要向您告别了。

哈姆雷特　先生，那是再好没有的事；但愿我也能够向我的生命告别，但愿我也能够向我的生命

告别，但愿我也能够向我的生命告别。③p300-301

（第二幕第二场）

其次他用保持沉默的方式将自己与社会隔绝，拒绝被客体化。在克劳狄斯与哈姆雷特第一次进行对话时，哈姆雷特就拒绝了与他之间可能产生的相互作用。

哈姆雷特　（旁白）超乎寻常的亲戚，漠不相干的路人。③p273

（第一幕第二场）

克劳狄斯在第一幕第二场中对国家目前的重大事件，即社会现状，给予了描述，此刻虽然国王逝世不久，但也是克劳狄斯和乔特鲁德的大喜之日，并且面临着福丁布拉斯入侵的威胁，欢喜与紧张两种气氛已经超越了悲伤，成为主要的社会氛围。显然此时哈姆雷特无论是内心还是外表，都表现出不合时宜、不合整个社会氛围的过度的悲伤。对此，克劳狄斯劝诫哈姆雷特要理性。首先，哈姆雷特作为一个社会中的人，过度的固执、不已的悲伤是违反人情的，丧制须有度，哀吊须有度；其次，哈姆雷特的身份是一个王子，他是王位的直接继承人，王室需要他的带领——意在说明他需要承担比常人更重大的社会责任。但哈姆雷特对自我身份的认知却并非如此，他只是跟随自己的内心，陷入悲伤的境地，并且没有自觉主动地想办法摆脱它，他是身心皆生活在社会之外的人。在克劳狄斯和乔特鲁德的劝慰之后，哈姆雷特听从了留在丹麦的建议，但只是勉强同意，他认为只是这无聊、陈腐的肉体留在了此处，如果可以自杀，他会选择结束生命，并且对叔父与母亲的乱伦无法释怀，但这些真实的声音只能成为独白，他警醒着不被客体化，提醒自己必须管好自己的嘴。

正如前所述，鬼魂与哈姆雷特之间具有相似性，他们都用无法定位与无处不在的流动性来回避他者对自我的判断与评价，而只忠诚于真实的自我，不被他人所左右。伊格尔顿认为，哈姆雷特拒绝了真实的自我与社会公共角色之间的统一，而要实现这一统一，必须是自我屈从去社会，因为对自己的认知必须在社会中完成。但显然，哈姆雷特对

自己的评价只关乎于自己的内心，而非于自身无关的其他任何人，这便是他迟迟不能在社会中实现自己复仇的意愿，一直犹豫延宕的原因。伊格尔顿意在表明真正的人必须在社会中被客体化才能具有真实性，但被客体化就意味着失去真实的自我，而在与社会对立的情况下继续真实的自我又要冒自我被毁灭的风险，所以无论是在社会之内还是社会之外，都不可能保存自我的整全，即真正的人的定义无法成为可能。哈姆雷特的生活可以分为三类，一是王室生活，二是爱情生活，三是自发生活。哈姆雷特在前两种生活中都隐藏了真实的自我，他拒绝了王子身份，并且对能表明其王子身份的复仇行动迟迟犹豫不决。而当奥菲利娅被克劳狄斯和波洛涅斯利用后，她在哈姆雷特面前就是一不透明的个体，哈姆雷特实际上也在此之后结束了与奥菲利娅纯粹个体的交流。然而自发的生活是极其短暂的，只存在于与霍拉旭的交往及与王后的短暂交流中。

另外，伊格尔顿认为哈姆雷特对社会的定义站在一种贵族的立场上，他对公众的判断表现出一种对一般或普遍的蔑视。戏剧观众的判断总是被其忽略，他偏向的是少数精英人士的意见。这一对哈姆雷特这一人文主义的评价似乎与莎士比亚作品中所体现的平民倾向相对立。卞之琳就曾指出："如果说个人主义特别标志了当时新兴的资产阶级的思想活动，莎士比亚并不完全赞成个人主义，他强调个性发展，反对损人利己的极端倾向。他在这一点上，也就较多表现了深广的人民倾向，较少表现了阶级和时代的局限性。"[5]伊格尔顿为我们提供了一种新的视角从个人与社会的辩证关系中去看待哈姆雷特其人。

三、结语

哈姆雷特处于封建专制主义过渡到资产阶级个

人主义的时代，他被传统秩序所压制，无法超越这种压制而实现完全自由的自我，并且也不同于个人主义。由于其身份的特殊，他身上体现的并非简单的个人与社会的矛盾，实则代表着一种政治问题。正如哈姆雷特在与乔特鲁德发生冲突之后的最后一句对话中所体现的那样，他企图"操纵"政治作为保存自我整全的手段，但依然没有逃脱掉其社会角色——王子。他实际上是凭借王子的特权、披着王子的身份外衣去实现了复仇计划，当然，这一复仇计划本身也是代表其王子身份的一个符号。

哈姆雷特的行动也展露了一个真相，即：坚持自我的真实，保有自我的整全，都可能意味着对他人的不真实。但是也正因为如此，哈姆雷特的这一企图突破伊格尔顿的"个人——社会"框架下对人的意志的压抑的行动才显得难能可贵。同时，也因为认识到这一点，我们才能在社会中时刻警惕主客体的转换，时刻调整自身的欲望与社会角色之间的矛盾，最大限度地保有自我的整全。不得不说，伊格尔顿为我们提供了一个思考莎士比亚戏剧和思考现代社会与个人之间的关系的良好的范式。

注释【Notes】

①Terence Eagleton. *Shakespeare and Society*. London: Chatto & Windus Ltd., 1967, p.9.

②贾志浩等：《西方莎士比亚批评史》，社会科学文献出版社2014年版，第255页。

③[英]莎士比亚：《莎士比亚全集》（悲剧卷）（上），朱生豪译，沈林校，译文出版社2016年版，第280—281页。以下只在文中注明页码，不再一一做注。

④张沛：《哈姆雷特的问题》，北京大学出版社2006年版，第39页。

⑤卞之琳：《莎士比亚悲剧论痕》，安徽教育出版社2007年版，第17页。

《呼啸山庄》人物形象塑造的技巧与现实意义

胡　燕

内容提要： 艾米莉·勃朗特在《呼啸山庄》中，以其复杂而引人入胜的人物形象描写而闻名，学界多聚焦美学理论研究，而对其人物塑造策略及现实意义的探讨不多。本文通过环境渲染、对话交锋与行为刻画塑造人物群像，构建个体命运与社会结构的深层对话，映射人性暗涌，突破传统范式，探讨《呼啸山庄》的艺术特色和深远影响，引发读者对性别政治、道德困境及文学美学的持续思考，为探索社会理想图景提供独特视角，其批判性与艺术价值至今仍具深远现实意义。

关键词： 呼啸山庄；人物群像；影响；现实意义

作者简介： 胡燕，乐山师范学院文学与新闻学院网络与新媒体本科生。

Title: Strategy of Characterization and Practical Significance in *Wuthering Heights*

Abstract: When having a study on *Wuthering Heights*, scholars do not make much effort in the strategy of practical significance in this work. Through the environmental rendering, the description of clashes in dialogues and the roles' behavior, this novel portrays a group of images, and constructs deep dialogues between individual destiny and societal structure, demonstrating ambiguous torrents of humanity, breaking through conventions, and triggering our everlasting thoughts on gender politics, ethical dilemmas as well as literature and aesthetics. This paper exploring into social ideals, regards this novel till today, has been of profound reality, for its critical power and artistic value.

Key Words: *Wuthering Heights*; a portrait of a group of images; influence; socio-critical relevance

About the Author: Hu Yan is an undergraduate in Network and New Media, School of Literature and Journalism, Leshan Normal University, Sichuan.

一、研究目的及意义

本文通过研究人物形象塑造的技巧，帮助读者多方面解读《呼啸山庄》，使读者更深入地理解小说中的角色，增加读者对故事情节、主题和意义的理解，从而更好地欣赏和解读这部经典作品。本文通过人物形象的浅析提供有价值的启示和借鉴，通过分析艾米莉·勃朗特的创作技巧和手法给读者提供探查个人内心的窗口。如此，我们可以更好地理解不同情境下人物内心的复杂变化，而这种空间之中的转换可以引发我们思考，增加我们对历史和文化的认识和理解，包括阶级、家庭、爱情和婚姻等方面的问题，关注自身、他人与社会的关系，从而多角度展现对人生命透视的指导。

二、《呼啸山庄》的创作背景

艾米莉·勃朗特创作《呼啸山庄》时，正值19世纪英国工业革命与社会转型的激荡期，资本主义的崛起冲击着传统价值体系，阶级分化与自由追求构成时代精神的核心矛盾。艾米莉·勃朗特通过哥特式叙事架构，将个人情感风暴与社会历史进程编织成隐喻的经纬——呼啸山庄的兴衰史，实则是传统农业社会向资本逻辑过渡的缩影。

小说表层呈现的爱恨纠葛——凯瑟琳在灵魂契

合与现实利益的撕裂中陨落，希斯克利夫在爱而不得的绝望中异化为复仇恶魔——实则是时代精神困境的镜像投射。艾米莉·勃朗特以诗化笔触将个体命运置于历史洪流中，使私人情感叙事升华为社会寓言，而《呼啸山庄》中哥特式的阴郁氛围与死亡意象，既源自她亲历亲族凋零的生命体验，更暗喻着传统共同体瓦解时的人性迷失。

在维多利亚"温情主义"帷幕下，艾米莉·勃朗特以激进姿态揭露资本主义异化本质：呼啸山庄的财产争夺战，映射新兴资产阶级对封建领地的吞噬；两代人的伦理畸变，象征金钱逻辑对人性纽带的腐蚀。这种通过情感叙事解构社会结构的艺术实践，突破了当时文学对阶级矛盾的避讳，在浪漫激情与批判现实主义之间开辟了独特的审美空间，使《呼啸山庄》成为解剖现代性困境的经典文本。

三、《呼啸山庄》人物形象塑造的主要技巧

（一）以环境隐喻人物性格的复杂变化

在小说中，对大自然的描绘占有重要地位，艾米莉·勃朗特有意以自然界的山为隔，一南一北，造就了两个完全不同的世界。环境的荒凉和荒野、温暖和宁静及狂风暴雨等元素，使得人物形象更加丰满和深入，并成功地展现了人物性格的复杂变化，为小说增添了深度与情感冲突，使读者更加深入地理解人物的内心世界。

呼啸山庄的荒凉孤寂如未被驯服的荒原，嶙峋山岩与呼啸北风构筑起精神牢笼。在这野蛮生长的空间里，人性挣脱文明桎梏，迸发出扭曲的生命力。希斯克利夫在风暴中淬炼出带毒的野性，凯瑟琳的烈焰激情被环境煽动成毁灭的火焰。缺乏规则约束的原始本能，终将生命欲望异化为暴力狂欢，酿成以恶制恶的悲剧。荒原气息浸透每个灵魂，将孤独与狂热刻入骨髓，折射出人性在极端环境下的异化图景。①而与之相对立的画眉山庄如精心雕琢的象牙塔，山毛榉林荫道与玫瑰拱廊构筑起温室般的道德世界，林敦家族在此孕育出体面典范——埃德加的仁慈如晨露般温润，与希斯克利夫的暴戾形成人性光谱的两极。伊莎贝拉在呵护中长成水晶般剔透的淑女，却因未经风雨而天真易碎，被复仇者

的蜜语诱入深渊，历经虐待后完成残酷蜕变。这座用礼仪与教养堆砌的乌托邦，虽以温暖培育出人性光辉，却在风暴侵袭时暴露出惊人的脆弱性，印证着温室花朵难以承受荒野狂风的永恒寓言。

呼啸山庄和画眉山庄分别代表两种不同的生活方式，印证了艾米莉·勃朗特想要表达的和平与暴力、自由与约束、自然与文明的冲突。小说中还频繁出现狂风暴雨，进一步强化了人物性格的激烈冲突与命运的不可控性，暴露了人性中的黑暗面，使人物性格变得更加复杂与阴暗。

（二）以对话反映人物心理的复杂变化

小说透过人物间的对话向我们展示了有待于感受和挖掘人物的内心世界，对话直接将人物的主观精神与情绪展现出来。在作品中，希斯克利夫是恩萧捡回来的孩子，所以凯瑟琳从小对希斯克利夫说的是具有羞辱性的话语，而恩萧的儿子亨德雷更是对希斯克利夫心生嫉妒，不是嘲弄就是辱骂，亨德雷称他为"卑微的家伙""下贱的杂种"，让他在众人面前出丑，让我们感受到亨德雷内心的偏见与仇恨。

凯瑟琳与希斯克利夫的情感纠葛，在对话中迸发出血色浪漫。自幼相伴的羁绊与偏执占有欲，将他们的灵魂熔铸成共生体。"我是你的，活在你灵魂里"的炽热誓言，终在世俗枷锁前碎裂成刃。当凯瑟琳身披白纱走向埃德加，昔日蜜糖化作穿心毒箭。争吵中"不能忍受他人占有"的嘶吼，既是爱欲执念的垂死挣扎，亦是自尊崩塌的疯狂宣泄。他们撕扯彼此如困兽搏斗，而每句对白都浸透爱恨交织的寒芒。他们既渴求灵魂相契的炽烈，又深陷相互伤害的泥沼②，在文明与野性的撕扯中共同堕入情感炼狱。

"我爱你，埃德加，但我也爱希斯克利夫。"凯瑟琳在爱情上表达了她对两者之间的选择和矛盾的思考。她对希斯克利夫有着深深的爱恋，但也被埃德加的温柔和关爱所吸引。"我感到很困惑，埃德加，我不知道自己到底想要什么，也不知道应该如何面对自己的情感"，凯瑟琳试图说服自己她可以同时拥有希斯克利夫和埃德加，但她内心深处的不安和矛盾也逐渐显露出来。③"为什么要让希斯克利夫成为我们之间的障碍呢？"埃德加则试图理

解凯瑟琳的情感，在对话中展现了他的成熟和宽容。他愿意接受凯瑟琳的选择，同时提出了一种平衡的可能性。他们的心理都经历了纠结到选择的复杂变化，他们在面对选择时同样困惑和挣扎。

（三）以行为反映人性的复杂变化

小说以希斯克利夫的复仇行为作为主线，他也是最具复杂性的人物，以残忍的手段对财富、权力和社会地位贪婪的攫取。执着追求爱情的他变成了嗜血的魔鬼，折磨他人释放自己。小说看似希斯克利夫为情报仇，实则通过他的暴力行为记录维多利亚时期压迫者和被压迫者的关系，又以他的这种行为毁掉了他的全部为结尾，勾勒出在当时社会因人性的扭曲造成的种种事件。

希斯克利夫初至恩萧家时，隐忍着吞咽冷暴力，将凯瑟琳的嘲笑视作爱意，直至她选择埃德加，信仰崩塌的复仇者才离巢蜕变。归来时已飞黄腾达的他，精准刺向旧伤：利用埃德加的懦弱与凯瑟琳的深情，以情感操控实施双重打击。他通过蚕食画眉山庄、折磨其至亲，在凯瑟琳心口钉入悔痛。这种扭曲的报复既源于背叛之恨，更暴露出被呼啸山庄荒原法则所塑造的原始野性——当创伤与渴望交织，受辱者终将化身施暴者，在文明社会上演自然人性的疯狂反噬。④

与之形成救赎性对照的埃德加，这位画眉田庄的继承者，以惊人的道德弹性包容着妻子的精神出轨，将小凯瑟琳培养成跨越阶级藩篱的新女性。他深夜为希斯克利夫处理伤口的慈悲，犹如在人性荒原上点燃的篝火，映照出文明社会最后的道德底线。这种看似软弱的人性坚守，实则构成了对复仇逻辑的根本消解，预示着暴力循环终将在人性光辉中坍缩。两位男性对凯瑟琳的争夺，实则是维多利亚时代两种生存哲学的角力。⑤希斯克利夫代表被侮辱者通过暴力重构秩序的原始冲动，埃德加则象征既得利益阶层用道德柔术维系现状的智慧。

四、《呼啸山庄》的现实意义

（一）对后期文学作品的意义

《呼啸山庄》虽遭时代冷遇，却深刻重塑了中国近现代文学脉络，其对社会阶层、权力博弈及人性纽带的剖析，在《红与黑》等作品中延续发酵，而戏剧领域更受其冲突架构启发，曹禺《荒原纪事》《北京人》等剧作，将家族情仇与人性幽微熔铸为戏剧张力，拓展文学表现维度。该作品还推动创作视角转向边缘群体，以非线性叙事与多声部叙述解构传统，催生出大量聚焦人性褶皱与社会裂痕的创新之作。其哥特式美学与心理现实主义手法，不仅激活浪漫主义文学潜能，更为现代叙事提供了结构革新与主题深化的双重范式，在文学史上镌刻下跨越时空的启示印记。

（二）对现代生活的意义

《呼啸山庄》撕裂维多利亚社会等级帷幕，将土地兼并、资本异化与人性异化的暗涌裹挟进家族恩怨叙事。艾米莉·勃朗特借呼啸山庄与画眉田庄的空间对峙，具象化精英阶层、资产阶级与底层民众的生存裂隙，迫使读者直面财富逻辑对伦理的吞噬。小说超越阶级批判维度，以情感共鸣与道德互信重构社会关系图谱，为现代性困境提供精神突围的可能。

文本深处涌动着女性主义觉醒的潜流，凯瑟琳在灵魂契合与现实利益的撕裂中，以生命完成对父权规训的终极反叛。这个既渴望情感归属又拒绝物化命运的女性形象，如利刃刺破"家中天使"的神话，昭示着19世纪女性对精神完整与主体权利的觉醒。艾米莉·勃朗特将女性欲望书写融入哥特美学框架，使性别政治议题获得超越时代的艺术升维，其迸发的精神能量至今仍在全球平权运动中震颤回响。

注释【Notes】

①宋永芳：《论〈呼啸山庄〉环境描写的作用》，载《青年文学家》2021年第15期，第63—64页。

②罗琼丝：《〈呼啸山庄〉人物对话的语用分析——以希刺克厉夫为例》，载《现代交际》2019年第6期，第88—89页。

③赵敏：《〈呼啸山庄〉中的凯瑟琳人物形象分析》，载《牡丹》2020年第24期，第97—98页。

④李伟：《浅析〈呼啸山庄〉希斯克利夫形象》，载《学苑教育》2018年第13期，第71页。

⑤陈玲：《荒原与文明的融合——论〈呼啸山庄〉的理想文化人格》，载《福建工程学院学报》2019年第17卷第2期，第127—132页。

古尔纳《多蒂》中的文学治疗与英国少数族裔女性的成长①

周　霞

内容提要： 文学治疗包含阅读疗法、故事治疗、叙事治疗等不同层面，有助于改善弱势群体的生存处境。古尔纳《多蒂》中的女主人公多蒂在阅读疗法的作用下，培养了女性独立精神；在故事治疗的作用下，获得了独立自主和成长发展的生存空间；在叙事治疗的作用下，为自己赋权，授予自己英国公民的身份。由是观之，在文学治疗的作用下，英国少数族裔女性改善了生存处境，实现了成长和发展。古尔纳借助多蒂积极自救的故事，鼓励英国移民以独立自强的姿态去改造现实、建设未来。

关键词： 《多蒂》；文学治疗；阅读疗法；故事治疗；叙事治疗

作者简介： 周霞，昆明医科大学海源学院副教授，云南大学文学院在读博士研究生，研究方向为非洲英语文学。

Title: Literary Therapy and British Ethnic Minority Women's Growth in Abdulrazak Gurnah's *Dottie*

Abstract: Literary therapy is of different forms, such as bibliotherapy, story therapy, and narrative therapy, which contribute to improving the vulnerable groups' living condition. In Abdulrazak Gurnah's *Dottie*, the protagonist Dottie had been grown up into an independent female through the bibliotherapy; under the effect of story therapy, she acquired an existential space for her independence, growth and development. and through the narrative therapy, Dottie empowered herself by claiming the British citizenship. Thus all in all, through literary therapy, the ethnic minority women in Britain could enhance their existential circumstance and achieve advancement in individuality and collectivity. In narration of Dottie's life experience of her active self-liberation, Gurnah encouraged the immigrants to Britain, through their self-reliance, to improve their life in reality, and build their good future.

Key Words: *Dottie*; literary therapy; bibliotherapy; story therapy; narrative therapy

About the Author: Zhou Xia is an associate professor at Haiyuan College of Kunming Medical University; she is currently a doctoral student in School of Literature, Yunnan University; her research is mainly on African English Literature.

一、引言

《多蒂》是2021年诺贝尔文学奖得主古尔纳的小说，讲述了少数族裔女性多蒂在英国的生存困境。目前学界对该小说的研究主要聚焦于多蒂的身份认同困境。德班亚·班那吉（Debayan Banerjee）认为，多蒂遭受了英国的种族歧视和仇外，陷入了身份认同危机。②而黄晖认为，多蒂在建构身份认同时，历经了多重伦理抉择的考验，最终在超越种族、阶级的伦理共同体中找到了归属感。③朱振武也认为多蒂通过自我提升、努力奋斗，实现了阶层的跨越和身份认同的构建，"在全球化背景下的今天，多蒂无疑为有色人种移民的身份构建提供了一个可参考的范式"④。本文赞同后者，但与当前研究不同的是，本文认为多蒂自救及改变命运的关键，是使用了文学治疗中的阅读疗法、故事治疗和叙事治疗。

叶舒宪认为，文学除了有认识、教育和审美功能，还有治疗功能，他从发生学的角度，论证文学就是为了医治人类的生理和精神疾病而产生的。

"文学是人类独有的符号创造的世界,它作为文化动物——人的精神生存的特殊家园,对于调节情感、意志和理性之间的冲突和张力,消解内心生活的障碍,维持身与心、个人与社会之间的健康均衡关系,培育和滋养健全完满的人性,均具有不可替代的作用。"⑤那么,什么是文学治疗?曾宏伟认为:"文学治疗是指被治疗者通过主动参与文学创作、文学欣赏、文学评论等审美实践活动,缓解、消除自身心理压力或偏差,解决心理困扰,从而有效恢复内在精神生态系统平衡,促进身心健康的一种心理治疗方法。"⑥不过,这个定义把文学治疗的对象局限在文学文本之外的创作者和接受者,并没有包含文学文本内的人物(主体)。在文学批评中,作品中的主体/人物也是文学治疗的对象。因此,文学治疗指文学作品的创作者、接受者及文学作品中的主体,通过文学这一媒介治愈身心疾病。在小说《多蒂》中,主人公多蒂运用文学治疗中的阅读疗法、故事治疗和叙事治疗,改善了生存境遇。

二、阅读疗法与英国少数族裔女性新形象的建构

《韦氏新国际英语词典》对阅读疗法(bibliotherapy)的定义是:"(1)用有选择的读物辅助医学和精神病学的治疗;(2)通过有指导的阅读,帮助解决个人问题。"⑦中国学者王波认为:"阅读疗法就是以文献为媒介,将阅读作为保健、养生以及辅助治疗疾病的手段,使自己或指导他人通过对文献内容的学习、讨论和领悟,养护或恢复身心健康的一种方法。"⑧简言之,在小说中,阅读疗法就是通过阅读文学作品,疗愈心理创伤,获得独立精神。

多蒂在18岁时母亲突然去世,作为一个英国社会底层的少数族裔女性和青少年,她没有家庭的保护,没有一技之长谋生,面临着生存危机和身份认同危机。母亲为了生存沦为妓女,代表着少数族裔女性的低自尊和无价值感,多蒂不愿以母亲为榜样来建构自己的身份和形象。命运的转机是她阅读英国经典女性成长小说。可见,当多蒂失去了一切求生的外在支援,命运走到绝境时,是文学经典成

为弱者的救赎者。多蒂重点阅读了《曼斯菲尔德庄园》和《简·爱》,这两本小说代表了弱势女性成长强大的积极力量。在阅读疗法的认同、净化、领悟的作用下,多蒂改变了步入母亲后尘的命运,塑造了独立自强的英国少数族裔女性新形象。

多蒂认同了小说中的女主人公范妮和简·爱。"认同"是指"由于作品中的人物,在年龄、性别、情感、观念及其所遭遇的挫折问题上,与读者有许多相似之处,读者不知不觉和角色产生相知相惜的感受"⑨。简言之,如果读者与故事中的人物在人生际遇上有相似之处,读者就会与人物共鸣,把自己等同于人物,这是阅读疗法中的认同作用。多蒂与范妮和简·爱的人生际遇有很多相似的地方,她们都是孤儿,孤身一人来到陌生的环境求生,处于弱势和边缘。多蒂在英国的处境,就好像范妮来到曼斯菲尔德庄园,简·爱来到桑菲尔德庄园,这引起了多蒂对人物的共鸣,把自己等同于女主人公。

在情感上,多蒂被小说女主人公安慰和鼓励,这是阅读疗法中的"净化"作用。罗素(D. H. Russell)和施罗兹(C. Shrodes)认为,"净化"是指读者"在心理的动机、冲突及情绪上与故事角色有感同身受之感觉"⑩。换言之,读者与故事中的人物在心理、情感上相似,感同身受,因而,负面情绪和精神压力会得到宣泄和纾解。在小说中,多蒂意识到自己不是世界上唯一的孤儿,也不是唯一的弱势女性。相反,名著中的女主人公跟自己有相同的遭遇,而她们却能在绝境中独立自强、改变命运,这鼓舞和安慰了多蒂,让她看到黑暗中的希望,从而使她宣泄和净化了负面情绪,疗愈了心理创伤。

更重要的是,在阅读疗法的"领悟"环节,多蒂借鉴范妮和简·爱改变命运的精神和方法,改变了自己的命运。罗素和施罗兹认为,"领悟"是指"读者能从角色如何处理问题的方式中有所学习"。⑩p336也就是说,多蒂挪用人物改变命运的方法来解决自身困境。首先,多蒂领悟了范妮的独立精神。周和军评价范妮时认为:"这个柔弱无助、貌不惊人、易被忽略的女性却具有和托马斯

爵士一样的帝国主义情怀和殖民扩张思想。"⑪换言之，范妮作为一个外来者，在陌生的领地，反客为主，不但改变了自己弱势和边缘的处境，反而在精神上，成为这个新领地的主宰和王者，这就是她对自己精神和生存领地的扩张。范妮的思想和行动启发了多蒂，这体现在其与白人男性的恋爱中。白人凯恩以恋爱名义诱骗多蒂后，找借口抛弃她。多蒂察觉自己正在重复母亲的悲剧，但她没有像母亲那样，在精神上依附于白人男性，内化和认同白人对其生命价值和人格尊严的否定和贬损，从而自暴自弃，作践肉体和尊严，沦为白人男性的玩物。相反，她认为自己高贵而有尊严，觉得跟这样的白人男性谈恋爱是"龌龊"⑫。可见，在跟白人男性的关系中，多蒂不再以低自尊、无主见、服从和卑下的姿态出场，她扭转了其母亲莎伦代表的少数族裔女性评价自我的方式，不再是全盘接受和盲目认同白人的负面评价，而是质疑和反击。多蒂把自己被欺骗、被抛弃的根源归咎于白人男性的卑劣，她"认定凯恩是损坏的货品，只是他畸形的部位埋在深层，外面再看也看不出来"⑫p128。小说使英国少数族裔女性从被白人男性评判的低位变成了评判白人男性的高位，从而塑造了其自尊、自爱的高大形象，扭转了后殖民文学传统中少数族裔女性低自尊、低价值感的受害者形象。

其次，多蒂领悟了简·爱的独立思想，在精神和物质上都是独立的。与凯恩谈恋爱的场所是多蒂的出租屋。分手时，多蒂看清了凯恩的真面目，不再做牺牲者和讨好者，多蒂说："你去买过菜了吗？我拿什么做晚饭。……我没法养你。"⑫p137可见，多蒂在物质上拥有"一间自己的房子"，在精神上不依附于白人男性，所以她可以理直气壮地驱赶凯恩，并且宣布不再"养"他。不难看出多蒂活出了简·爱的一句宣言："先生，我不仅有钱，而且还是独立的：我是我自己的女主人。"⑬也就是说，通过阅读疗法的领悟作用，多蒂内化了简·爱的独立精神。有学者指出，简·爱在成长中抵抗了四种诱惑："被迫害和歇斯底里的诱惑""自我憎恨和自我牺牲的诱惑""浪漫爱情和屈服的诱惑""消极自杀的诱惑"⑭。显然，多蒂习得了

简·爱的这四种抵抗。在与白人男性凯恩的恋爱中，多蒂抵抗了受害者思维引发的怨恨、自责、自卑，甚至像其母亲一样自我毁灭的诱惑。多蒂改写命运的关键是阅读疗法，在领悟的作用下，她把恋爱失败的原因归咎于白人男性的罪恶，从而把自己生命的价值和尊严从被白人评判的低位中解救出来，改变了步入母亲后尘的命运。古尔纳借助多蒂，塑造了英国少数族裔女性独立、自尊、自爱的正面形象，改变了后殖民文学中前殖民地人民苦大仇深、自卑懦弱的文学形象。小说通过多蒂积极自救的故事，引领前殖民地人民独立自强地改造现实、建设未来。

三、故事治疗与生存发展空间的拓展

麦地娜·萨丽芭在《故事语言：一种神圣的治疗空间》中，论述了印度史诗《摩诃婆罗多》与《罗摩衍那》中的故事对印度尼西亚民众的医治功效，认为"故事讲述行为本身蕴含着对听者身心的巨大治疗能量"，故事"是给我们用来修补或创造自己的生活的"。⑮也就是说，讲故事可以疗愈听者的心理问题，改变听者的认知和行为方式，甚至激发其采取行动改变命运。在小说《多蒂》中，多蒂倾听女教师讲述其母亲的故事，从中受到启发，摆脱了黑人男性帕特森的压迫，争取了独立自由的生存空间。

首先，故事能改变认知，强大弱者的精神。在听故事以前，多蒂陷入了重重困境，被妹妹的男友帕特森性侵，被其侵占生存空间。命运的转机是多蒂倾听了犹太裔女教师讲述其母亲乔治娅的故事。乔治娅的命运跟多蒂一模一样，她最终精神崩溃，用枪射杀了丈夫，自己也住进了精神病院。故事警示多蒂，如果不及时采取行动扭转事态的发展，结局就是毁灭。正如麦地娜·萨丽芭所言，听故事的人带着"开放的心态和扩大对自身理解的目的。故事中的事件被看作他们生活中的一部分，而不是与他们分离的或者是发生在别人身上的"⑮p23。换言之，多蒂听的不是别人的故事，而是自己命运的寓言和警示。可见，故事的治疗和救赎功能就在于能让听众得到启发，改变认知，转变看待问题的

视角，并找到解决现实问题的方案。认知—行为主义认为，人不是被事情本身困扰，而是被其对事情的认知所困扰，而不当的认知会导致不当的行为。人们当前的心理及行为问题，来源于过往经历中形成的不合理认知及行为模式。因此，解决问题的关键在于改变错误的认知，而听故事恰恰能改变认知。所以，听完故事后，多蒂回到家的第一件事，就是在心理和幻想层面，像故事中的乔治娅一样拿起枪射杀帕特森。"她应该于某日傍晚，下班回家，走进他们卧室，拿起他留在卧室用油麻布包着的那把枪，一枪毙了他，她心中寻思。一枪穿透他的心脏。"[12]p267显然，她认同了故事中的乔治娅，把自己和故事的主人公合为一体。借助故事人物的勇敢、力量和决绝等精神力量战胜自己的懦弱和恐惧。故事强大了作为弱者的听众的精神力量。在其著作《心理弱者与文学需求》中，冯涛认为："文学通过表现弱者反抗的方式满足人们的心理需求。"[16]在小说中，多蒂的心理问题是恐惧懦弱，不敢反抗外在的强大势力及其迫害，而故事中的乔治娅报复了加害者，补偿和满足了多蒂在现实中想复仇而不敢的心理，让其战胜了懦弱和恐惧，变得勇敢而强大。

其次，在现实层面，故事能激发听众采取行动，依据故事的模板，改造社会现实。因为一旦人的认知被故事改变，行为也会被改变。当帕特森再次性侵多蒂时，她不再像以前一样屈服，而是靠着强大的精神力量坚决抵抗，她从乔治娅的故事中得到了信念和力量。"她拼命反抗，激烈猛力，让他大吃一惊。她没呼喊求救，也没像被吓坏的无辜受害人那样尖叫。她只是又抓又踢，与他扭打，咬他，他只得松开了她。最后，他举起双手投降……"[12]p275小说中，多蒂在体力和暴力上都不是帕特森的对手，因此，本质上，真正击败帕特森的是故事的力量。最终，多蒂摆脱了性侵和凌辱，捍卫了独立自由的生存空间。由此可见，故事赋予现实中受压迫的听众强大的精神力量，激发他们反抗命运的意志并采取行动改变现实。

总之，讲故事和听故事是人类深刻理解自我的一种方式。以故事为"原型"，人们可以洞察自

己命运的模式，并思考如何摆脱消极模式，从而获得治疗。故事蕴含着巨大而神圣的能量，通过讲故事、听故事，我们对自己生命的理解会发生根本性的转变。故事能帮助我们洞察问题的根源，并付诸行动、积极改变现状。

四、叙事治疗与英国公民身份的构建

叙事治疗（Narrative Therapy）由澳大利亚临床心理学家迈克尔·怀特（Michael White）和新西兰的大卫·爱普斯顿（David Epston）于1990年共同创立，在其著作《故事、知识、权力：叙事治疗的力量》中，他们认为，人之所以会遭遇"问题"，是因为"他处在别人对他和他的关系的故事里，因为这些故事是主流故事，所以他没有什么空间实行自己较喜欢的故事"[17]，或者"自己或他人用来说自己经验故事的叙述不足以代表他的生活经验，在这种情况下，自己生活经验的重要部分和主流叙事互相矛盾，才会感受到问题，因而寻求治疗"[17]p13。简而言之，如果个人的生命故事不符合主流故事的标准，或者主流故事排斥、贬低、否认个人的生命故事，个人的价值和意义就会被主流话语贬损、否定，从而导致生理和心理问题。在这种情境下，个体获得救赎和医治的方法是使"问题""外化"（externalizing），即把问题的根源归咎于外在，而不是自身，从而停止自我攻击和贬损。此外，只有外化"问题"，个体才能自主而自信地叙述自己的生命故事，重塑主体身份，接纳和肯定自己，重新赋予自己的生命价值和意义。总之，"外化""问题"、重述个人生命故事，能颠覆主流叙事的霸权和压迫，让生命得到医治、释放和自由。

对多蒂而言，她的"问题"是自己的身份不符合主流叙事的标准，这里的主流叙事指"族裔身份叙事"和"英国公民身份叙事"。她的身份既无法依据父母和祖先的族裔身份叙事被建造，也不符合英国公民的身份叙事，她受到了这两种主流话语霸权的否定和压制。身份认同是一种文化建构，回答我是谁、我从哪里来的问题。身份不是内在的，而是外在的历史、社会、文化符号的建构。对

多蒂而言，她缺乏建构族裔身份认同的文化资源和素材，她被母亲切断了与其族裔文化的连接。她的外祖父是普什图人，来自亚洲的阿富汗南部和巴基斯坦西部地区，在第一次世界大战期间移民英国，遭受种族歧视。母亲莎伦不听外祖父劝告，跟白人男性恋爱，沦为妓女感染性病而死。莎伦背弃了父亲，也彻底抛弃了其父亲所代表的少数族裔文化。族裔文化身份不是天生的，"而是在族裔文化的再现和作用下形成和改变的"⑱。关于民族起源的传说、历史人物的记载、民族英雄的故事、家族祖先的事迹……的叙述和传播都是民族文化符号的再现策略，影响着个体的意识和观念，个体据此想象和塑造文化身份，并产生对族裔群体的认同感、归属感和同盟感。但是母亲没有对多蒂叙述和传播族裔文化，多蒂不了解族裔的文化和历史，也无法想象自己归属于母亲和外祖父的族群，更不可能与这个群体认同和连接。正如莫妮卡·邦加罗（Monica Bungaro）所言："不管是从个人还是集体的层面，多蒂都无法从家族谱系中获得身份认同的权利。"⑲也就是说，多蒂无法依据少数族裔文化来构建自己的族裔身份。不是她背叛和抛弃了族裔文化的根，而是她原本就没有根，这就是"外化""问题"，把族裔身份认同的缺失归咎于外部因素，而不是多蒂的"背叛""忘本"。可见，小说把多蒂从被族裔文化审判和谴责的境地中解救出来，问题的根源是外在的、客观的，而不是内在的，主观的。多蒂被外在客观因素切断了对族裔文化的传承，导致她族裔身份的缺失。因此，解决问题的方法不是去追根溯源，而是怎样在族裔文化身份叙事之外，创造全新的身份叙事，重新解释自己的身份。

"外化""问题"以后，多蒂开始叙述自己的身份故事。她为自己授权，主动赋予自己英国公民的身份。她认为身份是自己赋予的，不是坐以待毙地被英国人的话语霸权来框定和限制的。她要理直气壮地在英国扎根。"他们想把她排除在外，想贬低她的实际价值，这种不公正，她怎能轻易让步听命？她就是这儿的人。"⑫p31由于"身份认同是自我认同和社会文化分类的产物"⑲p33，当英国的

社会文化把多蒂分类为劣等、异类，不认可、不接纳多蒂的英国公民身份时，多蒂只能选择自我认同，为自己赋权，授予自己英国公民身份。有学者认为："她展示了那些处于边缘的人是如何不断扰乱、问题化并补充由拥有霸权的大多数和权威所制造的同质化的和有连贯性的民族国家身份认同的结构的。"⑲p33换言之，多蒂的自我授权，瓦解了排斥异族的英国公民身份政治话语，修改和重新定义了英国公民身份的含义，宣示了作为移民的少数族裔也是英国公民。多蒂把封闭、同质、单一的英国公民身份，修改为多元、异质和开放、包容性更大的新概念。古尔纳通过多蒂积极主动创造身份的自信和力量，改写了后殖民文学中少数族裔在白人社会中身份缺失的悲苦形象。小说通过多蒂来启发英国白人社会中的少数族裔，如何瓦解白人的歧视和排外心理，为自己赋权，创造自己的公民身份。

多蒂主动融入不同种族、不同阶层的群体，超越了狭隘的以种族为依据的身份认同圈。她跟社工霍利夫人（白人）成为朋友，开启了阅读疗法的大门；跟来自塞浦路斯的希腊房东成为朋友，向他学习怎样融入英国社会；跟夜校的犹太裔老师、工作单位的白人主管、女警察……这些英国的权威人士交往，"希望自己成为他们中的一员"⑫p31。多蒂建构了一种包罗万象的世界主义身份。在本质上，族裔身份叙事和英国公民身份叙事都是民族主义的身份观，把身份限制在种族、民族、地域、起源等范围内，认为身份是固定、静止、封闭、本质性的，是一次性生成就一劳永逸的。而多蒂的世界主义身份观，超越了种族、民族、地域、阶层的局限，既不认同外祖父的族裔身份叙事，也不认同英国排外的民族身份叙事，她为自己创造的"英国公民身份"主张多元文化认同，四海为家，认为身份是开放、发展及永远在被建构的路途中的。"虽然她对自己的历史一无所知……但是她愿意全都放弃。"⑫p30多蒂不愿沉迷于起源、种族、血缘的身份认同困境，更不会屈服于被英国民族身份话语排斥的现状。她的"英国公民身份"是对英国民族身份叙述霸权的颠覆，她理直气壮地争取自己作为英国公民的尊严、权利。正如2019年的布克

文学奖得主、英国非裔女作家伯纳丁·埃瓦里斯托所言："公民权并不局限于生来就有的权利，因为除了纯正的英国血统，还有那些被视为大英帝国的'臣民'，但没有被赋予'公民身份'的人。"⑳确实，多蒂没有英国白人血统，但她改写和重构了"英国公民身份"的含义，挑战了英国种族主义和民族主义的身份观。

五、结论

"离散的人，寻着故事回家"㉑。目前国内外的研究都聚焦于"离散"，而忽视了古尔纳写小说的方式和目的：用"故事""回家"。其含义是用"故事"和"叙述"等文学治疗的方式疗愈创伤，建造归属感和身份认同，创造前殖民地人民生命的尊严、价值和意义，这恰恰体现了文学的治疗功能。文学除了揭露、批判和控诉，更重要的是从思想文化层面引领人们思考如何重生和重建。运用文学治疗理论阐释古尔纳小说《多蒂》中的医治、重生、重建等有建设性的力量，重塑前殖民地人民积极正面、建设未来的新形象，颠覆了后殖民文学研究中消极、绝望、悲苦……的思想和情感基调。在故事和叙述中，古尔纳医治了小说中人物的伤痛，甚至有可能医治全世界有同样经历的弱者的伤痛。因为故事和叙述可以连结有同样故事的人，形成了"故事共同体"，让离散的人找到认同感和归属感。在阅读治疗、故事治疗及叙事治疗等文学治疗的帮助下，前殖民地人民还可以改变认知，领悟自救重生的策略，并采取行动改变命运，有望建设美好的未来。

注释【Notes】

①本文系2021年度云南省哲学社会科学规划项目重点项目"美国少数族裔小说的旅行书写研究"（项目编号：ZD202113）的阶段性成果。

②Banerjee, D. "Damned for Difference: A Study of Xenophobia in Abdulrazak Gurnah's Dottie". *International Journal of Research and Analytical Reviews*. 2018, 51(31), pp.869-873.

③黄晖：《古尔纳〈多蒂〉中的伦理身份重构与共同体想象》，载《外国文学研究》2022年第2期，第46—54页。

④朱振武、苏文雅：《文本的改写与主体的重构——诺奖作家古尔纳小说〈多蒂〉创作论》，载《广东外语外贸大学学报》2022年第4期，第62页。

⑤叶舒宪：《文学与治疗》，陕西师范大学出版总社2018年版，第298页。

⑥曾宏伟：《文学治疗与地震灾区学生心理重建》，载《教育评论》2009年第3期，第79页。

⑦Webster, Noah. *Webster's Third New International Dictionary of the English Language*. Spring field: G.& C. Merriam Co.,1961, pp. 212.

⑧王波：《阅读疗法》，海洋出版社2014年版，第16页。

⑨王万清：《读书治疗》，心理出版社1999年版，第24页。

⑩Russell, D.H. & Shrodes, C. "Contribution of Research in Bibliotherapy to the Language-Arts Programme, Part I and Part II". *The School Review*. 1950, 58(6-7), pp.336. 以下只在文中注明页码，不再一一做注。

⑪周和军：《文本与帝国——后殖民主义视野下的〈曼斯菲尔德庄园〉》，载《广西师范大学学报》2009年第5期，第70页。

⑫[英]古尔纳：《多蒂》，魏立红译，上海人民出版社2023年版，第141页。以下只在文中注明页码，不再一一做注。

⑬[英]夏洛特·勃朗特：《简·爱》，祝庆英译，上海译文出版社1995年版，第572页。

⑭Baer, Elizabeth R. "The sisterhood of Jane Eyre and Antoinette Cosway". *The Voyage in: Fictions of Female Development*. Elizabeth Abel, Marianne Hirsch, and Elizabeth Langland ed. University Press of New England, 1983, pp.146.

⑮[美]麦地娜·萨丽芭：《故事语言：一种神圣的治疗空间》，载叶舒宪：《文学与治疗》，陕西师范大学出版总社2018年版，第21页。以下只在文中注明页码，不再一一做注。

⑯冯涛：《心理弱者与文学需求》，中国人民大学出版社2024年版，第105页。

⑰[澳]迈克尔·怀特、[新西兰]大卫·爱普斯顿：《故事、知识、权力：叙事治疗的力量》，廖世德译，华东理工大学出版社2013年版，第12页。以下只在文中注明页码，不再一一做注。

⑱蒋欣欣：《身份/认同》，载王晓路等：《文化批评关键词研究》，北京大学出版社2007年版，第286页。

⑲Bungaro, M. "Abdulrazak Gurnah's Dottie: A Narrative of (Un) Belonging". *Ariel: A Review of International English Literature*. 2005, 36(3-4), pp.30.以下只在文中注明页码，不再一一做注。

⑳[英]伯纳丁·埃瓦里斯托：《致你一部宣言》，任爱红译，新星出版社2024年版，第8页。

㉑[英]古尔纳：《离散的人 寻着故事回家》，上海译文出版社2023年版，第1页。（这是夹在古尔纳小说《多蒂》中的一页画报）

成于斯，缠于斯，毁于斯：拜厄特《游戏》中叙事与自我的关系探究[①]

李碧慧

内容提要： 叙事理论的蓬勃发展让众多理论家注意到了叙事和自我之间的紧密关系，这为理解当代著名英国女作家A.S.拜厄特的长篇小说《游戏》提供了独特的视角。从叙事自我理论出发聚焦小说中的姐妹俩会发现：（1）两人的自我身份建构得益于强烈的叙事欲望和能力；（2）她们在虚构叙事中建构起自我共生状态，又因拒绝叙事而羁绊不断、独立无望；（3）姐姐的自我终遭妹妹的不道德叙事摧毁，妹妹自我独立之路因此也蒙上阴影。拜厄特通过小说强调了叙事在自我身份建构中的重要作用，也提醒人们警惕叙事潜在的破坏力，突出了叙事道德对于追求自我独立的重要性。

关键词：《游戏》；拜厄特；叙事自我；叙事身份；叙事道德

作者简介： 李碧慧，广州南方学院大学英语教学中心副教授，教师，硕士，从事20世纪英国文学研究。

Title: Grown up from it, Be Intertwined with It, and Be Destroyed for It: The Relationship Between "Narrative" and "Self" in A. S. Byatt's *The Game*

Abstract: With the narrative theories developing in prosperity, an increasing number of theorists have perceived the close relationship between "narrative"and "self". The theory of "narrative self", one of the narrative theories, offers a unique perspective to make a deeper study on The Game, a novel written by the famous British female writer A. S. Byatt. Applying "theories of narrative self" to have a focus study on two sisters in the novel, we can find that ① the sisters' own identities have formed with the aid of their strong desire and ability to make their self narrative; ② there are the sisters' symbiotic selves born from their fictional narrative, while at the same time due to their refusal of "self narrative", these two symbiotic selves are intertwined with each other, however meanwhile are isolated, and hopeless; ③ Julia's immoral narrative destroys Cassandra's own self, and overshadows her own pursuit of self-independence. Through the novel, Byatt emphasizes how important one's self narrative is to construct one's self identity, and also showcases the potential destructive impact from one's self narrative, thereby highlighting the significance of morality in one's self narrative to one's pursuit of self- independence.

Key Words: *The Game*; Byatt; narrative self; narrative identity; narrative morality

About the Author: Li Bihui, Master, is associate professor from English Education Center, Nanfang College Guangzhou; she is engaged in the study on the 20th-Century British Literature.

《游戏》（*The Game*）是当代英国著名女作家拜厄特（A. S. Byatt）的第二部长篇小说，最早出版于1967年。小说讲述了想象力丰富的科贝特姐妹卡珊德拉（Cassandra）和茱莉娅（Julia）以不同方式摆脱对方羁绊，寻求自我独立的故事。国内学术圈对此作品出奇冷淡，而国外对此论述较多，大多关注女性想象力及想象与现实之间的关系。但鲜有评论家意识到横跨在想象和现实之间的一道门槛——叙事，也未曾深入探讨叙事与自我之间的关系。

叙事学的蓬勃发展催生了叙事自我理论。众多学者注意到叙事与自我身份之间密不可分的关系，谢茨曼（Schechtman）指出"自我是由叙事构成的"②。她将叙事自我理论大体分成三类：（1）以麦金太尔（Alisdair MacIntyre）、泰勒（Charles Taylor）和利科（Paul Ricoeur）为代表的诠释学叙事自我论。他们认为自我是行为主体（agent），成为行为主体需要我们在叙事语境中解释自己的行为。比如，麦金太尔认为人本质上是一种"讲故事的动物"，人是自己"从生到死的故事"中的"历史主体"，也是与他人"相互连接的叙事系列的一部分"③。（2）以丹尼特（Daniel Dennett）代表的心灵哲学与认知科学视角下叙事自我论。丹尼特认为"我们进行自我保护、自我控制和自我定义的基本策略，不是结网，也不是筑坝，而是讲故事，更具体地说，是编造和控制我们向他人以及自己讲述的关于我们是谁的故事"④。（3）以谢茨曼本人为代表的上述两种观点的中间路线"叙事自我建构观"（The Narrative Self-Constitution View），她认为"我们的自我得以形成是通过将我们的生活在形式上理解为叙事，并据此生活"②p398。在国内，尚必武明晰了叙事身份（narrative identity）的三个基本内涵：身份的叙事、叙述身份、被叙述的身份，同时指出建构叙事身份的三种方式——通过"我"讲述自己的故事建构自我身份；"我"在讲述他人的故事中认同了"自我"身份；"我"通过"讲述关于'我'但又不是'我'的故事"来建构自我身份⑤。拜厄特本人也在一定程度上意识到了叙事与自我之间的关系，她曾提到，"那些相信叙事的人，比如米歇尔·布托（Michel Butor），指出我们是叙事生物，因为我们在生物时间中生活。不管乐意与否，我们的生活都有开端、过程和结尾，我们在酒吧和床上向彼此叙述自己的故事"⑥。

自我身份的确立与叙事存在紧密关系，包含两层含义：（1）关于某人物的故事在其自我身份确立过程中发挥了重要的影响，该故事可能由人物本人叙述，也可能由其他人物叙述；（2）故事的叙述方式多种多样，包括口头交际、书写日记、创作自传或半自传性质的小说等形式。人物在以各种方式讲述自己故事的过程中建构了自我身份。从叙事自我理论考察《游戏》中姐妹俩叙事与自我之间的关系可见：（1）两人的自我身份建构得益于强烈的叙事欲望和能力；（2）她们在虚构叙事中建构起自我共生状态，又因拒绝叙事而羁绊不断、独立无望；（3）姐姐的自我终遭妹妹的不道德叙事摧毁，妹妹自我独立之路因此也蒙上阴影。

一、成于斯：由叙事构筑的自我身份

在小说中，姐妹俩均爱好文学，具有强烈的叙事愿望，也颇具文学才华，因此具备卓越的叙事能力。尽管方式不尽相同，姐妹俩都通过适合自己的叙事方式形成了自我意识，构筑了自我身份。

（一）妹妹的自我成于自传式小说、社交谈话、自述故事

妹妹茱莉娅通过创作自传体小说明晰了自己是受困于家庭的知识女性这一受害者形象，确立了自己的女作家身份。谢茨曼认为"一个人通过形成一个自传式的叙事来创造自己的身份"⑦。茱莉娅年纪轻轻就结婚生育，琐碎的家庭生活让热爱想象的她感到人生没有意义，于是她以自身经历为原型，将自己的生活写成故事，在书中塑造出自己被家庭束缚而逐渐失去活力的受害者形象——丈夫和女儿是对她的限制，家人的爱是她的牢笼。茱莉娅凭借讲述自己的故事成为女作家。她充分意识到写作与自我的密切关系，把写作当作理解人生的一种方式。她在电视节目中声称自己写作的目的不是为了说服读者接受某种社会或道德真实，也不是为了提倡某种生活观，而是"为了理解我自己或他人生活中事件"⑧。

此外，茱莉娅通过社交谈话这种叙事方式拓宽了她的职业圈子，从女作家摇身变成了电视艺术节目的嘉宾。社会理论家认为个人身份是"社交互动的产物"⑨。社会群体的身份认同有独特的叙事特点，对圈内人与圈外人的语言再现有很大的区别，圈内人对自己人的评价比对圈外人高。茱莉娅为了融入电视圈子，在艺术节目制作人伊万面前表现得特别活跃，她甚至怀疑自己是不是说得太多了。小说第一句话就是"要再来呀，尽快！"⑧p7。此时茱莉娅在聚会后送走伊万等客人，她的话语以直接引

语的形式呈现，有"音响效果"，凸显出她热情好客、善于交际的个性特征。⑩她认为作为圈外人的丈夫说话语气过于平淡，让她无法猜测其内心的真实想法，却给予了伊万积极的评价，他是鲜活的，她能向他诉说任何事情。于是，她毫无保留地向他讲述了自己和姐姐及西蒙的故事，也从伊万口中获得了自己个性鲜活的评价，成功挤进圈子，获得了事业转型和更大名声。

事实上，茱莉娅通过不断地向身边人讲述自己的故事、表达自己的感受来确认自身的存在，同时推动她成长路上不同身份的转变。小时候她喜欢给父亲说笑话、讲故事，她比姐姐和父亲更亲近。少年时期，她通过与姐姐聊天来确定事件的真实性，获得事件的完结感。如果没有向姐姐倾诉，她就会变得焦躁不安。茱莉娅通过交谈赢得了西蒙的喜爱，让他不但喜欢自己说话，还喜欢向自己倾诉，两人交往甚密导致家人误会西蒙是她的男朋友。她明知道姐姐不回信也坚持写，因为写信对她而言是自己和自己的对话。在无人倾诉时，她向刚认识的索尔吐露心事，让其误以为她的热情是出于爱，并很快娶了她。其父去世后，她希望通过和姐姐聊天使父亲变得真实。简言之，在茱莉娅儿时、年少时、恋爱、结婚、立业、转型等的各个人生阶段，叙事是她自我认知和自我身份确立和转变的一种推动力。

（二）姐姐的自我成于轻社交谈话、重写作、日记、私密对话和演讲

姐姐卡珊德拉也同样善于通过叙事表达自我，不同的是，她通过写作、日记和两人对话等较为私密的叙事方式勾勒出自己沉迷想象世界的高冷女学者身份。排斥社交谈话凸显了卡珊德拉孤傲冷清的女学者形象。她在小说中以写作出场，与妹妹相比显得安静许多。她先在日记中写下《亚瑟王之死》的读后感，给牧师写信，批改作业，尔后出门到公共场所看电视节目，其间她都是沉默的。在日常生活中，她尽量减少口头交谈，也极少主动提起话题。年少时与西蒙相处，虽偶有争吵，但她喜欢听他解释蛇的生活习惯，安静地等着他忙完。读大学期间，面对妹妹写来的信件，她几乎不回复。面对

临死的父亲她没有和他道别，为此她感到非常懊悔生气。晕倒的她拒绝前来帮忙的神父说："谈话几乎不能改变什么。我们谈得太多了，我们应该保持安静。"⑧p183随着精神分裂症越发严重，她选择独自作画来表达自己。

日记这种私密的叙事方式成为卡珊德拉表达自我，协调自己的现实生活和想象世界，维持脆弱的自我同一性的主要手段。想象世界是卡珊德拉逃避现实生活的避风港，写日记则是她长期以来记录自我状态变化的方式。少年时期，她的日记以现实地标为基础，写满了她想象的各种故事，尤其是姐妹俩停止游戏以后，日记就成为她想象世界的载体。青年时代，日记详细记录了她和西蒙的情感经历，也承载了她对他的想象和思念。日记还包含了她的手稿，里面有她想象、改编、创作的各种故事和诗歌。人到中年，日记愈发成为她"区分现实和想象的必要方式"，她通过用文字精确记录日常生活来确认世界的真实性，这对精神分裂症日益严重的她尤为重要。⑧p26这些不同时期拼凑起来的日记，看似内容庞杂，排序混乱，体裁各异，但并不意味着卡珊德拉的自我四分五裂。正如达文波特（Davenport）指出的："当生活中的各种元素表达了一个代理人所经历的且持续存在的理念（ethos）时，它们就以同一的主题联系起来了。"⑪卡珊德拉的日记虽然包含了形形色色的内容和体裁，但想象就是统领这些杂乱元素的"理念"，也是她清冷孤僻的女知识分子形象下隐藏的自我本质。

尽管卡珊德拉不喜欢社交谈话，但她曾通过公开演讲的形式表达自我、拯救自我。上文提到，想象是卡珊德拉的自我本质，可她从小生活在强调务实贬低想象力的贵格派家庭氛围中。因此，她在20岁那年含泪发出对贵格派教会精神的质疑，宣布自己退出，改信他教。这是卡珊德拉少有的在公共场合表明自己的态度，尽管此次大胆的发言让家人蒙羞，但她通过公开演说阐述了她的宗教立场，为她的自我认知扫清了宗教障碍。在西蒙回归之后，卡珊德拉和他互诉衷肠，互为听众，治愈了彼此。麦金太尔认为对话就像文学叙事一样，"一场对话就是一部戏剧作品，哪怕是很短的一部，其中，参

与者不仅是演员，而且还是合作者，它们在认同与分歧中设计作品的模式"③p267。如果说两人年轻时的对话是激动愤怒的情侣吵闹的戏码，现在的对话则被二人重新设定为老朋友心平气和的叙旧模式。这样愉快有效的面对面沟通让卡珊德拉得以从日记和画画这些叙事形式中跳出来，短暂地从过于沉迷的想象世界回到现实生活，而此时的现实生活不再充满压迫她的物体，而是一个"被平凡美化过新世界"⑧p50，这对于精神分裂日益严重的卡珊德拉而言具有救赎的性质，有助于让她回归正常生活。

总之，妹妹茱莉娅热情如火，爱好社交的女作家身份和自我认知得益于其自传式小说、社交谈话、自述故事等互动性叙事；姐姐卡珊德拉孤傲冷清，独来独往的女学者身份和自我画像则因其重写作、日记、演讲、私密对话等单向隐秘性叙事得以建构。

二、缠于斯：虚构叙事构筑共生关系，拒绝叙事导致自我羁绊

姐妹俩通过虚构叙事建立了自我共生的状态。但这种状态很快被打破。多年来，她们的自我处于相互纠缠状态——茱莉娅觉得自己被姐姐压制了，既害怕她又想获得她的认可，因此通过避免叙事来挑战她；卡珊德拉则感觉被妹妹偷盗了，处处提防她的窥探，通过拒绝叙事来惩罚她。姐妹俩都企图以不叙事的方式，摆脱对方的影响以获得自我独立，但都无法摆脱对方的羁绊。

（一）虚构叙事构筑姐妹共生关系

虚构性叙事构建了少年时期姐妹俩自我共生的关系。达文波特区分了叙事身份中叙事的三个层级：（1）"原始叙事"（primary narrative），指前反思的或一级的意义联系，即未经事后反思和讲述的生活故事；（2）"二级叙事"（secondary narrative），指讲述或试图理解一个人或一群人的原始叙事，即在原始叙事的基础上进行反思和理解而讲述的故事；（3）"虚构叙事"（fictional narrative）是指在不具体道出真实个人的前提下试图解释或阐释一般人在原始叙事中普遍经历到的生活事实、社会、心理、价值、自然及超验事

件。⑪p57卡珊德拉和茱莉娅在儿时游戏中讲的故事就颇像这虚构叙事。两人在游戏中并不讲述自己在生活中真实发生的事件，而是通过想象来共同编写关于中世纪亚瑟王的故事，叙述各自人物的感受。比如，姐姐使出了用民谣格律写的关于摩根王后的长诗这一招，妹妹则用自编伊莱恩各阶段绝望和激情的变化来对阵。姐妹俩在游戏中构建了仅仅属于彼此的世界，获得了共同成长。这样互动式的虚构叙事催生了两人自我共生的状态，加固了姐妹情谊，影响了她们后续的人生和自我状态许多年。正如茱莉娅所说，玩游戏的十年期间，"她们已经找出了应对所有成年人问题的态度了"，而且她非常依赖姐姐，把她当作自己的镜子，通过姐姐的反应才能证明自己的存在。⑧p56卡珊德拉也曾在日记中给予了肯定："我们分享相同的视野，创造同一个神话……这种原始的状态被称为'纯真'。"⑧p276但对叙事主权的竞争逐渐开始损害姐妹关系，使两人陷入相爱相杀的纠缠中。茱莉娅对姐姐的强势感到不快，却无力改变。比如，在游戏中，卡珊德拉喜欢给故事赋予恐怖的结尾，常把年幼的茱莉娅吓得晚上做噩梦。尽管茱莉娅想以浪漫单纯的情节或圆满的结局削弱卡珊德拉戏剧化的故事，却常被她粗暴地扭转局面，安排了一个悲惨的结局。因此，面对聪明过人、主导游戏且不愿妥协的姐姐，茱莉娅既爱又怕——既希望得到姐姐的肯定，又怨恨姐姐压制自己。

（二）拒绝叙事导致姐妹自我羁绊

随着姐妹情谊渐渐蒙上阴影，不叙事成为姐妹俩相互伤害的手段：茱莉娅的刻意隐瞒让卡珊德拉觉得自己被偷盗了，卡珊德拉的拒绝对话让茱莉娅感觉被惩罚了。茱莉娅在没有提前告知姐姐的情况下，对姐姐在游戏中写过的故事进行改编，创作成一篇短篇小说，参加创作比赛并获奖，这让卡珊德拉非常生气，并终止了游戏。茱莉娅明知道姐姐对西蒙心怀爱意，却依旧偷偷和他约会，即便她有多次机会可及早告知姐姐，却等到瞒不住了才坦白一切。茱莉娅同样应该在获取姐姐同意后才以她为原型创作小说，但她依旧没有。麦金太尔认为人与其他动物之间最基本的区分是，人对自己的行为作

出解释，而其他动物则不能。因此，"将一个行为理解为某种某个人必须对之负责任的东西，而要求行为者对这个行为作出一种合理的解释始终是恰当的"③p265。对话作为最常见的语境类型，能让言说活动和目的变成可理解的。上述种种，茱莉娅如果能及时告知卡珊德拉并做出相应的解释，她的行为或许能够被理解，姐妹俩或许能消除很多误会，但她每次都拒绝提前沟通，而在事后乞求原谅，卡珊德拉难免觉得自己的作品、爱人甚至人生都被茱莉娅"盗窃"了。⑧p84而茱莉娅本人也意识到这点——"我不想看起来好像我把所有东西都拿走了"⑧p98。

伤害是相互的。面对妹妹的刻意隐瞒，卡珊德拉通过拒绝倾听报以惩罚，姐妹俩成了对方独立道路上的严重阻碍。卡珊德拉认为妹妹私自将二人共有的故事公之于众破坏了游戏的隐秘规则，因此停止游戏，"以沉默来惩罚"她⑧p85，"通过不理她的方式消灭她"⑧p252。后来，茱莉娅与西蒙经常谈论卡珊德拉，卡珊德拉发现自己在西蒙心中的形象，不是由自己亲自叙事来构建的，而是由他们二人共同叙事建构并修正的，认为这是对自己的一种侮辱。对此，卡珊德拉选择沉默和逃离来拒绝被叙述的困境。当西蒙突然决定远走他乡时，慌张的茱莉娅找到姐姐倾诉，卡珊德拉也果断拒绝了倾听。卡珊德拉的惩罚对茱莉娅造成了长久的伤害，因为她的叙事欲望无法在姐姐面前得到满足，她的能力和人品也始终没有得到姐姐的认可，但她对卡珊德拉的依赖无法剪断，所以无法走向自我独立。其实，姐妹俩势不两立也让卡珊德拉陷入了痛苦和危机之中——她只能自己坚持想象的游戏，越发脱离现实世界，但她无法主动示和，毕竟每次她拒绝沟通都是对方事前刻意隐瞒在先，可她又无法真正摆脱对方的窥探和纠缠。总之，拒绝叙事导致姐妹相互羁绊，不断伤害。尽管两人长大后都有了自己的事业和身份，但她们都无法摆脱对方的影响而获得独立的人格。这是一个巨大的心理隐患，被压抑的叙事力量会再度爆发，而追求自我独立的强烈欲望也终会再度袭来。

三、毁于斯：遭叙事逼迫的自我悲剧

（一）姐姐遭不道德叙事逼迫自杀身亡

上文提到，姐妹之间的共存和羁绊依赖于各种叙事方式。叙事对自我的力量不仅是积极正面的，也可能是具有破坏力的，尤其当叙事冲破个人结界延伸至公共领域时更是如此。茱莉娅并未因姐姐的无视而放弃追求自我独立的道路。她以姐姐为原型，以她的原话"荣誉感"为名，以姐姐和西蒙的爱情故事为主线，创作并出版了一部小说。⑧p123此书一经出版，大受欢迎。茱莉娅企图通过这种虚构叙事的方式摘下自己自传式小说家的标签，摆脱姐姐的控制。但这样的虚构叙事是不道德的，因为她没有得到原型人物的同意，将个人隐私暴露在公众视野之中。卡珊德拉则在不知情的情况下成为关于自己的故事的主角，她的自我遭受了这种不道德叙事的毁灭性打击。

首先，茱莉娅将自己对西蒙的想象融入了《荣誉感》，在小说中预设了卡珊德拉与西蒙重逢的场景，这对于以想象为自我支点的卡珊德拉是难以接受的。早在发现茱莉娅和西蒙常谈论自己时，卡珊德拉就意识到自己是茱莉娅"猜测的对象和讲故事的材料"，也向她表明了自己不喜欢成为谈资，但这没能阻止茱莉娅像对丈夫和女儿一样将她写进书里，有些情节竟还变成事实。⑧p108当茱莉娅发现西蒙在自己不知情的情况下去找卡珊德拉时，她意识到"他去那里因为我害怕这样，因为我计划这样，因为我想象成这样"，她幻想的卡珊德拉和西蒙再次重逢的场景变成了事实。⑧p252茱莉娅对卡珊德拉从以前的私下谈论到如今的公开书写，甚至是准确预测，这样的想象和叙事超越了卡珊德拉能忍受的范围。一方面是由谁来叙事的问题。卡珊德拉对西蒙的爱情应由她自己想象，她的人生故事应由她自己叙述，茱莉娅在没有征得她同意的情况下代劳是卡珊德拉不能接受的。另一方面是想象的本质问题。卡珊德拉认为，想象的魅力在于在想象中万事皆有可能，一旦想象变成现实，可能性就不复存在，想象便失去了意义。卡珊德拉的爱情被预言并成为现实，这同样让她难以接受。

其次，茱莉娅向公众讲述卡珊德拉的人生故事，把她的个人生活置于公众视野中，使她沦为众人评头论足的对象。卡珊德拉一直活在自己构筑的想象世界里，《荣誉感》曝光了她的秘密世界，打破了她自我存在的边界。早在茱莉娅偷偷将游戏中的故事发表之时，卡珊德拉就说过，"游戏的精髓在于私密性，而私密性只能在完全静默中才能获得"⑧p85。换句话说，卡珊德拉认为姐妹俩的游戏的规则是保密，而茱莉娅私自将其中的作品发表这一做法打破了游戏的私密性规则。茱莉娅的新作同样将本该属于个人想象疆域的故事推向了公共领域，卡珊德拉无法像以往那样，遇到困难就退回自己的想象世界中疗伤，因为退缩就正好中了故事的圈套，被小说情节主宰。想象本身并不足以致命，如果茱莉娅的想象停留在她自己的脑海里，不叙事、不曝光，卡珊德拉不会受到实质性伤害。茱莉娅打破了想象与现实、隐秘与公开的界限，颠覆了卡珊德拉自我存在的根本，使她沦为人人都可插上一针的"布娃娃"，这是她自杀的重要原因。⑧p276

最后，卡珊德拉无力通过自己的叙述行为来打破公众通过阅读小说已然获得的印象，从而重构自我身份。其实，卡珊德拉与茱莉娅小说里的女主角艾米莉不尽相同；西蒙也鼓励她找茱莉娅对质，表达自己愤怒，但是她非常确信："你可以利用虚构来毁灭或创造现实。虚构——虚构是谎言，没错，但我们并不知道真实。我们通过这些虚构来看真实，我们自己的和其他人的真实。"⑧p271换句话说，卡珊德拉认为自己即便站出来道出真实的自我也没有意义，因为公众已然先入为主地把茱莉娅故事中的人物和她本人画上了等号。卡珊德拉名同希腊神话中不为人所信的预言家卡珊德拉。神话中的卡珊德拉具有预言的能力但别人不信，而卡珊德拉则颇为讽刺地以相反的方式经历了同样的悲剧——她被茱莉娅的叙事预言，而偏偏公众会相信书中的情节。她是茱莉娅想象和预言的对象，不管准确与否，公众都相信书中人物就是现实中的她。丹尼特认为"我们的故事是被编造出来的，但在很大程度上，并不是我们编造它们，而是它们编造我们。我

们人类的意识，以及我们的叙事自我，是它们的产物，而不是源头"，换句话说，丹尼特认为，自我是叙事的结果，不是人在编造故事，而是故事编造人。④p418从这一理论视角来看，茱莉娅公然讲述了关于卡珊德拉的故事，这个故事有它自己的生命，会复制传播，会持续影响公众。一旦公众认为故事中的人物就是现实中的卡珊德拉，那么无论她维持原有生活，还是进行反抗，都无法改变公众心中已经建构起来的关于她的形象。她彻底失去自我能动性，被故事所主宰。从某种意义上说，卡珊德拉是被关于自己的故事杀死的，可谓一场叙事自我的悲剧。

（二）妹妹自我独立之路蒙上了姐姐死亡的阴影

卡珊德拉的自我被摧毁了，茱莉娅的自我独立也绝非易事。茱莉娅以为通过将卡珊德拉叙述出来，就能摆脱她的控制，获得"新的身份"，拥有"自己的东西"⑧p205。但正如卡珊德拉所说，"我们以为通过将困住我们的牢笼描绘出来，将它全部展示出来审视，我们能从中得到释放，但实际上我们所做的不过是将这一牢笼变成真"⑧p251。牢笼经叙事成真，还扼杀了卡珊德拉，茱莉娅难辞其咎。正如有的学者指出，故事的结尾卡珊德拉的日记在车后尾箱嘎吱作响，将"削弱茱莉娅先前怀有的表面的乐观主义"，预示着姐姐自杀以后茱莉娅未来的独立之路将蒙上一道阴影。⑫毕竟当她秉着隐私不会被暴露的原则叙事时——"茱莉娅向来喜欢把所有事情告诉任何人，从不隐藏什么，因为她认为不管一个人说了多少，总会有一些无论如何也传达不了的秘密，因此无论如何隐私也不会被最终暴露"⑧p73，卡珊德拉却认为，"没有人有权利出版他们已知的东西，不管他们有多好的理由将它写下来。如果作品会伤害别人，作品很好这一事实不能超越其他考虑——道德考量——之上"⑧p81。尽管幼时的游戏建构了姐妹俩热衷想象的共同体关系，但在想象边界和叙事道德这一问题上，卡珊德拉明显要比茱莉娅成熟许多。卡珊德拉的死也许会在小说没有提的未来不断提醒茱莉娅在追求自我独立路上遵守叙事道德的重要性。

四、结语

20世纪五六十年代，当大部分英国女作家都像小说中茱莉娅一样致力于描述女性受困于家庭生活这一主题时，拜厄特另辟蹊径，在《游戏》中表达了"对'女性小说'作为不道德的毁灭力量的担忧"[13]。拜厄特充分意识到了现实到叙事、叙事到现实的双向转变，也明白叙事是有力量的，它"既能限制人也能赋予人自主权"[14]。小说中，叙事在姐妹俩形成自我意识和建构自我身份的过程中曾起过积极作用，但由于叙事道德没有得到尊重，叙事便成了杀人的利剑，导致了卡珊德拉自杀的悲剧，也给茱莉娅的自我独立抹上了阴影。这呼应了达文波特的观点，"如果不在客观状态下重视伦理理想和道德义务，个人独立以及与之相关的叙事统一便得不到发展"[11]p98。叙事与自我关系紧密，它既是促使自我确立的助力，也可能成为困住自我甚至导致自我死亡的诱因。因此，如何通过叙事构筑自我，如何把握叙事道德，成为自我健康成长的重要考量，尤其是在叙事渠道如此多元、网络影响力如此强大的当下。拜厄特通过小说强调了叙事在自我身份建构中的重要作用，也提醒人们警惕叙事潜在的破坏力，突出了叙事道德对于追求自我独立的重要性。

注释【Notes】

①本文系2023年广东省哲学社会科学规划项目"叙事自我：A.S.拜厄特小说研究"（项目编号：GD23WZXY01-03）的阶段性研究成果。

②Schechtman, M. "The Narrative Self", in Gallagher S eds. The Oxford Handbook of The Self. Oxford: Oxford University Press, 2014, p. 395. 以下只在文中标注页码，不再一一做注。

③[美]阿拉斯戴尔·麦金太尔：《追寻美德：道德理论研究》，宋继杰译，译林出版社2017版，第274—276页。以下只在文中标注页码，不再一一做注。

④Dennett, D. C. Consciousness Explained. London: Penguin Books, 1993, p. 418. 以下只在文中注明页码，不再一一做注。

⑤尚必武：《叙事身份的内涵、意义与建构方式》，载《学术论坛》2022年第6期，第23页。

⑥Byatt, A. S. On Histories and Stories: Selected Essays. London: Vintage, 2001, p.132.

⑦Schechtman, M. The Constitution of Selves. Ithaca: Cornell University Press, 1996, p. 93.

⑧Byatt, A. S. The Game. New York: Vintage International, 1992, p168. 以下只在文中注明页码，不再一一做注。

⑨Deppermann, A. "Using the Other for Oneself: Conversational Practices of Representing Out-Group Members Among Adolescents", in Bamberg, M. et al ed. Selves and Identities in Narrative and Discourse. Amsterdam: John Benjamins, 2007, p.274.

⑩申丹、王丽亚：《西方叙事学：经典与后经典》，北京大学出版社2010版，第157页。

⑪Davenport, J. J. Narrative Identity, Autonomy, and Mortality: From Frankfurt and MacIntyre to Kierkegaad. New York: Routledge, 2012, p.77. 以下只在文中注明页码，不再一一做注。

⑫Campbell, J. A. S. Byatt and the Heliotropic Imagination. Wilfrid Laurier University Press, 2004, p. 51.

⑬Byatt, A. S. "Introduction". The Shadow of The Sun. London: Vintage, 2018, p. xi.

⑭Tiffin, J. "Ice, Glass, Snow: Fairy Tale as Art in the writing of A. S. Byatt". Marvels & Tales. 2006(1), p. 54.

"面纱"下的帝国想象：后殖民生态批评视角下的《面纱》

张学甲

内容提要：本研究从后殖民生态批评的角度审视毛姆在《面纱》中塑造的东方主义幻象，力图揭示殖民文学背后环境、社会、文化三者间的复杂关联。毛姆从三个方面构建其东方主义视角下的生态乌托邦：其一，基于田园主义美学将自然生态系统简化为供殖民者凝视、消费的景观标本；其二，借环境种族主义、物种主义修辞，实现中国人形象的异化与他者化；其三，利用霍乱疫情的疾病隐喻，建构基于"医患关系"的东西方文明等级体系。本研究认为，小说中无论是对积贫积弱的半殖民地社会的现实呈现，还是对田园牧歌般优美自然景观的描绘，皆源自作者东方主义意识形态塑造下的帝国想象，这也使其成为20世纪英国文学界东方主义话语再生产的关键文本。

关键词：《面纱》；毛姆；后殖民生态批评；东方主义

作者简介：张学甲，北京林业大学马克思主义学院哲学专业在读硕士，主要从事生态批评研究。

Title: Imperial Imagination under a "Veil": *The Painted Veil* in Postcolonial Ecological Criticism

Abstract: This paper, in the perspective of postcolonial ecocriticism, explores Maugham's creation of an Orientalist illusion in *The Painted Veil*, aiming to reveal the complex interplay between environment, society, and culture in colonial literature. Maugham constructs his ecological utopia from an Orientalist perspective in three key ways. First, by invoking the aesthetics of pastoralism, he reduces natural ecosystems to static, consumable landscapes for the colonial gaze. Second, through rhetorical strategies of environmental racism and speciesism, he alienates and otherizes Chinese characters. Third, by employing cholera as a metaphor for disease, he constructs a civilizational hierarchy between East and West, modeled on a doctor–patient dynamic. This study argues that both the portrayal of a poverty-stricken, semi-colonial society and the idealized depiction of natural scenery stem from Maugham's Orientalist ideology and imperial imagination. As such, the novel stands as a crucial text in the reproduction of Orientalist discourse within twentieth-century British literature.

Key Words: *The Painted Veil*; Maugham; postcolonial ecocriticism; Orientalism

About the Author: Zhang Xuejia, a postgraduate student in Philosophy at the School of Marxism, Beijing Forestry University, main research: Ecocriticism.

一、引言

（一）毛姆与"东方"

作家威廉·萨默赛特·毛姆（William Somerset Maugham）1874年出生在一个英国律师家庭。终其一生，毛姆创作了包括《人性的枷锁》《月亮与六便士》在内的一系列脍炙人口的长篇小说。与其在文艺创作领域取得的成就相比，其人生经历同样颇

具传奇色彩。作为一战的亲历者，或许正是亲眼见证了西方资本主义近代社会物质繁荣背后深刻的精神危机，以毛姆为代表的一批欧洲文人将目光投向东方，试图从东方文化中"寻觅西方文化缺失的东西，医治西方的忧郁症"①。1919年，毛姆怀揣着对异域东方的无限向往登上了前往中国的轮渡。此次中国之行无疑给他留下了深刻的印象。回国后，

毛姆围绕这段经历创作出游记《在中国屏风上》和戏剧《苏伊士之东》。毛姆1925年出版的长篇小说《面纱》②讲述了英国细菌学家费恩因妻子凯蒂的不忠而心怀怨恨，强迫其一同前往瘟疫肆虐的中国村庄。在同修女和地方长官等人的接触中，凯蒂转变了对丈夫费恩的看法并痛改前非，在领悟人生、婚姻的真谛后获得了救赎。

目前学界对《面纱》的研究多基于后殖民语境下的东方主义话语，聚焦毛姆在小说中的人物塑造和叙事策略，并以此为切入点揭示作品背后的东方主义意识形态。本研究试图将后殖民语境同生态批评结合，将毛姆对半殖民地中国的自然环境描写同小说中流露出的东方主义视角置于同一层面，探讨《面纱》中帝国主义、殖民主义对殖民地物质生态、精神生态的负面影响，并反思毛姆的自然环境书写如何促成了东方主义殖民话语的再生产，进而揭示环境、社会、文化三者间的复杂关联。

（二）关于后殖民生态批评

生态批评作为一种注重"生态关怀"的文艺批评范式，发端于20世纪70年代的美国文学界。时至今日，历经半个多世纪的发展，其学术热点发生了若干次转向。第二波生态批评因受到环境主义运动的直接影响，以及其对少数族裔、第三世界国家等弱势文化群体的关注而被称为环境公正生态批评。这一阶段的生态批评和诸如女性主义、后殖民主义、马克思主义等理论视野深度融合，催生了诸多交叉领域，而后殖民生态批评就是其中颇具潜力的增长点。所谓"后殖民"是一个极为宽泛的概念，而在全球化视野下的后殖民是一种处境，指向前殖民地国家的文化、经济、社会矛盾。国内学者江玉琴曾指出，后殖民话语和生态批评的结合是"将对环境、生态与文学的思考置入殖民与后殖民政治与发展的语境"③，目的在于通过对西方中心主义的批判，谋求西方与非西方国家间的环境公正。

总而言之，后殖民生态批评拓展了一种审视殖民地和宗主国间关系的全新视角。它将生态帝国主义、物种主义和种族主义、新殖民主义与全球化等概念融入文学批评实践，为探讨殖民历史、殖民话语对生态系统的影响和危害，研究环境、社会与异质文化间的关系提供了重要理论视野。

二、简化的自然：田园主义视角下的生态乌托邦

爱德华·萨义德（Edward Said）在《东方学》中谈到19世纪以降英法文学界的东方朝圣者，认为对于福楼拜、康拉德、纪德乃至毛姆这些作家来说，他们借助书籍或眼睛实现对东方"文本或实际"的体验，并用语言将体验描绘出来，并最终服务于"将东方带给他自己以及他的读者"这一目的④。毛姆笔下的旧中国那充斥着异域风情的自然、人文景观，在客观上迎合了彼时西方读者对远东的想象，更重要的是，也应被视为作者本人内心思想的投射。

相较于帝国控制下的香港，毛姆在湄潭府这座神秘的东方小镇倾注了相当多的笔墨。随着女主人公凯蒂的视角，笼罩在清晨雾霭中的湄潭府首次呈现在读者眼前："突然间，从那道白色雾墙的后面，现出一座高大、阴森的城堡。这座城堡之所以能被看见，与其说是普照万物的太阳的缘故，不如说是在魔杖的轻触下，从虚空中浮现出来的。"②p90这庄严肃穆又颇具奇幻色彩的一幕，深深震撼了首次踏上中国土地的凯蒂。初来乍到的她并不了解这座城市，怀揣着对东方的想象，透过殖民者的眼光从这一永恒的、他者化的"诗意客体"中收获了审美体验的极大满足——她觉得"灵魂得到了净化，变得无比纯洁。眼前的景象就是美的化身！"②p91。当正午的阳光驱散薄雾，眼下仅存一座破旧不堪的庙宇，凯蒂不得不直面残酷的现实——高大城墙的另一侧，恐怖的瘟疫正在肆虐。当凯蒂首次登高俯瞰周边的田野时，毛姆插入了一段景观描写："一座座绿草丛生的矮小墓冢布满了山坡，密密麻麻的。这些坟茔的排列散乱无章，毫无规则，总让人觉得墓土之下，死人定是被胡乱埋在一起，拥挤不堪的。"②p100而当费恩撒手人寰，凯蒂即将返程之际，小说再次出现针对同一处景观的描绘："早秋季节，阳光明媚，天高气爽。黎明

将至，粼粼的微光给平整无垠的田野蒙上一层童话般的迷幻色彩。清晨时分，寒气袭人，但随之而来的和煦阳光却十分宜人。"②p197前后两处景观描写给人的感受可谓天差地别，而之所以会有这种差别，原因在于人物内心活动发生的变化。从起初的恐惧焦虑、愤懑悲戚到后来幡然醒悟、宁静释然，凯蒂在湄潭府的经历使她重获新生，相同的自然景致自然给她带来截然不同的体验，她仿佛"被温暖包围着，心中感到惬意幸福，美不胜收"②p197。此时，笼罩在这座曾经的古老城镇上的死亡阴影悄然隐退，毛姆笔下的湄潭府俨然一幅田园牧歌式的宁静乡村画卷，这无疑受到英国文学田园主义传统的影响。在理想化的自然空间里，人可以随时退隐其中，以探寻简单质朴的人生哲理。凯蒂以此获得"灵魂自由"，参悟"道"的真谛，与过往彻底决裂，用她自己的话来说："我虽然弱不禁风，但是我已不再是当年那个懵懂无知的凯蒂了。"②p232英国学者雷蒙·威廉斯（Raymond Williams）指出，这种田园主义塑造的城乡对立关系，对于旧式田园牧歌的追溯，源自一种"把过去，把那些'过去的好日子'当作一种手杖，来敲打现在"的习惯⑤。

小说中对殖民地香港的描写同样是从两个方面展开：一个是殖民政府控制下阶级分明的香港，另一个则是凌驾于前者的上流社会的香港：域多利道上狭窄的小巷、昏暗的古董店和唐森夫妇在太平山上的海景宅邸形成鲜明对照。当底层群众在拥挤、肮脏且充斥着"呛人的鸦片味"的环境艰难求生时，殖民地官员则频繁出入各种社交场合。发生在凯蒂身上的悲剧，部分源自其性格因素，更多地受资本主义工业文明对人精神世界的扭曲和异化的影响。作为小说情节的主要发生地，湄潭府可以是20世纪初中国西江水系沿岸上的任何一座乡镇。从生态批评的角度来看，文本中对它优美自然景观的描绘完全是基于人类中心主义视角，对复杂自然的肢解与重组是对自然存在物自身价值的否定。结尾处，女主人公回顾沿途的景色，在她看来一切生机盎然、五彩缤纷，犹如带着异域风情的"阿拉斯挂毯"②p197，而在不远处的中国城镇，瘟疫仍然

肆虐。在殖民者看来，风景如画的田园景致和湄潭府的"高墙环绕，雉堞林立"仿佛舞台剧的彩色布景，那些被瘟疫夺去性命的人，不过是些微不足道的无名角色。殖民地民众和土地间的关系被彻底斩断，前者赖以为生的自然环境被简化为一处供殖民者欣赏把玩的景观，后者作为生态系统的内在价值被剥夺。

总的来说，小说呈现给读者的旧中国自然风貌先入为主地附加了人类中心主义的价值立场。基于田园主义想象，湄潭府的自然风光被"景观化"，当地自然生态和社会、历史、文化之间的复杂关系被悬置。

三、异化的社会：殖民主义视角下的中国人形象

毛姆1919年至1920年间短短数月的中国之行，为他日后的创作积累了大量素材。他的游记《在中国屏风上》经整理后于1922年出版，其中相当一部分篇幅用于记录作者本人和在华英国人之间的交流，他们中有靠港口货运为生的落魄水手，有兢兢业业的在华传教士，也有富甲一方的洋商巨贾。这些人的出身、职业不尽相同，但他们对中国民众普遍持有深刻的偏见。相较于形态各异、立体生动的在华英国人形象，毛姆笔下的中国百姓是沉默的、被轻视的，这一点在《面纱》中仍得到延续。

被殖民者的"他者化"是殖民化过程中的根本性问题，"如何再现被占领土地上的人民"同样是殖民主义文学无法回避的问题。在《面纱》中以更先进的欧洲文明为参照，被殖民民族总是被表现为次等的，他们"不那么像人、不那么开化，是小孩子，是原始人，是野人，是野兽，或者是乌合之众"⑥。在凯蒂眼中，香港炎热的天气、脏兮兮的街道、古董店老板谄媚的笑容，无不使她讨厌这座中国人的城市。在同湄潭府当地人接触的过程中，身为殖民者的优越感使她难掩鄙夷之情：侍奉费恩夫妇的厨子被认为带着"中国人特有的漫不经心"②p98；修道院中"身着丑陋难看制服"的孤儿令凯蒂心生嫌恶，那名罹患脑积水的女孩更是令她

"恶心欲吐，忌惮不已"②p132；维丁顿家的满族少女脸上涂抹着精致的妆容，仿佛一尊戴着面具的偶像，给人以病态的美感。

后殖民生态批评视角下物种主义和种族主义间关系的重新审视，为《面纱》对国人形象的动物化书写提供了新的批评维度。格雷厄姆·哈根（Graham Huggan）和海伦·提芬（Helen Tiffin）在其著作中揭示了殖民话语下物种主义和种族主义的共谋关系，在人类压迫他人的历史中充斥着动物隐喻（animal metaphors）和动物分类（animal categorizations）的例子，这些例子经常被用来为剥削和物化、屠杀和奴役辩护。初到瘟疫肆虐的湄潭府，地方官员维丁顿向费恩夫妇介绍当地情况时说道："这儿的人像苍蝇一样死去。"②p86在此，殖民者毫不掩饰对当地百姓的厌恶，并不将后者视为与之相同地位的生命个体，其所担忧的也仅仅是当骚乱发生时，如何保全"我们这些人"的生命安全；而他将中国人比作"苍蝇"这一行为本身也隐含着生物学意义上对国人形象的贬损，毛姆似乎有意将苍蝇以腐败有机物为生的特性，和前文湄潭府肮脏的城市环境描写组成互文关系，暗示着瘟疫爆发的责任应当被归咎于中国人野蛮、落后的生活习惯。不仅如此，殖民者眼中国人的形象、外貌都被打上了非人存在的标签。凯蒂第一次见到修道院的孤儿时，那些身材矮小、瘦骨嶙峋、鼻子扁平的幼童看着简直"不成人样"，被收容的弃婴在她看来"像是某个不为人知的古怪动物"②p115，倒是身处其间的修道院院长在衬托下闪耀着慈爱的人性光辉。即便是维丁顿家的那位接受过良好教育的满族女孩，只因说着一口不被殖民者了解的语言，同样逃不过动物化书写的命运，她的声音在凯蒂听来像是果园里叽叽喳喳的鸟儿。由此可见，毛姆在《面纱》中着力将东方人塑造为不开化的，有待被驯服、被拯救的野蛮人形象，目的是借西方话语中心的建构，将中国人排斥到边缘。本研究认为，毛姆的殖民主义书写绝不仅仅是停留在文本内中国人的形象塑造上，而是借助霍乱这一疾病的隐喻最终实现殖民话语的延续。

四、失衡的生态：霍乱的疾病隐喻与帝国医学

对生态帝国主义的批判是后殖民生态批评的核心论点。阿尔弗雷德·克罗斯比（Alfred W. Crosby）在《生态帝国主义》中揭示了帝国主义的生态扩张，并指出旧大陆殖民者带来的各种病菌是"造成土著居民大量死亡和为移民开辟出新欧洲的主要责任承担者"⑦。西方殖民史不仅仅是欧洲殖民者土地侵略的历史，也是殖民者利用旧大陆动植物、病原菌进行生态殖民的历史。在殖民地自然生态系统在生态殖民的影响下遭到破坏、濒临失衡的同时，疾病书写成为殖民话语再生产的重要环节。苏珊·桑塔格（Susan Sontag）在《疾病的隐喻》中指出："疾病常常被用作隐喻，来使对社会腐败或不公正的指控显得活灵活现。"⑧霍乱是当代西方文学中经常出现的传染性疾病，霍乱弧菌一度被认为是文学史上最著名的微生物：马尔克斯创作的《霍乱时期的爱情》以爱情故事为主线，将矛头指向"不作为的政府"和伪善的教会，呼唤人道主义精神⑨；吉奥诺在《屋顶上的轻骑兵》中借霍乱症状的表现形式"揭示人类的境遇，谴责人群的懦弱，凸显少数人的英雄主义"⑩。霍乱的隐喻常常被同糟糕的卫生环境、贫穷的人口、被污染的水源等意象联系在一起，也被认为是只有社会底层的人才会得的穷病。而当近代资本主义伦理在"贫穷"和"品德败坏"之间建立起隐秘的关联，文学作品中的霍乱意象最终被赋予"道德批判"的内涵。

初到湄潭府，养尊处优的凯蒂难以适应此处艰苦的生存环境，这座瘟疫肆虐的城市的环境令她苦不堪言：臭气熏天的街道挤满了几个星期以来的垃圾和废弃物，她只得"用手绢掩鼻而过"；漫不经心的厨师将未经熟制的蔬菜沙拉端上餐桌；面对瘟疫，百姓在神像前"摆满了供品和祭品"，寄希望于虚假的偶像；随处可见的是墙角死去的身着"打满补丁的蓝色衣衫，头发蓬乱邋遢"的乞丐。毛姆笔下的旧中国百姓是"非理性"且"麻木"的，面对疾病的威胁无法自救，对灾民的救治工作俨然已经成为"白人的负担"。对"他者"进行道德谴责的同时，毛姆有意凸显了费恩医生——这位帝国医

学的代表，同时也是西方文明化身的高大形象。毛姆借地方官员维丁顿之口，对他大加赞赏："如果有谁能单枪匹马扑灭这场可怕的瘟疫，这个人就非他莫属了。他每天都在救治病人，整治城里的环境，竭尽全力来清洁饮用水源。瘟疫病区，他照去不误；脏乱危险，他毫不在乎。每天他都要冒二十次的生命危险在工作。"②p120费恩这位西方现代医学的代表，凭借自己的专业知识和超乎常人的毅力成为湄潭府的实际领导者。在这片需要亟待被西方文明拯救的土地上，他被毛姆赋予了救世主的光环。西方现代文明和落后东方文明之间的"医患"关系被建立起来。毛姆在《面纱》中对湄潭府霍乱疫情的呈现是疾病隐喻的典型文本，客观上通过为政治、经济、社会等领域的歧视与隔离提供科学上的有效性，而构成殖民话语再生产的重要环节。

五、结语

当毛姆首次踏上中国的土地时，维多利亚时代的落日余晖尚未完全消散，而随着战后国际秩序的重建，英帝国的国力已大不如前。除了《面纱》中的唐森夫妇，毛姆在其他作品中同样毫不避讳英国海外殖民地存在的官员腐败、行政低效等诸多社会问题。或许是出于对帝国江河日下的忧思，对于毛姆来说，旧中国最吸引他的正是那"暮色里消逝的东方神奇与奥秘，也就是用那种衰落的豪华寄予着自己的怀古忧思"⑪，这也是其创作中所持帝国主义立场的根源所在。

在《面纱》中，毛姆竭力向读者呈现一幅"如画的"中国乡村自然风景，将之塑造成一处抚慰人心的精神家园，但在东方主义意识形态的影响下，毛姆总是透过一层"面纱"好奇地打量这处异质的

文明。文中那座虚幻城堡仿佛是古老东方文明的隐喻：一面是浪漫化书写下的神秘国度，虚构的湄潭府是神秘东方文明的一个"切片"，东方想象如"面纱"般遮蔽中国旧社会存在的诸多矛盾；一面是理性主义视角下积贫积弱的古老文明的断壁残垣，彼时延续数千年的封建王朝已行将就木，对于西方殖民者来说"落后的东方"正等待着被发现、被书写。

注释【Notes】

①梁晴：《看那〈面纱〉下的中国——比较毛姆的同名小说与电影中的中国形象》，载《电影评介》2008年第16期，第21—22页。

②[英]威廉·萨默塞特·毛姆：《面纱》，张和龙译，上海译文出版社2017年版。以下只在文中注明页码，不再一一做注。

③江玉琴：《论后殖民生态批评研究——生态批评的一种新维度》，载《当代外国文学》2013年第2期，第88—97页。

④[美]爱德华·萨义德：《东方学》，王宇根译，生活·读书·新知三联书店2019年版，第247—254页。

⑤[英]雷蒙·威廉斯：《乡村与城市》，韩子满、刘戈、徐珊珊译，商务印书馆2013年版，第15页。

⑥[英]艾勒克·博埃默：《殖民与后殖民文学》，盛宁、韩敏中译，辽宁教育出版社1998年版，第90页。

⑦[美]阿尔弗雷德·克罗斯比：《生态帝国主义》，张谡过译，商务印书馆2017年版，第186页。

⑧[美]苏珊·桑塔格：《疾病的隐喻》，程巍译，上海译文出版社2003年版，第65页，

⑨曾文倩：《〈霍乱时期的爱情〉中的瘟疫隐喻》，载《文学教育（上）》2022年第6期，第67—70页。

⑩陆洵：《法国疫病叙事——以〈屋顶上的轻骑兵〉中霍乱意象为例》，载《法国研究》2020年第4期，第35—41页。

⑪葛桂录：《雾外的远音》，福建教育出版社2015年版，第322页。

以格雷马斯叙事学看技术与人性的博弈
——读卡夫卡《在流放地》

刘萌萌　胡素莲

内容提要： 在弗兰兹·卡夫卡的小说《在流放地》中，军官狂热捍卫的那台处决机器，不仅是旧体制的遗骸，更是技术系统脱离人性价值的规训异化成吞噬人主体性的暴力机器。在算法统治、人工智能狂飙的今天，我们比以往任何时候都更需要重新审视卡夫卡在《在流放地》中发出的警示预言：技术与人性的博弈永未终结，当技术系统脱离制约，人类终将沦为自身造物的囚徒。

关键词： 卡夫卡；《在流放地》；格雷马斯；行动元模型；符号矩阵

作者简介： 刘萌萌，内蒙古师范大学文学院比较文学与世界文学专业在读硕士研究生。胡素莲，文学博士，内蒙古师范大学文学院副教授，主要从事中西文化比较、外国文学、比较文学的教学与研究。

Title: Rivalry Between "Technology" and " Humanity" in Greimas's Narratology: Reading Kafka's *In the Penal Colony*

Abstract: In Franz Kafka's novel *In the Penal Colony*, there was the period of times when technology detached itself from the discipline and values of humanity, and went Into alienated. This was illustrated by the machine performing the termination. In the novel, this machine defended by the officials, was not only the remains of the old system, but also a violent machine devouring human beings' subjectivity. In today's world, there has been filled with priority of algorithmic, and soaring everywhere with artificial intelligence; thus this paper regards that it is more important than ever to revisit Kafka's warning prophecy in *In the Penal Colon*. The prophecy was that, the rivalry between technology and human nature never ended, and when the technological system break away from its constrains, human beings would ultimately become prisoners to their own creations.

Key Words: Kafka; *In the Penal Colony*; Greimas; actantial model; semiotic square

About the Authors: Liu Mengmeng is pursuing the master's degree in Comparative and World Literature, at the School of Chinese Language and Literature, Inner Mongolia Normal University. **Hu Sulian**, Ph.D in Literature, is Associate Professor from School of Chinese Language and Literature, Inner Mongolia Normal University; she is mainly engaged in Comparison of Chinese and Western Culture, Foreign Literature and Comparative Literature.

卡夫卡的《在流放地》以其冷峻的机械意象与荒诞的暴力仪式，成为技术异化人性的经典寓言。有作家评论："《在流放地》作品中描述的人性的异化程度，每一行都像滴着鲜血的预言。"马尔康姆·帕斯莱又指出，《在流放地》标志着卡夫卡"关于罪和惩罚的探究已经达到了顶点"①。但《在流放地》作为一篇叙事性文本，它本身包含着抽象、普遍的内在叙事结构和规律。而结构主义叙事学，特别是格雷马斯的行动元模型、符号矩阵等理论能够帮助我们深入文学作品内部、分析文本的内在结构，进一步挖掘作品背后隐含的超越文学时空的终极启示。在算法统治、人工智能崛起的当代语境下，从叙事结构的动态张力中重审《在流放地》的技术理性和人性伦理之间的博弈，不仅是对卡夫卡现代性预言的回应，更是对技术文明本质的深层叩问。

一、《在流放地》的表层结构分析

格雷马斯将叙事学中的话语结构分成两个层面，即表层结构与深层结构。他提出的行动元模型，即表层结构，将文本看成一个巨大的句子，试图通过符号学分析，揭示"句子"的结构。格雷马斯把人物看成抽象的符号，通过"行动"来推动小说进展的"中介"。他对"行动元"二元组合的具体阐释如下：一是主体/客体：主体总是有着一个欲望，追寻一个目标，这个目标就是客体；二是发出者/接收者：二者进行信息交换、碰撞、交流；三是辅助者/反对者：前者对主体想要实现的目标起到辅助作用，后者起到阻碍作用。

本文通过将《在流放地》的几个重要角色归入格雷马斯六种角色范围，分析叙事作品中的行动元模型。（见表1）

表1　格雷马斯行动元模型下《在流放地》的角色划分

行动元角色范围	文本角色
主体	军官
客体	继续实行"老指挥官"的那套诉讼程序和法律制度（旧体制）
发出者	"老指挥官"/对"杀人机器"的崇拜及对"老指挥官"所创造的权力体系的崇拜
接收者	军官
辅助者	"杀人机器"
反对者	新指挥官/旅行者

（一）主体和客体：军官与旧体制的权力共生

在《在流放地》的表层叙事中，军官无疑是核心"主体"，其行动目标直指对"旧体制"的绝对维护。旧体制作为"客体"目标，既是军官行动的终极指向，也是其存在的意义载体。这一主客关系的特殊性在于，军官与旧体制的绑定已超越理性，演变为一种近乎宗教的献身关系。军官对机器处决过程有着病态般的执着，这表明他既是旧体制的执行者，又是其"教义"的传教士。他反复向旅行者解释机器的运作原理，强调"这台机器得持续运转十二小时"的"神圣性"。这种解释行为本身即是对旧体制合法性的辩护，他试图将技术暴力转化为一种救赎叙事（"犯人最终会在第六小时开悟"）。然而，旧体制作为客体并非静态存在物，而是被技术、机器所异化的权力符号。军官的主体行动（维护机器）与客体性质（暴力的技术化）形成闭环：军官越是狂热地捍卫机器，旧体制的技术暴力本质越被强化，而这一过程又反向巩固军官的主体身份。但军官与旧体制的主客关系具有自我消解性。当军官声称"机器必须运转至最后一刻"并且用处决机器自戕时，他已然将自身价值完全投射于技术客体并成为其囚徒，其人性被技术、机器的逻辑所彻底吞噬。这必然会导致军官存在的虚无化并使主客界限崩溃。

（二）发出者和接收者：老指挥官与军官的技术信仰传递

小说中，已故的"老指挥官"作为技术系统的缔造者，是旧体制的终极"发出者"；军官作为其继承者，则成为技术信仰的"接收者"。这一组关系构成了技术权威的代际传递链条。老指挥官虽未直接出场，但其思想阴影始终笼罩在流放地。老指挥官通过技术造物（机器）与意识形态的双重遗产，确立了自身作为"发出者"的绝对权威。再者，军官对机器行刑和老指挥官的描述充满宗教色彩："愚笨的脑袋也开窍了。这是从眼睛开始的，由此扩散开来。当您目睹这一切时，简直也想躺到耙底下去了。"[②]"流放地的设施是自成一体的，他的继任者即便能想出上千个新规划，至少许多年内不可能对现有的设施有丝毫改变。"[②p38]这表明，军官作为"接收者"，其角色功能体现为对"发出者"意志的绝对内化：他不仅是旧体制的执行者，更是其教义的化身。然而，这一发送—接受关系的稳定性正面临危机。新指挥官代表的改革切断了技术信仰的代际传递，军官的"接收者"身份因此陷入困境。他试图通过向旅行者展示机器来重建合法性，却又暴露出"发出者"权威的空洞性——老指挥官的那套体系无法在理性时代复现。最终，军官选择以自戕完成对"发出者"老指挥官的终极效忠。

（三）辅助者和反对者：机器的异化与秩序的挑战

在《在流放地》中，处决机器是延续旧体制的"辅助者"，而旅行者与新指挥官则构成显性的"反对者"。小说中，机器是最早出现的角色，它通过其精密性（"机器的组成复杂精密"[②p44]）与仪式感维护着旧体制的权威。"机器与法律常常是联系在一起的，或者说，法律常常以机器的形式体现出来。……这样从某种意义上说，行刑机器就成了法的象征。"[③]因此，在军官心里，机器的存在表明老指挥官统治时期的那套法律体系仍未被彻底磨灭。这也是军官拼尽全力想保护"处决机器"的原因所在。而新指挥官则是代表着对老指挥官的反拨，他通过阻止维修象征旧制度的"处决机器"来瓦解原有的秩序根基，从而达成对流放地的全权掌控。反观旅行者，他是作为一个受过现代人文思想熏陶的进步人士，排斥这种充满血腥、不人道的审判模式。新指挥官与旅行者构成了外部与内部的反对者联盟。新指挥官以官僚主义解构机器的神圣性（"新指挥官显然打算引进一种新的审判程序"[②p44]）；旅行者作为"人道主义理性"的化身，通过沉默的审视动摇了机器合法性。二者的反对并非直接对抗，而是通过消解技术系统的意义根基（旅行者）与权力基础（新指挥官）实现结构性颠覆。

总之，通过格雷马斯行动元模型的映射，《在流放地》的表层叙事分析呈现出清晰的结构：军官（主体）在旧体制（客体）驱动下，依托老指挥官（发出者）的权威，借助机器（辅助者）的力量对抗旅行者与新指挥官（反对者）。

二、《在流放地》的深层结构分析

格雷马斯提出符号矩阵理论，并将其广泛地运用于文学理论的领域。他把简单的二元对立的概念模式扩展到四元的相互关系，"文学故事起于X与反X之间的对立，但在故事进程中又引入了新的因素，从而又有了非X和非反X，当这些因素都得以展开，故事也就能完成"[④]。因此，想要解读文学叙事作品的深层含义就要对文学作品中存在的"对立"项格外关注。具体而言，在《在流放地》中最主要的人物旅行者为符号矩阵中的X项，为有独立思想的人。那么反X项则为反人，所以跟旅行者有不同想法、立场并且已失去自我的军官处在他的对立面，即为反X项。全文介绍的重点——"杀人机器"作为对立关系的核心要素，应为非X项，即非人。跟旅行者相似有理性一面的新指挥官及没有被完全奴化的士兵、麻木的判决者为非反X项。

（一）X与反X：人与反人——旅行者的理性光辉与军官的自我湮灭

符号矩阵中X项（旅行者）与反X项（军官、老指挥官及旧秩序）本质上是由"完整人性"与"异化人性"的对立构成。这一对立在"解释机器"场景中达到高潮：军官的狂热解说（反X项的话语增殖）与旅行者的沉默（X项的伦理抵抗）形成戏剧性对峙。旅行者作为外部观察者，保持着理性判断；而军官则被旧体制彻底规训，沦为技术暴力的寄生体。开篇卡夫卡就给读者透露出旅行者是一位来自西方的学者，他来自现代文明世界，与流放地过去曾经发生的任何事情都没有关系。"旅行者似乎完全是出于礼貌才接受了指挥官的邀请，来观看对一个士兵的处决……"[②p37]他始终以审视的目光观察着处决仪式并拒绝被旧体制的话语同化。他沉默地抵抗对技术暴力，也是消极的、未付诸行动的。这种"不彻底性"恰恰暴露出人性觉醒的普遍困境：理性的光辉在技术暴力面前往往显得孱弱而犹疑。反观军官这个角色，他将自我价值完全投射于机器，成为技术系统的一部分，而非完整的人。在他眼里好像流放地的所有事物都不重要，只有这台处决机器最为重要。他对于"杀人机器"和老指挥官构建的体制"忠诚"得可怕，他的职责就是为机器提供服务。不论是他仔细检查机器的零件，还是他热情地介绍机器的运作，都证明了这一点。在这种情况下，机器与人的地位发生了彻底的颠倒，机器被军官尊崇到了与人等同，甚至超越的高度。老指挥官亲自设计的处决机器通过暴力将人性从肉体中剥离，使受刑者与行刑者共同沦为"非人"。这一定程度上宣告了人性彻底让位于技术崇拜。卡夫卡的深刻之处在于，他让反X项通过自我献祭完成其逻辑闭环，即军官的死亡不是旧体制的终结，而是技术暴力吞噬人性的终极证明。

（二）X与非X：人与非人——旅行者与机器的认知鸿沟

在符号矩阵中，非X项（机器）作为X项（旅行者）的绝对他者，代表着技术系统的非人性本质。旅行者与机器的互动，暴露出人性与技术暴力之间不可通约的鸿沟。卡夫卡在小说开头这样写道："这是一台独特的机器。"②p37接着他借军官之口，对行刑机器的各个部件，特别是对机器运行时候的残忍画面，进行了详细的描述。在小说中，犯人被剥光衣服、绑在机器上，经历长达十二个小时的折磨和痛苦。这种机器的运作无需人类干预的过程，暗示了技术系统脱离伦理约束后的自治倾向。同时，这种残忍的行刑方式将肉体痛苦程序化，极大地扭曲和摧残了人性，并加剧了民众的恐惧。"机器是由人设计和制造的，但反过来机器又束缚人、戕害人，甚至杀死人，这就成了杀人的机器。"③p77再者，在流放地的法律体系中，机器是执法审判、司法处罚的工具，也是老指挥官实施专制统治的重要载体。"这台机器并非完全技术意义上的机器，具体些说，它是一种刑具，而在深层意义上，它是与社会、文化、历史、宗教、传统，或者整个世界联系在一起的运转机制的象征。"⑤表明在流放地中，老指挥官将审判机器异化为实施暴力统治的手段，机器不再推动社会的进步，而是浇灌着人性中的残暴阴暗面。这种关于机器的深邃思考表明卡夫卡已经敏锐地察觉到机器的滥用迟早会带来危险与梦魇。正如美国普林斯顿大学教授维克多·布朗伯特所说："在《在流放地》里，刽子手所称赞的执行酷刑和死刑的装置，实际上是以令人难以置信的方式杀人的怪异的书写机器，它会在罪犯的身体上刻写大量的句子和法律条文……故事中关于执行酷刑和死刑的那副荒谬的书写刑具，实际上是卡夫卡心中最痛苦的核心。"⑥

（三）X与非反X：人与非反人——理性同盟的脆弱性

非反X项（新指挥官、士兵、被判决者）代表着未被完全异化但缺乏主体性的"类人存在"。他们与X项（旅行者）的关系揭示出技术社会中人性觉醒的复杂光谱。在《在流放地》中，新指挥官这一角色并未直接出场，而是通过其他人物的描述间接出现在文本中。他是流放地的新任统治者，代表着变革和进步的可能性。但他的行动和意图也充满了不确定性和复杂性。这种矛盾性使他成为"不彻底的启蒙者"。旅行者与新指挥官存在潜在的价值共鸣，二者皆质疑旧体制的合法性。但这种同盟从未真正建立，新指挥官的官僚思维与旅行者的人道主义立场存在分歧。卡夫卡或许借此暗示：在技术社会中，理性力量往往因价值立场的分裂而无法形成有效抵抗。最具悲剧性的角色是士兵与被判决者。他们本应是最具反抗潜力的群体，却因被压迫、异化沦为"类人存在"。从外貌上看，"犯人看起来像只奴性十足的狗，叫人以为可以放开让他在周围山岗上随意乱跑，而临刑前只要打个口哨他就会转回来似的，"②p37士兵则懒散愚昧，他"一只手将身子靠着枪，耷拉着脑袋，对什么都不关心"②p38。对待食物时，被判决者"像是已经完全缓过来了，一看见粥就用舌头去舔"②p47，而作为被判决者对立面的士兵，"自己也不规矩，把一双脏手伸进桶里，当着贪吃的被判决者的面吃了起来"②p47。这样类似于动物觅食本能的行为表明士兵和被判决者已经处于分裂、异化的非正常状态之中。他们的"非反人性"在于：虽未主动作恶，却因放弃思考成为技术暴力的共谋。当旅行者试图与被判决者和士兵目光交汇时，他们的眼中只有空洞的冷漠。

总而言之，通过符号矩阵的深层分析，《在流放地》中暴露出一个令人战栗的现代性真相：技术暴力不是一个外在威胁，而是通过异化人性（反X项）、物化世界（非X项）与麻痹大众（非反X项）构建的系统性牢笼。旅行者（X项）的理性之光虽然微弱，却为破局提供了可能，即当人类拒绝将技术神圣化、当个体始终保持批判性思考时，我们或许能在符号矩阵的裂缝中，找到重建人性价值的微弱曙光。

三、结语

卡夫卡的《在流放地》犹如一面镜子，映照出技术与人性之间深层的结构性矛盾。通过格雷马斯行动元模型与符号矩阵的深层解构，可以发现技术暴力的本质并非外在的压迫，而是一套自我合法化的符号系统。机器的精密齿轮被赋予了神圣性，酷刑被编码为救赎。这种符号化操作的成功，依赖于对人性价值的系统性排除。当旅行者的伦理凝视被隔绝于系统之外时，技术暴力便得以在封闭的意义闭环中无限再生产。旅行者的沉默与逃离也绝非懦弱，而是一种本雅明式的"弱者的弥赛亚主义"。这种"消极抵抗"看似无力，却为技术铁笼凿出了一道微光，它证明只要人类尚存批判性思考的能力，便始终保有打破符号矩阵的可能性。卡夫卡的智慧在于，他没有提供非此即彼的解决方案，而是将答案藏在文本当中。当技术从"目的"复归为"手段"，当人性价值重新成为意义生产的坐标系时，救赎或许会在理性的谦卑与伦理的勇气中悄然降临。在算法统治的今天，我们或许应当重拾旅行者的凝视：既不全然拒斥技术文明的馈赠，也不沉溺于工具理性的迷狂，而要在技术铁笼的缝隙中，以永不熄灭的批判之火，守护那些真正使人类成其为"人"的脆弱品质。

注释【Notes】

①胡志明：《〈在流放地〉的审美品格和思想价值》，载《山东师范大学学报（人文社会科学版）》2006年第4期，第73页。

②[奥]卡夫卡：《卡夫卡小说全集：第3卷》，高年生、韩瑞祥译，人民文学出版社2003年版，第44页。以下只在文中注明页码，不再一一做注。

③曾艳兵：《卡夫卡与机器时代——〈在流放地〉解析》，载《国外文学》2012年第3期，第76页。以下只在文中注明页码，不再一一做注。

④朱立元：《当代西方文艺理论》，华东师范大学出版社2014年版，第190页。

⑤王炳钧：《传统无意识考古——论弗兰茨·卡夫卡的〈在流放地〉》，载《外国文学》1996年第7期，第54页。

⑥[美]维克多·布朗伯特：《死亡滑过指尖》，殷悦译，黑龙江教育出版社2017年版，第46—48页。

《活神的未来之家》对人类生存的预测与反思

武 颖

内容提要： 自人类诞生以来，人类活动不断影响和改造着地球的自然生态系统，并且逐步成为与传统意义上的地质营力相匹敌的重要地质营力。厄德里克的小说《活神的未来之家》综合人类世、原住民文化隐喻和生态女权主义视角，使用了三个交叠的"他者"视角：人类成为地质和气候决定性力量而导致自然领域的失控；人类对主导话语权的争夺导致多元文化逐渐消失并被取代；女性生育权利的丧失及女性内部在文化、种族和阶级上的差异。小说激发了公众对自然和社会人文问题的反思与行动，并对预测未来持续存在的变异性、不确定性和复杂性发挥着重要的指导意义。

关键词：《活神的未来之家》；人类世；文化隐喻；生态女权主义

作者简介： 武颖，天津师范大学文学院比较文学与世界文学博士生在读。研究方向：西方文学，俄苏文学。

Title: Prediction and Reflection on Human Survival in *Future Home of the Living God*

Abstract: Since the emergence of human being, the Earth's natural ecological system has been continuously affected, built and changed by Human activities. Moreover, human activities have been gradually becoming a significant geological force, which is comparable with the traditional power of geography. In Erdrich's novel Future Home of the Living God, there are three factors of of the Anthropocene, cultural metaphor of indigenous people, as well as ecofeminist critique. Along with the three factors above, this novel employs three overlapping perspectives of "the Other", which are the below: ① That humanity has been becoming one decisive force in shaping the Earth's geology and climate, leads to the natural system's out of control; ② human beings' inappropriate struggle for the dominant discourse power, leads to the result that multiculturalism   has been gradually disappearing and replaced; ③ the loss of women's reproductive rights, and the internal differences in culture, race and class contexts among women. The novel stimulates the public's reflection and action regarding the natural and social human issues. It's hopeful that the novel can be of significant guiding importance for predicting the enduring variability, uncertainty and complexity in future.

Key Words: *Future Home of the Living God*; the Anthropocene; cultural metaphor(s); ecofeminism

About the Author: Wu Ying is a Ph.D candidate in Comparative Literature and World Literature at the School of Literature, Tianjin Normal University; her main research is on Western Literature, Russian and Soviet Literature.

　　路易斯·厄德里克（Louise Erdrich）的文学是"一种土地文学、家园文学，在这里，身份显然是由气候、季节、自然世界以及奥吉布瓦部落文化和传统构建而成的"。①在2017年出版的小说《活神的未来之家》（*Future Home of the Living God*）中，厄德里克通过主人公锡达的遭遇，将生态和生殖的噩梦从高速发展繁荣的前景中凸显出来。厄德里克选择"下雪之日"作为意象串连起三个交叠的"他者"视角，并对普遍认同的基本价值观念提出了质疑和挑战。在自然层面，人类的活动导致气候变暖、海平面上升，下雪之日逐渐成为当代人对自然历史的记忆。在文化层面，锡达曾感慨，"我一直是一片雪花。没有了特殊性，我融化了"，这是对被迫融入主流文化而放弃原住民文化身份的哀叹。最后，锡达重新被抓回了"未出生婴儿保护协会"（Unborn Protection Society），与自己的孩子被迫分离后，她为这个永远可能不会再见的孩子写道："我亲爱的，在地球上飘下最后一片雪花的时候，你会在哪呢？"这是在严格监管下承受生育压迫的美国印第安女性发出的振聋发聩的控诉。《活神的未来之家》通过明暗双线对未来展开想象，厄德里克激发了公众对自然和社会人文问题的反思与行动。

一、变异：人类主导下的自然失控

1962年美国女作家蕾切尔·卡森（Rachel Carson）的作品《寂静的春天》（*Silent Spring*）首次出版。在书中，卡森以女性作家细腻生动的笔触，详尽细致地描写了因过度使用农药、杀虫剂等化学药物而给自然造成的巨大的、难以逆转的危害。因此，她急切呼吁人们要端正对自然的态度，重新思考人类社会未来的发展道路。自然在西方文明发展史中一般被视为没有发言权的"他者"和被征服与统治的一方，被迫成为人类开发以服务自身需求与目的的对象。这种心态使人类无节制地剥削自然、将自然商品化，直至将它摧毁。虽然目前已进入了21世纪，但人类对自然的态度仍然是一个值得商榷的话题。

约翰·济慈（John Keats）的《秋颂》（*To Autumn*）体现了人类似乎普遍存在的特性，即把熟悉的自然过程及其季节性时间看作是生活意义的基本框架。"秋天"这个神话般的、超越人类的形象就成了季节性果实和变化的感性代表，有规律的更替为人类的事务提供了一种稳定感、可理解性和可靠性。但在《活神的未来之家》中，厄德里克首先便提出了"下雪之日"的一去不返，消失的背后即意味着季节的规律从此被打破。厄德里克忠实地反映了在全球范围内继续使用化石燃料所带来的后果，这也是造成地球环境变化的主要原因之一。随着气温升高，生态系统逐渐变得越来越干燥，通常以花蜜、水果、种子、腐肉或昆虫等小动植物为食的鸟类，生存直接受到了威胁和挑战。2010年，萨达·萨尼（Sarda Sahney）、M.J.本顿（Michael J. Benton）和霍华德J.法尔孔-朗（Howard J. Falcon-Lang）进行了一项名为"雨林崩塌引发欧洲石炭

纪四足动物多样化"（Rainforest collapse triggered Carboniferous tetrapod diversification in Euramerica）的研究，这项研究进一步说明了动物生存与气候变化之间的存亡关系。实验表明气候变化如何促使一些动物的行为发生变化，同时也可能是其他一些物种灭绝的原因。

小说中，锡达写到男朋友菲尔的学术计划时曾提到，起初他愿意成为一名鸟类学家，但他最终放弃了这个想法，因为"他意识到，再过几年，就没有什么鸟类可供他研究了"。[②]主人公的遭遇是前所未有的怪事，但从"进化论"的角度来看，却也是合情合理的。"一种和鹰差不多大的鸟……它的尾巴很长，似乎在用翅膀铰链处伸出的爪子抓树皮和树枝。我瞥见它的头没有喙，没有羽毛，像蜥蜴一样，呈玫瑰红色。羽毛是石板蓝，尖端是黑色的。这只鸟，或者不管它是什么，似乎既在吃水果，也在吃盘旋在树上、爬在树皮上的昆虫。它的动作优美流畅、闪展腾挪，行为举止与蜥蜴鸟如出一辙。"[②p92]一方面，气候的变化减少了普通鸟类的食物资源，从而迫使它们选择目前可以食用的、更大的食物；另一方面，爬行动物所能覆盖的区域有限，食物的短缺导致它们需要不断地迁徙，所以利用鸟类发达的视力和敏捷的行动力，它们从一个地方到另一个地方似乎更加方便。显然，这种新出现的生物同时具备了鸟类和蜥蜴的特征。

环境变化同样也引起了人类对食品安全的忧虑。锡达的养母塞拉对此极为敏感，在她滔滔不绝的讲述中，有廉价热狗含有39种不同的致命致癌物、用作防腐剂和着色剂的硝酸盐会导致食道癌和胃癌、食用肉和脊髓中可能导致感染克雅氏病等。而面临生存的挑战，人类似乎也正在经历着与动物类似的改变。新闻台中的女记者都是二十多岁，有着白白的牙齿，黄色或棕色的头发和闪闪发光的眼睛；男人都是白人，牙齿洁白，下巴轮廓分明。无论切换到几个频道，都更加清晰地印证了一个事实：任何地方都没有棕色人种，电影里没有，情景喜剧里没有，购物频道里没有，即使用遥控器切换了几十个频道也没有。小说中，还出现了专门用来控制怀孕妇女的组织"未出生婴儿保护协会"。

由于当下孕妇生下的孩子似乎不再属于人类认知范围内的婴儿，"迄今为止，活着出生的婴儿在身体上更加灵巧。他们抓东西更早，走路更快，个头更大"。②p163因此，当权者开始强行带走这些孩子，以便在所谓的专门机构中对他们进行检查。可以说，这种倒退便是人类为了在他们创造的新世界中生存而必须做出的妥协。

戴维·伍德（David Wood）曾写道："如果我的树快死了，我会注意到。但是，地球在慢慢死去，这一点并不明显，不是我从窗外一眼就能看到的……我所能看到的和真正发生的之间存在着差距。教育的时机已经成熟。"③自然的变化对动植物的影响都是不可回避的，变异是悄无声息的，可是一旦出现，所有生物都要被迫做出"进化"。"天人合一"观念早就已经强调了人类与自然乃和谐共生、唇齿相依的关系，不断地试探打破平衡和秩序，接下来面对的就是唇亡齿寒的可怖教训。

二、矫正：美国原住民文化身份的隐喻

厄德里克是北美著名作家，她的母亲是奥吉布瓦人，父亲是德国移民的后代，她拥有美国本土血统，这是作者与主人公锡达的主要共同点之一。锡达的母亲也是奥吉布瓦土著，父亲是在西方价值观中长大的明尼阿波利斯自由派。一方面，浸润在多种文化的家庭氛围中的厄德里克在《活神的未来之家》中立足人类世背景，通过物种变异警示生态系统的失控；另一方面，特殊的个人文化背景使其跳脱出了自然的单一路线，其中也必然包含着对美洲原住民的记忆和情感，以及对其未来发展的担忧，受环境影响被迫"进化"的婴儿就是隐喻之一。

1492年哥伦布自认为航行到了印度大陆，但事实却是他来到了生活着印第安人的美洲大陆，自此欧洲人开始了他们残忍的剥削行径。作为历史上被统治、土地被征用、资源被窃取的一方，美洲印第安文明不发达，绝大多数部落还处于渔猎采集时代。因为不能有效开发、利用资源。当欧洲白人来到美洲大陆时，面对仍处于人类社会最初阶段的土著人民，"那些在既定环境中能更有效地开发能源资源的文化系统，将对落后系统赖以生存的环境进

行扩张"。④丁见民教授在文章⑤中指出，北美印第安人大量削减的原因大致可以归为以下原因：第一，殖民者入侵和抢夺印第安人的土地，剥夺了印第安人赖以生存的各种资源，扰乱了印第安人传统的生存模式，导致外来传染疾病肆虐。生活在"新大陆"的印第安人对这些外来的疾病缺乏免疫力，最终导致高发病率和高死亡率。第二，白人的殖民活动，改变了印第安人生存的自然和社会环境。主要体现在卫生条件的恶化、外来动物携带的疾病、白人儿童成为疾病暴发和传播的载体等。19世纪美国的西进运动（Westward Movement），白人与移到西部的印第安人发生了土地之争。印第安人的安置成为棘手的问题，但此时已经没有更遥远荒凉的地方让印第安人居住，当局从迁移法划归给印第安部落的西部土地里重新划分出小部分土地供印第安部落成员居住。这样的划分不仅有效安置了部落成员，同时又限制了他们的活动范围，白人还能更大限度占有土地。保留地制度的确立，意味着印第安人独立地位被彻底剥夺，成为美国联邦政府监管的对象。

针对印第安人的苦难史，厄德里克在作品中选择有意模糊了文明与落后的分界，除了之前出现的"进化"婴儿，原住民内部关系的演变更是作品中一个重要隐喻。19世纪30年代，美国施行了"保留地"制度，试图将白人社会与印第安人隔离开来。自治是中央统治者赋予地方统治者、高级统治者赋予低级统治者一定自主治理权力的统辖方式。"部落自治成为印第安人躲避白人主流文化冲击的避风港。自治政策下，印第安人能够按照自己的意愿来选择发展道路，心理上感觉找到了主宰本民族命运的空间，印第安人传承和发展自己的传统文化、社会风俗在自治的保护下成为可能。"⑥但印第安部落的自治并不是完全意义上的自治，在保留地当中的自治权是一种有限自决权，印第安事务的最终决定权实际掌权者仍然是联邦政府，这也意味着印第安人的行动仍然要受到联邦政府的制约。锡达同母异父的妹妹小玛丽作为青年叛逆的代表，明显已经不再适应部落文化。她总是踩着五英寸高的黑色靴子，穿着破烂的渔网袜，而身上的穿孔更是多得数

不清。她的房间就像通往地狱的入口，房间里不仅堆着脏衣服，而且弥漫着各种糟糕的气味。她的爸爸埃迪则显得十分清醒，他严肃地指出世界末日即将来临，在他的一生中，一直感觉到一种看不见的恶化，而这无时无刻影响着他的思维过程，他格外强调"印第安人从1492年前就开始适应了"，所以他也会继续适应。弗吉尼亚奶奶则是土著民族精神的代表，她不允许别人剪她的头发，也许整整一百年了。最值得注意的是，她似乎还保留着自己的大部分牙齿，虽然时间久了，牙齿变黑了，但依然坚固。弗吉尼亚奶奶一直在讲述和复述一些故事，尽可能延续印第安民族的记忆，但历史的一代终将过去，珍贵的民族文化资源最终仍将面临枯竭的危险境地。厄德里克隐晦地指出了当今原住民文化面临的严重问题：同化和遗忘。"拜登政府的内政部长德布·哈兰德在2022年所公布的官方调查报告显示，在美国，有37个州或地区陆续存在着408所联邦印第安人寄宿学校，原住民学生被迫在这些学校'矫正'自己的文化身份。"⑦厄德里克通过例举老、中、青三代的生活，回顾了印第安民族逐渐被同化的历史，同时更进一步表达了对未来原住民文化身份的忧虑，"生态系统"的变化导致人们不得不做出选择，就如锡达所说："我一直是一片雪花。没有了特殊性，我融化了。"

三、独立：女性与自然、种族之间的紧密联系

《活神的未来之家》是对资本主义及其父权粗暴统治的批判，这种统治方式广泛存在于阶级、种族隔离和对自然环境的漠视之中。西班牙研究者艾琳·桑斯·阿隆索（Irene Sanz Alonso）将生态女性主义视为一种哲学和政治运动，它"不仅强调[人类]与自然世界之间缺乏联系，还强调人类对环境的统治模式如何与人类和非人类生物所遭受的统治模式并行不悖，这些生物被贴上了其他的标签：妇女、少数民族、儿童、非人类动物和自然等等"。⑧这些统治模式将不属于某一特定群体的主体视为"他者"，因此生态女权主义提供了一个新的思路，即结束一切形式的压迫。厄德里克在作品中辩证地思考了生态女权主义，一方面她刻画了解

放自然、争取女性独立的重要性；另一方面她看到了女性之间基于文化、种族和阶级之间的差异。

小说首先强调了女性与自然休戚相关。在统治与被统治的等级制度中，人类优于自然、男人优于女人、白人优于其他有色人种，对于这种极度不合理的等级划分，亟须推翻二元对立中的特权方并重新建立一种平等的秩序。生态女性主义的主要假设是，女性与自然有着特殊的关系，作为被统治、被剥削的"他者"，女性和自然共同经历了父权制和西方主流文化的压迫。环境可持续与平等发展的希望在于将人与自然视为相互依存的关系，并以恢复"女性原则"为基础。"生态女权主义使用生态运动的观点来阐明这样一种立场，即宇宙万物是没有等级制度的，无论是人与人之间、人与自然界的其他生物之间，或是自然界的各种形式之间都应是平等的。而人类只是地球上上百万物种中的其中一种。地球上所有生命都是一个相互联系的网，没有什么等级制度。"⑨小说中，主人公锡达的发展方向与菲尔截然相反，这表明她在本质上是反等级制度的。她不仅拒绝菲尔成为权贵的愿望，还积极参加秘密运作的社会解放运动团体，为争取新秩序而奋斗——保护生命的物质基础、保护妇女。这些运动是由女性活动家发起，其中她的养母塞拉、护士杰西、室友蒂亚都扮演了重要角色。她们的斗争和追求的目标与女权主义和生态学所致力于的目标是一致的，都是为了反抗旧有的社会建构方式，期望在平等、独立和完整的基础上建立一种新的认识论，其中包括环境的可持续发展。而可持续发展必然包括人与动植物在内的健康平衡和多样化的生存状态。锡达写给孩子的信中提及养父母曾会告诉她一些关于这个世界的事情，包括它以前的样子。直到第二年冬天，下起了雨，气候变得寒冷温和，沁人心脾。同时也是那一年，人们意识到从此失去了记忆中的冬天，异常的高温导致很多物种最终走向了濒危甚至灭绝。生命本来可能会走向不可预见的方向，一味强调单一性，毫无疑问就是进化的"后退"。电视台中出现的男男女女，他们人种单一，各自拥有白白的牙齿和闪闪发光的眼睛，仿佛工厂流水线上的产物。而"多样性"的混血儿面临的处

境却像锡达居住房子所处的街道，即一条被遗忘的死胡同，一条未被城市化的街道。概言之，他们是被遗弃的一方。

站在保护女性权利的立场，厄德里克难能可贵地提出要辩证看待女性内部存在的问题。作品中统治压迫女性的并非全部是男性角色，"白人生态女权主义者把妇女与自然的关系表现为某种所有妇女都共享的事情，还把它作为塑造女性身份的重要成分，这种做法本身就显示了对于差异的忽略。学院派白人女权主义者已经遭到有色女性的指责，批评她们的理论把世界上的妇女一概而论，因而忽略了女性基于文化、种族和阶级上的差异，其后果是十分严重的，因为女性与自然界之间的差异意味着女性也可以参与到破坏环境的文化实践中去，而女性之间的差别也意味着某些女性比其他一些女性更加充分、更加有意识地参与到这些文化实践中来。"⑨p62-63 抓捕怀孕女性的伯尼斯是几个种族的女混血儿、护士奥莉莉是执行统治阶级命令的女性代表之一……她们毫无疑问都受制于以父权为代表的统治文化，这些文化导致了部分女性盲目参加了对生态的破坏和对抗争女性的打压运动。总体来看，女性生态主义强调女性与自然的认同，力求共同打破"他者"的困境。20世纪80年代，学者、非政府组织和公益机构发表了大量关于妇女、环境和可持续发展的文件和出版物。事实上，后来被称为"妇女、环境与发展"（women, environment and development）的方法是妇女参与发展（women in development）观点在环境领域的转化，强调了环境对当地妇女生活和生计的重要意义。厄德里克在小说中指出了生物简化、单一主流文化审美带来的危险前景，并且进一步强调了在人类对自然的剥削、男权对女性的凝视、种族的歧视与压迫下重新审视人与自然的关系和改变不合理制度结构本身的紧迫和重要性。

四、结语

厄德里克的小说《活神的未来之家》运用"他者"这一隐喻，深刻反映了人类在新地质时代中的生存状态。通过这种隐喻手法，作者不仅书写了当代人类面临的生态危机，更敏锐地捕捉到了气候变

化背景下人们在生活和文化层面的深层变迁。厄德里克将生态和生殖的噩梦从高速发展繁荣的前景中凸显出来：人类成为地质和气候的决定性力量而导致自然领域的失控；人类对主导话语权的争夺导致多元文化逐渐消失并被取代；女性生育权利的丧失及女性内部在文化、种族和阶级上的差异。人类世将重新思考自然和人类的本质问题推到了一个不可回避的高度，它不仅是一个时代名称，更是一种呼唤——呼唤人类以更深刻的方式理解自己、理解地球，并为未来的可持续发展做出正确的选择。作品中出现的一个个事件⑩提出了对普遍认同的基本价值观念的质疑和挑战，在自然、种族、性别、阶级等相互交叠的网络下，《活神的未来之家》对预测未来持续存在的变异性、不确定性和复杂性发挥着重要的指导意义。

注释【Notes】

①Kurup, Seema. *Understanding Louise Erdrich*. Columbia: The University of South Carolina Press, 2016, p.6.

②Erdrich, Louise. *Future Home of the Living God*. New York: Harper Perennial, 2017, p.83.以下只在文中注明页码，不再一一做注。

③Wood, David .*The Step Back: Ethics and Politics after Deconstruction*. New York:State University of New York Press, 2005, p.167.

④[美]托马斯·哈定：《文化与进化》，韩建军、商戈令译，浙江人民出版社1987年版，第60页。

⑤丁见民：《外来传染病与美国历史早期印第安人人口的削减》，载《世界历史》2018年第1期，第96—106页。

⑥陈青：《20世纪以来美国政府印第安民族政策演变研究》，2014年宁夏大学博士学位论文，第101页。

⑦黄希林：《美国最高法院维护原住民权利背后，是一段被遗忘的黑暗历史》，载《澎湃思想市场》2023年06月27日。

⑧Sanz Alonso, "Irene. Ecofeminism and Science Fiction: Human-Alien Literary Intersections". *Women's Studies*. 2018(2), p.216.

⑨金莉：《生态女权主义》，载《外国文学》2004年第5期，第60页。以下只在文中注明页码，不再一一做注。

⑩以出人意料的方式发生的新东西，它的出现会破坏任何既有的稳定架构。[斯洛文尼亚]斯拉沃热·齐泽克：《事件》，王师译，上海文艺出版社2016年版，第6页。

《乡下人的悲歌》中的"乡下人"形象

杨 敏

内容提要： "乡下人"一词，既是《乡下人的悲歌》一书中的主题，也是其叙述的主体与客体，即被中产阶级的利益集团以负面事例刻板化的乡村农民，也是白人阵营中被践踏与排斥的对象。万斯在《乡下人的悲歌》中对于"乡下人"的描述，以及他对这个人物形象的重新塑造，使得这个人物成为一个反抗恶意诽谤、维护自己文化遗产的文化战士。他对主流文化的选择接纳与重构，蕴含着美国历史与现实的正反两方面的特点，也包括了对"他者"的贬抑与自我认同。"乡下人"这个词语背后所代表的含义，既是当代美国反思与协商的虚构空间，也是劳动阶层重新界定个体文化认同的舞台。在重构文化意象的同时，它也对本土文化特质与价值象征进行了再界定。

关键词： 生活环境；《乡下人的悲歌》；形象

作者简介： 杨敏，山西师范大学历史与旅游文化学院世界史在读硕士，主要从事美国史研究。

Title: Image of "Hillbilly" in *Hillbilly Elegy*

Abstract: The term "hillbilly" is not only the theme of *Hillbilly Elegy*, but also the "subject" or "object" of its narrative. "Hillbilly" is meant the rural farmers who are stereotyped as "negative examples" by the groups of middle class interests, and who are the trampled and excluded within the white community. However, in *Hillbilly Elegy* Vance's description and reimage of the "hillbilly", has transformed the image of "hillbilly" in common sense into a cultural warrior, who resisted malicious slander and defended his cultural heritage. The hillbilly's selective acceptance and reconstruction of the mainstream culture, reflect both of the positive and negative aspects of American history and reality, including his denigration of the "other" and the quest for his self-dentity. The meaning behind the term "hillbilly" represents not only a fictional space for contemporary American reflection and negotiation, but also a stage for the working class to redefine individual's cultural identity. While reconstructing cultural imagery, the term "hillbilly"also redefines the traits and symbolic value of local culture.

Key Words: living environment; *Hillbilly Elegy*; image

About the Author: Yang Min is a postgraduate student majoring in Modern World History at the School of History and Tourism Culture, Shanxi Normal University; she is primarily engaged in American history.

一、引言

《乡下人的悲歌》是作者J.D.万斯的一本著作，也是他本人年少时代的回忆录。书中，万斯以细腻的笔触回顾了自己在俄亥俄州一个贫困小镇的成长历程，展现了一个被毒品、家庭破裂和经济困境所困扰的社区。万斯还通过对祖父母及自己身边亲人的描述，将整个家族的历史变迁展现在读者眼前，而他们的家庭也是众多美国乡下家庭的缩影。①

万斯在本书中通过讲述个人的成长经历，揭示了美国铁锈地带白人工人阶级所面临的经济衰退、文化危机和社会流动性停滞等问题。然而，万斯是为数不多的通过自己的努力挣脱出沼泽的幸运者之一，还有更多无法摆脱困境的"乡下人"如温水里的青蛙般陷入越来越深的陷阱。本文旨在通过分析书中生活在杰克逊小镇和米德尔敦街区的"乡下人"，深入探讨这个形象背后蕴含的深刻含义，以及在这个名称背后他们所面临的困境和枷锁，最后结合现状提出美国现在存在的社会问题。

二、生活在杰克逊小镇下的"乡下人"

杰克逊小镇是一个位于美国怀俄明州具体且真实的小镇，临近阿巴拉契亚山区，同时也是万斯祖父母的故乡。这里的山区居民大多是苏格兰—爱尔兰裔白人，他们的社会地位、阶级构成、宗教信仰和政治态度都与盎格鲁—撒克逊裔白人截然不同。万斯在书中曾说过苏格兰—爱尔兰移民后裔是美国特色最为鲜明的群体之一。"他们是美国最为稳固、变化最少的亚文化群。当几乎到处都是对传统的全盘摒弃时，他们的家庭结构、宗教与政治，还有社会生活仍然保持不变。"②

这些山民的先辈们曾在南方的土地上辛勤劳作，历经过奴役的苦难，随后又辗转于农田、矿山和工厂之间，从事着繁重的体力劳动。他们的后代继承了这种坚韧不拔的精神，尽管生活条件艰苦，但他们始终保持着对土地的深厚情感和对自我身份的认同。正是这种历史背景和生活方式，使得他们自称为"乡下人"。这一称呼不仅是对他们生活环境的描述，更是对他们文化传承的骄傲表达。

贫困，这一沉重的枷锁，长久以来被视为山区人民所面临苦难的根源所在。它不仅深刻影响着山区居民的生活品质，还成为阿巴拉契亚地区山地人一种独特且复杂的文化特征。在这片广袤而又崎岖的土地上，贫困如同一条无形的锁链，束缚着人们的脚步与梦想。随着城市转型的浪潮席卷而来，空间结构的重新布局与人群的大规模流动，进一步加剧了这一地区的分化现象。在这一过程中，此地逐渐形成了两种截然不同的生活态度与人生选择的人群。第一种是那些怀揣着对美好生活的无限向往，决心彻底摆脱贫困束缚，踏上前往工业发达地区寻求工作机会的积极派；另一种则是那些依然坚守在家乡，徘徊在贫穷边缘的消极派。

万斯外祖父母们便是第一类人，他们作为来自阿巴拉契亚山区的乡下人，坚信走出山区是改变命运的关键，并通过迁徙至发达地区并努力工作，实现了社会阶层的提升，但这一过程伴随着个人内心的挣扎，以及因文化差异和种族歧视造成与故乡和文化根源的断裂。为了缓解由此产生的负罪感和在城市中的孤寂感，他们形成了定期返乡的文化习俗，以此维持与家乡和家族的情感纽带，强化个人的文化身份认同。

然而，政治斗争却时常将阿巴拉契亚山区的农民卷入漩涡，他们遭受蔑视，命运更加悲惨。该群体常常面临低社会流动性、恶劣生活条件、高离婚率和吸毒问题。万斯在《乡下人的悲歌》中深刻描绘了阿巴拉契亚山区白人工人阶级的变迁与现状，这不仅是对家族历史与现实的回顾，也是跨越时间的探索，旨在通过记忆揭示并解构社会地理神话。③

总的来说，万斯以细腻的笔触描绘了阿巴拉契亚山区白人工人阶级的生活图景，既展现了他们深厚的文化底蕴与价值观，也在某种程度上加深了外界对山民"乡下人"形象的固有认知。

三、生活在米德尔敦街区的"乡下人"

米德尔敦是万斯的祖父母离开杰克逊寻找新生活的起点，万斯曾在这里度过了他的年少时光。该城因移民潮和工业制造业繁荣，而阿姆科公司曾是这个地方的经济支柱。在其工业最为鼎盛时期，米德尔敦的繁荣景象可与俄亥俄州发达郊区相媲美。后来，随着工业化浪潮渐渐平息，米德尔敦的经济衰退给这个地方带来了不可遏制的消沉。

米德尔敦拥有一套布局完整的商业分区体系，其核心——商业中心，稳稳地坐落在城市的中央地带，宛如一颗璀璨的明珠，其他各类商业设施则如同众星依次环绕在其周围，共同构成了这座城市的商业版图。往昔，米德尔敦的市中心无疑是这座城市的灵魂与心脏，那里见证了最为繁荣、喧嚣的盛况，是经济活力与文化风貌的集中展现。然而，随着工业化时代的悄然落幕，这段光辉岁月成为历史，市中心逐渐褪去了往昔的辉煌，转而成为美国工业黄金时代留下的斑驳印记。记忆中的市中心大道与主街交汇之处，曾是何等的热闹非凡，店铺林立，人潮涌动，如今却只能看到废弃的商铺紧闭着大门，以及那些见证了其往昔荣耀又饱经风霜、残破不堪的地标性建筑。它们静静地诉说着时代的变迁与沧桑。而就在主街不远处，那座曾经象征着米德尔敦无限繁荣与索格尔家族无上荣耀的宏伟宅邸，也已风光不再，沦落为一栋年久失修、外墙斑驳、内部设施破败的公寓楼，里面居住着米德尔敦最为贫困、生活拮据的居民。他们的日常与这座建筑往昔的辉煌形成了鲜明而讽刺的对比，仿佛是对过往与当下的一种无言诉说。②p13

万斯通过对米德尔敦主要街区及商业地带所经历的显著两极分化现象进行细致描绘，揭示了美国经济表面繁荣之下隐藏的阴暗角落。他不仅展示了繁华与衰败并存的景象，更进一步指出了由此引发的社区秩序混乱、毒品肆虐等严峻的社会问题。这一描绘，犹如一盏聚光灯，照亮了那些在经济洪流中被边缘化的贫穷白人群体。他们缺乏自有住房，难以获得稳定的工作与经济保障，仿佛被永远地困在了被称为"铁锈地带"的地区，成为时代的弃儿，遭受着社会的忽视与排斥，被贴上了"乡下人"的标签。贫穷是他们生活的底色，也是他们世代流传的文化基因，更是社会赋予他们的不幸。这一群体所经历的困境与不公，正是万斯试图引导社会大众深入关注与思考的核心所在。

米德尔敦的日常生活中，区隔现象显著，尤其反映在迈阿密公园与迪尔曼杂货店所代表的不同生活场景中。迈阿密公园，凭借其迷人的景致与高端的氛围，成为上流社会的休闲胜地，其私有性质在过去常被看作衡量个人身份和社会层次的重要标尺。若能踏入这座公园，往往意味着你的家族成员中有人从事着体面的工作，这体现了家族较高的社会经济背景。②p2然而，随着时光的流转与经济的萎靡不振，迈阿密公园的形象发生了翻天覆地的变化，它从昔日荣耀的身份象征转变为米德尔敦发展滞后的鲜明标志。公园内基础设施的缺失与场所的逐渐荒废，不仅揭示了铁锈地带居民在精神文化生活资源上的严重匮乏，也深刻映射了蓝领工人所面临的艰难处境与困境。迪尔曼杂货店虽然只是米德尔敦的一个小型交易场所，但其交易活动却在某种程度上象征了现实社会中贫富阶级之间难以逾越的鸿沟，以及直接体现了物质资源分配的不均。万斯曾在迪尔曼杂货店工作以赚取微薄的工资维持生计，其间他观察到不同的两类顾客：一类是依赖食品券购买冷冻食品的贫困人群；另一类则是用现金选购新鲜食品的富裕阶层。②p135这种差异与老板的差异化定价，揭示了商品购买行为背后隐藏的阶级壁垒与身份歧视。这一现实让万斯深刻认识到阶级分化的严峻性，并警示大众社会都市环境中阶层分化与贫富差距加剧的危害。③p56

像万斯这样在铁锈地带长大的孩子，从小看到的就是工作机会一点点消失，周围的人也越来越绝望。他们对政治不满，对生活也有怨气，被悲观和怨恨的情绪包围着，宁愿破罐子破摔，也不想努力改变自己的生活。更糟糕的是，有些政客和媒体还故意引导他们，以至于他们变成了民粹主义手里的棋子。比如说，那些来自山区的居民，他们往往会不假思索地接受政客和媒体的误导，把个人的压力通过种族歧视或肤色不同转移到其他种族的人身上。一旦陷入这个陷阱，这种固化的贫困亚文化便会被一代一代传下去，孩子们受到父母或者是祖父母的影响成为此文化的簇拥者，也会从此失去改变自身、改变生活的机会，最终沦为社会发展过程中的牺牲品。

思想固化和阶级固化往往通过血缘或者环境传播，人自一生下来就没办法改变自己的生活环境，甚至往往会呈现出一种"温水煮青蛙"般的被同化结局。除非像万斯这样的人，通过自己的意识觉醒和自主选择改变了后来的人生，否则只会成为众多"乡下人"中的一员。就如米德尔敦一样，曾经贫穷的人会在繁华落尽后回归贫穷，而本身就富有的人只会在浪潮退去后重新开始。

四、脱离"乡下人"的桎梏

不论是在杰克逊小镇的怀抱中，还是在米德尔敦街区的环境里，万斯始终与秉持着传统"乡土气息"的外祖父、外祖母及母亲共同生活。他的祖父母因年少时的早孕风波而不得不背井离乡，从杰克逊迁徙至米德尔敦，并逐渐在这片土地上扎根。至于万斯的母亲贝弗（Bev）、姨妈洛莉（Lori）及舅舅吉米（Jimmy），他们均在自己的高中时代便中断了学业。但在他们后续的人生中，故事发生了不同的走向，舅舅吉米和姨妈洛莉凭借着个人的清醒认知和迫切的自我救赎，重新回到了正轨，而万斯的母亲却无法摆脱对药物的依赖，以至于陷入精神疾病。无论以何种标准衡量，贝弗都未能成为一个称职的母亲。她的种种抉择非但让自己的生活陷入一片混乱，也让孩子们的人生背负上了沉重的负担。在孩子们的成长道路上，她因自身生活的纷扰而长期缺席。她的孩子们跟着她过着提心吊胆、颠沛流离的生活，时常还需投靠外祖父母。直至万斯高中时代，逃学早已成了家常便饭，学业前景更是黯淡无光。在他看来，他的同学、邻里中许多人的生活状况大同小异，有的甚至更为凄惨。

诚然，在人生轨迹的塑造中，除了原生家庭这一不可忽视的因素外，另一个显著且至关重要的便是我们所处的宏观环境——我们的社区、城市乃至国家的整体状况，它们与我们息息相关。如果万斯的外祖父外祖母不是生长在落后闭塞的山区，如果他们的祖辈不是世代为苦涩的"乡下人"的话，那么他们的社会关系就会呈现多样性，各式的关系就会在很多特殊的时刻给予他们有形或者无形的援助，这种多态的社会关系结构就会使得他们获得一种真正有尊严的生活方式成为可能。所以，书中谈到了一个问题，就是"居住隔离"。④万斯从小到大的学习经历中，既没有可利用的资源，也缺乏可模仿的正面榜样，但学校教育对此也无能为力，因为问题的核心不在于教师的教学能力，而在于学生的整体素质。阶层固化成为限制阶层流动的关键因素，这不仅是作者个人曾经遭遇的挑战，也是美国白人工人阶级普遍面临的难题。

在本书的结语部分，作者提道："要实现这一梦想，离不开众多人的支持与帮助。在我人生的每一个阶段，无论身处何种环境，我都能感受到来自家人、导师以及挚友的扶持与鼓励。"无疑，万斯是所有"乡下人"中幸运的那一个。他的家人向他

展现了"乡下人"独有的深情厚爱，这份爱与陪伴成为他抵抗狭隘生活的重要力量。尽管外祖母是导致母亲贝弗生活不幸的根源，但她却在作者这一代身上倾注了全部的爱，弥补了过去的遗憾。她以余生微弱的光亮，为外孙驱散了深重的苦难，挽救了其几乎迷失的人生轨迹，使这个移民家庭的第三代能够向世界发出自己的声音。作者之所以能实现个人的"美国梦"，跟生命中出现的亲人及朋友的支持分不开，以及他们在危急关头伸出的援手。

五、结语

万斯曾在书中明确指出，这些问题不能单一地归罪于外界因素，其根源与解决之道实则深植于我们每个人的内心与行动之中。在应对生活挑战乃至婚姻抉择时，万斯曾无数次地复刻了母亲的处理模式，但在妻子的陪伴与个人的不懈努力之下，他成功地扭转了受母亲影响的思维定式与人生观，这一过程深刻揭示了美国白人工人阶层在追求向上流动时所遭遇的辛酸与无奈。只是，在面对如万斯小时候一般的境况时，如何逃离不断使人下陷的沼泽也是一个令人值得思考的问题，悲歌已经奏响，而归途究竟在何方？

注释【Notes】

①Harkins, Anthony. *Hillbilly: a cultural history of an American icon*. New York: Oxford University Press, 2004, pp.3-4.

②[美]J.D.万斯：《乡下人的悲歌》，刘晓同、庄逸抒译，江苏凤凰文艺出版社2017年版，第4页。以下只在文中注明页码，不再一一做注。

③台宇娇：《万斯〈乡下人的悲歌〉的空间叙事研究》，西南民族大学2023年硕士学位论文，第34页。以下只在文中注明页码，不再一一做注。

④张薇：《这只是美国"乡下人的悲歌"吗》，载《博览群书》2019年第10期，第91—95页。

玛格丽特·阿特伍德《石床垫：暗黑九故事》中的老年寡妇叙事

张东燕

内容提要： 随着老龄化的全球蔓延和老年文学的不断发展，老年女性文学已成为当今女性文学的重要组成部分，长期以来被极度边缘化的老年寡妇群体开始受到社会关注，并逐渐进入女性文学的创作版图。加拿大著名女作家玛格丽特·阿特伍德在短篇小说集《石床垫：暗黑九故事》中塑造了三位有着不同社会背景、人生经历和性格特征的老年寡妇，通过奇幻故事和多元叙事手法，从创伤与疾病、自我疗愈和身体欲望三个侧面深入展现当下北美发达社会老年寡妇的生活状况，并以另类的"邪恶"形象凸显老年寡妇的主体意识和身份建构，颠覆了老年寡妇贫苦孤独、羸弱无助的传统社会形象。

关键词： 玛格丽特·阿特伍德；《石床垫：暗黑九故事》；老年女性文学；老年寡妇

作者简介： 张东燕，武汉大学外国语言文学学院英文系讲师，博士，研究方向为英美文学。

Title: The Writings of the Elderly Widows in Margaret Atwood's *Stone Mattress: Nine Wicked Tales*

Abstract: As a result of the world-wide aging problems and the steady development of gerontological studies, the elderly women's literature has become a significant part of contemporary women's literature, and the long marginalized elderly widows begin to earn social concerns and step into women writers' literary creations. In her *Stone Mattress: Nine Wicked Tales*, Margaret Atwood, the well-known Canadian woman writer tells stories of three elderly widows with different social backgrounds, life experiences and personalities. With the tell-tale fantasy writing and varied narrative techniques, Margaret Atwood delves into the living conditions of the elderly widows in the developed North America, focusing on their traumatic psychology, physical disease, self-healing, and bodily needs. Meanwhile, by endowing their behaviors with an alternative "wickedness", Margaret Atwood highlights the elderly widows' subjectivity and identity construction, subverting the pervasive image of elderly widows characterized with poverty, loneliness, frailty and helplessness.

Key Words: Margaret Atwood; *Stone Mattress: Nine Wicked Tales*; elderly women's literature; the elderly widow

About the Author: **Zhang Dongyan** is from the English Department, School of Foreign Languages and Literature of Wuhan University, Lecturer, PhD, specializing in British and American Literature.

随着21世纪以来世界范围内愈演愈烈的老龄化趋势，以老年人为主角及反映老年人现实处境的老年文学应运而生，并成为当今文学研究的一个重要课题。2018年，在权威文学刊物《诺顿理论与批评选》（*Norton Anthology of Theory and Criticism*）的最新版本中，"年龄研究"被首次列为当下的热门研究领域之一①。全球范围内日益凸显的老龄化现象受到了当今女性运动的关注，20世纪后半叶的女性主义第三次浪潮全面拓宽女性的社会构成，继民族、种族、社会阶层、文化背景等社会因素之后，年龄也被划入反性别歧视的范畴中，表现老年女性的文学作品不断涌现。1990年，美国女性主义批评家芭芭拉·弗雷·韦克斯曼（Barbara Frey Waxman）将20世纪60年代以来在英、美、加出现的老年女性写作定名为"Reifungsroman"，即"成熟小说"，或曰"中老年成长小说"，认为它们

"创造出一个全新的小说类别，摒弃了有关老年女性和年老现象的负面的文化刻板印象，谋求改变制造这些刻板印象的社会"。②

尽管老年女性文学获得了长足发展，然而无论在数量上还是品质上，对老年寡妇这一老年女性亚群体的展现仍然缺乏，针对老年寡妇的文学批评更是凤毛麟角。事实上，由于女性的平均寿命普遍高于男性，相比老年男性，老年寡妇成为不容忽视的老年女性群体，老年寡妇文学的匮乏显然与社会现实脱节。英国社会学者帕特·钱伯斯（Pat Chambers）在《老年寡妇与生活历程：老年与老年生活新视角》（*Older Widows and the Life Course: New Perspectives on Ageing and Later Life*）一书中，批评当今英国社会对老年寡妇的漠视，并指出现有文学作品对老年寡妇形象的刻画过于肤浅，生造出一个"充斥着贫困、疾病、孤独、哀伤和重新适应生活"的"寡妇神话"（widow myth）③，呼吁深入展现老年寡妇人生历程"连续性"（continuity）与"流动性"（fluidity）的文学形态，从而扭转社会对老年寡妇的刻板认知。③p555帕特·钱伯斯的这一理念与上述"成熟小说"可谓一脉相承。

著名加拿大女作家玛格丽特·阿特伍德于2014年出版了短篇小说集《石床垫：暗黑九故事》（*Stone Mattress: Nine Wicked Tales*），对老年寡妇文学进行了有益的探索。该书共含九个短篇小说，前三个内容上互为关联的作品——《阿尔芬地》（*Alphiland*）、《亡魂》（*Revenant*）和《黑女士》（*Dark Lady*）及第八个故事《石床垫》（*Stone Mattress*）和第九个故事《点燃尘埃》（*Torching the Dusties*）均以老年寡妇为重要角色。年逾70的阿特伍德已把目光聚焦到同龄人身上，首次集中展现老年女性群体，为失语的老年女性发声。她以锐利而细腻的笔触，塑造了三位身份不同、性格迥异却都具有不同程度"邪恶"性的老年寡妇，并通过切换视角、倒叙和回忆等叙事手法，凸显老年寡妇身份的流动性和连续性，呈现了"年轻自我和年老自我之间的永久波动"和"层层积叠的错综身份"④。总体而言，该作从老年寡妇的创伤与疾病、自我疗愈、身体欲望三个层面刻画了当今欧美老年寡妇的生存处境。

一、老年寡妇的心理创伤与疾病创伤

"创伤"最初是一个医学术语，用来指身体有形的伤口，后经弗洛伊德引入精神病学领域，指人类精神和心灵在外界高度刺激下经受的持续性伤害。20世纪末，美国学者凯西·卡鲁斯（Kathy Carruth）率先将创伤引入文学领域，将描述重大事件对个人或集体心灵带来持久伤害的文学类型命名为"创伤文学"。阿特伍德的很多作品都以冷静的视角描述了女性的多重创伤，而创伤叙事是阿特伍德文学作品的一个重要特征，其中疾病又是阿特伍德创伤书写中反复出现的重要一环，具体可分为流行性瘟疫与个体的身体或精神疾病两种类型。在后一种类型的疾病书写中，阿特伍德十分重视从社会伦理关系的视角对疾病创伤造成的精神影响进行剖析，认为"身体疾病与精神疾病之间是一种辩证统一的关系。身体疾病会影响当事人的精神状态，从而引发精神方面的创伤"⑤。在《石床垫：暗黑九故事》中，阿特伍德延续了她对创伤问题的关注，剖析了三位老年寡妇创伤的源起和后果，展现了该女性群体鲜为人知的心路历程。

康斯坦丝是作品集中第一个出现的老年寡妇，在前三个故事里，阿特伍德通过视角切换，多方位展现了她的情感经历。《阿尔芬地》聚焦于康斯坦丝，侧重展现了她经受的双重心理创伤。康斯坦丝是位奇幻小说作家，身前是建筑学教授的丈夫埃文刚离世四天，悲痛的她"从不用'他去世后'这样的措辞"，穿着没有洗过的、存留埃文气息的黑色浴袍，"觉得这样就能感觉埃文还在家中，就在身边"⑥。她觉得埃文仍在公寓，耳中不断传来丈夫的说话声，不肯抛下他而住进养老院，而且不再生火，因为"生火是一种重启的行为，而她不愿重启，她想延续，不，她是想倒退"⑥p9。在以现实主义笔触描摹了康斯坦丝的丧夫之痛后，阿特伍德继而通过奇幻叙事揭示了她另一份隐秘的伤痛。康斯坦丝一直在创作奇幻小说《阿尔芬地》，她以年轻时背叛她的情侣加文和第三者玛乔丽为人物原型，将刻骨铭心的情感创伤编织成故事，并因该书跻身成功作家之列。如果说公寓是康斯坦丝与埃文婚姻生活的日常空间，那么电脑中的"阿尔芬地"则是康斯坦丝贮存记忆的私人领地。她觉得埃文绘制的屏保画面很美，"可就是抓不住重点。大门和高墙都太干净、太新，维护得太好了"，⑥p20缺乏应有的荒凉感和废墟感。屏保暗示了她婚姻生活的裂痕，尽管两人和谐共处，精神上却无法契合，她只得将《阿尔芬地》当作宣泄痛苦的"庇护所"。通过虚实交织的空间，阿特伍德展现了康斯坦丝双重的心理创伤。《亡魂》从老年加文的视角，进一步揭示了康斯坦丝无法释怀的创伤源头，加文非但不心怀愧疚，反而指责康斯坦丝小题大做。加文甚至对康斯坦丝的成功嗤之以鼻，认为她的小说远不及自己的诗歌成就高。可见，加文从未给予康斯坦丝应有的尊重和关爱。应该说，在知识界也无从避免的男权意识是康斯坦丝内心伤痛难以愈合的原因所在。

《石床垫》讲述的是弗娜在参加前往北极的老年旅行团重遇年轻时性侵她的男子鲍勃，将他用"垫藻岩"砸死的故事。主人公弗娜是一名专门从事心脏和中风患者的理疗师，利用职业之便，接近富有的老年男子，先后四次结婚，四次守寡。弗娜的特殊经历源于少女时代因性侵受到的心理创伤。高中时代的弗娜温顺腼腆，不谙世事的她被富家公子鲍勃性侵，消息传开后，羞愧难当的母亲将她送到多伦多郊外的未婚妈妈之家。弗娜被罚做苦工，自己的孩子出生后便被立刻抱走，她则被送回多伦多母亲身边，从此受到无尽的奚落和排斥。弗娜的遭遇是男权社会中遭性侵女性惨痛经历的缩影，受害女性不仅不被同情，反遭精神摧残，而施暴者却逍遥法外。两性权力失衡、正义不得伸张的冷酷现实带给弗娜终生的心理创伤，表面上自甘沉沦，内心深处鲍勃的影子却"像干花般一直被她戴着"。⑥p254

《点燃尘埃》通过居住在老人院的威尔玛直视老年寡妇面临的人生困境。威尔玛的创伤源自疾病创伤，她患有名叫"查尔斯·邦纳综合征"（Charles Bonnet Syndrome）的眼病，该病以瑞士医生查尔斯·邦纳命名，患者双眼近乎全盲，却

可以看见人物、鸟、车、建筑物等鲜明而复杂的幻像。此外，威尔玛还装了全副假牙，每日服用各种补充剂和药丸，身体十分羸弱。行动处处受限的威尔玛强烈意识到自己无法摆脱"身体的限制"，感受到"那不断腐朽、吱嘎作响、充满报复、残忍的机体"。⑥p305此外，眼疾还使威尔玛精神萎靡，反应迟钝，客观上造成了她的自我隔绝。医学界业已指出这一眼疾不仅与视力衰退有关，"同时也与社会隔离、认知缺陷、社交缺陷等社会心理因素相关"。⑦阿特伍德在不少细节上暗示了与这种眼病关联的心理因素，威尔玛一直把日常事务交付他人，毫不关心自身财务，也不关注外界信息，即便在暴动者包围养老院，身边服务员被驱赶时，她也显得无动于衷，捧着大字体的电子书《飘》，打起盹来。波伏娃曾指出在西方文学中存在老年失明的传统书写："就像在古代一样，中世纪时，老年和失明有某种神秘的关联。活得太老让老年人受到流放的惩罚，失明即象征了这个流放。他们和其他的人隔绝。"⑧在此意义上，威尔玛的弱视喻指了她视野的局限性，令她陷入心理学家马克·弗里曼（Mark Freeman）所说的"叙事闭锁"（narrative foreclosure）："生命故事被提前判决，进入终结或者缺乏生命力的状态，是一种认定自己的人生不可能再有意义的宣判。"⑨成为叙事闭锁者的威尔玛情感和想象力枯竭，缺乏表达的欲望，长期不与他人互动，只想在墓碑上刻上"潜水者"三个字作为人生总结。⑥p288

二、老年女性的自我疗愈

阿特伍德不仅表现了老年寡妇的创伤体验，还有意偏离前文中钱伯斯所说的"寡妇神话"，将重点放在老年寡妇的自我观照上，通过触探老年寡妇鲜活独特的心理需求，展现她们带有"邪恶"色彩的自我疗愈方式。

文学创作是康斯坦丝化解情感创伤的自愈之路。尽管备受孤独的折磨，她也不愿住进养老院，以便继续写作。事实上，叙事对老年人的心理重建发挥着重要作用，20世纪末以来，建立在"人生如故事，故事如人生"理念之上的"叙事老年

学"（narrative gerontology）业已表明讲述或书写是老年人整理、重审、发掘人生意义，走出"叙事闭锁"的有效手段。⑤p122通过艺术创作走向自愈是阿特伍德小说的主题之一，在《盲刺客》《猫眼》等作品中都有表现。在《阿尔芬地》中，老年寡妇的小说创作再现了这一疗愈行为。需要指出的是，康斯坦丝自我疗愈的幻想故事实质上是一场"邪恶"报复，她把不忠的加文放置在"一个废弃的酒庄"的橡木桶中，用施了咒语的桶盖封住木桶；把玛乔丽"用北欧咒语禁锢在一块石头蜂巢中"，每天正午她"就会被一百只绿宝石蜜蜂和靛蓝蜜蜂蛰刺"⑥p30。故事创作虽助她保持独立，复仇情绪却使她陷入自我禁锢，她更需要直面现实纠纷，与岁月达成和解。终于在《黑女人》中，康斯坦丝在加文的葬礼上与玛乔丽达成谅解，走出了积郁已久的情感创伤，完成老年阶段的自我成长。

有过四任丈夫的弗娜堪称当代巴斯妇，与老年寡妇孤苦无依的普遍形象有着巨大反差。弗娜的复仇始于婚姻，她以理疗师身份，接近富有而病弱的老年男子，继而结婚，通过增减药物剂量的隐秘手段，促成丈夫们的提早死亡，"邪恶"婚姻成为她摆脱贫苦的有效手段。弗娜与鲍勃的重逢将复仇叙事推向高潮。鲍勃对往事的淡忘和其美满的生活现状唤回弗娜的创伤记忆，她意识到只有通过精心设计的一场谋杀，才能给予鲍勃应有的惩罚，彻底平复内心伤痛。弗娜以"邪恶"手段达成的自我疗愈理应受到法律制裁，但阿特伍德似乎意不在此，而是更多通过弗娜的激进行为展开社会批判。阿特伍德用弗娜的谋杀工具——一片来自19亿年前的叠层岩暗示了弗娜长久累积的痛苦情绪，而正是层层叠加的伤痛把弗娜变成冷血杀手。弗娜的仇杀反衬了男权社会对性侵女性行为的纵容与默许，正是少女时代遭受的不公正待遇使弗娜对亲情和社会救助心生绝望——"曾经的弗娜死了，一个截然不同的弗娜坚定地站了起来，取代了她这个被糟蹋、扭曲、损毁的人。正是鲍勃教她明白只有强者胜出，弱者只会被无情践踏的道理。正是鲍勃让她变成了一干吗不说出那个词呢？——凶手。"⑥p259

在患眼疾的威尔玛面前不时浮现的是一群衣着华丽的跳舞小人。怪诞狂欢的小人形象与威尔玛年老多病的困境构成强烈反差，在某种意义上暗示了她的自我抗争，具有一定程度的自我疗愈功能。在西方文学传统中，跳舞小人意象具有某种偏离正统社会的"邪恶"色彩，在欧洲民间故事中，促狭的小仙子会在夜晚的草地上跳圆圈舞；柯南道尔在《福尔摩斯探案集》里曾用跳舞小人作为罪犯使用的隐语；日本作家村上春树用跳舞小人这一元素创作了暗黑童话《跳舞的小人》。在《点燃尘埃》中，魔幻的跳舞小人成为威尔玛对抗现实困境的工具，每当她失意沮丧，"邪恶"的跳舞小人就浮现眼前，令她自我沉醉，忘却痛苦，以吊诡的方式达成自我疗愈。

三、老年女性的身体欲望

对老年女性身体认知和性欲的一再呈现是阿特伍德老年寡妇叙事的另一个显著特色。在西方传统社会中失去生育能力的老年女性被全面剥夺了女性特征和相应的身体欲望。波伏娃率先对这一观念发出挑战，在《第二性》中探讨了中老年女性面对衰老表现出的强烈危机感和不同的应对方式，动摇了老年女性无性欲的传统认知。阿特伍德延续了波伏娃开辟的年龄叙事，尽管身份不同，生活背景各异，但她笔下的三位老年寡妇均或多或少表现出不曾中断的身体欲望。

康斯坦丝一生都深陷情感漩涡，尽管与埃文的婚姻生活美满，却始终未将加文从记忆中抹除，长年通过奇幻小说书写情伤，在埃文去世后的暴风雪之夜仍在"旖旎的春梦中"梦见加文。"一张嘴压在她的脖子上"，在熟悉的气息下，"她叹了口气，瘫软在他的怀里"。⑥p36弗娜的特殊经历使她始终关注自己的外表和身材，深谙穿着和妆容技巧，认为脸是"这个年龄段用钱能买到的最好的状态"，在旅行伊始就四下打探，时时调情，想要"来点小暧昧"以证明只要自己愿意，"还是能撩的"。⑥p248标题"石床垫"也暗藏性爱意味。威尔玛身体羸弱，内心却依旧抱有对异性关注的渴望，当男性友人托拜厄斯与其他老年女性在养老院饭厅谈笑时，她暗自埋怨她们过分热情，对托拜厄斯心生不悦,"希望被他关注,更确切地说是想让他在乎她的关注"。⑥p302当两人在房门外交换吻面礼时,威尔玛也感受到一丝性爱冲动。

阿特伍德的老年寡妇的身体书写打破了青年与老年二元对立的社会陈规,呈现了无年龄界限的女性身体认知,由此展现了当代女性主义作家强调的"身体智性",这一身体智性上溯亚里士多德的哲学理论,认为"灵魂和身体之间有必然的关系:只有灵魂与身体结合,人才能存在"。⑧p133无视身体欲望,缺乏对身体意识的刻画,就无法客观而全面地展现老年寡妇的生命状态。

四、总结

老年寡妇是老年女性群体的重要组成部分,她们的生存处境是界定女性生命整体意义和价值不可或缺的部分,理应得到更多的社会关注和文学关照。阿特伍德在《石床垫:暗黑九故事》中深入展现了老年寡妇身份的多样性和流动性,既反映她们当下的不同处境,又将各自的生活现状与过往经历互为关涉,展现个人成长轨迹,并赋予人物形象不同形式的"邪恶"色彩,颠覆老年寡妇衰老孤苦、等待救助的扁平形象,凸显了这一群体的独立性和主体性。

注释【Notes】

①冯涛、顾明栋:《莫道桑榆晚,人间重晚情——中西思想和文学中的老年主体性建构》,载《学术研究》2019年第9期,第166页。

②林斌:《老龄化的文学表征与身份政治——"成熟小说"之源流探析》,载《外国文学动态研究》2018年第2期,第31页。

③ Chambers, Pat. *Older Widows and the Life Course: Multiple Narratives of Hidden Lives*. London: Routledge, 2018, p.41. 译文为作者自译,以下只在文中注明页码,不再一一做注。

④叶丽贤:《与岁月和解:老年文学小辑》,载《世界文学》2023年第2期,第92页。

⑤赵谦:《论玛格丽特·阿特伍德小说中的创伤主题》,载《廊坊师范学院学报(社会科学版)》2022年第3期,第26页。

⑥[加]玛格丽特·阿特伍德:《石床垫:阿特伍德暗黑九故事》,张琼译,河南文艺出版社2022年年版,第17页。以下只在文中注明页码,不再一一做注。

⑦张开元、牛国忠、施剑飞:《表现为器质性幻视症的邦纳综合征一例》,载《中华精神科杂志》2015年第6期,第383页。

⑧[法]西蒙·德·波伏娃:《论老年》(第一部),邱瑞鎏译,漫游者文化事业股份有限公司2023年版,第181页。以下只在文中注明页码,不再一一做注。

⑨景坚刚、余佯洋:《文学中的老年叙事闭锁与叙事赋能》,载《叙事研究》,2022年第4期,第117页。以下只在文中注明页码,不再一一做注。

流徙者的乌托邦：论《文城》与《愤怒的葡萄》中的生命政治书写与共同体叙事

林晓萌

内容提要：余华的《文城》与斯坦贝克的《愤怒的葡萄》虽属不同时空，却共同描绘了人类在生存危机中对共同体的追寻与重构。以相似的"迁徙叙事"为载体，二者在历史语境下的乡土瓦解与重建、暴力与互助、个体与集体的张力中，以生命政治书写为镜，折射了动荡社会下共同体建构的文化基因与历史困境。《文城》中，林祥福基于对儒家集体观与信义观的追求，南迁融入溪镇，并借以顾益民为代表的乡绅自治式"利维坦"，得到了庇护；《愤怒的葡萄》则讲述了乔德一家的西迁因权力在地理空间的"规训"而成为"赤裸生命"，与周边环境一起形成似乎具有工农阶级统一性特点的临时共同体。个体生命的能动性以"独体"的方式，通过"纵向"拒斥与"横向"沟通，推动共同体形态产生自我免疫倾向，在集体内部形成绝缘于权力机制的精神共同体的有机联结。本文以《文城》和《愤怒的葡萄》为研究对象，从生命政治的生成逻辑、结构形态及文化隐喻等维度，展开文化社会学解码，可探讨东西方流徙式小说中有关的生命政治主题对共同体模态的伦理支持，和纠正偏差、破旧立新等维度的复杂命题。

关键词：《文城》；《愤怒的葡萄》；生命政治；共同体

作者简介：林晓萌，南开大学外国语学院硕士研究生，主要研究方向为现代英语文学、翻译学研究。

Title: Exiles' Utopia: Biopolitical Writing and Community Construction in *Wencheng* and *The Grapes of Wrath*

Abstract: Yu Hua's *Wencheng* and John Steinbeck's *The Grapes of Wrath* jointly depict the pursuit and attempts at community construction in existential crisis of human beings. As "migration narrative", the two works set in the historical context of disintegration and reconstruction of rural society, violence and mutual assistance, as well as the tension between individual and group, effectively reflecting cultural genes and historical predicament of community construction through biopolitics in the volatile society. Lin Xiangfu integrates into the gentry-autonomous "Leviathan" of Xizhen through Confucian ethics, while the Joad family forms provisional proletarian solidarity out of reducing into "bare life". Individual agency, manifesting as "singularity", through vertical resistance and horizontal communication, catalyzes the internal evolution of community toward a spiritual one in a turbulent society. Through cultural-sociological analysis of generative logic, structural patterns, and cultural metaphors, the two novels demonstrate biopolitics' complex roles in ethical support of community, paradigm deviation and the establishment of an ideal one.

Key Words: *Wencheng*; *The Grapes of Wrath*; biopolitics; community

About the Author: Lin Xiaomeng is a master student in the School of Foreign Studies, Nankai University; her research is mainly on English Literature and Studies in Translation.

作为社会历史转型期的文学表征之一，流徙／迁徙叙事（migration narrative）往往隐喻着离散群体对生存困境的破壁诉求与伦理重构的愿景。中国作家余华的长篇小说《文城》（*Wencheng*, 2021）和美国作家斯坦贝克的《愤怒的葡萄》（*The Grapes of Wrath*, 1939）分别以个人／集体的流徙经历为线，将生命政治与所处集体存在并置描写，进而指涉了社会暴力下共同体现象的创作旨趣。《文城》以主人公林祥福携女寻妻的故事为情节主线，通过远行——返乡的路线兜转，描写了以林祥福为代表的流徙者在溪镇中试图安身立命的经历；而《愤怒的葡萄》中，流民因农业机械化的冲击被迫西迁，于旅途中共克时艰，建构了和谐伦理关系中所谓的"合作生态学"①。林元富指出，共同体思想一开始就与移民、迁徙和流动紧密相连②。两部作品不仅探讨了个人的压力、斗争与生存困境，也在比较诗学的维度上指向对"共同体存在论"命题的重审。

　　流徙作为人类地理空间、政治空间中流动的一部分，常与生命政治与权力施布紧密耦合。福柯将生命政治（biopolitics）视为谋求"管理、完善、繁衍，使生命从属和臣服于严密控制和全面调节"的社会政治权力③，亦含个人和集体对国家、资本所掌握的生命权力的激烈抵抗。福柯之后，阿甘本、埃斯波西托等对以上学说进一步发展：阿甘本于《奥斯威辛的剩余》中聚焦"赤裸生命"（bare life）与政治权力，揭露现代主权社会中权力对个体存在的靶向操纵与影响④。权力通过对生物性身体的宰制，使生命变成了赤裸生命；埃波斯西托则创新地将个体与他者的共存纳入考虑，在权力"规训"之外，发掘出一种共同体与他者融合共生的"自我免疫"倾向。权力对生命的操持与共同体的生成及发展密切相关：一是权力使生命倾向追求免于死亡，促进共同体和共同体秩序的产生；二是权力使生命变得积极有用，让共同体秩序得到维持和发展⑤。在《文城》抑或是《愤怒的葡萄》中，两位作者将权力对主体生命形式中的自我扩张、自我生产与共同体叙事见微知著地缝合，表达了对不同社会转型期语境中的民众生存情况的同情。

一、乌托邦想象与生存困境：失序世界中的共同体

　　滕尼斯将"共同体"阐释为与"社会"二元对立的集体存在概念："人们以和平方式相互共处地生活和居住在一起，就像在共同体中一样；尽管有种种的分离，仍然保持着结合。与社会不同，共同体是'生机勃勃的有机体'，而非'机械的和聚合

的人工制品'"⑥；而安德森在《想象的共同体》中将其揭示为想象的链接⑦，为共同体的建构性特质提供了注解。当自然灾害（沙尘暴）与社会暴力（战乱）的生存困境来临，人类既在重构滕尼斯式的温情共同体，也在缔造安德森式的抗争性想象，以此对抗权力施布与环境操纵。

　　共同体承载重要的理想功能。德兰蒂曾言"共同体是一种乌托邦理念，它既是有望实现的理想，又是真实存在的现实，表达了对于替代现存秩序的乌托邦式渴望"⑧。林祥福与乔德一家南下"文城"，抑或集体西迁的旅程均以乡村为锚点，在屈从、受控于失序社会外，形成基于地缘的有机联结。然而，由于社会权力在宏观语境中的弥散与"规训"，这种共同体存在一定的松散性，仅指涉应对权力象征下地理空间的一种对立建构。

　　作为失序社会运作的直接产物，不同生存伦理下迁徙共同体得以建构的方式不尽相同。威廉斯认为乡村共同体是"直接关系的典范，在面对面的接触中，人们可以体察人际关系的实质"⑨。《文城》叙事正是基于中国人对于传统乡村共同体的渴望。中国人传统的"家"的构想是林祥福南行寻妻与北上返乡的基本动力，这既是伦理意义上的家庭，也是地域意义上的家乡，驱使他通过非血缘的家庭聚合体的维系，并在某种程度上赋形、增色、凝聚于"文城"。余华笔下的林祥福是一位"善良到了极致"⑩的好人，平等信义、守望相助的儒家哲学令其在木器社中秉持"木工行里只有分门别类，没有贫贱富贵"⑪的观念，泛化为一种普遍处世准则。直至其为赎顾益民赴死，以自我牺牲换取群体安全、以个人牺牲的悲悯大义反哺接纳其流徙身份的溪镇，于此，以溪镇为代表的浙东乡村共同体转喻为"乌托邦"的符号式建构。这种以传统儒家式"义利观"衍生出的勇气与担当，成为贯穿全文的伦理线索。然则，微观权力渗透又使得这一地缘共同体具备了一定局限性：民团的"正义"仍需通过剿匪行动中的"砍耳竞赛"、复仇等血腥手段维系；而林祥福为营救顾益民最终惨死于土匪的屠刀下，则不啻质疑了传统"仁义"思想在面对社会暴力时化解生存困境的有效性。这无疑呼应了埃斯

波西托所阐发的"munus"——"一种地缘共同体中的道义上的关联，一种具体将各种身体连接在一起的义务"⑫。正是这种无形的儒家式道义感将不存在关系的个体凝结成为一个共同体，虽一方面悬置了个体在进入这个共同体之前的个人价值，但另一方面也成为溪镇包容流徙者、走向命运共同体的伦理支持。

如果说溪镇共同体是以诸如恩义、信诺、忠勇为代表的儒家伦理的具象，那么斯坦贝克则借由凯西牧师为代表的基督博爱者精神内核的建构作用，隐秘表达阶级团结下流徙"乌托邦"以共产主义式模态形成的抗争性想象。面临农民破产，牧师凯西由曾经笃信宗教超验转为认识到团结凝聚的革命效用："也许所有的人有一个大灵魂，那是大家所共有的"⑬。个人主义已是虚无的精神憧憬，唯有将共同宗教信仰置换为群体团结，并诉诸斗争，相对稳定的共同生存应允于诸众。凯西积极参与劳工组织和抗议活动，教育新老工人团结起来，警惕资本家的分化瓦解。当他代替打伤警察的奥尔顶罪并欣然赴死时，其死亡引发了乔德对于共同体产生更深刻的情感认同。正如南希所言，"共同体在他人的死亡中得以显现"⑭。通过对流民权益代表者凯西的重点着墨，传统乡村共同体下封闭、孤立的个人式、家庭式建构得以转化，并前瞻了颇具共产色彩的工农阶级战线的来临："也许所有的人有一个大灵魂，每个人都是它的一部分。"⑬p31

与溪镇相似的是，美国西迁流民叙事中的收容所空间与加州地理意象亦同样兼具乌托邦式想象与一定现实罅隙的矛盾性。作为收留流民的地方，收容所建构起有限自治的庇护飞地："管理委员会维持秩序、制定规则"⑬p315，而"没有警察随时到你帐篷了的侵入性监察"⑬p276使之成为短暂维持个人自由的避风港；流民们得以暂从现实压迫中解放出来，感受彼此间的合作与关怀。但由于收容所收纳的容量阈限，乔德一家再度陷入迁徙循环，直至抵达加州，遭遇的却是大农场主垄断农场、剥削和警察敌意的冰冷现实。面对农业资本主义的异化，文中的乌托邦式愿景不过是理想蓝图，而非现实逻辑下沙尘暴流民命运的最终归宿。通过对现有秩序的

颠覆式想象，解决当前弊病和不满的理想描绘，实则是作者政治立场和美学思想隐喻的投射。

二、"利维坦"与赤裸生命：共同体中的生命政治

有时，社会暴力下的共同体甫一建构，便具备了对抗外界权力秩序、施为"乌托邦"政治式构想的功能，这在两部作品中是有所表现的。共同体存在与权力装置、与运作紧密相连：一方面，如《文城》所呈，作者以温和、隐秘的笔锋勾勒出中国语境下乡绅自治式"利维坦"对个体的庇护与促进其发展；另一方面，《愤怒的葡萄》则不啻曝露操纵生命秩序的权力装置，对流徙共同体的催生作用。通过地缘共同体与不同生命政治逻辑的交互，动荡社会下的生存之殇的发难呼之欲出。

在军匪横行的失范社会背景之下，地缘乡绅成为溪镇组建乡村社群自治的核心成员，流徙者林祥福借此获取集体身份、接受庇护、纳入认同："他把希望寄托在一个陌生的地方，这个地方成了他活下去的理由"⑪p18。这无疑类似于霍布斯在《利维坦》中所阐发的主权国家机器说：为规避自我保存和发展过程中形成的矛盾冲突，个体倾向于将自我的生命管理权力让渡给某个/些人，放弃"管理自我的权力"，从而获得所谓的"个人主权"。这就是"利维坦"式庇护的一个例子⑮。商会会长顾益民承担了"主权代理人"的角色：林祥福流徙到溪镇后，正是顾益民的援手，女儿林百家得以哺育，并得以与顾益民的管家陈永良组建"拟家族"式的木器社，谋得乱世中的互助空间。当匪患来临，顾益民自发组织民团并以身作则："俨然自视为各支民团的总首领……于是一有匪情，顾益民便亲自率领民团出城剿匪"⑪p176。面对系统性暴力，血脉里的温驯使得溪镇村民在面对灾祸（雪灾、军匪）时一次次选择逃跑，他们将自己的婚恋、子女、财富、家庭属性剥离，沦为"赤裸生命"，也正是顾益民，承担起官署衙门缺位情况下抵制外来侵略、护城安民的补位性角色，展露出不同于长老式儒家乡绅的姿态。这无疑呼应了1920—1930年中国乡村自治运动的实验性浪潮：梁漱溟在山东邹平推行

"乡农学校"，阎锡山在山西试行的"村本政治"等实践，均与溪镇的乡绅治理形成微妙对话。在近乎阿甘本式的"例外状态"⑯下，溪镇村民的"赤裸生命"的境遇与顾益民"主权代理人"角色的张力，折射出民间自治共同体在当时战乱中可能有的双重功能：既通过主权集中以抵御外部威胁，又以伦理化治理包容流徙者。此类范式在法理有可能悬置的状态下，呈现出稳固各方、庇佑个体生命的重要角色，本质上是对霍布斯社会契约论的乡土转译。

与《文城》不同，《愤怒的葡萄》里的流民叙事，则凸显现代资本主权力机器操纵下，人如蝼蚁、命如草芥的个体生存状况对建构无产阶级式流动共同体的催化效力，其批判旨趣在于通过传统乡村共同体的内核异化和被迫裂解，展露西迁这一流徙寓言重塑农民与工人阶级政治生命的重要意涵。有理由认为，俄克拉何马州的沙尘暴灾难并非单纯的自然现象，而是资本逻辑下的土地作为生存符号被异化的结果：银行通过机械化耕作摧毁传统的农业伦理，分益佃农被迫将土地归银行管理，沦为"比拖拉机更廉价的零件"⑬p32-33。这不仅成为乡村地缘共同体消弭的直接能指，也意味着人的价值被简化为资本政治施布的靶向点位。亚里士多德在《政治学》中曾论及，隶属于家庭而尚未进入城邦（polis）范畴中的个人为"zoe"，是自由的状态⑰。然而，资本冲击招致的劳动力"去自由化"，美国农民被迫由"zoe"式转为进入资本政治机器的政治性生命存在"bios"，成为"流动的身体"。以乔德一家为例的流民的西迁，其实也是对旧共同体瓦解的应激反应。阿甘本认为，（有时）所谓的现代民主通过对身体的宰制，将生命变为向至高权力屈服的对象⑱。不仅是佃农，乃至业主，均沦为受制于以银行为代表的资本权力下的"赤裸生命"："这些受钳制的人是人，是奴隶；而银行同时既是机器，也是主人"⑬p30。于兹，俄克拉何马州的农民被迫强制驱离生存已久的土地，被迫成为阿甘本式的"神圣人"（homo sacer）：之所以为人的各项身份和权利被剥夺，变为受权力任意支配和处置的神圣生命⑱。身体权利的丧失与对土地精神纽带认同的断裂，为推动美国西迁流民

们探求统一战线、凝聚为阶级与精神共同体的"后文叙事"铺垫了强大的"文本张力"。

不难发现，美国西迁流民聚居的"胡佛村"与余华笔下"例外空间"的溪镇，形成遥相呼应的互文："胡佛村"看似是为保障流民权益而形成的临时地缘式共同体，实则悬置了公民权的基本保障：警察以卫生检查为名实施驱逐，资本代理人通过价格同盟压低工资，使流民陷入"合法—非法"的模糊地带。空间中无处不在的资本主义权力暴力，成为管控个体自由的装置。传统乡村共同体解构的背景下，强化人们的团结意识、重建岌岌可危的流民内部认同的批判向度应运而生。

当外界暴力来临，乡绅构建的民间"利维坦"的权力"power"成为保障溪镇中个人权利"right"的方式，其中以城隍阁为代表的地标建筑也从官方训诫"工具"过渡到世俗意义上的信仰载体，溪镇共同体格局由此被置换为一种由宗教与商会糅合的在场，对流徙者林祥福而言，是可以保护、询唤中国人传统心理谱系下守望相助的生存场域。相较之下，斯坦贝克则着眼于资本权力逻辑下的流民生命的高度政治化，可能对衍生集体精神的孵化效力，通过集体精神的觉醒对抗工业异化和疏离，在传统共同体瓦解后重构主体价值与自由统一的意义与必然性。基于生命政治与共同体生态的双向关联，《文城》与《愤怒的葡萄》解构了在社会转型期的人民生存逻辑的悖论性，跨文本的历史批判性得以显豁；亦拓展了比较文学视域下流徙叙事的对话维度。

三、积极潜能与自由生命创制：共同体里的"独体"

在沉疴积杂尤甚的社会转型之际，个体中的"独体"表征亦成为关系共同体命运走向、驳斥个体生命政治化的重要环节。个体于共同体内部达成越界，以颇具积极能动的生命姿态颠覆集体可能面临的权力侵入。后现代哲学家南希洞察并强调共同体中个体的反作用，认为共同体的成员不应拘泥于自我与他者的差异，而应以理解和尊重彼此的"独一性"（singularity）的态度相互敞开，联通彼此，

在共通中真正地存在⑲。一言以蔽之，共同体成员绝非孤立的"小我"，而是在保持自身独立性的同时与"大我"形成动态关联的"共在"（common being）。若以独体性为锚点，可深入探求《文城》与《愤怒的葡萄》中的个体在不同程度上推动共同体不变、完成自由生命创制的深刻影响。

潜能作为哲学中一个重要的概念，涉及对于生命本源的感知和一种作为意志生命力的再现。阿甘本曾在论及《巴特比》时，将巴特比"我宁愿不"的姿态归纳为一种面对劳动异化压迫的"非潜能的潜能"，即"不将潜能转变为现实，不将潜能耗尽在现实"⑳；同理，《愤怒的葡萄》里有凯西牧师、乔德等以激进暴力对抗社会不公的一派外，还有流民群体中的乔德的妈妈、罗沙夏等女性角色，她们则象征了非激进暴力抵抗的精神话语，通过精神的传递凝聚、文化身份认同等非暴力姿态，完成对外界资本权力的默然拒斥。西迁途中，乔德的妈妈的生存智慧深深影响着他人：她坚信加利福尼亚是"天气永远不冷。到处是水果，大家都住在一些顶好的地方"⑬p93，并同意凯西随一家人逃难。乔德的妈妈将家族存粮分给陌生儿童，以母性伦理和互助精神取代血缘优先原则；而当乔德打死警察时，又启发他坚定行动，因为她认为"穷人的路越走越宽"，"我们干的事情，都是朝前走"⑬p473。在她的影响下，乔德总结出一条真理："一个人并没有自己的灵魂，只是大灵魂的一部分"⑬p469。作为流徙中又一重要的女性力量，罗莎夏则表现了"以小家为中心"到"舍己为大家"的转变：面对洪水后濒临饿死的老人，她勇敢、无私地主动喂奶，以生命养料的共享完成了对血缘、地缘共同体的解构与超越；与乔德的妈妈、乔德、凯西牧师一道，以"更坚强、更纯洁、更勇敢"⑬p73的积极潜能，推动普世关爱下精神共同体的隐喻性重生。

与凭积极潜能对抗资本规训的美国流民角色不同，溪镇中的独体角色则呈现出一种彼此沟通、彼此缀连的"共在"，以包容、开放、沟通的方式探求乱世中保全集体生存的可能。这片土地上，顾益民作为民国中国社会以"商"代"政"的集体凝聚话事人，成为折射溪镇与外在现代性世界联系的

镜像与文化符号：《申报》带来外界讯息，而顾益民亦以开放态度与上海等外界城市有密切商业往来；正是他力主与外界通商的举动才得以为溪镇积攒银元、购买枪支以对抗匪乱，为维持溪镇内部认同提供了有力保障。作为顾益民的得力管家，陈永良则是中国人质朴狭义观念的化身：他抛下成见，与善良的土匪"和尚"结拜为兄弟共击敌恶，并秉持"我们是救人，不是杀人"⑪p192的原则，巧以敌我转化的主体性避免了善恶对峙下不必要的杀戮。值得一提的是，民团首领朱伯崇虽着墨不多，但其身为所处共同体中的他者，与凯西牧师、林祥福的"殉道式"的牺牲形成互文式的精神共鸣：正是他对外界恶乱势力的暴力抵抗，民众得以顿悟积极反战的怒火，其个体行为成为启发、统一溪镇民众内在团结的有力媒介。可见，通过相似的"小我"之能动的存在与施为，内部精神意识得以凝聚、赋形于溪镇群体之"大我"；即言，共同体的成功有赖于"每个人的参与以及有效的领导力"㉑。

统观而视，个人作为"独体"的积极潜能，使共同体内部普遍呈现出互相包容、打破差异、和谐共生的倾向，并于此实现了精神共同体的建立。这种建构肯定性，以埃斯波西托式的"免疫共生"的共同体机制，惠及到生命体生存、发展和延续：当"我"与他者之间没有任何不相容之处，反而形成了内部与外部、私有与共有、免疫与共同体相交织的形式㉒，那么，任何预设的自我与他者、私有与共有、内部与外部的对立与各自封闭都将消失；主体们便成为一个开放的自定义系统。得益于顾益民倡导下商业合伙、以商代政的自治思想，被卖至溪镇当童养媳的小美最终凭其商业才能，接手公婆遗留下的沈家铺子，完成从"异乡人"到融入溪镇的转变；而从遥远北方漂泊至此寻妻的林祥福将溪镇视为自己的精神故乡，放下了"叶落当归根，人故当还乡"⑪p188的执念。以顾益民、林祥福、陈永良等为代表的乡土个体在战争年代，彰显了沟通协调各方的独体潜能，以在溪镇的符号寓言中，为人们的精神皈依找到了立足之地。这无疑与斯坦贝克笔下开放式、团结的命运共同体形成了隐秘的历史互文：当以乔德的妈妈、罗莎夏为代表的女性群体，

在美国西迁流民群体中关注生命在更大意义上的延续时，他人与自我的界限开始消弭："许多家庭变成一个家庭，孩子们成为所有人的孩子。"[13]p229最初的家族共同体擢升至"拥抱整个人类的冲动"[13]p445的精神共同体。无论是儒家的仁义信诺，抑或弥赛亚式的博爱救赎，所推动"自我"与异质"他者"的融合，并非像传统的免疫机制那样暴力排斥异质体，而是有接纳并走向了主体间的整体共生。于兹，社会暴力、资本权威、权力逻辑得以无效化，催生一种"主权不再具备掌控生命权利的生活"[22]的自由向度。

四、结语

《文城》与《愤怒的葡萄》以流徙叙事为切口，共同回应了现代语境下"何处是家园"的诘问。人类迁徙中形成的共同体，本质是抵御权力客体化的"乌托邦"想象；社会转型期矛盾的凸显解构了传统的集体生存模态；由地缘向精神联结的凝聚成为对抗权力暴力运作下"赤裸生命"的普遍逻辑。当"林祥福""顾益民""乔德""凯西"们被赋予交流他者、拒斥权力的能动性时，自我生命与权力他者关系的颠覆与超越成为应对生命政治中身份认同危机、制度化暴力的有力方案，进一步揭示了中西现代社会迁徙者的生存政治与共同体演化的谱系联结：真正的共同体不是建立在排他性基础上的封闭整体，而是开放、流动的伦理网络。这一双向辩证关联既铭刻历史创伤，亦为当今流徙者提供生存启示——人类在苦难的共情中重建温情伦理纽带，才可能有助于以积极的姿态书写昂然屹立的存在。

注释【Notes】

①Neilly, Sam. *Visions from the Tide Pool: John Steinbeck's Interdependent Migrant Community". Steinbeck Review*. 2018, 15(1), pp.31–44.

②林元富：《美国非裔文学中的文化空间共同体思想》，载《闽南师范大学学报（哲学社会科学版）》，2021年第3期，第62—68页。

③[法]米歇尔·福柯：《性经验史（第一卷）："认的意志"》，佘碧平译，上海人民出版社2002年版。

④Agamben, Giorgio. *Remnants of Auschwitz: The Witness and the Archive*. Daniel Heller-Roazen trans., New York: Zone Books, 1999.

⑤董彪：《生命政治与共同体秩序》，载《非常状态的反思——生命政治·城市·风险治理》，北京大学马克思主义学院2020年版，第103—110页。

⑥[德]斐迪南·滕尼斯：《共同体与社会：纯粹社会学的基本概念》，林荣远译，北京商务印书馆1999年版，第95页。

⑦[美]本尼迪克特·安德森：《想象的共同体》，上海人民出版社2011年版。

⑧Delanty Gerard,. *Community*. New York: Routledge, 2009.

⑨Williams, Raymond. *The Country and The City*. New York: Oxford University Press, 1973.

⑩张英：《余华说〈文城〉：不要重复自己》，载《新民周刊》2021年第19期，第60—67页。

⑪余华：《文城》，北京十月文艺出版社2021年版，第31页。以下只在文中标注页码，不再一一做注。

⑫蓝江：《作为肯定性生命政治的免疫共同体范式——罗伯托·埃斯波西托与生命政治的未来》，载《国外理论动态》2020年第4期，第69—77页。

⑬约翰·斯坦贝克：《愤怒的葡萄》，胡仲持译，上海译文出版社2018年版。以下只在文中标注页码，不再一一做注。

⑭Nancy Jean-Luc. *The Inoperative Community*. P. Connoretal trans. Minneapolis: Minnesota University Press, 1991.

⑮Hobbes, Thomas. *Levithan*. J. Gaskin ed. New York: Oxford University Press, 1996., p 114.

⑯吉奥乔·阿甘本：《例外状态》，西北大学出版社2015年版，第129页。

⑰亚里士多德：《政治学》，吴寿彭译，北京商务印书馆2009年版，第8—10页。

⑱吉奥乔·阿甘本：《神圣人：至高权力与赤裸生命》，吴冠军译，中央编译出版社2016年版，第180页。

⑲韩振江、李伟长：《"文学共同体"何以可能？朗西埃与南希的"文学共同体"建构之途》，载《美学与艺术评论》2022年第1期，第120—132，第281—282页。

⑳刘黎：《生命权力、生命形式与共同体》，北京师范大学出版社2021年版，第449页。

㉑ Keller, Suzanne. *Community: Pursuing the Dream, Living the Reality*. Princeton: Princeton University Press, 2003, p. 21.

㉒ Esposito, Roberto. *Immunitas: The Protection and Negation of Life*. Zakiya Hanafi trans. Cambridge: Polity Press, 2011, p171.

㉓ Agamben, Giorogio. *Means without End: Notes on Politics*. Minnesota: Minnesota Press, 2000.

论海伦·斯诺诗歌中的人生与自然[①]

李　伟

内容提要： 海伦·斯诺既是一名美国记者、作家、社会活动家，又是一位诗人。她创作了关于中国局势、社会人生、自然万物、死亡的11首诗，包括《古老的北京》《友谊》《水手的妻子》《鲁思·斯通》《报应》《随风飘扬》《永恒》《向大地俯耳聆听》《夕阳落下的天边》《我将会等待》《不朽的血缘》等。这些诗歌表现出对中国前途命运的关切，启迪读者思考人生的意义、生命的价值和死亡的本质。

关键词： 中国局势；人生；自然；永恒

作者简介： 李伟，宝鸡文理学院外国语学院教授，文学博士，硕士生导师，研究方向：英语文学。

Title: Life and Nature in Helen Snow's Poems

Abstract: Helen Snow was an American journalist, writer, social activist and poet. She wrote 11 poems which are about the Chinese society, human life and death, and nature. These poems include "Old Peking", "Friendship", "The Sailor's Wife", "Ruth Stone", "Retribution", "Fluttering in the Wind", "Eternity", "Listening to the Earth", "The Sunset Side", "I'll Be Waiting", and "Immortal Lines". These poems express her concern for the future and destiny of China, and inspire the readers to think about the meaning and value of life, and the essence of death.

Key Words: the Chinese society; human life; nature; eternity

About the Author: Li Wei is a professor at the School of Foreign Languages, Baoji University of Arts and Sciences; he is a Ph.D in Literature; his research is on English Literature.

　　海伦·福斯特·斯诺（Helen Foster Snow，1907—1997年）作为美国新闻记者、中国人民的忠诚朋友，既是一名记者、作家、社会活动家，又是一位诗人。她是《续西行漫记》（*Inside Red China*）一书的作者。1991年9月，中华文学基金会、中国作家协会授予她"理解与友谊国际文学奖"。本文将分析海伦创作的关于中国局势、社会人生、自然万物、死亡等主题的11首诗，包括《古老的北京》《友谊》《水手的妻子》《鲁思·斯通》《报应》《随风飘扬》《永恒》《向大地俯耳聆听》《夕阳落下的天边》《我将会等待》《不朽的血缘》等。

一、海伦关于中国的诗歌

　　海伦·斯诺以笔名尼姆·韦尔斯（Nym Wales）1935年在月刊《亚洲》（*Asia*）12月号上发表了诗歌《古老的北京》（"Old Peking"）。这是一首关于20世纪30年代北京局势的诗，后由我国现代著名诗人冰心译成中文并发表。诗歌反映了当时北京的危局，表现了国际友人与爱国诗人对苦难中的北京人民的同情，对当时国民党不战而败的痛心疾首，以及对广大中国民众奋起抗日的积极呼吁。[②]1933年3月，日本军队占领了热河省；6月，日军势力在河北、察哈尔两省不断扩大，实际控制了察哈尔省的北部地区，进而逼近北京，大有山雨欲来风满楼之势。1933年，埃德加·斯诺受聘于北京的燕京大学。此后，埃德加和妻子海伦·斯诺把大量时间倾注于抗日新闻宣传上。他们同情并支持清华大学、燕京大学学生的抗日救亡活动。海伦·斯诺的这首诗中"北京，死了，死了"三次出现，表现她对当时北京和中国前途命运的关切，对于当时的国人具有重要警示作用。现将这首诗摘录如下：

古老的北京

北京死了，死了，

无耻的，公然的，和那些在那失去的战场上，受挫被掠

之后的，温暖裸露的生物一同死去了，

死了……是应当有点反抗的声音的，

而这里只有微呻的惨默，

……

只在日本使馆里有揖让的佩刀铿锵的声响，

只有高高的脉搏般的飞机的声音，

在白翼上和平的画着光明的红日……③

这首诗英文原诗有88行，冰心的中文译文诗有103行。作为一名久居北京的外国友好人士，海伦·斯诺回顾了北京往昔的辉煌历史，使用了"退败""惨默""哀啼""顺懦""失去的战场"等词语，认为这种退让"多么像一出丑戏"，批评了中国的商人、买办、地主阶层所组成的卖国投降团体，谴责日本侵略者企图吞并中国、掠夺中国丰富的自然资源、控制中国经济命脉的"奸谋"，呼吁中国军民英勇反抗，希望人们用意志、力量和行动，捍卫北京这座古老的城市，捍卫国家的领土完整和民族尊严。诗人不愿意看到"一个死的，麻木的，匍匐的北京"，期待看到一个勇敢的、富有生气的、反抗的、光荣的北京，以及看到一个有血性、有力量、有担当、有牺牲精神的中华民族，期待中国人民在民族危亡之际团结一致、抵御外侮、抗战救国。

二、海伦关于社会人生的诗歌

海伦·斯诺创作了一系列关于人生百态、人际关系（如友谊、夫妻等）、女性力量、因果报应的诗歌，比如《友谊》《水手的妻子》《鲁思·斯通》《报应》等。

友谊

友谊非杂草，丛生道路边。

友谊需栽培，日日勤浇灌。

君晓友谊真，理论又实践。

置身困惑处，坚定且友善。④

《友谊》获得美国《诗歌世界》举行的诗歌竞赛荣誉奖。这是一首短诗，仅有两节、八行。它道出了友谊的真谛是在于知心和信义，友谊需要精心栽培和呵护，需要人们在危急危难时刻坚定不移地信任、支持和帮助朋友。这首诗也是诗人海伦·斯诺在自己波澜壮阔的记者生涯和从事工合运动、践行"努力干、一起干"的工合精神中所获得的真谛。

水手的妻子

是一座矗立山岩的灯塔

不是一堆沙丘，

必须给予自由

我的生命当如此，

在塔顶将明灯高高举起

为沉船的水手向岸上游——

我是水手的妻子。⑤

《水手的妻子》表达了水手的妻子对于水手的浓浓的爱和呵护之情。她们像一座座矗立山岩的灯塔，为水手的航行指引方向，为水手们带来光亮和温暖，为沉船的水手向岸上游来提供引导，是水手的呵护者、保护者、坚强的后盾，值得人们尊敬。这首诗也赞美了水手和妻子相濡以沫、互相支持的和谐关系。

鲁思·斯通

鲁思是麦镇斯通家族的最后一名。

早在一六三九年

从英格兰来了两弟兄，

成为斯通家族的两大支脉。

……

她与她可爱的宠物独居，

自己动手做各种修理工，
她最近修理了她的屋顶，
那要有很大的胆量和勇气。

鲁思是一位心灵手巧的北方女性，
没有多少她干不成的事情。
如果她不喜欢面前的风景，
她或许会把一座大山移走。

鲁思遵循着传统的伦理道德，
她的真理观一清二楚。
她不喜欢夸大其词——
那是"诗中之破格"。

斯通家族接纳我，
那是一九四一年。
当一切说定办妥，
他们在自己的坟地留出一方。
我们当前的工作是城镇歌词，
鲁思打字、复印。
不等古老的事实淡忘，
我们就让后人了解历史。
……⑥

《鲁思·斯通》选录自《康涅狄格海滨城镇歌词》（*Connecticut Shoreline Town Songs*）。这是一首具有自传色彩的诗歌，诗歌塑造了海伦的朋友古斯·斯通的可敬可爱形象。这首诗讲述了斯通家族的历史，以及斯通和斯诺之间的友谊。斯通的显著特征是漂亮、心灵手巧、有胆量、有勇气、有毅力。这首诗赞美了美国普通民众特别是女性身上所具有的善良、仁爱的品质，勤劳质朴的工作作风，以及对真理、传统道德的坚守。海伦和斯通当时的工作是搜集和整理自己所在城镇的歌词。她们对家族、社区、国家的历史文化十分珍爱，尽力保存地方的文化传统和民风民俗，希望后人能够了解和传承当地的历史和文化。她们对美国这片土地爱得深沉，把地方文化视为珍宝，表现出强烈的家国情怀和文化认同感。

报应

有一位信佛的日本将军

从市场上买了一群鸽子
又把它们带到一个山顶
放走了它们，
然后他回到家里
种下一棵樱树——
他说一名好佛教徒
在他夺走了自由之后
必须创造新的生命
在他毁灭了生命之后。⑤p649

《报应》这首诗表达了海伦·斯诺对因果报应观点的肯定态度。她相信善有善报、恶有恶报，劝诫人们多行善事，多为他人着想，多发慈悲之心。她希望人们弃恶从善，改过自新，亡羊补牢，为时不晚。在这一点上，佛教、基督教所坚持的是一致的，都相信因果报应、来世（天堂或地狱）的存在。《报应》和《友谊》这首诗体现了海伦"理性与人文性相融合的人生观，闪耀着美的信念，真的情感，善的意愿"⑦。

三、海伦关于自然万物的诗歌

海伦·斯诺热爱自然，从对自然的观察中获得了不少启示，创作了一些关于自然万物（如猫头鹰、大地）、宇宙的诗歌，包括《随风飘扬》《向大地俯耳聆听》等。

随风飞扬

我只是一只小小的猫头鹰，
可我真想摇身一变
变成一头可爱的蓝鸟
……

我可不愿从此灭绝
有点危险倒不要紧。
……

我个子虽小却能飞越
宽广辽阔的墨西哥湾。
……

我不能享受任何人权，
但人类能掌握动物的命运。⑤p649-650

《随风飞扬》以第一人称"我"的口吻来表达，"我"是一只小小的猫头鹰，"我"想成为一头可爱的蓝鸟，但不愿失去自我的特性和存在。"我"个子虽小，却有巨大的能量，能够飞越宽广辽阔的墨西哥湾，能够搜索食物，不断跋涉。"我"感叹自己不能够享受人权，但人类能够掌握动物的命运。这首诗通过猫头鹰之口表达了对于自我和自由的追求。

向大地俯耳聆听

如果你将她贴得很近，
如果你俯耳向大地聆听，
你将听到月亮在歌唱，
……
你将感到地心的悸动，
……
你将触及生命的源泉，
……
你将在远方，越过最后一次落日，
和正在归来的自己相遇。
你将找到你一度失去的世界，
你从诞生时就开始求索寻觅。⑤p651

《向大地俯耳聆听》中的核心意象是"大地"，诗中采用了拟人的手法，给"大地""月亮""天空"都赋予了人格化的特征。这首诗认为大地是万物的根源，呼吁人们俯耳聆听大地，感受世界的运转变化，感受万物的奥秘，希望人们不断地求索寻觅，认识世界，活出生命的精彩，探寻生命的真谛。

四、海伦关于死亡的诗歌

海伦一直思考死亡对人生的影响、死亡的意义等问题。1997年1月11日，她在美国康狄格州吉尔福德镇福勒养老院从容地离开了人世。在她临终前的几天里，病床上的海伦口授，经由护士记录，给世人留下了《我将会等待》《夕阳落下的天边》《不朽的血缘》等意象鲜明、蕴含丰厚的诗歌，表达她对于人生、死亡、宇宙等的深刻思考。

永恒

我希望小小的迷迭香
将在我的坟基上生长，
也许将有一只蜜蜂飞来
看工蚁们如何在此奔忙。

我愿在墓中面向东方，
那是太阳升起的方向。
暮色中长长的阴影在蔓延，
渐渐将白昼笼罩隐藏。

我想知道明月升起
在空中俯瞰夜色茫茫，
但愿没有任何屋顶
遮掩从远处射来的星光。

当有机的生命从此长逝，
春天为花朵降下甘霖，
当小鸟开始在枝头歌唱，
黑夜消失曙色来临。

当有机的生命从此长逝，
在自然的变化中更为纯净。
大地是我们最古老的朋友，
历经沧桑万古长存。⑤p651-652

《永恒》描写的是个体的死亡。诗人认为，死亡并不是一件令人沉郁悲哀的事情，死亡是新生的开始，是永恒的开始。诗人使用了东方的"太阳""曙色""星光"等意象，表明死亡可以成为一件优雅从容的事情。人类回归大地和坟墓，预示着新的旅程的开始。她希望迷迭香从自己的坟墓上生长，能够吸引蜜蜂前来；她希望看到明月升起，感受到星光的温暖，希望听到小鸟歌唱，希望看到曙光来临。总之，诗人对死后的世界充满了乐观的憧憬。

夕阳落下的天边

当你碰到一个人
在路的尽头
在夕阳落下的天边
过去的岁月温暖了休闲的耕地
喧闹的日子变成一片静寂

岁月如秋风飞逝而过

落叶在我们脚下沉积

你领略着永恒的感觉

一个轮回结束了，圆满地结束了

你数着月而不是数着年

你数到十二乘十

每一个钟头都很宝贵

就像一周一次那样匆匆来去

大地美好，浩空亲密

宝船出现在每一次潮汐

你迈步去迎接夕阳

生命与你手拉着手

死亡给你作导游⑥p313-314

《夕阳落下的天边》是一首关于死亡的诗，诗中使用了路、耕地、大地、落叶、浩空、宝船、潮汐、夕阳等意象。这首诗是以第二人称"你"的口吻书写的。此处的"你"可以有两种解释：一是抒情主人公对自己的称呼。由此，这首诗可以被解读为抒情主人公的自我独白，表达了其从容地面对死亡的态度。人们不必恐惧死亡的到来，生命、死亡是一种轮回，死亡是一种全新的开始。以这样一种豁达、平静的心态度过人生，迎接死神，人才会感受到生命的风轻云淡，日月流转，自然的辽阔壮美，宇宙的浩瀚神秘。二是抒情主人公对读者的称呼。此处使用了顿呼（apostrophe）的修辞手法，使抒情主人公似乎在与读者直接对话，向读者分享自己关于人的生老病死的独特看法，启迪读者思考人生的意义、死亡的本质和生命的价值。

我将会等待（节选）

半明半暗的黄昏变成黑夜

万籁俱寂取代了白天的喧闹

我将在一片寂静中等待

等待即将完成的时刻

我将站在石墙旁等待

那儿有野玫瑰的芬芳

我将站在草坪上等待

等待生与死之间的时刻

我们谈起那注定的时间

正如一切永恒的一切

没有开始，没有结束

就是这样，也必须是这样

我将站在石墙旁等待

那儿有三叶草浓郁的芳香

我将站在草坪上等待

如果这等待不要很长

死亡是注定好了的时间

也是你在人世间的末日

当注定的时间一到

一切的一切都会发生

我将站在石墙旁等待

那儿有三叶草浓郁的芳香

我将站在草坪上等待

如果这等待不要很长⑥p314-315

《我将会等待》也是一首关于死亡的诗。全诗共有6节，使用了黄昏、黑夜、石墙、野玫瑰、草坪、三叶草等意象，使用了排比（parallel structure）、重复（repetition）等修辞手法，一咏三叹，含义隽永，意味悠长。89岁高龄的海伦卧病在床，预感到自己的生命即将走向终结，便从容地创作了这首《我将会等待》。诗歌标题"我将会等待"中省略的宾语应当是"死亡"，在正文中分别表述为"即将完成的时刻""生与死之间的时刻""注定的时间"。她认为人的生命没有开始，没有结束，是一种轮回，是一种永恒的存在，也就是说，人的身体可能会冰冷、死亡，而人的精神、灵魂、思想则会长存，被后代所铭记和借鉴。因此，她愿意在黑夜的一片寂静中等待，站在石墙旁边等待，站在草坪上等待，感受着野玫瑰、三叶草沁人心脾的芬芳，等待死神降临的时刻，等待一个崭新的开始。她对死亡并不惧怕，反而有些翘首以盼的期待、有些憧憬，希望"这等待不要很长"，似乎在等待一位久违了的老友，一位风度翩翩的恋人，一位思念很久的已故的家人。

不朽的血缘

我想要一座金字塔

或只是一座泰姬·马哈陵

我以为威斯敏斯特教堂

也并不那么差

我不要英格兰的史前石柱

也不要格兰特陵丘

我要山坡上一个小坟

那儿有野亚婆榛花开的香氛

我的祖先在一六三五年

就来到了新英格兰

我想占据它六英尺地皮

以保持有效的留置权。

在我周围有一些

法国、印度人时期的老将

还有革命时期的士兵

这些，都不是我编织的故事。⑥p279-281

在这首诗中，海伦思考着自己与祖先、后代之间的关系，思考自己孜孜不倦奋斗的一生将为周围的人和事、为世界带来哪些变化和改善。其实，她思考的是自己在美国新闻史、在中美关系史上的历史功绩、历史定位和评价问题。这首诗提到了金字塔、泰姬陵、威斯敏斯特教堂、英国史前石柱、格兰特陵丘等场所，这五个场所都是人类文明的伟大结晶。金字塔是世界八大建筑奇迹之一，是古埃及的帝王（法老）的陵墓；泰姬陵是印度莫卧儿王朝最伟大的陵寝，是世界上完美艺术的典范，基本上是由大理石建成，建筑毫无瑕疵，月光之下的泰姬陵更给人一种恍若仙境的感觉；位于英国伦敦泰晤士河畔的威斯敏斯特教堂里，有丘吉尔、牛顿、达尔文、史蒂芬·霍金等著名政治家、科学家的墓地，耳堂南翼的"诗人角"是乔叟、莎士比亚、简·奥斯汀、勃朗特三姐妹、狄更斯、约翰逊、布朗宁、丁尼生、拜伦、约翰·弥尔顿、小说家哈代等杰出诗人和作家墓祠的荟萃之地；英国史前巨石阵位于英格兰威尔特郡索尔兹伯里平原，这些横着竖着的大石头看似毫无规律地摆放着，但巨石阵如何依靠人力建成、用于何种目的至今仍然是一个谜团；美国第十八任总统尤利西斯·S·格兰特的陵

墓位于纽约曼哈顿区西北部的丘陵高地上，濒临清澈见底的哈得逊河，周围有四个巨大的纯白色大理石纪念柱，巍峨壮观，纪念柱的浮雕上镌刻着格兰特的骄人业绩。由此可见，海伦是一位有着伟大抱负、强烈事业心的女性，希望自己的思想和著作能为后人留下丰厚的精神遗产。虽然她话锋一转，只要求自己死后在山坡上拥有一座小坟，周围有鲜花盛开就好，我们仍然能够感觉到，她渴望后世的人们认可她留下的精神财富，记住她为世界和平事业付出的卓绝努力和做出的重要贡献。

概言之，海伦·斯诺作为一位拥有跨国工作人生经历和敏锐观察力的女性，她的诗歌既有对20世纪30年代中国发展态势的警示性描写，又有对普通美国女性勤劳、勇敢、善良等美德的赞扬，还有对猫头鹰、大地、夕阳、天边等自然现象的书写，更有对人生评价、历史定位、死亡、永恒等问题的深刻探索，视野宏阔，意象生动，情感充沛，用词精准，内涵丰富，值得人们阅读和借鉴。

注释【Notes】

①本文系教育部人文社会科学研究一般项目"欧茨学院小说的伦理思想研究"（项目编号：22YJA752011）、陕西高等教育教学改革研究项目"新时代普通高校英美文学课程思政建设的探索与实践"（项目编号：23BY140）、外语教学与研究出版社有限责任公司课题"大学英语课程思政协同体系设计与优化研究"（项目编号：2021093002）的阶段性研究成果。

②林佩璇：《意识形态规约下的诗歌创作与翻译改写——以〈古老的北京〉冰心译文为例》，载《闽江学院学报》2016年第6期，第70页。

③卓如编：《冰心全集：第八卷》，海峡文艺出版社1994年版，第170—172页。

④这首诗的中文译者为王意强，见http://www.chsta.org.cn/societ/580.html。

⑤顾子欣：《顾子欣诗文续编》，线装书局2025年版，第648页。以下只在文中注明页码，不再一一做注。

⑥[美]谢莉尔·福斯特·毕绍福：《架桥：海伦·画传斯诺（英汉对照）》，安危、牛曼丽译，北京出版社2015年版，第282—283页。以下只在文中注明页码，不再一一做注。

⑦朱子奇：《关于海伦·福斯特·斯诺和她的六首诗》，载《友声》1997年第6期，第20页。

边缘性的重构：麦卡勒斯小说中的边缘人群研究①

韩 玥

内容提要：作为美国南方作家，麦卡勒斯的创作始终关注的是在南方文化语境里的边缘群体，包括种族话语压制下的黑人，少数族裔和在二元性别规训里的女性。一般而言，边缘群体因其权力地位相对于主流群体的不对等，而被主流群体压制，处于弱势，据此，主流与边缘之间构成显的二元对立关系。新时期对"边缘人"理论的研究指出，边缘与主流之间是对立统一的共生关系，两者存在互为主体的二元互动，也就是说，这里的边缘性，并不排斥或是蕴含着对主流的影响、修正和去中心化。因此，麦卡勒斯笔下的边缘人群也不再是被动和被建构的，他们依旧能够发挥其主观能动性，在文明互鉴和种族平等中发挥应有的价值和能量，实现二者间的共存和发展。

关键词：麦卡勒斯；边缘性；美国南方；边缘人群

作者简介：韩玥，广西民族大学相思湖学院，讲师，主要研究方向为欧美文学、比较文学。

Title: The Reconstruction of Marginalization: The Marginalized People in McCullers's Novels

Abstract: As a Southern American writer, McCullers has often paied her attention to the marginalized groups within the context of Southern culture. These marginalized groups include the African Americans, the ethnic minorities who are oppressed by the racial discourse, as well as the women who are constrained by the gender binary. Generally speaking, enjoying the unequal power and possessing inequality and status, the marginalized groups have been suppressed by the mainstream group, thus finding themselves in a disadvantaged position. There exists a binary opposition between the mainstream and the marginalization. In the theoretical research on the "marginalized people" in the new era, it is pointed out that there exists a symbiotic relationship of unity and opposition between mainstream and marginalization. There is an interaction between the two binary sides, which are mutually the subject of each other; that is to say, "marginalization" meanwhile, implicates active influence, modification, and decentralization to the mainstream. Therefore, the marginalized characters depicted by McCullers are no longer only passive or constructed roles, who are still capable of exerting certain influence., playing due roles, and performing their needed value and energy in their interactive learning of civilization and the pursuit of racial equality, so as to achieve coexistence and common development of the mainstream and the marginalized groups.

Key Words: McCullers; marginality; American south; the marginalized groups

About the Author: Han Yue is a lecturer from Xiangsihu College, Guangxi University for Nantionalities; she specializes in American Literature and Comparative Literature.

一、引言

卡森·麦卡勒斯（Carson McCullers，1917—1967），美国南方作家，被誉为"20世纪美国最重要的作家之一"。她一生中共创作5部长篇小说及部分短篇小说、散文、诗歌和戏剧，都与美国南方息息相关。麦卡勒斯的小说充满了诡谲、怪诞的色彩，有评论家认为，这是"一种哥特式的浪漫主义"②。作家本人曾辨析过这一观点，她指出哥特故事是"浪漫主义或超自然力的"③，而以福克纳为代表的南方文学艺术来源则是"罕见的、情节紧张的现实描绘"③p165，受惠于俄国文学。以陀思妥耶夫斯基、托尔斯泰为例，俄国这一部分的代表作家们在事件中描绘人的心灵，以无意识的道德处理方式记录时代和立足于真相。这也是南方作家对其身处的环境所做出的反应。借助于"心理现实主义"式的手法，麦卡勒斯将手中之笔，触碰到了20世纪美国南方中游走于主流话语之外的边缘人群，他们包括黑人与少数族裔，性别规训下的女性等等。麦卡勒斯通过对边缘人群的生存遭遇予以尽可能地精准诠释，以观察者的视角审视社会生活，描绘了边缘与主流群体彼此间的态度、相互间的关系，呈现出两者之间的互动过程，以去中心化的姿态实现对边缘性的反思。

二、黑人与少数族裔的生存危机

美国南方向来是种族主义的重灾区，它得天独厚的地理位置决定了南方以农业为主的经济模式，同时也需要大量的劳动力。此外，蓄奴法的制定与血腥的黑人贸易导致了大量黑奴的出现，促进了奴隶制的确立并长期延续。奴隶制剥夺了黑人的正常权利。尽管林肯于1862年宣布废除奴隶制，可是在南方各州，情况依然未能得到根本好转，黑人所具有的投票权被人头税、读写障碍，还有"祖父条款"等因素所限。当时，三K党活动猖獗，以维护所谓的种族纯洁性为名，在南方各州进行暴力活动。麦卡勒斯就曾接到三K党的威胁电话。南方的种族问题不仅包括"黑白"关系，还包括对犹太人、印第安人和各种不同肤色的外来移民等的歧视，种族主义形势严峻。

在20世纪50—70年代爆发的黑人民权运动，要求反对种族歧视，争取政治、经济上的平等权；"边缘人"理论也在这一时间受到学界重视。斯通·奎斯特指出，边缘人不仅仅指涉外在的国籍、肤色、种族，也包括内在的文化、信仰和心理④。杰弗里·索伯尔指出，社会核心群体之外的边缘人类型分别是：女性、青少年、老人、黑人、单身者、无选举权人、社区里来的新移民、无业者以及社会地位低下的个人④p120。杰弗里·索伯尔的名单勾勒出此时美国社会边缘人群的基本面貌。与南方文学前辈们不同的是，麦卡勒斯对于黑人和少数族裔的描绘并不带有大历史叙事的痕迹。在她的描绘

里，种植园经济、家族史、绅士淑女等常处于美国南方"神话"核心的元素并未出席，取而代之的是日常家庭生活，人物对话、行为和思想等因素，并且或隐或现地呈现出边缘处境。

麦卡勒斯的小说《心是孤独的猎手》中，黑人医生考普兰德曾接受马克思主义思想影响，有着解放黑人、寻求平等的政治诉求。他坚信优生优育，为此四处游说，希望得到同胞们的支持；但他的言论却不被家人所接受。例如，对于生孩子，考普兰德的女儿认为这事"完全是由上帝决定"⑤。考普兰德对孩子们寄予厚望，规划好了他们的人生，但妻子黛茜仍以宗教的方式为孩子们启蒙，将生活中的一切视为遵循上帝的意愿。在他身边的同胞里，这种思想具有普遍性。每当考普兰德在黑人聚会中，试图通过宣讲让同胞们学会自救时，换来的只有"伟大的主！引导我们走出死亡的旷野吧"⑤p191的回音。与他人在思想上的隔阂，让考普兰德感到无力，而此时，他的儿子威廉姆失手伤人被判服苦役。在这期间，威廉姆被白人看守关进冰窖，悬吊三天三夜，最后只能锯掉双腿才能保住性命。威廉姆的经历表现了当时法律的不公正。在麦卡勒斯的家乡佐治亚州，囚犯们被长期且蓄意的暴虐对待，其中黑奴们受酷刑的程度比白人囚犯所受的更为残酷。⑥

麦卡勒斯在她的小说《没有指针的钟》里，描述了黑人奴仆琼斯因为自保，意外造成一位白人男性死亡而被判死刑、智障的黑人男孩因偷钱被警察当街打死等案件，还有故事里，为了儿子前往法庭讨个说法的考普兰德，反被关进拘留所。这一系列事件都呈现出法律的不公正，上至法庭，下到官员，都成为种族歧视和压迫的帮凶。

少数族裔也没有逃离被歧视的命运。在南方主流价值体系中，对白人男性的要求包含了阳刚、武力、个人价值和荣誉等基本要素，男性处于强势的地位。20世纪30年代的经济大萧条对男性气质而言是一次打压，失意的白人男性开始在种族问题上寻求心理支撑。

在《伤心咖啡馆之歌》中，小镇居民对犹太人莫里斯·范因斯坦的印象就是爱哭，以至于"只要

是有人缺少男子气概，哭哭啼啼，人们就说他是莫里斯·范因斯坦"⑦。因为犹太人在出生后要行割礼，此举被南方新教徒认为"身体残缺不全"，缺少了男性硬朗的身躯和气概。其他外来种族的移民也受到影响。

《金色眼睛的映像》中，作者借艾莉森之眼形容菲佣安纳克莱托"整天像小狗一样紧紧跟着她。谁只要看他一眼，他都会突然哭出来，一边绞动他的双手"⑧。安纳克莱托脆弱敏感，孩子气十足，对艾莉森有很高的依赖心理。对于安纳克莱托的柔弱，艾莉森的丈夫兰顿曾傲慢且带有威胁性地表示要扭断他的脖子。身为军官的兰顿魁梧有力，具有雄心壮志和开拓者的精神，他认为这才是男性应具备的素养。桑娅·安德森指出，美国白人男子气概的稳固是建立在殖民统治上的，与帝国主义的扩张有关⑨。克里斯汀·霍根森延伸了这一观点，认为美国在对菲律宾进行殖民统治的过程中，通过打压和歧视菲律宾男子，强化他们的野蛮、孩子气与女性化，以维护自身的优越与男性气质，防止自身民族的堕落⑩p123-124。麦卡勒斯聚焦南方种族罪恶，通过黑人难以自救、律法对黑人的不公以及少数族裔被打压，揭露出历史遗留问题：白人至上的言论、话语仍在发挥强大的力量，黑人和少数族裔的生存仍然饱受威胁。

三、女性的身份认同危机

"南方淑女"是美国南方对女性的文化规训。在现实生活中，她们美丽纯洁，任劳任怨，管理家中大小事宜，拥有旺盛的生育力；在精神领域，她们虔诚，具有贞洁、无私奉献等美德，是南方社会的典范。南方淑女的纯洁性与南方文化的完整性常常是休戚相关，捍卫女性的荣誉往往是成为守卫南方传统的最后一道防线。有关南方淑女的美好想象背后，是以美国中上层阶级和白人男性为主导的南方文化语境，它往往忽略了女性真实的生存体验和诉求。

进入20世纪以后，女性的地位得到一定的提高。1848年至1920年的第一次妇女解放运动，为女性争取到选举权；二战的爆发给予女性就业的机会，政府为女性提供大量岗位，社会范围内出现诸如"铆工萝茜"那样独立自主的女性形象，成为女性效仿的典范人物，对"南方淑女"的规训力量也一定程度上得到削减。麦卡勒斯注意到，在规范的性别角色之外还存在着其他女性角色的可能，她们里有的在主流社会中被视为异类、怪胎，被妖魔化，甚至遭受迫害。这一类型突出地表现为"性别模糊"的女性。

《心是孤独的猎手》里的米克和《婚礼的成员》里的弗兰淇都是青春期少女，两人身材高大，12、13岁的年纪身高就达到了一米七；她们留着男孩子的短发，喜穿男装和运动鞋；她们也都不甘于温顺和平庸。米克梦想着能够成为指挥家，弗兰淇喜欢军事和国际新闻，幻想着自己能走出家乡，在外闯荡。她们身上呈现出女性气质和男子气概的杂糅，这种双性气质的共存为她们增添了生机与活力。可随着年岁的增长，米克在与哈里的交往中失去童贞，弗兰淇在她的哥嫂的婚礼上进一步认清现实，选择回归淑女身份。在两位女孩的身上，曾经浮现的野蛮生长的力量消失不见，取而代之的是沉默而无望的生活气息，就好像"……孤魂野鬼，惶惶然在门与门之间游荡"⑩。

《伤心咖啡馆之歌》中的爱密利亚小姐，可以说是上述两位少女的延续。爱密利亚小姐短发，皮肤黝黑，身材高大，脸上常年带着严峻、粗犷的神情，工裤和长筒雨靴是她的标志性装扮。她的言行举止颇有男性气质，工作能力出众，经营着酿酒厂、锯木厂、农场和咖啡馆，是小镇上最富有的女人。小镇居民对爱密利亚小姐的态度是矛盾的：一方面，他们敬畏于她的财富和地位，不敢对她评头论足；另一方面，他们又猜测这个行为举止如同男性的女人心狠手辣，暴力极端。小镇居民希望马文·马西与爱密利亚的婚姻能够解决她那让人有些困惑的"性别错乱"，使她能表现得更女性化。可惜，事与愿违。马文·马西像对待南方淑女一般对待爱密利亚，最后落得被赶出家门的下场。后来，爱密利亚将她的爱情倾注在"小罗锅"李蒙的身上，对他倾尽关怀，结果遭到了李蒙的背叛。被李蒙伤害后，艾密莉亚再也无法坚持自己的其实身为女性的性别身份，成为阁楼上的"活死人"："……一张在噩梦中才会见到的可怖的、模糊不清的脸——苍白、辨别不清是男还是女"⑦p2。这一类包括男女都有的、有别于传统性别身份的群体，游走于自身内在本质与上流社会之间，小心翼翼地寻求着平衡与生存。但是，南方的性别体系并没有给予他们自我认同的更大空间，他们对自己身份认同的认真追寻变成了一个遥不可及的梦境。

四、边缘性的突围与重构

国内学者赵欣在分析帕克和斯通·奎斯特的"边缘人"理论时指出，两人在有关"边缘人"的探讨中隐含着对"潜在的中心"的注意，形成有关中心——边缘这样一组关系，也形成了主流群体——边缘群体的二元对立概念。赵欣认为，主流群体和边缘群体所代表的文化之间存在着持续的相互影响和作用关系，在此基础上，边缘性可以被视为一种相对积极，并非完全被动的属性和特质来消解文化屏障，以此寻求它与主流文化的共存④p124。

主流群体和边缘群体，因相互的权力不对等而有所区分。以往人们更多着眼于彼此的对立关系，而忽略了二者之间的动态往来。对于20世纪上半叶的美国南方社会而言，边缘群体处于弱势地位，但这并不代表着他们毫无影响力。或许有时，正是因为这一群体被得以注意，所以有了更多不断突破边缘的界限的可能，帮助社会范围内的话语流通走向多元和自由。

（一）音乐重建内心秩序

在麦卡勒斯的创作中，随处可见音乐的身影。这和这位作家的经历有关。麦卡勒斯很小就展现了她在音乐上的天分，6岁时便能在家中弹奏出当日所观看电影的主题曲。17岁以前，麦卡勒斯的人生一直与音乐相伴。在麦卡勒斯转向写作领域以后，她也结交了不少喜爱音乐的好友。在她租住的纽约社区里，演奏声、乐曲音、咏叹调……不绝于耳，她本人尤为喜爱演奏巴赫和舒伯特的作品。

音乐是一门有关倾听的艺术。在音符所构建的空间中，人们能够暂时地从日常生活里抽离，在曲调的流转变化里感受不确定性，以获得生命的更多

可能，就像麦卡勒斯塑造的两个人物米克和弗兰淇一样。

米克不得不穿上高跟鞋、丝袜，抹上口红，成为一角钱店的女职员后，是贝多芬的第三交响曲给予了她生活的力量，乐曲的激烈昂扬唤醒了她沉睡的激情。她在对自己内心的审视中，依旧坚持着成为指挥家的梦想和目标，不再惧怕他人对她"假小子""怪胎"的嘲讽，也不再受限于对"南方淑女"的性别规训，对自我的肯定使她找寻到了生存的意义；弗兰淇在《八月之歌》忧伤的旋律中，直面自身的恐惧，讲述她对陈腐的南方社会的思考，得以抛开当时社会上保守的各项评价标准，正视自身的非常态，与自身达成和解。

不同边缘人的边缘性，重在各边缘人处在不同的情境时，对边缘性的主观反映。④p121当少女们不再受困于社会对性别身份的限定，不再因外界的压力和指责惊恐不安时，她们便拥有了直面人生的勇气，无所畏惧地走向未来。

在麦卡勒斯的作品中，音乐总是拥有着慰藉人心的作用。在《金色眼睛的映像》中，艾莉森与菲佣安纳克莱托就是依靠谈论音乐，方能度过令人窒息的军营生活。

在《心是孤独的猎手》里，辛格被界定为"歌唱者"，众人在向他的倾诉中缓和了自己不被人理解的痛苦。边缘群体借助音乐的力量，在主流社会的生存中获得喘息的空间。在这里，他们试图寻找突破边界的机会，在保存自身主体性的同时，又能参与到由白人主导的文化之中。

"苦役队之歌"是《伤心咖啡馆之歌》结尾处留下的一个场景。叙事人在讲解完故事后，话锋一转，提到不如去听苦役队唱歌。苦役队是由7个黑人小伙子和5个白人青年组成的队伍，他们身穿囚服，在警卫的监视下做着苦力活。当苦役队的第一句歌声响起后，陆陆续续有其他声音参与其中，进而整个苦役队开始高声歌唱，音乐声不断膨胀，响彻云霄，与大地、天空紧密相连，使人似乎忘记了身上承担的苦难，感到心胸开阔，浑身充满了狂喜和战栗。麦卡勒斯以描写合唱队的形式，昭见了南方社会的救赎。音乐的场域无关肤色、种族、国

籍，也不受限于文化、信仰。这场跨时空的音乐对话，实现了麦卡勒斯对南方性别、种族偏见的破除，人们在乐曲的韵律中重获新生，这股强劲的话语力量也为南方注入了新的文化活力。

（二）回归自然的呼唤

《没有指针的钟》是麦卡勒斯创作的最后一部长篇小说。此时，作者饱受病痛的折磨。1959年前后，她接受了两次手术。1962年后，她的大部分时间都是在轮椅上度过。可以说，《没在指针的钟》里的主人公马龙是作家自身经历的投影。马龙患有白血病，将不久于人世。在思考有关死亡的问题时，马龙发现，自己成为一个望着"没有指针的钟的人"⑪。指针指示的是时间，它的消失无疑预示着时间的失序，这就通过文本，从文本意义上构建起一个真空地带。当"没有指针的钟"再次出现，是在马龙即将走向死亡的时刻。这时，马龙惊讶地发现，"他不再是一个望着没有指针的钟的人了，他不孤独，他不反抗，他不痛苦"⑪p261。死亡的来临让马龙不再注意时间的变化，他放弃注意自己何时会走向生命的终结，而是学会观察自己周围的一切，学会去欣赏自然的美。当他发现自己成为自然的一部分时，他不再恐惧或孤独，不再咒骂的死去，他的生活也变得简单而纯粹。也正是在这一变化中，马龙拒绝支持法官克莱恩对混血儿舍曼采取的暴力行为。有意思的是，在马龙的意识即将终结的时刻，收音机里传来老法官克莱恩的宣讲，本应宣传种族主义的他竟鬼使神差地背诵起林肯的葛底斯堡演说，意在反对种族歧视。马龙的死亡与克莱恩的语意颠倒形成了绝妙的复调。这正是麦卡勒斯在创作笔谈中提到过的，"将悲剧和幽默拿来做一个勇敢的、表面上冷酷无情的衔接并置"③p166，这里，作者以痛苦和闹剧相融合的形式，完成了对种族主义的批判。

与主流群体相比，边缘人往往"更能客观地审视主流文化、习俗、生活方式和价值观，从而对其进行批判性反思"⑪p123。"没有指针的钟"是马龙在死亡阴影笼罩之下浮现的幻象，它象征着作者对生死、自然和历史的看法。

时间和时间维度，其客观因素和其在人们自觉认识下的存在，常常与社会的发展一起，有着被建构的可能。南方神话塑造了一整套全面且不可动摇的思想价值体系，经由时间的沉淀深深嵌入到整个南方的文化和意识形态之中。其中罪恶的种族观念，有悖于人性健康发展的那部分，在当代依然具有强大的威力。所以，要想解决南方问题，就要把人们从这个做作的、不公正的社会体制中解放出来，重返自然。值得注意的是，麦卡勒斯所指的"回归自然"并非回到原始蛮荒的混乱状态中，而是针对南方不公正的、二元对立的社会秩序所提出的一种新的希望，作家以艺术创作的方式突破着社会霸权的边界，寻找着个体多元生存价值的可能。

五、结语

作为美国南方的女儿，麦卡勒斯总是注意着南方大地上发生的一切。在种族主义和性别规训的文化语境中，她从具体的个人经验出发，触碰到被主流话语排斥在外的边缘人群生活：黑人和少数族裔依然面临着生存的危机，性别模糊的女性遭遇着身份的无法确认……当白人男性至上的社会价值体系成为衡量一切的标准和尺度时，边缘人群有着将滑落至痛苦和绝望的深渊的可能。

幸运的是，麦卡勒斯笔下的"边缘人"没有任由黑暗将自己吞噬，他们中很多人仍在不断探寻着前行的道路，在被压制的生活日常中建构着内心的秩序，确立着自身生存的意义；同时，他们以时间的"真空态"反思社会的被建构性，呼吁回归自然，以此追求生命的真谛。边缘人群以其自身的边缘性，对主流群体的话语方式和文化框架予以冲击，使主流群体和边缘群体两者之间呈现出动态的影响关系。在此向度上，边缘人群不再是"他者"，与主流人群并非绝然的二元对立，而是互为主体，你中有我，我中有你。麦卡勒斯以观察者的身份记录下这一过程，描绘出这两个群体之间曲折复杂的运动轨迹，呈现出对边缘性的深度理解。

注释【Notes】

①本文系广西高校中青年教师科研基础能力提升项目《流动性转向：麦卡勒斯与莫言的空间叙事比较研究》（项目编

号：2023KY1654）的阶段性研究成果。

②Millichap, .J. R. , "The Realistic Structure of *The Heart Is a Lonely Hunter*" in *Nineteenth-Century Literature* (Vol.17), 1971(1), p.11.

③[美]卡森·麦卡勒斯：《麦卡勒斯：抵押出去的心》，文泽尔译，北京：人民文学出版社，2012年版，第165页。以下只在文中注明页码，不再一一做注。

④赵欣：《"边缘人"研究的理论脉络、核心逻辑与研究展望》，载《国外社会科学》2021年第4期。以下只在文中注明页码，不再一一做注。

⑤[美]卡森·麦卡勒斯：《心是孤独的猎手》，陈笑黎译，上海：上海三联书店，2014年版，第72页。以下只在文中注明页码，不再一一做注。

⑥Ronald, L. Goldfarb. *After Conviction*, 1973., 转引自Harold Bloom, *Carson McCullers's 'Ballad of the Sad Café'*. New York: Chelsea House Publishers, 2005, p.88.

⑦[美]卡森·麦卡勒斯：《伤心咖啡馆之歌》，李文俊译，上海：上海三联书店，2015年版，第8页。以下只在文中注明页码，不再一一做注。

⑧[美]卡森·麦卡勒斯：《金色眼睛的映像》，陈笑黎译，上海：上海三联书店，2012年版，第64页。

⑨Matsui, Might. "Reflections in a Filipino's Eye: Southern Masculinity and the Colonial Subject", In *Twentieth-Century American Literature* (vol.26), 2013(2), pp.123-124. 以下只在文中注明页码，不再一一做注。

⑩[美]卡森·麦卡勒斯：《婚礼的成员》，周玉军译，上海：上海三联书店，2013年版。

⑪[美]卡森·麦卡勒斯：《没有指针的钟》，金邵禹译，上海：上海三联书店，2007年版，第27页。以下只在文中注明页码，不再一一做注。

英语传记小说对艾米莉·狄金森的迻译①

周建新

内容提要： 美国19世纪著名女诗人艾米莉·狄金森已被搬上舞台，进入影视、音乐和文学作品，呈现多样风采，犹如历史狄金森原版形象的多个衍生译本，但其在小说中的形象目前尚未引起学界关注。五部英语传记小说将历史狄金森分别迻译为虔诚却不皈依基督教的宗教徒、叛逆者、女性主义者、爱欲狂野的女汉子四种形象，是历史狄金森和虚构狄金森的结合体。随着小说被持续阅读和流传，将极大促进狄金森声名的传扬和狄金森形象的普及。

关键词： 英语传记小说；艾米莉·狄金森；迻译

作者简介： 周建新，博士，华南理工大学外国语学院教授，博士生导师。研究方向：汉英诗歌对比与翻译，翻译研究，英语教育。

Title: Transformation of Emily Dickinson's Image in English Biographical Novels

Abstract: The 19th-century renowned American poet Emily Dickinson has been performed on the stage, into film, television, music and literary works. The different images of this poetess that have been presented are multiple derivatives of the original image of Dickinson in history; yet her image in the novel has not attracted academic attention so far. This paper takes five English biographical novels as examples that present Dickinson's image. These novels have tried to show Dickinson in four versions: ① Dickinson was a devout but unconverted religious woman: ② she was a rebel; ③ she was a feminist; and ④ she was a wildly erotic tough girl. Each of the four images is a combination of the historical Dickinson and the fictional Dickinson. As the five novels continue to be read and circulated, it will greatly promote the spread of Dickinson's reputation and the popularity of Dickinson's image.

Key Words: English biographical novel; Emily Dickinson; transformation

About the Author: Zhou Jianxin, PhD., is a professor in School of Foreign Languages, South China University of Technology; he is doctoral supervisor; his major research is on Comparison and Translation of Chinese and English P etry, Translation Studies, and English Education.

一、引论

传记小说是指"描写人物生平事迹的小说。由纪实性传记发展而成"②，是纪实和虚构的结合体，在纪实基础上虚构，以塑造作者心目中的人物形象。传记小说创作与翻译殊为类似，如法国文学社会学家罗伯特·埃斯卡皮（Robert Escarpit）在其《文学社会学》中所言，"翻译总是一种创造性叛逆"③，即不论译者如何努力地想忠实翻译原文，但译者的主观性会不可避免地影响翻译行为，因而译文必然含有译者一定程度的再创造，即"创造性

叛逆"（creative treason）。创造性叛逆是翻译中必然存在的"客观现象"，"并无明确的褒义"，"也无明确的贬义"④。如果译者故意为之，如故意误译、增译、减译、缩译等，则创造性叛逆的迹象更加明显。可见，翻译是译者努力忠实再现原文，同时某种程度上偏离原文的主观行为。这与传记小说的创作相似，传记小说的作者依据特定人物的基本历史事实，努力再现人物真实的历史形象，同时通过一定程度的主观虚构塑造人物的艺术形象，所以传记小说中的人物形象就是历史形象和

艺术形象的结合体。如果说人物的真实历史形象是原文，则传记中的人物形象就是译文，存在一定程度偏离真实历史形象的创造性叛逆。本文通过文本细读逐一分析五部艾米莉·狄金森英语传记小说对狄金森形象的迻译，揭示各传记小说对狄金森形象的个性化塑造，展现作为西方经典作家的美国19世纪著名女诗人艾米莉·狄金森（Emily Dickinson，1830—1886年）在英语小说中的在场，而这一现象，目前尚未有学者关注。

二、五部英语传记小说对艾米莉·狄金森的迻译

以下五部英语传记小说均以艾米莉·狄金森的历史资料为依据，据史而撰，既有传记的真实呈现，也有小说的形象虚构，但虚构多基于史实。五部传记小说各自塑造了狄金森形象，这些形象如同译文，既含狄金森的历史真实，也有小说作者的"创造性叛逆"。

（一）《我们狄金森一家》：虔诚却不皈依基督教的宗教徒狄金森

《我们狄金森一家》（*We Dickinsons*，1965年）⑤由美国女作家艾琳·费舍尔（Aileen Lucia Fisher，1906—2002年）和奥利夫·拉贝（Olive Hanson Rabe，1887—1968年）合著，以狄金森家大儿子奥斯汀的口吻叙述狄金森一家的活动，时间自1840年狄金森一家从自家"宅邸"（Homestead）搬离到北快乐街（North Peasant Street）的木架子屋去开始。按小说的描述，狄金森不到11岁时就思考宗教问题，"她思考着时间、创世、上帝和圣经等问题"。而周围亲友的相继离世也促使她思考死亡和死后世界的问题。但狄金森只信善的上帝，不信基督教恶的上帝，"对愤怒的上帝敬而远之"。19世纪50年代兴起的宗教复兴狂热席卷新英格兰时，狄金森的母亲、父亲和妹妹维尼、好友苏和艾米莉·福勒相继宣布入教，而她并没有入教。但她关注教堂活动，比如她曾让哥哥奥斯汀晚上带她去看新落成的教堂。每周日礼拜前，她常让妹妹维尼替她带鲜花到教堂的祭坛去，还替她带小花束送给教友们，虽然她自己"从不进教

堂"。狄金森的虔诚还体现在她"熟读《圣经》就像她熟读字典一样"，可以"自如地引用《圣经》中的表达法"。她"思考宗教的问题，阅读有关宗教的书籍，仔细琢磨，提出有深度的疑问"。她听科尔顿牧师（Rev. Colton）的布道，与好友牛顿（Benjamin Newton）和牧师沃兹华斯（Charles Wadsworth）探讨宗教。她对宗教的兴趣"比大多数皈依者都要浓厚"，只是她并没有皈依。她说，"我仍然觉得在教会的信条之外，上帝离我更近"。奥斯汀曾对狄金森说，"你比我们任何人都更真诚地信奉宗教"。狄金森的好友、奥斯汀的妻子苏也认为狄金森"比我们离上帝更近"。狄金森的宗教倾向并非没有引起父亲爱德华的担心，他一度对狄金森的灵魂"有疑问"，并请镇上新来的牧师乔纳森·詹金斯（Rev. Jonathan Jenkins）来家给狄金森做宗教诊断。牧师与狄金森"在前厅共处了一个多小时"后，向爱德华报告说，狄金森的灵魂是"健康的"，令爱德华终于放下心了。

小说中的狄金森在长久思索和探寻宗教相关问题中有了自己的答案，她并未皈依基督教，因她有自己的上帝和宗教，当其他人去教堂礼拜时，她"戴上自己的翅膀"，去属于自己的地方礼拜上帝，她是一个不皈依基督教的虔诚宗教徒。

（二）《姐妹》：叛逆者狄金森

阿根廷生物学家和小说作家保拉·考夫曼（Paola Kaufmann，1969—2006年）写的《姐妹》（*The Sister*，2006年）⑥曾获得美洲之家奖（Casa de las Américas Prize），通过狄金森妹妹维尼的视角追溯狄金森人生中的趣闻轶事，展现狄金森桀骜不驯的性格，其中最突出的事件有三：狄金森晚餐时摔父亲的碟子、躲进地窖不上教堂、对侄女玛蒂的发型和嫂子苏表达看法。

摔碟子事件发生在一家五口一起吃晚饭时，父亲抱怨自己用的碟子有缺口，而狄金森是负责饭前摆碟子的。她听到父亲的抱怨后，"像一只被烫伤的猫一样从座位上跳起来"，抓起父亲的碟子、砂锅菜和所有东西，走到阳台上"把碟子摔在石头地板上"，声音清晰可闻。随后她返回屋子，人"像发疯了一样"，"直视着父亲的眼睛，把盘子

碎片像祭品一样递了出来，但在她的眼中没有什么祭品：只有纯粹的叛逆"，只是口中说着"你再不必用那个有缺口的碟子吃饭了"。据维尼的描述，狄金森是家中唯一敢直面父亲的人。自摔碟子事件后，狄金森和父亲"彼此几乎不说话"。

躲地窖事件源于狄金森不想与全家人一起上教堂听布道，于是叫佣人玛格丽特（Margaret）把自己锁在地窖里，令大家都找不到她。狄金森全家周日出发去教堂前，狄金森谈起她在学校对主耶稣出言不逊而被罚关禁闭，轻描淡写地说"没啥了不起的"，父亲听后大为生气并呵斥她，但她"满不在乎"，继续说着鄙视耶稣的话，导致"脸色铁青"的父亲更加愤怒，"试图强迫她去教堂悔罪"，但她"突然跳起来，消失在我们的视线中"，到处都找不到她，从教堂回来后大家又继续找，最后才发现是狄金森令女佣玛格丽特把自己锁在了地窖里。打开地窖门时，狄金森正轻松地"在摇椅上来回摇晃"。怒不可遏的父亲罚她在阁楼上禁闭一天，但她却不在乎地说："单独关禁闭惩罚不了狄金森家的人。"

狄金森对侄女玛蒂（Mattie）毕业照片的感慨也反映了她彰显自我、不愿从众的叛逆思想。狄金森在侄女照片上看到了自己的影子，称："这就是我想要的样子：同样的挑衅表情，同样的自信……多么美丽可爱的女孩啊！"狄金森对好友和嫂子苏的仰慕更体现她崇尚个性，反抗压迫的叛逆性格。狄金森一直迷恋苏，"从来没有停止过爱她，崇拜她"，因为苏不仅"美丽得像野鹿"，"充满活力和磁性"，而且"总是按自己的意愿行动"，"一个人勇往直前"，狄金森认为"在某种程度上，苏代表了自己的雄心"。在维尼看来，狄金森天生叛逆，甚至连她的发型也如此，"她的头发是红色的，波浪形的，天生叛逆"，她的长发"像风一样散乱"，"她就像一个妖精"。《姐妹》一书展现的是一个思想和性格均充满叛逆的狄金森。

（三）《与艾米莉共度午后》与《她自己的声音》：女性主义者狄金森

美国弗吉尼亚州费尔法克斯县公立学校诗歌教师、"诗歌女士"萝丝·麦克默里（Rose Chatfield-Taylor MacMurray，1921—1997年）的小说《与艾米莉共度午后》（2007年）⑦，通过书中14岁女孩米兰达·蔡斯（Miranda Chase）讲述与比自己大13岁的狄金森交往的方式刻画了一个女性主义者狄金森。

书中的狄金森主张女性独立自主，提倡女性以工作而非家庭为重，"工作才是最重要的"，因而她反对婚姻，认为结婚后女性就丧失独立，成为男人的财产。她告诉米兰达"永远都不该结婚"。她拒斥男性，认为"我一直都了解男人的黑暗面"，对男人之爱感到"厌恶和恐惧"，认为那只不过是男人"兽性的暴力"，而非"同情和温柔的关怀"。她反对男权对女性的歧视。狄金森家的好友塞缪尔·鲍尔斯（Samuel Bowles）拥护妇女解放，常在自己编辑的《春田共和党人报》（*Springfield Republican*）上刊登女性作者的抒情诗歌，但狄金森认为他这么做是在贬低女性，他发表那些充满"甜言蜜语的沉思"的愚蠢诗歌让世人认为女人就是"冲动的生物"，同时也表现他作为男性对女性"屈尊俯就"和"宽宏大量"。她反对男权对女性的歧视还体现在她对父亲的反抗上。她专横的父亲坚信女性是"低等物种"，她们的存在只为了"服务于男性并抚养他们的孩子"。狄金森誓要摆脱父亲的"统治和管教"，她不结婚不生孩子，不主动做家务，时常与父亲对着干，忤逆父亲的意愿。她对男权的反抗有时走向极端，比如她甚至不再弹钢琴，因为钢琴曲都是男性作曲家的曲子，弹男人的曲子就等于服从男人的规则，所以"我不再服从他们。我不再听从命令了"。她也把不再弹巴赫的曲子作为对父权的反抗，因为巴赫是父亲的最爱，"巴赫是一种法则——父亲也是"。狄金森不想做柔弱顺从的传统女性，她想有一天发表自己的诗歌而成为一个独立而有力量的存在，让"我的诗歌能像巨无霸一样横扫一切！"。

集小说家、剧作家和演员于一身的获奖作家芭芭拉·达纳（Barbara Dana，1940— ）花了近10年的时间研究狄金森后写的小说《她自己的声音》

（*A Voice of Her Own*，2009年）⑧，这部小说通过主人公狄金森自述，描绘其在马萨诸塞州艾默斯特镇（Amherst, Massachusetts）9岁至24岁的生活，塑造了具有男女平权思想的女性主义者狄金森。狄金森很早就有女性主义意识，她9岁时就不认可镇上女人们平时操持家务、去教堂做礼拜，闲时喝茶闲聊的传统生活方式，祈愿"上帝拯救我，使我免于这样的命运！"。15岁时她提醒学校老师在提到女性时最好明示为"她"而非笼统使用"他"字来包含女性。她17岁入读霍里奥克山女子学院（Mount Holyoke Female Seminary）后，对校长莱昂小姐（Miss Mary Lyon）提出的女性教育主张甚为赞赏，"我对她怀有崇高的敬意"。她也敬佩诸如伊丽莎白·巴雷特·勃朗宁和"心爱的《简·爱》的非凡作者"夏洛特·布朗蒂这样取得伟大成就的女作家，正是他们激励她立志做一个"聪明而有思想的女孩"而非传统的"女人"。她意识到自古至今"一直都存在着一种秩序"像一个牢笼束缚着女性，而她的母亲就生活在这样的牢笼里，这让她感到害怕，"我看着母亲，我想我宁愿死也不愿像她那样活着"。她不想进入男性规定的秩序中，被男权社会吞噬。对于婚姻，她向好友苏坦言，"我永远不会结婚"，因为在婚姻中"付出的总是女人"，她不能因为婚姻"放弃我们的思想——我们的自我！"。她要自己做主，"我想当女主人"。她主张男女平等，让"两性同样辉煌"，"我们都必须成为我们自己！"。小说中的狄金森不仅跟自己对话，反抗现实中对女性的忽视和压迫，还向好友本（Ben）、艾比（Abby Wood）和苏（Sue）宣扬女性解放和女性权利的思想，展现了一个旗帜鲜明的女性主义者形象。

（四）《艾米莉·狄金森的隐秘人生》：爱欲狂野的女汉子狄金森

屡获殊荣的美国作家、普利策奖获得者小说家杰罗姆·夏林（Jerome Charyn，1937— ）的小说《艾米莉·狄金森的隐秘人生》（*The Secret Life of Emily Dickinson*，2010年）⑨在出版当年，曾在社交网站脸书（Facebook）上吸引了3000多名狄金森迷组团陆续前往诗人出生地参观。小说以狄金森自叙的方式揭示她激情和野性的一生，她对异性感受敏感，一见陌生男性就不禁春心摇曳，把持不住内心欲望的流荡，生出大胆想法或做出出格举动。小说从1847年狄金森入读霍里奥克山女子学院开始，至小说结束时，共有9位男性令狄金森心动，其中4位更令狄金森魂不守舍，深陷其中。

她参加"熬枫糖"（Candy Pull）聚会时，就对熬糖小伙们不着上衣的棕色身躯"着迷"。在女子学院就读时（1847年9月30日—1848年8月3日），她第一次用手抚摸发烧的勤杂工汤姆（Tom Harkins）的脸颊，就有"触电般的感觉——我的脸颊因喜悦而红彤彤的"。后来她日夜思念汤姆而不得见时，有时不禁"尖叫"。她首次见另一位勤杂工理查德·米德奈特（Richard Midnight）时，同样被裸着上半身的对方的黑色胸毛吸引，"我无法将目光从他胸前的那团毛发上移开"，而对方"身上流下的汗水就像劳作的公牛身上散发出的刺鼻气味"强烈刺激着狄金森，令她禁不住春心动荡。她和父亲律师事务所实习生——比自己大9岁的本·牛顿（Ben Newton）聊天时，对方一咳嗽，她就不禁想"把这个高大、瑟瑟发抖的男人拥入怀中"，她想在教堂"勾引"他，"坐在他旁边，抚摸他的手"，她"尽其所能地引诱他"，可惜没有成功。1855年3月她在费城听拱门街长老会教堂（Arch Street Presbyterian Church）已婚牧师兹沃华斯布道时，对方"令人陶醉的语气"使她浑身发抖，就想"立刻嫁给他"。1860年3月对方突然到访时，她"脸涨得通红。心怦怦直跳"，表白说对方"俘获了她的芳心"。

她也对《春田共和党人报》主编兼编辑塞缪尔·鲍尔斯一见钟情，"我可耻地被他悲伤的眼睛和阿拉伯人的风度所吸引"，真想"把鲍尔斯先生拥入怀中"。当她得知对方已婚，但喜欢携女伴出游时，就"幻想"自己是其中一名女伴，成为他"后宫佳丽"中的一员。看到对方喝浆果酒有一滴掉落到他胡子上时，她竟想用嘴去舔，"我很想舔掉它"。对方的美妙举止令她头晕目眩，惊叹不已。她与对方待了半天后就产生深深的依恋，感觉爱情来得太快了，它在自己体内"燃起并自腰部蔓延开来"，比"着火的谷仓"燃烧的速度还快。和对方握手告别时，她一脸的"羞赧"，"满面通红"，感受到了自己"皮肤上的电火花"，她的心"因颤抖而剧烈跳动"。

她还对从耶鲁大学来艾默斯特学院做访问学者的布雷纳德·罗（Brainard Rowe）一见钟情，后独自一人去酒吧找到对方，喝酒聊天没多久就想跟对方结婚和私奔，于是主动挑逗，引诱对方"求婚"，最后在亲吻中被对方嘴里的"朗姆酒和糖蜜的味道"刺激得"颤抖着"，感到"难以形容的狂喜"。狄金森1864年4月至11月在波士顿治疗眼疾期间初识阴山帮派（Shady Hill Gang）的扒手埃诺巴布斯（Enobarbus）时，才看到对方脸的轮廓，就情不自禁问对方"先生，您愿意娶我吗？我可以给你做饭和补袜子"，紧接着就与对方携手在波士顿夜晚的大街上散步，她沉迷其中，"不想让这个夜晚结束"。第二次在大街上再见对方时，两人紧搂着跳起了舞，她几乎黏在对方身上，"几乎喘不过气来"，真想永远"黏"在一起。当对方告诉她自己前女友曾对自己很好时，她"妒火中烧，嫉妒得脸都绿了"。狄金森47岁时大胆与父亲的老友——比自己大19岁的洛德法官（Otis Phillips Lord，1812—1884年）相恋，她用"少女的把戏"，成功"激起男人的欲望"，让洛德法官"很少离开我的房间"。即使在去世前卧病在床的一段时间里，她还对家中新雇来的牛栏勤杂工小伙丹尼斯（Dennis）着迷，一见到对方，心脏就像"发动机一样狂跳"，羞得脸色像"一片红霞"，于是就常让小伙来陪伴自己，有时让他抱着自己在房间里跳舞，直至去世。书中的狄金森在生命最后时刻坦承自己是"一个可耻的、狂暴的女孩""奥斯汀的狂野妹妹"和"会踢人的袋鼠"。而她在主动追求男性时，无不体现出大胆勇敢的女汉子气概，她甚至憧憬自己"有胡须"，"像男人一样有胡须有力量"，"是一个武士，而非一只温

顺的小老鼠"。小说描绘的就是这样一个对男性感受敏锐，敢于充分释放自己爱欲的大胆狂野的女汉子狄金森。

三、结论

五部英语传记小说呈现的四种狄金森形象是狄金森真实历史形象的迻译，其虔诚却不皈依基督教的宗教徒、叛逆者、女性主义者及爱欲狂野的女汉子形象是狄金森历史形象与虚构形象的结合体，而其虚构是小说作者基于史实基础上的合理虚构，以展现小说作者眼里真实生动的狄金森。随着传记小说被持续广泛阅读与流传，狄金森形象将得以更大范围、更长时间播散，极大助益于狄金森声名的传扬和形象的普及。

注释【Notes】

①本文系2020年度国家社会科学基金一般项目"副文本视域中的艾米莉·狄金森文学形象研究"（批准号：20BWW043）的阶段性成果。

②庄涛、胡敦骅、梁冠群主编：《写作大辞典》，汉语大词典出版社1992年版，第400页。

③[法]罗·埃斯卡皮：《文学社会学》，王美华、于沛译，安徽文艺出版社1987年版，第137页。

④谢天振：《创造性叛逆：争论、实质与意义》，《中国比较文学》2012年第2期，第36页。

⑤Fisher, Aileen, Olive Rabe. *We Dickinsons: The Life of Emily Dickinson as Seen Through the Eyes of Her Brother Austin*. New York : Atheneum,1965.

⑥Kaufmann, Paola. *The Sister: A novel on the hidden world of Emily Dickinson*. Trans. William Rowlandson. Richmond, Surrey, England: Alma Books Ltd, 2006. Translated from the original Spanish publication in Cuba in 2003: Kaufmann, Paola. *La Hermana*. La habana, Cuba: Editorial Casa de las Americas, 2003.

⑦MacMurray, Rose. *Afternoons with Emily*. New York, NY: Little, Brown and Co., 2007.

⑧Dana, Babara. *A Voice of Her Own: Becoming Emily Dickinson*. New York: HarpersTeen, 2009.

⑨Charyn, Jerome. *The Secret Life of Emily Dickinson*. New York: W. W. Norton & Company, 2010.

后现代语境下女性的困境与出路

——评女性主义电影《芭比》

何　鹏　郭俊吟

内容提要： "芭比"是消费主义浪潮的冲击下，由资本主义与父权社会联手打造的完美人偶，这个人偶重申了刻板化的女性气质，转移了两性权力结构的矛盾，《芭比》试图对这个物化的人偶形象进行解构和重构。《芭比》对社会性别权力结构进行了颠覆性的构想和描绘，认为性别权力结构从来都是一体两面的，不论哪一种性别占据主导地位，失衡的性别权力结构必然会导致矛盾冲突。《芭比》传达了两性平权的思想，呼吁平权化的社会。

关键词： 女性成长；女性主义；后现代主义；性别平等

作者简介： 何鹏，西北师范大学传媒学院副教授，博士，硕士生导师，主要从事影视文化与传播、影视史论与批评研究。郭俊吟，西北师范大学传媒学院广播电视编导专业学生。

Title: Women's Dilemma and Path in the Postmodern Context: On Feminist Commercial Film *Barbie*

Abstract: As a cultural text exploring gender issues, the film Barbie has retriggered the public's thinking about women's social roles, status, dilemma, and their ways out of difficulties. This film employs unique parody, comical narrative, sharp criticism of patriarchy, and in-depth reflection on the gender power structure. Barbie is a perfect doll created jointly by capitalism and the patriarchal society under the impact of the consumerist wave. This doll in the postmodern context reaffirms the stereotypical femininity, and also diverts the contradictions in the gender power structure. Barbie attempts to deconstruct this objectified doll image. The film subversively conceives and depicts the gender power structure, and uses surrealist techniques to show the audience that the gender power structure has always been of two sides of the same coin. No matter which gender is in the dominant position, an unbalanced gender-power structure will inevitably lead to contradictions. Whether males or females, when being in the position of the "second-sex", they are victims of patriarchy. Barbie combines three waves of the feminist movement in a commercial comedy film of her, and conveys the ideas of gender equality and gender parity in a more gentle way, calling on everyone to build a society of equal rights.

Key Words: *Barbie*; women's growth; Feminism; postmodernism; gender equality

About the Authors: **He Peng**, is an associate professor, doctoral degree holder; he is and master's thesis advisor at the College Of Communication, Northwest Normal University; his main research includes Film and Television Culture and Communication, as well as Film and Television History, Theory and Criticism. **Guo Junyin** is a student, who majors in Radio and Television Scriptwriting and Directing, at College of Communication, Southwest Normal University.

探讨女性主义的电影《芭比》自上映以来，在全球范围内掀起了观影热潮，引发了广泛的社会关注与讨论。它"爆火"的原因不仅在于其优良的制作与较强的"娱乐性"，更在于其作为一个探讨性别问题的文化文本，以其独特的叙事方式对社会性别权力结构进行了深入思考，再次引发了大众对女性社会角色、社会地位及其困境和出路的思考。本文从女性主义视角对电影《芭比》展开深入探讨。

一、从被"凝视"的人偶到有生命的自我

在电影开篇，芭比乐园宛如梦幻的乌托邦。在这个女性本位的世界里，芭比们拥有令人艳羡的外

貌，纤细的腰肢、修长的双腿，以及精致妆容与时尚穿搭。她们生活在糖果色建筑中，每日从梦幻屋中醒来，与同样完美的女伴们一起游戏和工作，从事着从医生、律师到总统等光鲜的职业，掌控着这个世界。芭比拥有的一切看似是完美的，实际上如虚幻泡影，缺乏深度与真实质感。

芭比世界本质上是一个巨型娃娃屋，充斥着夸张的标志性颜色芭比粉和不真实的塑料感。导演在布置电影拍摄场地时是按照芭比娃娃乐园的比例布置的，按真实建筑大小进行复制的。全部建筑都是艳丽的玫粉色，包括巨大的螺旋滑梯。整个芭比乐园几乎全部是开放式建筑，给人一种游戏状态的"悬浮感"。虽然芭比形象完美，但是其行事却处处透着怪诞：喝不存在的水，吃过的面包完好无损，行走的时候脚后跟悬空，这种种荒诞行为暗示观众此时的芭比只是没有自我意识的人偶。尽管芭比完美、优雅、性感，是最为流行、受追捧的金发女郎，但这时髦精致的都会女郎人设，其实是消费主义浪潮的冲击下，由资本主义与父权社会联手打造而成的形象。它重申了刻板化的女性气质，转移了两性权力结构之间的矛盾。"消费主义的浪潮缓解了女性在转变中面临的焦虑感，伴随着消费能力的提升。在一定限度内自由选择商品的权利增强她们对都市消费者这一身份的自豪感，正因如此。商品化的女性赋权意识与消费息息相关的自信文化成为了后女性主义的核心。……自信文化和新自由主义成为核心"①，既让女性心甘情愿为"粉红税"买单，也让社会中的性别歧视主义更加隐蔽。

粉色作为贯穿全片的视觉主导，既是芭比品牌的标志性色彩，又象征着社会长期以来强加给女性的枷锁，暗示女性在男权社会被限定于甜美、柔弱的狭隘范畴。芭比的换装情节同样寓意深远。作为芭比玩偶最具代表性的意义，"换装"象征着芭比从被剥夺本我的人偶，到萌生自我意识的觉醒：一开始芭比穿着时尚精致、千篇一律的"罐头套装"，但随着芭比探索现实世界的深入，她逐渐尝试更加简便舒适的衣装，这一转变是芭比挣脱外在束缚、回归内心本真的具象化。鞋子的选择

同样意味深长，高跟鞋代表传统审美下女性的"优雅"道具，也是父权社会限制女性自由行动的"美丽刑具"，而平底鞋、凉鞋的流行，则象征女性对自在、真实的追求。因此，当芭比开始出现诸如脚底突然扁平落地，打破一直以来如同踩高跟鞋般的常态，以及冒出对死亡的莫名思考等异常状况时，她内心的平静被彻底打破。这些身体与思想层面的"不完美"信号，与芭比乐园既定的完美范式格格不入，如同银镜的裂痕，让芭比意识到自己长久以来如同提线木偶，依照固定模式生活，自我意识在这完美躯壳下被压抑至深，这是芭比第一次否定了自己引以为傲的女性气质。这种觉醒的萌芽，驱使她走出牢笼，开启探寻真相之旅，从被动接受"完美人设"迈向主动叩问自我。

在寻找自我的旅途中，现实世界给了芭比种种打击，男人们轻视她，认为她只是花瓶；女孩们厌恶她，说她是"当代法西斯"，摧毁了女性的自信，是女孩们容貌焦虑的根源之一。路人对她投以怪异审视的目光，男性肆意凝视评价她的身材和外表。在这倒转的性别权力结构中，芭比从凝视的主体方沦为被凝视的客体方。劳拉·穆尔维的"凝视"理论认为，父权制度下，女性在银幕上的形象是为了满足观众的窥淫癖而服务的，导演对准女性的镜头，往往聚焦于其能满足男性窥淫欲的局部特写，观众在荧幕外的视线完全固定在摄影机镜头中，而摄影机的运动，是完全由具有全部主观能动性、支配权的男性角色主导，这一视角的前提是，观众在男性角色的角度完全认可其权力和行为。②作为凝视的主体，观众毫无负担地赏玩女性被物化的美。然而，当观众的视角被替换为芭比的主观视角——尽管懵懂的芭比对此难以理解，但她能非常"不舒适"地感受到男性在她身上投射的欲望。那些粘腻且不怀好意的目光，显然将她视作欲望的载体。芭比的自我意识在对"男性凝视"的反感和反抗中一点点苏醒。芭比的旅程，成为从一层又一层套牢她的模具中挣脱，回归生命本质的旅程。芭比在旅程中邂逅的女性们，从与她志同道合的葛洛丽亚的相知相助，到芭比之母露丝女士的鼓

励与支持，让她意识到生命的真谛不是盒子里的塑胶玩具，而是解放天性，自由生长。芭比克服了对于"不完美"的焦虑，也理解当代女孩们害怕被凝视，被男性定义的"美丽羞耻"。当与一位老妇人坐在长椅两端，芭比由衷赞美她"You are so beautiful"，老妇人欣然回答"Thanks, I know it"时，她已经认可了女性身份本身，迈出了从"人偶"到真正生命的蜕变的第一步。

二、反"凝视"与女性凝视的建立

《芭比》最为令人瞩目之处无疑是它对于社会性别权力结构颠覆性的构想和描绘。与现实世界的性别权力秩序截然相反，以肯为代表的男性芭比处于被女性"凝视"的弱势地位，他的一切行动逻辑和意义都依附于芭比。肯的日常只是每天在芭比开着华丽的粉色跑车从海滨驶来时和她打招呼"早上好，芭比"，并在芭比的回应中得到满足。他的生活完全失去了自我主体性和自我能动性。肯们大多作为芭比们的伴侣或助手出现，在社会事务的决策、公共资源的分配等关键环节，话语权微弱，如同点缀在女性主导画卷边缘的装饰，完完全全处于客体地位。很显然，肯是"第二性"存在，默默承受着性别权力失衡带来的压抑。这个女性主导的社会权力结构与现实世界中男性主导的格局形成强烈反差，让观众一眼便能洞察出这是在戏仿现实生活中性别权力失衡的状态，是现实的"镜像"，这同时为后续爆发的冲突埋下引线，为性别议题的深入探讨搭建起意味深长的舞台。

随着剧情的发展，肯这个角色经历了剧烈且富有深意的转变。当踏入现实世界，肯被现实中的男性特权文化深深冲击。他目睹男性在各个领域占据主导，掌控经济、政治大权，飘飘然地以为男性可以理所当然地享受一切特权。然而出乎肯意料的是，现实世界的父权制也仅仅是社会阶级不平等表象的包装，处于底层的男性同样难以有享受资源和地位的权力，肯走进一家医院，轻率地要求一个医生的职位，但没有学历和行医执照的肯，让保安撵了出去。回到芭比乐园后，深受"启发"的肯凭借

从现实社会中习得的父权观念，急切地发起了一场颠覆原有秩序的运动，建立起属于男性的"肯之王国"，让芭比们沦为从属，并沉浸在权力带来的快感中。肯的"夺权"活动像是一场意味深长的测试，而他和芭比们的行为都令人深思。肯的"夺权"几乎没费多大力气，他得意扬扬地说，他只是给她们讲了父权制无懈可击的逻辑，她们就崩溃了。这与开头演说家芭比激情澎湃地宣称"我同时拥有情感、逻辑和权力"相比是多么尖刻的讽刺。原来一个性别要另一个性别臣服并不难，只要接受一套逻辑就可以了。实际上芭比们的身份一开始就不具有能动性和自主性，而是被规范好的程式。她的身体状态、人格和情绪——一切喜怒哀乐都掌控在小主人手里。芭比们的自我意识和自我认同是悬浮的，她们只知道自己是芭比，是总统，是工人，是飞行员，是诺贝尔文学奖得主，但是芭比们为什么会选择这份工作？为什么会如此创作？为什么会有理所当然的女性本位社会？这种秩序是脆弱的，当无数个几乎一模一样的个体被定义时，她们的主体性反而被消解了。这也是芭比们轻而易举被洗脑的根源所在。芭比乐园到底是一个梦幻虚无的粉红色泡泡，这个美满的理想主义世界处处违和，看似理所当然的社会秩序也会被轻而易举地颠覆。

而曾经对芭比倾心爱慕，但求芭比青眼一盼的肯，夺权后，冷酷粗暴得像变了一个人。他先是不由分说地把芭比的房间占为己有，把芭比赶了出去；接着当着芭比和其他人的面，把芭比的衣物扔出屋外。曾经把芭比的关注当作生活全部意义的肯一旦从"被凝视"的客体地位转换为"凝视"者的主体地位时，他对芭比的倾慕竟然立刻消失了。但很快，肯发现这种单纯模仿父权的统治空洞且虚伪，只是让他从一个默默无闻的人偶变成了被追捧的人偶，仍然没有建立自我人格，仍然找不到存在的意义，这让他陷入迷茫之中。在遭受洗脑的芭比们被唤醒并夺回主导权后，他开始反思自己到底是芭比的附属者，还是具有独立灵魂的个体，这一反思过程反映男性同样在性别角色禁锢下挣扎，同样饱受性别刻板印象的折磨。《芭比》用超现实主义

的手法，向观众展示性别权力结构从来都是一体两面的，不论哪一种性别占据主导地位，失衡的性别权力结构必然会导致矛盾。不管是男性还是女性，不管是处于"第二性"还是"第一性"的地位，都是受害者，其天性都遭到了束缚和压抑，其才华和能力的发挥都失去了应有的广阔舞台。

事实上，女性主义运动对父权制的抨击从来就没有停止，然而效果如何呢？《芭比》给出了意味深长的回答——当肯在医院求职遭到拒绝后，他不满地向保安抱怨："你们这父权制建设得还不够啊。"保安回答，"不，我们把父权制变成了家长制，甚至隐藏得更好了"。芭比通过对父权制的抨击，呼吁一个平权化，更加多元且自由表达的社会环境，同时也指出这是一个长期的艰难的过程。

三、温和化平权思想的构建与传达

在女性主义运动的三次浪潮中，追求更加平等的社会权利，是自始至终的内核与主题。第一次和第二次女性主义浪潮源于二战时为填补男性劳动力的缺失，女性那时开始走出家庭，承担多种多样的社会工作，而不是仅仅局限于家庭主妇或母亲的角色。但女性在社会公共领域几乎没有任何权利，如选举权、财产权、受教育权等。这一点芭比的开头就用荒诞的镜头展现得淋漓尽致：女孩们在芭比降临后，第一次从主妇的角色中挣脱，砸碎怀中洋娃娃的情景，致敬了《2001太空漫游》（*2001 A Space Odyssey*，1968）黑猩猩在石碑的启发下，第一次使用工具砸碎猎物的头骨，开化智慧的桥段。这象征女性追求平等权利意识的觉醒，第一、第二次女性主义浪潮运动中，女性获得选举权和被选举权等政治权利，平等受到高等教育的权利，推动反家庭暴力、自主生育权相关的立法及完善。第三次女性主义浪潮在经过挫折和后现代主义的冲击后，则有转向后女性主义的趋势，内容上更加广泛和多元。这些历程在《芭比》的叙事中都有细节上的象征和体现。

国外女性主义电影研究起步较早，理论发展较为成熟。自20世纪六七十年代掀起第二次女性主义

运动浪潮以来，西方学者对女性主义电影展开了多维度的探讨。早期以劳拉·穆尔维等为代表，运用精神分析、符号学等方法解构经典电影叙事，揭示好莱坞电影中男性凝视与女性被物化的现象，批判电影所塑造的女性形象过于刻板，如"圣女""荡妇"等模式化形象，指出电影作为父权意识形态操控的文本，构建了满足男性幻想的"女性神话"。此后，研究逐渐深入，从关注女性形象拓展到探索女性主体性与女性欲望，试图打破传统电影叙事模式，倡导女性主义电影的创作，鼓励女性导演运用独特拍摄技术展现女性真实的自我与内心世界，让女性在电影创作与表达中有更多的话语权。如2000年以后的经典美式甜心校园电影《贱女孩》（*Mean Girls*，2004）、《律政俏佳人》（*Legally Blonde*，2001）等，它们从文化、社会、心理等多元视角切入，剖析电影中的性别权力博弈、探讨女性角色成长，质疑既定社会性别观念。

如今在资本和商业电影的冲击下，许多女性主义电影由传统争取平权逐渐转向后现代女性主义的价值追求，成为后现代主义潮流的文化符号。[③]在女性主义的词汇表达里，后女性主义并不是一个正面的词汇，它是在20世纪女性取得一定的政治权利后，认为女性所遭受的性别歧视已经消失，极力宣扬中产阶级新自由主义价值观，否定女性主义的必要性。然而，当代女性实际上并没有获得真正意义上的社会权利平等，反而身陷价值焦虑、中产焦虑、身材容貌焦虑等。以中产阶级女性为代表的"高跟鞋女性主义"受到抨击，许多人认为这是社会给女性施加的又一刻板印象，鼓吹消费主义的"伪女权"，[④]"内化了父权制施加在女性身上的暴力"。电影《芭比》解构了这一后女性主义观点，外部社会定义的价值并不能决定女性自我发展的本身，主体的自我塑造和成长才是每位女孩的内驱力。《芭比》为女性主义电影研究提供了新的案例与视角，有助于观众深入了解后现代语境下的女性主义。尽管在大规模的女性主义运动渐隐的当下，部分女性主义文艺作品难免被扣上"政治正确"的帽子，但女性现实中面临的性别歧视困境的

确难以忽视。《芭比》以喜剧风格淡化了性别问题的政治属性，以温和的方式呼吁两性的平等对话与平权，电影中展现的性别困境与突破，为现实生活中的性别平等实践提供了一定程度的借鉴，激励人们努力探索更加健康的两性关系和两性平权之路。

当然，《芭比》的商业电影属性决定了它关于女性主义和社会平权的探讨只能点到为止，它回避了很多矛盾，揭露问题但无法给出具体切实的解决办法。⑤例如饱受父权制侵害的职场女性葛洛丽亚，在一场酣畅淋漓的发泄后只能潦草抚平伤口，继续在生活与家庭的漩涡中沉浮。因此部分女性观众抨击《芭比》，认为芭比世界里实质根本不存在性别或者制度冲突，他们没有生殖器，没有资源竞争，没有生存焦虑，没有学习压力，一切都是空的，只是设定。《芭比》与格蕾塔·葛韦格导演的前两部赞誉颇高的女性主义电影《伯德小姐》（*Lady Bird*，2017）和《小妇人》（*Little Women*，2019）相比，也相对流于表层，缺乏对于女性心理和社会外因肌理下更加细致入微的剖析，但作为一部在全球狂揽90亿票房的商业片，它的影响力毋庸置疑。《芭比》在全世界重新掀起了粉色潮流，曾

一度被视为过于"性别刻板"的亮粉色成为女性力量的象征。各国女性发起拒绝"美丽羞耻"运动。如同芭比最后选择成为一个真正的人类，《芭比》激励现实中的女性继续探寻更加自由且多元的自我。

注释【Notes】

①王哲楷：《后女性主义时代——女性赋权广告与女性意识的商品化》，《兰州文理学院学报（社会科学版）》2020年第6期，第124—128页。

②Mulvey, Laura. "Visual Pleasure and Narrative Cinema". *Screen*, Vol. 16, No. 3, 1975, pp. 6-18.

③张菁：《后现代叙事"密语"：好莱坞女性题材电影的创作潮流探析》，载《当代电影》2024年第12期，第70—75页。

④劳拉·穆尔维、安娜·贝克曼·罗杰斯、安妮·范·登奥弗等：《〈视觉快感与叙事电影〉发表40年：女性主义电影研究三人谈》，载《北京电影学院学报》2022年第3期，第83—90页。

⑤陈晓：《从"玩具"到"人类"：〈芭比〉的叙事策略》，载《电影评论》2023年第1期，第87—92页。

《回到哈莱姆》中非裔散居的跨国主义解读

陈希睿

内容提要： 非裔美国作家克劳德·麦凯的《回到哈莱姆》描摹了20世纪早期的黑人跨国体验。有学者指出有关黑人的文学艺术研究应打破民族的传统和边界，从认同非洲经验和思想的跨国层面来进行。在整个20世纪，相关研究是以国际主义为中心而非民族主义。因此，对非裔散居的跨国主义解读已成为研究的前沿。本文主要采用文献研究法和文本分析法。研究发现：跨国实践和跨国社会空间共同作用于非裔散居的跨国身份建构。在跨国实践活动和跨国社会空间中，非裔散居的新身份不断内化于移民的自我观念中，形成了一种跨越边界和种族、超越民族和宗教的文化共性，而其旧身份不受破坏，甚至还体现为移民对回归宗主国的渴望。

关键词： 《回到哈莱姆》；非裔散居；跨国实践；跨国社会空间；跨国身份构建

作者简介： 陈希睿，北京外国语大学英语学院美国研究专业在读硕士，主要从事英美文学、跨国主义、国际关系研究。

Title: Trans-nationalistic Analysis of African Diaspora in *Home to Harlem*

Abstract: African-American writer Claude McKay's *Home to Harlem* traces the black's transnational experience of the early twentieth century. Throughout the twentieth century, researches had been centering on internationalism rather than nationalism. Researchers deem that the study of African-American literature, art, and etc. might break national traditions and boundaries; and this study should start from the transnational level of accepting African experience and thought. Therefore, trans-nationalist analysis of Home to Harlem has become a forefront of research. This thesis mainly adopts the literature review method and textual analysis. The study concludes that transnational practice and transnational social space assume a front-and-center role in the transnational identity construction of the African diaspora. In the transnational practice and the transnational social space, new identities can be internalized in the individual's self-concept, and construct a racial, ethnic, or religious identity that transcends geographic boundaries to share broad cultural similarities, while old identities still remain intact—sometimes manifested in the call for returning to the host country.

Key Words: *Home to Harlem*; African diaspora; transnational practice; transnational social space; transnational identity construction

About the Author: Chen Xirui is an MA candidate from American Studies Program at the School of English and International Studies, Beijing Foreign Studies University; her primary research interests include British and American literature, Transnationalism, and International Relations.

一、引言

（一）克劳德·麦凯

克劳德·麦凯（以下简称"麦凯"）是20世纪哈莱姆文艺复兴中最早且最激愤的声音之一。美国种族主义的冲击促使麦凯摆脱了青年时的保守态度。随着《新罕布什尔的春天》（1920年）和《哈莱姆阴影》（1922年）这两本诗集问世，麦凯迅速成为哈莱姆文艺复兴中最具激进风格的代表人物。《回到哈莱姆》激发了麦凯通过虚构作品探寻现代非裔美国人存在的价值、意义及自我定位。麦凯试图捕捉在美国和欧洲城市中那群被迫离散的黑人流浪者所展现出的活力与健康本质。

（二）《回到哈莱姆》

《回到哈莱姆》展现了20世纪初黑人跨国生活

的种种经历。小说的主人公杰克·布朗（以下简称"杰克"）在第一次世界大战期间逃离兵役，随后在伦敦生活，直到一次种族暴动才促使他返回哈莱姆。在担任餐车服务员时，杰克结识了雷——一位受过大学教育、愤世嫉俗的海地移民，雷主张以种族自豪为基础的生活态度。麦凯认为，正是像杰克和雷这样既体认现实残酷又怀有宽广胸怀的人，才是黑人群体摆脱美国资本主义的裹挟、掌握自身命运的希望所在。

（三）研究目的及意义

跨国主义研究的兴起，不仅拓宽了文学研究的视野，也为理解现代散居群体的文化认同提供了新范式。①首先，本研究将通过对《回到哈莱姆》文本中多重文化记忆与空间流动的细致解读，填补现有非裔散居文学研究中对跨国互动机制探讨不足的空白；在方法上，拟借助跨国社会网络与文化再生产理论，将文本分析置于更为宏阔的全球互联背景下，提升研究的系统性与创新性。

其次，从学术意义层面来看，本研究有助于深化跨国主义理论的本土化发展：通过对非裔美国文学经典之作的聚焦，补充了以往偏重西方中心话语的研究局限，为跨国主义理论注入新的个案维度；同时，它也为其他区域性散居群体小说的跨国视角解读提供了可资比照的范式，增强了研究成果的普适性与拓展性。

最后，在实践价值方面，本研究不仅可为文化政策制定者提供推进多元文化交流的文本案例，还能为社会文化机构开展跨国文学推广活动提供策略参考，促进不同文化主体之间的对话与理解；更进一步，它将为推动全球语境下的文化共生与社会融合贡献理论支撑与实践思路。

二、理论基础

"跨国主义"这一术语最早由兰道夫·博恩于1916年在《跨国美国》一文中提出。在该文中，他质疑了当时流行的移民"熔炉理论"，主张美国应成为一个由不同民族和文化组成的超越性国家。②20世纪90年代初，施勒等人将其定义为移民构建并

维持其原居地与移居地社会之间同步、多维度社会关系的过程，这表明移民研究应摒弃传统的以民族国家为中心的研究范式，转而从全球视角研究民族群体和文化的跨国流动。③波特将跨国主义定义为一种规律性、持续性的跨国社会联系，例如高密度的信息交流、新的跨国交易模式或频繁的跨国旅行与交往。因此，全球化及通信技术的快速发展是导致跨国主义出现的重要社会背景。④

此外，维托维克将跨国主义定义为跨越国界连接个人或机构之间的纽带与互动。他通过对文献研究，总结出跨国主义的六个研究主题：跨国主义作为一种投资路径、政治参与的场所、地方或空间的重构、一种意识形式、一种社会隐喻及一种文化再创造的模式。⑤基于上述观点，丁月牙将跨国主义定义为一种由跨国个人或机构建立并维持的网络，在这个网络中，各种互动和交流得以发生。⑥总之，本文认为跨国主义应被定义为国家对其边界、居民和领土的控制力的弱化，经济、政治和文化进程超越其边界向外延伸。

三、《回到哈莱姆》中的跨国主义分析

（一）《回到哈莱姆》中的跨国实践

跨国实践可根据主体在体制层级上的归属分为个人、群体、地方、政府及跨国公司层面的实践。⑥此外，雷试图重建自己与祖国之间的社会、经济及文化联系与归属感，这种行为属于线性跨国实践。

1.个人层面的跨国实践

在本小说中，个人层面的跨国实践贯穿整个情节。杰克和雷都是极具个性的人，他们很少融入任何群体、地方或政府组织。在相处了几天后，杰克与雷便迅速建立起深厚的友谊。尽管其他厨师和服务员都称呼雷为"教授"，但是杰克既没有叫他"教授"，也不以"伙计"的称呼以示亲昵，而是以一种温和而略带父性的语气称他为"老兄"。⑦显然，杰克在为雷出头时逐步产生了共情，开始认同雷的社会文化背景，因此他的行为可以归入个体层面上的社会文化跨国实践。

同时，对于跨国实践还有两种理解方式——跨国行为与跨国能力。其中，跨国行为指的是可以直接观察和量化的活动，而跨国能力则是指移民从事跨国活动所需的技能和资源。雷在哈莱姆的生活、在铁路上的工作及与杰克的相处，都促使他对自己那套来自欧洲的书本知识产生了越来越多的批判，这种转变正是跨国行为的明确体现。回顾昔日精神导师的教诲，雷意识到他需要一种充满力量且敢于突破禁忌的新声音。这也说明，个体层面的跨国实践本质上是一种极为不稳定的行为模式，因为它会受到个体自我认同变化的影响。

2.线性跨国实践

雷的跨国实践属于线性跨国实践。他开始构建新黑人形象的信条，力求让世人认识到真实的自己，并藐视被冠以"社会救济对象"或"卑微角色"的标签。⑦雷曾对哈莱姆的知识分子慷慨陈词："不，现代教育的目的就是要把你培养成一只尖酸刻薄、趾高气扬的老鼠。一个黑人得到这样的教育简直是时代的错位，我们必须为我们黑人开创新局面。"⑦

雷发现在黑人与棕色混血者、杂居者及那些渴望简单生活的人之间，有可能形成一种没有压迫性的共同体意识。⑦正当他初尝原始后殖民语境的自我表达时，雷因为担心自己会在哈莱姆的泥淖中沦为安于现状的一员而选择离开。雷拒绝与女友阿加莎步入婚姻，既是为了保留个人独立，也是为了规避那种将家庭作为国家认同合法化工具的固有话语。总的来说，线性跨国实践加强了移民与祖国之间的社会经济联系和归属感。

（二）《回到哈莱姆》中跨国社会空间

哈莱姆是连接全球化与地方化的中介地带。在跨国现象的研究中，地理学家发现随着跨国实践的兴起，传统的物理距离逐渐被移动网络所替代，空间逐渐脱离了时间和地域的限制，从而打破了地域和行政界限。⑥因此，从历史和多元文化的视角审视哈莱姆，有助于揭示其跨国属性。

1.唤起历史记忆的场所

贯穿全书，哈莱姆不仅是雷体验跨越国界的现代生活的场所，还是一个充满历史意味的空间，它唤起了雷对过去种种经历的追忆。由于美军的占领，雷不得不离开祖国，从加勒比海一路漂泊至哈莱姆。哈莱姆之所以成为理想的落脚点，不仅因为这里是一个浓缩了黑人集体意识、帮助黑人认同自我的城市社区，更因为它承载着移民在跨国、多元背景下历史记忆的延续与传承。

除了跨越国界的现代性体验外，雷还从已故亲人的谆谆教诲中受到启示：要忠实地记录历史。麦凯采用了一种唤起记忆的叙述策略，通过描绘雷踏入哈莱姆的旅程，生动地再现了美国对海地长达十余年的悲剧性统治及给海地人民带来的不可磨灭的创伤。在与杰克的交谈中，雷揭露了美国在海地的暴行，他回忆道："第一次世界大战期间，美帝占领了海地。父亲曾任职于政府，他高声反对美帝的介入……结果竟被关进了监狱。弟弟也曾发声，结果在大街上被美军射杀。"⑦

尽管美国侵略海地已成既定事实，但历史与记忆密不可分。对雷来说，哈莱姆不仅凭借繁华的夜生活和异域风情再现了曾经嘈杂而热闹的海地，同时也为那些沉迷于最狂野幻想的人们提供了一段"回归原始世界"的安全之旅。

麦凯通过聚焦黑人侨民及其历史，暗示了记忆不仅是移民揭露帝国主义霸权的重要工具，更是治愈创伤、实现救赎的良药。同时，他还展现了非洲移民重塑都市生活空间、构建跨国身份的美好愿景。

2.容纳差异的多元文化舞台

尽管加勒比裔黑人对移民文化差异的认同存在不足，但与非裔美国人共同经历的移民生活却增强了他们在哈莱姆的散居认同，从而形成了较稳定的哈莱姆非裔美国侨民群体。麦凯在英国、南欧和北非的跨国生活经历，更坚定了他从国际视角探讨美国城市多族群发展的决心。他在小说的最后一章将杰克与雷之间超越阶级的友谊升华为一种跨文化、跨阶级的理解："那些囿于自己阶层舒适区的作家早已成为过去。在美国这个国家，当全世界的人们肩并肩地战斗，当现代机器和国际商业的影响逐渐瓦解分隔各国人民的种族壁垒时……"⑦

麦凯揭示了不同背景、种族与阶层的人们能够增进彼此理解。哈莱姆正是这样一个多元文化空间，它既包容各种差异，也为来自不同地域、背景和文化的人们构建了交流互动的平台。

此外，只有当不同地域中因社会和象征性纽带而相互联系的人们能够以多种形式进行资本交流时，跨国社会空间才得以形成。国际间联系的日益增强正在加速全球文化的交流与渗透。从加勒比海到哈莱姆，麦凯不再仅仅追寻文化根源，而是探讨多元发展路径，将哈莱姆视为移民相互联系的交汇区。两地间的移民流动既体现了麦凯长期以来对多元文化叙事的坚持，也反映了全球与本土、族裔与跨族裔、故土与他乡之间的某种折衷与互动。⑧因此，跨国社会空间作为一种中介地带，连接着全球化与地方化。

（三）《回到哈莱姆》中跨国身份构建

身份认同已不再只是与特定文化、族群或地域间的单一对应关系。通过跨国实践，个体可以内化新的身份认同，而保留旧有的认同。

1.雷的跨国身份构建

由于移民常常同时融入多个社会，新身份逐渐突破地域和族裔的局限，呈现出从单一性向双重甚至多重性的转变。⑨例如，雷博学多才，在跨国联系中经历了重新认知自我身份的过程——在这一过程中，他的身份构建既反映出他对稳定的渴望，也表达了他对改变的向往。到达哈莱姆后，身为前独立国家公民、却因帝国主义的夹击而深受打击的雷，对眼前的现实感到极度失望。他厌恶身边的人（除杰克之外），并开始质疑社会普遍的道德准则。⑦同杰克一样，雷对民族主义的否定及对国家认同的排斥，使他逐渐忽视了与黑人同胞之间的共性。对他来说，民族不过是散发着臭味的野兽。尽管远离故土，雷对海地的怀念始终未减。⑦

最终，雷在哈莱姆的蜕变让他不再依靠海地或美国来产生归属感，还意识到，自己的肤色其实正是一张荣耀通行证。⑦雷对跨国身份的重塑超越了狭隘的民族主义，也打破了对种族与族裔刻板印象的束缚。

2.杰克的跨国身份构建

《回到哈莱姆》探讨了离开、融入和停留在一个社区的跨国经历如何改变人们原有的身份认同观。⑧这为个体构建一种不受传统国家与种族观念束缚的自我表达方式提供了可能。散居群体的成员通常会形成一种超越地域界限的种族、族裔或宗教身份认同，他们不仅共享广泛的文化特质，有时甚至还怀有重返故乡的情怀。

在逐渐与雷所代表的非裔美国社区相行渐远后，杰克感受到被疏离，逐步无法适应这个群体，最终他重建身份失败，只能远走他乡，前往芝加哥以求在流浪中继续寻找自我定位。作为非裔美国人的代表，除了坚守自身文化传统外，杰克也必须将自己放置于更宽广的社会语境中，才有可能厘清种族间甚至种族内的各种关系，从而准确地定位自己。

四、结语

本论文基于丁月牙的跨国分析框架和现代非裔散居研究，探讨了麦凯的小说《回到哈莱姆》背后的跨国理念。

首先，从跨国实践角度来看，本文认为个人跨国行为模式本质上波动较大，其变化往往伴随着个体自我认知的转变，而线性跨国实践则强化了移民与故乡之间的社会经济联系和归属感。其次，在跨国社会空间方面，麦凯通过唤起历史记忆的手法，将哈莱姆塑造成一个能够揭露帝国主义霸权、缓解创伤的场所。同时，他将哈莱姆描绘为一个包容差异的文化场所，突出加勒比移民在往返于哈莱姆时促成的跨文化交流。最后，在跨国身份的构建上，本文分析了雷和杰克对自我认同的追寻。本研究指出，雷通过自我建构的跨国身份超越了狭隘的民族主义和固化的种族刻板印象，而杰克在哈莱姆的身份构建则未能成功，因而不得不继续在芝加哥寻找认同感。

总体而言，跨国实践与跨国社会空间在非裔散居跨国身份建构中发挥着核心作用。具体来说，个体在跨国实践和跨国社会空间中能够内化新身份，构建超越地域界限及涵盖广泛文化认同的种族、民族或宗教身份，同时原有身份也得以保留。本论文为从跨国主义视角阐释非裔散居小说提供了新的理论参考。

注释【Notes】

① Paul, J. *Global Matters: The Transnational Turn in Literary Studies*. Ithaca. Cornell University Press, 2010, p25.

②Bourne, R. S. "Trans-National America". *Atlantic Monthly*. 1916 (11), pp. 86-97.

③Schiller, N. & B. Linda. & Szanton-Blanc. C. "Transnationalism: a new analytic framework for understanding migration". *New York Academy of Sciences*. 1992 (22), pp. 1-24.

④Portes, A. *Globalization from Below: The Rise of Transnational Communities*. The U.S: Princeton University, 1998, p. 42.

⑤Vertovec, S. "Conceiving and researching trans-nationalism". *Ethnic and Racial Studies*. 1999 (22), pp. 447-462.

⑥丁月牙：《论跨国主义及其理论贡献》，载《民族研究》2012年第3期，第2页，第3页，第5页，第6页。

⑦McKay, C. *Home to Harlem*. Boston. Northeastern UP, 1928, p. 163, p. 158, p. 169, p. 17, p. 138, p. 153, p. 154.

⑧潘志明：《跨国主义》，载《外国文学》2020年第3期，第94—109页。

⑨Piep, K. H. "Home to Harlem, away from Harlem: transnational subtexts in Nella Larsen's Quicksand and Claude McKay's Home to Harlem". *Brno studies in English*, 2014, 4(1), pp. 109-121.

川端康成《古都》与雪舟山水画的艺术共鸣

唐志金

内容提要： 20世纪50年代，日本传统文化深受美国霸权文化的侵蚀，学界开始对美国文化进行深刻反思和强烈抵抗，这激发了川端康成描写京都传统风俗和精神文化的热情，1961年他在《朝日新闻》上连载《古都》，意图追求传统的日本美。

关键词：《古都》；山水画；川端康成；雪舟

作者简介： 唐志金，陕西师范大学文学院研究生，研究方向为比较文学与世界文学。

Title: Between Kawabata Yasunari's *The Old Capital* and Sessyuu's Landscape Painting

Abstract: In the 1950s, Japanese local culture was Deeply eroded by American hegemony culture. Later, the educational circles began to strongly resist the American culture, which stimulated Kawabata Yasunari's enthusiasm in describing the traditional customs of Kyoto. In 1961, he published *The Old Capital* in the newspaper *Asahi Shimbun*, intending to pursue the traditional beauty of Japan.

Key Words: *The Old Capital*; Landscape Painting; Kawabata Yasunari; Sesyyu

About the Author: **Tang Zhijin** is a graduate student from the School of Chinese Language and Literature, Shaanxi Normal University; he specializes in Comparative Literature and World Literature.

一、引言

1961年川端康成在《朝日新闻》上连载《古都》，次年6月25日由新潮社发行了单行本。1968年川端康成凭借《雪国》《古都》《千只鹤》获得诺贝尔文学奖。《古都》以京都为舞台，描写了千重子和苗子这一对孪生姐妹的悲欢离合。千重子被绸缎批发商收养，生活无忧；而苗子在山村长大，生活艰辛。两人虽相遇却因身份差异无法相认。全书结构以四季更替为时间顺序，结合京都的风物人情、名胜古迹和人物的生活经历，描绘了一幅余情绵绵、意境深远的风俗画卷。本文以《古都》为例，探讨雪舟的山水画在何种程度上影响了川端康成的创作。

二、诗画相通：川端康成与绘画

川端康成在与朋友的信中或是在其著作、演讲中反复提及了他对绘画的喜爱。他在与三岛由纪夫往来书简中提到："原本是去察看包捆疏散行李的，却得以溯至久远的年代，邂逅了宗达、光琳、干山还有高野切、石山切，甚至天平、推古……"①他在小说《反桥》中叙述："一睹美术品，尤其是古代美术品，我就感到仿佛只有在欣赏这种东西的时候，自己才同生命相连。"②1970年台北市亚洲作家会议上，他在演讲稿《源氏物语与芭蕉》中提道："我是美术爱好者，在日本，最想得到的是中国宋、元时代的山水画，日本的是藤原或平安时代的佛像画。"③此外，川端康成与日本画家、艺术家交往密切。1931年4月《新潮》联合评议会邀请了东乡青儿、古贺春江、阿布金刚等人，他在这次联合评议会上与古贺春江相识并成为好友。在《临终的眼》中谈到古贺春江："我不能理解超现实主义的画。我觉得，如果古贺那幅超现实主义的画具有古老的传统，那么大概可以认为是由于带有东方古典诗情的毛病吧。……面对古贺的画，不知怎的，我首先感到有一种遥远的憧憬，以及不断增加的隐约的空虚感。这是超越虚无的肯定。这是与同心相通的。他的画充满童话情趣的居多。"④在古贺春江家作者认识了高田力藏，这位画家在战后为川端康成在九州搜集创作素材提供了极大帮助。1955年新潮社的菅原国隆带画家东山魁夷见川端康成，这是康成川端和东山魁夷的第一次会面，二人从此成为朋友，开始了长期的交往。川端康成在1971年的随笔《东山魁夷之我见》中这样评价东山魁夷："人们从东山的风景画里，切身领略到日本的大自然，发现了日本人自己的心情，从而获得一种静谧而舒畅的慰藉，感到一种纯洁而慈爱的温暖。我相信有朝一日，人们会比今天更多的发现：东山的风景画是日本大自然的美的灵魂，东山是日本民族古今所珍贵的风景画家，他将会受到敬仰。"④p287绘画对川端康成写作的影响从其创作中可以窥见一斑。《千只鹤》中，雪子使用的小包上绘有千羽鹤的图案就是川端康成参照尾形光琳的底稿而设计的；据编辑齐藤一说，川端康成刊载在《朝日新闻》PR版"四季"栏目的小说《不死》《月下美人》《地》《白马》是川端康成根据好友东山魁夷的作品而作的；在《日兮月兮》中，女主人公的名字"松子"是从雪舟的《山水图》中而来的。

三、古今京都：民族情感的深切忧患

1956年世界和平会议上，雪舟被推选为世界十大文化名人之一，东京国立博物馆举办了大规模的雪舟原作展览会，日本美术出版社、新报社和各种美术期刊配合宣传。大力宣扬雪舟与其逝世450周年有一定关联，但更为重要的是彼时日本国内掀起了反对美帝国主义的思潮。王新生在《战后日本史》中提道："以讲座派为中心，认为主要的敌人是美帝国主义……为此而进行的斗争是一场'民族主义革命'。""女性的关心从'食'转向'衣'，追求流行的服饰……外国电影《罗马假日》在日本上演后主人公的短发型立即为女性所模仿……特别是电视普及后，家庭生活、西部故事、侦探推理等各种类型的美国电视连续剧在日本上

演，占领时期已经留有印象的美国生活文化进一步渗透到日本人中间。"⑤由此可见，日本民族无论是传统农业、制造业还是生活文化都遭到了摧残和渗透，由是，日本各界开始重视雪舟艺术的传统文化元素。

怀揣着对日本传统文化深切的忧虑，川端康成在随笔中提道："我多年来试图把东山时代写成小说。……在乱世中捍卫古老文化、振兴新文化、向地方上推广文化……在战败的时候，我阅读了室町时代的东西。我也想写承久之乱时的京都"⑥。川端康成十分倾心于古代绘画，在其创作《古都》的动机中，也可以看见此次雪舟纪念展对他的影响，他说："我所说的古都，当然是指京都。最近我想写一部探寻日本'故乡'的小说。"在一次记者招待会上他也提道："我想写旧的都城中渐渐逝去的东西。所以我常常到京都，但我只是从外部去抚触它的名胜古迹，对他的内部生活似乎知之不多"，从中可见川端康成和此次雪舟展一样想要重新树立本民族的传统文化以抵抗外来文化对日本文化的侵蚀。

《古都》采用零聚焦视角，以人物行进路线为线索，把传统古都与现代京都共置于一个空间结构，这两个空间暗含着京都近代化历程，其中最为明显的是对平安神宫的描写。

第一章"春花"通过千重子和真一的漫步与对话，把平安神宫的构造清晰地展现了出来："他们一来到西边回廊的入口处，映入眼帘的便是红色垂樱，马上使人感觉到春天的景色……"⑦"千重子说着把真一引到回廊另一个拐弯的地方，那里有一棵樱树。枝桠凌空伸张着……""他们两人离开这棵樱树，向池子那边走去。在马路边上有张折凳，上面铺着绯红色毡子，游客坐在上面品赏谈茶""身穿长袖衣服的真砂子从坐落在微暗的树丛中的澄心亭茶室走了下来"。⑦p99

1869年明治天皇定都东京，1870年明治政府给京都颁发了"产业基金"，于是京都先后开展了琵琶湖疏水工程和市营电车，而琵琶湖疏水工程是京都近代化的象征性工程。1895年为了纪念桓武天皇迁都1100周年，由第七代庭院名师小川治兵卫创

建平安神宫，神苑包括以苍龙池为中心的中神苑、以白虎池为中心的西神苑、南神苑、以栖凤池为中心的东神苑四个主要部分。小川治兵卫引琵琶湖湖水入池，将天正十八年（1590年）由丰臣秀吉建造的五条大桥与三条大桥的桥墩和桥台巧妙地运用于神苑内，如此近代性与古都性并存于平安神宫内。明治维新以后，日本的国家政治中心向东京转移，京都失去了首都的地位，但"古都"的名称却保留了下来，它努力地想要恢复其作为京都的身份，于是"类京都景观"的近代京都由此诞生。女主角千重子的种种行为表现了"类京都"性，她说京都方言、把和服作为日常服饰、即使交通发达也坚持徒步……她为"逝去的京都"代言，仿佛是千年古都的象征。

四、四季更替：自然美的艺术追求

雪舟山水画以"自然"为母题，四季山水是常用题材之一，《四季山水图》《秋冬山水图》《天桥立图》等都以描绘山水为主。雪舟在继承和发展宋元以来山水画的基础上，用刚健有力的手法描绘峭拔的巨石和雄伟的山势，突破了南宋流行的山水构图模式而创造出一种画面强烈的空间感。他1501年创作的《天桥立图》就是实地写生的巨制，画面开阔，布景准确，物象大小和距离远近适宜，空间感真实。《古都》共九章，分别为"春花""尼姑庵和格子门""和服街""北山杉""祈园节""秋色""松林的翠绿""深秋的姐妹""冬天的花"。第一章到第四章是写春天，第五章"祈园节"是写夏天，第六章到第八章是写秋天，第九章是写冬天。川端康成在随笔《写完〈古都〉之后》中谈到自己在写作中的感想时说："我的《古都》从春天的花季开始，一直写到冬天阵雨、雨雪交加时节结束。"⑧《古都》以春夏秋冬为时间顺序，把一年中重要的传统节日与人物之间的感情交织在一起，使人的情感与环境杂糅在一起，达成一种情景交融、幽深邈远的绝美画面。川端康成将主观的情思融入四季变化中，实现了东方禅学式的人情与自然的完美结合。庭院的紫花地丁既暗示着千重子的身世之谜又与千重子内心复杂烦琐的情绪交

织于一体，更是蕴含着千重子与苗子之间微妙情感的线索，北山的杉树既是苗子人格的具象化又是联系两姐妹身世的象征。无论是北山杉还是紫花地丁都已不再是简单的物体本身，而是实现了"客体主体化"的飞跃。川端康成还引用了一休的一首道歌"若问心灵为何物，恰如墨画松涛声"来阐释东洋画的精神，他说："东洋画的空间、空白、省笔也许就是一休所说的墨画的心境吧。这正是'能画一枝风有声'（金冬心）"⑨。

川端康成在演讲中强调："以'雪月花'几个字来表现四季时令变化的美，在日本这是包含着山川草木，宇宙万物，大自然的一切，以至人的感情，是有传统的。"⑩p578"自古以来，日本人在春夏秋冬的季节，将平常四种最心爱的自然景物的代表随便编排在一起"⑩p579。无论是日本传统绘画还是日本传统文学，在四季变化中寄托着人类最纯粹的感情是日本艺术的一大特色，这在传统的和歌、俳句与物语文学中也有体现。无论是从川端康成的具体创作中还是其散文、随笔、演讲中都可窥见日本传统文化对其的影响。他回归日本古典文化，研读古典文学作品，寻找《古今和歌集》和《源氏物语》中的日本精神，在雪舟的水墨画中追寻心中理想的山水，在利休的茶道、宗祇的连歌和芭蕉的俳谐中挖掘日本美的传统，并将这种美表现在具体创作中。

五、侘寂空灵：此时无声胜有声的禅宗意趣

川端康成在《我在美丽的日本》中提道："矢代幸雄博士，曾把日本美术特色之一，用'雪月花时最怀友'的诗句简洁地表达出来"⑩p578。日本传统绘画最喜欢描绘雪、月和花的画面，这无疑是受中国宋元山水画和禅宗画的影响，旨在表达一种素朴简洁的精神理念。冈仓天心解释说："雪舟的绘画之所以被誉为画坛之最，是因为它集中表现了禅思想的直接与克己。"⑩雪舟将宋元古典主义精神融入了他作为禅僧对自然的观照中，追寻一种恬淡寂寥、简素清拔的禅意审美理想。这种审美理想是东方古典美学理论中的一大精髓。明应四年（1495年）的《破墨山水图》是雪舟的经典之作，他致力

于"画禅一致",将绘画作为纯粹的内心直觉体验,《破墨山水图》用极淡的笔墨描绘了薄雾缭绕的高山峻岭,其中天空极力地延伸,近处的景致和远处的风光连接在一起,融为一体,给人以无限的美感和遐想。

禅宗对川端康成的影响在《古都》中表现为他对景物的描写和凝练的语言。1962年谈到《古都》的创作,川端康成说:"提起春天的樱花,再没有比平安神宫的神苑那些红垂樱丛更美的了。这种情景,谷崎润一郎氏早已在《细雪》中描写过……"⑧p143 同样是写平安神宫内的樱花,谷崎润一郎把樱花的美上升到日本美的象征,借人物对赏樱的期待和赞叹,从侧面展示了樱花绽放的最美时刻,给予人极大的想象空间,从而衬托樱花极致的美。而川端康成笔下的樱花没有绚丽夺目的美感,在第一章中描写赏樱的过程,也并非只把笔墨聚焦在樱花的刻画上,池畔的菖蒲叶、睡莲的叶子、翠绿的劲松、苍翠的山峦等与樱花树交相辉映,在只言片语中尽显淡雅和素洁,呈现一种孤寂的美感。细读《古都》,可以发现川端康成把日本语言的传统特色发挥得淋漓尽致,作品中有许多未言尽的语言和对话,仅看第一章中的省略号就有35处之多。日本语言最大的特点就是委婉,不喜欢把话说尽,给人留下可以思考的余地,这大概就是东洋绘画中"省笔"的体现,正是这大量的空白超越了语言的有限性,引领人去往静谧幽深的境界。日本传统文化中,有许多的空白并未言明,所谓"虽未见,闻竹声而悟道,赏桃花以明心",其中内涵需用心体会。冈仓天心解释道:"语言被禅宗视为妨碍人思想的邪魔之物。他们蔑视并力图排除中国文雅的文言文,仅以只言片语或夸张的比喻表现其教义"⑩p90。对禅宗的思想家来说,人的心灵本身便具有佛性,所谓真正的觉悟就是抛开"人智",把人从苦思冥想之中解放出来。

六、结语

应仁之乱时期,雪舟怀着对于日本民族的深切

忧虑前往中国学习绘画技法,学成归来后京都成为一片焦土。他笔下的山水既是对中国山水的模仿,又是其重建京都的期盼。雪舟的世界是日本人对于美好生活、和平年代的向往。他的绘画历经百年已成为日本民族的一个符号。川端康成的《古都》以文学的形式将雪舟的理想重新展现,作品中关于民族传统的反思、京都自然美的描写、禅宗思想的探索让人们重新回到传统审美中去反思美国殖民主义文化对传统文化的侵蚀。

注释【Notes】

①[日]川端康成、三岛由纪夫:《川端康成·三岛由纪夫往来书简集》,许金龙译,昆仑出版社2000年版,第1—2页。

②[日]川端康成:《川端康成文集》,叶渭渠译,中国社会科学出版社1996年版,第335页。

③周阅:《川端康成文学的文化学研究——以东方文化为中心》,北京大学出版社2000年版,第158—159页。

④[日]川端康成:《川端康成散文选》,叶渭渠译,百花文艺出版社1988年版,第85—86页。以下只在文中注明页码,不再一一做注。

⑤王新生:《战后日本史》,江苏人民出版社2013年版,第159页。

⑥[日]川端康成:《世界文化名人文库:川端康成散文》,叶渭渠译,中国广播电视出版社1999年版,第191页。

⑦[日]川端康成:《雪国 古都 千只鹤》,叶渭渠、唐月梅译,译林出版社2010年版,第98页。以下只在文中注明页码,不再一一做注。

⑧[日]川端康成:《川端康成谈创作》,叶渭渠译,生活·读书·新知三联书店1992年版,第142—143页。以下只在文中注明页码,不再一一做注。

⑨[日]小谷野敦:《川端康成传·双面之人》,赵仲明译,浙江文艺出版社2022年版,第585页。以下只在文中注明页码,不再一一做注。

⑩[日]冈仓天心:《东洋的理想·建构日本美术史》,阎小妹译,商务印书馆2018年版,第94页。以下只在文中注明页码,不再一一做注。

星空下的"记忆之场"
——《一日长于百年》

王文欣

内容提要： 艾特玛托夫作为广受关注的俄语作家，在世界享受声誉，其作品常常触及人类灵魂的本质问题。而《一日长于百年》将科幻因素融入其自身独特的"乡村散文"风格，构建起了星空之下的"记忆之场"。这位伟大的作家追问苏联语境下人民的"记忆问题"，将乡土置于星空的宏大叙事之下，而空间感更是连接其《一日长于百年》中的科幻因素与"记忆"问题的关键所在。

关键词：《一日长于百年》；艾特玛托夫；星球意识；记忆；空间
作者简介： 王文欣，宁波艺术实验学校语文教师，世界文学与比较文学硕士，主要研究俄罗斯白银时代的作家作品。

Title: "Field of Memory" under the Starry Sky: *One Day Longer than a Hundred Years*

Abstract: As a widely-acclaimed Russian writer, Aitmatov enjoys a worldwide reputation, with his works often delving into the essential issues of the human soul. His novel, *One Day Longer than a Hundred Years*, integrates sci-fi elements into his unique "rural prose" style, constructing a "field of memory" under the starry sky. This great writer delves into the "problem of memory" of the people within the Soviet context, placing the countryside within the grand narrative of the starry sky. Furthermore, the sense of space is the key to connecting the sci-fi elements and the issue of "memory" in *One Day Longer than a Hundred Years*.

Key Words: *One Day Longer than a Hundred Years*; Aitmatov; planetary consciousness; memory; space
About the Author: Wang Wenxin, a Chinese teacher at Ningbo Art Experimental School; he holds a master's degree in World Lterature and Comparative Literature; focuses mainly on the Russian writers' works in the Silver Age of Russia.

Аветисян А. Ф.曾经说过："艾特玛托夫是一位'宇宙'作家，他提出并解决了全球问题。"[①]这位评论家捕捉到了艾特玛托夫身上的"星球意识"，而这也正是这位伟大的吉尔吉斯作家思想的集中反映。艾特玛托夫曾大声呼告："地球上人的精神生活出现了一个原则性的新阶段，譬如说吧，就像我们行星地质史上的冰川时期。"[②]面对人性中的"冰川时期"，艾特玛托夫写下了一部部经典的作品，而《一日长于百年》是其"星球意识"的集中体现。通过对星空下"记忆之场"的构写，艾特玛托夫确定了"神意识的本质的定义，以及它如何帮助人们在后工业时代生活"[③]。

一、科幻因素与乌托邦——书写现实的可能

艾特玛托夫的《一日长于百年》实现了多种文体风格的混杂：在大的框架下，是他对于"乡村散文"的继承，同时又有对社会主义现实主义的反叛与对科幻的尝试。他试图重返社会主义现实主义对"正面英雄"构想的宣告破灭之处，并不断更新，尝试将科幻这一新鲜文学模式纳入自己的文学世界，在《一日长于百年》中科幻的维度是在一个"星球"的宏观尺度上进行的。

Anindita Banerjee在其著作《我们现代人——俄罗斯科幻小说与现代化进程》中认为"科幻成为俄罗斯独特的第三种看待、了解和居住于世界的方

式与舞台"④。自1892年杂志《自然与人（природа и человек）》第一次提出了"научная фантастика（科学幻想）"，科幻之风就在俄罗斯的大地上扎根了。在俄罗斯的科幻文学史上，"太空神曲"结出的果实格外香甜，这显然与俄罗斯人固有的"弥赛亚精神"分不开。"苏联新人们"不断讴歌个人与国家的结合，打造独特的"太空诗学"，而苏联官方意识形态逐渐把"航空"定义为"未来"的科学，是可以实现太空旅行的乌托邦。

艾特玛托夫在这样的社会浪潮下赞颂航空："我相信理性及其与宇宙的联系。每一个生命物，无论是仙人掌还是人，都与宇宙联系着。"⑤如此，他就发展出了一种"星球意识"——"一种人类从宇宙的宏观视角看待人类自身与世界的思维方式。"⑥正如他借小说中的宇航员之口说出的："在这远离地球的地方，我们觉得所有活在世上的人们都是我们的兄弟姐妹，离开他们，我们就不能想象自己。"⑦艾特玛托夫坚持用俯视的视角书写小说，不把自己的主人公单纯视为工具，而关注他们的意识、生活。在艾特玛托夫的小说中"地球"人物都是平凡却不平庸的人，在自己的生活中总在坚守着一些东西，用他们的个人记忆筑起"历史"的长廊。可以说，"这是对作者世界的新愿景，他的'个人神话'"⑧。

艾特玛托夫《一日长于百年》的科幻情节，作为一种文学的样式与方法，首先是一种"空间类型"，在这种类型中，情节更像是一个星球、一种气候、一种景观系统——简而言之，就是一张地图，而不是一个人物或集体。也就是说，科幻中承载的是一种"空间意识"。

二、空间感——历史的平原与现实的纪念碑

自18世纪彼得大帝试图将俄罗斯改造成一个西方式的民族国家以来，其位于欧亚之间的中间位置一直是焦虑的根源。正如越来越多的学者所证明的那样，解决有关俄罗斯在哪里的争论的一个有效方法是，创造出界定俄罗斯的空间。恰达耶夫认为俄国的历史是"一片虚空"之后，俄国知识分子似乎就开始反复吟咏"空间"这一概念，试图在俄罗

斯人心中培养起现代空间意识，在广阔虚无的"历史平原"上建立起一座座"手作的纪念碑"。现代性，在海德格尔看来，是"在自己面前把世界摆出来"和"在世界面前把自己摆出来"的双重过程中产生的。奥多耶夫斯基的科幻小说《4338年》改变了俄罗斯火车的方向，小说中的铁路并不通往西方学习欧洲，而是与东方的蒙古人建立了联系，把火车描绘成俄罗斯复兴的东方谱系的实体通道。之后跨西伯利亚大铁路的现代化已经不可逆转，也使得艾特玛托夫的"布兰雷小站"这种所谓的原始的集体社区成为庞大帝国的历史产物。

艾特玛托夫《一日长于百年》使用了欧亚大陆的火车的标志。"从东到西""从西到东"这种重复出现在每一章中，并充当过去、现在和未来之间的联系。火车运行是时间的转瞬即逝："在这个地方，列车不断地从东向西和从西向东行驶……在这个地方，铁路两侧是辽阔无垠的荒原——萨雷·奥捷卡，黄土草原的腹地……列车驶过这里，从东向西，或从西向东……"⑦p4"火车"成就了小说的诗意音调。不仅如此，铁路还为艾特玛托夫提供了一个巨大的生成空间——将弥赛亚与历史、精神与世俗、俄罗斯与东西方之间的辩证法呈现了出来。当中亚逐渐被亚欧铁路建设的现代化进程征服，并出乎意料地呈现出不同的一面：一片处女地，充满了以前未知的各种有机生命。火车线路克服了顽固的东西方逻辑，而将俄罗斯推入东方和西方之外的第三空间。

这一片虚空的第三空间，激发了艾特玛托夫《一日长于百年》在"星球意识"中展现了一种"共同问题"——记忆。记忆中的"冲突已经不再是单纯的人与人之间的冲突，而是超越了地域感，越来越具广阔的空间感，表达的思想内容也由'你和我个人的事'，发展为'全人类共有的事'"⑨。

三、记忆之场——空间所承载的"历史"

记忆问题困扰着许多苏联作家，他们在作品中探索了人类精神记忆的心理基础。记忆被他们视有多方面的永恒价值——人对祖国、自然、母语的

爱,甚至是对"阿纳贝特坟墓"的爱。在艾特玛托夫的小说《一日长于百年》中记忆问题被作为核心问题揭示了出来,作家将记忆视为人类经验的浓缩精华,并将其与善和恶、良心和责任等概念联系起来,认为正是在记忆萎缩的过程中看到了堕落心灵的表现。

（一）"新人"的遗忘

艾特玛托夫的《一日长于百年》以航空基地与旷野上的火车开始,却以呼唤祖先的名字"杜年拜"作为结束。这是艾特玛托夫小说中特别重要的道德教训:尽管人类的发展是面向未来的,但它的历史、经验、基础仍然是后代的遗产,没有记忆就无法继续文化和公共生活。小说中萨比特让的形象就是一个象征,他是苏联社会的新人,却是遗忘的"信徒",是现代文明的负面存在。面对叶吉盖老人想"告诉他们（苏联航空基地高层）,阿纳贝特不能平掉,这里有我们的历史呀"时,他却只考虑了自己的仕途,而"指责"叶吉盖"这里正在解决世界性的、宇宙性的大问题,我们却去谈什么墓地!"。[7]p360萨比特让不只是拒绝了叶吉盖老人的请求,他还拒绝了自己作为历史传承个体所应当承担的"记忆"的责任。萨比特让的口中宣扬的是新生活与"新神":"我们的神他们就住在我们附近的宇宙飞行器发射场上,住在我们萨雷·奥捷卡大草原。他们可是真正的神!"[7]p34-35对每个群体来说,向历史寻找记忆涉及自我身份认同,而每个个体的记忆都要求有自己的历史。诺拉认为,这种来自记忆责任的需求催生了记忆从历史学向心理学、从社会向个人、从传承性向主体性、从重复向回想的转移。这是一种新的记忆方式。从此记忆成为私人事务,它让每个人都感到有责任去回忆,从归属感中找回身份认同的源头和秘密。但是萨比特让对"集体记忆"的拒绝,就迫使站立在静静的顿河旁边迎着朝阳的格里高利怀里紧紧抱住的"米什卡"变成了拒绝过去的"萨比特让"。

（二）记忆的使命

在小说《一日长于百年》中作家超越了地球和太阳系,从太空的深渊中凝视着地面上发生的事。在小说中,有几个场域同时存在:布兰雷小站、航

天基地、国家、行星、近地和外太空。在这些场域的交汇处,作家创造了主角的命运。小说中的主角叶吉盖,是哈萨克斯坦一个小火车站的工人,一个勉强维持生命的工人。但是与其身份相悖的却是,平凡的叶吉盖表现出积极的人道主义,他总是乐于帮助别人,让人们的生活变得更轻松、更美好。这样的人不仅让列车不断地从东向西和从西向东行驶,甚至承担着传承世代之间的精神和道德联系的记忆之责。他在车站工作了40年,在那里他遇到了20世纪所有的痛苦时刻:经历了世界大战的大火,经历了战后比军事审判更可怕的苦难……随着年龄的增长,最痛苦的考验——对记忆的遗忘的随之而来。叶吉盖保留着他祖先的记忆,他试图把它们传递给别人,通过在集体记忆中添加自己的私人记忆的方式来传递世代相传的智慧。他是过去和未来几代人之间的纽带,这也是他在地球上生活的意义所在。

萨雷·奥捷卡草原上的布兰雷小站是小说中"地球"角色生活的地方。在这里,阿布塔利帕、迪迪格和卡桑加的家庭生活充满了激情、焦虑和痛苦。布兰雷小站承载的是他们的集体记忆:"难怪叶利查罗夫说:萨雷·奥捷卡本身是一部被遗忘的草原生活史……他认为,阿纳贝特墓地的存在也并非偶然的事。有些历史学家只承认有文字记载的历史。若是那时还没有文字,没有记史,那该怎么办呢,难道就不算历史啦?"[7]p43-44正如阿斯曼在其著作《回忆空间》中指出的那样:"如果不想让时代证人的经验记忆在未来消失,就必须把它转化成后世的文化记忆。这样,鲜活的记忆将会让位于一种由媒介支撑的记忆,这种记忆有赖于像纪念碑、纪念场所、博物馆和档案馆等物质的载体。"[10]而布兰雷小站就像是萨雷·奥捷卡草原上建起的"纪念碑",借此人们意识到自身的存在对祖先记忆的必要性。就如承载着"记忆"的阿纳贝特传说:"在布兰雷的叶吉盖的记忆中,只有两个人当时把关于乃曼·阿纳的传说记录了下来。"[7]p168虽然传说失去了文字记录,但留下阿纳贝特墓地这一更大的"集体记忆"的"纪念碑",它象征着尊重祖先的传统和墓地,在文明的压力下,人民的传统崩

溃了，思想冲突就变成了一些人延续了祖先的传统而另一些年轻人既不知道也不遵守祖先的传统，似乎"这个空间对于这些居民来说成了一篇神圣的文本，这个文本不是让人们阅读和阐释的，而是要记忆和背诵的"⑩p350。

（三）身份认同的惩罚

在阿纳贝特传说中，柔然的游牧民族找到了一种野蛮的方式来剥夺囚犯的记忆。"他们从自己黑暗的历史中继承下来的最残酷的野蛮性，把他们罪恶的黑手也伸向了人最宝贵的东西。他们找到了剥夺活奴隶的记忆的方法。"⑦p129这通常发生在年轻健康的人身上。他们剃了光头，戴上了新鲜的骆驼皮，而骆驼皮就像创可贴一样，在烈日下死死抓住被诅咒的人。任何遭受这种折磨的人要么快死了，要么就失去了一生的记忆，变成了曼库特。曼库特很勤奋，脾气暴躁，除了食物和衣服什么都不要求。主人的意志是他们的法律。但一个慈爱的母亲决定不惜一切为儿子找回记忆，不承想她所有的努力都白费了：儿子杀死他的母亲。在这个传说中艾特玛托夫映射的也正是"集体记忆"的重要性。对这个母亲来说，她试图唤醒儿子记忆中的过去，让他知道他过去是谁，实际上是她对儿子身份认同的呼唤。柔然人剥夺了战俘关于祖先的"记忆"，使其无法把自己的当下与过去相联系，从而消灭了其对于自己原民族的"身份认同"。正如乃曼·阿纳指责的那样："可以夺走土地，可以夺走财富，可以夺走一个人的生命。但是，是谁这么残忍，竟想出夺走一个人的记忆？！"⑦p142艾特玛托夫曾在采访中说过："我正是出于对人的忧虑，出于对妨碍人成为一个完美的人、富足的人、有鲜明个性的人的一切事物的反对，我才创造了关于曼库特的传说。"⑪艾特玛托夫认为"记忆"是不可或缺的，正是记忆构成了一个完整的人，因此这位作家关注的即"人"的本质问题。剥夺"记忆"就像是剥夺了一个人的"身份"，丧失了对于自己所属社会的"个体性"空间。

在《论集体记忆》中，哈布瓦赫首先试图回答一个问题：社会为何需要记忆？首先，社会自身总是让身处其中的个人产生一种幻象，今天的世界和过去的世界相比，似乎总有些莫名的不完满。因此，社会之所以需要记忆，是因为记忆赋予社会的"过去"一种历史的魅力，把最美好、神圣的事物贮存在与现今相对的另一个维度里。所谓"民族认同"，指个体对本民族的信念、态度及对其民族身份的承认，是"一个具有特定文化的人民在一代又一代的薪火相传中体悟到的一种绵延感，是这些人民在历史长河中对早期共同经历的记忆"⑫。

苏联新人狂热地试图建立各种新的"记忆之场"——以火箭发射场标志时间，加速人民对于古老"纪念碑"阿纳贝特墓地的遗忘，致使萨雷·奥捷卡草原上的传统、史诗宏大的历史叙事被不断侵蚀，致使人们的记忆不断衰退与遗忘，对自我的身份认同也渐渐淡化，并在此基础上构想出"无祖先"的"苏联新人"，甚至通过审讯与话语"暴力"阉割个人"书写记忆"的权利。阿布塔里普被逮捕就是因为他的手稿被认为是资产阶级民族主义的一种形式。叶吉盖认为回忆录和民间故事只面对阿布塔里普的儿子们，也就是说，是单纯的"私人话语"："人是回忆他从前经历过的、现在早已不存在的事。照你说，若是好事就回忆，若是不好的、不妥当的事就不回忆，把它忘掉？这怎么能行呢？"⑦p195叶吉盖勇敢地提出了质疑，认为回忆并不存在"反动"与否，但逮捕者在阿布塔里普的手稿中发现的危险，与其说是这些手稿的内容，不如说是作为一种遗产形式的写作本身。这暗示这种记录了个人记忆的写作削弱了国家的官方能力，即评估和确定话语的价值，就如以隼眼人为代表的苏联高层就认为："一个人一生经历的事情是各种各样的，重要的不在于什么事！重要的是如何口头甚至书面地回忆往事，是否按着现在要求的那样我们所需要的那样来回忆、描绘。凡是对我们不利的东西就不应该去回忆。如果不坚持这条原则，那就是反动的行为。"⑦p195他们关心的并非内容，而是想要抓紧"判定反动与否"的话语权力。

（四）记忆的希望——纪念碑

艾特玛托夫并非一个极度悲观的歌者，他在故事的最后还是为读者构想了曙光。阿纳贝特墓地被推土机推平的同时，在靠近"天界"的悬崖上立起了卡赞加普的"纪念碑":"最后一个了解和在记忆中保存了萨雷·奥捷卡传说的人——卡赞加普老人已经长眠在陡崖上堆着新土的孤零零的坟包下面,长眠在这辽阔的草原上了。"[7]p362这一座新的"纪念碑"是人民一捧一捧的土建起来的,是"集体记忆"新的"记忆之场",承载着这"星空"时代下的"记忆"。

而几乎是和这个文件同时,收到了阿方纳西·伊万诺维奇·叶利查罗夫的来信,"在这封长信中,阿方纳西·伊万诺维奇说,阿布塔利普问题得以很快重新审理和平反"[7]p334,甚至在历史上背负的话语暴力的"错误"也得到了平反,这似乎就为人民昭示了一个光明"未来"的来临。在人类星空记忆的苍穹之下,唯有雪山在无言凝视:"这阿拉陶山峦之所以伟大,就是因为人们生生死死,而它们却与世长存,人们望着它们思绪万千,而它们自己却威严屹立,默默无语。"[7]p326

四、结论

《一日长于百年》的结尾不断回环往复地吟唱着"你是谁的子孙?你叫什么名字?记住你的名字吧!你的父亲是杜年拜!杜年拜!杜年拜……"[7]p326在《一日长于百年》中,艾特玛托夫"找到了一种艺术解决方案,作为个人表达关心人类问题的例子"[7]p326。他深知个人、国家和全人类的本质,渴望了解自己和人类。因此,作家丰富而深刻的世界包含了民族意识和人类意识。艾特玛托夫正是通过对"星空"下的记忆的书写与强调,回归了一种柔性的氛围。身处在发展环境——"星空"下的小人物,手作"纪念碑",在虚无的空间中坚守自己的"记忆"及"集体记忆",成就了完整的人。

注释【Notes】

① Аветисян Ани Фердинантовна. "ФРАКТАЛЬНАЯ МОДЕЛЬ КОНЦЕПТУАЛЬНОЙ МЕТАФОРЫ «ЖИЗНЬ ЧЕЛОВЕЧЕСТВА, ИЛИ ЗЕМЛЯ, В ОПАСНОСТИ» В РОМАНЕ Ч. АЙТМАТОВА «И ДОЛЬШЕ ВЕКА ДЛИТСЯ ДЕНЬ»" Мир русского слова, no. 3, 2019, p79.

② 曹国维:《从"星球思维"到"冰川时期"——评艾特玛托夫的〈断头台〉》,载《苏联文学》1989年第3期,第29页。

③ Anthony Olcott, What Faith the God-Contemporary? Chingiz Aitmatov's Plakha, Slavic Review, Summer, 1990, Vol. 49, No. 2, p.215.

④ Anindita Banerjee. We Modern People: Science Fiction and the Making of Russian Modernity. Wesleyan University Pres, 2013, p.23.

⑤ Геннадий Багранов. Четыре встреча с Ченгизои Айтматовым [N]. Комсомольская правда, 1993 (6 ноября).

⑥ 金美玲:《论艾特玛托夫的"星球思维"》,载《俄罗斯文艺》2020年第1期,第82页。

⑦ [吉尔吉斯斯坦] 艾特玛托夫:《一日长于百年》,张会森、宗玉才、王育伦译,华东师范大学出版社2017年版,第57页。以下只在文中注明页码,不再一一做注。

⑧ Смирнова Альфия Исламовна. "Онтологическая поэтика Чингиза Айтматова" Филология и культура, 2014(1), p.209.

⑨ 史锦秀:《内容与形式的完美统一——〈断头台〉的多维立体对照艺术》,载《名作欣赏》2009年第1期,第53页。

⑩ [德] 阿莱达·阿斯曼:《回忆空间:文化记忆的形式和变迁》,潘璐译,北京大学出版社2017年版,第6页。以下只在文中注明页码,不再一一做注。

⑪ [苏] 亚历山大·伊万诺维奇·奥夫恰连科《苏联作家艾特玛托夫谈文艺创作诸问题》,吴国璋译,《外国文学动态》1985年第3期。

⑫ J.Cara and J.Reginald, "Racial identity: African Self-Consciousness and Career-Decision Making in African American College Women". *Journal of Multicultural Counseling and Development*. 1998(2), pp.98-108.

日本动漫《海贼王》中的文化融合初探①

江小娟

内容提要：《海贼王》里面的每个人都有自己的梦想，为了自己的梦想而努力。尤其是路飞，他总是能够坚定自己的理想，不管前方有多么困难，都不曾改变过自己的方向。《海贼王》里边不但有丰富的想象力，而且有明确的情感倾向，它将热血冒险、人性深度、情感羁绊与天马行空的想象力完美融合，构建了一个既浪漫又真实的世界。这部动漫积极寻求东西方文化的融合，展示了共同的价值观，以满足不同文化背景下观众的需求。本文将以《海贼王》为例，对动漫作品进行分析，探讨动漫《海贼王》在人物设定和情感表达上的价值观，以及深刻的社会隐喻。

关键词：《海贼王》；人物设定；情感表达；社会隐喻

作者简介：江小娟，广州理工学院外国语学院副教授，主要研究方向为日本文学。

Title: A Preliminary Study on Cultural Integration in the Anime *One Piece*

Abstract: Everyone in *One Piece* had their own dreams and worked hard. Especially Luffy, he always sticked to his ideals and never changed his direction no matter how difficult the road ahead was. *One Piece* is not only of rich imagination, but also of a clear emotional inclination. It perfectly integrates passionate adventure, human depth, emotional bonds, and rich imagination, constructing a romantic and realistic world. This anime actively seeks the integration of Eastern and Western cultures, showcasing common values to meet the audiences' needs from different cultural backgrounds. This article taking *One Piece* as an example, analyzes anime works and explores the value of character design, emotional expression, and profound social metaphors in the anime *One Piece*.

Key Words: *One Piece*; character setting; emotional expression; social metaphor

About the Author: Jiang Xiao-juan is Associate Professor, at School of Foreign Languages, Guangzhou Institute of Science and Technology; her research is mainly on Japanese Literature.

一、引言

动漫作为一种视觉文化表现形式，在文化传播中发挥着重要作用。《海贼王》是一部流传于世界各地的经典动漫。它的主要剧情是路飞想要成为海贼王，却意外地吃到了恶魔果实，变成了一个橡胶人的故事。恶魔果实的副作用使他无法一直游泳，但他并没有放弃自己的理想。他在海上遇到了一群志同道合的朋友，组建了自己的草帽海贼团，开始了他们的冒险之旅。《海贼王》不再只是我们休闲时间的娱乐产品，还是一种反映文化价值观的文化作品。《海贼王》的受欢迎程度与戏剧性的情节、鲜明的人物形象和丰富的精神内涵难以区分，但我们应该对此进行思考。

二、《海贼王》中的文化元素分析

对于反映一国文化的动漫而言，其在一定程度上对文化传播发挥着举足轻重的作用。从全球动漫艺术界来看，各国动漫文案、剧本等均来源于民间文学，而对民间故事等的改编及再创作则是各国动漫艺术汲取营养的沃土。②不同的动漫传递的文化和价值观是不相同的，其符号也呈现着各自独特的含义。动漫是影视艺术的表现形式，也是一种用符号传递意义的文化产品。不宁唯是，动漫作品需要通过影视等形式将主题、情节、人物等因素进行呈现，进而推动整个故事的产生、发展、高潮和结尾。这就要求，动漫作品必须体现丰富的文化内涵，必须取得良好的艺术效果。

（一）他国文化元素的场景营造

动漫《海贼王》场景的设定，体现了各种文化元素的融合。影片的许多细节都弥漫着别国的文化气息，你可以发现以荷兰著名建筑风车村为原型的路飞家乡风车村。相比于漫画和动画较为欢脱与愉悦的表现风格，电影版在美学取向上显示出井上雄彦对青春与生命理解的积淀，配合现实基调的故事主线更显得沉郁。[3]《海贼王》融合多元文化创造独特世界，需要理解作品背后的社会寓意和文化融合。阿拉巴斯坦是一个沙漠王国，而哈萨克斯坦有广袤的沙漠，比如克孜勒库姆沙漠。作者在设计阿拉巴斯坦时可能参考了比如古埃及抑或哈萨克斯坦的沙漠文化。鱼人岛的设计可能融合了多种海洋文化元素，而美人鱼的形象在各国神话中都有出现，不仅仅是在美国童话中出现。此外，鱼人岛可能还反映了社会问题，比如种族歧视，这跟现实中的某些问题相呼应。路飞们到访的长锁岛是一片披着长袍骑马追逐羊群的广阔大草原。蒙古草原元素体现在游牧民族的服饰（长袍）、生活方式（骑马牧羊）和地貌特征，同时暗示了日本本土的牧场文化，比如北海道的开拓史与阿伊努文化。

《海贼王》作为一部全球影响力巨大的动漫，其世界观构建的独特之处在于对多元文化的吸收、解构与再创造。探讨《海贼王》如何融合不同文化，分析《海贼王》中的文化元素，可以发现，这部作品确实通过独特的艺术手法融合了多国文化符号。《海贼王》并非简单地堆砌文化符号，而是通过奇幻叙事的框架，将不同文明的历史、建筑、服饰、社会结构等元素提炼重组，形成具有寓言性质的岛屿文明，使别国场景与日本本土文化元素相结合。这种创作手法既满足了全球化语境下的文化亲近感，又保持了日本动漫特有的奇幻气质。这样，日本漫天飞舞着樱花，美丽的富士山，广阔的沙漠，迷人的鱼人岛，广阔的大草原，形成了《海贼王》独树一帜的文化景观。

（二）文化视域下角色形象的比较

《海贼王》作为一部全球知名的动漫作品，其人物角色塑造借鉴了许多不同国家文化中的经典人物形象，使得角色更加丰富多元，容易被全球观众接受。草帽海贼团中也有很多广为人知的海外经典人物形象。正如马克思精辟指出的："罗马的奴隶是由锁链，雇佣工人则由看不见的线系在自己的所有者手里。"[4]草帽海贼团修理工弗兰基是一个"人造人"，在与敌人的战斗中可以不断地改变自己的身体形状，作为机器人其手臂和可降解的腿与美国动漫变形金刚有着相通之处。

乌索普的形象和性格确实与意大利经典童话《木偶奇遇记》中的匹诺曹有相似之处。匹诺曹因为说谎鼻子变长，而乌索普也以"说谎"著称，他的长鼻子成为他标志性的特征。不过，乌索普并不仅仅是一个爱说谎的角色，他的成长和勇敢让他成为草帽海贼团中不可或缺的一员。他的形象不仅借鉴了匹诺曹，还融入了许多普通人的特质。山治的形象和行为举止确实带有浓厚的西方绅士风格。他西装革履、金发碧眼，对女性极为尊重，总是秉持"女士优先"的原则。虽然没有明确的经典形象与之对应，但他的绅士风度和对女性的尊重让人联想到西方文化中的骑士精神或绅士形象。山治的烹饪技巧和对食物的热爱也为他增添了独特的魅力，使他成为草帽海贼团中的重要角色。《海贼王》通过融合不同文化的经典形象，创造出了一系列独特而富有魅力的角色。这些角色不仅具有各自的文化背景，还通过他们的成长和冒险故事，传递了友情、梦想和自由等理念，这也是《海贼王》能够风靡全球的重要原因之一。

（三）优秀文化元素的借鉴

生活在一定文化背景中的人要对其文化有"自知之明"，明白它的来历、形成过程、特色和发展趋向，提高对文化转型的自主能力，取得在跨文化传播中的自主地位。[5]文化相近国家之间的跨文化传播可以具有良好的传播效果。草帽海贼团的每一位成员都肩负着更多的使命，不仅仅是自己的梦想。背负着死去的挚友古伊娜梦想的剑士佐罗，原名罗罗诺亚·索隆，是草帽海贼团的二把手，也是路飞的结义兄弟之一，信守诺言，将路飞视为心中的义气象征。乌索普拯救了重病的母亲，欺骗村民，每天喊道："海盗来了。"这是他心中的孝子。航海员娜美为了救抚养她的姐姐和科科西亚村，强迫自己偷钱。这是娜美心中的孝。当路飞帮助薇琪拯救她的国家，邀请她加入草帽海贼团时，薇琪哭着喊了起来："我想和你们一起去冒险，但我一直爱着我的国家，你们会承认我是你们的搭档吗？"薇琪心里怀抱着自己的梦想，想出海航行，但她认为身为公主应当承担起整个国家的责任和义务，于是选择放弃私心。其中，体现的仁义礼智信，贴近东方人的伦理价值和观念，能很好地实现跨文化沟通。

中国以儒家"仁"为核心，强调"孝悌忠信"的伦理体系，报恩被视为人性本善的自然流露。《礼记》言"礼尚往来"，将恩情视为维系人际关系的纽带。报恩具有情感驱动性，如"滴水之恩，涌泉相报"强调发自内心的回馈。孟子以"恻隐之心"解释善行，恩情的偿还被赋予道德自觉的色彩。日本则从"恩"（おん）的概念出发，视恩情为一种先天的社会债务，如《菊与刀》所述，恩如同"背负一生的债务"，具有强烈的义务属性。恩情更多体现为义务的履行，带有被动性。如"义理"（ぎり）要求个体严格遵循社会规范，即便违背个人意愿也须完成报恩行为，形成"恩—义理—名誉"的链条。这个义务并不是随时间流逝的，相反时间越长则越重。为了报恩，人们必须尽全力履行义务。两国均将报恩视为社会稳定运转的基础：中国通过"家国同构"强化家族与国家的联系，日本则通过"忠""孝"的分立维护等级秩序。对日本人来说，恩，在时间上是无限的，无论怎么偿还都无法全部偿还。中日报恩思想的同异：它们本质上是儒家文化在不同社会结构中的适应性演变；中国以"仁"为内核，构建了弹性的伦理网络，而日本以"义理"为框架，形成了刚性的义务体系。两者共同揭示了东亚文化中"关系性自我"的深层逻辑——个体的价值通过对他人的"负欠"与"偿还"得以实现。

通俗一点说，在动画创作者构建的平行世界

中，没有一笔线条是多余的。⑥路飞帮助娜美拯救了被鱼人统治的故乡。娜美的故乡被鱼人阿龙统治，她一直被迫为阿龙绘制海图，内心充满痛苦。路飞得知真相后，毫不犹豫地帮助娜美打败了阿龙，解放了她的故乡。娜美因此深受感动，决定加入路飞的草帽海贼团，用自己的航海术帮助路飞实现成为海贼王的梦想。这是娜美对路飞的恩情的回报。在东岛的冒险中，草帽一伙遭遇了食人兔的袭击，不承想一场突如其来的雪崩将食人兔掩埋。路飞虽然自己可以轻松逃脱，但他选择救出了食人兔。食人兔被路飞的善良所感动，决定报答他的恩情。后来，当娜美生病需要医生时，食人兔主动帮助草帽一伙找到了医生，最终救了娜美的命。这是食人兔对路飞的报恩。

路飞对伙伴的无条件信任和帮助，体现了"仁"的精神。他不仅拯救了娜美、罗宾等伙伴，甚至对敌人也展现出宽容和善意（如救出食人兔）。草帽海贼团成员之间的深厚情谊，以及他们对朋友和弱者的保护，体现了"义"的价值观。动画《海贼王》的前海贼王戈尔·D·罗杰在结束环游世界的旅程后，向海军自首，被处刑时也毫不害怕，脸上露出了自豪的笑容："想要我的财宝吗？在海里寻找！"⑦在前海贼王罗杰看来，作为他的死的延伸，远比他一个人的死重要。这些价值观与东方文化中的伦理道德高度契合，使得《海贼王》在东亚及其他东方文化圈中更容易引起共鸣。

三、《海贼王》中体现的文化融合

《海贼王》作为日本动漫的代表作，既展现了东方文化的魅力，又通过多元文化的整合吸引了全球观众。这种跨文化传播的方式，不仅避免了文化同质化带来的审美疲劳，还激发了观众对不同文化的好奇心和探索欲，使得《海贼王》成为一部真正意义上的全球性文化现象。

（一）从"独木难林"到"众行致远"：集体目标的建构逻辑

中国传统智慧强调"众人拾柴火焰高"，而路飞从孤身出海的懵懂少年到组建完整团队的蜕变，正暗合了这种集体主义的生长轨迹。每个成员的加入都伴随着对自我局限的认知：索隆虽强却会迷路，娜美精通航海却缺乏战力，乔巴医术高超却性格怯懦。这些"不完美"的个体通过互补性整合，构成了一个无懈可击的有机体。正如《吕氏春秋》所言"凡谋物之成也，必由广大众多"⑧，草帽海贼团的航行轨迹恰是对"独行快，众行远"的现代演绎。作品中看似夸张的个人英雄主义实则是集体意识的变奏。阿拉巴斯坦战役中，草帽海贼团成员各自承担关键任务：娜美对抗天气武器、索隆斩断巴洛克工作室、乌索普修复通讯系统。路飞的最终胜利建立在整个团队创造的战机之上，这种"一人决胜"实为集体能量的集中投射。与传统英雄的成长不同，路飞的强大始终伴随着"残缺性"。橡胶果实的滑稽属性、战斗中的狼狈姿态，消解了传统英雄的完美形象。这种"不完美的强大"恰是当代青年心理的投射：在996重压与躺平思潮的撕扯中，路飞以伤痕累累却永不言弃的姿态，重构了数字时代的英雄想象。

（二）"和而不同"的团队生态：儒家伦理的镜像投射

在角色关系的塑造中，作品暗含了儒家"君子和而不同"的相处之道。成员间保留着鲜明的个性差异——山治的骑士道与索隆的武士精神时有冲突，罗宾的理性冷静与乌索普的胆小冒失形成对比。但正是这种差异性在"各安其位，各司其职"的框架下达成了动态平衡，宛如《周礼》所述的"六官分职"。"惟王建国、辨方正位、体国经野、设官分职、以为民极。"⑨特别值得注意的是，路飞作为领袖从未以权威压制个性，而是通过情感纽带维系团队，这种"以德服人"的领导方式与孟子"以力服人者，非心服也"的思想不谋而合。司法岛营救罗宾事件中，"我想活下去"的呐喊与全员举手的场景，完美诠释了个体意志与集体共识的辩证关系。这种叙事模式既保留了日本集团主义的文化基因，又注入了个人主义时代的精神诉求，在灾难叙事中实现个体与共同体的精神共振。《海贼王》的魅力，在于将东方哲学、青年亚文化、社会集体心理熔铸成超越地域的现代神话。路飞每一次遍体鳞伤的胜利，都在重构着关于力量本

质的认知——真正的强大不在于碾压对手，而在于承受伤害后依然选择相信的可能性。这种精神内核，恰是焦虑时代最珍贵的治愈剂。

（三）"命运共同体"的价值升华：超越功利的情感契约

路飞的战斗模式暗合日本文化中"以弱胜强"的原型叙事。从桃太郎退治恶鬼到宫本武藏的剑道哲学，弱者通过精神超越实现逆袭是日本文化的重要母题。在克罗克达尔一战中，路飞三次濒死仍不放弃的设定，实则是日本武士道"死狂"精神的现代化表达——通过向死而生的觉悟突破肉体局限。这种叙事模式在《火影忍者》鸣人VS佩恩、《鬼灭之刃》炭治郎无限城决战中都有体现。恶魔果实觉醒的设定蕴含东方哲学智慧。路飞从二档（强化血液）到五档（尼卡形态）的进化，暗合禅宗"见山三阶段"的悟道过程：初期依赖肉体（见山是山），中期开发霸气（见山不是山），最终达到物我两忘的觉醒状态（再见山是山）。⑩克洛克达尔的沙沙果实被水（血）克制的设定，正是阴阳五行相生相克的具象化表达。在司法岛篇营救罗宾时"我想活下去"的呐喊，以及顶上战争全员为救艾斯破釜沉舟的行动，将团队精神提升至命运共同体的高度。这种不计得失的相互托付，恰似顾炎武"天下兴亡，匹夫有责"的担当在二次元的投射。更值得玩味的是，《海贼王》将个人梦想编织进宏大的历史叙事，使集体主义获得了史诗般的厚重感——个体的价值既在集体中实现，又推动着集体走向更崇高的使命。在这里，个人梦想与集体目标不是非此即彼的对立，而是通过对"伙伴"概念的重新诠释，达成了"各美其美，美美与共"的理想状态。这种既传承东方文化精髓又融合现代人文关怀的叙事策略，为传统文化的创造性转化提供了生动范本。当路飞喊出"我的船上没有手下，只有伙伴"时，我们看到的不仅是少年热血的宣言，更是集体主义精神在新时代的觉醒与重生。

四、《海贼王》中共享的价值观

从跨文化传播的角度来看，《海贼王》这部日本动漫作品在全球范围内的成功，很大程度上得

益于其蕴含的共享价值观。鲁迅所谓"无穷的远方，无数的人们，都和我有关"（鲁迅：《这也是生活》）所试图传递的恐怕正是这样一种来自灵魂的、形而上的罪责意识。⑪《海贼王》通过其丰富的故事情节和人物塑造，成功地将多种共享价值观融入其中，使其在全球范围内获得了广泛的接受和喜爱。

首先，《海贼王》中强调的"伙伴"概念，体现了平等、团结和共同承担责任等共同价值观。路飞与船员之间的关系超越了传统的上下级关系，他们之间是平等的伙伴关系，每个人都为了共同的梦想和目标而努力。这种平等博爱的意识，不仅在日本文化中受到推崇，也在全球范围内引发了共鸣，因为它触及了人类对自由、平等和团结的普遍追求。其次，动漫中对自由和梦想的追求，也是全球观众所共享的价值观。草帽海贼团的每个成员都有自己的梦想，他们为了实现这些梦想而聚集在一起，共同航行在伟大航路上。这种对梦想的执着追求，激发了观众内心深处的共鸣，因为它反映了人类对自由和梦想的永恒追求。再次，动漫中对"爱"的描绘，无论是伙伴之间的友爱还是普世的大爱，都触动了观众的情感。乔巴和罗宾的故事，展现了爱与接纳的力量，这种情感超越了文化和国界，成为全球观众共同的情感体验。最后，动漫中对自然的热爱和敬畏，与全球范围内对环境保护的呼吁相契合。路飞通过"霸气"展示的自然力量，不仅体现了日本文化中对自然的崇尚，也向全球观众传递了人与自然和谐共生的重要性。这种自然观与当今世界面临的生态危机相呼应，提醒人们要尊重自然、保护自然。

五、结语

不同的国家有不同的文化印象。一想到日本，你就会看到富士山、樱花和穿木屐的人。一提到韩国，我就会想到烹饪。当我们想到美国的时候，我们会想到它迅速发展的科技，但是现在，我们发现来自不同文化背景的人有越来越多的共同点，来自

不同文化背景的人会追求异国情调的时尚。全球化是我们现在无法回避的现实背景，在跨文化传播的过程中，动漫《海贼王》引用和借鉴了许多国家不同文化的元素，并从世界各地取材。那些熟悉的动画场景，那些关于梦想和成长的主题，那些陈旧的人物，超越了国家和民族的界限。这部动漫包含了大量可以被公众普遍接受的主题。《海贼王》通过其深刻的故事情节和丰富的文化内涵，成功地将共享价值观融入其中，使其在全球范围内获得了广泛的认同和喜爱。这不仅证明了共享价值观在跨文化传播中的重要性，也展示了在跨越文化传播方面，《海贼王》无疑取得了巨大的成功。

注释【Notes】

①本文系2023年广东省普通高校特色创新类项目"跨文化视角下日本文学作品中的语言艺术研究"（项目编号：2023WTSCX140）的阶段性研究成果。

②翟玮：《经典民间故事动漫化传承与传播策略研究》，载《湖北第二师范学院学报》2024年第41卷第4期，第8—12页。

③韩明勇：《从〈灌篮高手〉看运动动画电影的技术开拓、美学取向与现实映射》，载《电影评介》2023年第13期，第79—82页。

④中共中央马克思恩格斯列宁斯大林著作编译局编译：《马克思恩格斯选集（第2卷）》，人民出版社2012年版，第258页。

⑤费孝通：《反思·对话·文化自觉》，载《北京大学学报（哲学社会科学版）》1997年第3期，第15—22页。

⑥卢刚：《隐喻与批判：〈千与千寻〉的意识形态话语表达》，载《求索》2023年第2期，第27—37页。

⑦史红星：《日本动漫〈海贼王〉的跨文化传播研究》，西南政法大学硕士学位论文，2014年。

⑧（战国）吕不韦门客：《吕氏春秋全译》，关贤柱、廖进碧、钟雪丽译注，贵州人民出版社1997年版。

⑨（汉）郑玄注，彭林整理：《周礼注疏》，上海古籍出版社2010年版。

⑩陈燕：《论青源惟信见山见水参禅三境界》，载《宜春学院学报》2015年第37卷第1期，第11—15页。

⑪王升远：《弱者的抵抗》，载《读书》2024年第2期，第160—167页。

"自我"与"他者"

——拉康三界论视域下《祖先游戏》中的浪子形象新解①

闫　静　于元元

内容提要： 亚利克斯·米勒的《祖先游戏》塑造出具有二态性的主人公浪子，呈现出文化错位流放者的身份与心理困境，以及在含混中寻求归属的主题。本文基于拉康的三界理论，从想象界"小他者"、象征界"大他者"和现实界中的自我建构这三个维度来探讨主人公在三界域中确立自我和寻求精神家园的过程。

关键词：《祖先游戏》；亚利克斯·米勒；三界论；自我；他者

作者简介： 闫静，安徽大学外语学院英语语言文学在读研究生，研究方向为英美文学、澳大利亚文学。于元元，安徽大学外语学院副教授，研究方向为英美现代主义文学、文学翻译。

Title: "Self" and "Other": A New Interpretation of "Lang Tze" in *The Ancestor Game* from Perspective of Lacan's Three Orders Theory

Abstract: Alex Miller's *The Ancestor Game* portrays a protagonist with dimorphism Lang Tze, presenting the identity and psychological dilemma of cultural dislocation exiles, as well as the theme of seeking belonging in ambiguity. This article is based on Lacan's Three Orders Theory, exploring the process of the protagonist's establishment of self, and pursuit of spiritual home in the three realms from three dimensions: "the other" in the imaginary order, "the Other" in the symbolic order, and the construction of the self in the real order.

Key Words: *The Ancestor Game*; Alex Miller; Three Orders Theory; self; other

About the Authors: Yan Jing, a postgraduate student in English Language and Literature at the School of Foreign Studies, Anhui University, specializes in British and American literature, as well as Australian literature; **Yu Yuanyuan**, an associate professor at the School of Foreign Studies, Anhui University, specializes in British and American modernist literature and literary translation.

澳大利亚作家亚利克斯·米勒的《祖先游戏》通过冯氏家族四代人从中国福建迁居澳大利亚、贯穿两个世纪的跨时空历程，生动展现了华人社群在异质文化土壤中的生存图景与身份嬗变轨迹。该书自1992年问世以来接连斩获迈尔斯·弗兰克林奖等四项文学奖项，在澳洲文学的发展进程中留下了浓墨重彩的一笔。

作品推出至今，国外学者主要关注小说中澳洲的多元文化主义。彼得·皮尔斯②和欧阳昱③指出此小说跨越民族界限展示移置的个体在多元文化社会中的身份探索。国内学者大多聚焦于小说中的民族身份和空间叙事。詹春娟④和鲁晓川⑤从空间叙事视角分析小说的空间建构；刘建喜⑥、吴慧⑦和段超⑧分别从后殖民主义、文化记忆和拉康镜像理论出发，阐释小说人物在中西文化交融下的文化身份建构。

拉康三界论为文学作品的研究提供新的研究视角，但鲜有学者将该小说与此理论结合。本文与段超的文章形成互补和对话，尝试在镜像阶段理论基础上运用拉康三界论着重对主人公浪子进行解读，分析他是如何在三界域中寻求身份、建构自我的。

一、拉康三界论

20世纪的思想大师雅克·拉康用镜像阶段来描述婴儿自我意识的形成过程，并在此基础之上提出三界域说，即想象界、象征界、现实界。想象界是个体幻想与误认交织的认知复合体，即拉康所说的"小他者"，镜像中存在的自我、同龄人及其他客体不断反映并投射自我。象征界是拉康所称的"大他者"，是支配个体生命活动规律的社会秩序，作为一种不在场的凝视是父亲权威的缩影，人们借由象征秩序大他者的语言之墙，即能指的宝库，才获得一种社会关系上的认同。现实界是拉康三界域说中最模糊、最难理解的一种秩序，是某种无法直接体验也不能直接符号化的无序领域。

主人公浪子的寻根历程与拉康三界论有不谋而合之处，三界域共同作用于主体构建，浪子的人生蜕变正是三界作用的结果。

二、想象界中的"小他者"

幼时的浪子对自我的认知起始于镜像中的母亲莲和外祖父黄玉华。他们信奉中国传统价值的传承，过着保守封闭的生活。新生儿对外部世界的认知建构主要根植于母婴互动经验，通过联结机制将自体需求与照料者需求形成趋同认知，从而完成对母体欲望模式的投射性认同。幼时的浪子在莲的养育下对中国文化产生热爱。他曾经在杭州与外祖父共赏凌寒独放的红梅，在莲的督导下研习书法与画画，忽觉一股前所未有的自信在心中奔涌。在回忆中浪子把那段日子称为"真正的生活"⑨。浪子潜意识里认为自己的根在中国，他渴望得到黄玉华所代表的中国文化的认可。镜像中的"他者"影响着"自我"的塑造，莲和黄玉华以沉默的面容为载体，构建起一面浪子"应该成为的形象之镜"⑩。

代表西方文化的冯氏家族在浪子的生命中占据着越来越重要的位置，成为镜像中的"他者"。浪子和父辈祖先世代相隔，但他们的相貌和宿命遥相呼应。冯一"身材矮小……右眼患了眼疾"⑨p135，冯三"他黄眼睛，高前额……就好像许多世纪以前和另外一个魔怪血战，脑袋被斧子砍成两半"⑨p56。浪子和父辈祖先拥有极其相似的扭曲面貌，浪子"脑袋出来之后，已经扭曲得不成形状……右眼周围留下了永远难以弥补的伤痕"⑨p78，而相似的外貌隐喻相似的漂泊宿命，相

隔百年，祖先的历史在浪子身上重现。在黄宅中，浪子面对铜镜居然没有马上认出这是自己的面孔，而是觉得"有一只目光淡然的眼睛仿佛从遥远的过去凝视着他"，产生"难道所有的父亲，所有的老祖宗都是一个人"⑨p124的疑问。代际间的镜像互动揭示了他者与自我之间既依存又对抗的张力，浪子在镜像中看到一个与自己极度相像的父辈"他者"，产生"自我"到底是谁的困惑。

来自德国汉堡的流放者奥古斯特·斯比斯为浪子自我身份的建构提供了积极选择。对于在中国探索精神之旅的斯比斯来说，他已经在治外法权的流放状态中丧失与祖先家园联系的道德责任。斯比斯在浪子出生之时给其取名"Lang Tze"，意为远游的儿子，他预感总有一天浪子会踏上充满焦虑的、寻找故土的道路。中西文化之间的差异带来了思想观念上的对立，在斯比斯看来，中国不是浪子的永居之地，浪子应该去澳大利亚，这样一个东西方文化交界的国家可以给浪子提供成为艺术家的土壤。在中西文化的碰撞中，幼年的浪子逐渐被斯比斯这个"他者"的意愿所引领，他在镜像中看见一位视流放为机遇的游子形象，误认为自己日后也可以在文化移植中找到自己的精神家园，浪子再次认同"他者"——人生导师斯比斯的理想。

三、象征界中的"大他者"

拉康指出，俄狄浦斯情结时期是主体从想象界进入象征界的转折点。在此时期，浪子对冯三的恐惧源于对父法象征秩序的抗拒，但随着父亲介入其与莲的二元关系，他就被迫接受了象征界的规训，从"自然状态进入到文化的象征秩序中"⑪。在中国传统文化为"大他者"的凝视下，浪子因其二态性（具备中西文化的杂糅特征）沦为象征界的异类。在中国生活期间父母各自代表的中西方文化矛盾始终威胁着浪子的生存，在祖先游戏中浪子丢弃黄氏族谱和铜镜是他二态性爆发的转折点，表明他逐渐步入代表父法的象征界。黄玉华始终拒绝外孙去拜祭祖宗的强硬态度打破了浪子在母方寻找认同感的理想，浪子疑惑不解，"就像空旷的原野突然

矗立起一堵石头墙，既绕不过去，又穿不过去……而母亲和外公轻而易举穿过那堵石墙"⑨p112，母亲和外祖父可以穿过东西方文化的隔阂，浪子却被永远隔绝在中国根外。被中国祖先抛弃的浪子下定决心要毁了祖先纽带，他偷了外祖父视为传家之宝的铜镜和族谱，在狂风暴雨之日把铜镜扔进钱塘江并焚烧族谱。这面传承数世纪的黄氏家族古镜铸有双凤图腾，寓意庇佑宗族的神秘力量；自11世纪世代相传的族谱是黄氏家族的根基，是黄玉华与其宗族相联系的精神纽带。浪子以为这样报复了视自己为异类的外祖父，其实这也意味着他和中国祖先情结的彻底决裂，他会在日后的人生不断经历错位，成为真正的浪子——远游的儿子。

"象征界支配着人类文化和社会秩序……如果一个人仅仅沉浸在想象界当中而不能自拔，他就无从发挥自己应有的社会作用"⑫。当想象界的虚幻认知框架无法继续支撑个体存在时，主体必须解构想象界的感性幻觉，进入符号化的象征秩序。浪子在成长过程中逐渐摆脱虚幻的想象界，被象征秩序建构成一个社会化主体，但其跨越并不成功。浪子于1937年移居澳大利亚，却未能实现预期的事业抱负。浪子身处排华的时代背景，澳大利亚主流文化拒绝承认华裔艺术创作的文化表征价值，这种排斥迫使文化流散者陷入双重文化疏离的困境：既无法维系与母体文化的精神脐带，又难以在异质文化土壤中完成身份锚定。在被抛置于文化的边缘境地中的浪子无法摆脱祖先情结，始终渴望祖先的谅解和接纳，故国家园宛如一个长长的风筝跨越千万里牵动着浪子的心。迈入中年的浪子保留着多年前外祖父送给斯比斯的莲花杯，对朋友史蒂芬强调"我是中国人！我们都有自己的宗族"⑨p21。在错位文化的影响下，浪子的存在性空虚在社会化进程中未能被象征界的符号化认同机制所填补，他迷失于对自我身份的自主选择中，产生了重新寻找家园的强烈寻根愿望。

四、现实界中的自我建构

现实界不属于言语活动，超出象征界与想象界之外，具有不可领会性和不可掌握性，被拉康称为"一种缺场的在场"⑬。主体因象征界的割裂而滋生回归原始的欲望，却注定陷入永不可及的渴望中。"流放即归家"是小说中斯比斯等人物所享有的状态，而对浪子来说却是一种他支配不了的"不在之在"。幼时身在中国的浪子被东西方两种文化不断牵扯，他经常随母亲莲往返于杭州和上海两地，而这两地代表了迥然不同的生活方式。浪子在穿梭于沪杭双城的列车旅途中将移动的空间视为精神庇护所，这种流动状态使他既摆脱了上海租界的西式生活桎梏，又疏离了杭州老宅的中式礼教羁绊，从而在瞬间的恍惚中感知"流放即归家"的悖论性生存体验。

现实界的特征之一便是创伤化，是受到压抑时无意识作用的结果。拉康说："'实在界'（现实界）便是那经常回到同一地方去的东西，回到'我思'主体遇不到它的地方去的东西"⑬p116-117。现实界是无法到达的彼岸，在人类的众多心理症状中有迹可循。浪子在下定决心要毁了铜镜和族谱前做了一个梦，梦境反映出浪子现实所经历的创伤和无意识心理过程。在梦境中，他想象自己是统治者，跨上骏马向着家乡奔驰而去，居民们热烈欢迎他荣归故里，然而梦中的王国却空荡无人，"底座上什么也没有，既没有他的名字，也没有关于他的世系的记载"⑨p120-121。在小说结尾，浪子对好友史蒂芬表达他想回中国的思乡之情，在幻想中他回到了故土杭州和母亲莲团聚，然而老宅早已空无一人，浪子这才意识到"这又是一场梦"⑨p184。弗洛伊德用自虐倾向或死内驱力理论来解释创伤性事件反复出现在患者梦中的现象⑬p116，在动荡中长大的浪子数次产生了关于寻根的梦境，其折射出浪子在现实生活中对自我身份的苦苦探寻，也暗示着浪子的寻根之旅将以悲剧结束。

在拉康的现实域中，不可能性才是存在之真。现实界作为母子一体圆满和完整的存在，是浪子渴望回归却永远也回不到的地方。他在澳大利亚不断回忆起中国，渴望回到祖国的怀抱，所有回忆都朝向一种界限，那便是"现实界"⑬p116。然而，现实界是一种未被符号化的匮乏状态，一旦主体执着于这种不可企及的维度，将承受存在性代价。

五、结语

根据拉康的三界论，《祖先游戏》主体浪子在想象、象征、现实三界的自我主体建构过程以失败告终。浪子在想象界中受莲、冯三、斯比斯等"小他者"影响，形成自我虚幻的认同；浪子在象征界中受"大他者"错位文化和父亲权威影响，不断产生身份困惑；在现实界，浪子渴望的"流放即归家"无法实现，"理想之我"始终缺失。米勒借小说中华裔移民形象揭示个体身份建构的复杂性，传达在杂糅文化中唯有接受"他者"所带来的不确定性，才能达成"流放即归家"的状态、建构起真正的自我身份。在全球文化不断交流融通的当下，其作品展现出跨越种族和国域的人文情怀对诸如澳大利亚这样的移民国家乃至每一位寻求家园的流放者均具有普遍深刻意义。

注释【Notes】

①本文系教育部人文社会科学研究一般项目"霍米·巴巴近20年（"9·11"之后）伦理学转向研究"（项目编号：20YJA752017）的阶段性研究成果。

②Pierce, Peter. "The Solitariness of Alex Miller". *Australian Literary Studies*, 2004, 21(3), pp. 299-311.

③[澳大利亚]欧阳昱：《表现他者：澳大利亚小说中的中国人 1888—1988》，新华出版社2000年版。

④詹春娟：《地域·人物·文本：论〈祖先游戏〉的空间叙事艺术》，载《世界文学评论》2012年第1期，第55—59页。

⑤鲁晓川、胡戈：《移置、流放、错位："间质空间"视域下的〈祖先游戏〉》，载《江苏第二师范学院学报》2014年第12期，第104—107页。

⑥刘建喜：《后殖民主义语境下的文化身份建构——论米勒的〈祖先游戏〉》，载《天津外国语大学学报》2011年第3期，第69—75页。

⑦吴慧：《文化记忆及想象视角下的〈祖先游戏〉》，载《上海理工大学学报（社会科学版）》2014年第4期，第353—357页。

⑧段超：《"自我"与镜像：论〈祖先游戏〉中文化身份的建构》，载《解放军外国语学院学报》2022年第6期，第36—42+155—156页。

⑨Miller, Alex. *The Ancestor Game*. Australia: Penguin Books, 1992, p. 110. 以下只在文中注明页码，不再一一做注。

⑩张一兵：《不可能的存在之真：拉康哲学映像》，商务印书馆2006年版，第144页。

⑪黄汉平：《拉康与后现代文化批评》，中国社会科学出版社2006年版，第42页。

⑫[美]罗伊丝·泰森：《当代批评理论实用指南：第2版》，赵国新等译，外语教学与研究出版社2014年版，第35页。

⑬黄作：《不思之说——拉康主体理论研究》，人民出版社2006版，第134页。以下只在文中注明页码，不再一一做注。

柳永词的通俗化对宋代国家通用语言文字的普及作用①

李 军

内容提要: 柳永因为长期生活在社会下层,他的多数词作通俗易懂,易于大众接受,作为一位接受了良好的语言文字教育的文人,柳永的词传播甚广,对宋代国家通用语言文字在民间的普及起到了重要作用。柳永词的通俗化主要表现为:保留了词的本色,使词符合音律的特点,加入大量的俚俗口语,创作了不少长调慢词,还带有一定的故事性特征。在宋代城市经济非常发达的背景之下,柳永的词主要描写城市生活和下层女性的情感,并通过歌女的演唱得到广泛的传播。他的词不仅在城市民众当中,在偏远的乡村和上层统治者及文人士大夫当中都有不少受众。

关键词: 柳永词;通俗化;国家通用语言文字

作者简介: 李军,内蒙古鸿德文理学院副教授,主要研究方向为中国古代文学与传统文化。

Title: The Popularization of Liu Yong's Poetry and its Role in Popularizing the National Common Language and Characters of the Song Dynasty

Abstract: Due to living in the lower class of society for a long time, most of Liu Yong's poetry is easy to understand and widely accepted by the public. As a literati who has received good language and writing education, Liu Yong's poetry has been widely spread and played an important role in the popularization of the national language and writing in the folk during the Song Dynasty. The popularization of Liu Yong's poetry is mainly manifested in retaining the essence of the words, making them conform to the characteristics of sound, adding a large amount of vulgar and colloquial language, creating many long tone and slow paced words, and also having certain narrative features. Against the backdrop of a highly developed urban economy, his works mainly depicted urban life and the emotions of lower class women, and were widely spread through the singing of female singers. His works attracted audience not only among urban residents, but also among remote rural areas, upper class rulers, and literati.

Key Words: Liu Yong's poetry; popularized; national common language and writing

About the Author: Li Jun, associate professor at Inner Mongolia Honder College of Arts and Sciences, mainly researches ancient Chinese literature and traditional culture.

中国古代的国家通用语言文字发展到宋代已经比较成熟,进入了规范整理的阶段。宋代官方设立了校勘和刊刻部门,还出现了大量的规范发音和用字的韵书和字书。随着晚唐以后门阀大族的衰落和宋代科举取士的规范化,教育得到普及,平民阶层逐渐崛起,加之宋代文化全面繁荣,国家通用语言文字得到更为广泛的普及。词作为宋代文学最具代表性的文体,流行于自上而下的整个社会,对于国家通用语言文字的普及起到了重要作用。但由于大多数的词比较典雅,只在文人士大夫阶层流行,因而对于宋代国家通用语言文字在民间的普及作用非常有限。柳永的词比较通俗,产生了"凡有井水饮处,即能歌柳词"的极大影响力。他的词在宋代社会各阶层都有一大批受众,除了在文人士大夫阶层流行,也在瓦舍勾栏、乡间里坊传唱。由于柳永在成长过程中受到良好的教育,所以在进行文学创作时使用的是规范的语言文字,使得其词在国家通用语言文字普及方面的作用凸显出来。

一、柳永词的通俗化特征

词有雅俗之别，柳永的词兼有两种风格。但他的多数词更加通俗，可称为"俗词"，在宋代拥有很多受众。柳永词的普及主要得益于几个原因。首先，柳永的俗词保持了词的本色。作为一种文体，词伴随音乐发展起来，因此词本身是和乐而歌的。到了宋代，由于城市经济的发达，听曲唱词成为一种流行的娱乐方式。正因为如此，词一直被文人士大夫视作不登大雅之堂的"小道"。五代和宋初的一些文人如温庭筠、韦庄和晏殊等，用字造句都具有文人的高雅情趣，逐步将词雅化。到了宋代中后期，一些文人如苏轼和辛弃疾等不断提升词的审美地位，出现不少反映人生理想和抒写家国情怀的豪放之作。但这样的作品不符合音律的特点，难以演唱，也就脱离了词体原本的音乐属性，成为纯粹的案头文学，基本上与当时的大众无缘。

与宋代生活条件优越的士大夫不同，柳永长期生活于社会下层，了解大众的生活，理解他们的喜怒哀乐，在进行词的创作时就比较符合大众的审美需求。因此，柳永的词既保留了鲜明的市井情趣，又非常适合演唱。清人况周颐在《蕙风词话》中称："柳屯田《乐章集》为词家正体之一。"这种本色特征使得柳永的词在传唱度上远超其他士大夫的作品。同时，像柳永这样喜欢描写市井生活的文人不被当时的科场认可，宋真宗大中祥符二年（1009年）正月的诏书提道："读非圣之书及属辞浮靡者，皆严谴之。"但宋代官方对柳永俗词的轻蔑态度恰恰说明这类作品更符合当时大众的审美。填词演唱属于市井里巷的娱乐活动。所以，本色的词表现的主要是大众的生活，最合适的语言表达方式就是通俗化的、口语化的。如柳永的《曲玉管》写道："暗想当初，有多少，幽欢佳会。"表达方式平铺直叙，写进人的内心，而且伤心之人的失落之情一目了然。再如《雨霖铃》中的"便纵有千种风情，更与何人说？"把离别的无奈与伤心用最为直白的语言文字表达出来。甚至可以说，接受柳永的词是不需要门槛的。不仅如此，柳永还创作了大量的长调慢词。"由于文人词的含蓄典雅的风格，往往不需要长篇词调。"②所以雅化之词，尤其是早期的雅词，大都以小令的形式出现。长调慢词主要在民间流行。柳永继承了这种传统，又加以发挥创造，在词中加入大量口语，增加了铺排渲染的手法，有利于情感表达和场景描写的展开，非常易于在民间传唱。

其次，柳永大量使用俚俗口语。口语化的特性源于民间，口语经过文人的加工改造，以书面形式被记录下来。"宋词反映的口语状况远远超过宋诗。"③柳永词便是口语化的典型代表。宋人严有翼在《艺苑雌黄》中评价柳永词："彼所以传名者，直以言多近俗，俗子易悦故也。"柳永词中使用俚俗语较为典型的如《定风波》。开篇"自春来、惨绿愁红，芳心是事可可。"以女性口吻表达情绪，用词真率质朴、灵动活泼。整首作品的口语化用词极多，如"厌厌""一去""无个"及"恁么"等。这类用词非常符合青春女性与爱人两隔，孤独无助又无可奈何的心境。柳永俗词"明白如话，到口即消"④。这样的词贴近生活，伴随音乐演唱，含义普通人都能理解。这种方式既扩大了词的表现力，又能有效推动词的传播。由于宋代城市经济发达，瓦舍勾栏等娱乐场所较多，在其中听曲唱词就成了人们喜闻乐见的一种休闲方式。孟元老的《东京梦华录》提道："新声巧笑于柳陌花衢，按管调弦于茶坊酒肆。"柳永词大都由瓦舍勾栏中的歌女演唱，听众大都是普通百姓。一方面，对柳永来说这些俚言俗语非常熟悉，在他的日常生活中经常被使用，所以信手拈来；另一方面，为了吸引听众，也为了照顾大众的接受能力，柳永需要借鉴民间的通俗词汇来表达自己的情感。

再次，柳永词充满故事性。带有故事性的词更有吸引力，尤其是故事当中细致入微的场景描写能够迅速调动大众的神经。柳永"常用一些说故事的词语与口吻"⑤增强词的通俗性，词的传播力也就提升了。如《雨霖铃》写分别："寒蝉凄切，对长亭晚，骤雨初歇。都门帐饮无绪，留恋处，兰舟催发。执手相看泪眼，竟无语凝噎。"下过雨之后，天色已晚，两人在城外的长亭送别。虽然不舍得离别，但船家已经催着离人走了。即将分别的两人只是看着对方，情到深处，什么都已经说不出来。内容非常直白。再如《菊花新·中吕调》写爱人相对，天色已晚。词以女子的口吻表现出"愁夜短"的情绪，接着"催促少年郎，先去睡、鸳衾图暖。"女子把自己手里的针线放下后，也宽衣解带。柳永描写的是一对爱人睡前的活动。写到女子的内心、动作，与男子的活动，活灵活现。不仅如此，柳永的一些词作甚至写到一些男欢女爱的场面，迎合了下层市民的趣味。如《昼夜乐》："无限狂心乘酒兴。这欢娱、渐入嘉境。"《凤栖梧》："酒力渐浓春思荡。鸳鸯绣被翻红浪。"这样艳俗的描写虽然满足了不少人的低级趣味，但人们在听曲的过程中也潜移默化地受到宋代规范语言文字的影响。写人的词有故事性，描写动物的词也是如此。《红窗迥》当中写到燕、莺、蜂、蝶四种小动物在花园当中飞舞，"花心偏向蜂儿有"写蝶戏花，其中的花似乎是主动向蝶敞开，与蝶形成一种互动关系。莺和燕则是"吃他拖逗"，被花挑逗，又只能看着花与蝶共舞。可是偏偏"蜂儿却入、花里藏身"。花本来向蝶开放，没想到蜂进了花朵当中，还嗡嗡地喊："胡蝶儿、你且退后。"作品采用了拟人化的手法描写小动物的嬉戏打闹，场面欢快活泼，生动有趣。

二、柳永词在宋代的普及

宋代官方在推行国家通用语言文字时，校勘机构的设立、文化典籍的整理、刊刻出版活动的推行、教育的普及、各类韵书和字书的修编等都发挥了重要作用。只不过，这些活动主要在社会上层产生了广泛影响，要在更广泛的社会层面普及国家通用语言文字，需要通俗文学发挥作用。不同于作为士大夫审美对象的诗，词具有很强的民间流行性。柳永词当中适合大众口味的通俗性作品在宋代的国家通用语言文字推广中的作用就显得非常突出。

首先，柳永词主要描写城市生活和下层女性的情感，易于在民间传播。柳永一生四处漂泊，他的足迹以当时的大城市为主，如杭州、苏州和扬州等地。尤其是柳永在东京汴梁期间，写下了大量描写

都城的作品。孟元老的《东京梦华录》提到东京汴梁："九桥门街市酒店，彩楼相对，绣旆相招，掩翳天日。"高楼矗立、酒器闪耀、歌声婉转，东京的酒店繁华喧闹。柳永是这些娱乐场中的常客，陶醉于风花雪月的美景和欢乐之中，写下诸如《看花回·二之二·大石调》中"九衢三市风光丽，正万家、急管繁弦"这样的词句。据叶梦得的《避暑录话》载，"永初为上元辞，有'乐府两籍神仙，梨园四部弦管'之句传禁中，多称之"。其中的词句便出自柳永的《倾杯乐》。宋仁宗时，每年三月，君臣士庶游赏汴京金明池，《东京梦华录》描述："入池门内南岸西去百余步，有南北临水殿。车驾临幸观争标，赐宴于此。不禁游人，殿上下回廊皆关扑钱物、饮食、伎艺人作场勾肆罗列左右。车驾临幸诸禁卫班直簪花、披锦绣、捻金钱衫袍、金带勒帛之类，结束竞逞鲜新。"皇家贵族和普通百姓都能在此处肆意欢愉。柳永的《破阵乐》对金明池的盛况进行了详尽描绘："金柳摇风树树，系彩舫龙舟遥岸。"以铺排渲染，展现了金明池周边的美景，以及鼓吹妓乐的繁荣。除了北宋都城，《望海潮》中的"羌管弄晴，菱歌泛夜，嬉嬉钓叟莲娃"等内容描绘了杭州的世俗风貌。罗大经的《鹤林玉露》提道："此词流传播，金主亮闻歌，欣然有慕于三秋桂子，十里荷花，遂起投鞭渡江之志。"虽然此说尚待考证，但如果所记为实，则可见柳永词之传播力度。

柳永的词还描绘了底层人民尤其是下层女性的生活。如《少年游·十之七·林钟商》中思念爱人、彷徨无措的女子："薄情漫有归消息，鸳鸯被、半香消。"《御街行·二之二·双调》中回忆美好过往而叹息今朝处境的女子："归来中夜酒醺醺，惹起旧愁无限。"这些女性大都身在青楼，对心爱的男子一往情深，但最终没有很好的归宿，只能哀叹自己悲惨的命运。虽然境遇不佳，但她们是"一个个对爱情执着，对生活充满期盼的美貌女子"⑥。正因为柳永平等地看待这些市井女性，所以能站在女性的立场上表现出对她们发自内心的关切，从而获得她们的认可。此外，《锦堂春》当

中的女子对于离开自己的男子表现出愤恨的情绪，"依前过了旧约，甚当初赚我，偷剪云鬟。"大胆泼辣、敢爱敢恨，蔑视负心人的薄幸行为，具有较强的自我意识。总之，柳永描写男女感情的作品较多，加之柳永精通音律，能够引起下层女性的共鸣，所以他的作品很容易在市井当中流行。

其次，柳永与歌女来往频繁，歌女们愿意找他填词，因此他的作品经过歌女的演唱，在人们流连歌舞的环境当中"动听且易于传播"⑦。宋人叶梦得在《避暑录话》提道："教坊乐工每得新腔，必求永为辞，始行于世"，可见柳永词在当时很受欢迎。演唱柳词的主要是歌女、妓女群体，数量庞大。《东京梦华录》称："燕馆歌楼，举之万数。"宋人陶谷的笔记《清异录》记载"鬻色户将及万计"。柳永没有取得功名，通过为歌妓填词获取生活来源，而歌妓通过柳永的词提升自身的知名度，二者相互成就。《醉翁谈录》提到柳永在京城的闲暇时光游于妓馆。"妓者爱其有词名，能移宫换羽，一经品题，声价十倍"。经过柳永填词的作品很受欢迎，易于流行。柳永的词也经常提及一些歌女，如《西江月》："师师生得艳冶，香香于我情多。安安那更久比和。四个打成一个。"可见柳永与歌女的情感真挚，词中还提到柳永填词的过程"新词写处多磨"，反复斟酌才能创作出好的作品。可以说，柳永的一生与歌妓有缘，而歌妓为柳永词的广泛传播起到了重要作用。

对于柳永词，北宋王灼的《碧鸡漫志》称："不知书者尤喜道之。"南宋徐度的《却扫编》称："流俗之人尤喜道之。"南宋诗人刘克庄的《哭孙季蕃》也称："儿女多知柳三变。"可见柳永词的流行在当时已成为众多文人的共识。除了在下层传播，柳永词也获得了统治阶层和文人的喜爱。南宋胡仔的《苕溪渔隐丛话》引《后山诗话》称："仁宗颇好其词，每对酒，必使侍妓歌之再三。"释文莹的《湘山野录》记载，范仲淹在睦洲路过严灵祠，"会吴俗岁祠，里巫祀神，但歌《满江红》"。唱词正是柳永的"烟莫莫，波似染……"可见柳永词甚至流行于民间社祀当中。柳

永作为一介文人，使用宋代规范的国家通用语言文字进行创作，他的词普及面极广，对于国家通用语言文字在宋代社会的推广作用不言而喻。

三、结语

虽然宋代进入文化全面繁荣的时期，但不识字者仍占据绝大多数，国家通用语言文字的规范使用者主要还是文人士大夫。柳永的大多数词不同于一般士大夫的典雅精工，而是通俗易懂，贴近大众。因为柳永精通音律，其词符合词和乐而歌的特点，又在创作中被加入很多俚俗口语，在大众娱乐休闲的主要场所如瓦舍勾栏和酒肆当中通过歌女的演唱得到广泛传播。柳永不少通俗性的词描写城市生活和女性情感，符合大众的审美，因此其词的传播非常广泛，对于宋代国家通用语言文字的推广起到了重要作用。中国古代国家通用语言文字的推行，一方面需要官方政策的制定和实施，另一方面还需要各方面的力量发挥作用。宋代开始，通俗文学兴起，所以国家通用语言文字借助这种形式在大众当中的传播较广。因此，探索诸如宋词和话本等作品在国家通用语言文字推广中发挥的作用就显得很有必要。

注释【Notes】

①该文系内蒙古鸿德文理学院2023年度科研项目"柳永词的世俗化对宋代通用语言推广的影响"（项目编号：HD2023014）的成果。

②宁夏江：《柳永词的"本色"》，载《中国青年政治学院学报》2003年第9期，第124页。

③李文泽：《略论宋代文献在宋代语言研究中的语料价值》，载《宋代文化研究（第九辑）》2003年，第199页。

④肖军辉：《论柳永俗词的语言风格》，载《汉字文化》2019年第2期，第87页。

⑤陈琴：《有井水处皆歌柳词——浅析柳永词市民化语言》，载《天府新论》2009年第6期，第165页。

⑥黎慧璇、黎家作：《柳永词中的市民形象研究》，载《文化创新比较研究》2023年第6期，第4页。

⑦金真慧：《柳永词的传播及其文化价值探索》，载《文学教育》2019年第8期，第29页。

宋代涉酒词中的对饮与独酌
——兼论宋代男词人和女词人涉酒词的不同

王一丹

内容提要： 在宋代男词人和女词人的涉酒词中，酒承担着不同的功能。酒在男词人的笔下经常是与他人沟通交流的桥梁，是男词人社交的一部分，发挥着重要的社交功能，因此宋代男词人的涉酒词中常常出现"西园夜饮鸣笳""灯光酒色摇金盏"等宴饮场景，而在女词人的笔下则是个人倾吐内心的对象，是独自的消愁的工具，所以女词人笔下的饮酒多是"一杯独酌"。

关键词： 涉酒词；对饮；独酌

作者简介： 王一丹，山西大学文学院中国古典文献学在读硕士，主要从事版本学、目录学研究。

Title: Social Function of Wine and Divergent Manifestation of Drinking States: Differences of Wine-Related Poetry by Male and Female Poets in Song Dynasty

Abstract: In the wine-related poetry by the male and female poets in the Song Dynasty, wine served distinct functions. In the works by male poets, wine acted as a bridge for social interaction and communication, often depicted in scenes of banquets and gatherings, such as "nighttime feasts in the West Garden accompanied by the sound of reed pipes" or "the shimmer of golden cups under candlelight and wine." In contrast, female poets portrayed wine as a confidant for personal expression and a solitary tool for dispelling sorrow, with verses like "drinking alone with a single cup." Additionally, the states of drunkenness depicted by male and female poets differed significantly. Male poets described bold, exaggerated drunken states—such as "collapsing like a jade mountain," "drunken dancing," or "drunken reclining"—while female poets portrayed restrained, gentle inebriation, such as "tipsy recitations" or "slight intoxication."

Key Words: wine-related poetry; banquets and feasting; solitary drinking; states of drunkenness

About the Author: Wang Yidan, is a current Master's candidate in Chinese Classical Textual Studies at the School of Liberal Arts, Shanxi University; her primary research focuses on Bibliography and Textual Cataloging.

在宋代男词人的涉酒词中，存在着大量的专门写劝酒、酒宴的词，也有一些词中提及和友人私下的对饮。而这种现象，在宋代女词人的涉酒词中非常少见，除了一些歌伎所作的酒席上的应制唱和之作，其他女词人们很少写到关于宴席或对饮的涉酒词，更多的是写一个人的独酌。宋代男词人涉酒词中出现的大量关于酒宴、友人间对饮的词正是酒的社交功能在词中的显现，他们喝酒时存在一种"酒贱常愁客少"（苏轼《西江月》）①的心态。反观宋代女词人，她们的涉酒词中更喜欢写一个人的独酌，在相思时、伤春时、思乡时，多是一个人把酒伤春、"独倚栏杆"望着落花发愁，登高临风、手握残酒望着远方悲秋伤感，词中塑造的主人公形象在喝酒时往往都是独酌的状态。

男词人的涉酒词体现了酒的社交功能，而女词人的涉酒词中酒的社交功能体现的并不明显，处于一个隐藏的状态。本文将以苏轼、欧阳修、黄庭坚、晏殊等几位男词人和李清照、朱淑真、魏夫人、吴淑姬等几位女词人的涉酒词为例探讨在宋代男词人和女词人涉酒词中的对饮与独酌现象。

一、宋代男词人的对饮

宋代男词人的涉酒词体现酒的社交功能的主要有两类词：写宴会上饮酒、劝酒的词以及友人间私下对饮的词。如果是宴会上饮酒，就比较隆重、正式，饮酒的宾客也比较多。按照酒宴的种类分，主要有送别酒宴、相迎酒宴、祝寿酒宴、节日酒宴以及那些专门为游戏玩乐举办的酒宴；按照参与宴会的宾客分，有士大夫文人间的雅集，也有歌舞酒楼中的单纯娱乐的宴会；按照词作创作的时间分，有即席应酬而作的劝酒词或赠人词，也有事后回忆宴会的词作，前者应制的味道比较浓厚，可能有很多套话也有逢场作戏的成分在，后者表达的情感比较真挚，文学价值也更高，多通过昔日酒宴的热闹和今日的冷清相对比，表达时过境迁、物是人非之感。如果是友人间私下对饮，那就比较随意，不会像专门置办的酒宴那么隆重，有的只是单纯为了饮酒之乐，有的是友人间分别前饮下的酒，有的是友人相逢时饮下的酒。②

酒在宴会上是必不可少的，宴会上的酒承载了太多的情感，是在送别宴会上的依依不舍，是在相迎宴会上的喜悦和尊敬，是在寿宴和节日宴会上的祝福，也是在其它宴会上的欢乐。送别酒宴中有的明确交待是在分别前，如晏殊《浣溪沙》：“杨柳阴中驻彩旌，芰荷香里劝金觥。”①p114这是在杨柳阴里举行的送别宴会，闻着荷花香劝友人饮酒。有的并未说明，可能是在分别前，也可能是在临行前几天举行的宴会，如：“华堂堆烛泪。长笛吹《新水》。醉客各西东。应思陈孟公。”（苏轼《菩萨蛮·述古席上》）①p392这是苏轼在送别杭州知州陈襄时所作，前两句描写宴会上的场景——蜡烛垂泪、笛声悠扬，后两句写宾客们在宴会上喝醉后各自散去，应该都在怀念陈太守。在写送别酒宴的词中多表达对友人离别的不舍和思念，有时也故作豁达，劝友人不要为分别难过，只需尊前痛饮，如苏轼与杨绘分别时在酒席上所作的“尊前一笑休辞却。天涯同是伤沦落”（《醉落魄·席上呈元素》）①p399。词人们在迁谪途中路过地方时，有时地方的州郡长官为表敬意会设宴迎接，如辛弃疾

应召从三山到临安途中经过建宁，建宁知府陈安行就为其设宴，“主人只是旧情怀，锦瑟旁边须醉”（《西江月》）①p2508；苏轼在从杭州到密州任知州途中经过苏州，苏州知州王诲也邀请其赴宴，“一年三度过苏台。清尊长是开”（《阮郎归·苏州席上作》）①p384；陆游应召从成都回临安路上经过忠州，忠州的王姓州官设宴接待，“芳樽频劝，峭寒新退，玉漏犹长”（陆游《玉蝴蝶·王忠州家席上作》）①p2058。陆游在这里写宴会上歌女劝酒的情景。这些词多是词人们席上所作表示答谢的，但也有不是席上作表示答谢的，如黄庭坚的《醉蓬莱》：“樽酒公堂，有中朝佳士。”①p500这首词并不是专门写相迎宴会的，而是抒发词人被贬黔州后的苦闷，其中提到了黔州官员的迎接宴会，有清歌妙舞、美酒佳肴，写宴会盛况更反衬词人心情的苦闷。写祝寿酒宴的词中很多应制之作，价值不高，多是祝人长寿，劝人饮酒，如晏殊的《少年游》：“榴花一盏浓香满，为寿百千春。”①p120提及节日宴饮的词如晏殊的《木兰花》：“有情无意且休论，莫向酒杯容易散。”①p121这是晏殊在宋仁宗庆历四年正月初一的宴会上所作，为庆祝元日，作为宰相的晏殊在家中大摆酒席宴请宾客；黄庭坚的《南乡子》：“催酒莫迟留，酒味今秋似去秋。”①p529这是重阳节时在宜州贬所的城楼宴集上所作，节日的欢快中隐约表现出词人内心的凄凉与孤独，但还是为庆祝节日劝人饮酒。除了这些酒宴，也有不涉及送别、节日、祝寿的酒宴，只是日常中单纯为了游赏玩乐而置办的酒宴，如欧阳修被贬滁州时游赏山水的酒宴：“菊花香里开新酿。酒美嘉宾真胜赏。”（《渔家傲》）①p163晏殊和友人秋日赏菊听歌的酒宴：“美酒一杯新熟，高歌数阕堪听。”（《破阵子》）①p112苏轼在杭州任太守时和大家一起饮酒品茶的酒宴：“绮席才终。欢意犹浓。酒阑时、高兴无穷。”（《行香子·茶词》）①p390

这些关于各种宴会的涉酒词中，所表达的情感一般有两种，一种是趁着良辰佳节及时行乐、开怀畅饮，如果有烦恼也要抛却脑后，尽情享受现在，

如送别酒宴上的"尊前一笑休辞却"③,节日酒宴上的"催酒莫迟留";另一种是用酒宴上的欢乐来表现自己心情的苦闷,如"持杯谢、酒朋伴侣……歌筵罢、且归去"(柳永《归去来》)①p49。这是庆祝元宵佳节的宴会,但词人兴致不高,只想等宴会结束离开。在这些宴会中,有的参与者是文人士大夫,这就属于文人间的雅集,如:"雅艳飞觞,清谈挥麈,使君高会群贤。"(秦观《满庭芳·茶词》)①p597这种宴会一般比较高雅,宾客们品茶吟诗、清谈饮酒,有时还会佐以歌舞;但有的宴会在歌舞酒楼,参与者的文化水平也不会这么高,如:"厌厌夜饮平阳第。添银烛、旋呼佳丽。"(柳永《金蕉叶》)①p26这是以娱乐为主的宴会,主要内容是饮酒听歌。

宋代男词人们关于宴饮的涉酒词中,有的是即席创作的劝酒词或者赠别词,有的是事后回忆所作。即席创作的劝酒词、赠别词,多是劝人饮酒、表达感谢或祝愿,劝酒词如晏殊的《踏鹊枝》:"门外落花随水逝,相看莫惜尊前醉。"①p115在寿宴上劝人饮酒,苏轼的《虞美人》:"使君能得几回来。便使尊前醉倒、且徘徊。"①p395在送别杭州知州陈襄的宴会上劝人饮酒。赠别词如:"万事一杯酒,长叹复长歌。"(辛弃疾《水调歌头》)①p2517辛弃疾在和友人的酒宴写词赠给诸友,祝他们可以金榜高中,并表达了自己对人生的感慨。柳永在外宦游时回忆京都的宴饮生活"绝缨宴会,当时曾痛饮"(《宣清》)①p37;秦观在被贬之后回忆之前在驸马都尉王诜家里参加的西园雅集"西园夜饮鸣笳"(《望海潮》)①p586,这些都是在酒宴之后回忆所作。有的会直接描写宴会场景,词的主题也更偏重写宴会,或表现席间欢乐,或写宴会结束的不舍,如苏轼的《蝶恋花·密州冬夜文安国席上作》"帘外东风交雨霰。帘里佳人,笑语如莺燕。深惜今年正月暖。灯光酒色摇金盏"①p388。这首词直接描写了宴会场景——歌儿舞女劝酒,文人士大夫们觥筹交错、欢声笑语,屋内一派祥和欢乐的气氛。这首词主题就是表现席间欢乐,所以整首词都侧重描写酒宴场景。但有的词中

不会直接描写宴会,宴会只是作为一个背景,去辅助表达词人的其它情感,如黄庭坚的《定风波·次高左藏使君韵》:"及至重阳天也霁,催醉,鬼门关外蜀江前。"①p502这是黄庭坚被贬黔州之后,在重阳节应黔州太守高左藏的邀请参加宴会,在重阳宴会上即席而作。全词只有"催醉"二字是在写重阳宴会场景,写宴会上的人们饮酒致醉,"及至"句写的是宴会天气,"鬼门"句交待了宴会地点的险要,同时也是暗指词人所处的政治环境的险恶。词的上片除了"催醉"二字是在写宴会,其余则主要写词人被贬之地黔州的天气状况和地理环境;下片则表现了词人被贬之后的乐观旷达的胸怀和超然的人生态度,老当益壮、积极乐观,不被现实的困难所打倒。

专门为送别、相迎、节日、祝寿等设置的酒宴是隆重正式的,参加的宾客也比较多,抒发情感多样——不仅描写对酒宴的相关情感,或是筵间欢乐,或是酒宴结束的不舍;也在酒宴之外寄托词人其它的情感。与正式的酒宴不同,宋代男词人的涉酒词中还有友人间的饮酒,如果正式的酒宴是群饮,那友人间的饮酒就是对饮,往往只有两到三个人,人数较少,规模较小,也比较随意,以饮酒畅谈为主。友人间的对饮主要分为两种情况,一种情况是友人久别重逢,饮酒助兴,在酒中抒发重逢的喜悦和分别的不舍;另一种情况是日常无聊和友人饮酒对谈以增加生活乐趣,在酒中抒发的是和友人对饮的喜悦和乐趣。友人之间重逢饮酒的例子如欧阳修的《渔家傲·与赵康靖公》:"今日一觞难得共。聊对捧。"①p163和《浣溪沙》:"十载相逢酒一卮,故人才见便开眉。"①p183这两首词都是写和友人重逢后饮酒的喜悦,前一首是欧阳修致仕颍州和友人赵槩相逢后所饮下的酒,后者的饮酒对象不确定,只能知道是欧阳修的好友。苏轼在从杭州赴密州途中经过润州,和友人孙洙在润州多景楼重逢饮酒,"尊酒相逢。乐事回头一笑空"(《采桑子》)①p388;被贬黄州时和友人王长官相逢饮酒"愿持此邀君,一饮空缸"(苏轼《满庭芳》)①p359。欧阳修和苏轼的和友人重逢饮酒的词

都表现了珍惜相逢时光，饮酒为乐的情感，而辛弃疾和秦观的和友人相逢饮酒的词在喜悦之外也流露出了对分别的不舍。如辛弃疾的《鹧鸪天》："指点斋樽特地开。风帆莫引酒船回。"①p2529词人在任职福州时和友人重逢，特意拿出好酒迎接友人，希望友人多停留叙旧，不要迅速离开。秦观的《江城子》："小槽春酒滴珠红，莫匆匆，满金钟。饮散落花流水各西东。"①p590这是宋徽宗大赦元祐党人之后，秦观在海康与苏轼重逢，二人此时都还是戴罪之身，鉴于特殊的背景，此时的相逢痛饮中看不到一丝的喜悦，只有面对离别的感伤和对未来的悲观。

重逢饮酒之外，宋代男词人们在日常生活中也常常和友人们一起饮酒，他们多抱着一种"独酌无味，对饮有趣"的思想，如辛弃疾在闲居瓢泉期间曾写《玉楼春》"高怀自饮无人劝，马有青刍奴白饭"①p2506抒发自己一个人饮酒的孤独，期待好友吴子似来一起饮酒；《鹧鸪天·寄叶仲洽》"掀老翁，拨新醅，客来且尽两三杯"①p2483通过写自己待客的热情来期待好友叶仲洽一起饮酒。因为觉得"独酌无味"，所以宋代男词人的涉酒词中常常出现和友人一起饮酒的情况，不是正式的酒宴也不是友人间重逢特意饮酒，而是他们日常生活的组成部分。如苏轼被贬黄州时在秋香亭和友人孟亨之、徐君猷一起饮酒"劝君休诉十分杯。更问尊前狂副使。来岁。花开时节与谁来"（《定风波》）①p371；在家中拿出扶头酒热情招待徐君猷"扶头一盏怎生无……清香细细嚼梅须"（苏轼《浣溪沙》）①p405；在淮河和秦观饮别时回忆往日与秦观痛饮的场景"竹阴花圃曾同醉。酒味多于泪"（苏轼《虞美人》）①p395。黄庭坚在秦观死后回忆之前与秦观在京中任职时一同饮酒的场景："严鼓断，杯盘狼藉犹相对。"（《千秋岁》）①p532

在宋代男词人的涉酒词中，有大量的关于酒宴和友人间对饮的词，男词人们在为送别、节日、祝寿以及娱乐等目的设置的酒宴上觥筹交错，把酒言欢；在日常生活中和两三友人对饮、畅叙情怀。

当然，男词人涉酒词中也有自己独酌的情况，比如辛弃疾在任福建提点刑狱时为发泄心中苦闷写自己在万象亭和九仙阁中喝酒："万象亭中孵酒，九仙阁上扶头。"（《西江月·三山作》）①p2508晏殊在面对春光的逝去时独自一人在庭院中喝酒："一曲新词酒一杯，去年天气旧亭台。"（晏殊《浣溪沙》）①p112陆游在从南郑回成都途中，面对旅途的孤独寂寞独自一人在驿馆中喝酒："江头日暮痛饮，乍雪晴犹凛。"（陆游《清商怨·葭萌驿作》）①p2052欧阳修在欣赏春光之美时，独自饮酒，品味着酒带来的一丝慵懒和闲愁："渐觉衔杯心绪懒。酒侵花脸娇波慢。"（欧阳修《渔家傲》）①p175虽然在宋代男词人的涉酒词中对饮和独酌的情况都有，但是在男词人的笔下，酒的社交功能得到极大的显现。相比于男词人来说，宋代女性词人的涉酒词中更多的体现的是一个人的独酌，涉及群饮和对饮的词相对较少，在女词人的笔下，酒的社交功能体现的并不多，处于一个相对隐藏的地位。④

二、宋代女词人的独酌

宋代女词人约有七十首涉酒词，其中提到宴会的约有十二首左右，剩下的词中提及饮酒时大多都是独酌。她们在赏花时独酌，如朱淑真面对盛开的梨花劝慰自己饮酒、及时行乐"向花时取，一杯独酌"（《月华清·梨花》）⑤；面对美好春光的逝去时，也常常一个人把酒临风，在酒中抒发自己的哀愁，如魏夫人的《定风波》"把酒临风千种恨"⑤p194和朱淑真的《蝶恋花》"把酒送春春不语"⑤p156；在与心上人分别或丈夫离家时，独自在家中饮酒抒发相思之情，如朱淑真的"对尊前，忆前欢"（《江城子》）⑤p149和李清照的"东篱把酒黄昏后"（《醉花阴》）⑥；在思念故乡时仍然是一个人饮酒，如李清照南渡后为缓解思乡的愁苦，独自一人醉酒"不如随分尊前醉"（《鹧鸪天》）⑥p105。宋代女词人们在赏花自怜时独酌、惋惜春光时独酌、相思时独酌、思乡时独酌，酒在女词人这里更多是一个和自己对话的工具，她们把自己的喜怒哀乐倾诉在酒杯中，而很少将酒作为和他人沟通交流的工具，酒的社交功能在女词人的涉酒词中体现的较少。

女词人笔下提及酒宴的涉酒词约有十二首，如"敢劝一卮芳酒"（苏琼《西江月》）[⑤p203]和"遇酒逢歌，恣情逐意迷恋"（苏小娘《飞龙宴》）[⑤p317]这两首分别是苏琼和苏小娘在宴席上所作的劝酒词，劝人饮酒及时行乐；易少夫人的《临江仙》"记得高堂同饮散"[⑤p302]和李清照的《蝶恋花》"忘了临行，酒盏深和浅"[⑥p91]都是写分别的酒宴；李清照的《庆清朝》"金尊倒，拼了尽烛，不管黄昏"[⑥p31]写宾客们在游赏玩乐的宴会上尽情饮酒的状态。其中女词人涉酒词中提及最多的是送别的酒宴，约有六首，如美奴的《卜算子》"一曲古阳关，莫惜金尊倒"[⑤p210]、聂胜琼的《鹧鸪天》"尊前一唱阳关后"[⑤p228]，剩下的四首都是黄静淑、陶明淑等被掳的南宋宫人在燕地送汪元量南归时所作的《望江南》系列词，如"樽酒尽"（连妙淑《望江南》）[⑤p275]、"鲁酒千杯人不醉"（黄静淑《望江南》）[⑤p276]、"把酒泪先弹"（陶明淑《望江南》）[⑤p277]、"烂醉又何妨"（吴昭淑《望江南》）[⑤p283]，这都是写她们在为送别汪元量南归一起饮酒。在这些涉及酒宴的词中，酒更多是在送别宴上作为送别的一种符号出现，这与男词人涉酒词中广泛涉及各种酒宴不同。

虽然宋代女词人的涉酒词中也有涉及酒宴，但总体来说还是独酌的情况居多。这与男女词人在古代社会中不同的社会地位有关，男词人在外宦游，追逐人生价值和社会价值的实现，在这一过程中酒的社交功能自然会突显出来；而女词人在深宅大院中不是对着逝去的春光惋惜就是苦苦等待离家的丈夫归来，所以女词人的酒大多以独酌为主。

注释【Notes】

①唐圭璋等：《全宋词》，中华书局1999年版，第366页。以下只在文中注明页码，不再一一做注。

②蒋雁峰：《中国酒文化研究》，湖南师范大学出版社2004年版。

③施国锋：《试论苏轼词中的超然精神》，载《复旦汉学论丛》2020年第00期。

④曾枣庄：《宋代文学与宋代文化》，上海人民出版社2006年版。

⑤费振刚等：《宋代女词人词传》，吉林人民出版社1998年版，第170页。以下只在文中注明页码，不再一一做注。

⑥李清照著，徐培均笺注：《李清照集笺注》，上海古籍出版社2013年版，第55页。以下只在文中注明页码，不再一一做注。

论乔叶《宝水》的新乡土书写

余泽静　　胡梅仙

内容提要：在中国百年乡土文学史上，《宝水》极为重要。它继承乡土文学的美学，注入对现代性与传统农业文明价值的新思考，通过书写乡村多方面内容，展现乡村的新旧交织、女性变化，并探讨与乡村现代化相关的问题。作为新环，它呈现当代乡村的面貌、变革发展，提供理解与书写乡村的新视角。

关键词：《宝水》；新乡土书写；传统与现代；乡村图景；人情世故；乡村女性；乡村建设

作者简介：余泽静，广州大学人文学院中国现当代文学专业在读硕士，主要从事中国现当代文学研究。胡梅仙，广州大学人文学院教授，文学博士，博士后，研究方向：中国现当代文学。

Title: New Rural Writing of Qiao Ye's *Bao Shui*

Abstract: In the history of Chinese rural literature over the past century, *Bao Shui* had been of great significance. It inherits the aesthetics of rural literature and incorporates new reflections on the value of modernity and traditional agricultural civilization. By depicting various aspects of the countryside, it showcases the interweaving of old and new in rural areas, the changes in rural women, and explores issues related to rural modernization. As a new link, it presents the appearance, transformation, and development of contemporary rural China, providing a new perspective for understanding and writing about the countryside.

Key Words: *Bao Shui*; new localistic writing; tradition and modernity; rural scene; worldly wisdom; rural women; rural construction

About the Authors: Yu Zejing, postgraduate from College of Humanities of Guangzhou University; he mainly engages in Modern and Contemporary Chinese Literature. Hu Meixian, professor from College of Humanities of Guangzhou University; she is Dr. of Literature, Postdoctoral; her research is on Modern and Contemporary Chinese Literature.

从20世纪到21世纪，中国乡土文学历经多阶段发展，但始终体现传统农业与现代文明的冲突。其中乔叶的《宝水》继承创新，洞察了乡土中国及其居民的生存方式，具有鲜明的当代性，展现了乡村新貌，引发了关于如何书写乡村的思考。

一、乡村图景的传统性与现代性

《宝水》的封面让人印象深刻。"宝水"二字下是一幅朦胧的乡村水粉画，书中乡村的图景与之呼应。《宝水》的风格清淡旷远，得益于乔叶白描式的文字。《宝水》的语言朴素，奠定了小说简约的基调。书中用大量准确、简朴的色彩词描绘乡

村，如蓝色有深蓝、浅蓝、靛蓝，绿色有深绿、墨绿、浅绿、豆绿等。这些色块层层叠叠，相互融合，形成了一种既简约又开阔的美学效果。

乔叶作品的这种风格继承了沈从文、孙犁等前辈作家的书写传统，承载的是作家对乡村的美好憧憬与淡淡哀愁。不过，《宝水》中的乡村图景还具有鲜活、热络的一面。

宝水人贴近自然，他们身边四时风物繁多，茵陈、香椿、槐花、山楂、柿子、枣……它们随时节成熟，而人们便采摘加工，体现了人与自然的亲密关系。宝水人也贴近神灵，敬重各路神仙，村里设有关帝庙、龙王庙、娘娘庙。宝水还有数不清的

因对季节神的敬仰而诞生的传统习俗，它们都与食物密切相关：敬仓神要喝油茶；惊蛰时节要吃"懒龙"；三月三是荠菜花生日，要用荠菜煮鸡蛋……他们注重传统仪式，如盖房、婚丧等皆有规。他们日常生活懒散平静，散步叫"悠"，闲聊称"扯云话"。

这样的宝水村完美地符合了人们对传统乡村的印象，是未被污染的空间，与被工业化严重污染的现代城市形成鲜明对比。"在现代，'自然'变成了与城市相对照之物；它等于'乡村'，且常带有田园意味"①。小说里特意叙述了马菲亚夫妻从城市回归乡野的故事，以此来礼赞乡村的自然环境。它也是一个礼俗社会，这里的一切规矩一切道理都是约定俗成的，经过了长时间的实践和传承，进而形成了牢固的传统。

关于这种传统的价值定位，在当今社会或许会产生各种争议。但在乡村现代化进程中，宗祠祭祀等乡村传统活动确实在不同程度上复兴起来。这种传统承载着世世代代形成的理念，这些风俗习惯也构成了人们日常生活的重要组成部分。有学者指出，乡村与城市群体区别的重要标志就是民俗风情："如果将乡村视作为一个前现代的生活聚集体，则这一聚集体与现代以城市为主体的聚集体之间最大的不同就在于其在农耕文明之下形成的风俗人情，以及与之相关的伦理社会关系。在这个意义上，我们可以下一个断言：无风俗，不乡土。"②由此可见，民俗风情在很大程度上就是乡村"原生态"生活方式的具体写照。

但宝水的乡村图景不是完全传统的。在地青萍到来之前，乡建专家孟胡子已经在此经营了两年。在她加入之后，孟胡子更是亲眼目睹和亲自参与了现代话语对宝水村的再造。一是民居的改造。"眼花缭乱"的建筑都换上了统一的白色瓷砖，但依旧因地形、经济状况和修建方式的不同，呈现出多样化的民宿景观。这种"老派"的农村很是符合城市居民对农村"他者"的期待与想象。二是关于农作物。孟胡子指引村民们根据当地条件，有计划地种植和布置山楂、玉米、柿子等，批量生产出"美景"吸引游客。因为游客要消费的正是美丽的乡村

风光。村史馆按流水线模式打造，磨盘、碾盘、水缸、纺车、婴儿车、老布鞋甚至四十年前的小学刻本等"老物件"成为吸引游客的符号。虽然它们有着让参观者能够更加直观地了解和感受宝水村的历史与文化的目的，但更重要的是作为吸引游客的一种乡村符号而存在。事实上，在所有的再造中，观念与传统的再造是最为核心的变革。"美"的观念、"法"的观念、商业社会的交换观念、公私观念等现代观念都在改变着宝水的传统，使得当下的乡村图景具有了新的一面，呈现出一种具有现代属性的统一感。

二、乡村的人情世故与情感表现

"人情"是乡土文学中的重要主题。根据字典释义，"人情"，指人的感情、人之常情，也指情面、恩惠，以及情谊、礼节应酬的习俗等③。乡土文学中的人情描写也通常涉及这两个层面：一是乡村生活中的人情世故，二是乡村人物形象的情感世界。"人情社会"是中国乡土社会的重要特征，因此也是作家在创作过程中自然赋予乡村的特质。而作为一部当代乡村题材的作品，《宝水》当然也深入细致地描绘了乡村中的"人情世故"。

宝水村未被过度开发，无外来资本介入，简单到没有外人。村庄内部关系均衡，作为小型亲族聚居地，具有一定的凝聚力与自我管理能力，从未形成一套村庄共识。还因为处于发展初期，村庄并无显著的经济差距与阶层分化。村干部公正有能力，村民真诚善良，秉持着互帮互助的淳朴民风。大英女儿旧病复发，村民理解、尊重、不打听。九奶、"我"的奶奶和父亲都尽力帮衬他人，展现了人情美。

不难看出，乔叶把宝水塑造成了一个颇具理想性的村庄。这一理想性源于旅游经济市场化进程尚未彻底展开之际，因此村庄依然保有的那份人情美。然而，在宝水村和周边其他村的对照中，又潜藏了人情美遇到的挑战。

在九奶葬礼上，全村人守灵、戴孝、抬棺巡山，体现出宝水村民共同的社区记忆与凝聚机制。但在守灵仪式上，杨镇长提及云里村早期为不影响

黄金旅游周匆忙下葬以及如今的丧事商业化。确实，九奶丧礼因在旅游淡季且劳动力充足的条件下得以顺利举办。但云里村旅游业成熟，其民风习俗随经济周期与游客规律发生了相应的调整，这反映了经济转型中乡村必然发生的生活巨变与伦理困境。因此，尽管宝水村处于发展初期，未受太多外部影响，但村民仍有在县城或市里买房的传统观念，同时担忧旅游业发展会让村庄没常住人口。

另外，《宝水》并非只展现乡村人情美，还深挖其中复杂深沉的情感。如因为爷爷被豆哥爷爷批斗致死，老原与豆哥一家有隔膜，仅维持表面客气；地青萍父亲因践行乡村"维人"传统，即因非必要的人情往来，发生车祸丧生，给地青萍留下心结。这些"负面"描述并不是出于强烈的批判态度，而是源于对现代社会现象的深度反思。当下人们重个人独立自足，质疑复杂人情网络的有效性与必要性。

除了"人情世故"外，《宝水》还写了人物丰富的情感表现。其中不得不提的便是，乔叶作为女性写作者，对乡村女性人物、人情的重新审视与书写。

在叙事技巧上，《宝水》的重要特色是运用了第一人称视角。这种叙述方式使小说的情节深入"我"的内心意识、梦境及记忆中。而"我"的内心活动和梦境，实际上是为了追寻记忆、实现自我疗愈而存在的。因此，追溯记忆便成为了小说主线，它唤醒了"我"深厚的情感。在这个过程中，"我"不但是鲜明的女性主体，更唤起了女性情感的共鸣，从而挖掘出女性内心世界的深度和复杂性。

乔叶的写作还呈现着当代乡村女性心灵变化。宝水村存在家庭地位男女不平等的现象，如曹灿不受宠、女性称谓冠夫名、香梅遭家暴等。"我"却助力曹灿读书，英虽为村妇，却兼任村支书为乡村发展做贡献，香梅后面反抗丈夫的权威。可见，随着社会进步，农村女性可以借助多种渠道拓宽视野，塑造独立的自我意识，从而成为社会发展的重要力量。《宝水》生动地写出了这一变化，成功塑造了新时代乡村女性形象，这体现了作者的女性意识与女性精神。

三、美丽乡村建设中的"新"与"旧"关系

按照乔叶的自述，她想把宝水构造成一个"新中有旧，旧中有新"的村庄，因此《宝水》贯穿的一个主题就是对美丽乡村建设中的"新"与"旧"关系的探索。

小说提及新时代乡村建设中两个关键事物及其影响。一是新政策，它影响了乡村社会形态。如停收农业税后干群关系疏远，扶贫工作引发互动博弈，"美丽乡村"建设关乎家庭生计且唤起集体意识。二是新媒体，它改变信息传播、乡村治理及村民生活，成为村民娱乐社交、获取信息等的平台，村民借此宣传引流。但旅游热也给村庄带来了垃圾问题、厕所问题及价格、招牌等问题。

而乡村建设的首要目标就是促进经济增长。但在这个过程中，像前文所提及的，村民的行为模式、民风习俗和情理结构都会随着经济周期的波动而产生潜移默化的变化。

于是，我们可以发现，新政策与新媒体给乡村带来新变化的同时也产生了一系列新问题，冲击了乡村的人情美、习俗与传统，引发诸多忧虑，如抖音引流是否带来更多麻烦，旅游发展是否失去特色。但正如作者指出，传统文化中存在着值得肯定的成分："新时代的乡村固然有新，但旧也在，且新和旧是相依相偎、相辅相成的。新有新的可喜，也有焦虑和浮躁，旧有旧的陈腐，也有绵长和厚重。"④那我们不妨这样问：宝水村在追求经济发展时如何保留与传承独特之处？这也是现实中乡村在经济大潮里探寻可持续发展道路的问题，即如何兼顾经济增长与村民生活、身心健康。

在探讨乡村建设挑战时，小说塑造了关键角色孟胡子。他是宝水"美丽乡村"项目的规划者与引领者，能在政府、资本、民间等多方有效沟通协调，处理复杂关系，推进项目，还能深入村民生活，了解其需求期望。

因此，孟胡子在宝水村所主导的变革，深刻体现了农村生产生活的内在逻辑与根本诉求是尊重和贴近。

孟胡子说："村景再美，美的芯儿还是人"⑤，这说明他最看重的就是村民在村庄中的主体性位置。他选宝水村，就是看中了这里浓厚的人情味，包括村干部的性格、品质及整个村庄的活力和凝聚力。他认为这些因素是推动村庄发展进步的强劲动力。

在具体建设中，孟胡子重视引导村民认识城市游客与市场化经营，通过沟通消除城乡隔阂、激发乡村活力。他也有批判意识，指出新农村建设存在盲目模仿城市、重表面、忽视农民需求等问题。在乡村治理上，孟胡子倡导的是一种从"发明"乡村到"发现"乡村的思维转变，强调"以农民的主体性和组织性、文化的内生性和公共性为遵循，从整体性的角度协调、动员和组织乡村的一切资源和能量去应对乡村社会转型过程中遇到的种种困难"⑥。这种方法更加注重乡村的实际情况和农民的实际需求，旨在实现乡村的可持续发展。

在小说的结尾部分，孟胡子虽然因合同到期即将结束在宝水村的工作，但始终强调一个核心议题：如何让村庄在失去外部支持后，依旧能够自我维持、自我发展，真正实现自力更生和持续繁荣⑤p162，而这正是整部小说所关注和探讨的核心问题。

孟胡子关注村庄整体实现自我管理与独立运作，其形象所体现的乡村理解，核心在于强调乡村"自主生产价值的能力"⑦，其对乡村活力和主体性的重视，转化为叙述者"发现"眼光。借青萍的眼睛，我们能够看到乡村规矩习俗背后的民间智慧，包括生产生活积累、辩证思考、村社情感坚守及广场舞、长桌宴和乡村春晚等"新民俗"。这些"发现"表明，激发整合了这些力量，即使孟胡子走后，村庄也能保持凝聚力，也就是村庄即便无外部扶持也有自主运转的动力。

注释【Notes】

①[德]乌尔里希·贝克等：《自反性现代化：现代社会秩序中的政治、传统与美学》，赵文书译，商务印书馆2001年版，第97页。

②杨庆祥：《新时代文学写作景观》，上海文艺出版社2021年版，第159页。

③中国社会科学院语言研究所词典编辑室：《现代汉语词典（第7版）》，商务印书馆2022年版，第1098页。

④乔叶：《宝水如镜，照见此心》，载《中国现代文学研究丛刊》2023年第2期，第195页。

⑤乔叶：《宝水》，北京十月文艺出版社2022年版，第483页。以下只在文中注明页码，不再一一做注。

⑥沙垚：《文化治理：一种整体性的乡村治理观》，载《中国网络传播研究》2022年第2期，第45页。

⑦贺雪峰、苏明华：《乡村关系研究的视角与进路》，载《社会科学研究》2006年第2期，第5页。

论韩东小说中特殊符号的跨界涵指

——以韩东小说集《幽暗》为中心

曾俊焱

内容提要： 韩东小说集《幽暗》通过对特殊符号加以跨界迁移与涵指挖掘，借助绘画符号的"灰"、生理符号的"性"、诗歌符号的"幻象"表达了"从亡逝到虚无""从欲望到无聊""从陌生化、断裂到精神自困"的跨界涵指，尝试解决小说文本在广阔生活领域中何以表现人复杂生存的问题，揭示了主体生存必然的局限及主体欲求本身的缺陷与虚无。韩东小说中符号的跨界涵指，使读者更有效抵达人物复杂生命活动的现场。

关键词： 符号；跨界；韩东；《幽暗》

作者简介： 曾俊焱，华中科技大学人文学院硕士研究生，佛山市作协会员，主要从事中国现当代文学研究。

Title: On the Cross Disciplinary Connotation of Special Symbols in Han Dong's Novels — Centered around Han Dong's Novel Collection *Darkness*

Abstract: Han Dong's novel collection *Darkness* explores the cross-border transfer and implication of special symbols, using the "gray" of painting symbols, the "sex" of physiological symbols, and the "illusion" of poetic symbols to express the cross-border implication of "from death to nothingness", "from desire to boredom", and "from unfamiliarity, rupture to spiritual self doubt". It attempts to solve the problem of how the novel text expresses the complex survival of humans in the vast field of life, revealing the inevitable limitations of subject survival and the defects and nothingness of subject desires themselves. The cross-border connotation of symbols in Han Dong's novels enables readers to more effectively reach the complex life activities of the characters.

Key Words: symbol; cross-border; Han Dong; *Darkness*

About the Author: Zeng Junyan, master's student at the School of Humanities, Huazhong University of Science and Technology, member of the Foshan Writers Association, mainly engaged in Modern and Contemporary Chinese Literature.

韩东小说集《幽暗》挖掘了特定符号跨界涵指的新内容，不仅让读者生动感知到"艺术的可取就在于它的多元，有如具体的世界一样丰富感人。艺术是多元多神的"①这样一种艺术的灵魂所在，还分别以其独特性的涵指书写了人性永难愈合的伤痕。

一、绘画符号之"灰"：从亡逝到虚无

灰色是一种非常朴素的颜色符号，属于无彩色系。在绘画作品中，灰色不仅能够使人趋于冷静、稳重、含蓄，而且极容易造成一种忧郁和悲伤的情绪渲染。韩东受其好友毛焰的"托马斯系列"绘画作品"灰色"色调的辐射，其创作也呈现一种"灰"的"幽暗"，它是人物生存活动周遭大片存在的幽暗环境，也是人物的幽暗的心理与情感建设。

"幽暗"即"灰色"的人类生活背景，一般涵指"灰"的亡逝感。在《幽暗》这一短篇小说中，人物出现的自然图景总是"灰暗"的，"灰暗"的环境弱化了主人公的视觉感受，也使个人充分理性。除了表面的环境描写外，整篇小说也被置于了"亡逝"的话语与心灵"灰暗"背景之中。短篇小

说《幽暗》的高潮是男女主人公的欢爱，然而一直
到两人相遇之前，读者都被最开始的角色"老蔡"
灌输着"女主已死"的认知，由此"故友之死"始
终都作为强烈的故事背景笼罩小说主体。哪怕小说
发展到结尾，也依然借女主人公之口说出"我已经
死了……"②来表现"亡逝"的色彩。因此，小说
文本中的各种"灰色"背景不仅仅是一种"灰"的
色彩能指，更是人物活动永远没有摆脱的一种生存
背景——"亡逝"。

在亡逝感的基础上，"幽暗"进入小说"灰
色"审美的心理主线，又涵指了"灰"的虚无感。
"'灰色'心理感受与现实的'灰'境相互映照，
传达出诗人灵魂深处的'爱的信仰'的幻灭，对亲
情的痛思与追怀，对现实生存与死亡的寻思，他
在不断地怀疑、否定以及虚无中探寻生命的终极
意义。"③在短篇《幽暗》中，躺在卧榻的王岳在
漆黑的房间里能看到"被城市之光染色的几块云
朵"，而在他终于第一次和庄玫玫交流后，"红云
已经不见了"②p86，这说明了人物关于"光"的最
后一点喜悦也在世俗的话语之后沦为失落。在韩东
《紫光》一诗中，他也书写了某种"仰躺望光"：
"那座大楼上的等全熄灭了/除了拐角处的一扇窗
透出紫光。/我不得不看着它"④。这类"光"虽然
能够吸引"我"，但依然没有改变其消失的事实，
这似乎也预示人的现实审美希望终将会在一片灰色
覆盖过来后成为一种失望，涌现为虚无感。

"灰色"的绘画符号从绘画界连接到小说界，
在文本人物的生存上凸显与确立了"亡逝"与"虚
无"的两种含义指涉，在其原本的色彩符号含义的
基础上有了新的延伸与创新。"灰色"不再是某种
失望与冷淡的情绪，而是指向人和生活的所谓"意
义"的一种还原，重新返回"人"本身。由此，
韩东的小说也具备了里尔克般的"生命向死亡敞
开"的存在主义美学，表现了"一次欲望枯萎的回
归"⑤。

二、生理符号之"性"：从欲望到无聊

"性"是一种广泛存在于生理学领域的符号，
它以形体和动作为实现基础，既具有一种原始的生

命力和冲动，同时又可以被视为"爱"的情感连接
途径。在现实社会中，"性"由于一直处于被压抑
的状态下，由此还时常内蕴着"欲望"的含义。然
而，在韩东的小说文本中，"性"符号变成了一种
生存的无聊性的"寻常"或"无激情"——它只是
如同"喝水"一般的生存品，固然必需但实为简
单，固然存在欲求却不涉激情与否。

"韩东的道德立场是一种保守的立场，他的
性爱故事几乎可以看作对某种长期以来占据我们心
灵的价值的毁灭的挽歌"⑥，韩东笔下人物的性爱
对于传统价值的打破，不是针对某种所谓的"道
德"，而是把"性"下拉至属于它本身的位置。在
相遇庄玫玫之时，王岳将其视作"一瓶很大的纯净
水"②p85，而在性爱后，庄玫玫就成了"一只空瓶
子"②p87，这不仅仅是因为王岳已经借她解决了某
种"饥渴感"，更重要的是在王岳的视角下，性爱
状态后的庄玫玫不再与其"理想认知"重合。因
此，从性爱话语转向人类语言后，处于性爱过程间
的理想的"她"的形象被"抽干"，回到了与性无
涉也与情感无涉的现实——这样一种过程是在暗中
悄然发生的。

在小说《幽暗》中，韩东更深刻地借助"性"
这一符号，挖掘出其本身的"无根"性——"性"
是欲望中的无聊，也是现实中的虚无。性爱本身必
然走向衰败的原因，不是所谓的激情的消失或者欲
望的不能"持久"，而是那种"崇高性性爱"本来
就和现实是冲突的，它只能短暂的出现。即便它存
在那么一段短暂出现的时间，人也没有深入自己的
"情感体验"，就譬如，《幽暗》这一短篇小说中
完全没有进行性爱时与人相关的心理描写。另外，
从王岳给许久未见的故人开门到他们性爱结束，除
了"野兽一样"的"呻吟、低鸣、嘶吼"外，"之
后的过程中也没有谁说过一句话"②p86，性爱中人
类"话语"的消失也构成了"性"要超脱于情感现
实的另一个例证。

因此，在短篇小说《幽暗》中，作为"性"的
符号如身体符号或性主体符号的描写总是匿于人物
的语言对话和故事进展背后的，使其产生了新的涵
指意——"无激情"。如老蔡谈起庄玫玫时，王岳

眼前就浮现"庄玫玫精细的五官以及身体的其他部分"[②p74]，而口中却只说"我们已经很久没有联系了"[②p74]。贯穿小说前半部分的王岳与老蔡、孙总的交集对于"性"主题的表达作用都是辅助性的，是为了故事高潮的性行为而铺垫的，仅为即将发生的性行为营造现实场所。尽管小说前半部分确有些许关于性发生的暗示，但作为性主体符号的"庄玫玫"始终没有"出现"并进行具体实际的人物活动，即她一直处于叙事的边缘状态。由此，统摄整个文本，"性"其实一直被现实中琐碎的语言与各种生活细节所遮蔽。这种被遮蔽性，与其说是作者的有意回避，不如说恰是作者挖掘出了"性"的发生并不等同或关联于情感的刺激——毕竟我们去喝一杯水只需要"渴了"或者"想喝了"，而绝不需要做过多的情绪建设与心理斗争。

"性"符号以细节隐蔽与整体隐蔽的方式呈现，不是一种简单的对于性行为的回避描写或者是隐晦叙事，恰恰相反的是，在非性爱过程时人物的语言对话之中，关于"性"的词汇是非常暴露与直接的。"干过？""就是操x"[②p87]成为庄玫玫随意的话语，然而，这样一种话语不仅进一步淡化了"性"的激情色彩，而且使得"性爱"本身完全无关于"爱"。同时，在一种突然显现的反差之中，作为语言交流的"性爱"仅仅只能作为一种最基础且单一的所指，诸多丰富的"性爱"内涵的延展不会出现在幕前，在双重维度上反映了"情"的消失。

"性"的生理学符号从生理学界连接到小说界后，主体性的"无聊"及"情感缺位"构成了小说文本的新涵指。在韩东看来，本能指引下的性与情感是相脱离的，最终成为他在《喜欢她的人死了》一诗中说的"我也不会和她回到从前"[④p97]。

三、诗歌符号之"幻象"：从陌生化、断裂到精神自困

韩东虽然是个小说家，但他的主体身份还是诗人，"那种诗人身体引发的、出自他内部的东西，是撇开不同的文化背景也能感受到的东西"[⑦]。这不仅导致其小说语言常常叙述一种主体的"幻象"，同时也深入至人物精神世界的诗性追求。

诗歌符号的"幻象"常常从特定意象中提炼出来。在韩东的许多诗歌中，"幻象"首先作为意象在主体/物体之上陌生化叠加，如《生命常给我一握之感》一诗的"密林温和地握住我们"[④p7-8]，《无人大街》一诗的"他愿意自己是一团灰/被吹过一条无人大街"[④p133]等。"幻象"其次作为意象在外部的逻辑断裂从而造成主体逻辑的混乱与内容的迷茫，如《我们不能不爱母亲》一诗的"我们以为我们可以爱一个活着的母亲/其实是她活着时爱过我们"[④p76]，《爱真实就像爱虚无》一诗的"某个位置上他曾经存在，但离开了。/他以不在的方式仍然在那里"[④p72]等。

诗歌的"幻象"迁移到小说文本之中，作为一种诗性手段，使作者得以借其构建某种陌生化或断裂等创作效果，进而反映人物命运的离奇，体现出某种悲剧性或崇高性的审美色彩。"艺术的手法是将事物'陌生化'的手法，是把形式艰深化，从而增加感受的难度和时间的手法。"[⑧]《兔死狐悲》的结尾"甚至都不是我在流眼泪，是那滴本该由张画画流出的泪水，从我的眼睛里流了出来"[②p185]，就呈现了"我流出他人之泪"这样一种"幻象"，它不仅仅援用了"泪"之"悲伤"的常规意象义，同时以这样一种"幻象"的"陌生化"特点，涵指了不同主体共同的生命悲剧。此外，"幻象"在小说结构中实现的某种逻辑断裂，不仅反映了主人公的复杂情绪，也造成了主人公永远被束缚、难以实现"人"的自由的困境，如《动物》结尾处的"林教授觉得似有什么动物在尾随。他告诉小宇自己的感受，小宇说：'老虎'。林教授说：'鬣狗'。"[②p48]借两个物种的反差反映了林教授回忆起"郑敏"后自始至终的无法释怀，涵指着人的"破碎"。

诗歌的"幻象"迁移到小说文本之中，更重要的是进一步涵指人物的精神自困。诗歌的"幻象"书写首先就是诗人精神上的一种反压抑，进入到韩东小说中，又进一步深入到了这种反抗的无力。如《幽暗》中王岳在无视了庄玫玫的求爱意见，亦即从性爱返回现实之后，心里的声音只剩下

了幻想中的"江水"声:"突然就听见了江水奔流的声音,一波接着一波……他知道这不过是一个幻觉。"②p88在诗歌里,"江水"意象的所指是无根流逝的时间与永恒,是"逝者如斯夫,不舍昼夜",也是"哀吾生之须臾,羡长江之无穷",但这样的能指与所指又构成了韩东更为深刻的涵指——"幻象"作为人所虔诚的错觉。正如爱因斯坦所言:"时间流逝只是一种错觉。"在时间流动的背后,人的存在似乎也因为被其裹挟而没有了存在的证明,不论是处于现实还是精神,他都难以找到有关存在意义的自证。而"江水"冲刷掉作为存在主体的人所锚定自我的尝试,将人的所谓"欲望""意义"等人性命题都通通冲刷干净,剩下的只剩下"幻象"与"幻听",使人返回马克斯·韦伯所提的"人是悬在由他自己所编织的意义之网中的动物"⑨。另外,在老蔡说明庄玫玫的死因及邀请王岳共行时,"江水"这个诗歌"幻象"也出现了——实际上庄玫玫的死讯是假的,"她喜欢清净和自由"②p75也是假的,进一步暗示了"幻象"背后的人物的"自困"。又如《佛系》中关于"无常"的探讨,开始是写江月释怀鲍家英因怀孕而出现的挑食行为,后面则写同样处于"一模一样的黑色不透水的塑料袋,一模一样的携带方式"②p102而命运不同的"黑鱼"。早于《周易》中就有"上下无常、非为邪也"的说法,而"佛教开始在中国流传,迅速与中国文化相融合,'无常'一词也被吸收……认为世间万象,无论是物质的,还是精神的,总是处于不断变化之中,没有绝对永恒不变的事物"⑩,凡事永无定式成为"无常"基本的能指。而韩东在《佛系》中进一步挖掘出"无常"这一幻象中有关"精神胜利"的新涵指,在小说文本中深刻解构了主体"精神胜利"的无奈与主动妥协。

"幻象"的诗歌符号从诗歌界连接到小说界,从陌生化、断裂的诗歌特征进入了更深层次的主体的精神困境——困境的必然存在及对反抗困境背后的无力性与妥协性——作为一种生命最真诚的状态,表现出作者在小说书写中也希望到达的"向诗歌回归"的生命状态。借助这样的方式,韩东先是实现了"人物的沉默",从而再去实现"诗歌的沉默"与"沉默之声的传递"①p63。

四、结语

"艺术的本质不是简单的物质感受或自然模仿,而是出于某种心理上的'需要'。"⑪种种跨界符号因为韩东"写作中的个人固执"①p77而更为自由地生长,清晰地照见了"人"真实而又虚无,复杂而又平常的模样,实现了韩东"所谓尘世的幸福,如果有,也是在尽量小的幅度内震荡回旋"①p159的人生哲学阐释。

注释【Notes】

①韩东:《五万言》,四川文艺出版社2020年版,第57页。以下只在文中注明页码,不再一一做注。

②韩东:《幽暗》,江苏凤凰文艺出版社2023年版,第88页。以下只在文中注明页码,不再一一做注。

③戴露:《语图互借,文画创生——韩东与毛焰的互动研究》,2022年湖南师范大学博士学位论文。

④韩东:《奇迹》,江苏凤凰文艺出版社2021年版,第182页。以下只在文中注明页码,不再一一做注。

⑤[奥]赖内·马利亚·里尔克:《里尔克诗全集(第一卷)第二册》,陈宁译,商务印书馆2016年版,第508页。

⑥林舟:《在绝望中期待——论韩东小说的性爱叙事》,载《当代作家评论》2000年第6期,第95页。

⑦林舟:《生命的摆渡——中国当代作家访谈录·韩东——清醒的文学梦》,海天出版社1998年版,第51页。

⑧[苏]维·什克洛夫斯基:《散文理论》,百花洲文艺出版社1994年版,第10页。

⑨[美]克利福德·格尔茨:《文化的解释》,韩莉译,译林出版社2008年版,第5页。

⑩牛立忠:《"无常观"对日本美学思想及文学创作的影响》,载《社会科学战线》2017年第8期,第247—250页。

⑪[俄]康定斯基:《论艺术中的精神》,中国社会科学出版社1987年版,第3页。

"打个共鸣的响指"：《漫长的》的互文建构与意义增殖

郭进洁

内容提要：诗歌《漫长的》脱胎于小说、嵌套于影视剧，跨文体跨媒介的生成过程为其提供了广阔的互文空间。通过含混、跳跃和省略，诗歌在现实和隐喻之间自如转换，建构起寓言的世界。作为意象空间，"河流（水域）"穿梭于诗歌和小说，找寻可以突入过去时间的空间化形式，让被忽视和遗忘的记忆浮出水面。作为影像语言的异质化表达，诗歌既是影射人物命运悲剧的草蛇灰线，也是个体创伤疗愈关键的体现。与此同时，影视剧对诗歌文本的跨媒介演绎，也拓展了诗的空间。

关键词：《漫长的》；《漫长的季节》；寓言；互文；救赎

作者简介：郭进洁，华中科技大学人文学院中国现当代文学专业在读硕士，主要从事中国现当代文学研究。

Title: "Take a Resonating Snap": Intertextual Construction and Meaning Multiplication in *The Endless*

Abstract: The poem of *The Endless* is born from a novel and nested in a network drama. The generation process of cross-genre and cross-media provide a broad intertextual space for it. Through ambiguities, leaps and omission, the poem shifts freely between reality and metaphor, constructing the world of allegory. As an image space, the "river (waters)" shuttles between poetry and novel, to find a spatial form that can break into the past time, so that neglected and forgotten memories can emerge. As a heterogeneous expression of image language, poetry is not only the gray line of grass snakes that insinuates the tragedy of characters' destiny, but also the key embodiment of individual trauma healing. Moreover, the cross-media interpretation of poetry texts by the network drama also expands the poetic space.

Key Words: *The Endless*; *The long Season*; allegory; intertextuality; redemption

About the Author: Guo Jinjie is a Master student in School of Humanities, Huazhong University of Science and Technology; she majors in modern and contemporary Chinese literature.

随着《漫长的季节》的热播，王阳的一首《漫长的》为大众所熟知。事实上，这首诗出自东北作家班宇的短篇小说《漫长的季节》，是文本中的嵌套诗歌。影视剧《漫长的季节》改编自于小千的《凛冬之刃》，由辛爽执导。在创作中，辛爽受到班宇小说《漫长的季节》的启发，认为其与剧本情感基调高度契合，遂将篇名和其中的诗歌一同"借"来。

从小说中的嵌套文本再到剧中的人物作品，诗歌《漫长的》的移植过程，充分说明其意义阐释有着广阔的文本土壤。本文以互文为切入口，首先探求诗艺，然后在寻求"刺点"的基础上，说明水

域空间如何完成跨文体的历史救赎，最后回归影视剧，分析诗歌如何在跨媒介指涉中完成抒情文本的叙事演绎和意义增殖。

一、诗艺探求：含混、空缺与隐喻

诗歌技艺影响诗意表达。《漫长的》层次渐进、旨意集中，前两节虽呈现日常行为，却凭借含混、跳跃和省略，形成意义的开放，后半节则在平衡感知和象征、情感和经验的基础上，于具象与抽象间自如转换，最终在诗歌中建构起隐喻的现实、寓言的世界。

全诗不长，誊录如下：

打个响指吧，他说

我们打个共鸣的响指

遥远的事物将被震碎

面前的人们此时尚不知情

吹个口哨吧，我说

你来吹个斜斜的口哨

像一块铁然后是一枚针

磁极的弧线拂过绿玻璃

喝一杯水吧，也看一看河

在平静时平静，不平静时

我们就错过了一层台阶

一小颗眼泪滴在石头上

很长时间也不会干涸

整个季节将它结成了琥珀

块状的流淌，具体的光芒

在它背后是些遥远的事物①

诗歌第一节以通俗的语言构建微观生活情境片段，传递出时空遥隔下若隐若现的关联。绵延的三维时间中，过去已然消逝，未来犹未可知，能把握的只有现在。但在第一节，未来的进入使当下充满摇摇欲坠的不可控感。前两句和第四句都从属于对当下的叙述，而"遥远的事物将被震碎"预叙即将降临的风暴，与"面前的人们此时尚不知情"形成对比，强调未然之事对当下的影响，使文本散发着先验感。至此，命运的达摩克利斯之剑已然高悬头顶，其令人不安的锋芒所指既不是过去，也不是未来，而是接下来的每一个时刻。

在第二节，诗歌通过词语错搭和感官混搭，造成了陌生化、奇特化的美学效果。"斜斜的口哨"是对声音视觉化的抽象描写，使喻体具象化后更加充满想象的特质。值得注意的是，"像一块铁然后是一枚针"强调的正是变化在时间中的发生，也即声音从无形到有形再到无形，它们都在时间中留下清晰的痕迹。"磁极的弧线"看不见摸不着却有着强大的磁场，"拂过绿玻璃"亦带有神秘而轻柔的力量。博尔赫斯曾言："假若我们知道什么是时间的话，那么我相信，我们就会知道我们自己，

因为我们是由时间做成的。造成我们的物质就是时间。"②在无法抵抗的时间洪流中，"斜斜的口哨"一点点变质，最终带来莫名深远的影响。

第三节是全诗的拐点，也是诗意突围的关键。从意象维度而言，打响指、吹口哨、喝杯水等多为个体的行为意象，而"看一看河"却将视野从狭隘的日常拉向宏大开阔的自然景观。自然的发现是精神创造活动，如柄谷行人指出："风景的被发现并非源自外在对象的关心，反而是通过无视外在对象之内面（内在、内在的自我、个人心理等）的人而发现的。"③这说明风景作为认识性装置紧密关联着主体观照世界的方式，唯有返回自我的内在时，外在的风景才能被发现。接下来，凝神的哲思指向何处，是诗歌书写的关键。

含混的类型之一便是，同一词句在诗歌中多次重复，每次重复都显示出不同的意义。"平静"在第三节第二句中密集出现，具体语义指向值得辨析。"在X时X"，显然X1是X2的限制条件。如果第二个"平静"指向心境，第一个则可理解为相对应的外在环境，在诗歌语境下即指向河流的平静。由此，"不平静时/我们就错过了一层台阶"，既是"河流"和"我"双重的"不平静"，也隐含因果，再次突出"河流"之于个体的影响。此外，台阶静态，"我们"有主动性，但"错过台阶"反而体现的是台阶呈现变动，而无论台阶如何指向，结果都是主人公被迫停留在原地。总体看来，面向河流，主体处于被压制的状态。

接下来的叙述中，内在的权力不平等转向了外在的表征呈现，"不平静"之重要影响再次凸显。眼泪是即时的，所谓不干涸的"眼泪"实为"创伤"的表征，指向主体错过台阶、滞留原地的反应。琥珀为液态树脂历经漫长地质变迁演化而成，"结成了琥珀"说明创伤不是被抚平，而是以另一种形式存续。"整个季节"来将它凝结，充分体现了创伤反应的长久持续。"块状的流淌"矛盾统一，是静态形式下的内在涌动，而"具体"则是因为琥珀内的事物，也即"眼泪的包含"。至此，文本仍在探讨"我们就错过了一层台阶"的创伤后续。

钱钟书对文艺作品的"圆形结构"尤为认可，"浪漫主义时期作者谓诗歌结构必作圆势，其形如环，自身回转"④。这种艺术结构本质反映的是事物反复而反复的运动规律、否定之否定的辩证发展过程。尽管凝结着苦与痛的眼泪已经被封存在过去，并在当下被当作"琥珀"观看，但文本结尾的"当下"，仍旧有着和开头一样的"遥远的事物"。文本在此遥相呼应，如同莫比乌斯环一般环绕回旋，昭示着生命的轮回运转和往复更新。

二、跨文体互文：历史寓言的文本建构

互文网络的建构，或隐或显地依赖于一定的"解释标记"以按图索骥。正如前文所分析，"喝一杯水吧，也看一看河"是诗意突围的关键。而水域世界作为班宇小说中的典型异质空间，是文本的"刺点"⑤所在——人物在此回望历史、爆破当下，构成历史性的救赎寓言。"河流"是互文指涉的突破口，进一步的建构有赖于从语言症候中找寻探赜索隐的裂隙："不平静时/我们就错过了一层台阶"将具有紧密承接关系的语句断开处理，通过节奏的休止在诗歌的流动中开启把握思想的空间——去追溯班宇小说中那些"不平静"的时刻，"错过了一层台阶"的"我们"的可能性指向，以及何以错过、错过如何的寓言书写。

《梯形夕阳》中，主人公千辛万苦收账，可口头讲着把职工的利益放在第一位的科长却携款而逃，这意味着"我"不仅背负千万债务，也就此葬送工厂的转机。"我"不仅是被抛下的人，也在无意中成为集体的"罪人"。如此绝望的时刻，主人公的反应却是"我在看河"⑥。而凝视着河流的"我"，并没有思索出命运的答案，因为"我"实际并没有上岸的阶梯，只能在黑暗中清醒地感受"河水正一点一点漫上来"⑥p167，最终成为错动时刻的下沉离散的灵魂。

创伤代际传递，如何救赎"错过台阶"的人，就成为东北书写的重要命题。《夜莺湖》中，"我"未守约前往游泳，朋友躲在水下等待，溺水身亡。正如"磁极的弧线拂过绿玻璃"的神秘影响，驳杂的轨迹交叉，意味着"存在之罪"刻印在所有人身上。主人公被罪感缠绕，虚实游离间的讲述无从给出真相的回答，却映照出时代褶皱背后的痛苦与挣扎。

当连续性历史的当下时刻发生断裂，过去的世界和现实的世界渐渐重合于水底，"我"选择回望过往，将被遗忘的灵魂打捞上岸。过去和未来就在当下发挥作用，未来也在过去之中，这种回望将未来的救赎嵌于"当下"，使得对过去的记忆得以与潜在的未来相互映照，因此，当"我"躺在岸上时"仿佛看见了一点点未来"⑦。"我"将过去从固定化的记忆中拯救出来，让未来摆脱空洞的期待，同时"我"的个体救赎也得以完成。

诗歌中的抽象个体，是人在历史中的巨大隐喻，在小说文本中则通过追忆式的赋形，有了具体可察的肉身。《冬泳》中，隋菲父亲亦是一位水底长眠之人，其不明的死因是"我"无法言说的隐秘罪恶。结尾，"我"主动沉入水渠，回溯那晚的场景："牌局结束，众人散去……他拉起我的领口，几乎将我提起来，众目睽睽之下，将我拖入黑暗之中。"⑧p108文本在此出现事实层面的悖反：若在众目睽睽之下和"我"一同沉入水渠，尸体不会如隋菲的讲述一般是被环卫工人发现的。因此，这个场景并非记忆的诚实再现，而是隐喻层面的描述。接下来，"我"于水底所并肩凝视、共享感受的，并非从语义内涵上指向隋父，而在更深的意蕴上指向如隋父一般被弃于过去的一代。

借助水域时空的回忆与想象，"我"再次于当下完成对过去的回望，让消逝本身得到了意指，并透露出隐秘的救赎之望：尽管上岸后的"我"发现"风将一切都吹散，甚至在那些燃烧过的地面，也找不到任何痕迹"⑥p108，但此时的"我"已不再在意，因为在将"错过台阶的人"打捞上岸后，"我"已经可以将罪恶与苦痛结为"琥珀"，完成个体的创伤疗愈。

"一小颗眼泪滴在石头上/很长时间也不会干涸"，借助水域空间，班宇打破停滞的"很长时间"，小心翼翼地捕捉着通往救赎的可能。当创伤主体的假面自我一次次重返历史时刻，拆解内心深处的罪恶与伤痛时，曾经与当下在闪现中聚合成星

丛表征，现实和记忆的裂隙中"具体的光芒"折射出的正是救赎的希望。

三、跨媒介互文：命运悲剧的影视演绎

自茱莉亚·克里斯蒂娃提出"互文性"后，理论家们相继对这一概念进行再阐释。在《"悦读"的自在：互文本与活文本》中，王书婷对互文理论的具体形态和相应策略予以归纳，指出广义的互文性是"包含一切或实际或潜在的社会文化知识的互文——文学的、文化的、口头的、书面的无所不包"[⑧]。诗歌《漫长的》从脱胎于小说，再到嵌套于影视剧，并且成为贯通故事情节的潜藏叙事线索，正是广义互文在跨媒介指涉中的生动演绎。

诗歌通过语言塑造间接、抽象的文学形象，而影视剧本质是按照市场规律生产的文化产品，更强调大众性、通俗性。媒介转译后，诗歌中原本含混不明的表达，得到了叙事性的具象呈现。《漫长的季节》通过20世纪90年代和2016年场景的交叉并行，展示出一个个"共鸣"的响指如何穿过遥远的时空隧道，震碎"当下"。不仅如此，在"过去"的叙述中，1997年和1998年的场景或通过丝滑转场相互衔接，或通过平行蒙太奇得到集中展现，让1998年的"震碎"和1997年的"尚不知情"得到具象化的凸显，使视觉性呈现与文本表意实现建构性弥合。

诗歌《漫长的》在剧中出现三次，随情节发展逐步呈现全部内容。前两次出现的诗歌都不完整，却如谶言般说尽人物的命运，成为呼前串后的铺垫。诗歌第一次出现于王家父子的对话中，王响认为诗歌要讲究合辙押韵，遂改写为"打个响指吧/吹起小喇叭/嗒嘀嗒嘀嗒"。从诗艺角度而言，这是关于现代汉诗是否需要押韵的诗学观念抵牾，但就影视剧中的人物关系而言，无疑显露出父子之间在思想上的鸿沟。"诗言志，歌咏情"，沈墨对王阳诗歌的认同，实际上是对其心声的理解。当诗歌第二次出现，"共鸣的响指"最终在沈墨这里打响，并在随后震碎一些"遥远的事物"。

在最后一集，诗歌第三次出现，由王响补念诗名"漫长的"，并"续写"最后一节"凝结的琥珀"。从诗歌的情感逻辑来看，无论是"块状的流淌，具体的光芒"这种对"眼泪琥珀"的凝视，还是"漫长的"的心理感受，都只能由拉开时间距离的"父一代"在回望中完成。本雅明曾说，"命运其实就是生者与罪过之间的关联"[⑨]，人物之所以感觉漫长，是因为18年来，王响一直走不出那个儿子逝去、妻子自杀的秋季——会水性的儿子为何溺毙于小凉河，是解不开的谜团和抛不下的执念，而自己的顽固专制又在多大程度上推动了命运齿轮的流转……这种说不清道不明的罪感，让他无法释怀。而当王响能意识到"这个秋天咋这么长呢"，说明他已经可以从过往的创伤记忆中抽离，去凝视那颗由悲伤沉淀成的"琥珀"。

影视剧最后，画面中的王响追逐着年轻时的自己，喊道"往前看，别回头"，响起的背景音乐却是姜育恒的《再回首》，而随着王响的画面淡出，完整的《漫长的》诗歌终于出现。音画表达看似悖反，实则唯有并而观之，才能真正明白诗歌，以及剧本关于"救赎"的呈现——"往前看，别回头"的了悟正是在回首中获得可能，"未来"的降临正是源自一次次的回首，抑或言，对"眼泪琥珀"一次又一次的观看。在剧中，诗歌就这样打破过去与当下的阻隔，成为贯通故事情节的草蛇灰线，在两代人的合力下完成内容书写、增殖意义。

诗歌内嵌于影视剧，与之相互渗透、相互塑造，也催生出新的表意空间。再回桦林的沈墨逼问大娘："你是觉得，不说话就是个好人了"，正是这个情节赋予诗句"打个响指吧，他说/我们打个共鸣的响指"及"吹个口哨吧，我说/你来吹个斜斜的口哨"更深厚的诠释。尽管遥远的事物要被震碎，但无论是"响指"还是"口哨"，都以"口"的质素表达出发出声音、建立链接的执着：命运悲剧的车轮会碾过所有人，但丧钟响起时，无论为谁而鸣，都可以去打个共鸣的响指、给出口哨的姿势，哪怕只是嗒嘀嗒嘀嗒的小喇叭。

面向20世纪90年代，辛爽的《漫长的季节》和王家卫的《繁花》一北一南，展现了不同的命运悲剧和具有地方性的历史真实，不约而同地传递出关于"响"的命题。《繁花》小说中有近1500

处用到"不响",影视剧亦多援引原著;《漫长的季节》则用"共鸣的响指"贯穿始终,辛爽更是直言"响指产生共鸣,故事才真正开始"⑩。看似繁花不响,东北在响,实则二者都有着"不响之响"。《繁花》的饮食男女、《漫长的季节》的悬疑推理,内面都是山河岁月和时代变迁。当20世纪90年代的浪潮拍岸袭来时,无论是阿宝、李李还是王响、龚彪,都只能昂起面庞,无声承接命运的飘落,也即所谓"不响"是有着历史性的"不响"。

海德格尔说:"艺术的本质是诗。而诗的本质是真理的创建。"⑪当三十余年的岁月把逝去的20世纪90年代凝结成"琥珀",两部优秀的剧作最终和观众一起打响了"共鸣的响指",成就了"不响之响"。此时此刻,也许背后有着"遥远的事物"正在"震碎",而当下的我们,"尚不知情"。

《漫长的》超越特定的时代与地域,营构了关于历史和现实的生存寓言。"在共鸣中,我们听见诗;在回响中,我们言说诗,诗成了我们自己的……共鸣的多样性来自回响的存在统一性……"⑫当诗歌穿梭于不同文体、媒介之间,"共鸣的响指"所唤醒的是人们共同的历史记忆和生存经验。层叠扩展的互文和激荡绵延的共鸣,正是诗性和情感的一次次回响。

注释【Notes】

①班宇:《缓步》,上海文艺出版社2022年版,第290—291页。

②[阿根廷]豪尔赫·路易斯·博尔赫斯:《作家们的作家:豪·路·博尔赫斯谈创作》,倪华迪译,云南人民出版社1995年版,第45页。

③[日]柄谷行人:《日本现代文学的起源》,赵京华译,中央编译出版社2013年版,第3页。

④钱钟书:《管锥编(第一册)》,中华书局1979年版,第230页。

⑤赵毅衡:《刺点:当代诗歌与符号双轴关系》,载《西南民族大学学报(人文社会科学版)》2012年第10期。

⑥班宇:《冬泳》,上海三联书店2018年版,第166页。以下只在文中注明页码,不再一一做注。

⑦班宇:《逍遥游》,春风文艺出版社2020年版,第27页。

⑧王书婷:《词与物的互文》,华中科技大学出版社2020年版,第66页。

⑨[德]瓦尔特·本雅明:《经验与贫乏》,王炳钧译,百花文艺出版社1999年版,第159页。

⑩陆娜:《对话辛爽:生活本身是最大的悬疑》,https://mp.weixin.qq.com/s/uzBtmL7LGwQ8aFJFvmIIjA,2023年5月11日。

⑪[德]马丁·海德格尔:《林中路》,孙周兴译,商务印书馆2020年版,第68页。

⑫[法]加斯东·巴什拉:《空间的诗学》,张逸婧译,上海译文出版社2009年版,第8页。

20世纪80年代的内部文学报刊及其史料价值[①]

包恩齐　刘竺岩

内容提要： 20世纪80年代的内部文学报刊形式多样，在当时的报刊出版界形成了独特现象。因为这类报刊的特殊性，我们可以从中发掘出多元的史料价值，包括钩沉名家著述、回顾文学研究态势、进行相关学术史研究，以及了解20世纪80年代的出版业界情况等。为了让内部文学报刊更好地发挥史料价值，需要建设较为完备的内部文学报刊数据库，并通过影印、编选等方式重新结集出版。

关键词： 20世纪80年代；内部文学报刊；史料价值；"再发现"

作者简介： 包恩齐，吉林艺术学院艺术管理学院讲师，文学博士，研究方向：中国现当代文学。刘竺岩，东北师范大学文学院在读博士研究生，研究方向：当代文论。

Title: An Observation on Internal Literary Publications in the 1980s and Their Historical Value

Abstract: Internal literary publications in the 1980s were diverse in form and showcased a unique landscape within the periodical publishing industry. These publications offer valuable insight into various aspects of literary history. By exploring the works of notable writers, reviewing trends in literary research, conducting related academic historical investigations, and examining the state of the publishing industry during this era, we can uncover the historical significance of these internal publication. To enhance the historical value of internal literary publication, it is essential to create a comprehensive database and consider republishing them through methods such as reprinting and editing.

Key Words: 1980s; internal literary publications; historical value; "rediscovery"

About the Authors: Bao Enqi is lecturer of School of Arts and Management, Jilin University of Arts; she is with a Doctor of Philosophy in literature; she is engaged in the research on Modern and Contemporary Chinese Literature. **Liu Zhuyan** is a doctoral candidate of School of Liberal Arts, Northeast Normal University; she is engaged in the research on contemporary literary theory.

内部报刊，即连续性内部资料性出版物，长期以来在我国报刊出版业界占据一席之地。时至今日，仍有部分内部报刊在行业内或学术界享有崇高声誉，如中国作家协会主办的《作家通讯》、中国社会科学杂志社主办的《中国社会科学内部文稿》等，都是作家与学者所倚仗的重要文献来源。在编辑出版学和图书馆学方面，已有学者关注内部报刊的信息价值、管理规范与发展前景，但这类报刊的出版史意义及其内部包含的史料价值尚有待探索。在文学领域，20世纪80年代可谓我国内部报刊出版的高峰期。由于出版行业规范尚不完备，此时的内部报刊与正式报刊的界限还并不十分明晰，故而在发展中出现了许多特殊的出版现象，并在历史积淀中产生独特的史料价值。本文聚焦20世纪80年代的内部文学报刊，探析其史料价值，并对这些报刊的应用提出可行策略。

一、20世纪80年代内部文学报刊的出版情况

新时期初期，文化界的发展渐入正轨。这方面的表征之一就是出版物数量激增，表现为以下几点：第一，原有的图书不断再版；第二，新书大量出版；第三，因历史原因长期停刊的报刊复刊；第

四，新报刊开始涌现。可以说，伴随着"读书热"等文化热潮的进展，报刊出版事业在20世纪80年代迎来了"黄金时期"。但相关问题随之而来。首要的问题是正式报刊的创刊速度无法与人民日益增长的文化需求相匹配。其次的另一个问题是新时期初期，各类行业协会如雨后春笋般成立，作为影响行业发展、具有学术团体性质的社会组织，它们需要寻求发声渠道，以表达思想、扩大影响力。

显然，数量有限的正式刊号远不能承载如此众多的办刊需求，故而办刊者多采取折中方式，即使用更为便捷的准印证号，以内部资料形式出版各种形式的"专刊""会刊"。这类报刊有预设的读者对象，如各省社科联几乎都编有冠以诸种名目的"社科通讯"内刊，它们也因此成为社科联下属各学会的交流平台，其中有相当比例和文学相关。虽然号称"内部"，但这些报刊仍有限度地进入了普通读者的视野。在这方面，最有说服力的指标就是图书馆的馆藏。据统计，截至2009年底，国家图书馆馆藏的10460种中文报刊中，内部报刊就多达1298种。②足可看出，在我国报刊体系中，内部报刊已成为一股不可忽视的力量，在文学层面同样如此。

如果从广义层面来看，20世纪80年代名噪一时的"文学民刊"也应归于内部文学报刊之列。它们虽然存在这样那样的缺点，但早已作为现象被学界承认。如1986年的"现代诗群体大展"就汇集了《莽汉》《中国当代实验诗歌》《非非》《大学生诗报》《现代诗歌报》《海上》《地平线》《大浪潮》等多种民刊。这些期刊虽然属于同人期刊，作者和观点都局限于文学流派内部，但这些自印出版物却成了第三代诗歌的有效传播手段，推动它"作为一个整体强行登上历史舞台"。③

不可否认的是，20世纪80年代内部文学报刊的编辑出版存在其固有的弊端。第一，由于它的内部属性，其发行渠道和影响力是有限的。尽管部分内部报刊可以经由图书馆馆藏进入大众视野，但像正式报刊一样面向全国发行却是不可能实现的。第二，内部文学报刊的编辑者并非专业编辑，无论是编辑技能还是对编校质量的掌握，都不能和正式报刊同日而语。就此方面而言，内部文学报刊的编校质量也不能和集刊相比，因为集刊带有"亦书亦刊"的特殊性质④，除编者的工作以外，还经历了出版社编辑的专业处理。但内部文学报刊也有优势，即刊期灵活，这是内部报刊与正式报刊的一个显著区别。依据《期刊管理出版规定》，正式报刊以卷、期或者年、季、月顺序编号，按照周期出版。这意味着期刊需要在固定时间内刊发数量相近的文章，不能因稿源等问题推迟或提前出版，且出版增刊亦有数量上的限制。而内部报刊往往可依据稿源、纪念活动等增加或减少刊期，或出版多种类型的"专刊""特刊"。这样的优势也作为动因之一，让20世纪80年代的内部文学报刊产生了独一无二的史料价值。

二、20世纪80年代内部文学报刊的史料价值

文本之所以会产生史料价值，其主要原因之一就是数量上的稀缺和获取方面的困难程度。作为发行量和发行面有限的刊物，内部文学报刊具有这样的特征。尤其是在20世纪80年代，在报刊分类体系与评价体系尚不成熟的情况下，作者群体不会像近年来刻意区分哪些是正式报刊、哪些是内部报刊。正因如此，20世纪80年代内部文学报刊并不缺乏优质稿源，翻开这些期刊，往往会发现具有史料价值的好文章。而当报刊的分类与评价体系渐趋成熟后，内部文学报刊的史料价值就会因稿源的缩水而降低。如中国茅盾研究会会刊《茅盾研究》曾有数年在新加坡出版，在国内一般被视为内部报刊。该刊编辑部曾坦言，体制内学者往往"为了职称的晋升或者参加有关活动"，"希望将自己的论文刊登在有刊号甚至被某些检索系统评为'核心期刊'的刊物上"，因此编者不得不修改征稿策略，"将目光更多地投向不再需要考虑晋升职称而又积累充分，不断有学术发现的退休学者身上"。⑤这也可以反证20世纪80年代内部文学报刊的重要性。

具体而言，20世纪80年代内部文学报刊的史料价值可分为以下三点：

第一，有利于钩沉名家著述。编辑名家全集、文集是当前学界的常见工作，这需要从浩如烟海的各类文献，诸如期刊、报纸、图书之中获取，内部文学报刊当然是重要来源之一。但由于内部报刊比正式报刊更难获取，所以更显得弥足珍贵。如吉林省社科联主办的内部期刊《社联通讯》曾在1981年第9期首发丁玲《在鲁迅诞辰一百周年学术讨论会上的讲话》。因为是初刊本，这次发表的文本自然具有很高的版本学价值，况且因其文本内部与《丁玲全集》所收版本略有差异，故而更有潜在的学术价值。又如学者李建新在北京京剧院主办的内部报纸《京剧艺术》中发掘出了三篇统称《负隅常谈》的汪曾祺佚义[⑥]，对裨补《汪曾祺全集》的阙漏自有重大意义。

第二，有利于回顾文学研究发展态势、进行学术史研究。随着文献学、史料学逐渐成为"显学"，各人文学科的诸种"史料汇编"已大抵完备，梳理学术轨迹、进行学术史整理与编纂成为当前学人的一项重要任务。但显然，历史现场只能通过逐渐增加文献占有量而逐步还原，发掘并考察史料就要一直处在进行时。所以诸多来自内部文学报刊的文献史料开始成为撰写学术史时不可或缺的内容。以中国现代文学研究领域为例，倘若缺少了鲁迅、郭沫若、茅盾等相关内部报刊（如《绍兴鲁迅研究》《郭沫若研究丛刊》《郭沫若研究学会会刊》等）中的经典文献，梳理20世纪80年代的相关研究动向就是近乎不可能完成的任务。从这个意义来说，内部文学报刊也是学术参考文献的一个重要来源。

第三，内部文学报刊出版是观照20世纪80年代出版行业的独特视角。内部文学报刊从兴起到式微、从粗放到走向"有法可依"，乃至它的转型，都能有效证明20世纪80年代我国报刊出版政策、业界的变迁。例如内部报刊与正式报刊的相互转化：《郭沫若学刊》《绍兴鲁迅研究》《文教资料简报》等都是从内部期刊转为正式期刊或集刊的；曾在全国产生影响力的地方文学期刊《江城文学》后来改为内部期刊。这些报刊的转型，正是观察20世纪80年代出版行业从逐渐鼎盛走向日趋收缩的一个窗口。即便是从创刊至今始终以内部形式存在的文学报刊和已然停刊的内部文学报刊，也具有出版史意义，因为它们一方面作为史料，佐证内部文学报刊发展的兴衰，另一方面又为当前的报刊编辑出版工作提供了历史镜鉴。

三、数据库化与整理出版：内部文学报刊"再发现"的有效途径

20世纪80年代的内部文学报刊既然具有如此重要的史料价值，那么就应该让它们作为一种历史文献，从内部走向大众。

首先，内部文学报刊需要实现数据库化。当前中国知网等数据库并未收录内部报刊，而在公开的文学报刊领域内，它们也大多通过纸质报刊传播方式发行。但要注意，公开的文学报刊拥有较为庞大的读者群体，即便不通过网上传播，仍然能在文学界、学术界产生影响。但内部文学报刊印数有限、读者有限，如果不通过互联网传播，很难突破地域限制。如地市级文联、作协主办的内部文学报刊，其中刊载的文学作品、文学评论，对于文学地域研究来说都有一定价值，但其有限的发行渠道让研究者很难获取，从而影响这些文献发挥应有的学术价值。因此，需要建设关于内部文学报刊的数据库，让它们突破"内部"的畛域，获得更为广阔的传播路径。

其次，内部文学报刊也可以有选择地整理出版，主要包括影印和编选两种途径。从20世纪80年代至今，影印出版的现代报刊蔚为大观，其中既有《语丝》《创造月刊》等专业领域内的期刊，也有《红藏：进步期刊总汇（1915—1949）》等诸种期刊的汇集本。在当代报刊领域，这样的集中影印还十分罕见。关于报刊的文献检索更依赖于全国报刊索引数据库，而这个数据库本身又不包括内部报刊。因此，可以参照现代报刊的影印出版模式，有选择地挑选一批高质量内部文学报刊影印出版。当然，20世纪80年代的内部报刊出版有其缺陷，尚不完备的出版政策让报刊和它们所刊载的文献可能存

在一些问题，加上民间报刊在其中占据一定比重，出版反映全貌的影印本未必稳便。但至少可以从中编选确有重大影响的文章，结集出版。例如曾深刻影响第三代诗坛的《非非主义诗歌资料》《非非诗歌稿件集》等，如今已一刊难求，在网络平台上的售价已逾千元。对于这类内部文学报刊，编选出版无疑是兼顾受众与文本内容的有效途径。

总而言之，在文献史料日益受到重视、中国现当代文学文献学高度发达的当下，内容丰富、出版灵活的20世纪80年代内部文学报刊之学术价值逐渐被发掘并应用于研究之中，其中最重要的就是史料价值。这需要出版行业从业者重视这一大宗文献，在数据库化和纸质出版两个层面上让内部文学报刊焕发全新生机，以嘉惠学林。同时，这也启示当下内部文学报刊编辑从业者，即便这类报刊目前只面向内部，但它们作为一种印刷文本，自有其恒久意义，所以需要对标正式报刊，以严谨态度面对文稿，努力提升编校质量，才能为后来者留下珍贵史料。

注释【Notes】

①本文系吉林省社会科学基金项目"吉林省当代文学期刊史料整理与研究"（项目编号：2022C116）的阶段性研究成果。

②李凤英：《中文内部报刊——被忽视的重要信息源》，载《内蒙古民族大学学报》2011年第4期，第147—148页。

③李建周：《第三代诗歌的认同焦虑——以"1986'现代诗群体大展"为中心》，载《文艺争鸣》2009年第8期，第81—86页。

④王秀玲：《论学术集刊的独特价值与发展路径》，载《出版发行研究》2017年第10期，第56—60页。

⑤《编后记及稿约》，载中国茅盾研究会编：《茅盾研究：第13辑》，新加坡文艺协会2014年版，第379页。

⑥李建新：《汪曾祺佚文〈负隅常谈〉辑校》，载《粤港澳大湾区文学评论》2023年第4期，第127—131页。

主体想象与晚清民国《鲁滨孙漂流记》插图流变①

石　燕

内容提要： 晚清民国《鲁滨孙漂流记》汉译本的插图，蕴藏着丰富的思想文化价值。这些插图选择并呈现了笛福小说中的哪些场景/物件？主人公的姿态/表情有何特征？传达出了什么样的"图外之意"？蕴含着什么样的演变趋势？文章聚焦这一时段中三个重要的汉译本即汤红绂《无人岛大王》、顾均正与唐锡光《鲁滨孙飘流记》及《小朋友》刊载本《鲁滨逊漂流记》中的插图，指出从1909年到1948年，作为主体想象的视觉符号，鲁滨孙形象经历了英勇尚武、独立自强、乐观友善的演变轨迹，其贯穿的图像意识形态是"新民"。这同时成为1949年后各种《鲁滨孙漂流记》汉译漫画本和彩图本插图的图像遗产和视觉资源。

关键词：《鲁滨孙漂流记》；插图流变；晚清民国；主体想象

作者简介： 石燕，西安工业大学文学院讲师，文学博士，研究方向：翻译文学、中外文学关系等。

Title: Subject Imagination and Illustration Rheology in Chinese Translations of *Robinson Crusoe* in the Late Qing Dynasty and Peoples' Republic of China

Abstract: The illustrations of Chinese translation of *Robinson Crusoe* in the Late Qing Dynasty and our People's Republic of China contain rich ideological and cultural values. What scenes/objects do these illustrations select and present in Defoe's this novel? What are the characteristics of the protagonist's posture/expression? What kind of "off-screen meaning" is conveyed? What's the evolution trend? This paper focuses on the illustrations in three important Chinese versions of this period, namely, *King of Uninhabited Island* translated by Tang Hongfu, *Lu binxun Piao Liu Ji* translated by Gu Junzheng and Tang Xiguang, as well as *Lu Bin Xun Piao Liu Ji* published in *Children* (*Xiao Pengyou*). It points out that from 1909 to 1948, as a visual symbol of subject imagination, the image of Robinson had burdened the tokens of heroism, independence, self-reliance, optimism and friendliness, and its image ideology at that time was "Made (to be) New Citizens". The above simultaneously has become the pictorial legacy and visual resource for various post-1949 illustrations in Chinese translations of *Robinson Crusoe* in comic books and color books.

Key Words: *Robinson Crusoe*; illustration rheology; (the) Late Qing Dynasty and the People's Republic of China; subject imagination

About the Author: **Shi Yan** is a lecturer at the School of Liberal Arts, Xi'an Technological University; she is a Ph.D. in Literature; Her research interests are in Translated Literature, Relationship of Sino-foreign Literature.

　　图像作为一种"有意味的形式"和时代精神表征，具有不可小觑的认识论价值。安德鲁·欧·马利（Andrew O'Malley）在其著作中探讨了封面与插图等图像因素在丹尼尔·笛福（Daniel Defoe）《鲁滨孙漂流记》（*Robinson Crusoe*，1719年，除特定版本外以下简称《鲁滨孙》）传播中的重要作用②，惠海峰在其论文中亦聚焦于西方《鲁滨孙》

儿童版封面，分析了其演变历程及其所隐含的社会意义。③然而，《鲁滨孙》自晚清译入的汉译本插图却未能得到应有的研究。实际上，插图对翻译文学的传播功不可没。一方面，《鲁滨孙》在中国持续的传播和经典地位的确立离不开插图的持续输出和不断更新。另一方面，在《鲁滨孙》的百年中国旅行中，晚清民国的汉译本插图尤其蕴藏着丰富的思想文化价值。这些插图选择并突出呈现了笛福小说情节的哪些场景/物件？主人公在各类关系（人与自然、人与人）中的姿态/表情有何特征？这一切传达出了什么样的"图外之意"？蕴含着什么样的演变趋势？其中有无贯穿始终的思想轨迹可循？这些问题亟待得到学界的关注与回答。因此，本文聚焦于晚清民国三个重要的汉译本即汤红绂译《无人岛大王》、顾均正与唐锡光译《鲁滨孙飘流记》及《小朋友》连载本《鲁滨逊漂流记》中的插图，描绘插图中鲁滨孙形象的演变特征及其主要趋势，最终的目的在于揭示图像背后所隐含的意识形态内涵。

一、《无人岛大王》插图中鲁滨孙的英勇尚武

《无人岛大王》（以下简称《无人岛》）为画报连载本，由译者汤红绂译述自日本儿童文学家岩谷小波的节译本《无人岛大王ロビンソン漂流记》（1899年），首版面世于1909年，初刊于《民呼日报图画》（以下简称《民呼》）第30—44号，1916年再刊于《新中外画报》（以下简称《新中外》）第31—54号。④该译本是除《辜苏历程》⑤外，第一个由本土译者译介的《鲁滨孙》插图本。有别于《辜苏历程》插图借由鲁滨孙的荒岛生存来凸显宗教意涵⑥，《无人岛》插图突出了笛福小说的首尾惊险情节，并极力呈现了鲁滨孙的英勇尚武。

首先，《无人岛》插图呈现了鲁滨孙的英勇。如《民呼》版共有插图15幅。前3幅插图主要是对克禄苏（鲁滨孙）三次冒险生涯相关情节的视觉再现，突出的是克禄苏对航海事业勇敢无畏的追求：他一次次以身试险、接连遭遇困厄，非但没有退缩，还勇敢地迎难而上。紧接着是克禄苏荒岛生活的插图，对其英勇无畏的男子气概集中呈现。他不顾个人安危、一再动用武力施以援手助人脱离险境：先是帮助弗赖达（星期五）逃离被野蛮人吞食的可怕命运，后是帮助英国船长平定同船船员的哗变。这其中，最为有趣的一幅插图是克禄苏在沙滩发现人骨的场景。

该图中，人的头骨居于画面前景，位于画面

中心的小狗正好奇地打量地面（它同时也导引着插图本读者的观看路线），画面右侧的克禄苏左手拿着枪，右手打着伞。值得注意的是克禄苏的站姿和神态，尽管他的双眼望向脚边的人骨，但他身体笔直挺立，脸上亦无惊惧的表情。（见图1）这不仅与笛福小说中的相关描写大相径庭，也与众多西方《鲁滨孙》插图本对这一情节呈现的差异巨大。特别是后者，基本上不约而同地刻画了鲁滨孙的恐惧和紧张姿态：鲁滨孙身体大幅度后仰、脸上充满惊慌。⑦两相对照，该插图蕴含的意味昭然若揭：鲁滨孙的身体语言致力于传递其"勇壮"且"优胆略"的气度。

《新中外》版约有25幅插图⑧，较之前者有明显的数量增加。该版插图沿袭了《民呼》版插图中克禄苏身处绝境时泰然自若的神情。如在平定英国船哗变的过程中，当礼拜五（星期五）急匆匆向罗朋生（鲁滨孙）汇报查看到的紧急情况时，手无寸铁的罗朋生却一脸淡定从容，他左手搭在后背，右手指着礼拜五侃侃而谈，一副应对之策了然于胸的神态（见图2）。不难发现，身体姿态放松、面部表情平静是《无人岛》两版插图中鲁滨孙共有的突出特征，目的是突出鲁滨孙的英勇。

其次，《无人岛》插图突出了鲁滨孙的尚武精神。这主要体现在鲁滨孙解救星期五的场景当中。如《民呼》版插图中的鲁滨孙携枪自重，以武制人。该版插图略去对克禄苏解救场景的描绘，却着重呈现了事后克禄苏听取弗赖达汇报野蛮人出没荒岛消息的情景。插图中双手紧握长枪的克禄苏成竹在胸，两手空空的弗赖达则一边弯腰曲腿、一边用手比画，紧张与惊恐之情溢于言表。（见图3）紧接着的一幅图更是揭示了弗赖达紧张神态背后的根本原因：对武力的畏惧与臣服。画面中的弗赖达眉眼低垂、双手合十，他虔诚地朝着克禄苏的枪支行礼膜拜。插图干净利落地显示了鲁滨孙枪的威力。⑨实际上，作为视觉符号，枪与鲁滨孙是一体同构性的存在。一方面，枪是鲁滨孙荒岛权力关系的有力支撑；另一方面，鲁滨孙借助枪支的武力成功地规训了荒岛秩序。

《新中外》版插图对鲁滨孙尚武精神的呈现更

为显著。该版插图呈现了罗朋生刚刚解救礼拜五的那个时刻。画面中，罗朋生依然手握长枪坐在岩石旁，但他右手持枪、上身微微前倾及双腿自然交叉的身体姿态，显得比《民呼》版插图中的克禄苏更为放松。罗朋生略带笑意的神情更是传递出"一切尽在掌握之中"的从容。与此相应，礼拜五的身体姿态所传达出的紧张恐惧与罗朋生的身心放松形成了更为鲜明的对比，插图的高明之处在于将"背面敷粉"的反衬效果运用到极致。图中的礼拜五态度极为毕恭毕敬：他双腿并拢并弯曲成一定弧度，双手拘束地放在膝盖上，仿若在对罗朋生行屈膝礼。（见图4）这种对罗朋生欲跪未跪、谨小慎微的瞬间呈现，堪称莱莘（Lessing）所谓的"包孕性顷刻"。⑩与其说礼拜五谨小慎微，倒不如说鲁滨孙不怒自威。这背后的原因无他，下一幅图揭晓了答案：礼拜五独自面向罗朋生的长枪跪拜。显然，即便罗朋生不在场，但"枪"已"把英国人规定为加勒比海小岛的主人、领主和统治者"。⑪从这个意义上来说，鲁滨孙是一种缺席的在场。这又从另一个层面展现了鲁滨孙身居主奴关系高位的密码和信念："一枪在手，万夫莫能与之争"。这一信念的背后是插图鲁滨孙旗帜鲜明的尚武精神。

《无人岛》插图中鲁滨孙形象的英勇尚武与时代精神紧密相关。首先，在"数千年未有之变局"的晚清，知识精英肩负着"求新声于异邦"进而救亡图存的文化使命和历史重担。维新派等知识分子在"民众的发现"下提出了"新民"的文化构想，与此同时，"强权即公理"，本民族性格中"文弱"的一面被大加讨伐。梁启超在《中国积弱溯源论》中指出："中国民俗有与欧西日本相反者一事，即欧日尚武，中国右文是也。"⑫一时之间，鼓吹血性、尊崇武力的尚武精神成为"时代强音"鼓荡着人心。《无人岛》插图中突出的尚武色彩及在此前提下对鲁滨孙英勇性格的极力凸显便是这一时代精神的集中折射。对于刚刚"开眼看世界"的晚清知识分子而言，鲁滨孙一而再、再而三地将个人安逸和生命安全置之度外的冒险行为，本身便是勇武的体现，也对时人极具感召力。在译者汤红绂⑬看来，鲁滨孙宛如勇士，"他挺身出與波涛，

战與飓风、战與飓飚、战與暗礁、战與蛮族、战與严寒酷暑、毒蛇猛兽、烟瘴疫疠、战战而胜。"⑭鲁滨孙的可贵之处恰恰在于其"敢战"和勇武。

其次，中国叙事性绘画有着悠久的"图像教化"视觉传统。小说插图作为叙事性极强的图画，其教化意味尤为浓厚。上述鲁滨孙形象注入了近代中国人强烈的主体建构诉求。此处务必要指出的是，《无人岛》两版插图对鲁滨孙人种形貌上进行了"归化"描绘：鲁滨孙由（欧洲）白种人转变为（亚洲）黄种人。这一种族身份的改写应当与这一时期盛行的"黄种"想象紧密相关⑮，插图的主体建构动机更是相当明了：在危重的国内（国族危亡）国际局势（"一战"的爆发）下，代表欧洲/白种/强者文明的鲁滨孙冒险故事，成为理想自我即亚洲/黄种/强者文明投射的载体。

值得注意的是，各类蒙学读物和教科书插图具有不容忽视的德育内涵，特别是"表现特定的故事的图像和已经建构于其中的道德训诫可以加强教育和引导的说服性和维护正统性"⑯。在下一个阶段也即《鲁滨孙》的"少年文学"这类启蒙读物中，中国叙事画传统中的"图像教化"视觉传统不仅清晰可见，而且还得到了进一步的继承与发展。

图1　　　图2　　　图3　　　图4

二、顾、唐译本插图中鲁滨孙的独立自强

作为《鲁滨孙》的汉译少儿版，面世于1934年的顾均正、唐锡光译本《鲁滨孙飘流记》（以下简称顾、唐本）的知识性教育性倾向相当突出，其被收入"世界少年文学丛刊"，是现有掌握资料中重印次数最多的译本。⑰该译本共有46幅插图⑱，数量分别约为《无人岛》两版插图数量的3倍和2倍。尽管《无人岛》插图中鲁滨孙的英勇尚武精神在该版插图中依然清晰可见（如鲁滨孙从野蛮人手中救人等情节亦在该版插图中有所体现），但该译本插

图最为突出的特征是通过对荒岛生产活动的细致描绘，刻画了鲁滨孙的独立品格和自强不息的精神。

首先，顾、唐本插图对鲁滨孙独立品格的凸显。该译本插图从鲁滨孙遭遇海难流落荒岛开始描绘，依次呈现了鲁滨孙荒岛生活的几乎全部重要情节。与《无人岛》插图主要采用群像场景的呈现方式不同[19]，顾、唐本插图致力于反复描绘鲁滨孙的茕茕孑立形象，从而彰显其行动的独立性。鲁滨孙独自一人解决了荒岛衣、食、住、行等生存之需，如建造居所、猎杀母羊、竖木刻时、收获蔬果、外出巡岛、编织篮子、捕食乌龟、耕种农田、制作陶器、推船下海、驾舟航行、制作出行防晒衣物（羊毛衣裤和阳伞）、畜养牲畜等。观者不难看到，插图淋漓尽致地展现了鲁滨孙的独立品格。[20]

鲁滨孙从事生产劳动的两幅插图尤其突出地体现了这一点。在鲁滨孙建造"防御工事"的插图中，鲁滨孙居于画面的视觉中心地位，身后是他倚岩而建的临时居所（帐篷），右侧是已经初具规模并形成围拢之势的栅栏，脚下则散落着木棒。尤为让人瞩目的是，扎着马步的鲁滨孙身体略略后仰，双手高高举起锤子，使出全身的力气敲打木桩。（见图5）整个画面除了静态的木桩与帐篷等人造物，便是独自一人竭力劳动的鲁滨孙。鲁滨孙种植图与此类似。位于画面前景的鲁滨孙做着种植前的准备工作：一袋种子放在脚边，鲁滨孙双手拿着铁锹用力铲土。他的两脚叉开以保持身体平衡，头部则略微朝下俯视着地面，一副自力更生的姿态。尽管该图中的狗、猫、山羊、鹦鹉等"家庭"成员使得画面极为"热闹"，但与勤劳繁忙的鲁滨孙相比，所有的动物一副"事不关己、袖手旁观"的姿态：一只大狗紧紧站在鲁滨孙身后张望着刚耕种过的土地，一只小猫和一只山羊分别蹲在远景处栅栏的两侧，两只鹦鹉则悠闲地停靠在栅栏木桩上。（见图6）很明显，负责劳动生产的唯有鲁滨孙，其余皆为他饲养的食客。因此，众多动物家庭成员的视觉价值在于其能"烘云托月"，即凸显鲁滨孙品格的独立性：凡事从我做起，不依赖任何外力。

其次，顾、唐本插图突出了鲁滨孙的自强不息精神。这主要体现在对鲁滨孙"逆天改命"场景

的呈现中。最突出的莫过于鲁滨孙制造独木舟并自驾木舟巡岛的系列插图。该系列插图总共有4幅，分别代表一个时间阶段，共同构成了一个完整的情节。该系列的第一张图中，偌大的独木舟几乎占满了整个画面，落在船身的浓重人影暗示观者——鲁滨孙劳作的此刻正值烈日当头的午后时分。画面左侧的船只倒扣在地，船身压着木棒。画面右侧的鲁滨孙弯着腰，双手紧握着一根长木棍，试图找到支点来翻转刚刚造好的独木舟。尤其要注意的是鲁滨孙不达目的誓不罢休的专注神情。（见图7）这一切不仅提示了鲁滨孙所从事工程的艰巨，更主要的是强调了鲁滨孙在此过程中投入了极大的心力。

下一幅图是鲁滨孙伐木造船的场景，不仅意味着鲁滨孙之前制造独木舟的一切努力付诸东流，而且还暗示观者：经此挫折鲁滨孙并未被困难击倒而是重整旗鼓迎难而上。画面中的鲁滨孙站在一棵大树旁，地上散落着一堆木屑，他一手按在立于地面的长斧柄上，一手倚在行将倒掉的树根上稍事休息。鲁滨孙低头望向地上堆积的木屑，毫无气馁的神色。（见图8）接下来的插图中，粗壮的树木和地面的植物连成一片，居于画面中心位置的鲁滨孙，双手紧握铁锹在用力开掘水渠，身后则是他新造好的独木舟。（见图9）插图的用意很明显：拥有百折不挠意志的鲁滨孙，即将实现他的独木舟制造计划。

最后一幅插图中，鲁滨孙已然"泛舟江上"。他驾驶着自己新造的独木舟，随船放着所需物品，身后的阳伞插在船上用以遮挡烈日，整个画面静谧欢欣。（见图10）如此一来，四幅插图形成了一个相对清晰完整的叙事片段，在减缓图像叙事节奏的同时，无比清晰地传达出鲁滨孙不被接二连三的困难所击倒的自强不息精神。

插图的写实主义风格是教育性知识性读本的本质特征。顾、唐本插图对鲁滨孙荒岛生活全面而忠实的呈现是一种必然。问题在于：在国内军阀混战和抗日战争等内忧外患的夹击下，顾、唐本插图为何要舍弃《无人岛》插图中对鲁滨孙英勇尚武的凸显，转而突出鲁滨孙独立自强的一面？这与译本时代精神的演变有着密切的关系。尽管"尚武精神"

是晚清以来风靡全国上下的一种时代思潮，但"一战"结束后，随着"公理战胜强权"呼声的高涨，其走向式微并最终退出历史舞台："全国教育联合会议于1920年决议废弃'尚武'教育宗旨。"[21]与此同时，"五四"时代"人的发现"带来了"儿童的发现"。"儿童本位"和"小儿崇拜"被肯定，儿童问题得到了思想界、文化界、教育界的普遍重视。[22]在此前提下，作为与同时期其他《鲁滨孙》教科书译本平行的教育性读本[23]，"世界少年文学丛刊"顾、唐本必然要调整晚清《无人岛》那种以普通民众为启蒙对象、以尚武精神为嚆矢的"新民"想象。儿童成为"新民"大业日益重要的组成部分，培养儿童品格自然成为新时期译本的中心任务。该译本插图中鲁滨孙以少年形象"出场"便是这一传播目的变化的视觉表征。[24]随着"自强""独立"之声不绝于耳，对外独立平等、对内自立自强成为时代的普遍诉求。一言以蔽之，独立自强品格成为当时儿童急需养成的理想品质。

首先，抗日战争中，为抵抗"暴日"，"中小学校教育，应体察当地社会情况，一律以养成独立生活之技能与增加生产之能力为中心，务使大多数不能升学之学生，皆有自立之能力。"[25]同时期的一篇《鲁滨孙》读后感，更是点明了儿童的独立品格教育与"新民"主体建构紧密相关。该文中，作者极力强调鲁滨孙的"独立"品质。作者先指出鲁滨孙"在荒岛上住了二十余年，独立地抵抗一切凶恶禽兽及不幸之环境"。紧接着话锋一转，将鲁滨孙与当时的国家境遇联系起来："对此连想到我们中国，现在国难临头，不也正如禽兽繁殖的荒岛，人类受他们的包围吗？我们应该学鲁滨逊战胜那草昧环境的勇气，用来和凶猛禽兽般的列强奋斗，不依赖他人，将来造成一个独立而美满的国家才好！"[26]文章透露的消息很明确：有鲁滨孙式的独立人物，才有独立的"新中国"。前者是后者得以实现的充分必要条件。

其次，鲁滨孙自强不息的奋斗精神得到了时人普遍的关注。抗日战争爆发后，上海沦为"孤岛"，身为上海地方协会会长的杜镛，认为鲁滨孙"虽困于人鲜至之孤岛中，而其奋斗仍未尝稍

衰，卒因而脱离孤岛，重归故土"[27]。因此，读后感作者倡导"今日之上海青年者"发扬光大这一奋斗精神。质言之，鲁滨孙身上"只要决心做一件事情，不成功绝不放手"的"精神哲学"和自强不息精神，不仅为近代中国的"一般青年学子所着迷"[28]，还成为时人普遍的信条。"空想不能成事，我这样一想，便抖擞精神，从事切实的工作"[29]，自强不息的奋斗精神是顾、唐译本鲁滨孙荒岛生存的底气来源。

如果说，晚清"民众的发现"开启了知识界"新民"的文化大业，《无人岛》中鲁滨孙的英勇尚武形象正是知识分子对"新民"这一理想主体美好品质的具体想象，那么，在民国"儿童的发现"下，"新民"的重心越来越显著地向少年儿童群体"倾斜"。经由20世纪30年代顾、唐本对鲁滨孙独立自强形象的想象后，40年代末《小朋友》刊载本中的插图，更为集中而细致地呈现出时代精神的进一步发展。

图5　　　　　图6　　　　　图7

图8　　　　　图9　　　　　图10

三、《小朋友》刊载本插图中鲁滨孙的乐观友善

20世纪40年代末的《小朋友》刊载本"长篇图画故事"《鲁滨逊漂流记》（为论述方便，以下简称《小朋友》）[30]，堪称晚清民国《鲁滨孙》汉译插图本的巅峰之作。该图画本共有176个片段，每节配有标题和插图，共有插图176幅，近乎连环画。单从数量看，《小朋友》插图相当于上述译本

插图总和的数倍之多，因而也能够表达更为丰富的场景/物件、呈现人物更为复杂细腻的姿态/表情。该图画本延续了前述插图本图像叙事中鲁滨孙形象的本质内涵，如《无人岛》的英勇与尚武，顾、唐译本的独立与自强。然而，《小朋友》最突出的特色在于其对鲁滨孙乐观与友善品质的极力彰显。

首先，《小朋友》插图通过鲁滨孙的身体姿态特别是面部神情凸显了他的乐观心态。尽管该插图本中的鲁滨孙既有生命危在旦夕的担惊受怕，又有对潜在危险的紧张恐惧，甚至还有对独自生存荒岛的孤寂无聊，但有关这些场景的插图"闪现"，不过是为了贴近儿童读者的心理特征，最终帮助其更好地理解故事。插图整体上传达出来的视觉基调是"付出总有回报"和"有志者事竟成"。

这种乐观的心态首先主要通过鲁滨孙的面部表情来呈现，如"鲁滨逊海中游泳图"。该图为人物近景图。海难幸存后的鲁滨孙仰头侧身徜徉在平静的大海中，他笑容满面，头顶掠过一只只海鸟。（见图11）此处值得注意的是鲁滨孙竟无一丝忧惧，这向观者传递出一种"海阔凭鱼跃，天高任鸟飞"的乐观心态。这与前文《无人岛》插图所渲染的海途凶险及顾、唐译本插图中大海是鲁滨孙勉力征服的对象截然不同。之后的插图中，鲁滨孙一直以各式各样的笑容"笑对观者"。而鲁滨孙乐观的心态似乎也带给他源源不断的报酬：从旧船上找到了食物、成功捕杀了老羊、发现了麦子、拾到了新衣服、网到了大鱼、收获了谷子、做成了阳伞等。这明白无误地传递给儿童观者"乐观获得报偿"的"真理"。

再如，鲁滨孙与鹦鹉互动的插图。笛福原作中，鹦鹉是鲁滨孙荒岛孤寂生活的写照，其出现主要是为了凸显鲁滨孙不得不直面荒蛮绝岛的孤独处境。对此，《无人岛》插图未有对鲁滨孙与鹦鹉生活的画面呈现，顾、唐插图借助鹦鹉来呈现鲁滨孙的孤寂无聊。《小朋友》插图则彻底逆转了这一语义。该插图采用了"人—物"对称的构图方式，形成了一种视觉上均衡、和谐的状态。画面的左侧，鹦鹉站在树枝上凝视着鲁滨孙，食盆静放在它下方的小树旁。画面的右侧，坐在地上的鲁滨孙略微仰

头，下巴扬起，笑容可掬，左手拿着喂食鹦鹉的食物，右手比画着逗引鹦鹉，仿佛在给鹦鹉讲进食规则。整个画面活泼生动，可谓人与物其乐融融。（见图12）"从此以后，鲁滨逊在黄昏时，不感到寂寞了，他过了许多个有趣的快乐的黄昏"。㉚该图画本中的文字说明更是直截了当地强调了鲁滨孙的乐观心态。笑对逆境的鲁滨孙，不但没有沦为荒岛的"囚徒"，反而成为孤寂荒蛮环境中的生存能手。

其次，乐观而外，该图画本插图还通过鲁滨孙的姿态和表情大力突出了其友善品德。其中最突出的莫过于鲁滨孙与礼拜五的关系图。

该插图中，解救星期五后的鲁滨孙，左手指着远方，右手紧紧拉着星期五的手邀请对方前去自己的居所，释放出了极为明显的热情与友善。（见图13）这显然"背离"了笛福原作的书写，也是前述译本插图鲁滨孙从未有过的惊人"壮举"。这还不算什么，更加让人讶异的场景还在后面：二人到达鲁滨孙的居所后，鲁滨孙邀请星期五共进晚餐。有趣的是，星期五端着碗喝热汤，鲁滨孙则笑容满面，一副"有朋自远方来"的神色。接下来，鲁滨孙教星期五说英语插图也采用了相同的表达图示：二人坐在桌前，鲁滨孙辅以手势，给人以殷切教导的感觉，星期五的身体姿态很放松，他一只胳膊肘撑在桌子上，另一只胳膊放在腿上，双眼认真地看着鲁滨孙。显然，插图将原作鲁滨孙"规训"星期五的过程学习过程做了极富"叛逆性"的重绘（重写）。

以往的插图中，鲁滨孙和星期五的关系脱不了主仆关系的范畴，无论是《无人岛》插图中鲁滨孙和星期五关系中的等级秩序（见图3、图4），还是顾、唐译本插图中鲁滨孙的引领者姿态，都是对笛福小说中二人主奴关系的视觉遵从。对照笛福原作，《小朋友》插图中的"叛逆性"极为突出。㉜鲁滨孙与星期五共餐纯属子虚乌有，是该插图主体性发挥的结果。正如有学者指出的，"共餐不是为了吃喝而是为了人际间的抱团"㉝，鲁滨孙对星期五的拉拢"抱团"本质上是一种朋友间的社交行为，而非高低分明的主奴关系使然。这种自觉地对

鲁滨孙友善品质的视觉表达，还体现在鲁滨孙帮助星期五试穿衣服的插图中。

与前两个插图本类似，《小朋友》插图中鲁滨孙的乐观、友善与时代精神紧密关联。20世纪40年代初发表的一篇《鲁滨孙》读后感更是这一文化心态的具体写照："他自己能独个儿生活，我们要学他那一双手，那么，要是自己独个儿生活也不要紧了。"㉞深受《鲁滨孙》鼓舞，儿童读者对"独个儿生活"充满了信心。耐人寻味的是，《小朋友》插图时值抗日战争这一国际反法西斯胜利的背景下，肇始自晚清的知识界对"少年中国"与"新民"憧憬和建设的愿望亦似乎见到了真正的曙光。较之晚清危如累卵情势下国族命运的晦暗不明，民国时期国人的民族自信心有显著增强，文化心态亦逐步趋于乐观。在这一时代语境和国人文化心态的支配下，鲁滨孙的荒岛俨然成为国人心目中的希望岛/幸福岛的投射："假如我是鲁滨孙，当我重回到尘世的时候，我要带领许多善良的人民，回到那幸福的岛上，建立起一个人民理想中幸福快乐的天地。"㉟

《小朋友》插图中的友爱因素更是其来有自。前文提及，在知识界的先觉之士对强权的反思下，晚清风靡一时的尚武精神在民国逐渐归于沉寂。例如，在一篇有关儿童教育与新中国建设的文章中，作者指出"武力之战争已失败，今后的战争为德行之战争，品性之战争"，因此他倡导实行三民主义的新教育。作者尤其肯定了这一新教育的本质内涵："三民主义主张民族平等而不主张种族优越，主张用协调的方法去预防阶级的发生，而不主张用斗争的方法去激起阶级的仇恨"。㊱显然，反对倚强凌弱的种族中心主义，进而主张以友爱协调的方式解决阶级矛盾，是这一时期儿童教育的宗旨。事实上，鲁迅早在其《破恶声论》（1908年）中就表达出他对强权政治和强力侵略盲目崇拜的反思意识。不过，鲁迅所谓"兽性爱国之士，必声誉强大之邦，势力盛强，威足以凌天下，则孤尊自国，蔑视异方，执进化留良之言，攻小弱以成欲，非混一寰宇，异种悉为其臣仆不慊也"㊲的现实，直到"二战"后才有显著改变。而其"今兹敢告华土壮者曰，勇健有力，果毅不怯斗，固人生宜有事，特此则以自藏，而非用以搏噬无辜之国"㊳p202的告诫，也终于在1945年后得到了正面且大胆的回应。《小朋友》图画本中，鲁滨孙与星期五的手拉手同行、二人同桌共餐与相互协作等友爱场景的呈现，便是这一回应的视觉缩影。这既闪烁着民国儿童教育的理想主义光芒，还透视出时人对国际现实的理性思索。鲁滨孙与星期五的关系既是对清末民初"强权"歆羡心理的自主调整和纠偏，又饱含着对弱小（民族）的同情。

何谓理想的主体？从"文明人"鲁滨孙崇尚武力、鄙夷"野蛮"到信奉独立自强，进而到对"野蛮人"施之友爱和帮助，旅行到中国的鲁滨孙，其形象特质一直在演变。这一演变反映了译入语时代精神变迁下主体想象的与时俱进。刘禾指出，近代对文明与野蛮的划分是理解现代世界秩序的关键之一㊳，从《无人岛》到顾、唐译本再到《小朋友》刊载本，笛福原作中显著的文野之分和主奴等级秩序观念被逐步消解并赋予了新的内涵。从这个意义上讲，晚清民国《鲁滨孙》插图中鲁滨孙形象所寄寓的主体想象，已悄然延伸至国人有关文明等级与世界秩序的反思与想象层面。因此，《小朋友》插图隐含的更重要的价值还在于，它改写了以往知识分子对文明秩序的想象，指出唯有强者鲁滨孙和弱者星期五平等友好相处的文明才是真正理想的文明。

图11　　　图12　　　图13　　　图14

四、结语

作为译本的有机组成部分，插图是一面折射译入语文化时代精神密码的透镜。晚清民国《鲁滨孙》汉译本的插图使得潜藏于小说文本深处的主体想象浮出文字地表，并与时俱进地向读者传达出知识界最新的思考。㊳何谓理想主体？从1909年到1948年，作为主体想象的视觉符号，鲁滨孙形象经历了英勇尚武、独立自强、乐观友善的演变轨迹。从《无人岛》到顾、唐译本到《小朋友》，其贯穿的图像意识形态是"新民"。此外，随着时间的推移，插图中的鲁滨孙形象由青年逐步演变为少年儿童则凸显了"新民"的"少年化"趋势。⑩这背后又潜藏着"新民"建构的"国"和"民"双重主体诉求："少年强则国强，少年独立则国独立"。⑪特别值得一提的是，《小朋友》插图的主体想象还触及并"改写"了近代流行的"文明等级论"，平等友善成为图像勾勒的理想文明图景之要义。值得注意的是，晚清民国《鲁滨孙》汉译本插图成为1949年后各种《鲁滨孙》汉译漫画本、连环画本、彩图本等插图万变不离其宗的图像遗产和视觉资源。想象和建构理想的主体，一直是《鲁滨孙》汉译本"图之魅"不变的使命。

注释【Notes】

①本文系教育部人文社科基金青年项目"清末民初西方冒险小说中国化研究（1902—1915年）"（项目编号：22XJC751006）和陕西省社会科学基金一般项目"清末民初冒险小说叙事嬗变研究"（项目编号：2022H001）的阶段性研究成果。

②Andrew O'Malley. *Children's Literature, Popular Culture, and Robinson Crusoe*. New York: Palgrave Macmillan, 2012.

③惠海峰：《社会、小说与封面——〈鲁滨孙漂流记〉儿童版的封面变迁》，载《外国文学》2013年第5期，第58—67页。

④《无人岛》两版译文和插图略有不同。就译文语体特征而言，1909年《民呼》版文言色彩较浓，1916年《新中外》版为白话体；就插图而言，二者在数量、具体的场景选择与呈现等方面皆有一定差异。但二者的内在联系更多：同一译者译述，译文共用一个译名，都为画报连载图画本且前后相隔时间不长，尤为重要的是，二者皆致力于塑造鲁滨孙的英勇尚武。因此，本文将其视为一个译本的初版本与修订本予以讨论。为更好地突出译本前后两版插图的演变趋势，本文在揭示二者共性的同时也会指出彼此之间的差异。

⑤1902年的粤语译本《辜苏历程》，既是最早的汉语译本之一，也是汉语语境中最早的《鲁滨孙》插图本。由于译者英为霖是英国来华传教士，其主要目的和文化立场不同于本土知识分子，故而本文暂不将其纳入讨论范围。

⑥《辜苏历程》内含插图32幅，从第一幅中鲁滨孙因获救跪谢神恩到他发现"神迹"，以及悟道苦读《圣经》，插图再现了鲁滨孙的"遇难—获救"的"天路历程"，其传布福音的色彩非常浓厚。见笛福：《辜苏历程》，英为霖、沈祖芬等译，南方日报出版社2018年版。

⑦首先，在笛福笔下，穿着羊毛衣服打着羊毛阳伞的鲁滨孙发现的是沙滩的脚印而非人骨，发现人骨的情节发生在鲁滨孙解救星期五之后。其次，不论是发现沙滩脚印还是与星期五一同发现人骨，鲁滨孙的主导反应都是恐惧。《无人岛》《民呼》版插图"改写"了原作的情节，而且还大大突出了鲁滨孙神色的平静。见Daniel Defoe. *Robinson Crusoe*(Second Norton Edition).2ed. Michael Shinagel. New York: Norton, 1994, p. 112/150.

⑧考虑到该插图本的第11—12续亡佚，因此该译本的实际插图数量要大于25幅。

⑨在鲁滨孙的精心谋划和设计下，星期五亲眼见证了鲁滨孙先后射杀小羊和鹦鹉，真切感受到了"枪"的威力。在星期五眼里，鲁滨孙的枪既"神奇"又"致命"。见Daniel Defoe. *Robinson Crusoe* (Second Norton Edition).2ed. Michael Shinagel. New York: Norton, 1994, p. 152-153.

⑩参见[德]莱莘：《拉奥孔》，朱光潜译，商务印书馆2013年版，第17—21页。莱莘认为："艺术家的作品之所以被创造出来，并不是让人一看了事，还要让人玩索。"艺术家要致力于表现能够激发欣赏者"想象自由活动的那一顷刻"：欣赏者"愈看下去"，"愈能想出更多的东西来"；"愈能想出更多的东西来"，"愈相信自己看到了这些东西"。

⑪刘禾：《帝国的话语政治：从近代中西冲突看近代世界秩序的形成》，杨立华等译，生活·读书·新知三联书店2014年版，第17页。

⑫梁启超：《中国魂》，广智书局1906年版，第43页。

⑬《民呼》版译者署名"红绂"，《新中外》版署名"红绂女史"，实为一人。根据崔文东的研究，"红绂"本名为汤绂，曾东渡日本留学。参见崔文东：《翻译、国族、性别——晚清女作家汤红绂翻译小说的文化改写》，载《中国文哲研究集刊》2017年第50期，第1—35页。

⑭《无人岛大王》，红绂重译，《民呼日报图画》1909年第26期。另，译文中译者还每每将克禄苏比作周亚夫来形容其勇武善战："佩刀一举，万夫莫当。"参见《民呼日报图画》1909年第38期。

⑮"黄种"概念是近代欧洲的发明，其后发展为"黄祸"论。中国和日本被西方认为是"黄祸"的两大源头。但中日在引介西方对人种的划分之后，两国对各自的"黄种"身份产生了不同的理解和反应。日本在相当长时间内对"黄种"之名持冷淡甚至抵触的态度。近代中国人则由于"黄

河""黄土""黄帝"等在中华文明中的重要地位而大多选择欣然接受。"黄种"作为晚清思想界的关切所在,这一种族观念被用来建构民族国家。参见李广益:《"黄种"与晚清中国的乌托邦想象》,载《中国现代文学研究丛刊》2014年第3期,第13—28页。

⑯孟久丽:《道德镜鉴:中国叙述性图画与儒家意识形态》,生活·读书·新知三联书店2018年版,第165页。

⑰1934—1948年间,该译本重印达11次之多,由此可见其受欢迎的程度。参见狄福:《鲁滨孙飘流记》,顾均正、唐锡光译,开明书店1948年版。

⑱值得注意的是,该译本还出现了与小说情节相关的地图。受本文研究视角的规定,暂不予以讨论。

⑲此处的群像场景指的是一幅图画出现多个人物的叙事场景。《无人岛》插图大量使用这一呈现方式。

⑳《大陆报》译本中鲁滨孙的独白,是近代中国人将鲁滨孙荒岛生产活动视为其独立品格证明的出色阐释。"虽然独居荒岛,一切并不依赖他人。器具没有的,我可以自己制造。粮食没有的,我可以出猎补助。我闷时,又有猫狗鹦鹉等,与我结个朋友。我算是个人独立了。"参见笛福:《辜苏历程》,英为霖、沈祖芬等译,南方日报出版社2018年版,第271页。

㉑李华兴:《民国教育史》,上海教育出版社1997年版,第209页。

㉒王泉根:《中国儿童文学概论》,湖南少年儿童出版社2015年版,第30—31页。

㉓如20世纪二三十年代流行的教科书译本——严叔平译本。该译本与顾、唐译本相似,其共同目标都致力于通过对鲁滨孙自强不息、独立自主等精神的刻画和赞美来培养儿童读者的理想品质。参见Daniel Defoe:《鲁滨孙飘流记》(上、下卷),严叔平译,上海崇文书局1928年版。

㉔在笛福的《鲁滨孙》中,鲁滨孙生于1632年,于1659年流落荒岛,时年27岁,属于青年时期。见Daniel Defoe. *Robinson Crusoe*(Second Norton Edition).2ed. Michael Shinagel. New York: Norton, 1994, p. 4.

㉕永治:《抗日教育与抗日战争·怎样抵抗暴日侵略》,载《江汉学报》1933年创刊号,第64—79页。永治的《抗日教育与抗日战争》是系列文章,包括《文化抵抗与无力抵抗》《中日国势强弱的由来》《怎样抵抗暴日侵略》《中国教育家目前应有的觉醒》等4篇。该系列文章的主要宗旨在于"唤起民众以求民族地位的独立。"

㉖熊笃英:《鲁滨逊独立生活的感想》,载《将来的中国》

1936年第1期,第14—15页。引文中的"连想"应为"联想"。

㉗杜镛:《给上海青年的一封公开信:发挥鲁滨逊的精神》,载《译报周刊》1938年第1期,第9页。

㉘邹振环:《近代中国人在鲁滨孙身上寻找什么》,载邹振环:《影响中国近代社会的一百种译作》,江苏凤凰教育出版社2008年版,第189页。

㉙狄福:《鲁滨孙飘流记》,顾均正、唐锡光译,开明书店1948年版,第17页。

㉚参见《鲁滨逊漂流记》,载《小朋友》1947—1948年第868—901期。该译述本插图风格和今天的连环画极为相似。

㉛《鲁滨逊漂流记》,载《小朋友》1947—1948年第876期。

㉜笛福原作中,尽管手握枪支的鲁滨孙掌握着绝对的主导权,但他依然对星期五充满了试探和猜疑。首先,鲁滨孙打手势示意星期五跟从自己前往地洞,并未手拉手带他前去;其次,二人到达后并未共同就餐,而是由鲁滨孙供给星期五一些面包、葡萄干和水来吃喝。见Daniel Defoe. *Robinson Crusoe*(Second Norton Edition).2ed. Michael Shinagel. New York: Norton, 1994, p. 147-148.

㉝傅修延:《听觉叙事研究》,北京大学出版社2021年版,第87页。

㉞崔焕深:《读鲁滨逊故事后的感想》,载《新武周刊》1943年第98期,第3页。

㉟啼黎:《儿童创作展览:假如我是鲁滨孙》,载《新儿童世界》1949年第24期,第45页。

㊱井:《儿童教育与新中国的建设》,载《新福建》1942年第4期,第9页。

㊲汪晖:《声之善恶:鲁迅〈破恶声论〉〈呐喊·自序〉讲稿》,北京三联书店2013年版,第200页。以下只在文中注明页码,不再一一做注。

㊳刘禾:《世界秩序与文明等级·序言:全球史研究的新路径》,生活·读书·新知三联书店2016年版,第7页。

㊴本文引用的插图分别来自《无人岛》(图1—图4),顾、唐本(图5—图10),以及《小朋友》刊载本(图11—14)。

㊵此处鲁滨孙形象主要指的是上述插图开端部分鲁滨孙外貌所呈现出来的年龄阶段。对照《辜苏历程》插图中饱经沧桑的中老年鲁滨孙形象,这一趋势更为显著。

㊶梁启超:《少年中国说》,中国画报出版社2016年版,第7页。近代中国的主体想象与建构,很大程度上是一种双重主体想象与建构,包括个人主体和民族国家主体两个维度。

《大地上的家乡》：诗意行间的情与思

余仲廉

恺撒曾给罗马的元老院写过一封著名的信，"我来，我见，我征服"。我想，两千年后的今天，如果中国的李强有机会给罗马的恺撒写信，他有可能会写下，"我看见，我触动，我记录"。《大地上的家乡》是李强先生的一本诗歌选集，是他近四十年创作生涯的一次回顾和总结。翻开《大地上的家乡》，每读一行诗句，我仿佛都看到行走在山西、内蒙古、海南、云南和行走在英国、瑞士、意大利、埃及、俄罗斯的诗人的身影；每品味一首诗，我仿佛都能感受到，那盏煤油灯在他心里投下的阴影是多么衣衫褴褛、瘦弱不堪，那萤火虫在他心中激起的阵阵涟漪、引发的声声回响；每翻到新的一页，我都能体会到他记录的对世界的独特观察，对生活细腻入微的理解，以及对自己内心的真切感悟。

一、多元广泛的诗歌主题

宋代理学家朱熹在《诗集传序》有言："人生而静，天之性也；感于物而动，性之欲也。夫既有欲矣，则不能无思；既有思矣，则不能无言；既有言矣，则言之所不能尽，而发于咨嗟咏叹之余者，必有自然之音响节族而不能已焉。"李强先生出生于上蔡，成长于阳新，求学于武汉、哈尔滨，工作在武汉，行走在世界各地。他当过车间技术组长，也当过政府官员，还当过大学校长。他善于观察、思考，这意味着他有着多样的人生体验、深厚的情感积淀和丰富的思考感，而这些经历、情感和思考如同泉水般源源不断地化作他内心自然流露的诗歌与言谈。仅从《大地上的家乡》的八辑一百六十八

首现代诗，就可以了解到李强先生诗歌主题的多元和广泛，就可以明白他人生的丰盈丰厚。

第一，诗歌中包含着对祖国大地的书写。从对祁连山、海南岛、长江、汉水、新疆喀什与拉萨等地的描绘，到对青海湖、纳帕海、松赞林寺、丽江古城、草原景色、凤凰古城、丽江四方街、余村竹海等各地特色的赞美，李强先生展现了祖国大地的壮丽与多彩。

第二，诗歌中包含着对故乡河南和父母经历的回忆。李强先生描绘了故乡河南的自然风光、历史文化，如嵩阳山的宁静与庄严、黄河的温暖与暴虐和卢舍那佛的雍容华贵。他也叙述了父母及祖辈的生活与经历，如父亲老家在上蔡，家有三男四女；而母亲老家在原阳，家有五女三男。他的父母经历了乱世，幸运地活过了那个动荡的时期，并活到了能够享受天伦之乐的年纪。他还刻画了自己对故乡的所见所感和与故乡千丝万缕的联系，如回到河南新乡原阳大宾小庄，见到了姥姥和其他亲人，以及焦守云来武汉讲党课的事情。

第三，诗歌中包含着对武汉的深情赞歌与未来展望。从两江汇流的壮阔景象，到武汉人民的坚韧不拔、勤劳智慧，再到城市的现代化建设和未来发展，李强先生从多个角度描绘了武汉的自然风光、历史文化、人文景观及城市变迁，展现了武汉的多元面貌和独特魅力。同时，他也表达了对武汉未来的美好展望，随着时代的进步和城市的发展，武汉将会变得更加繁荣、美丽、宜居，将在全球化的舞台上绽放出更加耀眼的光芒。

第四，诗歌中包含着对自然景象的细腻观察与

深刻感悟。通过对春夏秋冬四季变换的描绘，李强先生展现了自然界中丰富多样的景象，如春天的生机勃勃、夏天的热情奔放、秋天的宁静深邃和冬天的沉静温暖。与此同时，在这些季节的流转中，他不仅描绘了具体的自然元素，如花朵的绽放、叶子的飘落、雨水的滋润、阳光的照耀，而且通过这些自然景象的变化，寄托了对生命、时间、爱情、离别等人间情感的深刻思考。

第五，诗歌中包含着对书籍的深刻感悟。李强先生以书籍与阅读为起点，辐射出对人生哲理、爱情情感、自然美景、历史文化等多方面的感悟与思考，展现了诗人丰富的内心世界与深刻的洞察力。多首诗歌借由历史人物（如孔子、苏格拉底、孟浩然、唐僧等）和文学作品（如《瓦尔登湖》《巨流河》《伊豆的舞女》等）中的故事，反思人生的意义、选择与价值。多首诗歌以爱情为主题，通过具体的爱情故事（如叶芝与毛德·冈、欧·亨利笔下的爱情故事）或是对爱情状态的抽象描述，展现了爱情的纯洁、热烈、遗憾与美好。

第六，诗歌包含着对外国的印象描绘和深切观察。从南太平洋的荒岛到北欧的挪威，从意大利的古老城市到冰岛的神秘景观，从非洲的地中海松到阿根廷的布宜诺斯艾利斯，李强先生游历了不同国家和地区，并以独特的视角和敏锐的观察力，捕捉了每个地方的独特之处，以诗歌的形式表达出来。

二、真挚动人的情感表达

李强先生善于从日常生活中提炼出富有诗意的瞬间，用朴素而精练的语言将其呈现出来。同时，他还善于运用象征、比喻等修辞手法来增强诗歌的表现力，让读者在阅读中产生更多的联想与思考。他的诗歌不仅是对个人情感的抒发，而且是对生命、历史、社会等问题的深刻反思与探索。通过阅读他的诗歌，能够感受到那份来自内心深处的真挚与感动，也能够对生命、爱情、亲情等话题产生更深刻的理解与感悟。

第一，对祖国大地的热爱。李强先生深沉而广泛的爱国情感，不仅表现在他对祖国大地自然风光的热爱、对历史文化遗迹的崇敬、对生态环境及珍稀物种的珍视，而且表现在他对国家发展的喜悦和对人民生活的关心，如他的诗歌提到大熊猫数量的增多、农业的发展、生态环保的成就。

第二，对家乡故乡的怀念和对父母的崇敬与感激。李强先生通过描绘河南的风土人情、历史文化及老家亲人们生活条件的改善，表达了他对故乡繁荣发展的期盼和祝福。同时，他回忆了父母在乱世中的艰辛生活，以及他们如何用爱和勇气抚养自己成长，特别提到了母亲作为抗战老兵的英勇事迹和她对家庭的付出与牺牲。这些回忆让他深刻感受到了父母的伟大和无私，也激发了他对父母的无限敬仰和感激。

第三，对武汉的热爱与赞美、憧憬与希望。通过描绘"两江汇流之地"和"九省通衢、四海一家"的壮丽繁荣，李强先生表达了对武汉这座城市的深深热爱；通过回顾武汉的历史变迁，如洪水退去后的沃野、南征北伐的硝烟，李强先生表达了对武汉历史进程的感慨；通过描绘武汉人民的生活场景，如离乡背井的点点孤帆、撸起袖子埋头苦干的人，李强先生表达了对武汉人民生活的深切关注和同情，以及对武汉人民勤劳、坚韧和乐观精神的赞美；通过对武汉未来的描绘，如"大武汉到伟大武汉"的愿景、"一百万只金凤凰来到大武汉"的盛景，李强先生表达了对武汉未来的美好憧憬和坚定信心。

第四，对自然风景与风物的热爱、赞美和敬畏。春天被描绘为"希望""怀念"和"温暖来了"，李强先生表达了对春天的欢迎和喜悦。夏天则被形容为"娇蛮撩人"，尽管它迟迟不愿离去，但我们依然感受到了它的魅力和力量。秋天被描绘成"一间空荡荡的房屋"，虽然老住户搬走了，但新住户还没搬来，留下的是对过去的怀念和对未来的期待。冬天则被形容为"老奶奶的手"，宽厚、轻柔，给人带来温暖和安慰。此外，他还特别喜爱和赞美各种花卉和树木，如樱花、梅花、荷花、花楸树。

第五，对书籍的热爱和对知识的追求。诗歌中涉及了梭罗的《瓦尔登湖》、孔子的哲学思想、苏格拉底的哲学故事、奥本海默的科学成就，以及

《西游记》《三国演义》等古典文学作品中的角色和情节。李强先生通过对这些书籍内容的感悟，表达了对自然、人生、爱情、友谊、道德、智慧等多方面的思考和领悟。例如，诗人在提到梭罗的《瓦尔登湖》时，表达了对简单生活、自然观察和内心探索的向往；在提到苏格拉底时，反思了人生选择和道德判断的重要性；在提到《西游记》中的唐僧时，探讨了信仰、坚持和智慧的力量。这些感悟不仅体现了他对书籍的深刻理解和热爱，也反映了人类文化和智慧的传承与发展。

第六，对世界自然风景的欣赏和对异域文化的热爱与尊重。从北岛到南岛的一号公路，从海风、海浪、海鸥的鸣叫到阿尔卑斯山、日内瓦湖等，李强先生表达了对世界自然之美的无限向往和赞美。与此同时，李强先生通过对摩拉基大圆石、比萨斜塔、庞贝古城等历史遗迹的描绘，以及对马可·波罗等历史人物的提及，表现了对世界多元文化的热爱和欣赏。

三、朴素自然的语言风格

李强先生的诗歌语言，不是堆砌华丽的语言和文字，而是以朴素、自然、精炼著称。他擅长用简单直白的词汇和句子，构建起既富有画面感又深具情感张力的诗歌世界。当然，这种语言并非简单直白，而是经过精心挑选与排列组合的，力争以最少的文字表达最丰富的意境，让读者在阅读时能够轻松进入诗歌所描绘的场景，并深刻体会到他所要传达的情感与思想。这种语言风格不仅增强了诗歌的表现张力，也让他的诗歌作品具有了更加广泛的读者基础和持久的艺术生命力。

比如在《白雾茫茫》这首诗中，李强先生通过"白雾茫茫/主人去哪里了/一壶茶/微微冒着热气"四句简短的诗句，便勾勒出一幅静谧而略带神秘的画面。首句"白雾茫茫"直接点题，营造出一种朦胧、幽远的氛围，仿佛整个世界都被一层轻纱所覆盖。接着，"主人去哪里了"一句，不仅提出了一个疑问，也巧妙地引入了人物，使画面瞬间生动起来。这里的"主人"并未具体指明是谁，可以将其理解为诗人自己，也可以理解为任何一个在雾中迷

失方向的人，但正是这种模糊性，让读者有了更多的想象空间。"一壶茶/微微冒着热气"两句，则将画面进一步细化。一壶茶，静静地放在那里，微微冒着热气，这一细节描写不仅增添了画面的生活气息，而且寓含了诗人的情感寄托。茶，在中国文化中往往与宁静、思考等相关联，而"微微冒着的热气"，则像是诗人内心情感的流露，虽然微弱却持续不断。

又比如在《大地上的家乡》一诗中，"一个人生了好久/才真的生了/偶尔还是一张白纸"，没有华丽的辞藻或繁复的修辞，却以其简洁而富有张力的语言，直击人心最柔软的部分。它让我们在朴素的语言中，感受到了诗人对生命的敬畏、对存在的感慨，以及对生命意义的无尽追寻。在《你是爱中国的》一诗中，李强通过描绘大熊猫、祁连山等具体事物，展现了对祖国大好河山的热爱之情。他写道："你爱大熊猫/恨不得亲一亲，抱一抱/恨不得和它们一起打个滚儿/恨不得和它们一起/啃一啃新鲜竹笋"。这些句子语言平实，却充满了丰富的画面感和丰富的情感力量，让读者能够清晰地感受到诗人对大熊猫的喜爱，以及对祖国山河的深情厚谊。

四、哲思与人文关怀并存

思想是诗歌的灵魂，它为诗歌提供深刻的内涵和独特的视角。诗歌则是思想的载体，通过精练的语言、生动的意象和强烈的情感，将抽象的思想具象化，使其更易于理解和感受。李强先生的诗歌，一首诗有一首诗的意境和思想内涵，不仅照亮了情感与语言的航道，而且引领读者深入探索生命、历史与社会的广阔海域。也即是说，他的诗歌不仅展现了个体生命的独特魅力与复杂性，而且涉及生命、历史与社会等宏观问题。这让读者在享受艺术之美的同时，也能获得心灵的启迪与社会的反思。

首先，李强先生在诗歌中展现了对时间流逝与生命短暂的深刻洞悉。《本世纪最后一个夏天》这首诗，通过对夏天细腻而深情的描绘，不仅捕捉了季节变换的微妙瞬间，更触发了对时间无情流逝的感慨。诗中的"早就立秋了/还不肯走/像新婚小

别情侣偎在村口"，以生动的比喻揭示了时间对人们生活的微妙影响，以及人们在面对时间流逝时的无奈与留恋。这种对时间的哲思，引导读者反思生命的短暂与珍贵，激发了读者对生命意义的深度探索。

在《有四片叶子的三叶草》中，李强则通过讲述叶芝与毛德·冈的爱情故事，巧妙地探讨了爱情与命运、偶然与必然等哲学命题。诗歌中的三叶草象征着爱情的美好与稀有，而叶芝对毛德·冈的深情则映射出人类对爱情的执着追求。然而，命运的无常与爱情的复杂交织在一起，让读者在感受爱情甜蜜的同时，也体会到了其中的苦涩与无奈。这种对爱情的哲思，不仅丰富了诗歌的内涵，也引导读者对自身的情感经历进行深刻的反思。

除了对个体生命的关注，李强的诗歌还蕴含着强烈的社会关怀与人文情怀。在《长江十年禁渔遐思》中，他通过对长江禁渔政策的深刻思考，表达了对生态环境保护的深切关注。诗中的"自私与贪欲，滥用与滥捕/是万恶之源，罪魁祸首"，不仅揭示了生态环境破坏的根源，也呼唤人们对自然敬畏与保护。这种对生态环境的人文关怀，体现了诗人对可持续发展的深刻认识与责任感。

而在《武汉来了》等诗歌中，李强先生则通过对武汉这座城市的深情描绘与赞美，展现了对家乡的热爱与对人民生活的深切关怀。诗中的"武汉来了/此地甚好/就此歇歇脚吧"，不仅传达了诗人对家乡的归属感与自豪感，也反映了武汉这座城市在历史变迁中的坚韧与活力。这种对家乡与人民的深情厚谊，让读者在感受诗歌美感的同时，也产生了对家乡与社会的认同与归属感。如果武汉以外的人，读到这样描绘武汉的诗句，必然会对武汉心驰神往。

五、多样统一的艺术特色

李强先生的诗歌在艺术特色上，呈现出多样而统一的特点。他敢于在诗歌形式上突破传统，同时又能保持诗歌的内在统一性；他善于运用各种修辞手法来增强诗歌的表现力，同时又能根据诗歌的主题与情感需求进行灵活调整；他对诗歌节奏与韵律的精妙把控，更是让他的诗歌具有了独特的艺术魅力。这些特点的存在，让他的诗歌成为一道独特的文化景观，也让读者在阅读中获得了极大的审美享受。

首先，李强先生在诗歌形式上敢于创新，不拘一格。他善于根据诗歌的主题与情感需求，选择最合适的诗歌形式进行创作。例如，在《精灵们》一诗中，他巧妙地运用了拟人化的手法，将精灵们描绘得栩栩如生，仿佛他们真的存在于某个奇幻而神秘的世界中。这种形式的创新，不仅增强了诗歌的表现力，也让读者在阅读中获得了全新的审美体验。

其次，李强先生的诗歌表现手法是多样的。他善于运用比喻、象征、拟人等修辞手法，将抽象的情感与思想具象化，让读者能够更直观地感受到诗歌的内涵。例如，在《瓦尔登湖》等诗歌中，他通过引用经典文献与描绘自然景色相结合的方式，不仅表达了对简约生活与自然之美的追求与赞美，也让读者在阅读中仿佛置身于那片宁静而美丽的湖畔，感受到了诗人内心的宁静与淡泊。

再次，李强先生的诗歌还保持着一种内在的统一性。这种统一性主要体现在他对诗歌主题与情感的深刻把握上。无论他选择何种形式与手法进行创作，都能紧密围绕诗歌的主题与情感展开，让读者在阅读中能够清晰地感受到诗人的创作意图与情感波动。这种统一性的存在，不仅让李强的诗歌具有了一种独特的艺术风格，也让读者在阅读中能够更好地理解和感受诗歌的魅力。

最后，李强先生在诗歌的节奏与韵律方面展现出了高超的技艺。他善于运用平仄、押韵等手法来增强诗歌的音乐性与节奏感，让读者在阅读中能够感受到诗歌的韵律之美。同时，他还能够根据诗歌的主题与情感需求，灵活地调整诗歌的节奏与韵律，使之与诗歌的内容相得益彰。这种对节奏与韵律的精妙把控，不仅仅让诗歌具有了更强的艺术感染力，而且让读者在阅读中更好更迅速地沉浸于诗歌的情境中。

六、总结与展望

《大地上的家乡》不仅是李强先生近四十年诗歌创作生涯的回顾与总结，还是他多元生活体验、深厚情感积淀和丰富思想感悟的艺术呈现。在这部诗集中，我们看到了李强先生对祖国大地的热爱、对故乡亲人的怀念、对武汉城市的赞美、对自然风景的敬畏、对书籍知识的追求及对世界文化的尊重。他的诗歌以朴素自然的语言风格，展现了真挚动人的情感表达，同时蕴含着深刻的哲思与人文关怀。他通过对时间、生命、爱情、命运等宏观问题的思考，引导读者深入探索与反思。在艺术形式上，他敢于创新，不拘一格，将多种诗歌形式与表现手法融为一体，展现出了多样而统一的艺术特色。最后，李强先生的诗歌，如同一股清泉，滋润着人们的心灵，让我们在忙碌与喧嚣的生活中找到一片宁静的港湾，我们期待李强先生能继续保持这种对诗歌的热爱与追求，创作出更多优秀的作品。同时，我们也希望更多的人能够关注诗歌、阅读诗歌，从中汲取力量与智慧，共同推动文化的繁荣与发展。

2024年10月23日于华师

附：

读李强诗集《大地上的家乡》有感

余仲廉

在诗文的大地，我们相逢，
您的笔触，如灵动的和风。
《大地上的家乡》，那是心灵的旅程，
每一行，都饱含着情与思想的诗意。

您写家乡，那是灵魂的归宿，
"一个人生了好久，才真的生了"，
生命的哲思，在字里行间流淌，
是大地的根，深深扎入泥土。

自然风光，在您笔下绚丽如画，
白雾茫茫，茶壶冒着热气，
那宁静的世界，让心变得无暇，

春天，美景美食美人，醉了年华。

历史与现实，交织成诗的乐章，
王勃来过滕王阁，文化传承的回响，
长江禁渔遐思，对生态的关切满仓，
您的目光，洞察着社会的沧桑。

亲人的怀念，是心中柔软的光，
妈妈来了，那温暖的笑在纸上荡漾，
下雨的夜晚想起妈妈，思念如潮涨，
生命的感悟，在诗中闪耀着希望。

您的情感，真挚生动如朝阳，
日常的点滴，化作诗意的芬芳，
象征比喻，让诗的翅膀更坚强，
那稍纵即逝的瞬间，定格成永恒的诗行。

语言朴素，却如繁星照亮夜空，
简单的词汇，构建出深邃的梦，
白雾茫茫的画面，在脑海中翩翩，
大地上的家乡，是生命的情钟。

思想深度，哲思与人文并融，
时间流逝，生命短暂的警钟，
爱情的苦涩与甜蜜，如三叶草的风，
社会关怀，对家乡的热爱无穷。

艺术特色，多样统一的彩虹，
形式创新，表现手法的灵动，
节奏韵律，如音乐在心中跳动，
您的诗，是文化景观中的独宠。

李强先生，您是诗的使者，
带领读者。在文字的海洋漂泊，
期待您未来，更多的佳作闪烁，
诗歌的清泉，永远润泽心窝。
让读者在诗中，找到生命的火，
感悟历史，审视社会的浪潮。
您的诗，将永远在时光中传播，
如璀璨星辰，照亮读者的人生。

2024年10月22日于华师校园

大地上的行走者：李强诗歌中的人类学视野

李御娇

在文学与人类学交汇的广阔天地里，李强的诗集《大地上的家乡》无疑是一座值得深入探索的宝库。这部诗集不仅是对诗人个人情感与记忆的抒发，更是对人类生存状态、文化传承与自然环境深刻洞察的结晶。以下是对李强《大地上的家乡》诗集中人类学视野的详细解读。

第一，人类与自然的和谐共生。李强的诗歌中，自然不仅仅是背景或装饰，还与人类生活紧密相连，是人类生活不可分割的一部分。诗人通过细腻的笔触描绘了山川河流、草木花鸟等自然景观，展现出大自然的壮丽与神秘。同时，诗人也揭示了人类与自然之间的和谐共生关系。例如，在《开满窗户的山坡》中，诗人写道："山坡上的窗户/像大地的眼睛/注视着每一个生灵/也注视着我自己。"这种对自然的拟人化描写，不仅赋予了自然以生命，也表达了人类与自然之间的深刻联系。诗人通过诗歌传达了一种理念：人类应当尊重自然、顺应自然，以及与自然和谐共处。

第二，人类社会的多样性与变迁。《大地上的家乡》不仅关注自然，更聚焦于人类社会。诗人通过描绘不同地域、不同阶层人们的生活状态，展现了人类社会的多样性和复杂性。例如，在《赵木匠》中，诗人刻画了一位勤劳朴实的木匠形象，通过他的生活经历反映了乡村社会的变迁与人们的生存状态。同时，诗人也通过对城市与乡村、传统与现代等不同生活方式的对比，探讨了人类社会的多元性与变迁。这种对人类社会的深刻洞察，体现了诗人对人类命运的深切关怀和对社会变迁的敏锐感知。

第三，文化传承与身份认同。在《大地上的家乡》中，李强深入探讨了文化传承与身份认同的问题。诗人通过对家乡风俗、节日庆典、民间传说等文化元素的描绘，展现了文化的多样性和生命力。同时，他也通过诗歌表达了对文化传承的担忧与期待。例如，在《牧游》中，诗人写道："草原上的歌声/像风一样飘荡/那是祖先留下的遗产/也是我们共同的记忆。"这种对文化传承的深情呼唤，不仅体现了诗人对传统文化的珍视与敬仰，也表达了对未来文化传承与创新的期待。此外，诗人还通过诗歌中的个人经历与情感表达，探讨了身份认同的问题。他通过回忆与现实的交织，展现了个体在多元文化背景下的身份困惑与寻求自我认同的过程。

第四，人类未来的思考与展望。在《大地上的家乡》中，李强不仅关注当下，更对未来进行了深刻的思考与展望。他通过诗歌中的寓言、象征等手法，探讨了人类在面对自然环境变化、社会冲突与文化危机时的应对策略。例如，在《洪水》中，诗人通过描绘洪水肆虐的场景，隐喻了人类在自然面前的渺小与无力。同时，他也通过诗歌中的希望与愿景，表达了对人类未来的美好期待。诗人相信，只要人类能够团结一心、共同面对挑战，就一定能够创造出更加美好的未来。

综上所述，《大地上的家乡》不仅是一部充满情感与记忆的诗集，更是一部深刻反映人类生存状态、文化传承与自然环境关系的文学佳作。李强通过诗歌中的细腻描绘与深刻洞察，为我们呈现了一个丰富多彩、充满生机与活力的人类世界。这部作品不仅让我们更加深入地了解了人类与自然、社会、文化之间的复杂关系，也激发了我们对未来的思考与展望。

李强诗集《大地上的家乡》笔谈

主持人语

庄桂成

近年来，诗人李强文思泉涌，创作力非常旺盛。不算20世纪出版的《感受秋天》，仅是新时代以来，就出版了《萤火虫》《山高水长》《潮水来了》《在水一方》《低飞与远航》等5本诗集，现在又出版了诗集《大地上的家乡》，真可谓是一位高产诗人。海德格尔说，诗人的天职是还乡。这句话用来形容诗人李强，是再恰当不过了。李强的诗歌中，"怀乡"所占的比例应该说非常之高。

家乡情结是人类的一种普遍的思想情感，这是因为家乡之于人的意义重大。家乡是人最先感受的世界之地，也是人的成长之地，从这个方面说，家乡是人的生命之源及根基所在。对家乡的深沉爱恋是人类的一种美好情感和优良美德，而怀乡诗在中国文学史上源远流长。诗人李强的许多诗作，也书写了他对家乡的深沉情感。在诗人的笔下，写出了三种家乡：一是记忆中的家乡，清贫而甜美的乐园；二是现实中的家乡，回不去的乡村；三是想象中的家乡，审美王国的建构。应该说，世界各国的人都有热爱和眷念家乡的情结，而中国人更是如此，乡情更为深重和浓厚。但是，中国文学史上，很多诗人所怀之乡已不是现实生活中的家乡，而是一种精神层面的家乡。

精神层面上的家乡是怀乡者对家乡的一种精神重建。在怀乡者的心中，家乡已不是现实中的那块土地，它已由远离游子的物质实体升华为生存的精神支柱，成为怀乡人的精神家园。诗人李强的《大地上的家乡》就是怀精神之乡的典型诗作。李强的诗作以极简的语言、明朗的诗风，建构了一个宁静、和谐的乡村世界。他笔下的乡村既是具象的，又是抽象的。虽然现代化进程中的乡村已迥异于过往，但李强的乡村叙事，寄托了他对明亮、温暖理想的呼唤，对干净、简约美学的追求，给当代中国诗坛带来了一股清新的乡村风。

笔者在江汉大学人文学院研究生课程中开设了一门"武汉作家作品研究"的选修课，专门与年轻学生一起研讨新时代以来武汉的小说、散文和诗歌作品，李强先生的诗集《大地上的家乡》也进入了我们的课堂，六名研究生从各自不同的角度，对《大地上的家乡》进行了解读。龙圣泽认为，这部诗集从日常生活中寻找突破口下笔进行书写，通过对日常生活语言的重组，创造性地再现了自己的所见所闻。夏明明认为，这部诗集一方面以时间为锚点站在今天回望过去，包含着诗人自己对过往生活的种种回忆，另一方面又立足于当下的现实生活，对生活进行细致的记录、展现诗意，并从诗歌内容上也可窥见诗人独特的创作风格。罗佳认为，李强的家乡系列作品以童心为镜，映照出浓郁的乡愁情感，这种乡愁并非简单的怀旧或思乡，而是通过童心的滤镜，对过往岁月、家乡风景、亲情友情及自我成长进行深刻反思与诗意呈现。陆勤雪认为，对家乡的遐想和眷念是李强写诗的起点，也是他发散的情感每到一片土地时，企图通过作诗所找到的皈依之处，而诗歌则是他返乡时的一叶"扁舟"。鲁成滨认为，《大地的上的家乡》在结构上采用了弦歌式结构，用通俗易懂的语言配合循环往复的结构，赋予了诗歌律动；在内容上，积极与时代相结合，用诗歌观照乡村变革，流露时代气息；在视角上，以孩童的视角介入故乡与往事，充满童趣。邹刘清则对诗集《大地上的家乡》中的《在水一方》这首诗进行了细读，认为诗人在该诗中埋下了众多伏笔与隐喻，以"在水一方"入诗，在地理空间上对城市与城市之间的呼唤，体现了诗人宽宏的格局与对家乡的情感。年轻的研究生们虽然笔力不是那么老辣，但也体现了他们对文学的一种视角和态度。是为记。

对故土的日常书写

——读李强诗集《大地上的家乡》

龙圣泽

在《江城是我的第二故乡——李强先生访谈录》中，李强说自己在武汉生活了三十多年，他的梦想、奋斗、记忆与情感无不打上武汉的地域烙印。艺术家的艺术创作总是来源于生活，李强本是河南上蔡人，可是在武汉生活的三十多年中，逐渐把武汉作为写作当中的精神故乡，在他的诗作当中有很多"武汉系列"的诗歌。

正所谓一方水土养一方人，地域这一因素对艺术家的艺术思维及创作手法是有一定的影响的，多年在湖北、在武汉的生活也为其诗歌创作积累了不少的本土经验，李强在《大地上的家乡》中有很多对湖北、对武汉的诗作，这种地域化的写作也是其诗歌创作的特色之一。

李强比较出名的诗作《在水一方》就是典型的地域书写：

黄花涝/不见黄花/黄花移民天门/白沙洲/不见白沙/白沙落户阳新/斗转星移/沧桑大地/鹦鹉洲头的鹦鹉/黄鹤楼上的黄鹤/去了哪里/祢衡与崔颢匆匆来去/来不及揭穿谜底/龙王庙/不见龙王/见一缓坡、一矮楼/三五梅花桂花/轮回开了谢了/白鸽子、灰喜鹊/结伴来来去去

从诗中我们不难看出，诗人将"黄花涝""白沙洲""鹦鹉洲""黄鹤楼"等湖北、武汉的具体的地名写入诗中，将地域色彩自然地融入自己的诗歌创作当中，作为武汉市的地标性建筑的黄鹤楼，从古至今被文人咏唱，而诗人也以自己的笔触对黄鹤楼进行了描写，同时将历史发展融入诗歌当中，使得诗歌字句当中也有了诗人独特的情感。

除了《在水一方》之外，在诗集《大地上的家乡》当中还有一些比较独特的"武汉系列"的诗作。在诗集中有一辑叫作"武汉来了"，其中共有29首诗，是李强诗歌中地域性写作的示范性作品。其中《窗外的大武汉》这一首诗对武汉这一城市的描绘尤为突出：

龟山上有龟/蛇山上有蛇/鹦鹉洲头有鹦鹉/黄鹤楼上有黄鹤/好多好多年前有的/好多好多年后还会有的/梅岭有梅花/桂园有桂花/菱角湖的菱角/随手一抓一大把/狮子山没有狮子/你怀疑，你好奇/不妨坐上22路公交车/实地一探究竟/立秋闪过/立冬来了/小雪闪过/大雪来了/一百万只金凤凰/来到大武汉了/最大最美的一只/栖息在凤凰山凤凰巷

可以说无论是这一首诗还是这一辑，对武汉进行描写的诗，都体现了诗人在武汉生活的经历，以及对这一座城市细致入微的观察，从春到冬作者都与这座城市一起度过，这种地域性的写作在体现作者写作特色的同时也向读者展示了作者对这一座城市浓浓的热爱之情。

日常生活叙事是对个体生活经验进行想象性表达的一种叙事状态。从平凡的日常生活中揭示人生哲理、人的生存理想及人性之美。在《大地上的家乡》这部诗集中，诗人李强通过日常叙事美学原则进行写作，在其对自身经历生活的审美观照中进行写作，通过日常叙事介入生活，向读者传达出自己的生活体验与经历。

在诗集中，《偶尔》这一首诗就表现出诗人对生活的观察：

偶尔看见花开/我说的是山里的兰花、杜鹃花、木槿花/而不是地里的南瓜花、黄瓜花、油菜花/偶尔看见雁阵掠过大山深处的家园/飞向深秋的更深处/偶尔见到外乡人/偶尔听到好消息/偶尔看见父母笑了/想必父母偶尔听到了好消息/我想问，但不敢问/我怕一问/就把好消息问没了/就把父母亲的笑容问没了

诗人将"兰花""杜鹃花""木槿花""南瓜花"等生活中的一些植物意象写入诗中，用简洁直白的语言、活泼轻松的诗风对自己所经历过的生活进行书写，较好地再现了自己所经历过的生活图景。此诗通过日常叙事与口语化的写作相结合的方式把生存状态及诗人自己内省的情感表达了出来，感情清晰，语言活泼明快。

同时，诗人在进行口语化写作时不单单追求这一种语言的形式，而是有意无意将自己想要表达的情感融入自己的诗歌创作当中，《大地上的家乡》这一首诗就是比较好的例子：

一个人生了好久/才真的生了/偶尔还是一张白纸/一个人死了好久/才真的死了/偶尔还会说笑/一个人一个格子/一切的一切/都方方正正的/最不缺的，最不够的，是土地/土地一分为三/种庄稼/盖房屋/埋亲人

李强选用这一首诗的名字当作诗集的名字，肯定有其独特的用意，在这一首诗中诗人通过朴素的语言将一个人、一块土地写到了一起，诗中说到的"种庄稼""盖房屋""埋亲人"这三种土地的用途对乡下人们生活的土地的用途进行了书写，对他们来说，无论哪里的土地不外乎就是这三种用途，这三种用途也可以对应出生、成长与死亡，在作者看来人与地有时候是相似的。

诗人在进行口语化书写时将自身的思考融入诗歌的字句当中，使诗歌中的文字有了感染力，《大地上的家乡》这一首诗暗含了李强对人生与故土的书写与思考，同时给阅读的人们留下思考与想象的空间，而不是仅仅拘泥于诗人自我"个体"的思考。李强的这一创作方法对情感的宣泄、语言的使用游刃有余，用口语化的语言对日常生活进行了

书写与叙事，同时融入了自身的思考与情感，避开了将"口语诗"写成"口水诗"这一创作当中的陷阱，赋予其诗歌独特的"重量"。

·

回望与现实

——李强《大地上的家乡》解读

夏明明

诗集的名字与作家刘亮程所写的一篇散文同名，即《大地上的家乡》。这并不是偶然，在这篇散文中，刘亮程的写作视野从脚下的村庄，延伸至大美新疆，再扩展到祖国的大好河山。此诗集的名字同时也是诗集里所包含的一首诗歌，诗人李强也在自己的诗歌公众号中提到，这首诗是他在阅读后的一次速写。刘亮程倾情书写植根于日常生活，关于生命哲学、自然哲学与大地家乡的诚挚篇章，以细腻的笔触，写遍悠久温情的世间万物，这些都引起了诗人李强对于家乡故土的思考和共鸣。

诗集选择了诗人李强的诗歌百余首，有着从20世纪90年代到今天三十多年的时间跨度。书中内容共分为八辑，分别是：大地上的家乡（29首）、老家河南（17首）、看见龙港（20首）、武汉来了（29首）、本世纪最后一个夏天（21首）、有四片叶子的三叶草（22首）、致莫宁（18首）、微笑（24首）。每一首诗都是精心挑选汇编而成的，每一辑的诗歌数量相近，小标题也体现出了诗人所写内容的主题。在第一辑大地上的家乡中，诗人表现出了自己对于国家民族的深切思考，对于故土回忆，以及诗人自己对游历祖国大好河山的欣赏与眷恋。在第二辑老家河南中，诗人则向读者讲述自己的家族，讲述年迈父母不易的过往，更是以自己青春年少时的经历讲述着美好的20世纪80年代。在第三辑看见龙港中，诗人通过小镇、老街、山水等意象给读者一种历史的沧桑感。第四辑和第一辑是诗歌汇编数量最多的两部分，不难看出诗人对于家乡

及武汉的深厚情感。虽然诗人李强不是武汉人,但他曾多次在采访中提到武汉是他的第二故乡,可见诗人对武汉这片区域是十分熟悉也是十分热爱的,诗人笔下的武汉书写生动而具象化。尽管第五辑名为"本世纪最后一个夏天",但大部分的篇幅其实还是在描写武汉,诗人以四季为关键词,以日常生活中的点滴细节切入,呈现出一个绚丽多彩的大武汉形象。

诗集内容丰富,在仔细地阅读和梳理之后,可以大致把相关内容概括为两个主要的关键词,即:记忆和记录。诗人李强已是中年,所以一部分诗作是立足当下,从现在书写过去,可以理解为诗人对于过往经历的寻找和回望。另一部分则是诗人充分发挥和利用语言文字的媒介功能,用诗句来记录现实生活,让生活中一些难忘的瞬间停留在了纸上,从而实现一种诗意的书写。

每个人拥有属于自己的记忆,随着时间的流逝,记忆慢慢地在岁月长河中变成了一种回忆,李强的诗歌中就有很多地方是以年少时的记忆为蓝本进行创作的。如在《梦回凤凰》中,诗人这样写道:"梦回遥远的故乡/梦回故乡的童年/梦回童年的天堂/天空蔚蓝,田野翠绿/姜糖浓香,缭绕在老城深处/山歌清亮,漂浮在沱江岸旁/水自在流淌/洗去无名的忧郁/风自由吹拂/托起飞翔的翅膀/从现代回到/……遥远的故乡/故乡的童年/童年的天堂/偶尔被记起,经常被遗忘/总是这样。"这首诗把梦作为一个主要的支撑点,打开了诗人的回忆与遐想,童年的记忆永远埋藏在每个人内心的最深处,不管什么时候,都有着一份来自故乡的温情。又如《回到从前》一诗,共有五节,第一节先是写出了诗人独自一人在深夜的寂寥,于是生发出"回到从前"的想法;紧接着第二节就开始回忆父母,以及诗人自己为人父母的感慨;第三节诗人又联想起故乡的一些特色和经历,心中由此掀起波澜;第四节再次把回忆细节化,"到梅家河划狗刨、寻桑叶、捉螃蟹"三言两语就把诗人童年的快乐时光浮现眼前;第五节诗人则是用比喻和拟人的手法把家里养的大胖鸡与姐弟关系联系起来,巧妙而生动。

如果要记录生活,诗歌或许不是最佳的选择,但是一个不错的选择。李强的诗歌的最大特点就是日常化,他总是能够以短小的诗句来抓住日常生活中一些短暂的瞬间,也让读者回忆起与诗中类似的场景,对于生活的杂感涌上心头,进而引起共鸣。先看在《风不停》中,他写道:"草上的麻鸭/羡慕水上的/冬天的麻鸭/羡慕春天的/被放牧的麻鸭/羡慕无拘无束的/采风,采风/从向阳湖采到大堰口/采到一毫克觉悟"。一次简单的采风活动,几只水草上的麻鸭,诗人以简单的笔触就把麻鸭的自由和无所拘束表现得淋漓尽致。再来看《呼伦贝尔纪行》,看看诗人又是如何记录漫长旅途中的风景,又是如何把所见所闻所想浓缩进诗句里的。"风吹草低/岁月的翅膀掠地而过/风起云涌/英雄的呐喊融入星河/风吹皱呼伦湖的衣衫/风吹乱黄骠马的旗帜/风随意说出沧桑的谜底/一会儿,这一页/一会儿,那一页/除了风/浪迹天涯的季候风/谁配叙说草原的历史/除了湖/横无际涯的呼伦湖/谁配收藏英雄的血迹/迷一样的新巴尔虎/梦一样的红花尔基/八百年前的漫天大火烧过/何处寻获甲遗弓、断垣残壁/马头琴悠扬,酥油茶醇香/毡帐无语,敖包相望/老额吉、小羊羔、勒勒车相伴/唱着广袤大地的纯朴、坚韧与善良之歌/走出视野,走进记忆"。这首诗一共三节,密集的意象把呼伦贝尔草原独有的辽阔展现了出来,寥寥几句就点出来草原历史文化的独特性,即这不只是一个有牛羊的草原,还是有历史痕迹地方,是史诗里的见证者,诗人通过主要意象的堆叠从侧面写出来草原宏大的历史感。

作为一个有着敏锐感受力和丰富生活体验的诗歌创作者,诗人李强凭借"记忆"和"记录"两个关键词就让读者感受到了时间在文字中的沉淀。诗人李强的笔触是和缓的,这种和缓不仅来自多年写诗的积累,更是其内心充沛情感的理性表达,相信未来他还会给读者带来更加纯粹有力的诗作。

童真视角下的家乡

——评李强诗歌《大地上的家乡》

罗 佳

诗人李强在其最新诗集《大地上的家乡》中集中塑造了一批与家乡相关的具有清新深邃特质的审美意象。其诗歌中的意象以清新自然居多，给人以心旷神怡的审美体验。其细腻深邃表现在，一是意象之"小"，"小"是相对于"宏大"而言，相对于内嵌有宏大命题的意象，李强家乡系列诗歌中的意象多与平凡个体的生活经验相关，又因个体经验的独特性，诸如麻鸭、菝这些意象，也给李强的诗歌注入了独属于鄂赣交错地区的生活气息。二是意象虽"小"却高度浓缩了属于诗人个体的生活经验和鄂赣交界的生活气息。因此，诗歌形成了"细腻"的特质，在看似简单自然的意象之下实则延续了中国传统文学中的"乡愁"母题，在时空跨越中以一种积极昂扬的姿态为"乡愁"注入了新的内涵。

其中两类意象最具代表性，一是具有乡土气息的动植物意象，如无拘无束的麻鸭、骂骂咧咧的螃蟹、乱跑的九斤黄、好吃懒做的九斤黄、紫云英、云天菝、安乐薯等；二是具有地域标志性的地理建筑，如丘陵、河沟、农田、树梢、桥头、路口、打谷场等。从童真的视角看麻鸭、螃蟹、九斤黄等动植物，所有意象被赋予拟人的视角，这是孩童的本能和天性所在，诗歌也因此充满了童趣。

比如《清脆》这首诗，同学们，听好了/下面造句/用清脆描述乡村/早春时节/一粒粒清脆鸟鸣/敲醒了沉睡的乡村。以"清脆"的声音起笔，想象了课堂造句的场景，学生造句，老师点评，一问一答，语言随意自然，充满童真的想象力。

诗人李强在其家乡系列的诗歌中，巧妙地运用了一种远距离审视的手法，这种手法不仅为诗歌赋予了独特的韵味，也让读者在阅读中感受到了诗人对家乡深深的眷恋与独特的感悟。从时间维度上看，李强以中年人的身份追忆童年，将时间拉远至那个纯真无邪的年代；从空间维度上，他又以游子的身份回望故乡，那份遥远的思念如同一条纽带，紧紧连接着他的心与那片养育他的土地。

（1）时间的远距：中年追忆童年。

在李强的诗歌中，我们时常能感受到一种时间上的远距。诗人身处中年，却常常将思绪拉回到遥远的童年时光。在《记忆中的小镇》中，他这样写道："幕阜山，朝阳河，七十年代/木板屋，青石路，千米老街/山间有杜鹃，五月天，漫山红遍/河里水清澈，杨柳岸，少年垂杆"。这些诗句如同一幅幅生动的画卷，将我们带回了那个纯真无邪的年代。诗人以中年人的视角去追忆童年，那份纯真与美好在时间的沉淀下显得愈发珍贵。

在追忆中，诗人不仅描绘了童年的景象，还通过童真的眼睛去观察世界。因为年龄的变小、视野的缩小，所看的一切也都变得小巧而精致。这种童真化的视角让整首诗显得温馨而充满童趣。例如，《山村里的燕子》中，"小一点，瘦一点，干净一点/这些穷人家的孩子/从小热爱劳动/从小就会觅食、筑巢/自由恋爱/不啃老/也不食嗟来之食"诗。人将燕子比作穷人家的孩子，通过它们的勤劳与自立，展现了一种纯真无邪的美好品质。

（2）空间的远距：游子回望故乡。

除了时间上的远距外，李强还常常以游子的身份回望故乡。这种空间上的远距让诗人对故乡的思念更加深沉而真挚。在《老家河南》中，诗人深情地写道："爸爸老家上蔡/三男四女/凋零了/妈妈老家原阳/五女三男/大部分凋零了/他们是不幸的/乱世之人/他们是幸运的/活过了乱世/活到了含饴弄孙年纪"。这些诗句不仅描绘了家族的兴衰变迁，更流露出诗人对故乡的深深眷恋。

作为游子，李强在回望故乡时，常常卸下了焦虑的追逐和伤痕累累的情感。他用一种更加平和、宁静的心态去面对过去与现在。在《来吧！来海南岛》中，他写道："一些人来了/心神不宁的/一些人走了/兴高采烈的/何止苏东坡/何止黄道婆/最近十数年间/手持手抄的更路簿/上岛寻梦圆梦的年轻人/据说有数十万呢"。诗人通过描绘不同人对故乡的不同感受，展现了游子们对故乡复杂而真挚的情感。

在远距离审视中，李强还巧妙地运用了通感与想象等手法来打破时空的限制。他用充满童心的、无忧的视角去观察生活，将那些平凡而琐碎的事物赋予了新的意义与价值。在《一粒沙尘在青海湖边走失》中，诗人将青海湖比作地球在宇宙中的沙尘，将人类比作远行的亲人，通过这种通感的手法，展现了人与自然之间的深厚情感与密切联系。

综上所述，李强在其家乡系列的诗歌中巧妙地运用了远距离审视的手法，通过时间上的追忆与空间上的回望，展现了诗人对家乡的深深眷恋与独特感悟。同时，他还巧妙运用了通感与想象等手法来打破时空的限制，用充满童心的、无忧的视角去观察生活，让诗歌充满了童趣与率真之美。

李强在访谈中提道："海德格尔说过：'诗人的天职就是还乡。'如何还乡？一看情怀，二看风格。我以为，未必乡村总是黑色记忆，未必生命总是苦难旅程。我笔下记忆中的小镇龙港，是质朴、温暖、亲切的，而不是阴森森的、惨兮兮的。太平盛世，好的诗歌应给人慰藉，而不是给人绝望。"

李强的诗歌，特别是其家乡系列作品，以童心为镜，映照出浓郁的乡愁情感。这种乡愁并非简单的怀旧或思乡，而是通过童心的滤镜，对过往岁月、家乡风景、亲情友情及自我成长进行深刻反思与诗意呈现。在李强的笔下，童心不仅是一种心理状态，更是一种审视世界、理解生活、表达情感的独特视角，它赋予了乡愁更为丰富和深邃的意蕴。

李强以童心的纯真视角描绘家乡，将那些看似平凡的日常景象赋予了不凡的意义。在他的诗中，童年的家乡是一个充满色彩与活力的世界，无论是山间的杜鹃、河里的清水，还是小镇的老街、青石板路，都充满了生命力和诗意。这种纯真视角下的描绘，不仅还原了家乡的自然风光和人文景观，更通过儿童的感知方式，展现了家乡在心灵深处的纯净与美好。这种美好，是成人世界难以复制和替代的，它成为诗人心中永恒的乡愁之源。

童心观照下的乡愁，不仅仅是对家乡的简单怀念，更是一种跨越时间的情感沉淀。李强以中年人的身份回望童年，将个人成长与家乡变迁交织在一起，形成了一种独特的情感张力。他通过对比童年的无忧无虑与成年后的责任与压力，表达了对逝去时光的无限怀念。同时，这种对比也引发了诗人对生命意义的深刻思考，使乡愁成为一种对过往岁月的深情回望和对未来生活的美好憧憬。

作为游子，李强与家乡之间存在着物理上的距离，但这份距离并未削弱他对家乡的思念之情，反而成为一种更加深沉而真挚的情感纽带。在童心的观照下，家乡不再是一个简单的地理位置，而是成为一个充满情感与记忆的符号。李强通过诗歌，将这份情感纽带转化为文字，让读者在阅读中能够感受到他对家乡的深情厚谊。这种情感纽带，不仅连接着诗人与家乡，也连接着读者与诗歌，形成了一种跨越时空的情感共鸣。

在李强的诗歌中，童心与成长是交织在一起的。童心不仅是对过去的回忆，更是对成长的反思与审视。诗人通过童心的视角，重新审视了自己的成长历程，对曾经的纯真与美好表示了深深的怀念，同时也对成长过程中的挫折与困惑进行了深刻的反思。这种反思，不仅让诗人更加珍惜眼前的美好，也让他对未来的生活充满了希望与期待。

综上所述，李强诗歌中的童心观照下的乡愁，它不仅是对家乡的怀念与思念，更是对生命意义的深刻思考和对成长的反思与审视。在李强的笔下，童心成为一种独特的审美视角，它让乡愁变得更加丰富和深邃，也让诗歌充满了诗意与美感。

诗是返乡的扁舟

——李强诗歌《大地上的家乡》阅读札记

陆勤雪

一、城市化的乡土写作：李强的诗歌游戏

李强的诗歌常常通过语言的创新运用，形成一种独特的游戏性，使诗歌文本充满活力和张力。这

种游戏性不仅体现在词汇的选取和组合上，还体现在句式和结构的变换，甚至诗歌内容的选材上。在李强的诗歌中日常化的材料是游戏的对象，诗歌的形式是游戏的方法。重复不过是一种游戏技艺。语言在音韵上的徘徊和跳脱让读者读起来多了许多不知期待是否落空的新鲜感。所以读李强的诗歌宛如在极度日常化和随意化的情景中，因为诗人游戏化的语言编排，使得阅读体验中充满了新鲜感和未知感。自然有人要说"陌生化"写作是诗人必须具备的写作特点，李强有何不同之处？其不同便在于其广阔的写作思想底蕴与低头即撷取的日常化写作选材所透露出的一种将城市化的乡土诗歌写作方式。

诗人许多访谈录都提到了家乡，比如《诗人的天职就是还乡》和《江城是我的第二故乡》两个访谈录，李强提到自己很喜欢读沈从文、汪曾祺和川端康成等作家的作品，还提及自己以后想写长篇小说。乡土的、细腻的是李强所钟爱的。正如李强在《看见龙港》中对家乡的温情书写。"乡土"对于大部分人来说应该是一个地方，但对李强来说是多个。除了龙港之外，诗人在本书中还提及了很多地方。这些土地都和"乡土"产生了一些隐秘的连接。

李强的诗中，"乡土"的内涵是比龙港、江城更为广阔的。也就是说，李强与沈从文、汪曾祺等乡土作家在取材上有本质不同，与当代如刘亮程等重返自然和童真的乡土作家也有所不同。李强的"乡土"并非如沈从文等聚焦在成长中的土地上，其不是简单的"寻根"，而是视野向外的寻找归处。同时，很少有人将刘亮程和李强进行对比，其实两人有差异也有相似。刘亮程取材上重返自然，李强取材上则重返生活。而很难发现的一点是，李强和刘亮程都用童真来进行写作，只是李强没有刘亮程那么明显，但我们仍能从其取材上发现痕迹。

这本书中与"家乡"相关的题材非常多，或许这也是为何此集名为《大地上的家乡》的原因。李强宛如从乡土出走进入城市的诗人，遵循着在乡土时无以为戏，只好用身边随手捡的树枝和树叶把玩的玩耍习惯。他带着这样的习惯来到城市，尽管见过城市里浮华繁絮的广阔天地，却仍保持着小时候玩耍的习惯，用朴实的技艺玩耍着生活里的简单题材，用诗歌的排句和音韵编程这段游戏，向未知的读者传递着自己在城市的新鲜见闻和成长哲思。这种哲思里大部分是他自己在城市生活的新鲜发现，也有许多因为所受教育和工作经历所熏染出的涉及家国的博大的视野与胸怀。许多诗作传达出诗人那种漂浮迫停的寻乡之感，这是一种多年从政经历赋予李强的对"土地"归属感的索取习惯。诗集中提到很多地方，有李强常待的武汉、龙港，也有新鲜的新疆……丰富不一的地名和情感不同的诗作，唯一的相同之处每首与地名相关的诗歌中传达出的作者的创作构思。李强似乎每到一个地方都在寻找自己和这个地方的链接，似乎只有根植于这种链接才能写诗。结合他在诗作中表现的对祖国和家国等磅礴的归属和赞颂之情，或许可以将这种对链接的寻找、思考形容为"返乡"。乡土接纳自己的身体，更接纳自己的"拥有感"。我们惯常从熟待的城市和家乡去寻找这种"被拥有感"，对作者而言，每一个写下诗作的地方，都在经历其对"归属感"的索取，这是一种写作方法，但对于此类题材的写作来说却并不新鲜。或许，这是因为多年从政经历带给李强的，迥异于其他诗人的写作特色。

细看诗作，一如在《梦回凤凰》中，诗人写"天空蔚蓝，田野翠绿""姜糖浓香，缭绕在老城深处"构建了一个充满乡土气息和回忆的梦境。这些意象不仅形象生动，而且充满了对故乡的眷恋和怀念。同时，"水自在流淌""风自由吹拂"则进一步强化了诗歌中自由和自在的感觉。"总是这样""总是这样"循环往复的出现使得读起来有种依怀眷恋之感，口留余韵，期待着下一个"总是这样"出现，却又发现没有了。这便是李强的诗歌游戏。又如《寻找香格里拉》中，李强通过"我看见青青的碧塔海""我看见茫茫的纳帕海"。这些意象不仅展现了自然风光的美丽和壮观，却又实在地不断书写自己和香格里拉的链接，后面还通过"我没有看见香格里拉"，再次深化自己和香格里拉的联系。

二、细读李强：以诗为返乡之舟

（一）返乡的船桨：丰富的意象

《看见龙港》中，诗人通过重复"你有你的……我有我的……"这一句式，构建了一种对比和对话的氛围。这种句式不仅强化了诗歌的节奏感，还使诗歌在表达上形成了一种有趣的互动。同时，诗人通过列举龙港的各种面貌，如"出太阳的龙港""雨淋淋的龙港"等，展现了一个多元而复杂的龙港形象。这种语言的变换和组合，使得诗歌在表达上充满了变化，让人在阅读中不断感受到新的惊喜。在《偶尔》中，诗人通过"偶尔看见花开""偶尔看见雁阵掠过大山深处的家园"等句子的运用，使得诗歌在表达上显得轻盈而灵动。这种"偶尔"的表述方式，不仅赋予了诗歌一种随意和自在的感觉，还使得诗歌在表达上充满了生活的气息和真实感。

李强的诗歌中充满了丰富的意象，这些意象不仅形象生动，而且充满了象征和隐喻的意义。诗人通过运用这些意象，构建了一个个充满诗意的画面，让读者在阅读中不断感受到诗歌的魅力。《避暑山庄所见所思》中，李强通过"白云掠过此地/是慢的/好奇的"和"燕子掠过此地/是快的/欣喜的"等句子，运用了简洁明快的语言节奏，形成了一种富有节奏感的诗行。同时，他巧妙地运用拟人手法，将白云、燕子等自然事物赋予了人的情感和动作，使得诗歌语言更加生动、形象。

在《梦回凤凰》中，李强运用了丰富的意象，如"天空蔚蓝，田野翠绿/姜糖浓香，缭绕在老城深处／山歌清亮，漂浮在沱江岸旁"，这些意象不仅描绘了凤凰古城的自然风光和人文风情，还通过音韵的和谐、节奏的明快，创造了一种独特的审美效果。

此外，李强在诗歌中还善于运用隐喻和象征手法，如《武汉来了》中"上帝之鞭呼呼作响/无数生灵夺路狂奔"，通过隐喻表达了对历史变迁的深刻思考；《给我迎风流泪》中"给我一张纸、一支笔/让我回到从前"，则通过象征手法表达了对过去的怀念和对现实的反思。

（二）返乡的航线：情感的复杂性与深刻性

李强的诗歌在情感表达上显得复杂而深刻。诗人通过细腻的心理描写和深沉的情感抒发，使得诗歌在表达上充满了感染力和共鸣力，无论是对故乡的怀念、对过去的追忆，还是对现实的反思，都通过诗歌的语言得到了深刻的体现。

在《回到从前》中，诗人通过"给我迎风流泪/给我午夜梦回/让我回到从前"等句子，表达了对过去的深深怀念和对现实的无奈。这种怀念不仅是对过去美好时光的追忆，更是对逝去亲人的思念和对逝去时光的感慨。同时，诗歌中的"给我一张纸、一支笔/让我回到从前"也暗示了诗人对创作的热爱和对文学的追求。

在《老家河南》中，诗人通过描述父母老家的凋零和家人的命运，展现了一种对家乡和亲人的深情厚谊。同时，诗人通过"在大风中零乱""大风中飘零"等的描绘，进一步强化了诗歌中无奈和哀愁的情感。这种情感的表达不仅深刻而真挚，还使得诗歌在表达上充满了力量和感染力。

在《梦回凤凰》中，诗人通过"梦回遥远的故乡/梦回故乡的童年/梦回童年的天堂"等句子，表达了对故乡的深深眷恋和怀念。这种情感不仅是对过去美好时光的追忆，更是对故乡文化、亲情和友情的深深依恋。同时，诗歌中的"天空蔚蓝，田野翠绿/姜糖浓香，缭绕在老城深处/山歌清亮，漂浮在沱江岸旁"等描写，也展现了诗人对故乡自然风光的热爱和赞美。

在《大地上的家乡》中，诗人通过"一个人生了好久/才真的生了/偶尔还是一张白纸"等句子的运用，表达了对生命和人生的深刻思考。这种思考不仅展现了诗人对生命的敬畏和珍视，还通过"土地一分为三/种庄稼/盖房屋/埋亲人"等的描绘，进一步强化了诗歌中对家乡和土地的眷恋和怀念。

（三）返乡的灯塔：哲理的深刻思考

李强的诗歌不仅表达了细腻的情感，还蕴含了深刻的哲理思考。他通过对自然、历史、人生等方面的思考，展现了对生命、存在和价值的独特见解。

在《避暑山庄所见所思》中，"白云掠过此地/是慢的/好奇的"与"燕子掠过此地/是快的/欣喜的"，这种对比不仅突出了事物的特性，也暗含了对时间和存在的深刻思考。诗人通过对比白云、燕子和热河泉的不同状态，表达了对生命和存在的深刻思考。白云的慢、好奇，燕子的快、欣喜，以及热河泉无时无刻不泪流满面，都暗示了生命的不同状态和情感体验。同时，诗歌中的"丽正门的油松、国槐/烟雨楼的垂柳"等自然意象，也表达了诗人对历史和文化的沉思，以及对生命和存在的深刻感悟。此外，他通过"丽正门的油松、国槐/烟雨楼的垂柳"等自然意象，表达了对历史和文化的沉思，这种沉思不是单一的线性叙述，而是多元、混合的，表现出一定的后现代主义倾向。

在《武汉来了》中，诗人通过描绘武汉这座城市的多元面貌和历史变迁，表达了对生命、存在和价值的独特见解。诗歌中的"上帝之鞭呼呼作响/无数生灵夺路狂奔"暗示了历史的残酷和生命的脆弱；而"洪水退后/沃野来了/大树倒后/大楼来了"等句子，则表达了生命和城市的顽强生命力，以及不断变迁的必然性。

此外，李强的诗歌不仅关注个人情感和哲理思考，还深刻体现了对复杂的社会现实的关怀和反思，这也与李强多年从政，在生活中时刻对民众民生反思有关。他通过诗的语言，表达了对社会问题的关注和思考，以及对美好社会的向往和追求。

在《武汉来了》中，诗人通过描绘武汉这座城市的多元面貌和历史变迁，不仅展现了城市的繁荣和发展，也暗示了城市化进程中可能存在的问题和挑战。如"大树倒后/大楼来了"等句子，就表达了城市化进程中自然与人工、传统与现代之间的冲突和矛盾。

在《给我迎风流泪》等诗歌中，诗人也表达了对社会现实的深刻反思。他通过描绘个人的孤独、空虚和寂寞，以及对过去的怀念和对现实的无奈，暗示了现代社会中人们可能面临的情感困境和精神压力。

总而言之，诗歌对于李强是一种返乡的交通工具，"乡"的含义很宽泛，返乡的途径因为有了诗歌而变得广博，一如李强在写诗和返乡中所透露出来的对社会民生的关怀与博爱。一如诗集名称"大地上的家乡"，中国这片土地上的每个角落都被李强凝视着，期待与其产生深切的链接；他的家乡是龙港、江城，更是中国这片大地上的每个角落。对家乡的遐想和眷念是他写诗的起点，也是他发散的情感每到一片土地时，企图通过作诗所找到的皈依之处。

孩童视角下的弦歌

——评李强诗集《大地上的家乡》

鲁成滨

一、与歌结合，简约明亮的弦歌式结构

李强的陌生化不仅仅是技术，也是一种内心冲动、一种精神。从某种程度上说，李强的这种"陌生文本"完全出于诗性自觉，归向一种"精神的渴望"。他较少受到固化的泛诗影响，不存在有形或无形的套用技术，有的只是对文字本身的理解和敬畏，如此反而能放得开，收得住，更接近一种自然而然的纯意写作。诗人自己也坦言，文风追求汪曾祺与宫崎骏的统一，即大质朴与大清新的统一，喜欢干净、明亮、温暖的叙事风格，于潜移默化中，成为他自己标准的诗歌语言。

以《伊豆的舞女》为例："小小的伊豆/小小的舞女/小小的动作与表情/小小的心动/小小少年/小旅途/小邂逅/微风细雨/淡淡彩虹/在海与山的那边/海与山的这边/在过去/在现在/在将来"采用了多个"小小"，使用循环往复的弦歌式结构，赋予诗以歌的节奏律动，回忆当年初看的悸动，语言清新自然，又留有回味的余地，营造一股空灵美好的阅读感受。

关于诗歌语言，李强有独特的见解："诗的

语言必须是开放的，诗人必须持之以恒地从电影、音乐、绘画等语言中汲取营养。远古诗歌一体，'三百五篇，孔子皆弦歌之'。当下诗与歌的分道扬镳，是诗歌的大不幸。独乐乐不如众乐乐，让文字插上旋律的翅膀，飞入寻常百姓家，不好吗？"正如李强所言，诗，本质上是自由的，宽容气度自赋体内，至少在表达方式上注定了"海纳百川"。它没有教科书，可以忽略诗与非诗在风格上的参差，更无所谓专业与非专业等技术性的分野。其实，这也是新诗值得不息探索的原初魅力所在。

二、与时代结合，用诗歌见证乡村之间

诗人李强最引人注目的还是他的乡村叙事诗。近几年陆续在个人公众号发布，有两百多首，统一冠以"新乡村叙事系列"。乡土诗在历史上深有渊源，最早可追溯到《诗经》。此后，"乡土情结"一直是文人墨客着力渲染的精神场域。20世纪80年代，中国乡土诗伴随着改革开放的逐步推进而蔚为大观，整体创作经历了"兴盛—平淡—繁荣"的发展过程，留下了一批珍贵的时代印记。1987年由江堤、彭国梁、陈惠芳等湖南籍诗人发起"新乡土诗派"，以"突破狭窄地域，使'乡土'在泛化中吸附更多的文化意味（陈仲义语）"为最大特点，首次"开宗立派"，在诗坛较有影响。一直到20世纪90年代，田禾以一首《喊故乡》使新乡土诗获得至高声誉。此后，乡土诗才渐趋式微。

从传统意义上说，李强的新乡村叙事诗葆有乡土诗的基因，质朴、诚实。但在具体表现上又极为不同，至少在语调、情感的把控及现代感的彰显等方面有着极强的艺术性。他的诗歌以叙事取胜，语调轻缓，质地明净，现代性蕴含在节奏与诗义的顿挫之间，极具生机和张力。这是其诗歌的肌理之新。而另一种"新"还在于视角之新和时代之新，流连于乡村往事与游历考察之广袤地带，磨砺于乡村游子与经年行政的知识分子这两种身份的消长之间。李强的诗歌，以全新的时代语气抒写出呼应时代的热情。

以《在水一方》为例，"黄花涝/不见黄花/黄

花移民天门/白沙洲/不见白沙/白沙落户阳新/斗转星移/沧桑大地/鹦鹉洲头的鹦鹉/黄鹤楼上的黄鹤/去了哪里/祢衡与崔颢匆匆来去/来不及揭穿谜底/龙王庙/不见龙王/见一缓坡、一矮楼/三五梅花桂花/轮回开了谢了/白鸽子、灰喜鹊/结伴来来去去""李强式"的语调，将历史与现实尽著一诗，当古老的建筑焕然一新，古今回望间时空沧桑感毕现。

让新诗喜闻乐见，介入甚至影响大众生活，诗人李强从语言开始，尝试诗与歌的融合、诗与现实的直接贴近。这既是李强诗观的现实外化，更是他针对"诗人何为"命题进行的探索。2017年、2018年间，他一口气写了34首"XX来了"系列，如《武汉来了》《燕子来了》《潮水来了》等，以明快、反复的语调，几近于吟唱，通过城乡今昔对比，还原20世纪的乡村生活，让诗歌贴近城乡时代变迁的现实，让诗歌贴近民众喜闻乐见的歌谣形式，诗人以此构建出独属于自己的贴合时代旋律的诗歌创作观念。

三、孩童视角下的诗歌创作

李强诗歌的孩童视角有两种解读，首先是直接以回忆的方式，重温孩童时期的趣事；其次是以孩童化的语言来写诗歌。

以《被辜负的少年》为例，"钓鱼/没钓起红鲤鱼/捉蜻蜓/没捉过红蜻蜓/采兰花/没采到九节兰/骑牛/没敢骑大牯牛/骑母牛/还是别人扶上去的/跟陈早香同桌/偷看过无数回背影/不敢揪她的辫子/不敢偷看她的笔记本/不敢在她的铅笔盒放青蛙"。

作者直接回忆孩童时期的故事，代入孩童的视角回忆往昔，许多年轻时候没能做到的事情，通通化作少年的遗憾留在诗里。尽管在成人的世界里，这些并不是什么遗憾，但加以孩童的视角，诗歌中的种种让人读起来好笑又心酸的故事充满童趣和玩味。

以《下雨了》为例，"下雨了/门关上了/窗子关上了/蚊帐也关上了/蚊子吃了个闭门羹/生气掉头走了/世界安静了/大山外的运动/大山内的活动按下暂停键了/牛得到了草/鸡和鸭得到了谷粒/一个孩子

最幸福/同时得到了/父亲和母亲"。

作者以孩童语气写下诗歌,把蚊子被关在窗外写成"蚊子吃了闭门羹",更重要的是精准把握了孩童的心理,把下雨天爸爸妈妈不能工作,在家陪伴自己的幸福感准确地记录。此诗以孩童的视角把握孩童心理,让诗歌自然地呈现出了童趣。

总体来看,李强的诗集《大地上的家乡》具有较强的艺术特色。在结构上,李强的诗歌多采用弦歌式结构,以通俗易懂的语言配合循环往复的结构,赋予了诗歌音乐般的律动感。在内容上,他的诗歌积极与时代变革相结合,立足时代语境,用诗歌观照乡村变革,流露时代气息。在视角上,他的诗歌以孩童的视角介入故乡与往事,充满了纯真与童趣。

隐蓄的情感

——细读李强诗歌《在水一方》

邹刘清

从传统意义上说,李强的新乡村叙事诗葆有乡土诗的基因,质朴、诚实。但在具体表现上又极为不同,至少在语调、情感的把控及现代感的彰显等方面有着艺术性的突破。他的诗歌以叙事取胜,语调轻缓,情感内敛,质地明净,现代性蕴含在节奏与诗义的顿挫之间,极具生机和张力。在《在水一方》这首诗中,我们能明确感受到一定的感情与节奏的把控。首先我们将目光聚焦于这首诗歌的标题《在水一方》,实在不得不让人想起《诗经》之中的"所谓伊人,在水一方"。这首诗取自诗集第四辑武汉来了的第二首,根据诗人的集的归类,它可谓归于乡土诗,乡土诗在历史上深有渊源,最早可以追溯到《诗经》。此后,"乡土情结"一直是文人墨客着力渲染的精神场域。

在深入分析第一小节时,我们首先注意到的是诗人对地理位置的精确描绘。黄花涝被明确地定位于武汉市黄陂区盘龙城,紧邻长江的支流——府河。这一地理标记不仅为读者提供了一个具体的空间坐标,而且通过提及黄花移民天门,进一步将读者的注意力引向了天门市,特别是其特产黄花菜。这一细节的插入,不仅丰富了文本的文化内涵,也暗示了地区间的经济和文化联系。紧接着,诗人将视角转向白沙洲,这是位于武汉市西部长江主航道南侧的一个沙洲。通过对白沙洲的描述,诗人似乎在构建一个与黄花涝相呼应的地理意象。而当提到白沙落户阳新时,这里的"落户"可能象征着一种文化的迁移或扩散,因为黄石阳新确实存在一个名为白沙的镇。这种地理上的对应关系,不仅展示了诗人对地域细节的深刻洞察,也可能隐含着更深层次的文化和社会寓意。从这些地理描述中,我们可以推断出诗人试图传达的是一种对乡土的深厚情感。水边的伊人象征可能是对那些生活在水边地区的人们的诗意表达,体现了诗人对这些地方及其居民的深情厚谊。同时,通过将武汉、天门和黄石等地串联起来,诗人展现了一种超越单一城市界限的乡土情怀。这种情感的广度和深度,反映了诗人对于整个湖北省乃至更广泛地域的文化认同和归属感。此外,这种跨地域的情感表达也体现了诗人宏大的格局观。他不局限于自己的出生地或居住地,而是将视野扩展到整个湖北地区,甚至可能是更广阔的华中地区。这种包容性和开放性的态度,是现代诗歌中常见的一种趋势,它鼓励读者重新思考地域与身份之间的关系,以及个人与集体之间的联系。第一小节通过对特定地理位置的细致描绘和对地域间联系的探讨,构建了一个多层次的空间叙事框架。这不仅增强了诗歌的地域特色和文化深度,也为理解诗人的乡土情结提供了丰富的素材。通过这种方式,诗人成功地将自己的个人情感与更广泛的地域文化景观相结合,展现了一种既具体又普遍的艺术追求。

在第二小节中,诗人通过"斗转星移"和"沧桑大地"两个短语,巧妙地设定了一种时空流转与变迁的氛围。这两个表达不仅描绘了时间的迅速流逝,还暗示了历史的深远影响和自然界的不断变化。这种设定为接下来的诗句奠定了一种既缥缈又充满哀愁的情感基调。接着，诗人引入了"鹦鹉洲头"和"黄鹤楼上"的地理元素，以及与之相关的动物意象——鹦鹉和黄鹤。这些元素不仅是具体的地点和生物，更承载着丰富的文化内涵和历史记忆。鹦鹉洲和黄鹤楼都是中国文学史上的著名地标，分别与唐代诗人崔颢和祢衡的作品紧密相连。崔颢的《黄鹤楼》诗和祢衡的《鹦鹉赋》都是中国古代文学中的名篇，它们以各自的方式表达了对过往时光的怀念和对现实的感慨。

当诗人问及"鹦鹉与黄鹤去了哪里"，实际上是在引导读者进入一个更为深刻的思考层面。这个问题不仅是字面上的询问两种鸟类的去向，更是在象征性地探讨历史人物、文化遗产及自然景观在时间长河中的位置和变迁。诗人似乎在暗示，即使是历史上著名的文人和他们的作品，也无法逃脱时间的洗礼和空间的转移。此外，通过对祢衡和崔颢两位大家的提及，诗人进一步加深了这一主题的学术性和哲理性。这两位文学家的作品不仅是个人才华的展现，更是他们所处时代文化的反映。他们的创作活动及其作品的传播，本身就是文化传承和历史沉淀的过程。然而，随着时间的推移，即使是这些曾经辉煌一时的文化成果，也可能逐渐淡出人们的视线，被新的文化现象所取代。综上所述，第二小节通过对时间、空间、文化和自然的深刻描绘，以及对历史人物和文化成就的引用，构建了一个多层次的思考框架。这不仅激发了读者对过去与现在、永恒与变迁之间关系的思考，也引发了对人类文化和自然环境相互影响的深入反思。

在第三节的开篇，诗人巧妙地运用了"龙王庙"这一地名，与第二节中对时间流逝的感叹相呼应。龙王庙不仅是武汉的一个地标性建筑，更是汉水汇入长江的入口，象征着武汉乃至整个江汉平原的地理与文化起源。诗人通过提及"不见龙王"，似乎在暗示着时间的无情，即使是曾经神圣不可侵犯的象征，也随着岁月的流逝而变得模糊不清。龙王庙的建筑群落、色彩运用及雕塑艺术共同营造了一种神圣而庄严的空间氛围，这种设计哲学体现了中国传统的"天人合一"思想，即人与自然和谐共生的理念。在这样的背景下，诗人描绘了一幅生动的画面："见一缓坡、一矮楼/三五梅花桂花/轮回开了谢了"。这里，梅花和桂花成为诗歌中的意象，它们不仅代表了坚韧不拔的精神，还寓意着禅宗哲学中万物顺应自然规律的循环往复之美。进一步地，诗人通过"白鸽子、灰喜鹊/结伴来来去去"，展现了现代人际关系的微妙之处。白鸽子和灰喜鹊的形象，虽然并非传统意义上的完美匹配，却也能相伴而行，这反映了当代社会中人们在面对生活挑战时的选择与妥协。它们的存在不仅强调了"在水一方"的主题，更深层次地探讨了人与人之间情感的联系与依赖。此外，诗人可能在这一刻表达了自己对于伴侣的渴望。白鸽子与灰喜鹊的结伴，或许正是诗人内心世界的真实写照，他在某个瞬间也期望能有一位伴侣，与他一同面对生活的风雨，共享人生的悲欢离合。这样的情感表达，使得整首诗歌不仅仅是对自然景观的描绘，更是对人类情感世界的深刻洞察。

第三节通过对龙王庙的描述，不仅延续了前文对时间流逝的感慨，还通过具体的自然景物和动物形象，展现了诗人对于生命、时间和情感的多层次思考。这种将自然景观、历史文化与个人情感相结合的写作手法，不仅丰富了诗歌的内涵，也增强了其艺术张力，使读者能够在欣赏自然之美的同时，感受到诗人内心深处的情感波动。

综上所述，诗人李强从题目开始，到结尾结伴来来去去，都隐喻着一种爱情象征，一方面歌颂了湖北这个城市，另一方面将"器物"随着时间流逝的转变进行形象化，引人无尽的思考，而此诗蕴含对家乡武汉的喜爱之外，同时也蕴含着人世间种种不能得到真爱的遗憾，在今非昔比之下，只能随着时间的洪流而去。

新诗一种自由的发生机制：读李强诗歌所感

荣光启

一

新诗从诞生至今已逾百年（可能更久），这是确凿的事实。不过，新诗被普通人接受，似乎并未那么普遍。相比古人运用旧诗，新诗的写作之于今人，恐怕就更不普遍。这个问题恐怕也与新诗的写作方式有关——由于无固定的形式，新诗写作几乎无"法"可依，在作者这边，大家不免惶惑（这样写行吗？）；在读者那里，传统阅读中对作品规则的共识及相应的对可能的意义之期待，都已经丧失，人们常常不满：这也是诗？

且不说那些新诗的敌人、陌路人，就是喜欢阅读和写作新诗的我们，大家想一想，我们是在什么情况下运用新诗来直抒胸臆或托物言志的？大多数人恐怕都是在情感的涌动之后、在安静的时刻"写"下来的吧。对于熟谙西方现代主义诗歌的知识分子而言，写作的"经验"原则使我们脱离了一种即兴吟咏的传统，我们一般强调，诗是经验，诗不是放纵个性，诗是情感的积淀等原则，而中国古典诗词中的即兴吟咏的传统，在许多新诗写作者看来，是不合时宜，是浪漫主义。新诗在"诗界革命"之初，就倡导"我手写吾口"（黄遵宪语），但现在尴尬的是，很多时候，本来我们有"登山则情满于山，观海则意溢于海"的"情""意"，然而当我们想脱口而出表达此"情""意"时，我们往往是失语的，不知道以何种方式来表达——用新诗吧，新诗是"写"出来的，现在一般都不是随口说出的；用旧诗的形式来填词吧，我们已经丧失了那些可贵的形式。

在这个意义上，我很佩服李强的诗歌写作方式，他似乎没有这个尴尬，或者说他比一般人有勇气，他毫无顾忌，心中有"情""意"，就直接抒发出来。他的许多诗，就是一种日常生活的记录。当然，他也非常勤奋，诗作产量高，今年即将面世第七本诗集《大地上的家乡》。前不久他在微信朋友圈坦言："6月18日至今，'看见'系列完成135首，年内完成200首，'亦欲以通古今之变，究天人之际，成一家之言'。"可以预见，接下来第八本可能名为"看见"的诗集之面世，也指日可待。

二

"看见"—内心吟咏—脱口而出—稍事雕饰—作品诞生，这是李强诗歌的生产方式。他是一个胸怀天下也细致入微的人，从事的职业使他接触的社会层面非常广泛，而日常事物也很容易让他有所触动。他是一位在写作上极为"自由"的诗人，一有触动，就有意识地让语言顺着情感与意识的流动，不作雕饰地吟咏出来，然后可能用便捷的方式（也许是手机）记录下来，再在事后稍事修改。这些作品，由于其发生机制，语言是朴实的口语；结构上有一定的顺从声音的节奏（从内心吟咏而出）；在结尾部分，有一个意义的凝聚点或者说情感的升华。他的大部分作品，完成得还是不错的，比如这首《看见大雨滂沱》：

从拒绝

到犹豫

到投怀送抱

不顾一切

雨水对大地的热爱

是滂沱之爱

你看见了吗

你感动了吗

你是否也如此

爱过

不顾一切爱过

2024年8月27日

由雨水对大地的滂沱之爱，联想到人，或者说是对自我的提问："你是否也如此/爱过/不顾一切爱过"。这首诗由于比较短，情感炽烈，语速过快，诗意显得完整，没有一般口语诗因为直白和啰唆带来的不像"诗"的窘相。

三

李强的诗，虽是即兴，但那种内在的吟咏，还是使这种即兴有一种明显的节奏。语词向前推进，由声音的停顿带来结构上的分行，故"重复"在他这里，不是偷懒，而是一种修辞。评价他的诗，有时需要从声音的美学来考虑。当然，对新诗来说，仅有声音的美学是不够的，还必须有独特的、具体的感觉、经验与想象。《看见夏天》是这方面的代表作：

冒烟的夏天

汗流浃背干了又湿的夏天

起早贪黑手脚不停的夏天

手脚尽是茧子身上尽是痱子的夏天

鸡飞狗跳黄鼠狼慌慌张张的夏天

吆五喝六偷偷摸摸下沟下河的夏天

凉风习习流水潺潺的夏天

水井水桶水缸水瓢的夏天

一匹罐菊花茶盐开水的夏天

竹床凉席大蒲扇的夏天

蚊子蚊帐蚊香的夏天

星星月亮萤火虫的夏天

打谷场上人来人往的夏天

瓦尔特保卫萨拉热窝的夏天

多瑙河之波波光粼粼的夏天

2024年6月18日

这首诗既适合朗诵，又可以供人阅读，作者对"夏天"的"看见"是"具体"的，不仅是眼前的，也是记忆中的、想象中的。"汗流浃背干了又湿""手脚尽是茧子身上尽是痱子""打谷场上人来人往"这些感觉与记忆，将"夏天"变得"具体"。这种铺排的写法，让我想起艾青（1910—1996年）的名作《大堰河——我的保姆》（1933年）：

……

大堰河，今天我看到雪使我想起了你。

你用你厚大的手掌把我抱在怀里，抚摸我；

在你搭好了灶火之后，

在你拍去了围裙上的炭灰之后，

在你尝到饭已煮熟了之后，

在你把乌黑的酱碗放到乌黑的桌子上之后，

在你补好了儿子们的为山腰的荆棘扯破的衣服之后，

在你把小儿被柴刀砍伤了的手包好之后，

在你把夫儿们的衬衣上的虱子一颗颗地掐死之后，

在你拿起了今天的第一颗鸡蛋之后，

你用你厚大的手掌把我抱在怀里，抚摸我。

……

艾青先生在写到他的乳母时，这种对母亲的爱一般来说是很浓烈的，但如何对读者来说"具体"、独特，这是需要诗的语言来完成的。艾青在这里同样运用了将感觉、想象和记忆的场景作铺排的叙述之方式，这种方式其实不是"散文化"，而是地道的"诗化"，是为了诗所必需的"具体性"（"把乌黑的酱碗放到乌黑的桌子上之后""把夫儿们的衬衣上的虱子一颗颗地掐死之后""拿起了今天的第一颗鸡蛋之后"……这些情境和想象极为具体）。1919年胡适先生在《谈新诗——八年来一件大事》一文中说："诗须要用具体的做法，不可用抽象的说法。凡是好诗，都是具体的；越偏向具体的，越有诗意诗味。凡是好诗，都能使我们脑子里发生一种——或许多种——明显逼人的影像。这便是诗的具体性。……凡是抽象的材料，格外应该用具体的写法。……许多新体诗，很多不满人意的。我仔细研究起来，那些不满人意的诗犯的都是一个大毛病，——抽象的题目用抽象的写法。"我觉得在"诗的具体性"方面，李强的这首诗作得不错。

诗作最后两句——"瓦尔特保卫萨拉热窝的夏天/多瑙河之波波光粼粼的夏天"，在作者对"夏天"的吟咏语流中，出现在这里也很自然，并且这两句使这首诗的时间和空间瞬间得到了位移。前者透露了作者的年龄，也是一代人的记忆，将个人的历史与记忆凸显出来；后者强调了作者心仪的诗性与浪漫。"夏天"的形象，在这里不是单一的，而是丰富的。

四

《看见夏天》其实也反映出李强诗歌的抒情性的一个特征：诗的抒情性之呈现，不是刻意的，而是自然而然的；不是浓墨重彩的，而是在不经意之间的。在另一首诗里，这种情况就更明显——《看见乡愁》：

看见一棵苦楝树
原来比我矮
如今比我高

看见一座青石桥
有多少岁了
爷爷说比他老

看见一块块水田
鲫鱼多的水田
蚂蟥也多

看见一座座土山
荆棘丛中
躲着野花野果

回家路上
看见了炊烟

看不见亲人们的脸

2024年9月6日

诗作前四节都在不同的意象和场景中写故乡的变化，其实"乡愁"就是对于此变化之感慨。最后一节说看见了熟悉的炊烟，但却不见了熟悉的"亲人们的脸"。这才是真正的"乡愁"——"乡愁"不是故乡变了，而是"亲人"变了。在社会学的目光下，今天中国的许多农村，不仅村庄里没有"人"（有的话，也只是非劳动力人群，老弱妇孺等），这种状况是"身体"不在场，而逢年过节回来的人，也无对村庄的归属感，这种状况是"人心"不在场。费孝通先生（1910—2005年）所言的乡土中国是一个"熟人社会"的表述，今天已变了模样——回到村庄，你会发现，即使是"熟人"，也无话可说，大家也互不关心。有学者将这样的乡亲称为"陌生的熟人"。而那个"空心"的村庄，逢年过节时才会热闹一阵，有学者认为因为"人心"并不在村庄，故这样的村庄是"无主体"的。那些"陌生的熟人"、如今许多"无主体"的中国农村，是我们忧虑的对象，也许正是作者所看见的"乡愁"。

五

我觉得新诗在李强这里，有一种自由的发生机制。他毫无顾忌，脱离了浪漫主义与现代主义的诗学成规，"情""意"到来，即内心吟哦，即记录成章。某种意义上，他的诗歌写作，"写作"本身大于"诗歌"——作为感受者的"人"的充满生命力的状态，大于那个静态的我们喜欢将之完美化的"作品"。但试想，文学、诗意的表达，从发生的角度来说，不正是从这种日常生活中的有勇气的言语活动开始的吗？也许李强的诗，有的并不完美，可能整体上缺点不少，但哪个作者的作品是完美的呢？李强在写诗上的勇气与自由，也许正是一种值得认真对待的写新诗的方式。不仅如此，我有时觉得正是他这种率性而为、自由洒脱，带来了口语诗的某种可贵的品质。《蛙鸣十三省》：

惊蛰终究是真实的

蛙鸣声此起彼伏

串联起十三个省份

多好的春天

多好的人世间

想一想就很放心

听一听就很开心

蛙鸣声一阵一阵

这春天的喜讯

一阵一阵

活着终究是幸福的

听着蛙鸣虫鸣鸟鸣

你是不是很快活

是不是蠢蠢欲动

也想整点什么动静

2024年5月27日

这首诗的题目非常有意境，让我想起海子名作《歌或哭》（1986年）中的诗句："你说你孤独/就象很久以前/长星照耀十三个州府/你那样孤独"，但此诗非常宝贵的是，意境之美不是古典诗词的虚静之美，而是由"蛙鸣"想象带来的动感：那种寂静之夜辽阔的田野里响起此起彼伏的蛙鸣的场景，在空间上充满动感。人的感触与想象也非同寻常——那种让人"蠢蠢欲动"的现场感、生存中久违的一种悸动感在这里被传达出来。我觉得李强写诗上的自由（语言的直白、情绪上的自然流露、形式上的随心转换和想象上的放荡不羁），有时也能带来新诗的一种可贵面貌：口语化、意象鲜活，以及鲜活地传达出生活中的某些动感瞬间。

2024年10月8日夜匆匆草就

哲理深刻　意象丰厚

——读李强组诗《看见十九首》

杨　彬

　　李强组诗《看见十九首》是一组充满丰富意象和深刻哲理的现代诗。以一种跳跃式的书写方式，将个人经历、自然景观、历史人物、社会现象和哲学思考交织在一起，构成了一幅跨越时间和空间的宏大画卷。诗人通过对不同场景的描绘，展现了对生命、自然、历史和文化的深刻感悟和哲理思考。诗歌以"看见"命题，"看见"不仅仅是诗人感受世界视角的直观感受，还是诗人独特的诗歌创作形式，更是心灵的感悟和对世界的哲理思考。在哲理和意象两个层面上，诗歌展现了诗人对生活的深刻洞察和对世界的丰富想象。

　　《看见十九首》通过《看见咸宁》对煤机厂、锻工车间等工业场景进行描绘，既回忆自己在工厂工作的经历，又展现了那个时代工厂的风貌。诗人通过对空气锤、蒸汽锤等工业工具的描写，传达了工业力量的震撼和人类对自然的改造。同时，通过对庞巨贵、王乃仁、冯汝球等人物的回忆，回忆起自己在工厂岁月的人文环境，以及他们与工业环境的互动。诗人通过对青龙山、淦河等自然景观的描绘，表达了对自然之美的赞美和对生态环境的关注。《看见乡愁》《看见竹子》《看见麻雀飞》等诗篇，在对诗人个人经历的叙述中，通过家乡、麻雀、房屋、竹子等元素的描写，展现了诗人对青春、成长和家乡的怀念。这些情感的流露，使得诗歌具有了强烈的个人色彩和情感深度。诗人通过对麻雀、螃蟹等自然生物的描写，展现了对生命多样性的赞美和对自然规律的尊重。这些生物的描绘，

使得诗歌充满了生机和活力。《看见诗歌树》《看见俄罗斯》《看见浮光掠影》诗歌中还穿插了对历史人物和文化符号的引用，如梭罗、卢梭、苏东坡、文天祥、吉狄马加，以及俄罗斯文学名著等。这些元素的引入不仅丰富了诗歌的文化内涵，也使得诗歌进行了跨越时空的对话，展示了深厚的文学素养。

　　组诗通过描述不同的人物和场景，展现了生活的多样性。从煤机厂的工人到锻工车间的工匠，从自然界的动植物到历史长河中的英雄人物，每一个元素都是生活的一部分，它们共同构成了这个世界的复杂性。组诗通过提及特定的日期和地点，表现了时间的流逝和变迁。诗人通过回忆过去的经历，对比现在的生活，展现了时间对个人和环境的影响。诗歌中对自然的描写，如竹子、苦楝树、水田等，与人文景观如桥梁、城市等相互映照，体现了自然与人文的和谐共存。通过对生命经历的描写，如"活着的雪"和"死去的雪豹"，诗歌表达了生命的脆弱和坚韧。生命的无常和坚韧并存，构成了生活的复杂性。诗歌中对历史人物和事件的提及，如"文天祥""岳飞""李冰"等，不仅是对历史的回顾，也是对现实的批判和反思。

　　在对社会现象的反思中，诗人通过对萝卜快跑、交警、战争与和平等元素的描写，表达了对社会变迁和人类行为的深刻思考。这些社会元素的引入，使得诗歌具有了强烈的现实关怀和批判精神。诗人还通过对老周、王代表等人物的描写，展现了

对人性和社会关系的深刻洞察。这些人物的刻画，使得诗歌具有了丰富的人文关怀和社会批判。

组诗运用了丰厚的意象，表达诗人对世界、对乡愁、对历史、对自然、对文学等形而上抽象意义的具象表达。诗人运用以下几组意象进行诗歌创作。第一自然意象，诗歌中大量使用了自然意象，如"青龙山""淦河""竹子""苦楝树"等，这些意象不仅描绘了自然景观，也隐喻了人与自然的关系，以及人的情感和心境。第二历史与文化意象，诗歌中的历史人物和文化符号，如"苏东坡""梅家河畔""赵州桥"等，构成了一幅跨越时空的文化地图。这些意象不仅展现了诗人对历史的尊重，也体现了文化的传承和影响。第三社会现象意象，通过对"交警""萝卜快跑"等社会现象的描写，诗歌反映了现代社会的快速发展和变化，以及人们在其中的复杂生活状态。第四情感与心境意象，诗歌中的"竹子""麻雀"等意象，表达了作者对家乡的思念、对自由的向往以及对生活的感慨。第五生命与死亡的意象，通过对"活着的雪""死去的雪豹"等意象的运用，诗歌探讨了生命与死亡的主题，展现了生命的坚韧与坚强。总的来说，组诗通过丰富的意象和深刻的哲理，展现了一个多维度的世界。它不仅是对个人经历的记录，也是对人类共同经历的反思。我们可以感受到诗人对生活的热爱、对自然的敬畏、对历史的尊重，以及对现实的批判。这组诗作是对生活的赞歌，也是对生命的哲理思考。

这组诗作展现了一种独特的创作风格，融合了现实主义与超现实主义的元素，通过丰富的意象和跳跃性的叙述，构建了一个多层次、多维度的诗意世界。组诗采取时间与空间交错的方法，以诗歌的独特方式进行时间跳跃，时间从1983年到2024年，空间跨度从河北张家口到广东梅州，再到世界各地。这种时空交错的手法，使得诗歌具有了一种跨越时空的宏大视野，反映了诗人对历史与现实的深刻思考。诗歌的情感真挚与细腻。诗人用真挚的情感进行写作，如对"大学毕业生"的描写，体现了诗人对青春、梦想与现实冲突的深刻理解。"雨水对大地的热爱"等自然现象的描写，展现了诗人对自然之美的细腻感受。诗歌语言有诗人自己的创新与实验。诗中语言新颖，既有现代汉语的流畅，也有古汉语的韵味，如"风雅颂""诗歌树"等词汇的使用，使得诗歌具有了一种古典美。同时，诗人还运用了一些口语化的表达，如"萝卜快跑""交警纳闷了"，使得诗歌更加贴近生活，更具有亲和力。在结构上诗人则充分利用现代诗的自由特点，没有固定的韵律和节奏，根据情感的流动和思想的跳跃来组织诗句，使得诗歌具有了一种自由奔放的美感。在情感表达上诗人采取强烈的对比方式，如"活着的雪"与"死去的雪豹"，"浮光掠影"与"沉默的悲伤"，这种对比不仅增强了诗歌的表现力，也使得诗歌的主题更加鲜明。

总的来说，这组诗作是一首充满情感和思想深度的作品。诗人通过对生活的观察和对人性的思考，展现了一个丰富多彩的世界，同时也表达了自己对生活的热爱和对世界的哲理性思考。诗歌的写作手法多样，语言丰富，结构自由，情感强烈，是一组值得细细品味的佳作。

（杨彬，中南民族大学文学与新闻传播学院教授，博士生导师）

论美国生态批评对中国自然审美思想的借鉴

毛 明

内容提要： 美国生态批评的关键人物与中国自然审美思想之间有着深远的关系，中国自然审美思想在他们之间有着明显的流传与互动，显示出美国生态批评含有中国基因。中国自然审美思想可能为美国生态批评的思想核心提供了关键性启示和重要支持，并充实了前者的内涵。理清这段文学交流史，有助于了解中国自然审美思想在以美国生态批评为代表的生态批评中的作用，有助于重新衡量中华优秀传统文化对于塑造未来世界的意义。

关键词： 生态批评；中国自然审美思想；美国生态批评；美国文学；中国文学；比较文学

作者简介： 毛明，岭南师范学院文学与传媒学院教授，比较文学与世界文学专业博士，主要从事中外文学与文化比较研究。

Title: American Ecological Criticism's Borrowing from Chinese Natural Aesthetic Thought

Abstract: There is a profound relationship between the key figures in American ecological criticism and Chinese natural aesthetic thought. Chinese natural aesthetic thought has been often transmitted and talked about among the figures, indicating that American ecological criticism is related to Chinese factors. The Chinese natural aesthetic thought may provide crucial inspiration and important support for the core of American ecological criticism, and enrich the connotation of the former. This paper regards that clarifying the literary exchange in history, can help to understand the role of Chinese natural aesthetics in ecological criticism that is represented by American ecological criticism, and help to reevaluate the significance of Chinese traditional excellent culture in shaping the future world.

Key Words: ecocriticism; Chinese natural aesthetic thought; ecological criticism in the United States; American literature; Chinese literature; Comparative Literature

About the Author: Mao Ming, is a professor at the School of Literature and Media of Lingnan Normal University; he holds a PhD in Comparative Literature and World Literature; his main research engages in Comparative Studis on Chinese & Foreign Literature and Culture.

"生态批评"（ecocriticism）是一种本着致力于环境主义实践的精神进行的关于文学与环境之间关系的研究，它通过文学的力量增强人们的生态意识，以"拯救濒危的世界"为根本目的。生态批评于20世纪70年代初露端倪，90年代在美国兴起，是美国文学理论界对其国内生态危机的反应。随着生态灾难的日益国际化，作为拯救濒危世界的手段之一，生态批评的重要性逐渐被各国文学界所认识并纷纷参与其中。它和"环境文学"（"自然书写"）的兴盛，已经逐渐成为一种全球性的文学现象。美国生态批评凭借其先发优势和独特内涵，成为世界生态批评的引领者。

耐人寻味的是，美国生态批评界的一些关键人物的某些重要特点似乎显示美国生态批评含有中国基因，而中国思想在他们之间的流传和互动更是让一条思想影响路线图呼之欲出。

首先，美国生态批评的关键人物与中国自然审美思想之间有着深远的关系。美国生态批评的核心人物，被誉为其"确立者和引领者"的劳伦斯·布伊尔（1939— ）与中国思想存在有待澄清的暧昧关系。布伊尔将"生态中心主义"作为美国生态批评的立身之本，同时又明确指出中国思想是"生态中心主义"思想的重要来源。布伊尔以研究美国超验主义大师爱默生起家，而爱默生对中国文化的推崇是众所周知的事实。布伊尔具备良好的——如果不是令人吃惊的话——中国文化素养，他曾为日本学者的著作《爱默生与宋明理学》作序。在与中国学者进行的访谈中，布伊尔表示自己"非常有信心地认为，中国艺术和文化中肯定存在着丰富的资源，它保证了中国的生态批评家在介入这场运动（生态批评）时是具有十足潜力的"。他认为道家所持的价值观对于生态批评具有关键性的意义并以庄子为例进行阐述。他还指出，庄子所持的这种价值观在中国思想中占据主流："那种相对而言非二元对立的、眷恋土地的思维方式……中国知识分子自古以来相当一贯地以此种方式思考人与物质世界的关系。"他赞成"把儒家学说作为中国介入生态批评所具有的资源之一"，并"在论文中暗示生态批评家应在东方文化中寻求生态智慧"。①布伊尔对中国思想的溢美之词不应该只是在中国任教的结果吧。②

美国第一批生态批评家中的楚翘、被誉为"深层生态学的桂冠诗人"的加里·斯奈德（1930— ）与中国思想有着"深长"的血缘关系。斯奈德从小就被中国绘画、诗歌深深打动，曾在加州大学伯克利分校师从华裔学者陈世骧学习汉语并翻译寒山诗，暑期打工时在山林里研读禅佛经典，1956—1968年远渡重洋赴日研习禅宗。斯奈德在自己的生态文学创作和生态诗学建构中广泛借鉴中国文化，自认为中国文化对自己的影响"在五六十年代是百分之八十"，自称"儒佛道社会主义者"（A Confucianist-Buddhist-Taoist Socialist）表明他和中国的特殊关系。③

美国生态批评公认的自然写作经典作家、代表作《瓦尔登湖》（1854年）一度被公认为美国自然书写历史起点的梭罗与中国思想有着耐人寻味的亲近关系。梭罗的思想导师爱默生非常熟悉和推崇中国文化；梭罗的代表作《瓦尔登湖》数次直接引用中国典故，最长的一处完整摘录了《孟子·告子章

句》（上）中的一大段。中国人欣赏梭罗、热爱梭罗，一本《瓦尔登湖》打动了几乎所有中国人的心灵，原因在于梭罗与中国思想既有明白无误的传承关系，更有遥相呼应的契合关系。

其次，中国自然审美思想在上述关键人物之间有着明确的流传与互动。

梭罗、斯奈德、布伊尔三者之间的某些思想的流传和互动关系让人对中国思想影响美国生态批评的路线图充满了想象。斯奈德被美国社会视为当代梭罗，他也承认梭罗对自己的影响，不过斯奈德更强调东方文化对自己的影响，其著作与访谈中出现最多的是佛禅意象。在1994年给中国学者欧锦的信中，斯奈德详述其生态诗学的本土思想来源，梭罗名列前茅。在20世纪50年代美国"垮掉的一代"运动中，斯奈德被视为"垮掉派的梭罗"。他从20世纪70年代起在加利福尼亚北部山区的半隐居生活也颇具梭罗的风格。但在自然观、生态观上，斯奈德"会大声疾呼要直接扬弃西方，并推崇东方思想"。④他最早的作品《砌石与寒山诗》（1965年）、代表作《禅定荒野》（1990年）和《山水无尽》（1996年）、访谈录、日记中出现最多的文化元素是中国的佛禅。布伊尔对梭罗倍加推崇，将其视为美国生态中心主义思想的文学源头与杰出表现者，同时宣称中国思想是生态中心主义的重要来源。布伊尔"生态批评三部曲"中的第一部《环境的想象：梭罗，自然写作与美国文化的形成》（1995年），以梭罗的《瓦尔登湖》为经典范本，考察美国自然书写中的生态中心思想与表现模式。此书至今仍被视为生态批评对自然写作研究的巅峰之作，以其开创性、系统性和建设性位居生态批评的代表作之列，对美国生态批评影响很大。布伊尔对梭罗富有创见的解读是采用了"生态中心主义"独特视角的结果。布伊尔自己也清楚意识到这一点，他将"生态中心主义"确立为美国生态批评的立身之本并公开指出，中国的佛道思想是"生态中心主义"思想的重要源头。尤其韵味深长的是，布伊尔对斯奈德甚为欣赏，二人的生态批评思想也有深度契合，都十分强调艺术（审美）想象和诗性领悟对于调整人与世界的价值关系的极端重要性，而

这正是中国自然审美思想的精髓。布伊尔读过斯奈德几乎所有重要的作品，他将斯奈德视为完整展示包括佛道思想在内的"生态中心主义"重要思想来源的最杰出的代表，在《为濒危的世界写作——美国及其他地区的文学、文化和环境》一书里引用斯奈德的著作将近20处。二人在思想上深度契合，都将生态危机的罪魁祸首归于西方现代主流文化导致的价值观扭曲、想象力缺乏、洞察力缺失，都肯定诗性在唤醒人类的"地方感"（sense of place）、重塑人与环境之间美好关系的决定性作用。布伊尔说："艺术想象将读者与其他的人类和非人类的经验、挫折和苦难联系起来。它将读者和他们到过的地方重新相联系，并把他们送到他们可能永远也不会亲身前往的地方。它可将思想指引向不同的未来选择。它可以影响人对物质世界的感觉。"⑤斯奈德也认为，确有神圣的、神秘的、让人心旷神怡并值得皈依的大美、大智慧、大自由潜藏在一个被冠以"生态"之名的世界里，这个世界是一切生态保护观念、行动的原初动力与终极目标；对这个世界的体认从根本上讲不能依靠科学和理性，混合了宗教式觉悟的审美体验才是唯一的途径。联想到中国的禅宗被称为"佛心宗"，视佛心、佛性（"禅"）为宇宙万物的本体（根本），主张见性成佛，将内心的觉悟放在最为关键的位置，还联想到中国是诗歌的国度、审美精神充溢的国度，中国思想的道路"不是由认识、道德到宗教，而是由它们到审美"，⑥不难发现中国思想与斯奈德和布伊尔的深度契合，这也让我们对他们之间的中国因缘充满了期待。

根据上述事实，可以推测中国自然审美思想影响美国生态批评的路径大致如下：18至19世纪，欧洲的"中国文化热"波及美国，爱默生、梭罗等被美国生态批评视为先驱和代表的关键人物受到中国的影响，开始在其著述中借鉴使用中国思想。当这些作家的"自然书写"被美国生态批评发现并阐发其中的生态意义时，很难不受蕴含其中的中国自然审美思想的影响，这是一条路径。20世纪上半叶，以禅宗和中国古典诗歌为载体，中国自然审美思想广泛而深刻地影响了美国思想文化界，其中受影响很深，后来成为美国环保运动和生态批评主力的关键人士，在其著述中广泛引用和深入阐发中国自然审美思想，使其服务于美国生态批评，这是另一条路径。

中国自然审美思想在美国生态批评中的作用主要是激发、充实西方固有但长期处于边缘地位的某些思想，或许还包括改变作用。在不同的时期和语境中体现为不同的形象，主要有"海外仙山""想象的同盟者""事实上的改变者"三种形象。"海外仙山"指的是在影响初期，中国思想满足了美国生态批评"求新声于异邦"的心理需求，被视为标新立异所需的"海外仙山"。"想象的同盟者"指的是在中期，中国思想的价值被美国生态批评注意、欣赏并视为同道，用于充实其既有主张的内涵。"事实上的改变者"指的是在后期，中国自然审美思想在潜移默化中改变了美国生态批评，在后者安身立命的两个关键点——确立生态中心主义立场和追求文学性艺术性——上发挥了独特作用。在此过程中，中国思想显示了自己的独特品格和价值。

注释【Notes】

①[美]劳伦斯·布依尔：《打开中美生态批评的对话窗口——访劳伦斯·布依尔》，韦清琦译，载《文艺研究》2004年第1期，第69页。

②布伊尔1963—1965年曾在台湾东海大学任教。布伊尔"生态批评三部曲"之一《为濒危的世界写作——美国及其他地区的文学、文化和环境》《导言》开篇引用《庄子·外篇·胠箧第十》："故天下皆知求其所不知而莫知求其所已知者……甚矣，夫好知之乱天下也！"（[美]劳伦斯·布伊尔：《为濒危的世界写作——美国及其他地区的文学、文化和环境》，岳友熙译，人民出版社2015年版，导言。）布伊尔对中国文化的熟悉程度可见一斑。

③赵毅衡：《对岸的诱惑：中西文化交流人物》，知识出版社2003年版，第225页。

④钟玲：《美国诗人斯奈德与亚洲文化：西方吸纳东方传统的范例》，联经出版事业股份有限公司2003年版，第57页。

⑤刘蓓：《生态批评的话语建构》，山东师范大学2005年博士论文，第24页。

⑥马奔腾：《禅境与诗境》，中华书局2010年版，第237页。

印度布克奖女性作家及其作品在中国的研究现状

史丽娜

内容提要： 作为当代英语小说界的最高奖项，布克奖一直影响着整个世界文坛。1997年至2024年，于不到三十年的时间内，印度三位女性作家曾先后获得此重要奖项。获得布克奖的作品不但销量激增，还备受全世界的瞩目和讨论。这三位女性作家为印度文学注入新的生命力，使其成为世界文学图景中的一支重要力量。本文着重梳理这三位布克奖得主及其代表作品在中国的研究现状。

关键词： 布克奖；印度女性作家；印度女性文学

作者简介： 史丽娜，云南师范大学外国语学院讲师，主要研究方向为英语语言文学。

Title: A Review of Contemporary Study on Indian Booker Prize Female Winners and Their Works in China

Abstract: Book Prize is of great influence on the world literature as a top prize for contemporary English novels. From the year 1997 to 2024, three Indian women writers have won this important prize so far. The prize-winning novels can often become bestsellers and draw great attention, and at the same time arouse hot discussion in the whole world. These three women writers have injected new vitality into Indian literature, making it an important force in the global literary landscape. This paper is a study of Indian Booker Prize women winners and their works in China.

Key Words: Booker Prize; Indian women writers; Indian women literature

About the Author: Shi Lina is a lecturer at School of Foreign Languages and Literature, Yunnan Normal University; she is mainly engaged in English Literature.

一、前言

与其他本土语言出版物相比，印度英语出版物的数量随着印度现代化进程的加快而日益剧增。印度英语文学在整个印度文学中占据着重要地位，其中小说最能体现当代印度文学的成就。自1969年布克奖设立以来，一直到2019年，总计有54部作品获得布克奖。"印度当代英语小说（包括印籍和印裔作家创作的小说）一片繁荣，自20世纪70年代以来，已有五部小说荣膺布克奖桂冠，十九部小说进入布克奖长名单或短名单。"[1]2020年郭先进和刘利民撰文梳理了英国曼布克奖[2]获得者及其作品在中国的研究，时间范围是1969年至2019年，其中并没有谈及1997年获奖的阿兰达蒂·洛伊和2006年获

奖的基兰·德赛两位女性作家。然而，印度当代文学的研究万不可忽视女性作家的重要力量。本文集中探究1997年至2024年的三位获布克奖的印度女性作家及其作品在国内的研究现状。[3]

二、1997年布克奖获得者

阿兰达蒂·洛伊（Arundhati Roy）于1997年（印度独立50周年）凭借自传体色彩浓厚的长篇小说《微物之神》（*The God of Small Things*）获得英国布克奖，37岁的她同时还获得全美国图书奖，她成为第一位也是最年轻的一位同时获此殊荣的本土印度女作家。她的这一壮举对整个世界文坛极其震惊。印度文学尤其是印度女性文学因此得以进入

更多读者的视野，她也被誉为一代人的全新文学之声。《微物之神》全球销量共计800万册，被译为42种语言，曾长达49周占据《纽约时报》畅销排行榜。

1998年，就在该小说获奖一年之后，国内天下文化出版社和南海出版公司率先出版了该小说的中文版，前者出版了吴美真翻译的中文版《微物之神》，后者出版的则是由张志中翻译的《卑微的神灵》。两个中文译名相差较大。吴美真翻译的《微物之神》相继由人民文学出版社于2006年、2009年和2020年出版。2014年上海文艺出版社出版的亦是吴美真翻译的《微物之神》，2010年天下远见出版股份有限公司出版的还是吴美真翻译的版本。目前为止，《微物之神》在国内市场上主要有以上这七个版本。国内大多数研究者和读者均选用吴美真的翻译版。

在《微物之神》出版20年后，阿兰达蒂·洛伊于2017年出版了第二部小说《极乐之邦》（*The Ministry of Utmost Happiness*），该书出版后受到广泛好评及关注，不仅登上热销榜，还入选了当年的布克文学奖长名单。目前国内仅有一个中文版，是2017年由天下文化出版、廖月娟翻译的《极乐之邦》。国内对于该小说的研究较少，目前大概能找到三篇期刊论文，研究内容是：性别身份建构、边缘现实主义及叙事策略。除了这两部小说，阿兰达蒂·洛伊还发表了大量的散文和非虚构作品，目前国内仅有中国社科院外国文学研究所的黄怡婷研究了阿兰达蒂·洛伊那些与印度时政紧密相连的短篇评论文章。

国内对于阿兰达蒂·洛伊的研究最早可以追溯到2009年肖文和习传进对《微物之神》中的叙事空间进行研究，这项研究距离小说出版已逾十年。国内研究成果主要是期刊论文及硕士研究生学位论文，目前还没有研究专著。国内的学者主要集中研究其第一部小说《微物之神》的叙事特色：诗性叙事及其审美功能、创伤叙事、叙事空间、文本叙述特色、权力书写、性别书写，叙事文体及其翻译。

除叙事之外，国内学者还研究了小说中的以下

问题：创作的悲剧意识，作者、文本和读者之间的修辞性关系，偏执狂的欲望和精神分裂的欲望，种姓体系的嬗变，印度的后殖民困境，人物的逾越行为，女性形象身份认同，全球化与后殖民状况，庶民，生态女性主义思想，伦理主体。目前现存的研究丰富多样，但总体来看，学者们的研究主要集中在叙事、女性和后殖民三个方面。

除了期刊论文外，国内各高校外国语言文学方向的硕士论文同时占据着较大比重。2011年开始，国内高校几乎每年至少有一篇硕士学位论文研究阿兰达蒂·洛伊和《微物之神》。仔细梳理一下，不难发现研究的主要角度是：替罪羊角色、混杂性语言、身份认同、知识分子书写、庶民问题、越界书写、边缘人物的解辖域化、印度精英的模拟现象、女性生存状态、权力书写、互文性与自我殖民、女性形象、女性叙事、跨国后殖民主义、庶民主体缺失现象、创伤与创伤叙事、杂糅行、多义性主题、叙事策略、爱的溺亡的主题以及对于身份的追寻与焦虑。

三、2006年布克奖获得者

基兰·德赛（Kiran Desai）从小就受到文学的熏陶，她的母亲安妮塔·德赛曾分别于1980年、1985年与1999年三次入围布克奖。安妮塔·德赛的英语小说在印度国内拥有很多读者，并在当代英语文学中有着举足轻重的影响，她还被称为印度当代三大女性作家之一。目前国内仅有一篇期刊论文比较研究这对母女作家在生活背景、作品主题和叙事手法上的异同。

尽管被母亲以写作太难为理由劝说过多次不要进入这个行业，基兰·德赛（Kiran Desai）最终还是凭借她的第二部小说《失去之遗传》④（*The Inheritance of Loss*）于2006年获得布克小说奖，获奖时年仅35岁，比阿兰达蒂·洛伊获奖时年轻两岁，这使她成为历史上获该奖项最年轻的作家。基兰·德赛以自己耀眼的成就给予了母亲回报和宽慰。目前该小说在国内有两个中文译本，译者均是韩丽枫，《失落》于2008年由重庆出版社出版，《继承失落的人》于2013年由南海出版公司出版。

基兰·德赛目前共创作了两部长篇小说，《番石榴园的喧闹》与《失去之遗传》。

国内对于基兰·德赛的研究最早可以追溯到2016年徐盼使用后殖民理论来分析小说中移民身份的失落与重构。与国内学者对阿兰达蒂·洛伊的研究情况类似，研究成果主要是期刊论文及硕士研究生学位论文，目前还没有研究专著。目前国内学者对她的第一部小说《番石榴园的喧闹》研究得较少，一共有四篇期刊论文和一篇硕士论文，研究的内容主要是：喧闹与宁静主题，印度本土传统医学话语，生态书写，以男性为中心的印度社会结构对女性主体性的严重抑制以及作品中的自然观。

第二部小说《继承失落的人》由于是获奖作品，被大多数国内学者集中研究。研究角度主要有文化、后殖民、历史、身份、后殖民女性主义、沉思状态、女性形象及小民族文学特征。叙事主要包括移置的叙事策略和意图、症候性解读及两地双城景观刻画。

国内大学的在读硕士研究生是研究主力军，自从2011年开始几乎每年都至少有一篇硕士论文研究《继承失落的人》，主要的研究角度是：离散身份、逆写、喧闹与宁静主题、失落的旅程、他者与身份危机、家园政治、叙事策略、文化身份重构、福柯式空间与权利、印度形象、飞散现象、生命的遗失、亲密关系的遗失及根的遗失以及小说中人物对于身份的焦虑与追寻。

四、吉丹贾丽·斯里（Geetanjali Shree）：2022年布克奖得主

2022年，吉丹贾丽·斯里（Geetanjali Shree）凭借其长篇小说《沙墓》（*Tomb of Sand*）获得布克国际文学奖。该小说由吉丹贾丽·斯里使用印地语创作，印地语原版于2018年问世，由知名的印地语出版机构国莲出版社（Rajkamal Prakashan）出版。小说由英国翻译者黛西·罗克韦尔（Daisy Rockwel）直接从印地语翻译成英语，2021年由倾斜轴出版社（Tilted Axis）出版。到截文为止，国内还没有该小说的中文版。

目前国内对于《沙墓》这部小说的研究非常少。2022年陈乃铭分析了小说中的分离主题。除此之外，还能找到一篇由"尘雪看世界"于2022年11月4日发表的微博，名为《"反抗"的力量——对话2022年国际布克文学奖得主吉丹贾丽·斯里》，该微博较全面地梳理了吉丹贾丽·斯里和《沙墓》。剩下的就是国内诸如"新京报""作家报""中国作家网""澎湃新闻"等各大网站对于吉丹贾丽·斯里和《沙墓》获奖的新闻报道。

简单总结三位印度布克奖女性作家及其作品在国内的研究状况，我们不难看出研究呈现出以下五个特点：一是主要研究获奖作品；二是集中分析作品中的叙事特征；三是研究具有一定滞后性和局限性；四是国内各外国语学院的教师和外国语言文学在读硕士研究生是研究主力军，且研究角度和方法丰富多样；五是研究数量和成果较其他国别的文学研究较少。

注释【Notes】

①尹晶、卢超：《从后殖民文学到事件文学——印度布克奖小说研究新探》，载《西安外国语大学学报》2019年第1期，第115页.

②曼布克奖（Man Book Prize）是由布克奖（Booker Prize）发展而来，简称布克奖。1968年由布克·麦克康奈尔跨国公司设立，2002年英国曼集团开始赞助后改为曼布克奖。本文为行文简便均使用布克奖。

③本文提及的布克奖也包括2005年设立的布克国际奖。

④《失去之遗传》又翻译为《失落》，于2008年由重庆出版社出版，与2013年南海出版公司出版的《继承失落的人》是同一部作品，译者均为韩丽枫。

OBE教学理念在大学英语口语教学中的运用

——以《大学跨文化英语口语教程1》为例

张俊丽

内容提要： OBE（Outcome Based Education，简称OBE）教学理念为大学英语口语教学提供了新思路和新方法。本文以《大学跨文化英语口语教程1》为例，从包括目前英语口语教学的困境，和OBE教学理念下的口语课堂设计与评价机制在内的两个方面，展示OBE教学理念在口语教学中的必要性和运用。

关键词： OBE教学理念；大学英语口语；《大学跨文化英语口语教程1》

作者简介： 张俊丽，江汉大学外国语学院讲师，主要研究方向为英语语言文学。

Title: Application of OBE Teaching Concept in College Oral English Teaching: A Study of *College English Creative Communication 1*

Abstract: The OBE (Outcome Based EducationOBE for short) teaching concept provides a new idea and method for College Oral English teaching. This article *takes College English Creative Communication 1* as an example to demonstrate the application of the OBE teaching concept in College Oral English teaching from two aspects: one is about current dilemmas, and the other is about evaluation mechanisms under the OBE teaching concept.

Key Words: OBE teaching concept; College Oral English; *College English Creative Communication 1*

About the Author: Zhang Junli is a lecturer at School of Foreign Languages, Jianghan University; she is specialized in English Language and Literature.

OBE（Outcome Based Education，简称OBE）教学理念由美国学者William Spady于1981年提出，很快成为美国、英国、加拿大等国家教育改革的主流理念。2017年11月8日，我国教育部印发了《普通高等学校师范类专业认证实施办法（暂行）》正式将这一理念引入中国的师范教育。OBE教学理念以成果为导向，从预期成果出发，反向设计教学内容，将教学重心从教师讲授为主转向学生主导、教师引导为主，为大学英语教学提供了新思路。本文以《大学跨文化英语口语教程1》（简称《口语教程1》）为例来展示如何将OBE教学理念运用于大学英语口语教学。

一、大学英语口语教学的困境

在全球化的时代，英语作为全球通用语言其重要性日益凸显。能说一口流利的英语不仅是语言能力的体现，也是个人综合素质的体现。然而，与之相悖的是很多中国学生可以自如地应对考试，却无法流利地表达个人思想或与他者沟通，其原因有以下三个方面。

首先，语言体系差异。汉语与英语分属不同的语言体系。汉语属于汉藏语系，是一种表意文字（Ideographic Writing），也即通过图形或符号来表达语义；英语属于印欧语系，是一种表音文字（Phonetic Writing），也即用字母或字母组合表示发音。这导致二者在语音、词汇、语法和句子结构上有很大差异。在语音上，汉字通过声调变化改变相同语词的词义，英语通过重音位置改变相同语词的词义；在词汇上，汉字以双音节词汇为主，英语则通过词根、前缀、后缀、中缀等来扩展词汇；在语法上，汉语几乎没有时态、性别和数的变化，英语则有着严格的时态、语态、性别和数的变化；在句子结构上，汉语是一种语序型语言，句子结构较为灵活，可以根据需要调整句序，而英语是一种形态型语言，句子主要采用主+谓+宾（SVO）的结构。以上这些，导致学生在语言转换和开口说的时候常受母语的影响，出现语音、词汇、语法和语序错误。

其次，文化差异。语言是文化的载体和文化的重要组成部分，它蕴含着一个民族历经千年沉淀而形成的一种稳固的价值观念、思维方式，并反向影响着语言的输出方式。中西是两套近乎不可通约的文化体系。比如：中国文化强调集体主义，主张个人和个人利益应当服从集体和集体利益；西方文化强调个体和个体的自由、利益等。因此，在口语表述时，中国学生大多喜欢使用people、person等集合名词而很少使用individual或human being等表示个体或个体存在的词汇，导致表述不够地道。同时，为了建构一种和谐的集体关系，中国文化强调"四海之内皆兄弟"，也即常用"兄弟／姐妹"等词汇来指称朋友或好友，这一文化思维导致中国学生常将"我们是好兄弟／姐妹"直译为"We are brothers or sisters"，这使母语使用者会产生困惑：他＼她们到底是没有血缘关系的朋友，还是有血缘关系的兄弟或姐妹？诸如此类的文化困惑经常出现。

最后，国内的英语教育模式。中国的教育模式受苏联模式影响，以应试为导向、以分数为唯一评价机制，在特定时期和一定程度上保证了教育的相对公平性，但造成书本与实践、分数与实际运用严重脱节，英语尤其如此。很多学生高考英语达120分以上，却无法在真实语境中自信、流利、准确地表达自己的想法与观点。总之，语言、文化、历史、现实等诸多因素造成今天英语学习和教学的困境，这促使英语口语教学亟需采用一种合适的理念和方式以解决上述困境。

二、OBE教学理念下的口语课堂设计与评价机制

文章认为，OBE教学理念为解决上述问题提供了思路。以《口语教程1》为例，它是针对高等学校非英语专业开设的口语教程，旨在提高学生"英语听、说、读、写、译的能力"和"增进对不同文化的理解、对中外文化异同的意识，培养跨文化交际能力"。①它由8个模（Module）构成，每个模块包含2个单元，共16个单元，模块话题有：自我介绍、计划安排、方位描述、穿衣搭配、点餐、看病、语音语调和投诉。

在OBE理念指导之下，课程设计从教学目标入手。《口语教程1》的教学目标有2个：一是知识目标，也即学生能提炼和记忆与课程主题相关的核心词汇和关键表述，能处理跨文化交际中与课程主题相关的文化冲突；学生能创建与课程主题类同或相似的知识和文化语境，运用所学语言和文化知识有层次、有条理地交流、沟通和阐述自己的观点；二是态度目标，也即学生应具备积极、乐观、自信的学习态度，良好的与人沟通和人际交往的能力，同时学生应具备独立思考、自主学习、自我管理、团队合作、情感沟通等素质和能力。围绕上述目标，课程设计了四个步骤。同时，考虑到学生对模块／主题的熟悉度以及过往知识积累等因素，在运用OBE教学理念时，课堂设计会根据每个模块的情况，将教学情况和学生情况稍作调整，具体步骤如下。

第一，记忆、抽取、提炼语言知识。在此环节，教师充分利用多媒体教学设备向学生展示图片、场景或对话，激发学生记忆起与之相关的语言知识。比如，在自我介绍模块，教师播放相关视频后提问：对话发生在什么场景中？在这些场景中，你如何介绍自己、朋友或家人？再如，在方位描述模块，教师展示校园地图或武汉城市地图的一隅，让学生描述街道、建筑或商店的名字。基本上所有学生都可以自信地说出"Hi, nice to meet. How are you? I'm XX, what's your name? I come from..., and this is my best friend"以及street，teaching，building，shops，crossing等。但在一些学生尚未系统学习过的模块，视频播放或图片展示无法激活学

生的语言知识，教师需要调整教学思路：不从图片或场景展示入手而从教材提供的材料入手记忆、抽取、提炼语言知识。有了语言知识打底，学生在描述场景或图片时则表现得更为自信、活跃。

第二，具体语境运用。考虑到从语言知识到开口说跨度太大，很多学生没有自信，又为了帮助学生克服心理上的羞怯与畏惧感，建立自信，本课程设计了具体语境运用这一步，让学生运用语言知识填表格或补充对话，进一步夯实语言知识，同时也让学生充分了解语言知识运用的具体语境。

第三，跨文化交际能力的培养。在开口说之前，学生也需要记忆与主题相关的文化知识。比如，在自我介绍模块，学生需要记忆中西文化打招呼的不同方式；在计划安排模块，学生需要记忆母语使用者如何表达"同意"和委婉表达"不同意"；在点餐模块，学生需要记忆如何用英语表达个人喜好或选择；在看病模块，学生需要记忆如何给别人建议而不引起别人反感等。

第四，开口说。在开口说环节，为了更好地鼓励或启发学生，教师可以给出3—4个参考语境或者场景，让学生从中选一个进行对话，也可以让学生自己建构一个场景或语境进行对话，在语境中深度学习、积极讨论及阐述观点等。有了第一、二、三步知识打底，大部分学生可以开口说，有的学生还进一步拓宽了语言知识使用的语境。比如，在"点餐"模块，教师给出的参考语境或场景是餐馆、学校食堂等，对话发生在"我"与服务员之间，或者"我"、朋友与服务员三者之间，有的学生将语境建构在：健身房，与朋友讨论健身后去哪里吃、吃什么；有的学生将语境建构在家中，与兄弟姐妹商量去哪里为父亲或母亲庆祝生日等。有的学生还创造性地将语境建构在自己参加的校园美食节活动上，陈述为什么参加美食节活动、选择的菜肴、如何制作菜肴及获得的奖项等，充分将课堂所学与生活经历相结合，极大地拓展了这一主题运用的语境或场景。

经过课堂语言知识抽取——具体语境运用——跨文化交际能力培养——开口说四步后，大部分学生可以完成主题陈述或对话，但有部分学生因为羞怯或不自信而未能参加课堂开口说活动，为了激励

所有学生都能开口说，本教程设置了课后学习任务——让学生将陈述或对话录下来，作为作业提交上来，并将其设定为平时成绩的一部分。

此外，为了充分发挥第二课堂的优势，本课程积极鼓励学生参加校级、省级和国家级英语大赛以检验课堂所学知识，使学生朝着主动学习和个性化学习方向发展。

最后，在考核机制上，本课程摒弃以往一考定输赢、唯卷面分数论的单一的考核模式，采用课堂评价、阶段性评价和终结性评价相结合的多元考核方式，通过分段测试的方式分段打分并随时监测教学效果和学情。在期末考核时，由学生自主选择喜欢的主题，教师根据学生的语音语调、语法词汇、流利程度和交际能力打分，使学生既可以自由选择、自信展示，也可以使考核公平、公开、顺利的进行。

由此，在OBE教学理念指导之下，口语教学从教学目标出发，反向设计课堂教学，推动学生剥洋葱式地层层递进、逐级达到课程教学目标，最终形成了"学生训练为主＋教师讲解为辅、自主学习＋合作学习、线上教学＋线下教学、课堂评价＋阶段性评价＋终结性评价"的教学模式，并通过"师生互动、生生（学生与学生）互动、课内外互动和科学评价等多维互动体系"，充分调动了学生的积极性，让学生能说、会说、愿意说，充分开发了学生的口语能力与文化素养，为口语教学注入新的生机与活力。

三、结语

总之，在OBE教学理念的运用的影响下，学生在口语课堂上不敢说的困境在很大程度上解决，口语课堂也从纯语言知识讲授和记忆变成一个学生为主、教师为辅的课堂，学生还在教师的带动与推动之下，从不敢说到敢于1说、从教师设定语境的引导下说到学生创造语境自己说，极大地解决了传统英语口语教学的种种弊端。

注释【Notes】

①[英]史默伍德，I.：《大学跨文化英语口语教程I》，李宝龙、金立贤编，上海外语教育出版社2019年版。

师范专业认证背景下"中国当代文学课程"教学改革路径研究①

蒋士美 易凡琪

内容提要：随着师范专业认证的全面推进，"中国当代文学"课程作为高校汉语言文学师范方向的核心课程，面临着课程内容、教学方法和教学目标等多种优化需求。目前高校汉语言文学师范方向的"中国当代文学"课程教学，主要存在着教学内容与基础教育衔接不足、教学模式与师范生能力发展脱节、评价体系偏离师范生培养目标三重困境。对此，我们需要从几个重点方面着手对问题进行考虑和解决，本文举例认为，可尝试从教学内容重构、教学方法创新与评价机制升级，其中三个重点方面出发，对"中国当代文学"课程教学进行结构性改革，我们可以进行课程与认证标准深度对接，实现汉语言文学师范生从知识积累向提升教学实践能力转化，力争为培养新时代语文基础教育师资提供有力支撑。

关键词：师范专业认证；"中国当代文学"课程；课程教学改革

作者简介：蒋士美，湖南理工学院中国语言文学学院讲师，硕士生导师，文学博士，主要研究方向为中国现当代文学研究，语文教学研究。易凡琪，湖南理工学院中国语言文学学院现当代文学专业在读硕士，主要研究方向为当代文学研究。

Title: Approaches to Curriculum and Teaching Reform in Contemporary Chinese Literature Course: Along with Accreditation of Normal Education in China

Abstract: In China, with the promotion of normal education accreditation all around, Contemporary Chinese Literature Course, as the core of Chinese language and literature in the college normal education, has been facing various needs to optimize, such as the content of teach–and–,study, the teaching methods, and the teaching objectives. At present, teaching the college normal students who major in Chinese language and literature, Contemporary Chinese Literature, mainly faces three difficulties: the insufficient connection between the content of teaching today and basic education, the disconnection between teaching mode and the development of normal students' abilities, as well as the deviation of evaluation system, targeted to the college normal students, from their training objectives. We should try, from some main points to think about and even solve the difficulties. This paper, taking three of the main points as example, argues that from reconstructing the content of teaching. improving the teaching methods, and upgrading the evaluation mechanisms, we can have try in the structural reforms in the teaching of Contemporary Chinese Literature Course, and in the deep integration between curriculum and certification standards, thus we can help the Chinese language and literature normal students make advancement to transform, from their accumulation of knowledge to their improvement in teaching practice. Therefore in the new era, we can succeed in providing strong support for cultivating qualified teachers of Chinese language in the area of basic education.

Key Words: accreditation of normal education; Contemporary Chinese Literature; Curriculum and Teaching Reform

About the Authors: Jiang Shimei, a lecturer, is Master's Supervisor at the School of Chinese Language and Literature, Hunan Institute of Science and Technology; she holds Ph.D in Literature, specializing in Chinese Contemporary Lterature and Language Teaching. **Yi Fanqi**, Master in Modern and Contemporary Literature at the School of Chinese Language and Literature, Hunan Institute of Science and Technology, specializing in Modern and Contemporary Literature.

近年来，随着师范类专业认证的全面推进，　　高校师范类专业课程教学改革势在必行。"中国当代文学"课程作为高校汉语言文学师范方向的基础核心课程，对其进行课程教学改革已成为各大高校语文师范生人才培养的重要课题，相关研究如雨后春笋，比如：李华从知识更新的时效性出发，指出当下"中国当代文学"课程内容滞后于本学科当代主要研究成果和前沿动态，与不断更新扩大知识体系的要求之间存在矛盾②；徐慧琴则从"中国当代文学"课程的"多元评价"考核体系出发，认为当前"中国当代文学"课程过分强调学术建设，重理论、轻实践，违背了教师专业化发展培养的初衷，而且与中学新课程改革要求脱节③。

上述研究主要总结了师范专业认证背景下"中国当代文学"课程教学中存在的显著问题，但一定程度上忽视了对具体改革路径的探讨。有鉴于此，本文将从"中国当代文学"课程的教学现状、课程改革的价值意义、课程改革的实施路径三个方面，全面探析师范专业认证背景下，高校汉语言文学师范方向"中国当代文学"课程的改革方向。

一、师范专业认证背景下"中国当代文学"课程的教学现状

在师范专业认证强调"产出导向"与"持续改进"的框架下，"中国当代文学"课程作为师范生文学素养与教学能力培养的核心载体，其教学内容与基础教育间的衔接程度直接决定了师范生的职业胜任力。然而，当前课程内容体系的建构逻辑仍围于传统学术导向，未能充分回应中学语文教育对教师"文本解读力"与"教学转化力"的双重需求，教学内容的结构性失衡已成为制约师范生专业能力发展的关键瓶颈。

（一）教学内容与基础教育衔接不足

目前，高校汉语言文学师范方向"中国当代文学"课程的教学内容与中学语文教育的实际需求之间，呈现出显著的代际断裂与功能错位。从文本选编维度看，课程经典文本库的更新周期严重滞后于基础教育改革节奏。当下中学语文教材已逐步将改革开放后具有时代性、思辨性与文化多元性的文学作品纳入核心篇目，如余华的《活着》等作品已成为中学必修内容，而高校课程仍以20世纪80年代前

的经典文本为主导，这种文本代际断层导致师范生对当代文学前沿动态的认知滞后。深层问题实际还在于课程目标定位的偏颇：过度强调文学史脉络梳理与批评范式传授，挤压了教学实践能力的培养空间，师范生虽能熟练复述文学思潮的演进轨迹，却普遍缺乏将理论转化为教学设计的能力，这种"重知识传授、轻能力生成"的课程结构，直接导致师范生陷入"懂文学却不会教文学"的能力困境。更为严峻的是，文学批评能力的系统性培养环节缺失，使得师范生的文本解读长期停留在主题归纳与修辞分析的浅层维度，缺乏对作品社会意义、文化价值及教育功能的深度挖掘。比如面对刘慈欣《三体》这类兼具文学性与科学性的文本，师范生往往难以引导学生从人文精神与科学伦理的交叉视角展开批判性对话，这种能力短板暴露出课程内容设计对基础教育"核心素养"导向的回应不足，亟须通过内容重构实现从"学术本位"向"教育本位"的范式转型。

（二）教学模式与师范生能力发展脱节

作为汉语言文学师范生的核心课程，"中国当代文学"现行的教学模式尚未突破传统知识传递的窠臼，与师范生职业能力培养目标形成显著落差。首先，课堂教学仍以教师单向讲授为主，学生被动接受既定知识体系。这种"讲授—记忆—考核"的循环模式，将师范生置于知识接收者的角色，而非教学实践者的培养轨道，导致其难以形成课堂组织、学情分析、动态调整等核心能力。其次，数字化教学资源的功能性错位也不容忽视，尽管多数院校已建立在线课程平台与多媒体资源库，但这些工具多用于文学场景的视觉化再现或理论知识的碎片化传输，未能有效转化为师范技能训练载体。此外，教育见习环节的实效性缺失凸显了实践教学的短板，见习活动往往沦为程式化的课堂观察与教案抄录，师范生难以通过真实的教学实施、学情反馈与反思迭代形成系统化能力。同时，师范生在见习中独立完成完整课时的教学设计实施占比严重不足，且其所撰写的教案仍停留在理论化表述层面，无法转化为可操作的课堂教学行为，使得师范生面临从理论学习到真实教学的"能力鸿沟"。

（三）评价体系偏离师范生培养目标

结合汉语言文学师范方向课程开展的实际情况来看，"中国当代文学"课程的现行评价机制未能充分体现师范教育的专业特质，其结构性偏差弱化了"以评促学"的核心功能，难以有效引导和评估师范生的综合素养发展。在现行的评价机制中，终结性评价仍占主导地位，"中国当代文学"课程闭卷考试往往聚焦文学史实记忆等低阶认知能力的考核，而教学设计、课堂实施、学情反馈等实践性环节的评估权重普遍不足，这种评价导向直接导致师范生的学习策略异化为应试性知识积累，忽视教学技能的系统性训练。需要注意的是，"中国当代文学"课程评价维度中缺乏对教学设计与实施能力的专项观测指标，致使"会学"与"会教"能力间的割裂情况持续加剧。

更为关键的是，教育情怀与职业认同等隐性素养的评价标准模糊化，师德养成维度往往通过笼统的实习评语或主观性思想汇报进行评判。这种评价偏差不仅削弱了师范生职业使命感的培育效能，更使得课程质量保障体系难以实现"持续改进"的认证要求，有可能最终导致人才培养的"产出质量"与基础教育需求之间形成隐性鸿沟。

二、"中国当代文学"课程改革的价值意义

师范专业认证视域下的"中国当代文学"课程改革，不仅是回应基础教育对高素质师资需求的必然选择，也是重构师范教育生态系统的关键支点。通过理念革新、素养重塑与模式突破的三维联动，课程改革将推动师范生培养从"知识本位"向"能力本位"的范式转型。

（一）对接师范专业认证的核心理念

师范专业认证以"学生中心、产出导向、持续改进"为核心理念，这种认证理念为"中国当代文学"课程改革提供了相对系统的框架，表示了对"中国当代文学"课程进行改革应以系统贯彻师范认证的三大理念为核心价值。

"学生中心"导向的教学模式重构，要求打破传统课堂的教师权威结构，对课程设计、课堂实施、评价反馈进行全流程革新，通过引入"文学现象专题研讨""文本教学化改编"等模块，引导学生从接受者转变为探究者，通过激活学生的批判性思维与创造性转化能力，为未来教育实践奠定方法论基础。

"产出导向"要求课程目标与基础教育岗位需求精准对接，在实践教学环节搭建"三阶递进"的培养路径。"三阶"分别是基础阶段、进阶阶段和高阶阶段。基础阶段通过"文本细读工作坊"提升师范生的文学感知力；进阶阶段通过开展"文学教育项目设计"培养师范生撰写教学方案的专业能力；高阶阶段依托"教育实习共同体"提升师范生在真实课堂中实施原创教学设计的实践能力。

最后，对"中国当代文学"课程进行改革要将"持续改进"机制融入其中，建立动态化质量监控体系，形成"目标设定——过程监控——效果评估——动态优化"的闭环系统，通过课程目标达成度分析、毕业生能力追踪反馈、中学用人评价采集等多维数据，形成"设计——实施——评价——优化"的闭环运行模式。

（二）提升师范生的专业核心素养

核心素养作为现代教育的关键词，是我国教育变革时期对人才质量标准的重新定位，也是教育发展赋予改革的重要使命④。师范生专业核心素养的提升是"中国当代文学"课程改革的深层目标，其本质在于通过系统性课程设计，将文学知识、教育技能与时代需求相融合，塑造能够适应基础教育变革的新型语文教师。

"中国当代文学"课程需构建"双轨并行"的培养模式：一方面，通过符号学、叙事学等理论工具的应用，引导学生对文本进行多维度解码；另一方面，建立"文本——课标——学情"的转化框架，训练学生依据基础教育阶段学生的认知特点，将文学研究成果转化为适当的教学内容。这种从学术分析到教育落地的能力训练，能帮助师范生既能把握文学本质，又能实现知识的教育增值。

此外，当前的跨学科整合能力已成为师范生应对核心素养导向教学改革的必备技能，因此，课程改革需以"文学＋"为切入点，构建跨学科知识网络。在内容层面，打通文学与历史、哲学、艺术

等学科的关联；在方法层面，借鉴STEAM教育理念，通过学科交叉激活学生思维延展的能力，使其未来能在语文课堂中架设文学与真实世界间的意义联结。

还有一点也不容忽视，那就是信息技术应用能力已成为师范生专业素养的重要组成部分。"中国当代文学"课程改革要紧跟时代，构建"技术赋能文学教育"的实践体系。比如，要积极引入人工智能辅助工具，训练师范生运用文本挖掘技术，分析文学思潮的传播规律；或借助自然语言处理系统优化作文评改策略，培养师范生运用数字工具创新教学方式的能力。

（三）推动课程建设的示范性突破

"中国当代文学"课程改革的深化，不仅是教学实践的优化，更承载着为师范院校文学教育提供范式参照的使命。

传统文学课程常囿于"文学史知识灌输+文本鉴赏"的单一模式，难以满足新时代师范生培养需求。课程改革需构建"三维联动"的新范式，确立"文学素养奠基——教育能力提升——文化使命浸润"的阶梯式目标体系，推行"模块化＋问题链"设计，采用"沉浸式＋生成性"教学策略，通过"文学现场还原""教育情境模拟"等实践，促进知识建构与价值体认的深度融合。这种新范式的核心在于打破学科壁垒，使文学课程真正成为师范生专业成长与文化传承的枢纽。

实效性是衡量课程改革成功与否的一个重要标准，课程改革的实效性需通过教育链条的贯通得以验证。构建"双向互嵌"的协同机制是破题关键。一方面，建立"基础教育需求反馈——高校课程动态调整"的响应通道；另一方面，创新"双导师制＋项目共研"的合作模式，聘请中小学特级教师深度参与课程设计，这种协同机制打破了高校与基础教育的隔阂，使课程改革始终锚定真实教育需求。

文学教育的生命力源于对时代精神的敏锐把握，动态化资源建设是保持"中国当代文学"课程先进性的根本保障。因此，要建立"监测——生成——迭代"三位一体的资源更新机制，及时捕捉文学创作与接受的新趋势。

三、我国师范认证导向下的课程改革实施路径

在我国师范专业认证背景下，"中国当代文学"课程改革的系统性推进需以"内容重构——方法创新——评价升级"三位一体的系统为支撑。

教学内容体系的重构要通过资源开发与模块设计奠定能力培养基石；教学方法创新要借助模式革新与技术赋能打通理论与实践壁垒；评价机制优化则以动态监测与多元协同保障育人质量持续提升。以上三者形成"目标牵引——过程驱动——结果验证"的相对完整的改革链路，共同指向师范生核心素养的实质性生长。

（一）教学内容体系的重构

教学内容体系的重构是师范认证导向下课程改革的核心抓手，其本质在于通过系统性资源整合与模块化设计，实现文学素养培育与教育实践能力的深度耦合。经典文本与教学案例的协同建设是教学内容重构的基础性工程。在经典文本维度，要建立历史价值、审美特质、教育潜能三位一体的选文标准，既涵盖权威文本，亦纳入具有教学争议性的当代作品，形成兼顾文学史经典性与教育适用性的文本矩阵。教学案例库则需聚焦"文本解读——目标设定——活动设计——评价实施"这个重要的教学链，收录特级教师课例、师范生优秀教案、课堂实录视频等多元资源。这种双轨资源库不仅提供知识载体，更构成师范生教学能力生长的"脚手架"。此外，还可以将教材对比分析专题加入"中国当代文学"课程改革，架设高等教育与基础教育的认知桥梁。通过横向对比不同版本教材中的当代文学选编策略，引导学生理解教材编纂的意识形态导向、文化价值选择与教学功能定位，要求学生运用"文本教育价值评估模型"，尝试着从思想性、艺术性、可教性三个维度对教材选文进行批判性审视，并尝试重构单元教学逻辑。

（二）教学方法创新实践

OBE作为一种以学习者为中心、学习结果为导向的教育哲学思想，适应普及化阶段高等教育内部机构的需求变化。项目化教学是基于理论指导实践、理论与实践皆重的一种行动导向教学模式，是

体现"以学生为中心"理念的最佳载体之一⑤。因此，"中国当代文学"课程改革可采用OBE理念作为进行项目化教学的导向之一，以适当的方式采用以终为始的逆向设计逻辑，将课程目标具象化为可观测的教学成果。以"单元教学设计"为例，首先基于新课标核心素养要求设定能力指标，在项目实施过程中，教师角色转变为项目督导者，学生以小组形式完成从方案构思到成果展示的全流程实践。这种以项目为载体的学习模式，能使师范生在真实任务中实现教育理念向实践智慧的转化。

此外，要使"中国当代文学"课程教学更好的对接师范生培养，还需要高校与基础教育进行深度协同，为教学方法与教学方法创新制造有益的生态保障。在课程实施中，采用"1＋1双师授课"模式，高校教师负责文学理论框架搭建，打破理论传授与经验传递的壁垒；同时，与中学名师共建"问题导向型案例库"，收录典型教学问题，由高校教师提供学术支持、中学名师贡献实践策略，学生通过案例仿创与优化迭代形成解决方案。

（三）评价机制优化升级

评价机制的优化是师范认证理念落地的关键保障，其核心在于突破传统评价的单一性与静态化局限，构建覆盖全要素、贯穿全过程的动态评价体系。其中，三维评价标准的构建以师范生专业情况的成长规律为逻辑起点，是实现评价重心从知识积累向综合素养转向的重要途径。就"中国当代文学"课程而言，知识维度聚焦文学史脉络、文本分析理论与教育原理的掌握程度，检验师范生学科知识结构化水平；能力维度侧重教学设计、课堂实施与学情诊断的实践能力，评估师范生教育技能迁移效果；素养维度强调文化传承意识、教育情怀与创新思维等隐性特质，观测师范生价值内化深度。所谓"双导师协同评价机制"，就是高校教师与中学名师分别从学术性与实践性视角对师范生能力进行双重审视，在实习评价环节，中学教师依据《课堂教学行为观察量表》，从学情把握、互动策略、生成性资源利用等维度对师范生进行现场评分，并针对具体问题提出改进建议。在课程考核环节，可邀请中学特级教师在内的中学名师参与模拟授课评分，对教学片段进行多维度诊断。同时，创建"实践能力成长档案"，收录中学教师对师范生实习周志的批注、课堂录像的片段评语以及教育案例改进意见，通过"高校——中学"双反馈形成评价的良性通道。

四、结语

师范专业认证视域下的"中国当代文学"课程改革，是对传统文学教育模式的一次系统性革新与价值重构。通过三重视域的系统突破，以基础教育需求为锚点重构课程内容生态，破解文学经典与教育实践的割裂困局；以OBE理念为引领创新教学方法论，构建"理论—实践—反思"螺旋上升的能力培养闭环；以动态评价体系为保障激活课程生命力，推动师范生核心素养的精准培育与持续优化。不仅回应了认证体系对"学生中心、产出导向、持续改进"的核心诉求，更通过教育链的纵向贯通与能力链的横向整合，重塑了文学教育的师范特质，实现了文学审美价值与教育工具价值的辩证统一，搭建了师范生从文学认知到教学创新的能力进阶桥梁，还为师范院校人文课程改革提供了可迁移的参照样本。

注释【Notes】

①本文为湖南省教育改革重点课题《师范专业认证背景下"中国现当代文学"课程教学改革与实践》（课题编号：HNJG-20230845）、湖南省教育规划"十四五"项目《师范专业认证背景下卓越中学语文教师人才培养体系研究》（课题编号：XJK24BJC001）的阶段性研究成果。

②李华：《关于高师中国现当代文学课程结构整合的思考》，载《中国高教研究》2005年第2期，第86—87页。

③徐慧琴：《二本师范院校中国现当代文学课程"多元评价"考核体系的建立》，载《太原师范学院学报（社会科学版）》2010年第9卷第2期，第143—144页。

④常珊珊、李家清：《课程改革深化背景下的核心素养体系构建》，载《课程.教材.教法》2015年第35卷第9期，第29—35页。

⑤钱存阳：《项目化教学培养大学生系统实践能力》，载《高等工程教育研究》2015年第2期，第187—192页。

洪水神话研究的中国推进

——以陈建宪《中国洪水再殖型神话研究：母题分析法的一个案例》为例

甘小盼

内容提要：《中国洪水再殖型神话研究：母题分析法的一个案例》一书是对"母题分析法"的实践。本书从资料整理和神话理论研究两大方面对母题分析法进行了推进：其一，在故事的搜集梳理上，借鉴了故事树和故事圈理论，发展出故事层理念；其二，在神话的解读上，以"母题分析法"将神话故事进行解构，划分母题、归纳亚型，直观地呈现神话在传播过程中所受到的地域文化、时间流变的影响。该书作为神话研究新方法的实践，既承载了著者在洪水神话研究中的最新思考和成果，也为中国神话乃至民间叙事文本的研究，提供了借鉴和范本。

关键词：陈建宪；《中国洪水再殖型神话研究：母题分析法的一个案例》；洪水神话；母题分析法；故事层

作者简介：甘小盼，聊城大学文学院讲师，文学博士，研究方向为民间文学、比较文学。

Title: Advancement of Research on Flood Myth in China: Taking Chen Jianxian's *A Study on the Myth of Post-flood Humanity Recovery in China: A Case Study of Theme Analysis Method* as an Example

Abstract: The book *A Study on the Myth of Post-flood Humanity Recovery in China: A Case Study of Theme Analysis Method* is a practice of "motif analysis". This book advances motifs analysis in the two aspects of data systematization and myth theory research. First, in the collection and sorting of stories, it draws on story tree and story circle theory to develop the concept of story layer; Second, in the interpretation of myths, the theory of "motif analysis" deconstructs mythological stories, divides motifs and summarizes subtypes, and intuitively presents the influence of regional culture and time changes in the transmission process of myths. As the practice of a new method of mythological research, this book not only carries the author's latest insights and findings in the study of flood mythology, but also provides reference and model for the study of Chinese mythology and folk narrative texts.

Key Words: Chen Jianxian; *A Study on the Myth of Post-flood Humanity Recovery in China: A Case Study of Theme Analysis Method*; flood myth; motific analysis; story layer

About the Author: Gan Xiaopan is from the College of Chinese Language and Literature, Liaocheng University, specializing in Chinese Folk Literature and Comparative Literature.

陈建宪教授持续关注洪水神话研究，已有三十余年。这期间，中外学者在洪水神话研究领域的差异使陈建宪教授深受感触，西方学者对中国洪水神话的误解和忽视，更是激发了他挖掘中国洪水神话的决心和构建中国神话研究理论的壮志。经过多年研究，陈建宪教授提出了"母题分析法"，其新著《中国洪水再殖型神话研究：母题分析法的一个案例》（以下简称《中国洪水再殖型神话研究》）为之进行了实践展示。如作者所言，本书是"方法与个案的结合、一般与特殊的结合"[①]，在资料的搜集整理和神话研究理论两大方面进行了推进：在理论建构中，以"母题分析法"对神话故事进行了解构，通过对"母题"的分析与联结，确定了中国洪水再殖型神话的各个亚型；在异文整理上，借鉴了故事树和故事圈的概念，提出"故事层"，丰富了中国洪水再殖型神话的分布状况描述。

一、"母题"分析的理论创新：永恒的"元故事"

《中国洪水再殖型神话研究》是对"母题分析法"进行实践的重要作品。自从20世纪20年代中国洪水神话进入研究视野，学界已经搜集了大量的洪水神话异文，开始了材料的分析与整理工作。本阶段，研究者面临着两大困难：一是面对众多的文本，如何梳理的难度；二是中国神话故事表现出卓然的独特性，学人应持何种研究方法，才能更恰当地对其进行解密。著者结合形态学研究与口头叙事的特点，提出了独特的口头叙事研究方法——"母题分析法"，予以回应。

民间文学研究领域内的"母题"首见于美国民俗学家斯蒂·汤普森的民间文学类型研究。1946年，汤普森在《世界民间故事分类学》中论述了"母题"的概念："一个母题是一个故事中的最小元素，它具有在传统中延续的能力，为了有这种能力，它必须具有某些不寻常的和动人的力量。"②"母题"作为故事中的"最小元素"这一定义及其黏合性属性就此固定了下来。陈建宪教授将这一"最小的元素"喻作"神话的细胞"，在此基础上构建了"母题分析法"。相对于文艺理论中意指"最小的叙事单元"的"母题"，民间文学研究中的"母题"具有更丰富的内涵。陈教授根据神话文本的特征，将母题的内涵扩大，其所指不仅是叙事学中的情节、结构，还有文本中的人物形象、人物类型、动植物和其他自然形象等客观存在物，以及经常出现于民间文学作品中、相对固定的观念、意识、行为等无形因素。总之，民间文学作品中的"母题"，是经常出现并在民间文学叙事中固定下来且具有一定意义的元素，这些元素延续于民间文学之中，形成了民间文学具有代表性的典型意象、结构、行为、观念等文化表征。这一认知形成了著者所提"母题"的两大特征：第一，借鉴"母题"概念，生成了系列相关术语，丰富了神话研究的理论语库；第二，借鉴"母题"的提炼思路，总结出了洪水神话的结构分析过程，即"把一种事物分解为它的各个组成部分，然后再综合起来，描述

它的全部细节和各种不同的发展形式，发现它内在的联系"。③"母题"概念启发了著者的研究，针对洪水神话中大量的固定情节和相似情节，最终提出了"母题分析法"。

"母题"概念建立于"神话细胞"理念之上。从结构主义的观念出发，将神话故事中大量相似的情节结构进行提炼和编号，便会发现神话是由一系列的叙事元素构成的，因而可以将神话的"母题"视作一个个可以不断复制、重新排列的"细胞"。"神话细胞"理念促进了"神话母题分析法"的诞生，"细胞"或曰"母题"是观察和分析神话的基本单位，是神话研究的理论出发点。陈建宪教授指出，"母题"可以通过不同的组合，进入各类文学题材和文化形式中，表现"人类共同体（氏族、民族、国家乃至全人类）的集体意识，其中一些母题由于悠久的历史性和高度的典型性而常常成为该群体的文化标识"④。孙正国教授指出这一方法论对于神话的研究较之汤普森的"母题"，有了新的推进："一是神话母题相对其他文化母题具有根源意义；二是神话母题对于特定人类共同体具有丰富的文化象征意义。"⑤这一推进将神话的外在结构形态与内在文化蕴含相联结，在神话研究的宏观与微观视角上达到了统一。

"母题分析法"还借鉴了历史—地理学派的丰硕成果，后者为其提供了口头叙事研究的重要术语：故事类型、母题、异文、原型、构拟原型、亚型和变体。著者在此基础之上，结合口头叙事研究的代表性人物及理论，包括普罗普的故事形态学、列维-斯特劳斯的结构主义、阿兰·邓迪斯的母题素组合、刘魁立的"故事树"等，归纳出以"母题"为逻辑起点的神话研究方法，提出了以"母题"为中心的术语群：角色母体、事件母题、背景母题、不变母题与可变母题、主要母题与次要母题、在位母题与非位母题、母体群、文本、故事类型、异文、情节段、情节主干、故事树、故事原型、故事圈、故事层、故事变体等19个术语。①p44-48这些术语所代表的元素共同构成了神话的故事情节、异文结构和分布情况，从神话故事的叙事、发展，

到神话的时空分布与流变，较为全面地进行了概括和描述。尤为重要的是，著者在此基础上，运用这些术语群，将此前所搜集的文本，包括从前学人的大量工作，建立了一个母题数据库，为此后的学习者提供了极大的便利。

在"母题"视域下，著者提出了新的神话类型概念。通过对洪水神话中"不可变母题"的分析归纳，著者得出了中国洪水神话中的四个不变母题：洪水起因、遗民获救、难题求婚和再殖人类。在浩繁的资料中，洪水神话始终具有这四个不变的情节主干，著者因此称这些洪水神话为"洪水再殖型神话"，指的是一个"故事类型"。这一类型的神话并非指所有含洪水情节的神话，从内容上来说，这一类型的神话以"洪水"和"再生"为主干情节，大多解释了社群的建立、种姓的来源、祖先起源，以及禁忌和习俗的来源等，突出了中国洪水神话中"灾难""再生"类型神话的特点。

对中国洪水再殖型神话的分析，是陈建宪教授对"母题分析法"的实践，在方法论上对中国洪水再殖型神话的形成、存在形态、流布情况和文化内蕴等各方面进行了厘清，为母题分析理论的最终完善提供了助益。"母题分析法"是对神话研究方法论的探讨，其创建预示着神话研究又一逻辑起点的构建，为神话学学科专门方法的形成提供了范本，也回应了钟敬文先生提到的民间文学研究的"第二个层次"，⑥即产生分支学科，以期对不同层次文学进行专门研究。该书的出版，在此进行了先行探索。

二、故事层结构的立体展现："遍布各地的洪水神话"

通过对母题的条分缕析，陈建宪教授得出了洪水再殖型神话的各母题及其存在形态与分布状况，其中可变母题充分体现出了不同的地域特色，不变母题将这些异文联结于一定的空间内，形成一个个故事圈，表现出时间和空间的多维。为更加快捷高效地整理这些材料，著者引入"故事树"概念，归纳出洪水再殖型神话的不同亚型，画出了不同的故

事圈和故事层，从一维的平面分布和多维的圈层交叠，立体地展现了洪水神话流变的生命历程。

陈建宪教授对洪水神话的整理工作建立在"母题分析法"的基础之上，同时还借鉴了历史—地理比较研究法的研究思路。民俗学中的这一方法出自芬兰学派，倡导通过对故事类型的异文进行比较，寻找故事的原型、起源、流传路径和传播范围，进而发现其文化内涵。著者接受并吸收了这一方法论的精髓，在他的一篇论文⑦中，详细地介绍了这一方法的具体步骤。历史—地理学派的研究方法提供了海量资料的整理方案，根据空间和时间的流动，发现异文的传承历史和空间分布。在此基础上，找寻这些异文的"同"与"异"，发现其原型，绘制出传播路径；从其情节上的增减、失落和变形，可以考察传播路径上，不同的地域文化对其产生的影响，既考察了神话结构各个母题及变异等局部，又呈现了神话流变、发展及分布的整体状态。

针对洪水再殖型神话"时间跨度更大，流传地域更广，异文数量更多"①p150的特点，著者借用了刘魁立先生的"故事树"概念。通过将中国洪水再殖型神话故事异文进行了直观的结构化展示，著者总结出情节主干：洪水起因、移民获救、难题求婚、再殖人类。在各情节主干中，发现各异文不同的母题或母题群。如在"洪水起因"这一情节主干中，就有"原始之水或天灾、天神争战、过失降洪、雷公报复和动物致洪"等多个变体，雷公报复这一情节变体之下还有"争大小、破禁、分家、求雨、收租"等原因的变体，其他各情节中也各有不同。按照刘魁立先生的做法，用线条绘制故事进程，将得到一个神话故事或民间故事的发展线路，若将若干个异文的结构进行炼制，将不变的情节主干作为主线，将各亚型作为各支线，各变体还可以进行更详细的划分，最终得到一棵从主干到各枝干的"故事树"。像洪水再殖型神话这样的超大型故事形态，整理、归类工作十分烦琐，故事情节在大量文本中不太容易整体把握，而通过"故事树"的方法，可以将浩如烟海的异文通过主要情节的归纳整理，快速提炼出骨干，对其情节结构的考究也就

变得便利且直观了。

"故事树"的建立，为划分各个故事亚型创建了基础，"故事圈"是对各个亚型分布空间的描述。所谓"故事亚型"，是指"在同一故事类型中，由某些特色母题按特定内在逻辑组合而成的一批相似异文"，[①p153]所谓"故事圈"，意为"故事类型或亚型传播的地域范围"，[①p48]常被用于民间文学的研究之中。著者介绍了他划分中国洪水再殖型神话故事圈的步骤："①找出四个情节段中最富特色的母题，作为识别亚型的标记，统计其出现的频度。②考察特色母题的连接逻辑，划分出不同亚型，尽可能探查其时间深度。③根据各亚型中代表性文本的族属和地域，在地图上标示它们的故事圈。④审视各亚型的传播范围，考察不同故事圈的交叠形态。"[①p153]这一划分方法以"母题"为基底，提炼出可变母题与不可变母题，萃取其情节主干，划分出亚型，根据亚型的出现早晚与流传地域，确定其出现时间和流传范围，从而标识出不同的故事圈及其呈现形态。由此，著者将中国洪水再殖型神话故事分为了汉族亚型、苗瑶侗族亚型、藏缅亚型、南岛亚型和其他洪水神话，形成了各个"故事圈"。由于各亚型的流传地域存在相互交叠的情况，又形成了交叠变体和复合交叠变体的复杂情况，即"故事圈"的交叠。故事圈能体现平面空间上的状态，却不能直观地呈现立体的空间情状，因此，著者进一步提出"故事层"概念，表述神话故事立体化的分布空间。

"故事层"原属于叙事学的术语，对叙事性文本进行层次分析的方法论源于经典叙事学理论，罗兰·巴特率先提出叙事的三个描述层，其第三个层次"叙述层"相当于托多罗夫的"话语"，指叙事中的故事整体，热奈特将这一理论推进，提出叙事的"故事层、叙述行为层和叙事话语层"，其"故事层"定义被沿用至今。热奈特将"时序"概念融入叙事理论之中，却忽视了空间属性。在民间文学的研究中，异文在时间和空间上既表现出流动性，又表现出限定性。平面的标记很难说明这一交叉、叠合的复杂分布状况，著者引入"故事层"概念，

所指的并非神话故事文本的叙事层次，而指"来自不同亚型的特殊母题叠加出现的形式"，[①p48]不仅描绘了故事圈层的平面分布，同时体现了异文分布的立体交叉，体现的是各个故事圈的整体空间特征。

《中国洪水再殖型神话研究》一书针对异文整理的困难，提出了三个系列术语：故事树、故事圈和故事层。"故事树"破解了大量异文集中处理难的问题，从结构上对其进行了萃取和归纳，可用于亚型的归类整理；"故事圈"针对大量异文的空间流布，呈现了异文的地域范围；"故事层"在"故事圈"的基础之上，表现各亚型的交叠状态。至此，洪水再殖型神话故事在中国的流变情况，其变体、异文分布、故事流变的宏观层面，其情节主干、可变母题与不可变母题等神话故事结构及其微观层面，都得到了细致且明细的说明和呈现。

三、不断求索的学术追求："永无终点的探索"

相对世界神话研究而言，中国神话研究起步较晚，在方法论上主要借鉴国外。然而，中国神话故事的形态有其特性，一方面，中国神话与民间故事的独立性与个性要求更贴合的理论进行研究与解说；另一方面，历经多年发展，学界对神话研究和民间文学研究的中国理论建构，表现出热切的期盼与呼唤。在此背景下，陈建宪教授的"母题分析法"，很快被学界称赞："对于当代中国神话研究具有拓新价值，就世界神话学而言，也有别开生面的方法论意义。"[⑧]《中国洪水再殖型神话研究》的出版，为"母题分析法"这一理论进行了中国洪水神话研究实践，进行了理论的更进一步推进与补充。

从学术背景来看，陈建宪教授对神话研究的兴趣，是个人的求索，也是对中国神话研究现状的回应。长期以来，中国神话的研究似乎更多地偏向故事学研究，且整体上存在两大问题：其一，缺乏理论的创新，往往借用西方的理论直接"拿来"；其二，缺乏整体观念，只针对某一特定的类型进行研究，各说各话。该书实践了著者的研究理论，以洪水再殖型神话故事研究为例，针对此两种缺失做出了回应。中国文学艺术界联合会研究员刘锡诚赞叹

道："陈建宪关于我国洪水神话的研究，不仅弥补了自梁启超的《洪水考》以来近百年中国洪水神话研究的缺项，也补充了国际神话学界自斯蒂斯·汤普森、阿兰·邓迪斯，以至专门研究中国民间文学的爱伯哈特、丁乃通等学者所制定的洪水神话母题索引类型研究的不足和世界洪水神话系列中的中国缺环，做出了超越性的成果。"⑨在具体学科意义上，孙正国教授评价其神话研究"从母题方法与其他方法的融汇、抽象理论与具体文本的互证、方法论与本体论的衔接等多个维度，建构了融汇中西神话研究方法的母题理论，实现了母题分析理论在神话学领域的方法论创新"⑤p76。"母题分析法"被赞叹"打造了洪水神话资料的中国链环"⑩，对集中展现这一方法论的《中国洪水再殖型神话研究》一书，也予以了热烈的回应，认为本书是"中国神话学近二十年来的重要收获之一，是神话母题研究方法的引入与中国神话研究方法的建构"⑪。更有学者陈述了本书在神话研究领域的跨文化价值、跨民族优势，在理论建设、研究方法等方面的创新与突破，赞其"具有学科的明确的允当定位与理论性、辐射性、权威性"。⑫"母题分析法"的提出正符合当下的学术追求和期盼，该书的出版，在中国学者建构自己的理论方法上，是可贵的鼓舞与指引。

在学术态度上，陈建宪教授表现出了学者的谦逊与"客观"追求。著者在构建理论之初，就怀抱有"客观"的学术愿景。他提出一种偏于"客观"的研究方法，希望以客观、科学的研究精神对神话进行阐释，以冀"神话学就不会仅仅是其他学科的附庸，而会成为一门真正的独立学科，从而为增进人类的知识，也为其他学科发展作出独特贡献"⑬。"客观"态度浸染了著者的研究风格，他在作品中加入现代网络技术，熟练运用各种图表，学习计算机图形和图像处理技术，不仅在上课时给学生带来全新的体验，也将这一精神融会于理论的构建与表达过程。在创作中，著者用大量篇幅客观阐述神话研究事实，对一些悬而未决的疑点，也尽量客观描述，因而作品中常见"不得而知""难有确切结论"等语。不止于此，陈建宪教授对其成果也表现出"客观"的冷静与谦逊，在"母题分析法"引发的热烈反响中，他谦虚地表示这"只是以微观分析与宏观描述相结合的方式，呈现了中国洪水故事圈与故事层的客观面貌，为进一步研究打下了基础"。⑬p5在本书的后记中，陈教授爽快地声称与洪水神话"暂时分手"，但他将所有心血毫无保留地呈现，是以学者谦逊广博的胸怀，对神话研究的后来者予以的殷切期望。他本人的客观、谦虚年代治学态度，后继者也应当学习。

就文本创作而言，《中国洪水再殖型神话研究》一书表现出了独特的创作风格。第一，本书表现出放眼全球的宏大视野。虽立足于中国神话研究，但著者是在综合全球洪水神话之下所做的比较研究。第二，该书表现出了陈建宪作为学者的学术意气。著者搜集整理了中国四十多个民族流传的682篇洪水再殖型故事，完全打破了弗雷泽的论断——"中国的大禹治水神话不属于《圣经》中的诺亚洪水故事，而且'中国人一般不知道全球性大洪水故事'"。⑭第三，写作上的童心、文心与理性兼具。在庞杂资料的引入之前，著者颇具童心地以"小人物的大发现"引出正题，这一颇具文学性的安排，在将读者正式引入洪水神话的神秘世界之前，已经向读者介绍了洪水神话的问世过程：神学家的权杖—神败退于自然科学蓬勃发展之时，泥版的出世引发学界的疯狂—学术性的神话学科研究，这一脉络在作者颇具童心的创作风格的表现中，消解了学术的严肃性，可读性强。第四，在具体的书写形式上，表现出强烈的图表意识。著者积极学习新技术，以多样化的方式展现其智慧创作。他推荐活用计算机，"运用电脑办公软件Office中最常用的数据库Access，对洪水故事进行既简明又能无限深入的描述"⑮。他借助计算机，建立了神话数据库，学习者通过数据库中的索引、对于母题的重新组合排列，可以得到更直观且更具冲击性的体验。该书中不仅有洪水神话的中国地域分布图，还有洪水神话的故事树、故事圈、故事层结构图，鲜明地展现了洪水神话的各类型的结构方式。该书还附上了二维码，读者通过扫描二维码可以获得相关的信息，也可以通过二维码进行反馈，拓宽了作者与读者的沟通渠道。第五，在文本结构上，著者不吝分享。下编编有中外具有代表性的20篇洪水神话和著者整理的相关研究著作，并附有附录5份，提供了洪水神话相关的母题代码表、母题编号、文本索引、母题分析数据库，著作的指导性倾向显著。

总之，陈建宪教授的"母题分析法"向世界神话研究展示了中国智慧与特色，将中国神话研究送上了世界舞台，其理论构建以西方神话理论为基础，成功与西方神话研究构建了联系。《中国洪水再殖型神话研究》的目的是为"母题"理论进行实操的检验和呈现，以清晰的逻辑和简明的步骤验证了母题分析理论的可行性与价值，回应了田茂军所言"如何在目前全球化的新的文化语境中对已有的理论观念作出反思以及将此番理论诉求付诸实践，从而将学科发展引向更加富有活力的轨道"[16]的学术热点问题。经过多年发展，中国神话学的研究已经从典籍文献转向了民族志和神话主义研究，尤为呼唤具有中国特色的理论建构。本书的出版代表陈建宪的"母题分析法"理论发展已臻于圆融，虽有学者指出其理论建构尚有不足，加上"较新的成果还有未能关注之处"[12]p18，但依然为学习者提供了丰富的材料和思路，为研究者提供了新的理论方法，显示了神话研究的中国特色。

注释【Notes】

①陈建宪：《中国洪水再殖型神话研究：母题分析法的一个案例》，陕西师范大学出版总社2023年版，第3页（前言）。以下只在文中注明页码，不再一一做注。

②[美]斯蒂·汤普森：《世界民间故事分类学》，郑海译，上海文艺出版社1991年版，第499页。

③陈建宪：《论神话学的基本概念与方法》，《湖北民族学院学报（社会科学版）》，1997年第2期，第5页。

④陈建宪：《神话解读》，湖北教育出版社1997年版，第23页。

⑤孙正国：《建构神话学方法论体系的可贵探索——〈神话解读〉浅评》，载《民族文学研究》2002年第4期，第75页。以下只在文中注明页码，不再一一做注。

⑥钟敬文：《民俗学对文艺学发展的作用》，载《文艺研究》2001年第1期，第87页。

⑦陈建宪：《中国洪水神话的类型与分布——对433篇异文的初步宏观分析》，载《民间文学论坛》1996年第3期，第3页。

⑧孙正国：《"神话细胞"论与神话学方法论的拓新——陈建宪教授的母题分析理论述评》，载《广西民族大学学报（哲学社会科学版）》2016年第3期，第7页。

⑨刘锡诚：《20世纪中国民间文学学术史》，河南大学出版社2006年版，第783页。

⑩丁晓辉：《洪水神话研究的中国链环——读〈中国洪水再殖型神话研究——母题分析法的一个案例〉》，载《长江大学学报（社会科学版）》2021年第2期，第18页。

⑪游红霞：《神话母题分析：陈建宪的神话学方法论》，载《长江大学学报（社科版）》2015年第7期，第7页。

⑫王立：《灾害神话的主题学研究新创之作——评陈建宪〈中国洪水再殖型神话研究——母题分析法的一个案例〉》，载《长江大学学报（社会科学版）》2021年第1期，第18页。以下只在文中注明页码，不再一一做注。

⑬蔡艳菊：《从洪水神话看比较神话学的研究方法和发展前景——陈建宪教授访谈录》，载《世界文学评论》2008年第2期，第3页。以下只在文中注明页码，不再一一做注。

⑭[英]弗雷泽：《〈旧约〉中的民俗》，童炜刚译，复旦大学出版社2010年版，第540页。

⑮陈建宪：《故事类型的不变母题与可变母题——以中国洪水再殖型故事为例》，载《广西民族大学学报（哲学社会科学版）》2016年第3期，第4页。

⑯田茂军：《走向学科现代性——评刘守华、陈建宪主编的〈民间文学教程〉》，载《西北民族研究》2003年第1期，第172页。

重估盛唐诗词的文学史坐标

——木斋《盛唐诗词气象》的学术突破

侯海荣

内容提要： 木斋新著《盛唐诗词气象》，不独以诗聚焦，还以宏阔视域重审诗与词。全书以"气象"为纲，以"流变"为纬，在文学史的长镜头下展开对盛唐诗词的深度解构与重构，颠覆了传统文学史的诸多定论。重新定义了"盛唐气象"的本质是"诗体解放与士人主体性觉醒的共振"。王维和李白两章文字，恰似双峰并峙：一峰静穆如禅，将山水凝为水墨；一峰激越如瀑，化宫商为天籁。禅心与宫商，形成盛唐诗歌转型的双重变奏。在诗学史的宏大叙事中，木斋先生发现了惊人的逻辑法则："王维将山水诗推向形而上的极致之时，也宣告了古典诗歌精神的完成；李白在宫廷宴饮中的词体创制，则悄然开启了新的文学纪元。"在《山居秋暝》与《菩萨蛮》的对照中，前者是禅意山水的完美结晶，每个意象都指向永恒；后者则是市井新声的初次试炼，每个音符都在召唤未来。木斋先生以"生命史"的视角，将王维、李白、杜甫等巨擘置于动态的成长历程中考察，颠覆了传统研究中的扁平化形象。

关键词： 木斋；盛唐诗词；气象；学术突破

作者简介： 侯海荣，吉林师范大学文学院教授，央视百家讲坛主讲人，主要研究中国古代文学。

Title: Reassessing the Literary-Historical Coordinates of High Tang Poetry —The Academic Breakthrough of Mu Zhai's *The Aura of High Tang Poetry and Lyrics*

Abstract: Mu Zhai's new work, *The Aura of High Tang Poetry and Lyrics*, transcends conventional poetic analysis by adopting a panoramic perspective to re-examine both poetry and lyric verse (ci). Framed around the concept of "aura" (qixiang) and interwoven with the "evolution" of literary forms, the book deconstructs and reconstructs High Tang poetry through a long historical lens, overturning established conclusions in traditional literary historiography. It redefines the essence of "High Tang aura" as "the resonance between poetic liberation and the awakening of literati subjectivity". The chapters on Wang Wei and Li Bai stand like twin peaks: one, serene as Zen, crystallizes landscapes into ink-wash tranquility; the other, torrential as a waterfall, transforms courtly melodies into celestial harmonies. Their Zen spirit and musicality form a dual counterpoint in the transformation of High Tang poetry. Within this grand narrative of poetic history, Mu Zhai uncovers a striking dialectic: "While Wang Wei elevated landscape poetry to metaphysical perfection, he also marked the culmination of classical poetic spirit; Li Bai's innovation of lyric verse in court banquets quietly inaugurated a new literary epoch." In contrasting Autumn Evening in the Mountains (Shanju Qiuming) with Bodhisattva Barbarian*(Pusaman), the former embodies the zenith of Zen-infused landscapes, each image pointing to eternity, while the latter represents the first experimentation with urban vernacular, each note summoning the future. Through a "life-history" lens, Mu Zhai situates giants like Wang Wei, Li Bai, and Du Fu within dynamic biographical trajectories, dismantling their flattened portrayals in traditional scholarship.

Key Words: Mu Zhai; High Tang poetry and lyrics; aura (qixiang); academic breakthrough

About the Author: Hou Hairong is the professor at the School of Chinese Language and Literature, Jilin Normal University; he is the lecturer on CCTV's Lecture Room program; he specializes in Classical Chinese Literature.

盛唐诗歌以其磅礴神韵与深邃哲思，被学界　　以"盛唐气象"目之誉之。木斋先生的新著《盛唐诗词气象》，不独以诗聚焦，还以宏阔视域重审诗与词。全书以"气象"为纲，以"流变"为纬，在文学史的长镜头下展开对盛唐诗词的深度解构与重构，颠覆了传统文学史的诸多定论。由此，复盘"盛唐气象"研究的源流及嬗变，对该著的学术突破进行评鉴与发微，为古代文学研究提供新的阐释路径，具有重大意义。

一、"盛唐气象"探赜及重新定义

正如建安风骨用来揭橥"三曹"代表的美学特质一样，唐诗以"气象"命名，深刻体现了盛唐的精神内涵。从语言学角度来看，"气象"的原始含义是指自然气候的周期性变化，后来该词出现转喻扩展和隐喻扩展。转喻扩展将具体气候现象转变为整体环境氛围，从自然领域延伸至人文领域；隐喻扩展则从物理空间转向抽象概念，从客观现象过渡到主观感知。前者实现语义迁移，后者形成概念类比。在实际语言演变中，两种机制常呈现嵌套叠加状态。"盛唐气象"正是"自然现象"与"人文特征"之间的跨域映射，是"气象"从天文历法到自然现象再到艺术美学语义场的转换，其语用功能也从单一意义演变为多重意义，最终在文学语境里呈现模糊性。

以"盛唐气象"概括盛唐诗歌特征相当精妙，它实现了多重维度的美学统摄与文化编码：用瞬息万变的"气象"定格永恒的美学范式，使流动的时间获得诗意的凝固。而在"气象"的升腾沉降间，一个文明的精气神获得了最完美的赋形。

当前学界普遍认同，"盛唐气象"是盛唐时代精神与诗歌艺术特质的复合体。没错，盛唐诗歌以开阔的格局、博大的胸怀和蓬勃的生命力，成为时代精神的缩影与社会百态的镜像。王维"九天阊阖开宫殿，万国衣冠拜冕旒"是对盛世繁华的礼赞，张籍"无数铃声遥过碛，应驮白练到安西"暗喻唐朝辐射的影响力之巨大，杜甫"忆昔开元全盛日，小邑犹藏万家室"，以追忆笔调记录盛唐民生富足。岑参"忽如一夜春风来，千树万树梨花开"，以奇崛比喻书写边地苦寒，反衬将士的豁达豪情；高适"男儿本自重横行，天子非常赐颜色"，直言对功名的渴望；王昌龄"黄沙百战穿金甲，不破楼

兰终不还"，以悲壮底色烘托建功立业的坚定信念。在个人情志的自由抒发方面，到了盛唐，出现史无前例的诗意表达，尤其是李太白，堪称盛唐的一张"名片"。李白吞吐山河的气魄，折射盛唐对个体价值的张扬。诗中夸张的想象与宏大的意象，展现对自然的征服欲与审美超越。李白以大鹏自喻，象征盛唐文人渴望突破现实束缚的凌云之志。在形式与技法上，无论乐府诗的个性化改造，还是律诗的成熟，都是诗歌史上的高峰。由此，盛唐诗词的"气象"，不仅是艺术成就的巅峰，更是时代精神的诗化呈现。

"无问题则无研究"，上述论述依旧囿于"社会存在—审美形态"的解释框架，停留在印象式批评层面，若不打破研究惰性，就会陷入材料堆砌或重复论证，流于表面描述。木斋先生不同于传统断代研究的静态视角与文本解析，而是以"流变史观"贯穿始终，将盛唐诗词置于自先秦至宋代的千年文脉中加以洞察。这种"逆向溯源"的研究理路——从东坡词上溯至建安文学，再以清商乐为纽带勾连先秦与盛唐——彻底打破了文学史分期的人为壁垒。尤为重要的是，先生重新定义了"盛唐气象"，称本质上是"诗体解放与士人主体性觉醒的共振"。书中对边塞诗演变的剖析堪称典范，初唐杨炯、骆宾王的"想象边塞"与盛唐高适、岑参的"亲历书写"，被置于"诗体解放"与"士人精神觉醒"的双重维度加以审视。先生犀利指出，边塞诗绝非简单的题材拓展，而是"近体诗格律突围的试验场"，其勃兴实为诗歌挣脱六朝绮靡文风的战略选择。这种将文体演进与社会思潮熔铸一炉的阐释，使文学史研究超越了"作家-作品"的平面叙事。

二、《盛唐诗词气象》研究范式的裂变与重构

方法论乃认知世界的元工具，其本质是思维方式与实践智慧的双重体现。其中，研究路径如同学术实践的导航系统，只有研究范式突破，才能成为学科创新的孵化器。木斋先生对盛唐诗词的诠释，其研究本身即构成突破认知边界的革命，可以概括为三个"始终"：

第一，始终秉持跨学科视角，使得多维学术

操作真正落地。事实上，大约从2010年起，"盛唐气象"这一命题就进入了跨学科拓展期。譬如，陈允吉解析佛教意象（如莲花、空山）的诗学转化，揭示禅宗思维方式对意境理论的渗透；①尚永亮还原空间场域传播学路径；②查屏球论证诗歌作为文化记忆载体的功能，提出"唐型文化"的四大特征（开放性、包容性、创新性、典范性）。③木斋先生展示超常的学科整合能力，融汇文学、音乐、历史多个学科，重新诠释盛唐诗词的艺术特质。譬如，在"著辞歌舞与音乐变革"等章节中，先生深入挖掘隋唐之际音乐观念的演变如何重塑文学形态。从隋炀帝的"九部乐"到玄宗的梨园法曲，从宫廷雅乐到民间俗调，音乐制度的每一次变革都成为诗词创新的催化剂。书中以《回波乐》《春莺啭》等乐曲为例，揭示"著辞歌舞"如何通过"自歌自舞、递起劝酒"的表演形式，推动六言体、声诗向词体的过渡。这种将文学置于社会文化网络中的研究，使得"盛唐气象"不再是一个空洞的赞誉，而是政治开放、经济繁荣、胡汉交融等多重因素共同孕育的艺术果实。

譬如，先生对王之涣《凉州词》的考证，不仅辨析其作为乐曲歌词的创作背景，更通过唐代音乐体制的变革，揭示"声诗绝句为词体发生的前夜"这一历史必然。这种将文本置于文化生态中的研究路径，使得诗词不再是孤立的文字游戏，而是与时代脉搏同频共振的艺术结晶。譬如，通过对比初唐宫廷诗的程式化书写与盛唐诗人的个性化表达，先生令人信服地证明：李白"天生我材必有用"的狂傲、杜甫"致君尧舜上"的执念、王维"行到水穷处"的超然，实为科举制催生的新型士大夫精神的诗化呈现。这种将制度史与心态史融入文学研究的进路，为理解盛唐诗词提供了全新的认知坐标系。书中还有一个细微却深入的案例，当属对高适《燕歌行》的考辨，通过比对贾至同题诗作、梳理张守珪生平、还原天宝年间政治语境，先生推翻"讽刺张守珪"的传统解读，提出该诗实为"对名将陨落的悲悼与对玄宗黜陟不公的隐谏"。这种将诗史互证、文本细读、制度考据熔于一炉的研究范式，为古代文学研究树立了新标杆。

第二，始终以宏观的文化史为底色，又能穿透微观的文本肌理。譬如，王维和李白两章文字，恰似双峰并峙：一峰静穆如禅，将山水凝为水墨；一峰激越如瀑，化宫商为天籁。禅心与宫商，形成盛唐诗歌转型的双重变奏。在诗学史的宏大叙事中，木斋先生发现了惊人的辩证法则："王维将山水诗推向形而上的极致之时，也宣告了古典诗歌精神的完成；李白在宫廷宴饮中的词体创制，则悄然开启了新的文学纪元。"这种"终结与开端"的共时性，在《山居秋暝》与《菩萨蛮》的对照中尤为凸显：前者是禅意山水的完美结晶，每个意象都指向永恒；后者则是市井新声的初次试炼，每个音符都在召唤未来。作者对"诗佛"与"词仙"的并置研究，突破了传统文学史的线性框架。书中提出："盛唐诗歌的本质分裂，源于士族文化向市民文化的隐性过渡。"王维的隐逸书写，延续着陶谢以来的士大夫传统；李白的词体实验，则预演了中唐以后的文化转型。这种双重性在安史之乱后愈发清晰——当王维在"万户伤心生野烟"中忏悔时，他守护的不仅是个人名节，更是即将消逝的贵族诗学；而李白那些被乐工传唱的绝句，早已在民间埋下新文学的种子。

宏观与微观并举，使得研究者具备"显微镜"与"望远镜"的双重视野。该著对诗人个体的深度解构与重评，钩沉抉微，尤见功力。木斋先生以"生命史"的视角，将王维、李白、杜甫等巨擘置于动态的成长历程中考察，颠覆了传统研究中的扁平化形象。论及王维，先生并未止步于"诗佛"的禅意标签，而是通过"济州贬谪与归隐""蓝田辋川的山水实践"等章节，揭示其诗风从宫廷应制的华贵向空寂超脱的嬗变。在考证王维生平时，先生展现出"侦探般的敏锐"：通过《请施庄为寺表》的细读，勾勒出崔氏家族的佛教网络；分析《从岐王过杨氏别业应教》时，揭示出贵族沙龙对早期诗风的塑造。这种微观考证与宏观视野的结合，使得文学史叙述既血肉丰满又骨架清奇。先生以考古学家般的严谨，还原了王维诗风形成的三重维度：佛教信仰的深度皈依、宫廷文化的隐性反叛、山水意象的禅学转译。书中对《辋川集》的剖析堪称精妙："二十首绝句如同二十面棱镜，将同一轮月光折射出不同的禅意光谱。"尤为可贵的是，先生并未将佛教影响简单化约，而是细致地梳理了北宗禅法对王维早期诗风的规训，以及南宗顿悟对其晚年境界的升华，展现出思想史与文学史交织的复杂肌理。书中特别指出，王维的山水诗并非单纯的隐逸表达，而是士大夫在科举制兴起后"仕隐矛盾"的精神投射。这一解读，将王维的创作与盛唐士人群体的心态紧密勾连，赋予了其诗作更深层的文化意义。

该著对杜甫的解读也超越了"诗史"与"诗圣"的传统框架。木斋先生提出，杜甫的"超凡入圣"源于其将个人命运升华为时代传记的叙事转型。从"三吏三别"的民间疾苦到"漂泊西南"的生命绝唱，杜甫的诗笔始终与历史进程紧密交织。先生通过细读《前出塞》《后出塞》，揭示其"诗史"书写中隐含的"体制批判意识"。书中指出，杜甫并非后世建构的"忠君范式"，而是"第一个将个体良知置于皇权之上的士大夫诗人"（第七章）。这种解读消解了"诗圣"的道德光环，却使其人性深度得以凸显。书中特别强调，杜甫的"入圣"并非道德完人的塑造，而是通过"诗史互证"的创作方法，将个体悲欢转化为民族的集体记忆。这一观点，不仅重新定义了杜甫的文学史地位，更揭示了盛唐诗词"由自传向史诗"跃升的内在动力。优秀的学者往往能在具体作品的微观世界里发现普遍规律，在历史长河的宏观视野中激活文本的生命力。这种动态平衡的研究范式，既是传统文论"显微阐幽"精神的现代延续，也是应对文学研究碎片化的关键智慧。

第三，始终在流变的文脉中徜徉，于动态中寻求破译。方法论革新，本质是学术生命的自我超越。它要求学者兼具"破壁者"的勇气与"织网者"的智慧，打破某种桎梏，破旧立新。流变本质上是文学作为"时间性存在"的根本属性，作家创作、文本传播、接受反馈构成永续流动的"存在之链"。

该著开篇即以"初盛唐边塞诗的演进与类型"为题，打开传理理路的封闭性结构，直指传统研究的薄弱环节：一方面打破"进步论"与"循环论"的二元对立，揭示文学发展的非线性特征，另一方面类于"福柯式"的考古学方法，关注到文学细节

的突变节点。

过往对边塞诗的研究，多聚焦于高适、岑参等代表诗人的豪迈风格，却鲜少关注其与曲词文学的内在关联。木斋先生独辟蹊径，提出"边塞诗是诗体向曲词文学演变的先声"这一创新观点。他敏锐指出，盛唐边塞诗除在题材的恢宏之外，其形式的多样性——如王昌龄的七言绝句乐府、岑参的柏梁体歌行——实为诗体解放的尝试，是音乐性与文学性交融的产物。此论打破了"边塞诗仅属战争文学"的刻板认知，将其置于诗歌史向词体过渡的关键节点，揭示了文学形式演进的深层逻辑。

对李白的论述更是全书的华彩篇章。木斋先生以"诗仙李白诗风的渐次形成历程"为轴，还原了一个从"仗剑去国"的狂生到"百代词曲之祖"的完整轨迹。他犀利指出，李白入宫担任翰林供奉的经历，实为词体创制的关键契机：宫廷音乐的浸润、乐府旧题的改造、近体格律的化用，共同催生了《清平乐》《菩萨蛮》等开词体先河之作。此论一扫"李白词真伪之争"的学术迷雾，以扎实的史料与缜密的逻辑，确立了李白作为"诗仙与词祖"的双重身份。更可贵的是，书中并未将李白神化，而是通过安史之乱前后李白人生历程的剖析，展现其自由精神与时代剧变间的激烈碰撞，使得"李白的伟大在于真实"这一论断振聋发聩。

更值得关注的是那些相对"次要诗人"的再发现。书中专章讨论的"三王边塞诗派"，传统文学史多将其视为高岑的铺垫，木斋先生却论证他们实为"盛唐之音的先驱者"：王昌龄七绝的"瞬间凝缩美学"、王之涣《凉州词》的"空间蒙太奇"、王翰《凉州词》的"狂欢化叙事"，共同构成了盛唐边塞诗的"元叙事模式"（第六章）。这种将"小传统"置于文学史主脉的尝试，极大丰富了我们对盛唐诗歌生态的认知。

流变原则揭示了文学作为活态文化的本质特征，其方法论价值不仅在于解析历史演变轨迹，更重要的是培养动态发展的文学阐释能力。

三、方法论启示：文学史书写的破界与未来

问题意识乃学术研究的原动力，《盛唐诗词气

象》的学术贡献，在于其以问题意识驱动研究，生成新的问题场域。质疑不是为了否定，而是为了深化理解。问题层级决定研究深度，堪比构建学术路径的指南针。该著没有在基础性问题上反复盘旋，而是通过系统性反思，展现问题意识对"盛唐气象"的撬动作用，对既有阐释框架实现突围。这不仅关乎研究的增量，更是对学术本真——追问真理与逼近本质的追求。正如顾颉刚在《古史辨》序言中所言："宁疑古而失之，不妄信而守旧。"④

《盛唐诗词气象》的学术价值，远超具体诗作或背景或意象或词句的诗学阐释。它不是泛泛而论，更非美学层面的感悟式鉴赏，本质上是一场文学史书写的范式革命：它打破"唐诗-宋词"所谓"一代之文学"的文体区隔，消解了"初盛中晚"的"四段论"机械分期，在流动的文学史长河中把握盛唐诗词的枢纽地位。在诗体研究领域，它实现了三重突破。

其一，以音乐史视角重审近体诗格律的生成机制。木斋先生通过考证梨园法曲的变革，指出"绝句乃曲词文学诞生的前夜"，李白《清平乐》《菩萨蛮》等作品实为"音乐体制转型催生的诗体实验"。这一发现颠覆了词源于中唐的旧说，将词体起源上推至盛唐宫廷音乐改革。书中对王昌龄七绝乐府歌词的分析更具启发性：那些高度凝练的边塞意象，实为适应新兴燕乐节奏的文体调适，证明"盛唐绝句的繁荣本质上是诗歌音乐化的副产品"。

其二，对近体诗格律化进程的再阐释。针对孟浩然五律"破格"现象，木斋先生提出惊人观点：这种"有意识的不合律"恰是"盛唐诗人对抗初唐宫廷诗学的宣言"（第四章）。通过统计初盛唐诗人对仗工整率的变化，先生发现从上官仪"六对""八对"的严苛到王维"空山新雨后"的自然流转，折射出士大夫审美从宫廷趣味向文人意趣的转型。这种量化研究与文本细读的结合，使形式分析不再停留于技术层面，而成为透视文化转型的棱镜。

其三，在理论建构方面，木斋先生提出"二次文学自觉说"。他将建安文人集团的诗体革新视

为"第一次自觉"，盛唐诗词的革新则被视为"科举制催生的第二次自觉"。通过分析进士科试诗对近体诗格律的推动作用，论证"制度性写作如何孕育审美革命"，这一观点对重写文学史具有范式意义。书中对"盛唐边塞诗三重转型"（题材转型、文体转型、精神转型）的概括，展现出强大的学理归纳能力。

在当下古代文学研究日趋精细化的学术语境中，那些曾被定论遮蔽的历史细节——从梨园法曲的变革到进士行卷的风尚，从幕府制度的兴起到士族文学的衰微——在木斋先生笔下重新获得阐释活力。这种极具学术深度的批判性思维，富有历史纵深感和当代问题意识的学术品格，使该著成为重估中国文学史坐标的重要路标。

木斋先生通过李白"胡汉交融的诗语"、王维"禅意山水的世界性表达"等案例，展现了盛唐文化海纳百川的气度。该著恰如一幅徐徐展开的盛唐长卷，让读者得以穿越时空，触摸那个伟大时代的诗心与灵魂。正如先生所言："唯有真实，才更伟大"。这部著作既剖开了盛唐诗歌的璀璨内核，也划开了文学史研究的崭新维度。

要言之，《盛唐诗词气象》提醒我们：真正伟大的文学史书写，永远需要"于不疑处有疑"的侦探精神，以及将文献考辨升华为方法论建构的能力。在人工智能重构知识生产体系的当下，该著的价值必将随着岁月的推进愈显珍贵。未来的数字人文研究者，务必敢于挑战学术研究的"舒适区"：在技术赋能中既保持对传统智慧的敬畏，又拥抱技术革命的浪潮，最终在动态平衡中实现——以方法论创新拓展认知边界，照亮研究盲区，守护学术尊严。

注释【Notes】

①陈允吉：《佛教与中国文学论稿》，上海古籍出版社2010年版。

②尚永亮：《唐诗中的长安空间书写》，载《中国文学地理学会第三届年会论文集》，武汉大学出版社2012年版，第34—52页。

③查屏球：《唐诗与唐型文化》，载《复旦学报（社会科学版）2009年第5期。

④顾颉刚：《〈古史辨〉序言》，海南出版社2005年版。

"后期"之秀

——《家族关系与国家认同：福克纳后期小说研究》述评

谢鑫燕

内容提要：《家族关系与国家认同：福克纳后期小说研究》是我国第一部系统研究福克纳后期小说的专著。作者立足于福克纳后期作品的家族题材与时代变迁，探求小说人物在家族记忆和国家意识范畴内的身份构建，即人物如何在怀疑中走进现实，又如何在审视过去中望向未来。该著尝试打破前后期作品的研究断层，融合小说主题与形式研究，兼及小说叙事理论与社会历史批评，扩充阶级、种族和性别研究路径，将福克纳研究向前推进一步。

关键词：福克纳；后期小说；家族罗曼史；国家认同

作者简介：谢鑫燕，绵阳师范学院外国语学院教师，研究方向为英美文学

Title: Power of "Latter Career": *Family Relations and National Identity in William Faulkner's Latter Works*

Abstract: *Family Relations and National Identity in William Faulkner's Latter Works* emerges as the first monograph in China to discuss systematically the latter career of William Faulkner. The scholar, starting from the family motif and social changes in Faulkner's latter works, explores the issue of identification within the framework of family memory and national awareness, to find out how fictional characters step in uncertainty into social reality and how they find a way to their future out of the past. Li offers an attempt to redress the balance of of the studies on Faulkner's early and latter works, in particular combining the thematic study with formal research, with the help of narrative theory plus socio-historical critique. He extends the three-dimensional study of class, race and gender studies, and succeeds in pushing the Faulknerian studies forward.

Key Words: William Faulkner; latter works; family romance; national identity

About the Author: Xie Xinyan is from the School of Foreign Languages, Mianyang Teacher's College; she specializes in British and American Literature.

美国著名作家威廉·福克纳（William Faulkner，1897—1962年）四十余年笔耕不辍，以家乡奥克斯福镇为原型，搭建起一个亦虚亦实、兼具地理和文化属性的约克纳帕塔法世系，形成极强的文学绘图特征和地域书写特色。福克纳学术史上，已有多位学者曾对约克纳帕塔法县的隐喻空间做出系列阐释，考利（Malcolm Cowley）认为福克纳作品是美国偏远南方地区的一个寓言，它是"密西西比北部的一个县，位于覆盖着灌木松树的沙丘和河底的黑土之间的边界"[①]。另一位学者沃伦（Robert Penn Warren）则认为"福克纳的作品不仅

仅是南方的传奇，也是有关人类共通苦难与问题的传奇"[②]。这两种观点的中间地带构成了我国青年学者李方木的新作《家族关系与国家认同：福克纳后期小说研究》的研究切入点，该作认为后期小说中的人物立足家族关系和国家认同，丈量过去与现实、现实与未来的距离，既回望祖辈的集体记忆，又远眺宽广的国家与世界。此书不失为国内首部系统研究福克纳后期作品的力作，填补了学界重福克纳前期小说、轻福克纳后期小说的不足，真正发掘了福克纳后期作品的"秀丽"。

该作以1942年为分水岭，聚焦福克纳文学生涯

后二十年创作的六部小说、两部短篇故事集及《康普生附录》《密西西比》《告日本青年》等随笔与演讲，基于小说叙事理论的框架体系，借由社会历史批评，聚焦这些作品中构建的家族罗曼史和不同人物的国家认同，从性别、种族、阶级三个维度阐释福克纳后期作品中家族基因的传承和嬗变，评析社会转型背景下南方贵族后代及贫穷白人和少数族裔群体的身份认同机制。

一、纵横人物关系网的铺设

这部新作借用德勒兹和瓜塔里的"解域和辖域"思想，关注福克纳后期作品中突出的家族文化特征与国家认同机制，聚焦后期作品中的家族集体记忆、社会变迁背景下南方地区的地缘文化融合及家族后代的聚合性和身份构建。

该作采用"家族罗曼史"一词概括福克纳后期作品中家族题材的展开方式。罗曼史（romance）是一种具有延展性的文体，由中世纪骑士传奇发展而来，在福克纳笔下已具有美国基因及南方文化特质。福克纳的家族罗曼史是对传统南方种植园文学的改造，他不再对蓄奴社会奴隶主暴行进行美化，而选择从后代成员的支脉延伸及行为构建的角度，勾画出家族的厚重历史和族际影响。随着家族关系的铺陈，"国家认同"的观念逐渐浮现。该作认为，国家认同"并非地理和政治意义上的，而是重点立足于福克纳小说人物对外部世界的心理认知与建构"③。它是除家族集体记忆外，人物行为构建的另一制衡点，在广阔社会活动范围和巨大社会变迁背景下，人物在内心冲突中实现新身份的尝试、种族阶级差异的淡化、地缘的跨越及国家认同的完成。

除前言和导论外，全书共分为四章，首先探讨福克纳后期作品中家族关系的复杂性，随后从性别、种族、阶级三个维度做具体阐释。第一章作者从家族创始和传承、兄弟姐妹关系及家族联姻三个层面梳理福克纳后期作品中家族的纵横拓展。从纵向延伸的维度看，福克纳后期作品呈现出约克纳帕塔法县的雏形到家族观念成熟固化的过程。从横向

拓展的维度看，作者主要考察同族兄弟姐妹的竞争与合作，以及家族联姻关系。双胞胎、舅甥、堂兄弟与叔侄等关系不仅展现出血缘纽带凝聚之下导致的"同代人的同代性"，更属工商业快速发展中"同代人的非同代性"。此外，《去吧，摩西》、斯诺普斯三部曲、《骑士的策略》等共八部作品展现出七段不同类型的婚姻，呈现社会变迁背景下充满冲突与不稳定的两性关系。

第二章运用文化历史批评的方法，结合福克纳在获得诺贝尔奖后的身份转变，以及二战期间南方女性的身份转变，探讨福克纳后期作品中女性形象与前期相比差异较大的原因。福克纳后期作品中的女性打破社会群体对于女性的行为规范期待，更具身份构建的积极性；青年女性通过自我疏离男方家族血缘关系，呈现出二战影响下立体多维的女性形象；中年女性面对深刻的社会变化自我转型，展现出刚毅坚韧、高洁大义的特征。福克纳后期作品中的女性形象不仅是福克纳有意塑造更加立体鲜明女性形象的体现，更是二战时期国家认同的折射。

第三章聚焦种族，关注人物身份的模糊性和混杂性，试图挖掘族裔群体之间的合作与共性。作者认为，族裔界线的消弭构成跨种族身份构建的一部分，福克纳后期作品通过描述家族不同支脉的发展、不同种族间的同胞友情、兄弟姐妹关系及平衡人物形象特征，淡化"白人负担"阴影，强调种族界限的消弭。跨种族构建也涉及除黑白族裔外的混血人物及其他种族人物的刻画，《小镇》中以白人与阿帕奇族原住民女子生育的四个混血子女为主的弃儿叙事中，虽不涉及身份认同与构建，但其家族纽带遭到漠视，在话语层面存在叙事缺位，在故事层面又被孤立排斥，展现出南方群体对于混血群体的矛盾心态。犹太人拉特利夫作为外来群体融入美国南方，在斯诺普斯三部曲中主要起到衔接人物关系、拓展叙事空间的功能，而在主题上犹太人通过种族通婚及商品贩卖进入南方社会，逐渐演变为南方上层人士的友人，当地的接纳态度及犹太人融入过程是对于二战期间犹太难民潮的折射，反映出南方开放多元、种族融合的变化过程。

第四章聚焦阶级，探讨南方跨越阶级差异融入南北一体化的进程。在《去吧，摩西》中，福克纳将阶级问题隐喻于白人贵族打猎与奴隶主追逐逃奴活动中。一方面，原住民与白人贵族之间的差异、打猎任务分工中展现的阶级分化，以及打猎的娱乐性、炫耀性符号象征，均缩影出阶级分化；另一方面，打猎凸显种族文化之间的尊重与合作、贵族对于打猎特权的怀旧伤感、打猎的现实性让渡、追逐的仪式性与戏谑性流露出阶级消弭的可能性。小说中黑白种族血统影响阶级归属，而社会转型下的人口流动及经济差异解释了家族内亲属之间或隐或显的阶级冲突。阶级冲突是横向影响，而家族阶级差异的消解是纵向归宿，作者认为福克纳后期作品通过一种集体声音跨越身份符号，"为南方人物建构中性的国家身份打下基础"③p174。《去吧，摩西》中艾克用"他"指涉猎物、老麦卡斯林及《圣经》中的上帝，模糊了人、自然、神之间的时空、逻辑、审美距离，将阶级问题上升到三者之间的共性；散文《密西西比》以"他"的视角观察密西西比州的历史变迁；《坟墓的闯入者》通过契克"他"的视角观察南方家乡与世界的联结。通过人物之口，读者可以看到人物本身对于地域边界的跨越，他们已然融入更加多元的国家认同中。

二、后期创作艺术的开掘

福克纳研究自20世纪30年代以来，经40年代考利出版的《袖珍本福克纳文集》的宣传及诺贝尔文学奖对于其名声的助推，经60年代新批评对于福克纳文本的近距离关注，再到70年代更为宽泛的文化研究，已经形成较为系统完善的批评阐释框架体系，而如何在已有成果中寻求新的时代价值意义并拓展新思路成为福克纳研究的重点。该著创新研究范式，精巧切入"家族罗曼史"和"国家认同"两个维度，进而在关注福克纳创作题材的整体性与一贯性中看到福克纳不断自我更新的创作手法及其后期作品的艺术价值，并在文本语境与历史语境的双重考察中挖掘出其后期作品的时代意义。

创作题材是文学内部素材的总和，而创作艺术涉及隐含作者对于创作题材的加工及作者整体创作生涯的路线规划，是作者主观思维的架构过程。福克纳创作题材具有统一的结构体系，但由于前后期作品的断崖式评价等因素，导致研究者对福克纳创作艺术的持续性及具体延续手法关注较少。该著表明，福克纳后期作品中的约克纳帕塔法世系是"跨家族的，也是跨文本的"，《去吧，摩西》中描绘的麦卡斯林家族"支撑起了后期多部作品中的叙事框架和不同文本之间的互文性"。③p54由于福克纳作品本身存在宏大的家族叙事框架，作品之间不仅存在重要性不断升降格的跨文本人物，而且每部作品对于家族体系的构建层面及展现程度不同，家族这一研究单位便决定了互文对照以进行家族面貌整体性拼贴的必要性，从而将各个作品进行有效衔接。该著中，作者梳理出《修女安魂曲》对于杰斐逊镇创建背景的描述、《去吧，摩西》中麦卡斯林家族对于福克纳后期系列作品家族图谱展开的奠基及其他作品中主次要人物刻画；作者拼凑出《没有被征服的》《坟墓的闯入者》及《修女安魂曲》对于同一婚姻形式的不同塑造；作者总结出《圣殿》《修女安魂曲》及《掠夺者》何以构成一组女性三部曲；作者对比出《喧哗与骚动》《圣殿》及福克纳后期作品对待其他族裔群体的态度变化。这种考察是对于福克纳读者细读功底及精读毅力的不小考验，也是对福克纳创作中叙事情节设计的深入梳理。

该作从家族罗曼史的维度关注福克纳作品体系的纵向连续性和前后期作品中家族的传承性，呈现福克纳创作艺术持续深化、自我更新的过程。作者认为，福克纳后期作品的叙述重心不在于家族主体搭建，而在于对前期作品中家族支脉的横向扩充，以及后代在继承家族荣光与负担之后如何进行自我身份构建，后代对于家族事迹的回顾性构建及其自主形成的心理生活理想化空间构成罗曼史的两个主要表征。在《去吧，摩西》中，历史的沉重负担随着艾克翻开家族账簿逐渐显现，艾克放弃继承权转向荒野，获得顿悟式成长；《掠夺者》中的贵族后代继承家族的绅士道德准则，以此抵抗工商业对于传统南方贵族文明的侵蚀，这种回顾性叙事及社会矛盾的想象性解决方案充斥着乌托邦色彩。福克纳作品以往回看的方式勾画现在和未来，在遵从生命和运动的理念中赋予约克纳帕塔法世系以持续性、生命力和未完成性。总之，家族罗曼史中浓厚连贯的历史色彩彰显出福克纳对于自身创作艺术的思考，是福克纳自我经典化的一条必经之路。

除叙事题材整体性考察外，家族罗曼史研究范式巧妙地将福克纳前后期作品的对比性研究转化为一贯性研究。作者并非孤立地进行福克纳后期作品研究，而是站在作品体系纵向连续性的角度以家族传承的视角重新审视其后期作品的艺术价值。作者认为福克纳后期作品侧重于探讨人物关系的历史维度和横向社会关系，注重祖辈行为对后代人带来的心理和价值观上的影响，强化大家族内部不同支脉之间的情感纽带，突出阶级差异明显的家族之间对立或共处，寻求缓和冲突之道。

其实，一旦注意到福克纳创作艺术中的设计思路和历史意识，家族罗曼史研究范式便是对于福克纳后期作品研究的有效纠偏。纵观福克纳作品研究，福克纳后期作品研究无论是在研究数量还是研究深度上都与前期作品研究存在一定距离。唐娜（Theresa M. Towner）也直言，"后期作品即使没有遭受直接贬低，受到的忽视也足以使得前期误解难除"④。经该著梳理，福克纳后期作品研究的真正转机出现于20世纪80年代，其美学价值和现实意义不断得到挖掘，以其后期部分小说为研究对象的专著也相继出现。本著关注福克纳研究不均衡的现状，为福克纳后期作品研究再添新笔。除以二战为背景的《寓言》外，本著将福克纳后期六部小说和两个短篇故事集及发表的相关散文与公开演讲皆作为研究对象，是国内第一部专注福克纳后期作品总体性研究的专著。值得注意的是，作者给予《修女安魂曲》与《骑士的策略》两部国内学者关注较少的作品以极大的阐释力度，是对于福克纳后期作品在全面性研究和深度性研究上的新拓展。除研究视野的拓展，家族罗曼史的角度使得福克纳后期作品的艺术价值得到有效呈现。该著认为福克纳以罗曼史为中心运用多样化叙述技巧，渐趋形成了淡化形式实验、偏向情节编织的创作风格，点明其后期作品的价值艺术。此外，家族罗曼史的理想化与乌托邦色彩将文学作品与现实拉开距离，文学作品可以反映社会现实，然而内在逻辑切不可与现实直接画上等号，"史学家""政治家"等称号不可与福克纳的作家身份相粘合。福克纳后期作品是现实无法解决社会矛盾的理想之地，而非现实社会的原版复刻。因此从罗曼史的层面来讲，福克纳后期创作才思枯竭、刻板美化种族问题的言辞也尽可消解。

此外，国家认同机制与家族关系一同构成叙事理论框架与文化历史批评的综合考察，国家认同的横向社会历史观照与家族罗曼史互文性考察是该著的整体研究思路。该著先建立一个前提，即福克纳后期作品中的时代背景与人物刻画映照出美国南方转型时期的社会现实，由此作者可以在福克纳亲身经历和社会背景中之间游走并突出作品的时代现实意义。该著作者认为，福克纳并非生活在真空里，其创作的文学作品也都不可避免地打下了时代的烙印。本著将叙事理论与文化研究相结合，既维护了文学本身的审美空间，使得文本阐释最大程度形成自洽，又对文学中所涉及的历史性及文化符号进行考察，避免了仅仅观照文本所带来的阐释狭隘，使得作品参与所处时代的历史对话，凸显作品的现实观照。

三、研究范式的突破

除了家族罗曼史及国家认同机制的巧妙切入外，该作在阐释框架与内容设计上还存在三个研究亮点：其一，该作对于福克纳其他文学形式的全面观照，展开作品之间的交叉性对照考察与文本演变史研究。该作主要关注福克纳后期的六部小说，此外依托福克纳其他文本所蕴含的多重话语共同产出小说主题意义，呈现福克纳单部作品研究的外延性。该作关注福克纳前往密西西比大学的讲学并以此佐证《去吧，摩西》对于南方历史问题的影射；该作联系福克纳在《星期六晚邮报》《故事》等刊登的短篇故事并以此强化福克纳对于女性形象及战争的思考；该作考察《去吧，摩西》中的献词副文本对于解读莫莉人物形象的重要参考价值。值得注意的是，该作还特别关注福克纳同一作品的不同版本，考察其中的修改之处以探究福克纳的创作思想嬗变。这主要体现在该作对于《熊》最终版本及其早期版本《狮子》与1942年在《星期六晚邮报》上发表的短篇故事《熊》的对比性研究。作者通过考察后发现，文本演变的过程也是主要人物关系复杂化的过程，表明"福克纳将前期文本探讨的家庭内部问题拓展为家族历史维度上的遗传传承问题"。

其二，该作在福克纳研究的范式上打破形式与主题的二元阐释对立，考察主题与形式共同作用下叙事意义的产出机制。首先罗曼史本身即主题与形式的结合体，该作作者在梳理罗曼史发展历程中认为福克纳从文类演变为文本内外不同层次的叙事策略，在该作中作者也明确指明，"家族罗曼史在福克纳后期作品中既属于作家承自南方种植园文学传统的写作题材，又作为文学形式实验的渠道和途径"[3]p53。也就是说，罗曼史既构成约克纳帕塔法世系的血肉，又发挥搭建其组织框架的作用。福克纳后期作品通过铺呈复杂的家族网络，以其乌托邦色彩及理想化手段占据亦实亦虚的中间地带。其次，文本意义的阐发还需形式研究的介入，该作通过语言特色和句法构成的分析实证助推主题阐释。例如模糊的人称指涉和集体性语言符号起到消弭人物差异的效果，《修女安魂曲》中的视角转换暗示女性话语权的缺失，《去吧，摩西》中艾克的意识流式家族回忆再现人物纷乱的内心世界。作者以形式研究呈现艺术技巧对于作品叙事空间的拓展，验证后期作品中福克纳仅为收束而非退化的娴熟现代主义实验技巧。

其三，该作突破了种族、阶级内部的二元阐释范式，转为关注作品中人物群体在性别、种族和阶级的共性。国内外学者常关注到福克纳作品中存在大量阶级与种族的矛盾与张力，例如沙多里斯贵族与斯诺普斯贫穷白人之间的矛盾与较量，种植园主对于奴隶的家长制控制。但研究路线的固化容易放大其意义，形成较为片面的研究结论，且仅仅揭露出问题却无法为阶级种族问题提供解决方案，关注族裔群体的融合才是解决这些问题的有效途径。福克纳本身所处的南方种植园主中上层阶级家庭决定他在作品中表现出一定旧南方倾向性，但若考察作品中差异的消弭和冲突的降解，便可发现后期作品中福克纳深切的人道主义关怀。该作对于福克纳后期作品中共性的关注，是结合作品创作背景对于作品中时代主题意义的细致考察，也是突破创作者的思维情感局限寻求更加包容多元的研究路线。

总而言之，该著围绕家族罗曼史与国家认同，分析福克纳后期作品中人物在选择性继承家族记忆与接受外部世界的影响中构建心理与身份认同的过程，揭示出横贯福克纳后期作品的主题特征：鉴往知来，在历史的反思中继续历史前进。该著既有文化历史批评的考察，又有互文观照下对于文学本身的重视，既凸显出福克纳后期作品深层的主题内涵及其独特的文辞风格，又展现出福克纳非但下降反而升华了的创作艺术。该著细致的文本分析、宏大包容的研究视野、动态发展的研究路线，对于后期的福克纳研究具有极强的示范性和参考价值。

注释【Notes】

①Cowley, Malcolm. *The Portable Faulkner*, Penguin, 2003, p.X.

②Warren, Robert Penn. "William Faulkner". In *William Faulkner: Three Decades of Criticism*. Frederick J. Hoffman and Olga W. Vickery eds. Harcourt, 1963, p.112.

③李方木：《家族关系与国家认同：福克纳后期小说研究》，中国社会科学出版社2023年版，第188页。以下只在文中注明页码，不再一一做注。

④Towner, Theresa M. *Faulkner on the Color Line: The Later Novels*. University Press of Mississippi, 2000, p.4.

基于知识图谱的美国非裔剧作家苏珊–洛里·帕克斯国内研究综述①

程昕妍　吕春媚

内容提要： 21世纪以来，首位获得普利策戏剧奖的美国非裔女性剧作家苏珊-洛里·帕克斯引起了国内学者的广泛关注。本研究基于中国知网2006—2024年间"帕克斯作品"研究文献，借助引文空间（CiteSpace）的知识图谱功能对帕克斯作品研究的发文量趋势、研究人员、研究机构、研究热点进行数据统计分析。研究发现，就发文量而言，国内对帕克斯的研究存在明显的起落轨迹；就研究人员而言，涌现出众多成果颇丰的专业学者；在研究机构方面，主要研究机构集中在南方地区，但北方院校的贡献依旧不容小觑；在研究热点方面，研究者们在关注戏剧创作手法的同时，深入探索戏剧主题的深刻内涵。通过梳理与分析，本研究旨在总结国内对帕克斯及其剧作的研究成果与趋势，为未来的研究方向提供参考。

关键词： 苏珊-洛里·帕克斯；引文空间（CiteSpace）；综述；美国非裔戏剧

作者简介： 程昕妍，大连外国语大学英语学院英语语言文学专业在读硕士，主要从事西方戏剧研究。吕春媚，大连外国语大学英语学院教授，文学博士，研究方向：西方戏剧

Title: A Review of Domestic Studies on African-American Playwright Suzan-Lori Parks Based on CiteSpace

Abstract: Since the 21st century, the first African American female playwright to win the Pulitzer Prize for Drama, Suzan-Lori Parks, has attracted extensive attention from scholars in China. Based on the research of Parks's works in CNKI from 2006 to 2024, this study analyzes annual publication volume, researchers, research institutions, and hot topics. It is found that, in terms of publication volume, there is an obvious up and down trend of Parks's research in China; in terms of researchers, many professional scholars with rich achievements have emerged; in terms of research institutions, they are mainly concentrated in the southern region, but the contribution of the northern colleges is still not to be underestimated; and in terms of hot topics, the researchers have been focusing on the techniques of theatrical creation while exploring the profound connotation of the theme of the drama in-depth. By analyzing, the research aims to summarize the research results and trends of Parks and her plays in China, and to provide reference for the future research direction.

Key Words: Suzan-Lori Parks; CiteSpace; research review; African American drama

About the Authors: Cheng Xinyan, a postgraduate student of the School of English Studies, Dalian University of Foreign Languages, specializing in Western drama. **Lyu Chunmei**, a professor of the School of English Studies, Dalian University of Foreign Languages, specializing in Western drama.

一、引言

21世纪以来，首位获得普利策戏剧奖的美国非裔女性剧作家苏珊-洛里·帕克斯（Suzan-Lori Parks，1963— ）凭借其独特的创作风格和深刻的戏剧主题掀起了国内学者的研究热潮，"为美国戏剧提供了一种全新的、具有挑战性的舞台语言"②。国内既往帕克斯综述性研究大多从定性层面分析，2015年闵敏发表了国内第一篇对帕克斯国内外研究较完整的综述性论文，认为国内对其研究处在起步阶段，对帕克斯及其戏剧作品的研究有利于丰富我国的美国非裔文学研究③。为了对国内既

有研究成果进行系统的回顾与总结，准确把握研究方向，揭示帕克斯研究的动态趋势，本文借助引文空间（CiteSpace）的知识图谱功能梳理2006—2024年间国内对帕克斯作品的研究成果，旨在通过可视化手段，直观展现国内学者对帕克斯及其剧作的关注焦点与演变路径，进而挖掘潜在的研究领域。

二、研究设计

（一）研究问题

通过对2006—2024年间发布于中国知网的帕克斯作品研究文献进行知识图谱分析，本研究试图回答两个问题：第一，国内针对帕克斯作品的研究在发文量趋势、主要研究人员和研究机构、研究热点方面呈现出哪些特点？第二，国内对帕克斯作品研究是否存在空白，以及后续研究可以从哪些角度进一步探索。

（二）材料选取与研究方法

基于国内最权威的数据库平台"中国知网"（CNKI），本研究以"苏珊-洛里·帕克斯"为线索词，检索截至2024年12月31日发表的全部研究成果。研究采用CiteSpace 6.3.R1工具，根据文献发布时间，设定分析时间范围为2006年4月至2024年8月，针对发文量趋势、研究人员、研究机构、研究热点生成了多种图表。

三、国内苏珊–洛里·帕克斯研究的可视化分析

通过筛选所有发布于"中国知网"数据库的文章，本研究对2006年到2024年的期刊论文与学位论文从"发文量趋势""主要研究人员和研究机构""研究热点"展开定量分析，以期总结、预测国内对帕克斯及其作品的研究趋势。

（一）发文量趋势

虽然帕克斯的第一部作品于1984年问世，但直到2006年，她的名字才首次出现在国内学界，蒋泽金翻译了奥斯卡·G·布鲁凯特（Oscar G. Bruckett）关于帕克斯作品的介绍，并评价其剧作"是在对美国社会中的黑人体验进行跳跃的、后现代的沉思"④。此后，国内学者开始关注帕克斯的

作品。统计显示，2006年至2024年，针对帕克斯研究的发文量存在明显波动，详见图1：

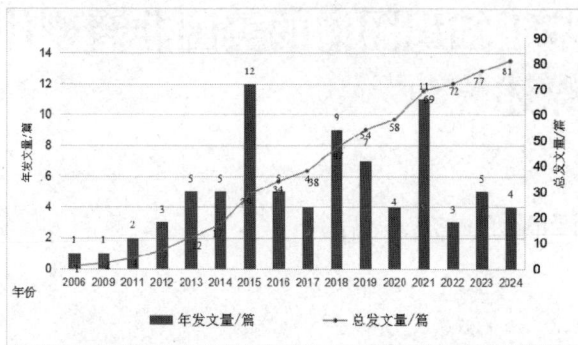

图1 国内苏珊–洛里·帕克斯研究年度发文量趋势图（2006—2024年）

1. 滥觞期（2006—2012年）

此阶段标志着国内学者对帕克斯作品的初步探索。值得注意的是，虽然帕克斯于2002年获得普利策戏剧奖，但由于国内外学界研究热点的不同步，在帕克斯获奖后的十年间，国内仅有7篇相关研究，2篇研究关注获奖作品《强者/弱者》。不过，此阶段的成果打开了国内帕克斯研究的学术之门，体现了我国学者对学术研究动态的敏锐捕捉，为后续研究奠定了坚实基础。

2. 上升期（2013—2015年）

从发文趋势来看，2013年至2015年国内掀起了帕克斯研究的热潮。研究主题进一步扩展，共11篇文章关注了帕克斯作品中的创伤、历史书写、性别及困境。8篇学术成果重点论述其剧作中的元戏剧、重复与修改、叙事结构等创作手法。3篇综述类论文也为国内帕克斯研究提供了宏观的研究视角。

3. 冷却期（2016—2020年）

该阶段的研究成果虽在数量上呈下降趋势，但研究主题更加深入，国内学者开始从女性人物的角度分析帕克斯的作品。此外，闵敏与张琳从更加宏观的视角对帕克斯剧作进行了探索，专著的出版也为后续研究提供了借鉴。

4. 回暖期（2021—2024年）

2021年，孙刚的著作《陌生与疏离：苏珊-洛里·帕克斯戏剧研究》为帕克斯研究回暖提供了有力的支持。国内学者在此阶段开始重新思考帕克斯

作品中蕴含的深刻思想，进一步挖掘戏剧主题，在研究视角上也进一步创新，伦理学、舞台表演等新兴理论的引入为帕克斯研究注入了新鲜血液。

系统审视国内帕克斯研究近二十年历程，可以观察到该领域从初步探索到渐趋成熟的发展轨迹。滥觞期和上升期的蓬勃发展体现了学者们对帕克斯作品的积极探索。在冷却期，国内学者仍旧苦心钻研，发表诸多学术著作。在此基础上，学界迎来了帕克斯研究的回暖期，学者们不断创新，为该领域开创了崭新的图景。然而，近几年国内对于帕克斯研究呈明显回落趋势，一方面体现了既往学者对于其剧作的充分探讨，同时也表明了对于帕克斯作品的研究需要与时俱进，挖掘可进一步探索的领域。

（二）主要研究人员和研究机构

国内帕克斯研究的蓬勃发展离不开众多学者们的积极引领。主要研究人员共现图（图2）可呈现出研究者在该领域的贡献程度及合作网络情况。

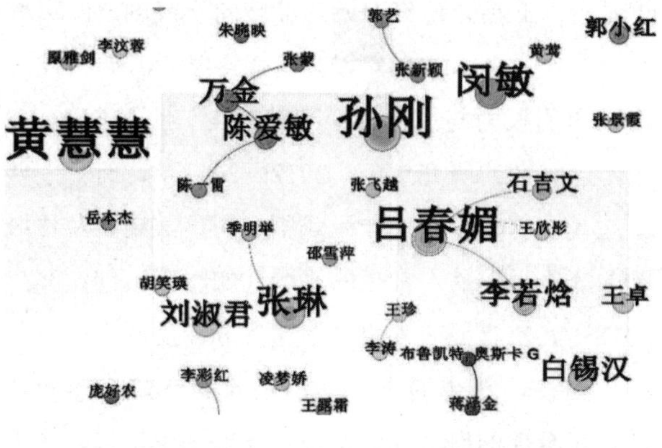

图2 国内苏珊-洛里·帕克斯主要研究人员共现图

可以发现，当前国内对帕克斯作品的研究以独立学者的个人探索为主，这在一定程度上限制了学术交流的深度与广度，不利于学术资源的共享与整合。在发文量较为突出的学者中，吕春媚与张琳展现出合作精神，为该领域的发展注入了活力。这一观察结果不仅揭示了当前国内帕克斯作品研究的发展脉络，也引发更深入的思考，即如何更有效地促进合作与交流，推动该领域的持续发展。

在此基础上，根据发文量对国内苏珊-洛里·帕克斯主要研究人员及其所属机构进行排序，可得到表1。

表1 国内苏珊-洛里·帕克斯主要研究人员及所属机构（前5位）

排序	发文量	研究人员	所属机构	总下载量	被引量
1	8	孙刚	南京审计学院	3300	30
1	8	黄慧慧	淮阴师范学院	908	4
3	6	吕春媚	大连外国语大学	1843	18
4	5	闵敏	华中师范大学	1733	12
5	4	张琳	曲阜师范大学	734	9

可以看出，国内帕克斯研究的主要机构集中在师范类及外语类院校。此外，发文量前五位的学者中有两位均来自于江苏省的院校，可见该地是帕克斯研究的重要基地。同时，北方地区部分院校也是帕克斯研究的重要机构，如大连外国语大学和曲阜师范大学。

对国内苏珊-洛里·帕克斯主要研究人员和研究机构的分析，可以通过数据对现有研究成果进行客观分析，为后续的研究提出可持续发展建议，即在已有研究资源的基础上扩展研究团队，从多维度挖掘帕克斯作品的深层意蕴。

（三）研究热点

以上对发文量、研究人员及机构的研究能初步掌握现有研究的趋势，但是为了建立更加系统的帕克斯作品研究体系，需要提出两个问题：前人的研究成果有哪些？哪些是还没有研究过的领域？为了进一步回答这些问题，关键词共现分析可以提供帮助。本研究利用引文空间（CiteSpace）筛选"关键词"节点，最终形成国内苏珊-洛里·帕克斯研究关键词共现图（图3）和关键词频次及中介中心性排序表（表2）。

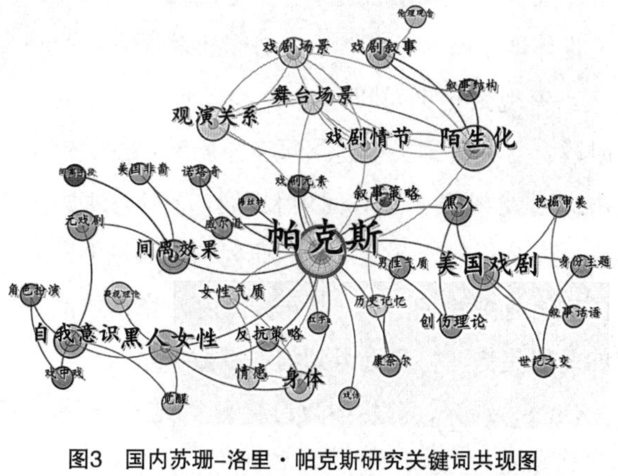

图3 国内苏珊-洛里·帕克斯研究关键词共现图

表2　国内苏珊–洛里·帕克斯研究关键词频次及中介中心性排序（前十位）

排序	关键词	频次	排序	关键词	中介中心性
1	帕克斯	10	1	帕克斯	0.15
2	陌生化	4	2	间离效果	0.05
3	历史书写	4	3	美国戏剧	0.04
4	间离效果	3	4	陌生化	0.03
5	美国戏剧	3	5	自我意识	0.03
6	自我意识	3	6	身体	0.03
7	黑人女性	3	7	元戏剧	0.03
8	戏剧	3	8	黑人	0.02
9	戏剧情节	3	9	情感	0.02
10	中国研究	3	10	女性气质	0.02

根据以上数据可以发现，帕克斯、陌生化和历史书写出现频次位列前三位。除去第一位的剧作家姓名，其余关键词均为帕克斯在戏剧创作中常运用的手法。对帕克斯作品中历史主题的关注源于其独特的创作风格，正如卡罗尔·谢弗（Carol Schafer）曾评价"这些非现实主义的实验性戏剧中的人物与历史格格不入，他们（和帕克斯）重温、解构、复活和重建历史"[⑤]。对创作手法的研究体现了国内学者对戏剧创作技巧和剧作家创作风格的关注，在明确研究热点的基础上，后续研究可尽量避免研究主题的重复，进而涉猎尚未深入探讨的领域。

在中介中心性排名前五位的关键词中，间离效果与陌生化分列第二、四位，高中介中心性表明了该关键词承担连接其他关键词的重要作用。因此，可以看出现有研究对创作手法的深入探讨。虽然黑人、女性及自我意识的中介中心性排序较为靠后，但也体现了国内学者对帕克斯作品主题的探索。

突现关键词可以进一步展现研究主题的热点时段。"关键词突现是指频率急剧增加的关键词，由此可发现在一定时间内科学界特别关注的关键词，在分析研究前沿，预测研究趋势和挖掘热点方面均有重要价值"[⑥]。为分析国内帕克斯作品研究的发展趋势，将筛选得到的文献数据导入引文空间（CiteSpace），分析参数设置为"Burst terms"可得到2006—2024年国内帕克斯作品研究关键词突现

图（图4）。其中begin和end分别表示该关键词相关研究的起始时间，strength为关键词突现强度，其大小体现该关键词在文献中的引用度。

Keywords	Year	Strength	Begin	End	2006 - 2024
困境	2012	1.36	2012	2015	
帕克斯	2011	1.24	2014	2017	
自我意识	2013	1.16	2013	2014	
黑人	2014	1	2014	2015	
元戏剧	2014	1	2014	2015	
创伤	2014	1	2014	2015	
权力	2018	0.99	2018	2019	
主体性	2019	0.87	2019	2021	
中国研究	2018	0.86	2020	2021	
间离效果	2009	0.76	2015	2016	

图4　国内苏珊–洛里·帕克斯作品研究关键词突现图（前10位）

2006—2024年国内帕克斯作品研究排名前十的突现关键词中，出现最早的突现关键词有困境、自我意识，突现开始时间分别为2012年和2013年，说明对帕克斯作品的研究初期主要关注困境和自我意识主题。此后，研究开始逐渐转向元戏剧、间离效果及创伤主题。2018年以来，国内学者开始关注其作品中的权力与主体性。整体而言，可以归纳出2个不同时期的研究热点：2012—2017年，研究主要关注戏剧创作手法（如元戏剧、间离效果）及传统的非裔文学作品中常见的主题（如困境、创伤）；2018—2021年的研究更多地关注非裔美国人的权力与主体性，这也离不开前沿理论的支持。然而，2021年至今的研究热点并未在突现图中显示，这也表明了国内对帕克斯作品研究尚待进一步创新、挖掘，前沿性话题与新兴理论的引入是后续研究可待发展的领域。

四、挑战与展望

通过系统检索2006年至2024年发表于"中国知网"的苏珊–洛里·帕克斯剧作研究成果，可以清晰地观察到国内帕克斯研究的演进与深化趋势。为了进一步提升学术严谨性与深度，拓宽后续研究视野，对当前研究中存在的空白与潜在可探索领域进行系统性总结与剖析显得尤为必要。

首先，在研究对象层面，当前国内对帕克斯

作品研究存在系统性不足。大部分研究聚焦于帕克斯的获奖作品，而对其近年来新发表的剧作鲜有涉猎。此外，研究人员与机构间呈离散分布，缺乏紧密的研究网络，不利于学术资源有效整合与深度挖掘。鉴于此，未来的研究应致力于构建更加系统全面的研究框架，鼓励跨学科合作，通过横向对比帕克斯作品与其他非裔剧作家的创作，以及探索帕克斯作品与中国本土文学作品的跨文化对话，以期揭示帕克斯剧作的独特艺术价值。

其次，在研究视角方面，目前对帕克斯作品的研究缺乏创新性。在帕克斯迄今发表的22部作品中，国内学者关注度最高的剧作是《强者/弱者》与《维纳斯》。现有研究主题也多集中于创伤、历史书写、陌生化、女性他者等。这些议题虽具有重要学术价值，但研究视角相对单一。为了突破这一局限，后续研究可以积极探索叙事学、符号学、美学等新兴理论视角，通过多元视角的交叉融合，深入剖析帕克斯剧作的深层结构与艺术魅力，挖掘其潜在的学术价值与文化意义。同时，后续研究也可以尝试将帕克斯的剧作与其他艺术形式，如电影、绘画、音乐等，进行比较研究，以此揭示不同艺术形式在表达主题、塑造人物、构建情节等方面的异同，从而更全面地理解帕克斯作品的艺术魅力。

最后，在研究方法上，当前帕克斯作品的研究主要依赖于传统的文本分析与解读，缺乏客观性与科学性的支撑。为了提升研究的严谨性，未来的研究可尝试引入数字人文、语料库等数据统计技术，对帕克斯剧作进行量化分析，从而通过技术手段捕捉文本中的关键信息与潜在规律，为帕克斯研究提供更加坚实的数据支撑。此外，还可以尝试将实验戏剧和表演理论应用于帕克斯作品的研究中，通过舞台实践和表演分析深化对作品的理解。正如闵敏在著作中所言："阅读帕克斯作品的必要性，在于她的作品不仅仅是美国非裔文学的榜样，同时帕克斯的戏剧创作也是一项由带有政治使命的美国非裔女戏剧家所开创的具有革新意义的后现代文学事业"[7]。研究帕克斯的作品不仅仅是从文学角度分析作品的主题与创作手法，更是为现实提供思想指引与启示，因此多元化的研究方法可以为文学文本研究提供更广阔的发展空间。

综上所述，为了将国内帕克斯研究推向更具学术性的境界，未来的研究应致力于构建系统、全面的研究框架，探索多元的研究视角与方法，加强跨学科合作与跨文化对话，以期在深化帕克斯作品研究的同时，为美国非裔戏剧研究乃至世界戏剧研究贡献新的学术力量。

五、结语

本文基于引文空间（CiteSpace）软件对"中国知网"数据库中2006—2024年间国内对苏珊-洛里·帕克斯作品研究进行分析，从发文量趋势、主要研究人员和研究机构及研究热点进行了探索。总体而言，国内帕克斯研究呈现多维度、广视角的研究趋势，但仍有未涉及的领域。为了进一步丰富和扩展帕克斯戏剧作品的现实意义，使其在文学及社会研究中得到更为全面和深入的探讨，在后续的研究中可以考虑从更新颖的角度进行尝试，提高研究的系统性与创新性。国内从数据库视角对帕克斯研究的研究尚不足，因此本文可以算是对该方向的一种探索。

注释【Notes】

①本文系国家社科基金项目"当代美国非裔戏剧中的贫困书写研究"（项目编号：24BWW050）的阶段性研究成果。

②Kolin, Philip C., and Harvey Young. *Suzan-Lori Parks in Person.* New York: Routledge, 2013, p.1.

③闵敏：《美国剧作家苏珊-洛里·帕克斯国内外研究述评》，载《大理学院学报》2015年第11期，第31—34页。

④[美]奥斯卡·G·布鲁凯特、蒋泽金：《二十世纪九十年代以来的美国戏剧概况》，载《戏剧艺术》2006年第2期，第26页。

⑤Schafer, Carol, US. "Staging a New Literary History: Suzan-Lori Parks's *Venus, In the Blood,* and *Fucking A*". *Comparative Drama.* 2008, 48(2), pp.181-203.

⑥陈美璇、吴清：《基于CiteSpace的叙事设计研究现状及热点的可视化分析》，载《包装工程》2024年第45卷S1期，第119页。

⑦闵敏：《苏珊-洛里·帕克斯戏剧研究》，武汉大学出版社2017年版，第107页。

图书在版编目（CIP）数据

世界文学评论．第 21 辑 /《世界文学评论》编辑部编．-- 天津：天津人民出版社，2025．7．-- ISBN 978-7-201-21352-1

Ⅰ．I106-53

中国国家版本馆 CIP 数据核字第 20253ZT219 号

世界文学评论．第 21 辑

SHIJIE WENXUE PINGLUN. DI 21 JI

出　　版	天津人民出版社
出 版 人	刘锦泉
地　　址	天津市和平区西康路 35 号康岳大厦
邮政编码	300051
网购电话	（022）23332469
电子信箱	reader@tjrmcbs.com

责任编辑	郭晓雪
装帧设计	黑眼圈工作室

印　　刷	三河市富华印刷包装有限公司
经　　销	新华书店
开　　本	889 毫米 ×1194 毫米　1/16
印　　张	15.5
字　　数	415 千字
版次印次	2025 年 7 月第 1 版　2025 年 7 月第 1 次印刷
定　　价	78.00 元